2 FLÜGEL

Für die nächste Generation, unsere Kinder.
Anouk, Charlotte, Frieda, Greta, Käthe, Lilia, Paul, Pauline, Tom.
Zum Beispiel.

»Erbarmen. Hoffnung.
Bescheidenheit. Menschlichkeit.
Liebe. Mitgefühl. Zusammengehörigkeit.
Diese Worte wollen jeden Tag gelebt werden.«

— Patti Smith

Yashis Musik gibt es als Playlist »Die Teetrinkerin« bei Spotify.

Prolog

Sie fehlte auf keiner Familienfeier. Diese kleine Anekdote. Die sie alle mochten. Die sie zusammenhielt, weil sie einfach zu gut zu ihnen passte.

Irgendwann, nach vielen leckeren Chapatis und scharfem Curry, begann immer irgendjemand: »Wie schrieben noch unsere großen Zeitungen? Damals im Februar 1973?« Und dann erzählten sie gemeinsam: Wie der UNO-Generalsekretär Kurt Waldheim Indien besuchte. Hauptsächlich, um über Pakistan zu sprechen. Aber auch, um die große Nation und Demokratie als Partnerin zu würdigen. An dieser Stelle begannen dann einige Familienmitglieder immer über die aktuelle Tagespolitik zu diskutieren, und die Erzählung musste etwas Geduld haben.

Aber irgendwann wurde die immer gleiche Frage gestellt: »Und was war der wichtigste Satz dieser Reise?«

Und jemand anders ergänzte: »Der am häufigsten zitierte Satz?«

Und dann rief der Familienchor lachend: »Alle dürfen mitspielen!«

Und die Kinder wunderten sich.

Dabei hatte ja ein Kind den Satz geprägt! Die Fünfjährige hatte bei einem Empfang in der ersten Reihe gestanden und der Generalsekretär hatte ihr persönlich die Hand gegeben. Und sie? »War sie etwa schüchtern, unsere Kleine?«, wurde dann gefragt. Und sie johlten alle, stolz und glücklich: »Nein! Sie war so klug.« Und sie lachten.

»Kleines Fräulein, noch so jung und schon interessiert an der UNO?«, hatte der große, weitgereiste Mr. Waldheim sie begrüßt.

Und sie hatte ernst genickt, ihn angestrahlt und dann laut gesagt: »Aber ja. Ich liebe die UNO sehr.«

Der überraschte Politiker hatte sich lachend umgesehen. »Hört her!«, hatte er in die große Runde gerufen, mit seiner sonoren Stimme, sich wieder zu ihr nach unten gebeugt und nachgehakt: »Und warum, kleines Fräulein?«

An dieser Stelle der Erzählung wurde immer eine ehrfürchtige Pause eingebaut. »Und?«, fragte dann eins der Kinder. »Was hat sie denn geantwortet?«

Und die Erwachsenen sagten jedes Mal feierlich: »Die UNO macht, dass alle mitspielen dürfen.« Und dann schüttelten sie ungläubig den Kopf, lachten, umarmten sich und schlugen sich auf die Schenkel. Als hörten sie die Geschichte zum ersten Mal. Hatte man so etwas schon erlebt? Eine Fünfjährige, die eine so schöne Antwort gab?

»In internationalen Zeitungen wurde sie zitiert!«, erinnerte jemand sie alle. »In viele Reden des Generalsekretärs hat sie es geschafft. Noch jahrelang!«

Sie liebten sie. Die Anekdote und ihre Kleine. Die mit ihrer naiven Offenheit eine große Hoffnung beschrieb.

1

Nilgiris, im Frühjahr

Tee wollte gut behandelt werden. Schon die Setzlinge, die wie Kinder neun Monate in guter Muttererde behutsam aufgezogen wurden. Die Knospen und Blätter, wenn sie gepflückt wurden von hundert flinken Händen und noch, wenn sie welkten und trockneten, fermentiert, gerollt und gesiebt wurden.

Yashi konnte die Sträucher von ihrem Küchenfenster aus sehen, meilenweit über den ganzen Berg verteilt. Jede Pflanze ein Busch, von dem immer wieder die jüngsten Blätter geerntet wurden, die der ganzen Plantage den grünen Glanz gaben. Jetzt am Anfang des Jahres ganz leuchtend grün. Ihr Leben war mit dem Tee verbunden, mit den südindischen Bergen.

In ihrer linken Hand hielt sie ihre Lieblingssorte, Blairlomond, schöne, ganze, drahtige Blätter, dunkel wie ihre Haut. »Zimtbraun«, nannte Kiran diese Farbe. Hier in den Bergen wuchsen die edelsten Sorten. Die Höhe und das Klima beglückten die Plantage. Sie mochte den typischen Zitrusduft. Kaufleute sagten, dass der Tee aus den Nilgiris dem Geschmack von Ceylontee gleiche. Yashi bereitete den Tee so zu, wie sie es von ihrem Schwiegervater gelernt hatte. Gleich bei ihrem ersten Besuch damals in Kirans Elternhaus. Aber der verbeulte Wasserkessel war ihr eigener. Sie holte zwei Kannen aus dem Regal und spülte beide mit heißem Wasser aus. Eine gewöhnliche und eine feine silberne, mit Elefanten auf dem Deckel. Die eine war die Ziehkanne, die andere die Servierkanne. In die erste gab sie die losen Teeblätter.

»Am Anfang, in den ersten Minuten, löst sich das anregende Thein«, hatte ihr Schwiegervater ihr erklärt. »Dann das magenberuhigende Tannin.«

Sie schnitt einen dünnen Ring aus einer Limettenschale, ließ den Saft dabei in die zweite Kanne tropfen, drückte die Frucht dann noch ein paarmal kräftig zusammen und tat auch die Schale in die Kanne. Die Früchte reiften in ihrem eigenen Garten. Manchmal konnte sie ihr Glück kaum fassen. Umgeben zu sein von so viel Natur, so viel purem Grün.

Kiran kam auf ihr Haus zu, nassgeschwitzt vom schnellen Laufen. Er suchte Halt an dem Mangobaum, stellte sich auf ein Bein, packte das andere am Fußgelenk und zog es nach hinten. Dann wechselte er die Seiten. Sie beobachtete ihn und lächelte. Kiran. Immer aktiv. Immer in Form. Seine Haut war noch dunkler als ihre. Gut sah er aus mit seinen weißen Shorts und dem weißen engen Shirt.

Das Pfeifen des Kessels holte sie zurück in die Küche. Sie goss das brodelnde Wasser in die Ziehkanne, drehte die kleine Sanduhr um und wartete. Ihr Blick fiel auf den Zettelblock, sie dachte an die Einkäufe, die sie heute erledigen wollte, und suchte den Bleistift in der Schublade. Mit akkuraten Druckbuchstaben schrieb sie: »Rote Linsen. Cashewkerne. Zwiebeln. Anis.« Dann goss sie den Tee ganz langsam durch ein Sieb in die Servierkanne.

»Guten Morgen, Misses.«

»Guten Morgen, Manjula«, grüßte Yashi die Haushälterin herzlich. »Ich habe Tee gekocht.«

Manjula nickte. »Wie immer«, sagte sie lächelnd. Sie hatte sich über die Jahre damit abgefunden, dass Yashi Arbeiten erledigte, für die eigentlich sie zuständig war. Der Morgentee aber war schon immer Yashis Ritual gewesen. Unaufgefordert stellte Manjula zwei Tassen mit zwei Löffeln auf ein kleines Tablett, dazu eine Schüssel mit braunem Zucker.

Yashi nickte. »Ich trage es selbst«, sagte sie dann und ging mit dem Tee auf die Veranda.

Kiran winkte ihr zu. »Ich dusche eben, dann bin ich bei dir.«

Beinahe an jedem Morgen tranken sie gemeinsam Tee. Umgeben von ihrem kleinen Garten mit dem alten Mangobaum, Bougainvillea, Hibiskus, Jasmin, Bambus und verschiedenen Zitrusbäumchen. Dann trennten sich ihre Wege bis zum Abend. Kiran widmete seine ganze Zeit der Teeplantage und den ›O'Clock-Teas‹. Sie fuhr hinunter ins Tal; in ihr Büro, zu einem Treffpunkt mit Mandantinnen oder direkt ans Gericht.

Sie goss Tee in ihre Tasse und nahm einen Löffel Zucker. Im Schneidersitz auf ihrem Sessel, die Tasse in beiden Händen, schloss sie die Augen und betete. Voller Dank und mit Bewunderung für den langen Weg, den der Tee hinter sich hatte. Mit Bitte um Schutz für den Tag, den sie vor sich hatte. Mit Segnungen für ihre Lieben. Sie führte die Tasse erst zur Nase, schnupperte, lächelte, dann zum Mund, trank einen ersten Schluck. Und genoss den Moment.

2

Die Nilgiri-Berg-Eisenbahn rollte nur einmal täglich in jede Richtung. Am Morgen Richtung Ooty und am Abend zurück aus den Bergen nach Mettupalayam. Auf 46 Kilometern überwand die Zahnradbahn 2000 Höhenmeter. Touristen liebten diese Bahn. Sie fuhr durch viele Tunnel, über 250 Brücken und nahm etwa 200 Kurven. Romantisch, aber nicht gerade praktisch. Noch immer sah man der ganzen Gegend die britische Kolonialgeschichte an. Auch das mochten die Touristen.

Ihr alter weißer Tata, ein Dreitürer ohne jedes Extra, trug Yashi seit Jahren treu aus dem frischen Grün hinunter in die Stadt. Heute musste sie an einem Bahnübergang warten. Ihre linke Hand trommelte auf das Lenkrad, mit der rechten Hand drehte sie das Radio an und suchte einen Sender, der hier zu empfangen war. Wie es wohl wäre, in dieser Gegend Urlaub zu machen? Die sogenannten »Hill Stations« dieser Region hatten den Kolonialherrschaften als Erholungsorte in den heißen Sommermonaten gedient.

Das Hupsignal der nahenden Lok holte Yashi zurück in die Gegenwart, die Schranke hob sich und sie fuhr weiter. Im Radio war jetzt die Stimme der Nachrichtensprecherin zu hören. An jedem

Arbeitstag fuhr Yashi jeweils genau in die entgegengesetzte Richtung der alten Bahn. Wenn sie dann am Fuß des Berges ankam, vermisste sie die Klimaanlage und kam immer mit einem leichten Schweißfilm auf der Haut in die Kanzlei. Sie liebte die Berge, die Stadt aber war ein Monster. Jeden Morgen machte es sein großes Maul auf und verschluckte Rupien, Rikschas, Reis, Bananen, frisch gebügelte Hemden, nackte Füße, Hoffnungen. Yashi fand, das Monster musste gezügelt werden. Manchmal dachte sie, dass sie es gerade mal am Backenzahn kitzelte.

In Gedanken bereitete sie sich auf die wichtigste Begegnung des heutigen Tages vor. Sie würde nur kurz ins Büro fahren und dann direkt weiter ans Gericht. Ihr Mandant hatte zwei Finger verloren. Er arbeitete an einem Webstuhl in einer Textilfabrik. Schlecht bezahlt. In einem lauten, staubigen Raum. Nach seiner Schicht von zwölf Stunden war er gezwungen worden, noch Überstunden zu machen. Er war übermüdet gewesen. Den Hauptgrund für seinen Unfall sah er selbst aber darin, dass er nur sehr flüchtig eingearbeitet worden war an einem neuen, vollautomatischen Webstuhl. Eine Frau, die neben ihm die Garnspulen bediente, würde als Zeugin aussagen. Das Textilunternehmen hatte die Krankenhauskosten übernommen. Immerhin. Aber Yashi würde außerdem eine Entschädigung einklagen. Sie schüttelte den Kopf. Es war schon der zweite Pro-bono-Fall in dieser Woche. Ihr Mandant konnte sich keinen Rechtsbeistand leisten. Aber sie hatten ein Erfolgshonorar vereinbart. Auch deshalb hoffte sie, den Fall vor Gericht zu gewinnen.

Sie parkte ihr Auto vor ihrer Kanzlei, sah kurz in den Rückspiegel, legte etwas Lippgloss auf, sprühte sich noch Mal Deo unter die Achseln, raffte ihre Sachen zusammen, zwei Ordner, ihr Telefon, die Handtasche, atmete ein paarmal tief durch und stieg aus dem Auto. »Guten Morgen, Karuna!«, flüsterte Yashi ihrer Kollegin zu.

Die telefonierte gerade und deutete mit einer Kopfbewegung an, dass im Besprechungszimmer schon jemand auf sie wartete. »Eine junge Frau. Sie weint«, flüsterte sie noch.

Yashi legte ihre Sachen auf ihrem Schreibtisch ab, griff im Vorbeigehen nach der Taschentücherbox und zog die Schultern nach hinten.

»Doktor Bhandari?« Die junge Frau sprang auf und schüttelte ihre Hand.

Yashi lächelte sie zuversichtlich an. »Guten Tag.«

»Ich bin Padma. Ich brauche Ihre Hilfe.«

»Nehmen Sie doch Platz, bitte. Ich muss jetzt leider gleich weiter und habe heute nicht viel Zeit. Aber erklären Sie mir gerne kurz, worum es überhaupt geht. Und dann vereinbaren wir einen weiteren Termin.«

Die junge Frau war klein und dünn. Sie trug eine einfache blaue Tunika, Sandalen, die langen Haare zu einem Zopf geflochten. Sie mied den Augenkontakt, befeuchtete immer wieder hektisch ihre Lippen und erzählte stockend und unter Tränen von ihrem Problem: »Die haben mir Geld versprochen. Also, viel Geld sogar.«

»Entschuldigung, wer denn?«

»So eine Klinik. Ich hab alles gemacht, was die von mir wollten. Also, es ist auch alles gutgegangen erst. Und dann haben die auch gezahlt. Aber jetzt haben die mir eine Rechnung geschickt. Also im Nachhinein. Und das verstehe ich nicht.« Sie reichte Yashi einen Umschlag, weinte und sagte leise; »Da muss was falsch sein. Das kann doch nicht sein. Ich kann das doch nicht bezahlen.« Sie putzte sich die Nase.

Es war keine Rechnung, es war eine erste Mahnung. *Diese Summe wird diese arme, junge Frau wohl wirklich nicht bezahlen können.* Yashi verstand noch nicht genau, was passiert war, aber sie sagte: »Wir kümmern uns darum. Können Sie mit meiner Kollegin einen Termin ausmachen?«

»Kann ich denn bald wiederkommen, bitte?«

Wieder fuhr sie sich mit der Zunge über die Lippen.

»Ja. Wir finden sicher in der kommenden Woche irgendeine Lücke im Kalender.«

Padma nickte erleichtert.

Yashi suchte ihren Blick: »Sie bezahlen diese Rechnung erst einmal nicht. Auch nicht, wenn die Klinik noch eine weitere Mahnung schicken sollte.«

»Nee. Dann wär ja auch nix mehr über von meinem Geld.«

»Okay. Entschuldigen Sie bitte, dass ich heute so in Eile bin. Bis nächste Woche dann.«

»Ja, also danke schon mal.«

Sie verließen beide das Besprechungszimmer. »Karuna, findest du bitte einen Termin für Padma? Möglichst zeitnah? Ich danke dir!«

Karuna nickte. »Klar. Ich kümmere mich darum. Kein Problem. Viel Glück mit den Textil-Typen!«

Yashi schnappte sich einen Ordner von ihrem Schreibtisch und verließ das Büro. Was den Webstuhl-Mandanten anging, rechnete sie sich gute Chancen aus. Wie viel das Unternehmen genau als Entschädigung zahlen würde und ob sie die Summe dann als angemessen akzeptieren konnte, wusste sie zwar noch nicht, aber ihre Erfahrung sagte ihr, dass sie keine Niederlage erleben würde. Die größeren, ermüdenden, ewig gleichen Fragen, die auch dieser Fall wieder aufwarf, würden sich allerdings auch heute wieder nicht klären lassen. Dass die Schlafsäle in der Fabrik überbelegt waren, die Toiletten verschmutzt, das Essen schlecht, manchmal sogar verfault. Dass die Fabrik das stinkende Abwasser einfach in den nahen Fluss leitete. Das alles würde nicht einmal zur Sprache kommen. Indiens Textilindustrie war wie eine besondere Droge: Alle waren abhängig von ihr, die einen amüsierten und betäubten sich mit ihr, die anderen litten die Schmerzen und starben an ihr.

Sie fuhr los. Versuchte sich zu konzentrieren. Und nicht schon über das nächste Problem nachzudenken. *Padma. Was genau ist dir wohl passiert?*

3

Die blauen Berge waren mit ihrer Hochzeit Yashis Heimat geworden. Sie erinnerte sich gerne daran, wie sie hier auf der Plantage angekommen waren. Den kleinen Bungalow bezogen hatten. Eins der Häuser, die leitenden Angestellten von ›O'Clock-Teas‹ zur Verfügung gestellt wurden. Dass sie den Blick und den Garten sofort geliebt hatte. Wie sie Farben auswählte, Stoffe, nach und nach Möbel. Wie klein sie sich zuerst gefühlt hatte. Sie war doch keine Ehefrau! Sie hatte doch kein eigenes Haus, führte keinen Haushalt, brauchte keine Hausangestellte. Und dann plötzlich doch.

Zu ihrer neuen privaten Rolle waren die beruflichen Aufgaben gekommen. Und weitere Selbstzweifel: Sie war doch keine Anwältin! Die Mandate übernahm. Vor Gericht sprach. Rechnungen schrieb. Ganz bestimmt keine bekannte Menschenrechtsanwältin. Sie war Yashilein, Yashi Anne, nicht Frau Doktor Bhandari. Allmählich nur war sie angekommen in ihrer neuen Welt. Hatte gelernt. Sich zurechtgefunden. Gepunktet. Stärke und Mut bewiesen. Glück gehabt und weitergemacht. Fälle gewonnen, Aufsehen erregt, sich durchgesetzt und Erfolg gehabt. Doch trotz allem kamen ihr bis heute immer mal wieder noch die Zweifel. Schaffe ich das? Tue ich, was ich soll? Erfülle ich die Erwartungen? Ist es richtig, wie ich lebe? Reicht, was ich tue? Und besonders drängend: Wie halte ich durch? Die Fragen und Unsicherheiten überfielen sie manchmal aus dem Hinterhalt wie eine Horde Banditen. *Her mit dem Selbstbewusstsein! Sie sind umzingelt.*

Drei Mal in ihrem Leben hatte sie bisher erlebt, dass die Kurinji-Blume blühte. Genau alle zwölf Jahre nur zeigte sie Farbe, das Lila-Blau, das den Nilgiris den Namen gab. In früheren Zeiten berechneten die Angehörigen des in dieser Region heimischen Stamms, die Paliyan, ihr eigenes Lebensalter mit der Blume. Von einem Tag auf den anderen tauchte sie ihre ganze Umgebung in warmes Blau. Die Kurinji gab alles. Und alles schien dann blass im Vergleich zu ihr. Das Rot der Granatäpfel, Safran-Gelb, das satte Grün der Teeblätter. Es war wie ein Sonnenaufgang in Blau. Berauschend.

Zum allerersten Mal hatte Yashi die Blume im August 1994 gesehen. Sie hatte damals schon drei Jahre hier gelebt und man hatte ihr natürlich von der Kurinji erzählt, aber als sie dann tatsächlich erlebte, wie anders die Welt am Morgen aussah, hatte sie es kaum fassen können. Sie hatte spontan gesummt, innerlich gesungen: »Amazing Grace! Erstaunliche Gnade.« Die Hymnen ihrer Kindheit waren zu ihr zurückgekehrt. »All Creatures of our God and King«. *Alle göttlichen, königlichen Geschöpfe, jubelt!* Es war, als wollte die Blume ihr Gottvertrauen neu beseelen. Berry war gerade geboren, Jason auch noch klein. Sie war oft müde gewesen. Hatte sich allein gefühlt. Das Wunder der blauen Blume hatte ihr mehr Mut gemacht, als sie in Worte fassen konnte. Die Blume blieb immer nur für zwei Monate, aber ihre Wirkung hielt länger. Im nächsten Jahr würde es wieder so weit sein. Kurinji würde die Bergregion verwandeln, ungefähr zu ihrem fünfzigsten Geburtstag.

Daran dachte Yashi, als sie langsam die Berge hochfuhr. In Coonoor hielt sie kurz an. Sie parkte am Straßenrand und ging zielstrebig zu einem kleinen Gemüseladen, einer Art Marktstand mit Bretterwänden.

»Misses«, rief ein junges Mädchen erfreut, als es sie wiedererkannte. »Heute schöne Tomaten. Ganz frisch Blumenkohl. Sehen Sie!« Sie zeigte auf ihr Angebot.

»Hallo, Asha! Schön, dich zu sehen. Ja, ich nehme einen Blumenkohl. Und auch ein Pfund Tomaten.« Das Mädchen packte alles eifrig ein. »Außerdem brauche ich eine Ananas.«

Das junge Mädchen zeigte auf die Früchte vor ihr. »Schauen Sie, Misses.«

Aber Yashi winkte ab. »Such du bitte eine aus.«

Asha sah prüfend über den großen Stapel, wählte dann eine Frucht aus, zeigte sie Yashi, wartete ihr Nicken ab und reichte sie ihr. »Noch Wünsche, Misses?«

»Rote Zwiebeln, Knoblauch und Chillis, bitte.«

»So wie immer?«, fragte Asha.

»Doppelt so viel wie sonst. Wir bekommen heute Besuch.«

Asha suchte alles zusammen, packte die Einkäufe in eine große Papiertüte und überreichte sie Yashi. »Das macht 180 Rupien.«

Yashi zahlte und bedankte sich: »Danke. Und bis bald, Asha.«

»Auf Wiedersehen, Misses.«

Ihr Wagen hatte in der Sonne gestanden und es war drückend heiß, als sie wieder einstieg. Sie freute sich auf die frische Luft der Berge und den kühlen Platz auf ihrer Terrasse.

Der Tag war lang gewesen. Am Vormittag hatte sie das Dorf Masinagudi besucht, das für einen Preis nominiert worden war, und gemeinsam mit einigen Dorfältesten überlegt, was sie tun könnten, um ihre Chancen in dem Wettbewerb noch zu verbessern. Der »Parti-Award« wurde ausgelobt für Projekte, die etwas Beispielhaftes zur Demokratisierung beitrugen. Es war ein schöner Termin gewesen. Mal etwas anderes als Schreibtisch, Mandantinnen-Gespräche und Gerichtsverhandlungen. Ihre Freundin Namya hatte sie gebeten, das Dorf zu beraten. Ihre älteste Freundin. Der trotzigste Mensch, den Yashi kannte. Wann immer sie etwas tun konnte, um Namya zu unterstützen, wollte sie es tun. Das hatte sie sich vor Jahren schon geschworen. *Es gibt diese Seelenverwandten, vielleicht eine, zwei oder mit viel Glück auch drei, und die wollen geehrt werden. Sie sind die unsichtbaren Begleiterinnen, die einen Kreis aus Segen und Schutz um uns herum bilden.*

Sie war Namya dankbar, dass sie Masinagudi in ihr Leben gebracht hatte. Das Dorf war ein Beispiel an Eigenständigkeit und hatte als Ganzes beschlossen, auf Monokulturen zu verzichten. Außerdem würde man auch nie auf einen einzigen, großen Arbeitgeber setzen. Yashi war tief beeindruckt gewesen von den Ideen, die sie heute dort erlebt hatte. Sie hatte es gemocht, in der Rolle einer Moderatorin zu Gast zu sein und ihnen zu helfen, ihre vielen Ideen zu ordnen.

Jetzt war sie froh, heute bereits am Nachmittag wieder zu Hause zu sein.

»Ich bin da, Manjula!«, rief sie, stellte Tasche und Ordner im Flur ab, warf einen flüchtigen Blick auf die Post und zog ihre Schuhe aus. In der Küche duftete es schon nach frischem Koriander. Yashi hatte ausgesprochen gerne Gäste, auch wenn sie heute Abend eher Kiran zuliebe eine gute Gastgeberin sein würde.

Jeder Abend mit Damar Patel war eine Herausforderung für sie. Dieser engste Kollege ihres Mannes war ein gewiefter Geschäftsmann. Er wusste von allen Angestellten, zu welcher Kaste sie gehörten, und diese Zugehörigkeit war ihm auch die wichtigste Ratgeberin bei Entscheidungen. Yashi lehnte diese Haltung entschieden ab. Aber sie wusste, dass sie ihn nicht ändern würde. Außerdem musste sie sich eingestehen, dass Damar nicht nur Kasten kannte, sondern auch alle Namen wusste, sich an Geschichten erinnerte, an Verwandtschaftsverhältnisse und an die Geburtstage des ganzen Teams. Und das bewunderte Yashi. Er würde sie gemeinsam mit seiner Frau Gini besuchen. Eine Person, die so anders war als sie selbst, dass sie immer nur den Kopf schütteln wollte. Eine Gemeinsamkeit hatten sie allerdings: Gini und sie liebten beide Aniskuchen. Und den würde sie jetzt backen. Gleich zwei, um ihr am Ende des Abends einen zu schenken.

»Misses«, begrüßte Manjula sie.

»Hallo, Manjula. Mein Tag war anstrengend. Aber jetzt bin ich hier.« Sie füllte ein Glas mit kaltem grünem Tee, trank ein paar große Schlucke und dann besprachen die beiden, was zu tun war. Sie würden das weiße Porzellan-Geschirr decken, das gute Silberbesteck, echte Gläser. Metallteller und -becher würden an diesem Abend im Schrank versteckt.

Dazu würde sie Servietten aus Baumwolle auf die Plätze legen und frische Blumen holen. Gladiolen aus dem Garten in einer hohen Vase für den Eingangsbereich, Rosen für den Tisch. Sie würde natürlich vegetarisch kochen und ihre Gäste mit zwei Sorten Curry verwöhnen, einem scharfen Ananas-Linsen-Curry und einem milderen mit Tomaten, Knoblauch und Kichererbsen.

Dazu servierte sie Reis, frittierten Blumenkohl in Safrancreme, Idlis, Mango- und Koriander-Chutney. Statt das klassische Payasam als Dessert anzubieten, würde sie dann zum Schluss den Aniskuchen servieren. Gini hatte bei ihrem letzten Besuch drei Stücke davon gegessen.

Yashis Smartphone ließ einen Gong-Ton hören. Ein Zeichen dafür, dass es eine neue Nachricht in ihrer Familiengruppe gab.

Manjula sah sie neugierig an. »Ist es Miss Berry?« Manjula kannte ihre Tochter Berenike seit ihrer Geburt und freute sich immer, von ihr zu hören.

Yashi las die Nachricht und nickte. »Ja, tatsächlich. Es geht ihr gut. Sie lässt dich grüßen.« Dann grinste sie. »Sie hat schon wieder diesen Jackson erwähnt. Ob sie sich wohl wirklich verliebt hat?«

Manjula schüttelte missbilligend den Kopf. »Besser, eine Ehe arrangieren. Mit einem Mann von hier. Nicht ein Amerikaner.« Sie schnalzte ein paarmal mit der Zunge, um ihren Widerwillen zu unterstreichen.

Yashi lachte. »Ach, liebe Manjula! Berry lebt in den USA. Sie hat dort studiert und wird selbst entscheiden wollen, wie ihr Leben weitergeht.« Sie polierten jetzt die Gläser.

»Sie fehlt mir«, sagte Manjula und drückte eins der hohen Gläser an ihre Brust.

Yashi sah darüber hinweg. *Na, mir erst.* »Außerdem«, fuhr Yashi fort, »weiß ich gar nichts über diesen Jackson. Vielleicht ist er ja ein guter Junge aus Chennai, kommt aus einer christlichen Familie und spricht Tamil wie wir.« Sie lachte und zuckte die Schultern. »Oder er ist ein weißer Immobilienmakler aus Texas.«

Manjula hielt sich das Handtuch vor den Mund, weil sie ungewollt kichern musste. Sie lachten beide und Yashi meinte: »Wir sollten Berry vertrauen. Sie ist klug und weiß, was sie will. Warten wir es einfach ab. Ich glaube es auch noch nicht. Es wäre das erste Mal, dass sich Berry auf eine Liebesbeziehung einlässt.«

»Oh ja! Miss Berry wusste immer genau ihren Willen«, stimmte Manjula zu.

»Allerdings. Sie war ein sehr eigenes Kind. Und ist es wohl immer noch.«

Wieder gongte das Telefon. Yashi las, wer da auf Berrys Nachricht reagiert hatte. Wie richtig vermutet, war es ihre Schwester. Dayita und Berry hatten sich immer schon nahgestanden. »Wann erfahren wir denn endlich mehr über diesen Jackson?« Die kurze Nachricht formulierte genau, was sie selbst nicht zu fragen gewagt hätte.

Berry schickte einen Smiley. Und schrieb dann: »Hab ihn bei einer Demo kennengelernt. Anwalt. Wie ihr, Ma und Jason.« Noch ein Smiley.

Noch ein Gong, noch eine Nachricht: Zina schrieb: »Oh, l'amore! Ich werde ihn sicher als Erste kennenlernen. Berichte!« Ein kurzer Stich zeigte Yashi, dass sie ihre Schwägerin beneidete. Um ihre räumliche Nähe zu Berry. Um die Möglichkeit, viel zu reisen, hier und dort zu leben, irgendwie in beiden Welten.

»Werden Sie Berry bald besuchen?«, fragte Manjula.

Aber Yashi schüttelte den Kopf. »Erst Mal nicht. Ich habe hier zu viel Arbeit.«

»Und Jason?«

Die Frage stand eine Weile allein im Raum. Gestellt und nicht abgeholt. Nicht willkommen. »Jason«, seufzte Yashi, »nein, den auch nicht.«

Manjula wagte noch eine weitere Frage: »Und die Kinder? Besuchen sie uns?«

Yashi hob die Schultern und ließ sie langsam wieder sinken. »Ehrlich? Ich weiß es nicht. Es ist nichts geplant. So eine Reise ist ja auch teuer, der Flug und so weiter. Ich denke, Berry wird wohl eines Tages wieder hier leben. In Indien. Vielleicht schon bald. Aber Jason? Er wird Amerikaner.« Sie sah Manjula offen an. »Er ist weit weg.« Die alte Haushälterin nickte. Yashi sagte leise: »Kinder zu haben ist riskant. Sie machen uns so verletzlich. Sie bringen unser Herz echt in Gefahr.« Sie lachte kurz auf. Und sagte dann energisch: »Was allerdings längst nicht so gefährlich ist, wie diesen Zusammenhalt aufzugeben. Auch wenn er manches von uns fordert.«

»Vielleicht Sie laden Ihre Eltern ein?«, sagte Manjula. Und ergänzte verschmitzt: »Das ist leichter.«

»Das ist eine gute Idee, Manjula! Danke! Ich werde direkt morgen meine Ma anrufen und sie bitten, bald mal wieder ein Wochenende mit uns zu verbringen.«

Wieder gongte es. Überrascht sah Yashi, dass es eine Nachricht von Kiran war. Der schrieb eigentlich nie an die Familiengruppe. Und die Botschaft war auch nur für sie. Sie las sie laut vor: »Die Patels mussten leider absagen für heute Abend.« Yashi war erleichtert. Sie beschloss, trotzdem zu kochen, aber nur einen Kuchen zu backen und das normale Metallgeschirr zu decken.

Manjula meinte: »Und vielleicht doch Rosen. Für sie selbst schön.« Manchmal überraschte die alte Haushälterin sie.

Schweigend bereiteten sie weiter das Abendessen vor. Der Duft von Koriander mischte sich mit dem von Curry, Tomate und Anis.

Yashi freute sich, dass sie einen freien Abend vor sich hatte. Und vielleicht eine Episode von »Grey's Anatomy« gucken könnte oder »Agent Raghav«, ihre momentane Lieblingsserie. Sie dachte an das kleine Dorf Masinagudi. An ihre alten Eltern, die Ärztin und den Arzt, die Mutter und den Missionar, die Eapens, Thomaschristen, mit ganzem Herzen gerne indisch. An Dayita in ihrer Nähe. An Jason und Berry beide weit weg in Amerika. So verschieden. So eigen. An einen Mann, der zwei Finger an einen Webstuhl verloren hatte, dessen Fall heute doch noch nicht abgeschlossen worden war. Und an die junge Padma, die wohl irgendwie hintergangen worden war.

4

Yashi sah zum Anwalt der Gegenseite. Er hatte sie vor zwei Wochen tatsächlich versetzt. Sie verabscheute diese Machtspielchen. Aber jetzt war es endlich so weit. Yashi sah auf ihre Notizen und dann zur Richterin. Sie spürte, wie ihr heiß wurde, zwang sich, ruhig zu atmen, stand auf, zog ihre Tunika glatt und räusperte sich. »Mein Mandant wurde zu Überstunden gezwungen. Er war übermüdet. Er wurde völlig unzureichend eingearbeitet. Und hat deshalb, ein niemals widergutzumachender Schaden, zwei Finger verloren. Wir fordern ein Jahresgehalt von 64 000 Rupien als Entschädigung. Die Weiterbeschäftigung von Mr. Khatun. Und dieselbe Bezahlung wie vorher, auch wenn er wegen seiner Behinderung jetzt nicht mehr dieselbe Arbeit tun kann.«

Yashi setzte sich wieder. Ihr Atem beruhigte sich. Gespannt wartete sie, wie die Richterin entscheiden würde. Alle Argumente waren zusammengetragen worden.

Richterin Gopal hatte ihr und der Gegenseite aufmerksam zugehört. Ihr Urteil fiel wie gewohnt knapp aus: »Das Gericht folgt der Anklage. In allen Punkten. Angesichts des sehr geringen Lohns des Opfers halte ich allerdings eine höhere Entschädigung von 98 000

Rupien für angemessen. Ich danke Ihnen allen. Die Verhandlung ist geschlossen.«

Yashi jubelte innerlich. Die Richterin warf ihr einen kurzen anerkennenden Blick zu. Ganesh Khatun bedankte sich überschwänglich bei ihr. Sie packte ihre Sachen zusammen, Aktenordner und Handtasche, und eilte aus dem Saal.

In der Eingangshalle traf sie auf Karuna. »98 000 für den Webstuhl«, sagte Yashi.

»Wow! Das ist mehr als erwartet. Ich gratuliere!«

»Soll ich nicht doch bleiben?«

»Nein. Ich schaffe das schon.«

Der Fall, den Karuna vorbringen würde, lag ihnen beiden schwer auf der Seele. Dass er heute, am 8. März, dem Internationalen Frauentag, zur Verhandlung kam, mochte dem ganzen Prozess vielleicht noch mehr Schwung geben, denn Richterin Patal war als ausgesprochene Frauenrechtlerin bekannt.

Ein junges Mädchen war vergewaltigt worden. Ein Aufzugbetreuer in ihrem Wohnblock hatte ihr eine Orangina spendiert. Das Getränk war mit einer Droge versetzt. Er hatte sie gefesselt und vergewaltigt. Dann hatte er einige andere Männer, die sich um das Gebäude kümmerten, eingeladen, mitzumachen. Zwei Sicherheitskräfte, ein Klempner, ein Elektriker. Das Mädchen war zwölf. Die Zeitungen hatten darüber berichtet. Der Fall wurde öffentlich diskutiert. Die Mutter des Mädchens wurde beschuldigt. Die Polizei wurde angeklagt, zu passiv zu sein, herzlos und gleichgültig. Der Ruf nach strengeren Gesetzen wurde lauter. Eine Zeitung hatte gefragt: »Was ist los mit den indischen Männern?«

Lange hatten Kinder, Frauen und ihre Familien bei Vergewaltigungsfällen aus Scham geschwiegen. Die Dunkelziffer war sehr hoch. Eine Studie sagte, dass 99 Prozent aller sexuellen Übergriffe gar nicht zur Anzeige gebracht wurden. Aber das änderte sich jetzt. Die Regierung war alarmiert und wusste, dass sich etwas ändern musste.

»Ich wünsche dir Kraft. Und viel Glück.« Yashi verabschiedete sich. Sie würde kurz in der Kanzlei vorbeifahren, ein paar Akten holen und dann zu Hause weiterarbeiten.

Am Nachmittag war sie die Papiere, Argumente und Plädoyers leid und beschloss spontan, Kiran zu besuchen. Es war sehr lange her, dass sie das getan hatte. Ihre eigene Arbeit ließ ihr kaum Pausen, um sich mit der Arbeit ihres Mannes zu beschäftigen. Sie ging ins Bad und nahm sich Zeit. Kämmte sorgfältig ihre Haare, flocht einen lockeren Zopf und steckte sich eine Jasmin-Blüte an den Scheitel. Sie sah, dass ihre Tunika vom Vormittag Schweißflecken unter den Armen hatte, zog sie aus und wählte einen einfachen, dunkelgrünen Sari, kleine goldene Ohrringe, schmale Riemchensandalen, sah sich im Spiegel an und nickte. *Ich sollte mögen, was ich sehe.*

Sie ging zu Fuß über die Plantage. Vorsichtig, mit kleinen Schritten, der Boden war feucht und rutschig. Sie musste mehreren großen Pfützen ausweichen. Es war angenehm kühl. Unten in der Stadt war es mindestens zehn Grad wärmer gewesen. Meist fuhr sie mit dem Auto hier entlang. Seit vielen, vielen Jahren jetzt. Dann bemerkte sie die Unebenheit der Straße, aber nicht die Gerüche. Diese Mischung aus Müll, verbranntem Müll, Fäkalien, Urin und Abwasser. Sie hielt sich das Ende ihres Schals vor die Nase. Ihr Haus stand am Rand der Plantage. Der gnädige Wind aus dem Süden brachte tags wie nachts den Duft von Grün zu ihr. Aber hier, auf der Rückseite des Berges, stank es. *Wie halten das die Menschen aus, die hier wohnen? Wann wird es endlich besser mit unserem Land? Wann werden die vielen Versprechen wahr?*

Sie nickte freundlich, wenn ihr jemand entgegenkam, Teepflückerinnen, Angestellte, eine kleine Touristengruppe. Sonst fuhr sie vorbei an diesen Gegensätzen. Heute schlugen sie ihr mit voller Wucht entgegen. Der Gestank, der glitschige Weg, das Fremde lagen ihr im Magen wie eine unverdauliche Frucht. Sie hoffte, Kiran würde etwas Zeit für sie haben. Zeit für eine Tasse Tee.

Ihre Ehe war arrangiert worden. Sie war gerade mal 21 Jahre alt gewesen, als ihr Vater zum ersten Mal davon sprach, dass sie nach einem Mann für sie suchten. Es war ein Schock für Yashi, als sie merkte, dass es beschlossen war. Sie dürfte ihren zukünftigen Mann mit auswählen, aber es stand nicht zur Debatte, dass sie heiraten würde. Ihr Vater war streng, wenn es um seine Prinzipien und Überzeugungen ging. Er hatte eine sehr genaue Vorstellung davon, welche Werte wichtig, welche Ordnung richtig war. Sie hatte sich nicht reif gefühlt für eine Ehe. Sie wollte alleine sein. Reisen. Nach Europa und in die USA. Sie wollte eine eigene Wohnung haben. Unbeobachtet sein. Ausschlafen, ohne dass jemand es mitbekam. Essen, was sie wollte. Ihre Mutter hatte sie beruhigt. Natürlich würde sie ihr Studium abschließen.

»Das ist ja selbstverständlich!«, hatte ihr Vater verkündigt. Ja, Bildung wurde in ihrer Familie großgeschrieben. So wichtig die Nächstenliebe war, die er als Arzt praktizierte, und die Feier des Gottesdienstes, das Zentrum des Glaubens war für ihren Vater wie für die meisten Thomaschristen die Bildung. Lernen und lehren. So war er großgeworden und so gab er es weiter. Jesus von Nazareth war ein bedeutender Lehrer; die Kirche eine Lerngemeinschaft, in der Lesen, Memorieren und Reflexion im Mittelpunkt standen. Er hatte auch immer äußerst gewissenhaft Zeitung gelesen und Nachrichten gehört. Denn informiert zu sein war ein weiteres Gebot.

Sie hatte also ein paar Jahre gewonnen, Jura studiert und ihren PhD gemacht. Und dann war Kiran da gewesen. Er war die erste Wahl und sie hatte schnell zugestimmt. Kiran, Ältester von vier Geschwistern, aus einer Familie von Kaufleuten.

Gleich bei ihrem allerersten Treffen hatte er sie sehr direkt nach ihrer Haltung zum Kastensystem befragt. Sie war überrascht gewesen. Beide Familien waren doch Thomaschristen. Damit war eigentlich klar, dass sie Kasten ablehnten.

Aber Kiran hatte es genau wissen wollen: »Es geht mir nicht um etwas Philosophisches. Kasten prägen ja den ganzen Alltag.«

Sie hatten sich richtig gut unterhalten. Sogar gelacht. Und sich geschworen, dass Kasten für sie keine Rolle spielten. Dass sie nicht an allzeit wirksames Karma glauben würden. Dass sie auf Vernunft vertrauten und Vergebung. Seit Jahrhunderten versuchten Thomaschristen, sich bei der Heirat ihrer Kinder mit anderen Familien derselben Tradition zu verbinden. Ihre Einigkeit bei diesem Thema hatte sie für ihn eingenommen. Sie hatten sich immer wieder schüchtern angelächelt und Yashi hatte schnell gewusst, dass es gut mit ihnen würde. Dass es eine Verbindung zwischen ihnen gab, die ein Zuhause schaffen konnte und vielleicht sogar Liebe.

Im letzten Jahr hatten sie ihre Silberhochzeit gefeiert. Von einem Prinzen hatte sie nie geträumt und das war Kiran auch nicht. Gewünscht hatte sie sich nur, dass ihr Mann höflich wäre. Und treu. Er sollte Literatur und Musik mögen. Und wissen, dass er eine Seele hat. Weinen können. So ein Mann, zu dem eine Frau ihren Sohn erziehen würde. Und diese Bedingungen erfüllte Kiran. Und gut sah er aus. Er strengte sie trotzdem oft an, war aber spannender als eine Märchenfigur, eben ein echter Mensch. Die größte Spannung kam durch ihre unterschiedlichen Berufe in ihr Leben. Yashi war mit den Jahren zu einer Expertin im Arbeitsrecht geworden, Kiran leitete ein kleines Unternehmen. Yashi hatte gelernt zu streiten, Kiran war ein Verkäufer.

Sie sah das Schild der ›O'Clock-Teas Limited‹. Und das schöne Logo, eine Tasse, aus der grüne Blätter aufstiegen. Ihr letzter Besuch mochte über ein Jahr zurückliegen. Sie staunte immer wieder beim Anblick des hübschen, alten Verwaltungsgebäudes der Plantage im Kolonialstil, mit breiten Säulen, Erkern und Balkonen. Auch heute noch war sichtbar, dass der Teehandel lange, seit dem 17. Jahrhundert, durch die Britische Ostindienkompanie bestimmt worden war. Während des Opiumkrieges fürchteten die Engländer, sich nicht weiter auf China als Teelieferanten verlassen zu können, suchten nach neuen Anbaugebieten und entschieden sich für Sri Lanka und Indien. Sie brachten den Teeanbau in ihre damaligen Kolonien.

Ceylontee, der Assam aus Nordindien und der Darjeeling aus dem Himalaja-Vorland wurden weltberühmt. Die Sorten, die hier in den Bergen des Südens gediehen, waren weniger bekannt. Fruchtig, weniger bitter. Trotzdem machten sie ein Viertel der gesamten Tee-Ernte Indiens aus. Denn anders als im Norden des Landes konnte hier das ganze Jahr über geerntet werden, wenn die Ernte im Monsun-Juli und zum kalten Jahresbeginn wohl auch als die beste galt. Hier wurde noch nach der alten Methode produziert: Die Blätter welkten in der Sonne, das Rollen geschah per Hand, die Oxidation fand in geflochtenen Körben statt. Die ›O'Clock-Teas Limited‹ war bekannt für einen Klassiker mit Bergamotte und andere aromatisierte Tees. Ein kleines Familienunternehmen, das vor einigen Jahren in eine Gesellschaft verwandelt worden war.

Am Nebeneingang hatte sich eine lange Schlange gebildet. Männer und Frauen, die geduldig warteten, ob es heute Nachmittag noch Arbeit für sie gäbe.

Plötzlich eingeschüchtert, ging Yashi durch die breite Eingangstür. *Ich gehöre nicht hierher. Ich habe nicht viel gemeinsam mit den Frauen, die hier arbeiten. Mit den Kulis. Nur, wenn ich sie als Mandantinnen besuche. Und dieses alte, britische Flair macht mir Angst. Es ist furchteinflößend. Als würde ein bestimmtes Benehmen gefordert. Als wäre ein für alle Mal bestimmt, wie erfolgreiche Menschen zu sein und auszusehen haben. Hellhäutig, weiß. Mit Hut, Stock und Kragen. Großen Hüten und Klunkern am Finger. Ich gehe in fremde Häuser und Verhandlungssäle. Ich gewinne Prozesse. Aber wenn ich hierherkomme, fühle ich mich unwohl.*

Der Duft des Tees überlagerte alle anderen Gerüche. Yashi nahm es fast den Atem. Die Tür zu Kirans Büro stand offen. Er war in ein Dokument vertieft und bemerkte sie nicht sofort. Sie beobachtete ihn. Sein Schreibtisch war so aufgeräumt, als würde niemand überhaupt daran arbeiten. Das hellblaue Hemd saß wie angegossen. Die eine rote Gladiole im Fenster hatte nicht *eine* welke Blüte. Alles war perfekt. Er blickte auf. »Ist etwas passiert?«, fragte er ängstlich.

Sie wollte ihm doch keinen Schreck einjagen! »Nein, ich hatte nur etwas Zeit. Ich war am Morgen im Gericht, habe gewonnen, habe konzentriert gearbeitet, brauchte eine Pause und dachte, ich besuche dich einfach mal wieder.«

»Ach, gut. Da bin ich erleichtert. Was für eine schöne Überraschung! Und du hast heute gewonnen. Das freut mich für dich.« Kiran kam auf sie zu, nahm sie in die Arme und ließ sie eine Weile nicht los. Sie hatte ihn immer gut riechen können. Der Duft der Teeblätter saß bei ihm in jeder Pore. »Du bist eine tolle Anwältin. Komm! Wir trinken Tee!«, sagte er begeistert und zog sie mit sich. »Wie schön, dass du gerade heute vorbeikommst.«

Sie nahmen im Verkostungsraum Platz. »Wir haben gerade zwei neue Sorten entwickelt«, erzählte er stolz. Er winkte einem jungen Mann zu, der über den Flur huschte. »Kewal! Hey! Bring mal zwei Kannen mit den Neuen!« Der nickte eifrig und verschwand, um nur einen Moment später mit einigen Tassen, Milch und Zucker zurückzukommen. »Irgendwann in den nächsten Tagen kommt ein Tee-Koster. Ich hoffe, dass er diese neusten Mischungen mag.« Kewal brachte zwei Kannen. Kiran hob den Deckel der ersten, roch daran, schüttete Yashi eine Portion ein und gab etwas Milch und Zucker dazu. »Ein mit Karamell aromatisierter Schwarztee. Bitte!«

Yashi pustete und probierte dann. »Lecker! Was ist da drin?«

»Karamellstücke. Fürs Auge.« Kiran zwinkerte ihr zu. »Karamellzuckersirup, gezuckerte Kondensmilch, Mandelöl, Butter, Glukosesirup. Und noch ein paar Kleinigkeiten. Emulgator, Sorbit und so was. Aber das sagt dir nichts. Was meinst du?«

»Ja, er ist wirklich lecker. Man bekommt direkt Lust, Kekse zu essen. Oder Aniskuchen. Oder die Kardamomplätzchen, die meine Mutter backt. Hm!«

»Wir sollten einen Tee erfinden, der Lust macht, zu joggen«, lachte er.

Sie guckte ihn an, verunsichert, ein bisschen verletzt.

»War nicht so gemeint«, lenkte er sie ab. »Wünsch mir Glück, ja? Es wäre gut, wenn wir mit diesen beiden neuen Sorten Erfolg hätten.«

Sie sah ihn fragend an. »Ist es schwierig? Hat die ›O'Clock‹ Probleme?«

»Nein, nein. Der Markt verändert sich nur mal wieder ein bisschen. Europa will fair gehandelten Tee. Amerika will nicht angemessen zahlen. Die Konkurrenz ist groß. Wünsch mir einfach Glück.« Er setzte sich aufrecht hin. »Hier, probier auch noch die zweite Neuheit!« Er nahm eine neue Tasse und verzichtete diesmal auf Milch und Zucker. »Ich verrate nichts. Probier den puren Tee und sag mir, was du schmeckst.«

Sie zögerte. Kiran war immer noch so schlank wie damals, als sie sich kennenlernten. Sie hatte über die Jahre etwas zugenommen. Störte ihn das? Sie beschloss, den Gedanken ans Joggen vorerst wegzuschieben, und nippte ein paar Mal. »Rose!«, sagte sie überzeugt. Und fragte: »Mandel?«

Kiran jubelte: »Genau richtig! Schwarztee mit Rosenblättern, Marzipan, Rosenwasser und Mandeln. Und Marzipanstücken.«

»Fürs Auge, hm?«, fragte sie. Kiran nickte. Sie sagte anerkennend: »Er schmeckt echt gut.«

»Aber du bleibst ja doch weiter bei den Zitrussorten, hm?«, neckte er sie.

»Bis du eine Sorte erfindest, die mich zum Laufen bringt, ja«, erwiderte sie etwas spitz.

»Es tut mir leid. Ich wollte dich nicht kränken. Du siehst so schön aus.« Er zeigte auf die Blüte in ihrem Haar.

»Schon okay«, winkte sie ab. »Du hast wirklich das Talent deines Großvaters geerbt. Er wäre stolz auf dich.«

»Talent? Ich weiß nicht. Unsere erste Sorte, ›Appas Flavour‹, ist ja eigentlich zufällig entstanden. Du kennst die Geschichte doch.«

Yashi nickte. Großvater Bhandari hatte eines Tages nur eine große Teedose zur Hand gehabt und Zimt- und Vanillestangen auf die Teeblätter gelegt. Dann hatte er die Dose eine ganze Weile lang vergessen. Als er den Tee schließlich probiert hatte, war er köstlich. Und einmalig. Der erste aromatisierte O'Clock-Tee war erfunden.

Kiran rief nach Kewal. »Bringen Sie meiner Frau bitte ihren Lieblingstee. Lady Grey mit frischer Zitrone und einem Stück braunem Zucker!«

»Sofort, Sir.«

Yashi schmunzelte. Als sie sich kennenlernten, hatte Kiran ihr lauter Teegeschichten erzählt. Die Vergangenheit ihres Lieblingstees hatte ihr besonders gut gefallen: Premierminister Charles Grey, der zweite Earl Grey, hatte sich einst eine Ladung Tee aus China liefern lassen. Per Schiff. An Bord wurde auch feinstes Bergamottöl befördert. Das Schiff geriet in einen schlimmen Sturm. Der Behälter mit dem Öl lief aus und triefte in den Tee. Der Kapitän fürchtete schon, die Lieferung sei verdorben. Aber der Earl liebte, was er schmeckte. So weit die Legende. Sie drückte Kirans Hand.

Kewal servierte ihr eine weitere Tasse. »Der ist gut! Immer noch der Beste«, seufzte Yashi. Sie schloss für einen kurzen Moment die Augen. Dann gab sie sich einen Ruck. »Ich gehe jetzt wieder. Schreibe noch ein paar Mails, zahle Rechnungen. Wir sehen uns später.« Sie standen auf. Er nahm ihr Gesicht in seine Hände und gab ihr zum Abschied einen Kuss auf die Stirn.

Sie ging nach Hause. »Fürs Auge« oder »fair« – was für Unterschiede es gab. Die Anwältin und der Verkäufer sahen die Welt wirklich aus unterschiedlichen Blickwinkeln. Sie sah noch einmal zum schönen Haus hinüber, zu Kirans Büro. Verbot sich ihre selbstgerechten Gedanken. *Er gibt vielen Menschen Arbeit. Er ist verantwortungsvoll. Fleißig. Zuverlässig. Ja, ich wünsche ihm Glück. Ihm, dem Karamell und dem Marzipan. Und den Teepflückerinnen auch. Und mir selbst.*

Sie sah die Pflückerinnen über die Teeberge verteilt. Ein schönes Bild. Wurden sie wohl fair bezahlt? Yashi glaubte fest, dass es so war. Kiran war ein guter Geschäftsmann, der Geld verdienen wollte, aber er war nicht der habgierige Typ Unternehmer. Er hatte

Anstand. Sie wusste, dass sie Kiran vertrauen konnte. Außerdem: Die Berge waren ihr Zuhause. Wenn sie hierherkam, wollte sie nicht schon wieder über die fiesen Seiten der Wirtschaft nachdenken. Sie wollte die schweren Themen, Rechtsbrüche, Arbeitsbedingungen und Armut, hinter sich lassen. Wie die Stadt. Sie wollte nicht immer die Anwältin sein, sondern ein Mensch mit einem Zuhause. Sie brauchte den Rückzug. Und zu Hause wollte sie sich am liebsten auch nicht streiten.

Eine ältere Frau kam ihr entgegen. Sie ging an einem Stock, schwer gebeugt. Als sie Yashi sah, hob sie den Stock und beschimpfte sie. Sie humpelte weiter und schrie dabei einzelne Worte in Yashis Richtung. Hob wieder drohend den Stock und wirkte sehr wütend. Sie sprach Telugu und Yashi verstand nur »Pilla-du«, Kind. Und »ko-Du-ko«, Sohn. Verstört sah Yashi ihr nach. Wer war diese Frau? Und hatte sie wirklich sie persönlich gemeint? Oder war sie nur eine verwirrte Alte?

5

In der Montessori-Schule St. Clair war Unterrichtspause. Hunderte von Mädchen und Jungen in blauen Uniformen waren draußen auf dem Schulhof, spielten auf der großen, gepflegten Wiese. Yashi saß in ihrem Auto und sah sie im Rückspiegel Bälle kicken, Seilspringen, mit Jo-Jos und Gummitwist spielen. Die Älteren standen in Cliquen zusammen. Sie hatte den Vormittag hier verbracht. Viele Schulen im Land organisierten einmal im Jahr gemeinsam mit der Bildungsabteilung von Amnesty International einen »Tag der Menschenrechte«. Sie kannte den Direktor der Schule und hatte ihm ihre Unterstützung gerne zugesagt. Die Fragen und Beobachtungen der Schülerinnen und Schüler waren sehr anregend und ermutigend gewesen. Yashi wollte nicht direkt weiterfahren, steckte sich die Ohrhörer in die Ohren und klickte auf die Playliste mit dem Titel »Ausdauer«. Sie hörte »Chimes of Freedom«, die Live-Version mit Bruce Springsteen, Tracy Chapman und Sting. Sie schloss die Augen und dachte an ihre eigene Schulzeit. Auch sie hatte weiße Bänder in den Haaren getragen. Namya war nicht nur Klassensprecherin gewesen, sondern auch Klassenbeste und ihre engste Freundin. *Ich muss sie unbedingt mal wieder anrufen. Heute noch. Oder ihr eine*

Mail schreiben. Mein Alltag ist ein Zeitfresser. Ein Nimmersatt. Er verschlingt Stunden. Er hat ein großes Lätzchen um und haut sich den Bauch mit kostbaren Minuten voll. Wann werde ich ihm den Löffel aus der Hand nehmen?

Mit Namya gemeinsam war Schule ein Erlebnis gewesen. Was hatten sie nicht alles gelesen. So viele Bücher! Von ihrem kleinen Taschengeld gekauft, zum Geburtstag geschenkt bekommen, die meisten aus der Bibliothek ausgeliehen. Sich gegenseitig vorgelesen. Zuerst indische Märchen, dann »Alice im Wunderland« und »Die mutigen Frauen Indiens«, ein dickes Comicbuch mit der Geschichte von Rani Jhansi und anderen Heldinnen. Später Rabindranath Tagore, die Gedichte von Sarojini Naidu und Geschichten von Narayan. Sie hatten ihre Köpfe auch in dicke Enzyklopädien gesteckt. Und immer herausfordernderer Texte gelesen, je älter sie wurden. »Das Tagebuch der Anne Frank«. Beharrlich auf der Suche nach Wahrheit. Nach den Geschichten hinter den Daten und Zahlen, die sie im Unterricht lernten. Namya liebte die Romane von Sarat Chatterjee. Wie schonungslos er über Armut schrieb, über Magie und Vorurteile, Unterdrückung. Er war der erste indische Feminist, den sie kennenlernten. Auf der Highschool hatten sie nächtelang diskutiert. Nicht nur auf Tamil oder Hindi, sondern oft auch auf Englisch, um die Sprache besser zu lernen. Teenager, junge Mädchen, die die Welt verstehen wollten. Namya war schlagfertig und forderte Yashi heraus.

Sie stritt sich schon damals gerne, legte sich mit Mitschülerinnen und Lehrern gleichermaßen an. Sie hatten den Globus gedreht und überlegt, wohin sie reisen würden. Unbedingt nach England. Um sich diese Briten mal im Original, aus der Nähe anzusehen, in ihrem eigenen, nassen kalten Land. Vielleicht nach Australien. Ganz sicher nach Amerika, in die USA. Ihr Abschlussjahrgang war ihr Zirkel, ihre erste Öffentlichkeit, hier konnten sie sich ausprobieren. Sie hatten auch über die Klassengemeinschaft gesprochen. Über Außenseiterinnen, Petzen, Snobs, Streber und Nerds. Wenn Namya bei ihnen zu Hause zu Besuch war und mit ihnen zu Abend aß, hatte ihr Vater ihnen immer wieder lange Vorträge über die Bedeutung von Bildung gehalten. Der Besuch einer Schule würde das Kastensystem unbedeutend machen. Ein Studium würde triumphieren über alle anderen Zugehörigkeiten. Es gab diese Themen, bei denen er keine Widerrede duldete. Sie hatte ihm geglaubt, sich gleichzeitig immer wieder gewehrt gegen das Auswendiglernen und die vorgefertigten Antworten.

Neben ihr parkte ein Auto. Eine Schülerin stieg aus. Mit hocherhobenem Kopf und wippenden Zöpfen ging sie auf das Schultor zu, drehte sich noch einmal um und winkte. Yashi freute sich über ihre Leichtigkeit. Leider war sie selbst als Kind schüchtern gewesen. Leiser. Nicht aufmüpfig wie Namya. Nicht so kühn. Sie hatte sich ihre Gedanken gemacht, sie aber nur selten laut geäußert. Nur, wenn sie direkt angesprochen wurde. Wenn man sie fragte. Sie hatte aber Selbstgespräche geführt. Innere Dialoge mit ihren Argumenten. Und sie hatte immer bewundert, dass Namya den Mund aufmachte.

»Diamonds« von Rihanna. Sie liebte den Song. *Glitzere hell wie ein Diamant.*

Dayita, ihre ältere Schwester, hatte sich sehr gut zurechtgefunden. Sie hatte Medizin studiert wie ihre Eltern. Mit Leichtigkeit. Und arbeitete jetzt seit Jahren an demselben Missionskrankenhaus wie ihre Eltern. Sie hatte eine eigene Forschungsabteilung gegründet. Ihr kleiner Bruder hatte zunächst genau denselben Weg gewählt, sein Studium dann aber abgebrochen. Sie hatte ihren Vater noch nie so wütend, so maßlos enttäuscht erlebt wie an dem Tag, als Nanda Luke ihnen allen mitteilte, dass er lieber kellnern würde, seine Freiheit genießen und mit einem Rucksack durch die Welt reisen. Bis heute war es so geblieben.

Nanda war ein Lebenskünstler, nahm Gelegenheitsjobs an, reiste, trank zu viel und tat auch sonst alles, was ihre Eltern empörte. »Immer gegen die Kasten wettern, aber selber zur Elite gehören!« Diesen Satz hatte er ihrem Vater oft an den Kopf geworfen. Er war derjenige von ihnen, der Privilegien nicht nutzte, sondern von ganzem Herzen verabscheute.

Ach ja. Familie und Schule! Der Rasen war wieder leer. Der Unterricht ging schon wieder weiter. Sie selbst war Anwältin geworden. Es war so befriedigend für sie gewesen, jeden Tag mit der Schönheit der Gerechtigkeit verbringen zu dürfen. Ja, das Recht war schön. Die Idee, dass vor dem Gesetz alle Menschen gleich waren, war wunderschön. Mit Namya zusammen hatte sie ein Semester lang in England studiert. Die Erfahrung hatte ihr gutgetan. Aber im Gericht war sie immer noch nervös. Ihr wurde heiß, wenn sie öffentlich sprechen musste. Sie sprach immer noch viel zu leise. Aber sie tat es für die, deren Geschichte nicht erzählt, deren Stimme noch weniger gehört wurde. Auch wenn ihre eigene Stimme dabei zitterte. Ihr Renommee war ausgezeichnet. Sie selber mochte nur sagen, dass sie kämpfen konnte. Manchmal stellte sie sich vor, in einer Serie von Shonda Rhimes mitzuspielen. Das half.

»Greatest Love of All«. Whitney Houston. *Mich selbst zu lieben ist die allergrößte Liebe.* Den Song würde sie noch hören und dann zurück ins Büro fahren. Ihr Telefon gongte. Eine Nachricht von Karuna: Das Dorf Masinagudi hatte den Preis tatsächlich gewonnen. Sie jubelte innerlich. Es gab auch noch gute Nachrichten.

Als sie eine Stunde später im Büro ankam, sprang Karuna fröhlich auf und rief: »High five!« Die beiden Kolleginnen schlugen schwungvoll in die Hand der anderen ein.

»Masinagudi hat es echt geschafft!«

»Ja«, sagte Karuna. »Wollen wir gemeinsam zur Preisverleihung fahren?«

»Au ja, das Erlebnis gönnen wir uns!«

»Großartig, dass es so einen Preis gibt!«

»Und dass dieses kleine Dorf ihn gewonnen hat.«

»Jetzt kommt gleich die Näherin.«

»Ach, ja. Die hätte ich fast vergessen.«

Padma war pünktlich. Und sie war aufgeregt. Sie trug dieselbe blaue Tunika wie bei ihrem letzten Besuch. Yashi bot ihr Tee, Cola und Wasser an und Padma wählte die Cola, rührte sie dann aber nicht an. »Erzählen Sie mir, was los ist«, bat Yashi sie.

Padma rutschte auf ihrem Stuhl hin und her, rieb ihre Hände über die Oberschenkel, fuhr sich mit der Zunge über die Lippen und sagte stockend: »Also, meine Eltern sind Kulis. Sind sehr arm. Leben in Bhavani.« Sie sah Yashi direkt an: »Sie kennen das Viertel?«

Yashi nickte. Das Armenviertel war der größte Slum der Stadt.

Padma erzählte weiter: »Also, ich hatte Glück. War ein Patenkind.«

»Von einer Hilfsorganisation?«

Ein Lächeln huschte über Padmas Gesicht. »Ja. Habe acht Jahre lang die Schule besucht.«

Yashi nickte anerkennend: »Das ist echt gut.« Sie goss Cola in ein Glas und schob es in Padmas Richtung.

Diesmal nahm sie einen Schluck. Wieder befeuchtete sie hektisch ihre Lippen. »Ich bin Näherin. Bin geschickt. Habe immer von einem eigenen Laden geträumt. Weiß, ich kann es schaffen. Brauchte nur etwas Geld. Einen Anschub. Verstehen Sie?«

Yashi blätterte in ihrem Ordner. Die Klinik für Leihmütter war in unmittelbarer Nähe des Armenviertels Bhavani erbaut worden. Dort war es nicht nur leicht, preiswerte Grundstücke zu kaufen, die Zielgruppe saß auch direkt vor der Tür. »Wie sind Sie denn auf das Angebot der Klinik aufmerksam geworden?«

Wieder rieb Padma ihre Hände über ihre Beine und ihre Zunge fuhr mehrmals über ihre Unterlippe. »Es ist nah. Und es gab so Plakate. Könnte mich so ärgern, dass ich drauf reingefallen bin.« Sie war jetzt kleinlaut. »So'n blödes Plakat. Alles so schön rosa. Und die Frauen alle so helle Haut. Wissen Sie? So aufgehellt.«

Yashi kannte diese Plakate. *Wenn ich drüber nachdenke, werden die Werbegesichter zurzeit wirklich alle immer heller. Was für eine ekelhafte Entwicklung.* Sie bekam eine Gänsehaut. Padma hatte eine

Chance für sich gesehen. War das falsch? Bisher war es jedenfalls nicht gesetzlich verboten. Wieder sah Yashi auf ihre Papiere. Padma hatte ein Baby ausgetragen und war dafür bezahlt worden. Aber dann hatte die Klinik nachträglich Padma die Kosten der Geburt in Rechnung gestellt. Davon war vorher keine Rede gewesen. Wie vielen dieser Leihmütter es wohl so erging? Die allerwenigsten würden sich jedenfalls die Hilfe einer Anwältin suchen. Sie verstand ja, dass Paare sich ein Kind wünschten. Aber konnten sich diese Eltern nicht für korrekte Abläufe interessieren?

Padma stieß hervor: »Ich habe nichts Falsches getan, oder?«

Falsch oder richtig, das sind große Unterscheidungen. Yashi erklärte: »Sie haben nichts Ungesetzliches getan. Aber die Regierung will die kommerzielle Leihmutterschaft mit einem neuen Gesetz verbieten lassen. In Zukunft wird also sicher strafbar, was sie getan haben. Noch gibt es das Gesetz nicht, aber die Regierung macht Stimmung. Diese Entwicklung wird das Gericht vielleicht beeinflussen. Und auch die Meinung der Öffentlichkeit. Das sollten Sie wissen.«

Padma fiel fast vom Stuhl, so heftig rutschte sie jetzt hin und her. »Ich habe Angst. Möchte keinen Ärger.«

Yashi rückte etwas näher zu ihr, berührte sie kurz am Unterarm und sah sie direkt an: »Ich vertrete Sie. Und kümmere mich um alles.« Ihr Ton wurde strenger: »Zahlen Sie nur auf gar keinen Fall die Rechnung! Das ist wichtig, verstehen Sie?« Padmas Bewegungen waren hektisch. Wieder legte Yashi ihr die Hand auf den Unterarm: »Sie können mich immer anrufen, wenn Sie Fragen haben.«

Padma wurde ruhiger und ließ ihre Hände in den Schoß fallen. »Danke«, sagte sie und trank ihr Glas leer.

»Sie machen das gut. Bestimmt. Ich melde mich«, sagte Yashi im Aufstehen. Und dann verabschiedeten sie sich voneinander.

Yashi sah ihr hinterher. Es war wirklich mühsam. Vielleicht würde Padma am Ende nicht einmal vor Gericht erscheinen. *»Miete eine Gebärmutter!« Was für ein Wahnsinn.* Sie ging zu Karuna, die konzentriert arbeitete und über ihre Tastatur flog, sich aber kurz unterbrach und spöttelte: »Ja, ja. Unsere besorgte Regierung. Immer so engagiert für uns Frauen.«

Yashi lachte ein bitteres Lachen. »Tja. Wir bräuchten ja gute Regeln, Transparenz, aber ein Verbot bringt natürlich gar nichts. Der Schwarzmarkt wird blühen. Und es wird am Ende nur noch weniger Sicherheit und Rechte geben. Es ist wie beim Thema Abtreibung. Die Kliniken wandern im Zweifelsfall ab nach Nepal, Laos oder Thailand. Die Frauen jedenfalls werden nichts gewinnen.«

Sie nickten beide stumm.

»Komm, machen wir weiter«, sagte Karuna schließlich entschlossen.

Yashi setzte sich an ihren Schreibtisch, steckte sich die Ohrhörer ihres Telefons in die Ohren und klickte auf ihre aktuelle Playliste. »People Have the Power«, sang Patti Smith und schon dieses erste Lied zu hören tat Yashi gut. Sie sang leise mit, sodass Karuna irgendwann lachen musste.

6

Zum Osterfest besuchten Yashi und Kiran den Gottesdienst in der St. Thomas Kirche in Ooty. Yashi liebte das alte Gebäude, den Chorgesang, die festliche, poetische Liturgie. Seit sie ein Kind war, hatte sie erlebt, dass sie sich bergen konnte in Gott. Dass der Glaube Platz bot für die widersprüchlichsten Erfahrungen. Er feierte, jubilierte, erfüllte und löste, klagte, kämpfte, litt und trauerte. Er hatte Raum für Glück und für alle Nöte, für Tränen und Scham. Für Gerechtigkeit und für Güte. Die Liebe, die sie hier fand, war eine glaubwürdige Liebe. Weil echte Liebe schwer sein konnte. Schmerzhaft. Und auch Widerstand bedeutete, Opfer und Ärger. Und Zweifel. Die Feier am Sonntag verlieh ihr immer wieder Zuversicht. Auch heute saß sie ruhig in ihrer Bank, betete, hörte zu, sang mit. Kiran sang immer laut mit und hörte aufmerksam zu.

Sie folgte einem eigenen kleinen Ritual, indem sie ihre Unsicherheit aufspürte und sie dann sehr bewusst losließ. So machte sie es hier immer. Und es war jedes Mal so, als würde ein Sonnenstrahl sie erreichen. Als würde der lichte Raum in ihr selbst dann wieder größer werden.

Erst nach dem Gottesdienst sah sie, dass auch ihre Freundin Kemia da war. Ihre Freundin, die auch ihre Ärztin war und die sie bei beiden Schwangerschaften und Geburten begleitet hatte. »Wie schön, dich zu sehen!«, riefen sie beide beinahe gleichzeitig. Kemia fragte: »Wollen wir eine Runde am See entlanggehen?«

Kiran war sofort einverstanden und so machten sie einen kleinen Spaziergang. Kiran lief vorneweg, Kemia und Yashi hakten sich beieinander unter und schlenderten. Sie schwiegen erst eine ganze Weile. Genossen ihr Zusammensein und die Aussicht auf den See. Als die Kirche schon wieder in Sichtweite kam, sagte Kemia lachend: »Ostern ist so schön trotzig.« Sie lobten die Blumenpracht in der Kirche und die Musik und dann erzählte Kemia: »Es tat mir gut, hier zu sein. In der Praxis geht es zurzeit drunter und drüber. Meine Assistentin, Sheila, du kennst sie ja, ist schwanger und fällt jetzt für mindestens ein Jahr aus. Ich weiß manchmal nicht, wo mir der Kopf steht. Du weißt ja, wie das ist.«

Yashi lehnte sich kurz an Kemias Schulter und sagte: »Mir tat es auch gut, hier zu sein. Mich erinnern zu lassen, dass wir nicht alleine sind.« Sie waren wieder am Parkplatz der Kirche angekommen und umarmten sich. »Alles Liebe«, sagte Kemia. »Alles Liebe«, sagte auch Yashi.

Zu Hause angekommen, schlüpfte Kiran sofort in seine Sportkleidung und ging laufen. Yashi schälte gerade ein paar Mangos und Orangen, als sie sah, dass ein Auto vor ihrem Haus hielt. Das kleine Küchenfenster ließ sie nur die Motorhaube sehen. Manjula war am Wochenende nicht da und sie erwarteten heute keinen Besuch. Sie hörte die Türen schlagen und dann klingelte es. Yashi wusch sich rasch die Hände und ging zur Tür. »Zina!« Vor ihr stand Kirans Schwester, mit zwei großen Trolleys und einem Arm voller Kleider und Stoffe in den knalligsten Farben. Pink, Orientrot, Türkis, Indigo. Die beiden Frauen umarmten sich umständlich. »Zina! Willkommen! Ich wusste nicht, dass du kommst.«

»Ciao, Yashi! Hi! Ich bin mal wieder spontan hier. Darf ich trotzdem reinkommen?«

»Aber natürlich!«

Sie lachten beide. Zina drückte auf den Schlüssel. »Mein Mietwagen. Ich bin noch nie so einen SUV gefahren.«

»Schick«, sagte Yashi nur. »Ich freue mich, dass du da bist. Komm rein!«

Zina folgte Yashi ins Haus, legte die bunten Stoffe auf dem Sofa im Wohnzimmer ab und gesellte sich in der Küche wieder zu ihr. Beweglicher als gerade noch, umarmte sie Yashi ein zweites Mal. Dann trat sie einen Schritt zurück, hielt ihre Schwägerin an den Schultern fest und sah sie aufmerksam an. »Bella! Bellissima! Gut siehst du aus. Mit deiner schönen Haut und deinem vollen Haar.« Sie ließ sie los.

Yashi sah ihrerseits Zina genauer an. Sie trug enge Jeans und eine weiße Tunika mit tiefem Ausschnitt. Ihre Haare waren kurz geschnitten und in Wellen gelegt, umrahmt von einem goldenen Stirnband, das sie aussehen ließ wie eine westliche Schauspielerin der Zwanziger. Ihre Wimpern waren so lang, dass sie künstlich sein mussten. Um ihren Hals hingen mehrere lange Ketten aus goldenen Perlen. Ihr Lippenstift war knallrot, ebenso ihre kurzen Fingernägel. »Ich koche uns Tee«, sagte Yashi, füllte den Wasserkocher und stellte ihn auf die Gasflamme.

»Hey! Wo ist Kiran? Was treibt mein Bruder? Wie laufen die Geschäfte?«

Yashi erzählte ihr vom Gottesdienst am Morgen. Dass Kiran jetzt joggen war. Und von den zwei neuen Teesorten. »Eine hat das Aroma von Rosen und Marzipan, die andere schmeckt nach Karamell.« Sie zögerte.

»Was?«, fragte Zina intuitiv nach.

»Er sagte neulich, ich solle ihm Glück wünschen. Das hat er vorher noch nie gesagt. Er wirkte einen Augenblick lang fast machtlos und erzählte mir, wie sehr die Märkte sich mal wieder verändern. So habe ich ihn bisher nur selten erlebt.« Zina hörte ihr aufmerksam zu. In ihrem Blick lag eine Intensität, als versuche sie, mehr zu sehen, als sie hörte. Und vielleicht tat sie das ja auch. »Du kannst ihn ja später selber fragen. Jetzt erzähl aber erst mal, was dich nach Indien bringt.«

»Ich habe einen mega schönen Auftrag bekommen. Von einem grünen Label. Aber nenn es bitte nicht ›Öko-Mode‹. Das würde nur falsche Bilder wecken. Es ist nicht dieses Wolle-Bast-Zeug, sondern echte Mode. Eben fair produzierte Mode. Ein riesiger, neuer Markt! Ich darf eine ganze Kollektion entwerfen. Vorwiegend Kinderkleidung. Für den süßen Nachwuchs in New York. Die Marke heißt ›Urban Goods‹. Das Team ist jung. Jung! Unfassbar. Wenn wir planen und diskutieren, komme ich mir manchmal echt alt vor. Nett sind die. Und mega idealistisch! Manchmal muss ich sie daran erinnern, dass wir ja auch noch Mode machen wollen und Geld verdienen.« Sie lachte ein helles Lachen. »Sie lieben die Stadt. Und«, sie grinste, »›unsere Mutter Erde‹, wie sie das gerne nennen. Bloggen, kommunizieren den ganzen Tag lang. Sie haben mega viele Ideen.«

»Das klingt großartig!«

»Ja. Echt, oder?«

»Und haben sie auch Geld, um dich zu bezahlen?«

»Si! Si! Sie zahlen gut. Um mich musst du dir keine Sorgen machen.« Sie lachte wieder ihr typisches Lachen und plauderte weiter: »Sie sind Yuppies, junge Städter, die fair sein wollen und gut und schick, und genauso ticken auch ihre Kundinnen und Kunden. Sie sind zwar nicht sehr erfahren, aber erfolgreich. Und wir haben eine Menge Spaß.«

»Ist ›Urban Goods‹ indisch?«

»Die Stoffe werden indisch sein! Darum bin ich ja hier. Ich will Stoffe kaufen. Und hier nähen lassen. Aber sonst, nein, es sind Amis. Und eine Neuseeländerin ist dabei. Aber was macht das heutzutage schon für einen Unterschied?! Sie sitzen in New York, nicht weit von da, wo ich wohne. Und, na, die Kundinnen werden natürlich nicht indisch sein. Viel zu teuer.«

Yashi goss den Tee auf. »Ein weißer Tee. Mit Zitronengras und Limette.« Sie strahlte Zina an. »Zur Feier des Tages. Er ist edel!« Sie stellte die Schüssel mit Mango und Orange und zwei Tassen auf ein Tablett und ging zur Veranda. »Komm, im Garten ist es schöner.« Yashi setzte sich in ihren Sessel und Zina streifte durch den Garten.

»Was für Farben! Bravo!« Sie bestaunte die Zitronenbäumchen, pflückte eine Jasminblüte, lobte die üppige Bougainvillea. Als sie sich neben Yashi setzte, fragte sie: »Und was treibst du so? Was beschäftigt dich? An was für einem Fall arbeitest du gerade?«

Yashi seufzte, rückte das Kissen in ihrem Rücken zurecht und erzählte: »Mich beschäftigen wie immer mehrere Geschichten. Fälle. Menschen.« Zina hörte wieder ganz aufmerksam zu. »Ich vertrete eine junge Frau. Sie heißt Padma. Unten aus der Stadt. Genauer gesagt: aus dem Armenviertel Bhavani. Sie hat als Leihmutter ein Kind in einer neuen, eleganten Kinderwunschklinik ganz in der Nähe geboren. Also, sie hat es für ein englisches Ehepaar ausgetragen und zur Welt gebracht.« Sie schüttelte den Kopf. »Ach. Diese Leute spielen mit der Not der Armen.«

»Sie nutzen ihre Not aus und die Armen nutzen ihre Chance«, warf Zina ein.

Yashi nickte. »Ja. So könnte man es sehen. Langweile ich dich auch nicht mit diesen Themen?«

Zina sah sie verwundert an, fast wirkte sie erschrocken. »No! Überhaupt nicht. Erzähl weiter.«

»Padma ist eine geschickte Näherin und träumt von einem eigenen Laden, einer kleinen Schneiderei. Ihre Mutter würde ihr beim Bügeln und Nähen helfen. Aber sie braucht für diesen Traum dringend etwas Startkapital. Nun ist es so, dass die Klinik sie zwar zuerst bezahlt hat und jetzt aber Behandlungskosten erstattet haben will. Wenn sie die Klinikkosten tatsächlich bezahlt, wird allerdings von ihrem Geld nichts übrig sein. Verstehst du? Padma ist eine Leihmutter. Eine Miet-Mutter. Und jetzt hat unsere ehrwürdige Regierung ganz aktuell beschlossen, dieser Praxis ein Ende zu setzen.«

»Na ja, wenn die Frauen mit so einer Leihmutterschaft einen schönen Batzen Geld verdienen können, ist das aber doch auch wirklich eine Chance, oder?«

Yashi sah sie ruhig an und legte sich die Hände auf die Wangen, als sie merkte, dass ihr heiß wurde. »Ich habe nichts dagegen, dass Frauen Geld verdienen. Aber es muss fair zugehen. Padma ist über den Tisch gezogen worden.« Sie trank einen großen Schluck Tee.

Zina berührte ihre Hand. »Verstehe. Na, jedenfalls gut, dass du da bist. Dass du deine Arbeit machst. Hey! Ich bewundere das total.«

»Weißt du, das Frustrierende an meinem Job ist oft, dass die großen Fragen bleiben.« Yashi rieb sich die Schläfen. »Außerdem beschäftigen uns immer wieder Vergewaltigungsfälle. Das ist ja schon fast normal geworden. Heute war ich aber in einer Schule. Und habe mit Kindern über Menschenrechte diskutiert.«

»Was für 'ne Schule ist das denn?«

»Oh, von außen eine richtig schöne Schule. Die Montessori-Schule St. Clair. Ich fühlte mich sehr an meine eigene Schulzeit erinnert.«

»Wie warst du als Schülerin denn so?«

»Ich habe wohl immer sehr genau zugehört. Aber nur wenig gesprochen. Und du?«

»Ich? Ich war …« Sie stockte. Schluckte. Sah Yashi unsicher an. »Wie nennt man das? Ich war – anders. Eigentlich immer irgendwie fremd. Ich war schrill. Ich konnte die Uniform nicht leiden. Ehrlich, ich habe sie gehasst. Hab mir Spangen ins Haar getan, Bänder in die Zöpfe geflochten, Netzstrümpfe angezogen, Punkte auf die Strümpfe gemalt. Make-up war verboten. Gruselig! In der achten Klasse hatte ich eine Lehrerin, die hat mir das ganze Halbjahr lang jeden Morgen den Nagellack entfernt. Mega konsequent, ohne Worte. Und ich hab mir die immer wieder lackiert. Jeden Tag wieder.« Sie lachte. »Sie konnte nicht nachgeben, ich wollte nicht. Im nächsten Schuljahr hatten wir dann 'nen neuen Lehrer. Ich glaub, der hat den Lack nicht mal bemerkt. Oder ihm war's egal.« Sie roch an der Jasminblüte.

»Und? Was machen die Kinder? Berry hab ich ein paarmal getroffen, wenn sie mal in New York war. Ich war auch mal in ihrer WG an der Rutgers-Uni. Ist nur eine Stunde Fahrt von mir nach New Jersey. Aber das ist auch schon wieder 'ne Weile her. Sie ist ja echt nicht so der soziale Typ, hm? Und der schöne Jason? Wie geht es ihm?« Bevor Yashi antworten konnte, bemerkte sie noch: »Du bist echt eine der wenigen Frauen, die ich immer erst mal nach ihrer Arbeit frage und dann nach der Familia. Ist hoffentlich okay? Ich weiß ja, dass dir die Kinder auch wichtig sind.«

»Beides ist wichtig, die Arbeit und die Familie«, sagte Yashi nur. »Meine Mutter sagte immer: ›Drei Dinge darfst du niemals opfern: deine Familie, dein Herz und deine Würde.‹« Die Erinnerung an Amma Dorothy ließ sie schmunzeln. Was, wenn sie nicht gewesen wäre? Die Ausgleichende? Die Ausnahmen zulassen konnte? Und erzählte dann: »Berry macht gerade ihren PhD. Das weißt du ja sicher. Ich glaube, sie arbeitet ganz gerne im Krankenhaus, aber die Forschung ist noch bedeutender für sie. Wie du sagst, sie ist gerne für sich. Diese Uni war ein Glücksfall für sie, so forschungsintensiv. Wenn wir telefonieren, spricht sie oft nur über die alternative Medizin. Über unsere Neembäume. Ich vermute, dass sie bald wieder nach Indien kommen wird.«

»Das ahnst du? Oder du hoffst es?«

»Beides. Sie hatte ja immer eine besondere Beziehung zu ihrer Tante Dayita. Die beiden tauschen sich viel über alternative Heilmethoden aus. Und Dayita sagt neuerdings oft, dass sie eine Person wie Berry gut in ihrem Team gebrauchen könnte.« *Ich muss mich unbedingt bei ihnen melden. Ich vermisse die beiden. Vor allem Berry.*

»Kommt sie etwa zurück, weil sie heiraten soll?«

»Oh, nein! Ich werde das Thema ganz sicher nicht ansprechen. Das müsste sie schon selbst tun. Als ich so alt war, wie sie jetzt ist, wurde Kiran mir vorgestellt, und nur wenig später waren wir verheiratet. Ich werde bestimmt nicht so einen Stress machen wie meine Eltern damals.«

»Und dieser Jackson, den sie ein paarmal erwähnt hat? Was ist mit l'amore?«

»Ich weiß es nicht. Vielleicht ist sie verliebt. Ich denke aber, ihre Forschung ist ihr am Ende wichtiger. Und ihre Freiheit. Es ist wie bei Dayita. Die ist zwar verheiratet, aber sie wollte nie Kinder haben. Die Medizin war ihr immer wichtiger. Die beiden teilen ihre Energie nicht so gern mit anderen.«

Zina nickte: »Ja, gut beschrieben! Und der schöne Jason?«

Yashi zögerte. Atmete tief durch.

»Warum immer dieses eigenartige Schweigen, wenn man mal über ihn spricht?«, fragte Zina ungeduldig nach, fast ein bisschen ärgerlich.

Yashi schüttelte den Kopf, knetete ihre Hände im Schoß.

»Und sag mir nicht, dass er in Kalifornien lebt und Anwalt ist. Das weiß ich nämlich längst. Erzähl mir das andere.« Aber Yashi schwieg und Zina legte ihre Hände auf die ihrer Schwägerin. »Bitte, Yashi. Süße! Was ist denn?«

»Es war vor – ich muss echt überlegen, wie lange es jetzt her ist. Vor vier Jahren! Im Oktober. Jason war seit einer Woche bei uns zu Besuch. An einem Abend erzählte er, er wolle sich in eine Kanzlei einkaufen. Aber Kiran war der Meinung, er sei noch zu jung. Er solle besser eine Weile lang Geld verdienen, Erfahrungen sammeln und diesen Schritt dann vielleicht später tun. Er war damals ja erst 22. Jason hatte wohl die Vorstellung, dass Kiran ihm das Geld geben könnte. Jetzt, sofort. Aber wir hätten so viel Geld gar nicht gehabt, selbst, wenn wir es ihm hätten geben wollen. Die beiden haben heftig diskutiert. Und dabei viel zu viel Whisky getrunken.«

»Si! Amrut. Diesen indischen Single Malt«, warf Zina ein.

»Ich kenne mich damit nicht aus«, antwortete Yashi.

»Ich habe immer gerne ein Gläschen mit Kiran getrunken. Früher schon. Aber ich hab gemerkt, dass ihr den auf einmal nicht mehr hattet.«

Yashi sah sie aufmerksam an. »Ja. Das kann gut sein.« Es war, als habe eine vergessene Erinnerung sie kurz gestreift. »Ich bin an dem Abend früher ins Bett gegangen, habe die beiden allein gelassen. Vielleicht war das ein Fehler? Und dann irgendwann ist Jason aus dem Haus gestürmt, hat die Tür geknallt und ist mit quietschenden Reifen weggefahren. Ich habe die ganze Nacht auf ihn gewartet. Am nächsten Mittag erst kam er wieder. Und wirkte vollkommen verstört.« Sie zuckte die Schultern. »Er wollte nicht mit mir reden. Er hat seine Sachen gepackt und ist gefahren. Das war sein letzter Besuch.« Sie hatte Tränen in den Augen. »Wir telefonieren manchmal. Er redet dann eigentlich immer schlecht über Indien. Auch über Kiran. Ich glaube, er hatte eine völlig falsche Vorstellung davon, was Kiran verdient. Es ist, als ob er sich schämt für uns. Für das alles hier.«

»Und das soll reichen, um nicht mehr nach Hause zu kommen?« Zina schüttelte den Kopf. »No, das glaub ich nicht. Da muss noch was anderes sein. Hast du Kiran mal danach gefragt?«

»Mal?« Sie sah sie verdutzt an. »Hundertmal! Aber er weiß auch nicht mehr. Oder sagt nicht mehr.«

Zina umarmte sie. »Das tut mir echt mega leid, Yashi.« Dann stand sie mit Schwung auf. »Komm! Avanti! Zeit, dich aufzumuntern. Ich habe dir was mitgebracht.« Sie zog Yashi mit sich zurück ins Haus. »Ich hab ein Kleid für dich.«

Yashi folgte ihr. Auf dem Sofa lagen die Stoffe. »Die sind aber alle viel zu bunt für mich.« Geschickt zog Zina eine Tunika aus dem Stapel. »Die hier ist genau, tutto bene richtig für dich.« Sie hielt eine Seidentunika in Türkis, Grün und Petrol hoch. Sie war mit goldenen Rosen bestickt und hatte goldene Knöpfe auf dem Rücken. »Zieh die mal an.«

Yashi nahm die Tunika entgegen und verschwand im Schlafzimmer. Sie zog ihren Sonntagssari aus. Die Tunika passte perfekt. Wie hatte Zina denn bloß genau die richtige Größe gewusst? Sie sah sich im Spiegel an. Was sie sah, gefiel ihr sehr. Die Farbe ließ sie strahlen. Das Gold machte irgendetwas Gutes mit ihrer Haut. Der Schnitt zeigte ihr schönes Dekolleté, umschmeichelte die Hüften. Nur die Knöpfe auf dem Rücken würde sie nicht alleine schließen können. *Aber wann soll ich das anziehen? Bei welcher Gelegenheit? Es ist zu viel für mich. Zu auffällig!*

»Na! Zeig dich mal!«, rief Zina. Yashi schaute aus dem Zimmer, versteckte sich halb im Türrahmen. »Jetzt komm schon!«, lockte Zina sie und Yashi trat ins Wohnzimmer. Zina nickte zufrieden: »Bella! Ich mag es so sehr, wenn Mode bequem ist. Und das Schönste zeigt. So wie diese Seidentunika!« Glücklich sah sie Yashi an. Und trat hinter sie, um die lange Reihe kleiner Knöpfe auf dem Rücken zu schließen. Yashi spürte Zinas Atem in ihrem Nacken.

»Wo hast du diese besondere Tunika denn bloß entdeckt? Sie sieht aus wie für mich gemacht.« Sie drehte ihren Kopf nach hinten.

Zina sah ihr in die Augen: »Si! Sie ist ja für dich gemacht. Io! Ich habe sie für dich genäht.«

»Ich danke dir. Danke, Zina. Du hast mir eine große Freude gemacht.« Sie umarmten sich noch einmal. »Ich bin gespannt, was Kiran sagt.«

»Ah, Zina, Schwesterchen! Herzlich willkommen«, rief der in diesem Moment.

7

Magil erzählte sehr leise und hielt sich dabei ihre linke Hand vor den Mund. Karuna und Yashi musste sich beide zu ihr beugen, um sie überhaupt verstehen zu können. Sie arbeitete an einer Spinnmaschine und fertigte dünnes Garn aus Baumwolle an. In der Fabrikhalle lag immer Baumwollstaub in der Luft. Magil unterstützte ihre Worte mit Gesten. Es war sehr heiß in der Halle. Und sehr laut. Sie zeigte, dass sie schlecht Luft bekam. Sie trug immer einen Mundschutz. Sie arbeitete zwölf Stunden, oft länger. Sie bekam dafür nur 3 800 Rupien im Monat. Wenn eine Maschine einen Funken verursachte, fing der Baumwollstaub manchmal Feuer. Das war auch vor einigen Wochen passiert. Sie nahm die Hand vom Gesicht und löste ihren Schal. Ihre halbe Nase, Mund, Kinn und ihr Hals zeigten schwere Verbrennungen.

»Gibt es keinen Feuerlöscher?«, fragte Yashi.

Sie nickte heftig: »Doch. Es gibt einen. Aber der Aufseher hat damit auf die Stoffe gezielt. Nicht auf mich.«

»Gibt es Wasser in der Nähe? Einen Wasserhahn? Flaschen?«

»Wasser ist selten. Frisches Wasser sehr teuer.«

»Hat Ihr Mundschutz Feuer gefangen?«, fragte Karuna vorsichtig.

Magil nickte.

Die beiden Anwältinnen seufzten. Karuna goss ihnen allen Tee ein. Sie tauschten sich aus und Yashi machte sich ein paar Notizen. Laut sagte sie: »Das Arbeitsrecht wurde mehrfach gebrochen: Magil wird nicht angemessen bezahlt und zu Überstunden gezwungen. Die Arbeitsbedingungen sind unmenschlich. Es fehlt frisches Trinkwasser. Und Sicherheit.« Magil nickte und sah sie mit großen Augen an.

Yashi wandte sich an Karuna: »Hast du von denen schon mal gehört? ›WeSpinning Ltd.‹? Es muss eine ganz kleine Weberei sein, die die großen Textilfirmen beliefert. So klein, dass dieses Unternehmen das Arbeitsrecht und die Auflagen für den formellen Sektor umgehen kann. Ich mach mich mal schlau.«

»Besuchen lassen die sich wahrscheinlich nicht gerne«, warf Karuna ein.

Und Yashi nickte. »Ja, das dürfte schwierig werden. Und es gibt keine Gewerkschaft. Mal wieder.«

Karuna fragte Magil: »Gäbe es Zeuginnen oder Zeugen, die bereit wären, für Sie auszusagen? Die Ihre Geschichte bestätigen könnten?«

Magil zuckte mit den Schultern: »Sie haben Angst, dass sie ihre Arbeit verlieren. Aber eine gibt es vielleicht.«

Auch Magil wirkte so eingeschüchtert, dass es ein Wunder war, dass sie überhaupt hier saß. »Aber Sie selber wären bereit, vor Gericht zu gehen und Ihren Arbeitgeber zu verklagen?« Yashi nahm ein Funkeln in Magils Augen wahr.

»Ja. Ich bin ein Mensch. Ich arbeite viel. Ich brauche nicht viel. Also, ich erwarte nicht viel. Aber mein Gesicht ist verbrannt. Das ist nicht richtig.«

»Gut«, sagten Karuna und Yashi gleichzeitig.

»Wir vertreten sie gerne«, meinte Karuna.

»Wir haben inzwischen viel Erfahrung mit solchen Themen«, ergänzte Yashi. Sie verabredeten ein weiteres Treffen, Magil bedankte und verabschiedete sich. Die Kolleginnen tranken ihren Tee aus und gingen wieder zurück an ihre Schreibtische.

»Auf der Flagge unseres Landes ist ein Spinnrad«, sagte Yashi nachdenklich. »Das blaue Carkhā. Ein Symbol für unsere Unabhängigkeit. Khadi, der handgewebte Stoff, wurde damals zum Symbol des gewaltfreien Widerstandes.«

Mahatma Gandhi hatte seine Landsleute dazu aufgefordert, keine westliche Kleidung mehr zu tragen, sondern eigene zu spinnen und zu weben. Die Wolle selber zu nutzen und die Kolonialmächte zu boykottieren.

Karuna meinte: »Der Mahatma hatte so viele kreative Ideen.«

»Das Spinnen war ja auch immer Teil seiner Meditation. Es gibt doch dieses berühmte Bild, wo Gandhi an seinem Spinnrad sitzt und sein selbstgewebtes Baumwolltuch um die Hüften trägt.« Sie suchte danach in ihrem Notebook und sprach währenddessen weiter: »Wir besitzen die älteste Baumwolltradition der Welt. Wir haben immer Stoffe exportiert. Wie konnten wir nur wieder in diese Abhängigkeiten geraten? In einem solchen Maß, dass es heute Anwältinnen wie uns braucht?« Sie hingen beide ihren Gedanken nach, Yashi betrachtete das Bild von Gandhi und seinem Spinnrad. Sie wollte versuchen, sich auf ihre Arbeit zu konzentrieren.

Da betraten zwei Männer ihr Büro. Die Tür zur Straße war tagsüber selten verschlossen. Das Besprechungszimmer war nicht einsehbar, aber das große Fenster zeigte, wer am Schreibtisch saß. Die beiden standen unangekündigt mitten im Raum. Sie trugen die Uniformen eines Sicherheitsdienstes und sahen dadurch irgendwie offiziell aus. Sie strotzten vor Kraft. Und vor Selbstsicherheit. Wie Aufschneider. Der Jüngere zog einen Gummiknüppel aus seinem Bund. *Was hat er denn vor? Bedroht er uns etwa? Will er uns vielleicht verprügeln?*

Der Ältere übernahm das Reden: »Wir möchten Sie bitten, den Beschwerden von Miss Magil keine Beachtung zu schenken.«

»Na hören Sie mal! Sie ist unsere Klientin«, sagte Karuna empört.

»Wir bitten Sie, diese Beschwerden nicht auf einen formalen Weg zu schicken, sondern sie zurückzuziehen.«

»Und wenn wir das nicht tun?«, fragte Karuna nach.

»Dann kommen wir wieder«, war die knappe Antwort.

Der Jüngere ließ seinen Schlagstock dreimal schnell und mit Wucht auf Karunas Schreibtisch fahren. Die Porzellanschale mit Bonbons und ein Wasserglas zersprangen, der Stifteständer verteilte seinen Inhalt auf den Boden. Es war ein unangenehmes, alarmierendes Geräusch, aber Yashi sagte: »Wir lassen uns nicht einschüchtern.«

»Ach ja?« Der Jüngere kam näher. »Nach allem, was man so hört, wäre es für unser schönes Land nicht schade, wenn Schlampen wie du tot wären.« Er sah sie direkt an und hob kurz drohend den Knüppel.

Und dann waren die beiden wieder weg. So schnell, wie sie gekommen waren. Karuna und Yashi sackten in ihre Sessel. Unfähig erst, sich zu bewegen oder irgendetwas zu sagen. »Und jetzt?«, fragte Karuna irgendwann.

Yashi schüttelte den Kopf. »Wir rufen die Polizei an. Machst du das?«

»Ja, gleich.« Nachdenklich sagte sie: »Jetzt müssen wir ›WeSpinning Ltd.‹ auch noch wegen Einschüchterung verklagen.«

Sie standen auf und umarmten sich kurz. Yashis Magen krampfte sich zusammen. Sie dachte schon, sie müsse sich übergeben, beruhigte sich aber wieder. Karuna rief die Polizei an. Yashi telefonierte kurz mit Kiran. Und schickte auch noch eine kurze Nachricht an Namya, Kemia und Dayita.

Karuna berichtete kurz: »Der Polizist hat sich alles angehört. Sie schicken morgen jemanden vorbei.«

»Danke. Wir sollten außerdem die Staatsanwaltschaft einschalten. Das übernehme ich.« Dann begann Yashi vorsichtig, die Scherben aufzusammeln.

8

Drei Tage waren seit dem bedrohlichen Besuch vergangen. Heute waren Karuna und Yashi gemeinsam nach Masinagudi gefahren. In Karunas neuem Toyota. Yashi hatte es genossen, die Beifahrerin zu sein, noch dazu in einem klimatisierten Wagen. Seit der Begegnung mit den beiden Sicherheitstypen waren sie alarmiert und angespannt. Sie würden nicht weglaufen, das hatten sie sich versprochen. Sie hatten ihre direkten Nachbarn informiert und sie gebeten, mit darauf Acht zu geben, wer sie besuchte. Vielleicht bräuchten sie auch eine Alarmanlage. Sie würden abschließen und die Sicherheitskette vorlegen. Und sie würden auf jeden Fall sichtbar bleiben. Aber es tat doch gut, heute einmal ganz woanders zu sein als in ihrem Büro. Mit dem Notebook auf den Knien hatte Yashi Rechnungen für sie verfasst und die Buchhaltung des Monats erledigt. Sie hatten auch über anstehende Projekte gesprochen, über ihre Finanzen und die Arbeitsverteilung zwischen ihnen. Überraschend hatte Karuna gefragt: »Meinst du, du bleibst? Oder würdest du gehen, wenn man dir ein tolles Angebot macht?«

»Hast du ein Angebot bekommen?«, hatte Yashi sofort erschrocken zurückgefragt. *Wer sollte mich abwerben?* Aber Karuna hatte sie beruhigt: »Nein, nichts dergleichen. Ich frage mich nur manchmal, ob du zufrieden bist. Oder ob du noch etwas Anderes ausprobieren solltest. Mit mehr Sicherheit? Oder mehr Einfluss?«

»Falls das jemals passiert, wirst du jedenfalls die Erste sein, die es erfährt. Versprochen.« Und damit hatten sie beide beschlossen, das Thema vorerst zu beenden.

Die Preisverleihung war rührend. Der Bürgermeister nahm einen goldenen Pokal entgegen und hielt eine würdevolle Dankesrede. Es wurde viel applaudiert. Die Ansprache der ersten Vorsitzenden des Parti-Awards war euphorisch. Sie nannte Indien mehrmals die größte Demokratie der Welt. Und beschwor die Zuhörenden, dieser Ehre auch gerecht zu werden. »Mehr denn je! Jetzt mehr denn je!« Sie lobte das Dorf für seine kreativen Entscheidungen. Für den Mut, sich bewusst von der Abhängigkeit von großen Firmen zu verabschieden. Sie nannte diese Firmen launische Arbeitgeber, unzuverlässige Partner und die Bevölkerung den einzig wahren »global local player«. Einige Frauen reichten Banana Bonda, Muruku-Kringel, Kaffee und Tee. Auch Yashi und Karuna mussten kurz aufstehen. Der Bürgermeister dankte der Kanzlei für ihre Begleitung und für die unkomplizierte Erledigung des Papierkrams. Auch Miss Namya, die den Kontakt vermittelt hatte, wurde gebührend erwähnt.

Yashi dankte Namya im Geist für den Gefallen, um den sie sie gebeten hatte. *Gerne wieder, liebste Freundin.* Es tat so gut, hier zu sein. Namya hatte übermorgen Geburtstag. Ein Maikind. Namya, die Verehrungswürdige. Der Name passte zu ihr. »Die, vor der man sich verbeugt.« Sie selber deutete ihren Namen so: »Die sich nicht verbiegen lässt.«

Yashi hatte zu ihrem Geburtstag ein schönes Päckchen auf den Weg gebracht, mit einem handgeschriebenen Brief und einer besonders feinen Teesorte. Schwarztee mit einer Spur von Malz, Apfel und Holunder.

Jetzt wurden alle Projekte vorgestellt, die sich das Preisgeld teilen würden. Zwölf Projekte, die ausgelost worden waren. Auf diese Methode hatte sich das Dorf nach ausgiebiger Diskussion verständigt. Der Bürgermeister erläuterte kurz, dass sie sich nicht auf objektive Kriterien hatten einigen können. Dass ihnen alle Ideen gleich würdig erschienen waren. Dass sie daher das Los hatten entscheiden lassen. Und alle sehr zufrieden mit der Weisheit des Loses waren. Das ganze Dorf hatte gelacht und applaudiert.

»Sie haben tatsächlich den Zufall entscheiden lassen«, sagte Karuna anerkennend.

»Eine interessante demokratische Idee«, sagte Yashi.

Zwölf Projekte bekamen Unterstützung – und mit ihnen das ganze Dorf: eine Näherei, ein Teestand, ein Lebensmittelgeschäft, eine Blumenzucht, eine Weberei, ein Smoothie-Kiosk, eine Bäckerei, eine zweite Bäckerei, der Anbau von Pilzen, eine Seidenraupenzucht, eine mobile Straßen-Buchhandlung und eine Initiative, die Neembäume zur Seifenherstellung pflanzte. Die zwölf Frauen und Männer strahlten, stellvertretend für die anderen. Wieder wurde viel applaudiert. Es wurden Fotos gemacht. Und dann gab es Essen. Bananenblätter wurden auf lange Metalltische gelegt. Es gab ein Festmahl: Chicken-Biryani, gewürzter Reis mit Hühnchen. Aus zwei Boxen war scheppernde Musik zu hören. Indische Folksongs. Es war ein Feiertag und die Atmosphäre sehr gastfreundlich. Karuna und Yashi entschieden spontan, zum Essen zu bleiben.

Ein Mann kam auf sie zu. »Doktor Bhandari. Misses Jasing.« Er deutete eine kleine Verneigung an und hielt die Hände mit den Handflächen aneinander vor seiner Brust. »Darf ich mich kurz vorstellen? Ich bin Satish Kaur.«

»Sie haben einen der Preise gewonnen!«, sagte Karuna.

»Ja, mir wurde das große Glück zuteil. Ich pflanze Neembäume an.« Er wandte sich Yashi zu. »Ich kenne Ihre Schwester Dayita. Wir liefern Neemöl an ihre Forschungsabteilung.«

Yashi freute sich. »Wie wunderbar!«

»Und Ihre Tochter Berry kenne ich auch. Also nicht persönlich, leider. Aber wir tauschen uns aus. Wir mailen. Sie ist eine großartige Pharmazeutin. Sie müssen sehr stolz auf sie sein.«

Yashi lachte ihn an. »Wer hätte gedacht, dass ich in diesem Dorf meine halbe Familie treffen würde! Mich freut sehr, was Sie sagen. Und ich danke Ihnen.« *Wow. Ein überwältigendes Gefühl, die Lieben meiner Sippe so unerwartet so nah zu wissen. Meine Schwester und meine Tochter. In der Tradition meiner Mutter. Vorfahrinnen. Verbündete. Sie alle: Frauen, die heilen. Zu wissen, dass sie da sind. Dass wir verbunden sind. Mit unseren Ahnen, die wie ein unsichtbarer Kreis für uns da sind.*

»Ich kenne mich nicht so aus mit Pflanzen«, gab Karuna zu, »was genau kann so ein Neembaum denn eigentlich?«

Satish war offensichtlich sehr froh, von seinem Projekt erzählen zu dürfen. Er setzte sich ihnen gegenüber auf die Bank und schwärmte: »Der Neembaum ist ein Wunder. Wirklich! Er wächst schnell. Ist sehr widerständig, genügsam und trockenheitsverträglich. Hier!« Er holte ein paar der Neemfrüchte aus der Tasche seiner Kurta und legte sie vor sich auf den Tisch. Karuna und Yashi nahmen je eine kleine Steinfrucht in die Hand. »Das Öl wird aus den harten Schalensamen gewonnen. Auch in den Blättern ist der Wirkstoff enthalten.«

»Und was genau ist die Wirkung?«, hakte Karuna nach.

»Oh, Neem wirkt sehr gut und sehr vielfältig!«, lachte Satish. »Neem-Präparate sind antibakteriell, desinfizierend, entzündungshemmend, fiebersenkend. Als Wundheilmittel wunderbar, als Insektizid oder Pestizid. Es macht Viren unschädlich. Neem reduziert einen Abszess innerhalb eines Tages um die Hälfte. Außerdem ist es harntreibend und wirkt als Antidiabetikum. Wie Ihre Tochter gerne sagt: ›Ein Neembaum ersetzt die Apotheke.‹ Recht hat sie.« Er klatschte in die Hände. Seine Begeisterung war ansteckend.

Yashi sah sich um. Dieses ganze Dorf war ansteckend. Die Idee des Preises war gut. Die Jury und das Los hatten die Richtigen getroffen.

Sie verabschiedeten sich. Satish bat Yashi, Dayita und Berry

Grüße auszurichten, und Yashi versprach es ihm, gab aber zurück: »Vielleicht sprechen Sie ja eher mit ihnen als ich. Dann grüßen Sie die beiden, bitte!«

Beschwingt liefen sie zurück zum Auto. Sie schwiegen eine Weile, ließen die Landschaft an sich vorbeiziehen, spürten der schönen Stimmung der Feier nach. Irgendwann fragte Karuna: »Und wie ist es bei euch zu Hause?«

»Wir haben Besuch. Meine Schwägerin ist da, Zina. Unangekündigt. Sie ist lustig und lacht viel. Sie wohnt in Berrys Zimmer und hat ein Atelier und eine Schneiderei daraus gemacht. Es sieht aus wie nach einem Wirbelsturm. Sie erzählt viel von New York. Sie plaudert eigentlich die ganze Zeit. Über Mode und Restaurants, über Musik und Ausstellungen. Und Leute. Sie mag mein Essen und kauft manchmal selber ein, eigenartige Sachen und Getränke. Neulich hat sie eine ganze Palette Limonade mitgebracht. Zitrone, Minze. In Dosen! Und sie liebt eine Paste aus Kichererbsen, die ›Hummus‹ heißt. Serviert mit Brot und Avocado, ist es köstlich!«

»Und Kiran versteht sich gut mit ihr?«

»Du kennst ihn ja. Nach außen muss alles stimmen.«

»Und die Wirklichkeit?«

»Er hat doch dieses große Thema. Die Angst, verlassen zu werden. Seine Mutter ist ja so früh gestorben. Jason ist für ihn irgendwie weg. Und Zina – sie ist damals ein paar Tage vor unserer Hochzeit in die USA abgereist. Ich weiß noch, dass ich überrascht war. Aber Kiran war total vor den Kopf gestoßen. Ich glaube, das hat er ihr nie verziehen.«

»Warum hat sie das denn gemacht?«

»Ich weiß es nicht. Sie ist wohl einfach das, was unsere Welt eine ›Karrierefrau‹ nennt. Sie ist Designerin. Ehrgeizig. Ich nehme an, dass es wichtigere Termine gab als die Trauung ihres Bruders. Aber sie hat uns seitdem immer wieder mal besucht. Ehrlich gesagt, häufiger als jedes andere Familienmitglied.«

»Würdest du so etwas tun? Kurzfristig abreisen?«

»Niemals«, lachte Yashi. »Ich würde mich nicht trauen. Ich würde niemals wagen, so etwas auch nur zu denken!« Sie lachten beide.

Am Abend schrieb sie eine kurze Mail an ihre Schwester: »Liebe Dayita. Heute habe ich Satish Kaur getroffen. Herzliche Grüße von ihm. Es war so schön, so eine Überraschung, mitten in diesem kleinen unbekannten Dorf am Rand der Welt deinen Namen zu hören. Von deiner Arbeit und von deiner und Berrys Forschung. Ich bin so stolz auf dich. Ich hoffe, es geht dir gut?! In Liebe, Yashi.«

9

Im Sommer

Es war der 26. Juli. An diesem Morgen half gar nichts. Keine Playlist, kein Gebet. Die Stille nicht, die Sonne nicht. Die Glückwünsche ihrer Lieben nicht. Und auch nicht, dass sie heute neunundvierzig Jahre alt wurde. Und Gedenktag der heiligen Anna war, der Yashi ihren zweiten Namen verdankte. Bewusst zu atmen half ihr immerhin, nicht immer weiter zu weinen. Sie sah Magil mit ihrem Mundschutz vor sich, die sich seit ihrem ersten und einzigen Treffen nicht wieder gemeldet hatte. Und Padma, die ebenfalls nichts von sich hören ließ. Ihre Gedanken wurden unterbrochen, als das Telefon klingelte. »Kanzlei Jaising und Bhandari. Sie sprechen mit Yashi Bhandari.«

»Guten Tag. Hier ist Doktor Kumar. Ich bin Arzt in Marudur. Ein Dorf ganz in der Nähe.«

»Guten Tag, Doktor Kumar. Was kann ich für Sie tun?«

»Sind Sie die Textil-Anwältin?« Yashi bejahte und ließ sich das Anliegen des Arztes schildern. In Marudur war eine ganze Reihe von Männern erkrankt, die in einer Textilfabrik arbeiteten. Einige waren sehr schwer krank. Doktor Kumar hatte nachgeforscht. In der Fabrik wurden Jeans hergestellt. »Wissen Sie? Diese modernen, die gebleicht werden, damit sie wie gebraucht aussehen.« Er sprach konzentriert und schnell: »Sehen Sie! Genau das ist das Problem! Beim Sandstrahlen auf die Jeans atmen die Arbeiter den Staub ein. Die Männer haben eine Staublunge. Die Diagnose ist eindeutig. Ich konnte mir das erst nicht erklären. Sie arbeiten ja nicht in einem Bergwerk. Oder in einer Teefabrik. Aber so muss es sein.« Er unterbrach seinen Redefluss und stellte dann die entscheidende Frage: »Sind Sie interessiert, den Fall vor Gericht zu bringen und den Jeans-Hersteller zu verklagen?« Yashi rollte mit den Augen. Wie stellte sich dieser Arzt das denn vor? Höflich sagte sie: »Ich danke Ihnen für Ihr Vertrauen, Doktor Kumar. Am besten wäre, Ihre Patienten würden zur Polizei gehen.«

»Zur Polizei? Machen Sie Witze? Was soll das denn bringen? Ich hatte gehofft, Sie würden das übernehmen.«

»Okay. Könnten Sie die Männer denn dazu bringen, eine Klage zu formulieren?«

»Ich weiß nicht. Das sind ganz einfache Leute. Und dieser Jeans-Hersteller hat einen großen Namen. Ich bin ja kein Anwalt.«

»Sehen Sie. Und ich bin nicht die Polizei.«

Yashi ließ sich seine Kontaktdaten geben und versprach, den Fall mit ihrer Kollegin zu besprechen und sich wieder zu melden. »Aber ich kann Ihnen leider keine großen Hoffnungen machen. Die Zahl der Pro-bono-Fälle, die wir in einem Jahr übernehmen, ist jetzt schon ausgereizt.«

Doktor Kumar bedankte sich trotzdem. »Danke, dass Sie mir zugehört haben. Jetzt wissen Sie, was hier passiert.«

»Auf Wiederhören.«

Yashi massierte sich die Schläfen und sagte laut in das leere Büro: »Wie stellt ihr euch das vor? Dass ich ständig als Klägerin auftrete?

Die Gerichtskosten vorschieße? Wochenlang auf Erfolgshonorare hoffe? Euch meine Zeit und mein Honorar einfach schenke?« Sie schüttelte den Kopf. Sie konnten nicht noch einen Fall übernehmen, mit dem die Kanzlei vielleicht kein Geld verdienen würde. Aber sie wusste auch: Was sie soeben am Telefon gehört hatte, würde ihr keine Ruhe lassen. Sie stand auf und lief in der Kanzlei auf und ab. Ihr Kopf war voll. *Es ist zu viel. Zu viel Arbeit. Zu wenig Geld. Es gibt zu viele Themen. Zu große, immer neue Themen. Die Welt ist verrückt. Die Politiker irritieren mich mehr und mehr. Unsere eigene Regierung auch. Die Unternehmen, der Handel, dieses eiskalte Gewinnstreben. Die angespannte Stimmung im Land. Dass den Minderheiten Angst gemacht wird.*

Sie setzte sich und starrte wütend auf das Telefon. Ihr fehlte zunehmend die Fantasie dafür, wie ein gutes Zusammenleben gelingen könnte. Wie die Armen, die Armgemachten, die Armgehaltenen es jemals schaffen sollten. Wie die Erde es schaffen sollte, ständig saubere Luft und sauberes Wasser zu erneuern. Wie man die Mächtigen jemals in ihre Schranken weisen sollte. Sie sah aus dem Fenster nach draußen. Und dann regnete es heute auch noch. Wie sooft im Juli. Schon seit einer ganzen Woche. *Passendes Geburtstagswetter für mich, eine Heulsuse in den Wechseljahren.* Sie wurde zynisch. *Und zynisch wollte ich doch nie werden! Wenn du zynisch wirst, ist die Fantasie pleite. Der Einfallsreichtum, die Kreativität, die Hoffnung. Aufgebraucht, bankrott, ausgeraubt. So will ich eigentlich nicht sein.*

Sie bräuchten Verstärkung. Vielleicht wäre es leichter, wenn eine Organisation hinter ihnen stünde. Wenn sie mit einer großen NGO zusammenarbeiten würden. Oder sich mit anderen Anwältinnen vernetzten. Es gab doch reiche Anwälte aus großen Kanzleien mit wohlhabenden Kunden, die noch Kapazitäten hatten für ein paar Pro-bono-Fälle, theoretisch zumindest. So einen müsste sie vielleicht finden. Karuna fühlte sich nicht so leicht überfordert, sie liebte es vielmehr, dass ihre Kanzlei klein war und sie sich daher die Freiheit nehmen konnten, sich zu beschränken. Als sie »Jaising &

Bhandari« damals gegründet hatten, waren sie sich einig gewesen, dass sie zu zweit bleiben wollten. Schlagfertig. Ihre Arbeit geschah zwar auch immer wieder in Teams, denn sie mussten sich absprechen mit anderen Anwälten, mit der Polizei, den Richtern, mit Klientinnen, deren Angehörigen. Und trotzdem fühlte sie sich oft wie eine einsame, kleine Kriegerin. Ohnmächtig, ohne wirksame Waffen. Mit ein paar Vertrauten und Verbündeten zwar, aber insgesamt waren sie viel zu wenige. Sie hatten keine Lobby. Es fehlte ihnen an Einfluss. An Wirkung. Nachhaltig. Sichtbar. Jetzt war sie 49 Jahre alt. Und ihr war nicht nach feiern zumute. Die Arbeit war nie erledigt. Seit fünfundzwanzig Jahren wurde sie nur immer noch mehr. *Was gibt es denn zu feiern? Verlockend wäre es, aufzugeben. Und dann? Mich verstecken. Schlafen. Weggucken. Aussteigen. Aber wohin könnte ich gucken und kein Unrecht entdecken? Es sitzt ja überall.*

Sie legte die Handflächen aneinander, ihre Finger schlossen ihre Lippen, und betete. Sie wusste, ihr Glaube würde den Schmerz und die Last nicht wegnehmen. Aber er sagte ihr, dass sie nicht alleine war. Gerade dann, wenn sie an ihre Grenzen kam, nicht alleine war. Wenn das Leben wehtat. Auch wenn Gott ihr manchmal vorkam wie die Nacht. Dunkel. Wie ein großes Schweigen. Als sei eine Gottesfinsternis über die Welt gekommen. Sie atmete aus und ein und merkte, dass sie ruhiger wurde.

»Oder in einer Teefabrik«, hatte Doktor Kumar in einem Nebensatz gesagt. Konnte man bei ›O'Clock‹ krank werden? Trugen die Angestellten in der Teefabrik einen Mundschutz? Sie wusste es nicht. Sie hatte nie danach gefragt, sich immer auf Kiran verlassen. Sie hatte von einem Fall gelesen, wo ein junger Anwalt einem Textilhersteller angekündigt hatte, ihn mit einem Kamerateam zu besuchen. Allein die Drohung hatte dafür gesorgt, dass Maßnahmen zur Arbeitssicherheit ergriffen worden waren. Was würde Kiran wohl sagen, wenn ein Kamerateam die ›O'Clock-Teas Limited‹ besuchen würde? Was für ein Geburtstag! *Happy birthday to me.* Aber sie hatte es geschafft, den Fall nicht zu übernehmen. Sie hatte diesem Doktor

Kumar nichts versprochen. Sie war stolz auf sich. Es war kein leichtes Nein, aber ein nötiges Ja zu sich selbst.

Später am Abend würde sie mit Kiran und Zina ins Kino gehen. Zur Feier des Tages. Der Gedanke lenkte sie kurz ab. Sie musste noch entscheiden, ob sie ›Hidden Figures‹ oder ›Lion – Der lange Weg nach Hause‹ sehen würden. Eine Geschichte rund um ein Team von Mathe-Genies, Afroamerikanerinnen, die eine entscheidende Rolle spielen in den ersten Jahren der NASA. Oder eine Geschichte von einem fünfjährigen indischen Jungen, der in Kalkutta verlorengeht, adoptiert wird und sich 25 Jahre später auf die Suche nach seinem Zuhause macht. *Was brauche ich? Will ich mir erzählen lassen, dass Schwarze, noch dazu Frauen, wundersamerweise doch mitspielen können? Zumindest, wenn sie wirklich herausragend begabt sind? Oder dass ein Junge aus einem unserer Slums zwischen den Welten aufwächst? Ein amerikanischer Film – ausgerechnet! – über Indien?*

Sie würde kurz recherchieren. Und bemerkte in ihrer Krise einen kleinen inneren Luftsprung. Immerhin gab es das Internet. Sie musste sogar kurz lachen. Ja, es mochte nicht immer leicht sein, die Beiträge zu überprüfen, ihren Wahrheitsgehalt. Aber es war doch oft möglich, sich Informationen zu beschaffen. Und anders als in den Zeitungen, im Radio und Fernsehen war eine Zensur hier viel schwieriger. Diese Verbindung, dieses ›weltweite Netz‹, gab es immerhin. Es hatte vieles leichter gemacht. Ein Ergebnis ihrer Suchanfragen weckte ihr Interesse. Salman Rushdie hatte über ›Lion‹ gesagt, er sei häufig misstrauisch gegenüber westlichen Filmen über das aktuelle Indien. Von ›Lion‹ aber sei er begeistert. Vor allem vom schonungslosen Blick. Die Reise des kleinen Jungen würde wahrhaftig dargestellt und kein bisschen exotisch. Seine Notlage berühre, er habe nicht aufhören können, zu weinen. Dem Urteil dieses großen, indischen Schriftstellers traute sie.

Großartig! Das genau will ich! Schön weinen. Ohne aufzuhören. Yashi schüttelte den Kopf über sich selbst und wunderte sich, dass sie sich jetzt doch auf den Abend freute.

10

Sie hatten sich geliebt. Ganz leise, weil Zina nebenan lag. Seit zwei Wochen war sie jetzt schon zu Gast bei ihnen. Zu wissen, dass Zina sie hören könnte, hatte die Spannung zwischen ihnen erhöht, sie erregt. Ihre Finger waren schnell gewesen, ihre Münder hungrig, der Höhepunkt leicht erreicht. Yashi legte ihren Kopf auf Kirans Brust und streichelte seine Haare. Er legte den Arm um sie. »Das war schön«, sagte er und gab ihr einen Kuss auf den Scheitel.

»Ja.«

Kiran legte sich auf den Rücken und sah zur Decke. »Das war ein schöner Abschluss eines sehr unbefriedigenden Tages.«

»Was war denn heute?«

»Heute war der Tee-Koster da.«

»Und? Was hat er gesagt?«

Kiran schüttelte sich. »Diese Geräusche! Dieses Saugen, Schlürfen, Schlucken, Spucken und Schmatzen. Ich kann es manchmal nicht mehr hören. Unser Wasser schmeckte ihm nicht. Es würde seinen Anforderungen nicht gerecht. Es würde seinen Geruchs- und Geschmackssinn irritieren. Was für ein affektierter Typ! Und dann muss man höflich bleiben.«

»Sein Urteil ist wichtig, ja?«

»Ja, natürlich. Nach ihm richtet sich der Preis. Er sagt, ob ein Tee den Geschmack der Verbraucher trifft. Er gibt den Großhändlern Tipps.«

»Und? Was hat er gesagt?«

»Krokant und Marzipan gingen total vorbei an den Wünschen des Marktes. Sogar Amerika würde gerade eine Bio-Welle erleben. Europa sowieso. Ich solle besser Wellness-Tees entwickeln. Und keine Sorten, wo schon der Name nach Zucker und Kalorien klingt. Als ob ein Tee mit Karamell-Aroma dick machen würde! Pah! Meine beiden neuen Sorten seien ›böse‹ Tees, der Markt wolle aber ›gute‹ Tees.« Sie schwiegen. Nebenan hörten sie Zina telefonieren. Sie lachte und plauderte. »Wie lange wird sie diesmal bleiben?«, fragte Kiran.

»Ich weiß es nicht. Und ich habe sie nicht gefragt. Sie ist deine Schwester.«

»Die Schwester, die vorbeikommt, wann es ihr passt. Und die lieber in ein Flugzeug steigt, wenn es mir wichtig ist.«

»Das ist fast 26 Jahre her!«

»Aber sie stand wieder unangemeldet vor der Tür, oder? Sie kennt keine Rücksicht. Sie denkt nur an sich. Hat sie kein Telefon, um sich vorher zu melden?« Nebenan kicherte es wieder. »Ja, wohl offensichtlich doch! Und alle können es hören.«

»Ach, Schatz! Freu dich doch, dass sie uns besucht.«

»Sie besucht uns. Immer wieder, immer spontan. Mit ihrer Mode, ihren Ideen. Spart diesen Urban-Dingsda-Typen die Hotelkosten. Und die können dann ›fair gehandelt‹ auf ihre Klamotten drucken.«

»Sie ist hier, weil sie zur Familie gehört. Sie fragt nach dir. Und nach den Kindern. Sie trifft sich mit Berry. Sie interessiert sich für mich. Für meine Fälle. Sei doch nicht so streng mit ihr.«

Kiran grummelte. Dann drehte er sich auf die Seite, strich ihr eine Strähne aus dem Gesicht und sah sie forschend an. »Und du? Wie war dein Tag?«

»Tragen die Arbeiterinnen bei den ›O'Clock-Teas‹ eigentlich einen Mundschutz?« Jetzt war die Frage raus. Sie hatte sie gestellt.

Kiran sah sie irritiert an. »*Das* beschäftigt dich?«

»Ja!«

»Ich nehme es an.«

»Du weißt es nicht?«

»Nein, nicht sicher.«

Yashi sah ihn nachdenklich an. »Ich dachte, es wäre dir wichtig, dass die Arbeiterinnen gut behandelt werden. Ich ging jedenfalls immer davon aus, dass es so ist. Das ist doch klar, oder?« Sie runzelte die Stirn und fragte weiter: »Und dürfte ein Filmteam bei ›O'Clock‹ drehen?«

»Was soll das, Yashi Anne? Hast du noch mehr solche Fragen? Du bist hier nicht im Gerichtssaal, sondern in unserem Bett.«

Ja, sie hatte noch Fragen. Die Fragen, die sie dauernd umtrieben. Die Fragen einer Anwältin, die auf Arbeitsrecht spezialisiert war. Aber der Mut, sie zu stellen, war weg. Tragen die Arbeiter Handschuhe? Wie lange machen sie Pause? Was verdienen sie? Gibt es einen garantierten Mindestlohn? Kommen sie in Berührung mit Pflanzenschutzmitteln? Arbeiten bei ›O'Clock‹ Kinder? Gibt es genügend gutes Trinkwasser? Eine Gesundheitsvorsorge? Eine Gewerkschaft? Wie hoch sind die Arbeitskosten im Vergleich zum Gewinn? Ist das Essen, das es in der Kantine gibt, lecker und gesund? Wird es gesponsert? Was spricht dagegen, ›O'Clock‹ zu einem fairen Label zu machen? Ja, was sprach eigentlich gegen Fairness? Sie hatte zu viel gelesen über Teestaub, über Streptokokken, Entzündungen der Mundhöhle, Hals-Nasen-Ohren-Erkrankungen, chronische Symptome und allergische Reaktionen. Und sie hatte viele Fragen. Nur für einen Moment war sie selbstbewusst oder sendungsbewusst genug gewesen, um zu äußern, was ihr auf der Seele lag. »Tut mir leid«, lenkte sie ein. »Ein aktueller Fall hat mich drauf gebracht. Ich weiß ja, dass du deine Arbeit gut machst. Und auch gewissenhaft. Ich wollte dich nicht verärgern.«

Die schöne Stimmung, die Nähe und Vertrautheit waren vorbei. Kiran sah sie zornig an: »Soll ich auch mal Fragen stellen?«

»Was meinst du denn? Was für Fragen?« Sie sah ihn forschend an.

Seine Stimme klang beißend: »Musst du immer Anwältin sein? Immer misstrauisch? Auch zu Hause? Überall Ungerechtigkeit wittern? Wie viele Pro-bono-Fälle willst du noch übernehmen? Ist dir Geld wirklich so unwichtig? Müssen es immer Fälle sein, die irgendwie mit Gewalt zu tun haben? Interessieren dich nur Frauenthemen? Wann werden wir Ehen arrangieren für Berenike und Jason? Wann sprichst du das endlich an?«

Sie sah ihn mit großen Augen an.

»Ja, guck du nur. Ich habe auch meine Fragen. Ach.« Er machte eine abwinkende Handbewegung, die frustriert wirkte, und drehte sich von ihr weg.

Yashi drehte sich auf die andere Seite. Sie starrte auf die Wand und versuchte, ihren Atem zu beruhigen. Der Ventilator summte. Sie hatte damals ein Hellblau für die Tapeten gewählt. Die Farbe des Himmels für ihr Schlafzimmer. Die leichten, dunkler blauen Vorhänge bewegten sich mit dem Luftzug. Auf ihrem Nachttisch stand ein Foto von Kiran. Daneben lagen ihre Bücher. Gedichte von Maya Angelou, Audre Lorde, Adrienne Rich und Mary Oliver. Ihre Bibel. Und edle Räucherstäbchen, ein Geschenk von Zina. Sie war zu schockiert, um weinen zu können oder das Zimmer zu verlassen. Auch wenn es vielleicht angemessener gewesen wäre.

»Wir reden morgen weiter«, sagte Kiran. »Schlaf gut.«

Seine Hand tastete nach ihrer, aber sie ließ sich nicht finden.

11

Wie oft im September besuchte heute mal wieder eine Touristengruppe die Plantage. Ganz in der Nähe gab es eine alte britische »Hill Station«, die von vielen besichtigt wurde. Auch Ooty war als Ausflugsziel beliebt. Es gab Wanderwege, Souvenirshops, Hotels und kleine Straßenrestaurants. Etwa zwanzig Weiße standen jetzt direkt vor ihrem Haus. Yashi konnte sie durch das kleine Küchenfenster sehen. Der Leiter der Gruppe sprach ein breites amerikanisches Englisch. Er zeigte in ihre Richtung. »Hier haben wir ein typisches Beispiel für den britischen Baustil. Ein sehr kleines Haus, aber ausgesprochen englisch. Weiß verputzte Ziegelwände, der Vorbau mit Säulen, nach hinten raus die typische Veranda mit Garten, die Fenster mit Sims im klassizistischen Stil, das weit heruntergezogene Schattendach.« Yashi war froh, dass er sie nicht sehen konnte. Und nicht sagen konnte: »Sehen Sie hier eine typische Inderin der Mittelschicht.« Oder: »Achten Sie bitte auf die molligen Hüften, Zeichen der neuen wohlgenährten Akademikerinnen. Sehen Sie bitte auch die braune Haut. Nicht ganz so dunkel wie bei unseren Schwarzen.« Sie schüttelte sich. Sie bereitete gerade Dosa zu, dünne Pfannkuchen, und versuchte, sich zu konzentrieren.

»Die Geschichte von Nilgiri ist etwas tragisch.«

Sie horchte auf. Was redete der Mann denn da?

»Der größte und nahezu einzige Kunde der Teeplantagen dieser Region war lange Zeit die Sowjetunion.« Er feixte: »Die Qualität war nicht besonders gut und musste es wohl auch nicht sein.« Yashi war unangenehm, wie er sprach. »Nun, das Ende der UdSSR wäre auch beinahe das Ende der Nilgiri-Tees gewesen. Nilgiri-Tees hatten auf dem Weltmarkt keine Chance mehr. Aber!« Er zog das Wort in die Länge, hob den Zeigefinger und weckte damit die Aufmerksamkeit der Gruppe: »Die Teebauern und Plantagenbesitzer haben sich ins Zeug gelegt, ihre Nachlässigkeiten ausgeglichen, sodass diesem Tee heute durchaus Beachtung geschenkt wird. Nilgiri liefert verlässlich gute Qualität. Einige wenige Nilgiri-Sorten werden neuerdings sogar als ›Champagner unter den Tees‹ bezeichnet. Ja, einige Plantagenbesitzer stellen sehr hochwertige Schwarztees her und experimentieren auch mit grünen und weißen Teesorten. Sie merken also: Das Image und die Aussichten versprechen Erfolg. Wir werden ja gleich eine kleine Teeprobe machen.« Und damit drehte er sich um und führte die Gruppe in Richtung der ›O'Clock‹-Hauptgebäude.

Yashi sah ihnen nach. Anfang 1992 waren sie hierhergezogen. Kiran hatte seine Arbeit bei ›O'Clock‹ also in einer sehr schwierigen Zeit begonnen. Schon sein Vater und sein Großvater hatten im Teehandel gearbeitet. Seine zwei jüngeren Brüder hatten das kleine Familienunternehmen von ihrem Vater übernommen, sogar ihr Großvater hatte noch lange im Betrieb mitgearbeitet. Kiran hatte verzichtet und etwas Neues gesucht. Sie hatte gewusst, dass es nicht einfach war. Dass es einen Zusammenhang mit dem Ende der Sowjetunion gab, war ihr nicht so klar gewesen. Aber Kiran hatte ja auch vor allem betont, dass diese Stelle als Geschäftsführer von ›O'Clock‹ eine große Chance für ihn war. Er erwähnte ja sowieso nur selten Schwierigkeiten und hatte damals über seinen Titel, die verhältnismäßig gute Bezahlung und das Haus gesprochen, das ihnen privat zur Verfügung stand. Und darüber, dass die Region fruchtbar war, das Klima angenehm, sodass das ganze Jahr über Tee geerntet werden konnte. So war er. Er ließ andere gerne sehen, was schön fürs Auge war. Von Herausforderungen sprach er selten. Und sie hatte sie nicht erfasst. Und jetzt wusste sie nicht, ob sie sich für ihre Ignoranz schämen oder über Kiran ärgern sollte. Aber worüber genau? Seine Oberflächlichkeit? Seine Art, immer die Vorteile zu betonen? Oder alles möglichst schön aussehen zu lassen? Belastungen alleine zu tragen? Sie zu schonen, nicht miteinzubeziehen? Sie fragte sich, was für eine Art Geschäftsmann Kiran war. Konnte er die Sorte Verkäufer sein, die andere über den Tisch zieht? Sie schüttelte den Kopf. Nein. Kiran war anständig.

Ihr Telefon klingelte. »Karuna! Was gibt's?«, fragte Yashi, dankbar für die Ablenkung.

»Unsere Klientin Padma war gerade hier.«

Yashi merkte, wie ein kaltes Kribbeln ihren Rücken hochzog. Eine dunkle Ahnung würde sich bestätigen.

»Sie hat mir mitgeteilt, dass sie darauf verzichtet, vor Gericht zu gehen.«

»Was genau hat sie gesagt? Das sind doch deine Worte, oder?«

Karuna lachte kurz auf. »Sie sagte: ›Ich will keinen Ärger mehr. Hab die Klinik bezahlt. Und ich hab 'nen neuen Job.‹ Sie klang so unglaublich erleichtert, Yashi. Sie war so unglaublich froh, dass das Ganze vorbei ist für sie.«

Yashi sagte leise: »Na gut. Wir können ja niemanden zwingen.«

»Sie hat noch mehrmals betont, dass sie eine sehr gute Arbeit gefunden hätte. Einen Job, der bestens bezahlt würde.«

»Ich kann nur hoffen, dass sie nicht wieder reingelegt wird.«

»Ja, meine Liebe. Hoffen wir es für sie. Ich mach jetzt auch Schluss und fahr nach Hause.«

»Ich wünsche dir einen schönen Feierabend.«

»Bis morgen.«

Yashi klatschte einen Pfannkuchen auf den Tisch. »So ein Dreck!«, rief sie laut. Ihre ganze Arbeit war umsonst gewesen. Die Klinik hatte zweimal kassiert. Die Leihmutter hatte nichts verdient. Und die Kanzlei hatte nicht mal die öffentliche Aufmerksamkeit bekommen, die ein Prozess bedeutet hätte. Sie ballte die Faust.

Ich halte es nicht mehr aus. Ich bin es manchmal so leid. Ich hatte es ja befürchtet. Und ich verstehe sie sogar. Und ich hasse sie. Nein, ich verachte sie. Ich könnte sie ohrfeigen. Nein, ich verachte mich. Ich könnte mich ohrfeigen dafür, dass ich nicht näher an ihr drangeblieben bin. Nicht für sie da war. Ich hasse diese Kliniken. Ich hasse alle, die ungeschoren davonkommen. Die die Armen ausnutzen. Ich muss mich beruhigen. Ich will so nicht sein. Atme aus. Atme ein. Ich bin hier. In meinem Zuhause. Ich tue, was ich kann. Ich bin nicht allein. Ach, es hilft doch alles nichts. So ein Dreck!

Draußen fuhr Zinas SUV vor. Sie zwang sich, weiter ruhig zu atmen, überlegte kurz, ob sie sich schnell ins Schlafzimmer zurückziehen sollte, aber da hörte sie schon den Schlüssel in der Tür.

»Ciao! Hi!«, rief Zina fröhlich. Sie trug eine riesige Sonnenbrille und einen pinkfarbenen Sari, der allerdings anders als üblich in Indien über den Knien endete. Ihre Sandalen hatten die höchsten Absätze, die Yashi je gesehen hatte. »Wow, das riecht aber lecker! Was gibt's denn?« Sie sah Yashi genauer an. »Ist etwas nicht in Ordnung?«

»Ach, nur ein bisschen Ärger mit einer Klientin. Es gibt Dosa. Und ein grünes Gemüse-Curry.«

Zina guckte in den Kochtopf. »Was ist das? Vielleicht kann ich es mal nachkochen?«

»Grüner Spargel, Erbsenschoten, Ladyfinger, Koriander und grüne Chilischoten«, erzählte Yashi bereitwillig und fragte: »Wie war dein Tag? Hast du geschafft, was du dir hier vorgenommen hast?«

»Ja, allerdings. Ich hab eine Weberei in Ooty besucht. Die haben so wunder-, wunderschöne Stoffe. Die Farben! Mitico! Eine super Qualität.« Zina plauderte. Nahm eine Flasche Cola aus dem Kühlschrank und goss sich ein Glas ein.

Sie hat es sich hier ganz schön heimisch gemacht. Obwohl sie Kiran doch gar nicht so nahsteht. Aber innere Nähe ist ja vielleicht keine

Bedingung, um in diesem Haus zu leben. Ach, ich werde schon wieder zynisch.

»Und dann war ich noch in einem Dorf in der Nähe und habe deine Näherin besucht.«

»Meine Näherin? Ich habe keine Näherin. Ich kaufe meine Kleider von der Stange. Wen meinst du denn?«, fragte Yashi irritiert.

»Na, diese Kleine! Die so gerne 'nen eigenen Laden haben will.«

»Du meinst jetzt aber nicht Padma?«, fragte Yashi. Alarmiert sah sie Zina an.

»Padma. Si! Ja, so heißt sie. War gar nicht schwer, sie zu finden. Ich bin einfach nach Bhavani gefahren und habe sofort diese feine neue Klinik entdeckt. Die fällt ja nun wirklich auf. Dann hab ich mich nach Padma durchgefragt. Eben nach 'ner geschickten Schneiderin, die vor kurzem noch schwanger war. Die Leute waren alle so unglaublich hilfsbereit. Richtig süß. Als wüssten sie irgendwie, dass ich Glück bringe. Und es hat tatsächlich geklappt.«

Yashi wollte nicht glauben, was sie hörte. Was hatte sie denn bloß auf diese Idee gebracht? Und wie konnte es sein, dass sie damit auch noch durchkam? »Und hast du sie auch überredet, nicht vor Gericht zu gehen?«

»Nein! No!«, sagte Zina, jetzt plötzlich nicht mehr im Plauderton, sondern ganz nüchtern. »Sie arbeitet jetzt für mich. Ich brauchte doch dringend eine Person, die schnell nähen kann. Und zuverlässig ist. Muster für ›Urban Goods‹. Ich habe ihr 'nen ordentlichen Vorschuss dagelassen und ich bezahle sie auch echt gut. Wirklich! Win-Win.«

»Aber darum geht es nicht. Es geht um Gerechtigkeit.«

Zina kam näher und sah Yashi mit einem weichen Blick unter ihren superlangen Wimpern an. »Du glaubst echt daran, hm?«

»Aber sicher! Wir können doch so eine Klinik mit diesen miesen Machenschaften nicht einfach davonkommen lassen!« Yashi war wütend.

Aber Zina sagte leise: »Ich glaube ja, nur wir als Einzelne können was ändern. Und das sollen wir. Das ist echt wichtig. Ich kann was wiedergutmachen und ihr Arbeit geben. Das wird sich für uns beide lohnen. Fairer Handel macht alle glücklich. Wie gesagt: Win-Win.«

Yashi schüttelte den Kopf und zischte: »Warum hast du das getan? Aus Mitleid? Hast du ein schlechtes Gewissen? Findest du das schick? Warum mischst du dich überhaupt ein?«

»Ich misch mich ein, weil ich's kann.« Sie hielt Yashis Blicken stand.

Aber die war noch nicht fertig. »Du kommst hierher. Mit deinem Geländewagen. Deinen knalligen Farben. Machst dich breit mit deinem Chaos.«

»Oh. Hey. Ich kann abreisen. Keine Sorge. Ich bin schon weg.«

»Du kapierst es nicht. Du respektierst meine Arbeit nicht, meine Mühe! Meine Herzensanliegen. Weißt du, Zina, es reicht nicht, wenn die Welt schön aussieht. Wenn ein paar einzelne Glück haben, ausnahmsweise. Kiran hat recht: Du siehst wirklich nur dich.«

Sie standen sich gegenüber. Und dann fing Zina an zu weinen. War plötzlich ganz außer sich. Sie ließ die Tränen fließen. Schüttelte sich, schluchzte und stieß hervor: »Ich habe das doch auch für dich getan. Tut mir leid. Scusi. Ich dachte echt, du würdest dich freuen.«

12

Es war der erste Samstagabend im November. Yashi saß auf der Veranda in ihrem Lieblingssessel, die Ohrhörer ihres Telefons in den Ohren und sang leise mit Christina Aguilera mit. »I am beautiful. No matter what they say. Words can't bring me down. I am beautiful.« *Ich bin schön. Egal, was sie sagen. Worte können mich nicht runterziehen. Ich bin eine Schönheit.* Sie wusste nicht, wie oft sie inzwischen auf »Repeat« gedrückt hatte. Ihr blieb noch etwas Zeit, bevor Kiran nach Hause kam. Sie würde sich Ruhe gönnen. Ein paar private Mails schreiben. Nachrichten in die Familiengruppe schicken. Sofort kam sie sich schrecklich verwöhnt vor. Noch einmal! »Beautiful.«

Er hatte sich bei ihr entschuldigt: »Ich war so wütend über den Teekoster. Verzeih mir, bitte. Ich habe meine Enttäuschung an dir ausgelassen. Ich liebe dich. Ich liebe dein Engagement.«

Sie wusste, dass es stimmte. Er war selber verletzt gewesen und müde. Sie wusste auch, dass sie nie aufhören konnte, Anwältin zu sein. Dass ihr Zorn für andere erschreckend war. Dass sie viel gearbeitet hatte. Und nicht joggen ging. Aber sie wurde bald fünfzig. Und sie wollte sich nicht darum kümmern, anderen zu gefallen. *Es muss doch möglich sein, Kiran treu zu sein und mich selber liebzuhalten.* Sie ging in die Küche, um den Abend vorzubereiten.

»Schön sieht es bei uns aus«, sagte Kiran, als er den gedeckten Tisch sah. »Wirklich sehr schön. Und es duftet fantastisch.« Er stellte sich hinter sie an den Herd, ganz nah, legte sein Kinn auf ihren Kopf und umfasste mit beiden Händen ihre Schultern.

Yashi erklärte ihm: »Es duftet nach Knoblauch, Kreuzkümmel, Chili und Limette. Und es gibt Garnelen und Thunfisch nach Tikka-Art. Masala, dazu Reis und frisches Naan. Und Süßkartoffelpüree.« Auch sie wünschte sich, dass der Abend schön würde. Sie drehte sich zu ihm um und sie hielten sich eine Weile fest im Arm.

»Mir läuft das Wasser im Mund zusammen«, flüsterte Kiran. Es tat gut, seine Nähe zu spüren.

»Da sind sie auch schon!«, sagte Yashi, als ein Auto vorfuhr, und löste sich aus der Umarmung. Sie lief zur Tür. »Amma!« Sie ging auf ihre Mutter zu, half ihr aus dem Auto und umarmte sie. Dann grüßte sie ihren Vater: »Dad! Schön, dass ihr kommen konntet.«

Die beiden hatten sich von einem jungen Mann bringen lassen, der sie jetzt, wo sie alt waren, unterstützte, kleine Erledigungen machte und sie auf weiteren Strecken fuhr. Er sagte, er würde nur schnell die Taschen ins Haus tragen, dann direkt umkehren und sie übermorgen wieder abholen. Yashi und ihre Eltern dankten ihm und winkten ihm hinterher.

Kiran empfing sie an der Haustür: »Dorothy! Jonathan! Herzlich willkommen. Kommt rein. Yashi hat alles vorbereitet und wunderbar gekocht.«

Sie standen in der Eingangshalle des kleinen Bungalows und verschnauften. »Jedes Mal, wenn ich hierherkomme, staune ich, wie schön ihr es habt«, sagte Dorothy anerkennend. »Diese Tapeten, die Pfauenmuster, dieses Blau, Gold und Grün, es ist so bezaubernd. Die Glasbausteine zum Garten, das Licht. Und der Blick ist einfach atemberaubend.«

Yashi ging den Flur entlang. »Ich habe Berrys Zimmer für euch hergerichtet.«

»Wie war die Fahrt?«, war Kirans erste Frage, als sie ein paar Minuten später alle am Tisch saßen.

»Pah! Coimbatore wird immer voller, schmutziger und unübersichtlicher«, knurrte Yashis Vater.

Und ihre Mutter ergänzte: »Aber sobald man die Stadt einmal hinter sich hat und je näher wir euren Bergen kamen, desto schöner wurde es.«

»Pah! Als ich noch selber gefahren bin, hat es mir mehr Freude gemacht«, bemerkte Jonathan, und Dorothy meinte beschwichtigend: »Es ist aber vernünftig, sich in unserem Alter fahren zu lassen. Mindestens bei weiten Strecken. Die indischen Straßen werden ja immer chaotischer.«

»Ach, na ja. Wenigstens kurze Strecken lässt man mich noch fahren.«

Dorothy streichelte über seinen Arm. Yashi servierte das Essen und füllte die Teller.

Kiran sagte: »Ich spreche unser Tischgebet.« Er sah in die Runde. »Also eigentlich euer Tischgebet. Das Tischgebet eurer Familie.« Sie reichten sich die Hände rund um den Tisch.

»Für das Essen in einer Welt, in der viele hungern,
für das Zuhause einer Welt, in der viele auf der Flucht sind,
für das Vertrauen in einer Welt, in der viele Angst haben,
für die Hoffnung in einer Welt, in der viele verzweifeln,
für die Gemeinschaft in einer Welt, in der viele alleine sind,
danken wir dir, unser Gott. Amen.«

»Amen«, sagte Jonathan.

»Guten Appetit!«, wünschte Yashi und strahlte sie an.

Und dann genossen sie das Essen. Und erzählten. Und lobten den Fisch. Und erzählten weiter. Vom Missionskrankenhaus, in dessen Nähe sie weiterhin wohnten. Von dem sie immer noch viel mitbekamen, weil Dayita dort arbeitete. Von Kollegen, Schwestern und

Forschern, die sie zu Hause besuchten und sie teilhaben ließen an den neuesten Entwicklungen. Und ihre Finger wurden rot von der Tikka-Masala-Sauce. Es war gemütlich. Dorothy schwärmte von der Arbeit in der Klinik: »Seit Jahren sinken bei uns die Zahlen der Säuglings- und Kindersterblichkeit, ganz entgegen der nationalen Entwicklung. Das macht mich sehr glücklich.«

»Pah! Früher waren wir für mein Spezialgebiet, die Leprologie, berühmt«, brummte Jonathan, »heute für unsere Brutkästen und die Arbeit mit Frühchen. Ach, na ja, man geht eben mit der Zeit.« Er nahm sich ein weiteres Naan-Brot, hielt es sich unter die Nase, teilte es und biss ein großes Stück ab. Yashi beobachtete ihn beglückt. Ihr Vater aß Brot immer so ehrfürchtig, dass der grummelige Rechthaber für einen Moment lang aussah wie ein kleiner, staunender Junge.

»Und«, erzählte Dorothy wieder begeistert, »wir sind berühmt für die Arbeit deiner Schwester. Yashi, wirklich! Dayitas alternative Heilmethoden und die Naturmedizin boomen. Mediziner, Ärztinnen, Lehrschwestern aus der ganzen Welt besuchen uns.«

Yashi freute sich. »Das sind lauter gute Nachrichten.«

»Und die Mission?«, fragte Kiran und wandte sich direkt an seinen Schwiegervater.

Und jetzt erzählten die beiden Alten vom Leben der christlichen Minderheit. Leiser, zögernder und betroffen. Jonathan meinte ernst: »Wir haben ein Leben lang viel gearbeitet. Unserem Land viel gegeben, will ich wohl meinen. Wir haben uns auch um die Unberührbaren gekümmert und das Kastensystem nie akzeptiert. Aber wir waren stolz, Inder zu sein.« Er hob energisch den Zeigefinger. »Wir waren immer in der Minderheit. Ich kenne das gar nicht anders. Meine Großeltern waren ja bereits Thomaschristen.« Er wurde sehr leise: »Aber ach. Was jetzt passiert, ist demütigend. Nein, schlimmer: Es ist beängstigend.«

Dorothy ergänzte: »Das Krankenhaus und die Kirche gehörten für uns ja immer zusammen. Die Aufgabe, uns um die Leidenden zu kümmern, und die Feier des Glaubens, wir können das nicht trennen. Aber unsere Regierung. Die würde das Krankenhaus gerne in die Hand des Staates geben. Auch die Forschung und die Ausbildung. Und die Gemeinde? Die würde sie wohl am liebsten schließen.«

»Pah! Solange sie die Kirche nicht abfackelt!«, sagte Jonathan in einem Anflug von Zorn.

»Liebling«, sagte Dorothy beruhigend und fuhr fort: »Es stimmt. Dieser Hindu-Nationalismus wächst. Auch in unserem Freundeskreis. Das macht uns große Sorgen. Und unsere muslimischen Bekannten werden ja noch mehr bedrängt. Viele NGOs kämpfen um ihr Überleben, auch finanziell. Die Regierung begrenzt ihren Handlungsspielraum.«

Yashi meinte: »Ich bin manchmal fassungslos. Der Nationalismus nimmt ja weltweit wieder zu. Der Fundamentalismus. Das Abgrenzen. Das Wir-und-die-Anderen-Denken. Viele Länder werden gerade immer autoritärer.« Sie nickten alle und schwiegen eine Weile.

Dorothy gestand: »Wir sind oft sehr müde.«

»Ach. Sprechen wir mal über etwas anderes. Kiran! Was macht der Tee?«, fragte Jonathan.

»Danke«, antwortete Kiran. »Tee wird ja immer getrunken.« Er lachte. Yashi war gespannt, was genau er wohl erzählen würde. »›O'Clock-Teas‹ ist ein guter Arbeitgeber. Neben der Verwaltungsarbeit habe ich die Chance, zu experimentieren. So, wie ich es gelernt habe und wie meine Familie es immer schon gemacht hat. Wir erfinden neue Sorten. Es ist alles gut.« Er lächelte und sagte dann mit Blick zu seiner Frau: »Yashi Anne hat viel mehr Ärger als ich.«

Alle wandten sich ihr zu. Yashi fühlte sich überrumpelt. *Nur, weil er nicht mehr sagen will, muss ich jetzt. Er zeigt sich nicht. Er will es nicht. Oder kann es nicht.* Sie erzählte: »Genug Arbeit habe ich auf jeden Fall. Mehr als genug. Es gibt so viel zu tun. Wir haben uns ja einen Namen gemacht in den letzten Jahren. Durch ein paar Fälle, die in der Zeitung standen, in der Öffentlichkeit diskutiert wurden.«

Sie nickte ein paar Mal. »Geld verdiene ich nicht immer viel. Und Erfolg habe ich auch nicht immer.« Sie sah Kiran offen an. »Aber das geht uns allen ja mal so.«

Kiran stand überraschend auf und sagte: »Heute werde ich mal den Tee zum Nachtisch zubereiten.«

Yashi stellte die Teller zusammen und erzählte dabei weiter. Sie bestellte ihren Eltern Grüße von Karuna. »Es geht ihr gut. Sie hat ein neues Auto, einen Toyota. Ihr ganzer Stolz.«

»Dann verdient ihr also doch etwas Geld«, bemerkte ihr Vater lachend.

»Ja, ja. Es reicht. Aber ihr wisst ja: Viele unserer Kundinnen haben selber nicht viel. Andere wiederum zahlen auch gut. Und Karuna hat gespart, um sich diesen Wunsch erfüllen zu können.« Dann erzählte sie von Zina. »Ach ja! Meine Schwägerin war hier. Sie ist doch Mode-Designerin. Sie entwirft gerade eine ganze Serie. Kinderkleidung. Sie kauft die Stoffe hier in Indien und lässt auch hier nähen. Unter fairen Bedingungen. Es gibt eine Zertifizierung, damit Kleidung sich so nennen darf, ›fair‹. Jetzt hat sie erst mal ein paar Muster anfertigen lassen, bald soll es dann richtig losgehen.«

Kiran brachte ein großes Tablett mit Bechern, Löffeln, Schüsselchen und Nachtisch: »Hier ist der Tee. Eine Mischung aus Kardamom, Anis, Fenchel und Süßholz. Dazu Aniskuchen, Mangos und Payasam.« Er servierte.

»Du hast noch nichts von deiner eigentlichen Arbeit erzählt, Yashilein«, sagte Dorothy.

Yashi zögerte. Merkte, dass es ihr schwerfiel. Wünschte, sie könnte so wie Kiran einfach sagen: »Alles in Ordnung. Es läuft.« Das Leben etwas leichter nehmen. Das Schöne sehen. *Warum muss ich immer sehen, was noch fehlt? Was nicht gerecht ist? Nicht perfekt?* Sie gab sich einen Ruck: »Der Textilmarkt ist weiterhin mein größtes Thema. Ein Weber hat zwei Finger verloren. Eine Näherin hat Verbrennungen im Gesicht. Die Vergewaltigungsfälle übernimmt fast alle Karuna. Ganz aktuell bin ich außerdem gespannt, wie sich das Thema

›Leihmutterschaft‹ entwickelt. Auch ein großes Geschäft. Etwa dreitausend Kliniken soll es in unserem Land geben. Es geht um richtig viel Geld. Die Eltern kommen aus Ländern, in denen Leihmutterschaft verboten ist. Die meisten aus Europa, einige kommen auch aus Japan oder Australien. Zahlungswillige Ausländerinnen.«

»Warum adoptieren sie keine Kinder?«, fragte Jonathan.

»Sie wünschen sich eben eine genetische Verbindung«, erklärte Yashi.

»Pah! Es ist gut, wenn so etwas verboten wird. Es ist unnatürlich«, meinte Jonathan entschieden.

Ach, Dad. Alles, was nicht in deine Ordnung passt, darf es nicht geben und damit ist das Thema für dich erledigt, hm? Yashi warf ein: »Diese Kliniken finden sowieso Wege, um das Gesetz zu umgehen.«

»Ich stelle mir so eine arme Frau vor«, sagte Dorothy, »neun Monate lang ein Kind in dir getragen und dann musst du es abgeben. Das ist nicht die Art von Lebensunterhalt, die ich mir für unsere Frauen wünsche. Du baust doch eine Beziehung auf zu dem Ungeborenen. Dein Körper verändert sich. Ein Kind zur Welt bringen, das machst du nicht mal eben so. Ganz besonders nicht, wenn es das erste Kind ist.«

Kiran widersprach: »Na, die Frauen machen das ja freiwillig.«

»Ja! Genau«, sagte Yashi, etwas lauter als gewollt. »Freiwilligkeit ist ja sozusagen das Hauptmerkmal von Armut!« Sie schüttelte den Kopf. Dorothy legte ihre Hand auf ihren Unterarm.

»Na ja«, legte Kiran noch einmal nach, »es ist eine Chance für arme Frauen, ziemlich schnell ziemlich viel Geld zu verdienen.«

»Genau das hat deine Schwester auch gesagt.«

»Wir kommen eben aus einer Familie von Händlern«, meinte Kiran leichthin. Yashi zwang sich, sachlich zu bleiben: »Wir haben in den letzten Wochen versucht, herauszufinden, was die Frauen bekommen. Es gibt da keine einheitliche Vergütung. Keine Verlässlichkeit. Die Klientin, die ich betreut habe, blieb anschließend auf den Kosten für die Klinik sitzen.«

Kiran lenkte ein: »Entschuldige, das wusste ich nicht. Und ich wollte natürlich nicht sagen, dass diese armen Frauen Glück haben.«

Yashi nickte: »Ja, ich weiß.«

»Was würdest du dir denn wünschen?«, fragte Dorothy vorsichtig nach.

»Ach. Eine Regulierung, ja. Aber kein Verbot. Mehr Aufklärung für die Leihmütter im Vorfeld. Mehr Transparenz. Bei der Bezahlung und bei den medizinischen Abläufen. Eine Krankenversicherung.«

»Dir schwebt so eine Art ›fair gehandelte Leihmutterschaft‹ vor«, sagte Kiran mit einem Lachen.

Sie goss sich noch eine Tasse Tee ein, sah ihn über den Rand ihrer Tasse an und fragte ruhig: »Was ist falsch an Fairness? Bei Textilien, Leihmutterschaft und Tee?«

»Guter Punkt«, meinte Kiran. Unvermittelt sagte er: »Es hat geklingelt!«, und stand auf.

Sie guckten alle etwas verwirrt. Nur Kiran schien die Klingel gehört zu haben. Sie hörten, wie Kiran tatsächlich mit jemandem sprach, und wurden neugierig. Und dann stand er mit Namya im Zimmer. »Schaut mal her! Jetzt haben wir eine Expertin für unsere vielen Fragen!«, sagte Kiran. Alle standen auf, begrüßten sie, umarmten sie, boten ihr Essen und Platz an. Strahlend sah Namya in die Runde: »Was für ein Glück, euch alle auf einmal zu sehen! Ich sollte öfter spontan vorbeikommen.«

Yashi bereitete einen Teller mit Essen für ihre Freundin vor, und Kiran fasste den Abend für Namya zusammen, leicht und beschwingt: »In Coimbatore herrscht dreckiger Dauerstau. Das Krankenhaus tut weiterhin viel Gutes. Der Hindu-Nationalismus bedrängt die Gemeinde. Das Teegeschäft läuft. Karuna fährt ein neues Auto. Meine Schwester kreiert faire Mode in Indien für Reiche und Schöne in New York. Wie es mit der Textilbranche und der Leihmutterschaft weitergeht, ist noch nicht ausgemacht. Meine Frau ist deshalb etwas gereizt. Aber Fairness ist uns allen wichtig. Und

Fisch-Tikka ab heute mein Lieblingsessen.« Er warf Yashi quer über den Tisch einen Luftkuss zu.

Sie mussten alle schmunzeln. *Ich weiß, du meinst es nicht böse und du willst mir nichts Böses. Du bist nur so anders als ich. Und kämpfst deine eigenen Kämpfe.*

»Hast du denn gute Nachrichten für uns?«, fragte Kiran und sah Namya freundlich an.

»Ich bin Anwältin in Indien, wie sollte ich da gute Nachrichten haben?«, lachte Namya.

»Lass sie erst mal essen«, protestierte Dorothy.

Namya freute sich über ihren vollen Teller. »Danke! Es sieht so unglaublich lecker aus.«

Jonathan räusperte sich: »Also. Jason hat mich neulich angerufen.« Blicke flogen über den Tisch. Alle warteten, dass Jonathan weitererzählen würde. »Er hat mir erzählt, dass er Teilhaber einer Kanzlei geworden ist. Er klang sehr zufrieden. Ja, ich könnte auch sagen, er klang richtig stolz.« Er sah in die Runde. »Wusstet ihr denn noch nichts davon?« Er wirkte kurz verunsichert.

Yashi schüttelte den Kopf.

Kiran sagte: »Er wird es uns ja sicher auch bald erzählen. Vielleicht waren wir nicht erreichbar und er wollte es aber unbedingt jemandem erzählen. Mit jemandem aus der Familie teilen.«

Dorothy und Jonathan nickten, zufrieden mit dieser Erklärung. Yashi sah ihn verwundert an. Glaubte er denn, was er da sagte? Es tat ihr leid, dass er zurzeit so viel dafür tun musste, damit ihr Leben nach außen hin richtig aussah.

Namya schob ihren leeren Teller von sich weg. »Das war so lecker! Vielen Dank.«

Yashi fragte: »Warum bist du überhaupt hier?«

»Ja, jetzt kannst du mal erzählen, liebe Namya«, sagte Kiran.

Yashi spürte seine Erleichterung und Namya erzählte ganz offensichtlich gerne. Alle merkten schnell, wie gut es ihr tat, zu reden. In dieser Runde von Vertrauten, die sie fast alle schon ihr Leben lang kannte. An deren Tisch sie als Kind so oft zu Abend gegessen hatte, um dabei über Politik, Gott und die Welt zu diskutieren. Namya hatte keine Geschwister, ihre Mutter war früh verstorben, ihr Vater war Journalist, sehr gefragt und oft unterwegs. Sie hatte sich Yashis Eltern und Geschwister als Ersatzfamilie ausgesucht und sie, die Eapens, hatten sie ihrerseits umarmt.

»Also. Was mich beschäftigt: Modis Wirtschaften bewirkt ein Wachstum, ja. Aber es entstehen kaum neue Arbeitsplätze. Auf der einen Seite gibt es die IT-Branche, Biotechnologie, Automobilindustrie, auf der anderen die vielen Millionen auf dem informellen Sektor, Straßenhändlerinnen, Rikscha-Fahrer, Kindermädchen, Schuhputzer, Kinder, die Windschutzscheiben putzen.« Sie strich sich eine Strähne aus dem Gesicht. »Die Ungleichheit steigt weiter an. Dem obersten einen Prozent unseres Landes gehören mittlerweile über zwanzig Prozent des Vermögens. Es ist so krass, wie schnell alles auseinanderdriftet. Außerdem stresst das Wachstum die Umwelt. Hunderttausende sterben an den Folgen der Luftverschmutzung. Eine Zahl, über die fast niemand spricht. Unsere Städte versinken im Kohledreck.« Sie spielte wieder mit ihren Haaren. »Modi wird in der ganzen Welt für seine liberale Wirtschaftspolitik gelobt, aber er ist ja eigentlich ein altmodischer Fundamentalist. Und was mich persönlich am allermeisten bedrückt«, sie stockte kurz, strich sich wieder Haare aus dem Gesicht: »Auf der weltweiten Rangliste der Pressefreiheit liegen wir zurzeit auf Platz 138. Von 165. Noch hinter Birma, Katar und Afghanistan. Und das passt ja nun wirklich nicht zu einer Demokratie.« Sie schluckte. »Es ist furchtbar. Die Verhaftungen! Die Gewalttaten an Journalistinnen und Journalisten, die den Premier oder die Regierung kritisieren.« Sie hielt inne. Sie alle hatten dieselben Bilder vor Augen: Vor wenigen Tagen erst war die Journalistin Gauri Lankesh vor ihrem Haus in Bangalore erschossen worden. Leise sagte Namya: »Andersdenkende leben hier gefährlich, das ist die brutale Wahrheit.« Sie trank ein paar Schlucke Tee. »Tut mir leid, schöner ist es nicht.«

»Machst du weiter?«, fragte Kiran sie.

»Natürlich! Klar. Was sonst? Wir müssen weitermachen. Aber vielleicht gehe ich noch mal für eine Weile ins Ausland.«

»Wohin denn?«, fragte Dorothy.

»Amerika?«, sagte Namya nur leichthin. Sie strich sich wieder die Strähnen aus dem Gesicht. »Wir sind die größte Demokratie der Welt. Aber eigentlich ist Politik bei uns ein einziges riesiges Privatgeschäft. Von unseren 545 Abgeordneten sind fast 300 Millionäre.« Sie hielt inne und sprach leise weiter: »Ich meine, ich bin Anwältin. Auch manche meiner jetzigen Kunden sind sehr reich. Und ich fürchte, sie sind skrupellos. Manche aus der Partei würden sehr viel tun für ein bisschen mehr Macht. Ich weiß manchmal nicht, wo mein Platz ist. Einen sehr einflussreichen Kunden treffe ich morgen. Deshalb bin ich übrigens in der Gegend.« Sie zuckte mit den Schultern. »Die Parlamentswahlen kommen näher. Warten wir's ab.« Sie strich sich wieder die Haare aus dem Gesicht. Weil sie es so oft machte, wirkte es allmählich wie eine nervöse Geste. Dann sah sie Yashi an: »Wie war es eigentlich in Masinagudi?«

Yashi strahlte. »Ach, wunderbar! Einer der wenigen echten Lichtblicke der letzten Zeit.« Sie erklärte ihren Eltern kurz: »Masinagudi ist ein Dorf, in der Nähe. Es hat den Parti-Award gewonnen.«

»Parti wie Partei?«, fragte Jonathan nach.

»Nein, ›Parti‹ wie Partizipation. Es ist ein Demokratiepreis. Das Dorf hat auf ganz vorbildliche Weise Vielfalt verwirklicht. Meinungsbildung, Konsens, Gewaltfreiheit. Es ist wirklich sehr beeindruckend.«

»Wie schön, dass wir heute Abend auch noch etwas Schönes hören«, sagte Dorothy.

»Ja«, stimmte Kiran ihr zu, »es ist wirklich wichtig, auch das Gute zu sehen.«

Yashi schmunzelte, als sie sah, dass Namya die Augen verdrehte. Aber sie wusste auch, dass Kiran recht hatte. *Namya, du tust mir gut, liebe Seelenverwandte. Namya, die sich nicht verbiegen lässt. Stimmt der Name noch? Aber ohne dich, Kiran, mein Liebling, würde ich wohl schnell die Freude verlieren. Zorn allein reicht nicht, ich weiß das. Ich will nicht verlernen, das Schöne zu sehen.* »Bleibst du eigentlich über Nacht?«, fragte Yashi ihre Freundin.

»Wenn ich darf.«

»Ja, sicher. Du kannst in Jasons Zimmer schlafen.«

Kiran meinte: »Wir haben Platz. Auch für unangemeldetete Gäste.«

»Ach was! Gehen wir denn schon schlafen?«, fragte Jonathan aufmüpfig. »Oder trinken wir noch mehr Tee? Oder vielleicht etwas Stärkeres? Kiran, du hattest doch immer diesen indischen Single Malt.«

»Das tut mir leid. Die Flasche ist gerade erst leer geworden und ich habe noch nicht für Nachschub gesorgt«, sagte Kiran.

Yashi runzelte die Stirn. Warum log er denn bloß? Sie bot an: »Ich könnte einen Kräuter-Lassi machen. Scharf, mit Chili, Minze und Sauerampfer.« Sie diskutierten kurz und entschieden sich für Tee. Lassi würde es zum Frühstück geben.

Kiran schien sehr zufrieden: »Tee passt doch zu dieser Runde. Zu diesem Abend. Tee ist nach Wasser das meist getrunkene Getränk der Welt. Tee wird überall getrunken! In allen Kulturen und Religionen, bei verschiedensten Zeremonien. Tee steht für Vielfalt, es gibt Tausende Sorten. Und Tee bedeutet Gastlichkeit, Genuss und Gemütlichkeit.«

Yashi mochte, was er sagte. *Er kann so süß sein. So charmant. So einnehmend.* Und sie mochte auch den Zimttee, den er ihnen etwas später mit Milch und dunklem Honig servierte. Sie plauderten. Lachten. Erzählten von früher.

Bis Jonathan irgendwann sagte: »Ich glaube, es ist jetzt Zeit für eine alte Anekdote.« Er strahlte Yashi an. »Für unsere liebste Familiengeschichte.« Er holte tief Luft und begann die Erzählung so wie immer: »Wie schrieben noch unsere großen Zeitungen? Damals im Februar 1973?«

Und dann erzählten sie gemeinsam, wie der UNO-Generalsekretär Kurt Waldheim Indien besucht hatte. Und wie eine Fünfjährige in internationalen Zeitungen zitiert wurde und in vielen Reden des Generalsekretärs. Weil sie glaubte, dass die UNO dafür sorgte, dass alle mitspielen durften.

13

Yashi saß in einem kleinen Coffee-Shop an der Hauptstraße. Er war neu. Einfach. Nur ein paar Tische, ein paar Hocker, aber der Kaffee schmeckte vorzüglich. Es war ein Uhr und sie bestellte noch eine zweite Tasse. Sie, die sonst immer nur Tee trank. Ein Schild mit dem Namen ›Timepass‹ wurde gerade über dem Eingang aufgehängt. Über Mettupalayam hing eine dicke Wolke. Das Atmen fiel ihr heute schwer. Die Luft war vergiftet. Sie hatte dringend eine Pause gebraucht. Später wollte sie auf dem Weg nach Hause in Ooty vielleicht noch ein paar Weihnachtsgeschenke einkaufen.

Ihr Telefon ließ einen Gong-Ton hören. Zina schrieb: »Na? Hast du die schöne Tunika schon mal angehabt? Und Komplimente bekommen? Liebe Grüße aus New York.«

Sie erwähnte ihren Streit nicht und nicht den unschönen Abschied. Zina war damals noch am selben Abend abgereist. Sie sprach über unangenehme Zwischenfälle genauso ungern wie ihr Bruder.

Sie schrieb zurück: »Leider noch keine Gelegenheit. Aber danke noch mal! Hab mich wirklich gefreut. Liebe Grüße aus dem ›Timepass‹.« *Das klingt doch irgendwie cool. Ich in einem Café.*

Zina antwortete direkt: »Zieh sie doch mal an, damit mein Bruder sie dir ausziehen kann.«

Yashi reagierte nur mit einem Smiley. Immer gerne mal frivol, die liebe Zina. Sie wollte auch, dass es zwischen ihnen wieder gut würde. Sie verstand inzwischen, dass Zina wirklich nur hatte helfen wollen.

Sie verschickte kurze Nachrichten an Dayita, Kemia und Namya. Kleine Botschaften. Zeichen, dass sie verbunden waren. Dann legte sie die Zeitung zusammen, zahlte, gab ein großzügiges Trinkgeld und fuhr zum Gericht. Heute würde sie mit einem Staatsanwalt über Magil sprechen.

Ein riesiger dunkler Holzschreibtisch, ein Schreibtischstuhl, zwei Ledersessel, Umzugskisten, Bücherstapel, Papiere, Aktenordner, unzählige Notizblöcke, überquellende Regale und Wände voller Zeitungsausschnitte weckten bei Yashi den Eindruck, dass Raja Burad wohl vor allem sehr beschäftigt war. Weitere Rückschlüsse verbat sie sich. Der junge Mann, der sie begrüßte, trug ein weißes Hemd und einen dunklen Anzug, der ihm zu groß war. »Doktor Bhandari. Willkommen. Nehmen Sie doch bitte Platz. Ich habe einige Ihrer Fälle in der Zeitung verfolgt.« Sein Blick ging suchend durchs Zimmer, dann wies er auf einen Zeitungsausschnitt, der Yashi vor dem Gerichtsgebäude mit der Schlagzeile ›Dem Sumangali-System ist der Kampf angesagt!‹ zeigte. Er setzte sich und sah sie über den Rand seiner Brille aufmerksam an. »Was kann ich für Sie tun?«

Yashi saß aufrecht in ihrem Sessel und fasste Magils Fall für ihn zusammen. Er machte sich Notizen. Abschließend sagte Yashi: »Ich bitte Sie also, gegen ›WeSpinning Ltd.‹ zu ermitteln.« Der Staatsanwalt nickte. »Gut. Sie haben in mir einen Verbündeten. Und ich verlasse mich auf Sie. Sorgen Sie dafür, dass Ihre Mandantin vor Gericht erscheint und aussagt. Und die angekündigte Zeugin ebenfalls.« Yashi versprach es. Raja Burad sah auf seine Uhr und reichte ihr die Hand. »Wir hören voneinander. Viel Glück.«

Als sie im Auto saß, dröhnte ihr Kopf. Magil hatte sich ja nicht wieder gemeldet. Was sollte sie tun, wenn es dabei blieb? Sie hatte zwar einen starken Verbündeten gewinnen können. Aber jetzt musste sie auch liefern.

Sie war froh, als sie aus der Stadt heraus und auf der Bergstraße unterwegs war. Der Stau ließ nach. Sie entspannte sich. Ihr kam der Gedanke, dass Berry in New Jersey noch den ganzen Tag vor sich hatte. Und so rief sie spontan ihre Tochter an. Sie sprachen die ganze Heimfahrt lang miteinander. Berry würde sie zu Weihnachten besuchen. So bald schon. In drei Wochen! Das Jahr würde damit gut enden. Sie würden den Gottesdienst in Ooty besuchen. Die Heilige Nacht feiern. Sterne und Girlanden aufhängen, gemeinsam kochen und Geschenke auspacken. Sie würden sich viel zu erzählen haben. Zwei lange Jahre hatten sie sich jetzt schon nicht mehr gesehen. Sie würde ihre Tochter endlich einmal wieder im Arm halten. Berry würde dann auch nach Coimbatore fahren, zum Krankenhaus. Und um mit Dayita zu sprechen. Auch diese Pläne stimmten Yashi fröhlich, denn dieser Besuch bedeutete doch wohl, dass Berry plante, mit Dayita zusammenzuarbeiten und wieder in Indien zu leben. Wie schön es wäre, Berry wieder in ihrer Nähe zu wissen.

Sie würde alleine kommen. Yashi hatte spontan gefragt: »Und Jackson? Was ist mit ihm?« Sie hatte sich verkniffen, ihn einzuladen, um mit der Familie zu feiern.

Berry hatte nüchtern geantwortet: »Jackson? Der ist immer beschäftigt. Er ist ja Anwalt. Wie du, Ma. Wie Jason.« Sie hatte den Namen ihres Bruders ganz behutsam ausgesprochen. Und gefragt, ob Jason denn Weihnachten nach Hause käme. Yashi hatte einfach geschwiegen. »Ma? Bist du noch da? Ma, hörst du mich?«, hatte Berry gefragt.

»Hier bin ich, mein Schatz«, hatte sie gesagt.

»Ah, die Verbindung ist schlecht.«

»Ja, Berry, die Verbindung ist schlecht und deshalb wird dein Bruder nicht mit uns zusammen Weihnachten feiern. Okay?«

»Okay, Ma. Tut mir leid. Ach, Ma. Er wird viel arbeiten, sich ständig neu verlieben, ganz bestimmt gut essen, joggen, Filme gucken und an seiner Karriere basteln. Mach dir keine Sorgen.« Sie war nicht darauf eingegangen. »Bis bald dann«, sagte Berry fröhlich zum Abschied.

Yashis Herz schlug schneller. Das mochte auch an dem vielen Kaffee liegen, den sie heute getrunken hatte. Aber es lag außerdem daran, dass sie plötzlich in Weihnachtsstimmung war. Ja, wenn ein Kind zu Besuch kam, wurde die Welt heller. Sie freute sich darauf, Kiran von Berry zu erzählen.

14

Yashi genoss die Weihnachtstage in diesem Jahr sehr. Sie hatte sich eine ganze Woche Urlaub genommen und ruhte sich aus. Und auch Kiran war viel zu Hause. Es war friedlich zwischen ihnen. Sie waren aufmerksam, zärtlich in kleinen Berührungen, Blicken, Gefälligkeiten. Nachts kuschelten sie sich in ihre Laken. Sie wusste nicht genau, wie das eigentlich sein konnte, aber manchmal half ihr seine körperliche Nähe, sich ihm auch sonst wieder nah zu wissen. So war es immer schon gewesen zwischen ihnen. Sie lebten in ihren so verschiedenen Berufen und Temperamenten, aber sie waren sich auch nah und konnten sich verbinden.

Auch Berry war entspannt. Oft still in sich zurückgezogen, ein ganz unauffälliger Gast. Ihre Doktorarbeit war fertig. Noch ein paar letzte Prüfungen und es würde eine zweite Frau Doktor Bhandari in ihrer Familie geben. Sie sah hübsch aus. Yashi hatte erwartet, sie in Jeans zu sehen, aber Berry trug jeden Tag Kamiz und Salwar, einfache bunte Baumwollhemden über einer lockeren Baumwollhose. Sie sah aus wie eine Inderin. Jackson hatte sie kein einziges Mal mehr erwähnt.

»Kommst du zurück?« Die Frage rutschte Yashi heraus, bevor

sie noch mit sich selbst geklärt hatte, ob sie die Antwort wirklich wissen wollte.

»Ja. Ich komme zurück«, sagte Berry schlicht. Yashi wirbelte herum und nahm ihre Tochter in den Arm. Berry ließ es zu, löste sich dann aber und erzählte: »Wenn alles läuft wie geplant, unterschreibe ich nächste Woche einen Arbeitsvertrag und fange im Sommer am ›Coimbatore Mission Hospital‹ an. Als Pharmazeutin in Dayitas Team.« Sie sahen sich an und lachten. »Wir können also im nächsten Jahr deinen Geburtstag und den Unabhängigkeitstag zusammen feiern.«

»Ich freue mich sehr.« Yashi gab Berry einen Kuss auf die Stirn. »Und ich bin stolz auf dich.«

Sie gingen spazieren, besuchten das Ooty-Film-Festival und kochten oft gemeinsam. An einem Abend schauten sie »Grey's Anatomy«, drei Episoden ohne Pause hintereinander.

»Du guckst diese Serie wirklich?«, wunderte sich Berry.

»Ich liebe sie«, gab Yashi zu. »Und ich liebe die Produzentin. Shonda Rhimes.«

Berry hatte nur den Kopf geschüttelt, aber trotzdem weiter mitgeguckt.

Berry freute sich immer über indisches Essen. Die einfachen Gerichte: Idlis, Pongal, Dosa. Rasam. Jeden Tag telefonierte sie mit Dayita. Und sie schenkte Yashi den neuen Roman von Arundhati Roy, »Das Ministerium des äußersten Glücks«. Nach zwanzig Jahren Pause hatte diese großartige Autorin endlich wieder einen Roman geschrieben. »Wow! Ein signiertes Exemplar!«, jubelte Yashi. »Das Buch wollte ich mir schon die ganze Zeit selber kaufen, aber ich bin einfach noch nicht dazu gekommen. Danke!«

»Ich habe in New York eine Lesung mit ihr erlebt«, erzählte Berry. »Ich war mit Zina da. Das Buch ist krass. Eine Zumutung. Aber eine, die dich fesselt. Du willst es nicht mehr aus der Hand legen. Es ist bissig. Und auch witzig. Prall gefüllt mit Leben und Tod.«

Yashi drückte das Buch an ihre Brust. Als würde es sie wärmen und satt machen. Wie ein frisch gebackenes Brot.

Als sie zum Weihnachtsgottesdienst aufbrachen, war Yashi aufgeregt. Die Feier bedeutete ihr immer viel. Sie liebte die Lieder dieser Jahreszeit. Das Staunen, das über allem lag. Die Liebe, der Welt und ihren Herzen anvertraut wie ein Neugeborenes. Sie hätte nicht verzichten wollen auf die alten Texte, die Sterne, die Engel. Sie saß in ihrer Bank, auf dem Platz, den sie auch sonntags oft wählte. Die Kirche war sehr voll. Sie bekam gar nicht alles mit. Die Atmosphäre war für sie manchmal wichtiger als das, was tatsächlich gesagt wurde. Aber dann sprach ein junger Pfarrer ein Gebet. Ganz langsam und andächtig. Satz für Satz, suchend, spürte er seine Worte für diese Nacht auf. Zu Gott, der ihr doch schon so oft selbst wie die Nacht vorgekommen war.

»Gesegnete Nacht. Voller Schönheit. Zu schön für unsere Worte.

Jesuanische Nacht. Die uns so menschlich macht.

Gefeierte Nacht. Voller Liebe. Die uns umfängt.

Heilige Nacht. Die uns Gottes Wesen zeigt.

Marianische Nacht. Sprich in der Meditation unseres Herzens.

Kindliche, so neue, neugeborene Nacht. Voller Vertrauen.

Mögen wir in den Gesichtern der anderen das Kind sehen und dich selbst.

Geweihte Nacht. Wir leben in deinem Licht. Jetzt und immer.

Stille Nacht. Voller Staunen und Anbetung.

Christnacht. Stärke in uns die Kraft der Güte.

Mögen wir dieses Gebet nicht nur mit einem Amen beschließen, sondern mit unserem Leben weiterbeten. Amen.«

Sie musste wohl sehr laut »Amen!« gesagt haben. Sofort spürte sie Kirans Ellbogen in ihrer Seite. Als habe er Angst, sie würde gleich aufspringen, klatschen, nackt zum Altar tanzen und sie alle blamieren. Beinahe hätte sie wegen dieser Vorstellung auch noch laut gelacht. *Es ist doch nichts passiert. Ich habe nur ›Amen‹ gesagt.* Berry kicherte. Eine Frau in der Reihe vor ihr sah sich erschrocken zu ihr um. Und Yashi merkte, dass sie das zur Kenntnis nahm, es ihr aber nichts ausmachte. *Es macht mir nichts aus. Es macht mir gerade wirklich nichts aus, dass sie gucken. Was für ein schönes Weihnachtsgeschenk.*

Nach dem Gottesdienst nahm Kemia sie fest in den Arm und überreichte ihr ein Geschenk. Ein braunes Fläschchen mit goldener Schleife und einem Etikett: ›Ätherisches Öl. Mit Orange, Minze, Lavendel.‹ »Meine Mischung für dich. Frohe Weihnachten.«

»Frohe Weihnachten. Und grüner Tee! Mit Orange, Minze, Lavendel.«

»Nein, oder?«

Beide lachten laut heraus über diesen Zufall. Fast schüchtern, berührt von ihrer Vertrautheit, verabschiedeten sie sich. *Kemia. Die Alchemistin unter meinen Freundinnen. Sagte man nicht, was ihre Hände berührten, wurde zu Gold?*

Am Weihnachtsmorgen saß Yashi auf der Veranda, als Berry zu ihr kam. »Mum, erzähl mir, wie es war, als ich klein war.«

Yashi goss ihrer Tochter eine Tasse Tee ein. Berry legte ihren Kopf auf Yashis Schulter. »Du kamst etwas früher als erwartet. ›Überpünktlich‹, hat dein Vater gesagt. Und du warst klein. Ich hatte immer Angst, dir wehzutun, so fein warst du. Kurz nach deiner Geburt hat die Kurinji geblüht. Du warst zwölf, als du sie dann zum ersten Mal selber gesehen hast. Das war sicher einer der schönsten Tage meines Lebens.«

»Wirklich?«

»Ja. Zu sehen, wie berührt du warst. Ein Kind, aber doch schon alt genug, um zu begreifen, dass hier gerade etwas nicht Alltägliches passierte.«

»Und was haben wir beide früher gemeinsam gemacht? Du und ich?«, wollte Berry wissen.

»Du warst ja schon früh eine Apothekerin. Du hast Amlabeeren gesammelt und mich gebeten, sie ins Chutney zu tun. Die Beeren würden das Blut reinigen und das Herz stärken. Wenn ihr Klausuren geschrieben habt, hast du Brahmiblätter gepflückt, weil die helfen, sich zu konzentrieren. Da, siehst du?« Yashi zeigte auf eine Grünpflanze, die an einer Säule hochkletterte. »Deine Guduchi-Ranke! Du hast sie gepflanzt, weil die Blätter das Immunsystem stärken. Und ich mochte sie, weil sie so eine schöne Herzform haben. Ich habe viel von dir gelernt.« Berry rückte noch etwas näher an Yashi heran, die lachend weitere Entdeckungen aufzählte: »Anis hilft bei Husten, fördert die Milchbildung und entkrampft. Kumin hilft gegen Juckreiz. Kurkuma ist antibakteriell. Zimt hilft bei Schnupfen und allen Viren. Und Ingwer! Ingwer hilft ja einfach gegen alles. Husten, Durchfall, Bauchschmerzen, Cholera.« Sie kicherten wieder beide. »Und die Losbäume, die hatten es dir auch angetan.«

»Clerodendrum trichotomum«, warf Berry neunmalklug ein und grinste.

»Einmal waren Jasons Augenlider entzündet. Ganz rot, er konnte nicht aufhören, daran zu reiben, so sehr juckte es. Du hast gesagt: ›Dann gib ihm doch Kardamom.‹« Die Erinnerung ließ sie den Kopf schütteln.

»Ja, guck, da hatte ich eben damals schon recht. Kardamom ist großartig.«

»Wie der Neembaum? Und ersetzt die Apotheke?«

Berry setzte sich aufrecht hin. »Ja, Mum. Diese Wunder wachsen hier. Es ist so faszinierend.« Sie lehnte sich wieder zurück. »Aber erzähl weiter. Was haben wir beide denn noch gemacht?«

»Vor allem haben wir gemeinsam gelesen. Bücher angeguckt. Uns irgendwann auch gegenseitig vorgelesen. Die Dschungelbücher.«

»Oh ja. Ich wollte mit Mogli zusammenleben.«

»Und später dann Pollyanna. Und die Narnia-Bücher. Und natürlich ›Alice im Wunderland‹. Die hast du sehr geliebt.«

»Ach ja. Der verrückte Hutmacher! Die Herzkönigin. Der Schildkrötensupperich. Und, Mum? Denkst du denn manchmal noch vor dem Frühstück an sechs unmögliche Dinge?«

Yashi sah in den Garten hinaus. Als stünde die Antwort dort in den Bäumen. Sie hätte lustig antworten können, verrückt wie Alice, eine Märchenantwort geben. Aber sie entschied sich dann doch, zu sagen, was sie wirklich bewegte: »Bevor ich frühstücke, irgendwann gegen zehn mit Karuna im Büro, da habe ich die Teepflückerinnen gesehen. Die Warteschlangen der Kulis. Und lauter hübsche Erinnerungen an den Kolonialismus. Ich habe im Stau gestanden. Im Smog. Ich habe geschwitzt. Schlecht Luft bekommen. Ich habe wahrscheinlich über Indiens Vergewaltigungsrate nachgedacht. Oder über Textilfabriken. Und daran, dass ich mir gerne ein neues Auto leisten könnte. Ist das unmöglich genug?«

Berry lachte ein schiefes Lachen: »Du hast die Aufgabe nicht verstanden. Du sollst sechs Wunder für möglich halten.«

»Ah! Na dann. Faire Bezahlung, gute Arbeitsbedingungen. Freiheit. Von Rassismus. Von Unterlegenheit und Überlegenheitsgefühlen. Umweltschutz. Kein Wachstum um jeden Preis. Bescheidenheit. Gleichberechtigung von Frauen und Männern. Sicherheit. Gleichheit aller vor dem Gesetz. Ein Auto mit Klimaanlage. Gnade. Demut. Empathie. Erbarmen. Jetzt gut?«

»Ja danke. Das reicht!«, sagte Berry, und dann blieben sie einfach noch in der Sonne sitzen.

Und dann, am letzten Tag des Jahres, wieder ein Sonntag, kam Namya zu Besuch. Sie brachte Geschenke mit. Schokolade, Pasteten und Weißwein, den sie dann alleine trank. Namya, die sich dauernd nervös die Haare aus dem Gesicht strich und wütend, fast verzweifelt, über Politik diskutierte. Sie sammelten Wünsche für das neue Jahr. »Yashi, wir beide werden fünfzig im neuen Jahr. Wie wirst du feiern?«

»Wie wirst *du* feiern?«, fragte Yashi zurück. »Du bist eher dran.«

»Falls ich Zeit habe und wenn ich dann überhaupt im Lande bin, mache ich eine kleine, feine Party. Ich lade zu einem Abendessen ein, in eins meiner liebsten Restaurants, eine Oase mitten in Bangalore.«

»Was bedeutet ›falls du im Lande bist‹?«, hakte Yashi nach.

Aber Namya winkte ab. »Nichts, das spruchreif wäre. Und du? Los, sag schon. Wie feierst du?«

»Es gibt da einen Coffee-Shop, er heißt ›Timepass‹. Drumherum ist es laut und stickig, er liegt an der Hauptstraße. Aber der Kaffee ist köstlich.«

»Ich wusste nicht, dass du überhaupt Kaffee trinkst«, warf Berry ein.

»Darfst du das denn? Weiß Kiran davon?«, witzelte Namya.

Und dann mussten sie alle loslachen.

»Die Kuchen sind auch sehr lecker. Frisch gebacken. ›Zeitvertreib‹, hm? Das klingt doch schön. Die Zeiten gehen, verändern uns. Für mich klingt das nach Wechseljahren im besten Sinn. Da würde ich gerne an meinem Geburtstag mit euch sitzen. Mit euch beiden. Mit meiner Ärztin Kemia und mit Karuna. Mit Dayita und John. Und mit Nanda Luke und Kiran natürlich. Und Jason. Ich wünsche mir so sehr, dass Jason uns mal wieder besucht.«

15

Es war kühl an diesem Morgen. Das Thermometer zeigte gerade mal zwölf Grad. Der Februar war einer der kältesten Monate hier in den Bergen und in diesem Jahr besonders frostig. Kiran war joggen gewesen. Sie hatten Tee auf der Veranda getrunken, Yashi in einen Wollschal gehüllt. Sie hatten sich verabschiedet, wie immer. Jetzt zog sich Yashi zum zweiten Mal an diesem Tag an. Sie wählte einen alten Sari, grün-grau, verwaschen und ausgefranst. Sie sah sich im Spiegel an. *Perfekt.* Sie zog das Tuch noch tiefer in die Stirn und nickte sich selber zu. »Tu es!« *Wenn die Sehnsucht nach Gerechtigkeit mein Motor ist, könnte meine Angst das Benzin sein, mit dem ich ihn füttere.*

Sie schlich sich aus dem Haus und ging langsam den Weg entlang. Sie konnte schon von Weitem die lange Warteschlange sehen, Frauen und Männer, die vor dem Tor zu ›O'Clock‹ auf Arbeit hofften. Wo lebten sie eigentlich genau? Gingen ihre Kinder hier zur Schule? Wo kauften sie ein? Sie schämte sich dafür, dass sie es nicht wusste. Weil sie es geübt hatte, hier nicht die Anwältin zu sein, sondern einfach ein Mensch, privat, für sich. *Die Nilgiris sind mein Unterschlupf. Wo ich vergesse. Ja, ausblende. Mal nicht alles wissen will. Aber heute werde ich mehr erfahren.*

Der vertraute Weg kam ihr wie ein Kriegspfad vor. Langsam näherte sie sich und reihte sich unauffällig ein. Und dachte plötzlich an Nanda Luke. »Immer gegen die Kasten wettern, aber selber zur Elite gehören!« *Was tue ich hier? Was bilde ich mir ein, erreichen zu können? Bin ich eigentlich irre geworden?*

In der Nähe des Tores stand eine alte Frau und verkaufte Tee. Es war die Frau mit dem Stock, die sie so beschimpft hatte. Yashi zuckte zusammen. Aber die Alte erkannte sie nicht. Neben ihr saß ein junger Mann in einem Rollstuhl. War sie das wirklich? Yashi schaute genauer hin. Sie hatte nicht mehr an sie gedacht und auch vollkommen vergessen, Kiran nach ihr zu fragen. Gehörte der junge Mann zu ihr?

Die Schlange rückte immer weiter vor. Sie versuchte zu verstehen, was sie erwartete. Musste sie eine Frage beantworten, nach deren Beantwortung sich dann entschied, ob sie nach links oder rechts geschickt würde? Aber sie durfte nichts selbst entscheiden. Der Aufseher sah sie kurz prüfend an und sagte nur: »Pflücken! Nach da!«

Sie folgte einfach der Frau vor ihr, stolperte kurz, überlegte, was hier gerade mit ihr passierte. »Hey. Du da. Schneller. Such dir einen Korb. Hey.«

Erst jetzt merkte sie, dass sie gemeint war. »Entschuldigung.« Sie ging weiter. Man gab ihr einen Korb.

»Two leaves and the bud.« Sie nickte. *Okay. Nur die beiden ersten, feinsten Blätter pflücken und die Blattknospe. Okay.* Sie guckte, wie die anderen den Korb trugen. Die einen banden sich ein Tuch auf den Kopf wie einen Turban und trugen den Lederriemen, der den Korb trug, mit der Stirn. Andere setzten den Korb wie einen Rucksack auf den Rücken. Sie wollte es ihnen nachmachen, aber die Frauen waren alle kleiner und dünner als sie, die Gurte passten nicht. Die Frau hinter ihr half ihr. »Danke!«

»Ist gut. Mach jetzt weiter.« Sie folgte den anderen in die Plantage.

Und so pflückte Yashi also Tee. Sie guckte nach links und nach rechts, um alles richtig zu machen. Nur die obersten, hellgrünen Blätter. Immer die beiden ersten Blätter und die Blattknospe. Pflücken. Pflücken. Wenn beide Hände voll waren, wanderten die Blätter nach hinten in den Korb. Weiter. Der Hang war steil. Sie rutschte ein paarmal mit einem Bein ab. Musste sich halten. Pflücken. Weiter pflücken. Schon nach einer Weile taten ihr die Knie weh. Ihre Fingernägel wurden grün. Die Sonne stieg und es wurde wärmer. Sie schwitzte im Nacken und unter den Armen. Sie war dankbar, dass Februar war. Wie musste sich diese Arbeit im Sommer anfühlen, wenn es hier richtig heiß wurde? Nur die hellgrünen Blätter. Weiter pflücken. Immer weiter. Ihre Hände wurden wund. Sie würde Blasen bekommen. In einiger Entfernung sah sie, wie ein voller Korb mit einem großen Haken an eine Waage gehängt wurde. Wurde der Lohn per Kilo bezahlt? Bar, sofort, oder wann? Weiter pflücken. Nicht so viel nachdenken. Ihre Füße schmerzten. Schweiß tropfte in ihr linkes Auge, das Salz brannte. Als sie mit der Hand wischte, brannte es nur noch mehr. Sie rutschte wieder aus. Pflücken. Pflücken. Schweiß rann ihren Rücken entlang. Und dann bemerkte sie die Monotonie. Am Anfang hatte sie sich noch über den Blick auf die Berge gefreut. Wie schön das satte Grün war. Sie war dankbar gewesen, nicht in einer stickigen Halle zu sitzen, sondern an der frischen Luft zu sein. Keinen Maschinenlärm hören zu müssen. Jetzt war es, als würden graue Gestalten sie in eine dicke Jacke stecken und ihr zuflüstern: »Du bist unsere Gefangene. Du gehörst uns. Es ist langweilig. Es bleibt so. Spannender wird es nicht. Du bist austauschbar. Eine von vielen. Wir finden sofort Ersatz für dich.«

Sie musste trotzdem weiterpflücken. Es würde sie nicht wundern, wenn auch ihre Haare mittlerweile grün geworden wären. Aber die Haare der anderen sahen noch ganz so aus wie immer. Sie überlegte, welche Stimmen die Frauen um sie herum wohl hörten: »Du musst bleiben. Bis zum Abend. Zehn Stunden. Du musst mindestens 30 Kilo pflücken. Jeden Tag. Sonst reicht das Geld nicht.

Sonst kannst du keinen Reis kaufen. Sonst kann dein Kind nicht die Schule besuchen. Sonst muss dein Kind heute hungrig einschlafen.«

Sie wusste nicht, wie spät es war, aber sie würde gleich aufhören. Ganz bestimmt. Sie würde aufhören müssen. Sie konnte nicht mehr. Sie war diese Arbeit nicht gewohnt. Aber niemand um sie herum, keine andere Frau hörte auf. Keine einzige schien überhaupt auch nur Mühe zu haben. Alle arbeiteten in absolutem Gleichmaß. Pflücken, sammeln und Korb. Pflücken, sammeln und Korb. Dabei sahen sie alle viel schwächer aus als sie selbst. *Was für eine verwöhnte Tussi ich bin. Ich fasse es nicht. Was habe ich mir nur bei dieser Aktion gedacht? Dachte ich wirklich, ich wäre eine Detektivin? Eine Spionin? Eine Investigativjournalistin? Warum habe ich das nicht zu Ende gedacht?* Sie wollte zurück an ihren Schreibtisch. Sogar im Gerichtssaal war es besser als hier. Gab es irgendeine Stelle an ihrem Körper, die ihr nicht wehtat? Vor allem ihre Hände schmerzten. Sie hatte nicht genug Kraft in den Fingern. Die Arbeit hatte so harmlos ausgesehen. Die Berge so hübsch. Sie wollte es so gerne schaffen. Sich zusammenreißen. Wie viel Zeit war vergangen? Zwei Stunden? Drei? Als sie aus dem Haus gehen wollte, hatte sie gerade noch daran gedacht, ihren Ehering, die Ohrringe und ihre Armbanduhr abzulegen. Offenbar war aber auch ihr natürliches Zeitgefühl nicht bei ihr. Sie würde weiterpflücken. Noch ein bisschen. Nicht so viel nachdenken. Weiterpflücken. Pflücken. Sie rutschte und fiel. Konnte sich nicht halten. Sie schrie, weil sie sich erschrocken hatte. Als sie aufstand, schmerzte ihr Fuß so sehr, dass sie nicht mehr auftreten konnte. »Aua. Tut das weh.«

Die Frau, die hinter ihr lief, kam ihr zu Hilfe. Sie stützte sie und half ihr, zum Sammel- und Wiegeplatz zu humpeln. Sie flüsterte: »Mam. Was machen Sie denn hier? So eine wie Sie? Warum sind Sie denn hier?« Sie sah sie mit großen Augen an, argwöhnisch und verängstigt. Yashi setzte sich auf einen Stein.

Der Mann an der Waage nahm ihren Korb und sah sie an, als wollte er fragen: »Willst du mich verarschen?« Laut sagte er: »Das ist nichts. 30 Rupien. Geh weg.« Er warf drei kleine Münzen vor sie auf den Boden. Yashi raffte sich auf. Sie ließ die Münzen liegen, es war zu demütigend. Langsam hinkte sie nach Hause. Jeder Schritt tat weh. Sie versuchte, nicht aufzutreten, aber es ging nicht. Der rechte Fuß wurde immer dicker. Sie brauchte Hilfe. Sie konnte so nicht Autofahren. Sie würde Dayita anrufen und sich dann nach ihren Anweisungen selbst verarzten. 30 Rupees. Ein halber Dollar. 30 englische Pence. 40 Euro-Cent. Nichts. Nichts. Nichts.

16

Im Frühjahr

Heute Abend würden Damar und Gini sie endlich besuchen. Die geplatzte Verabredung lag lange zurück. Yashi wollte ein neues Rezept ausprobieren: ein Süßkartoffel-Masala-Curry. Mit roten Chilis, roten Zwiebeln, Granatapfelpulver, Zimt, Kardamom und Kurkuma. Dazu würde es Erdnuss-Reis geben, Rote Bete, geraspelt aus der Pfanne, und einen ganz besonderen Nachtisch: Sie hatte den Aniskuchen, den Gini so gern mochte, mit einer Vanillecreme gekrönt.

Manjula war seit einigen Tagen bei ihrer Tochter, die das dritte Kind bekam. Yashi hatte sich schon ein paarmal gefragt, ob sie eigentlich immer noch eine Haushaltshilfe brauchte. Arbeit gab es eigentlich nicht genug. Sie könnten das Geld sparen. Aber was würde dann aus Manjula werden?

Die Gäste kamen gemeinsam mit Kiran ins Haus. Die beiden Männer waren ausgesprochen gut gelaunt und unterhielten sich laut.

Yashi schnappte mehrmals das Wort »Wintertee« auf. Sie begrüßte Gini und bot ihr einen Wassermelonen-Saft an. Yashi servierte das Essen, alle nahmen Platz, sie füllte die Teller und schenkte auch den Männern Saft ein. Kiran sah sie an und Yashi sagte: »Ihr kennt uns ja. Ich spreche ein Tischgebet.« Damar und Gini beugten den Kopf, Kiran drückte ihre Hand. Das kleine Zeichen tat ihr gut. Sie sagte:

»Von den Bergen leben wir.

Von den Flüssen und Feldern leben wir.

Von der Erde und von Dir leben wir.

Wir nehmen, was du uns gibst.

Möge es uns Gesundheit schenken, Kraft und Liebe. Amen.«

»Amen«, sagte Kiran. Es war eine Tradition, dass er das Gebet sprach. Nur wenn Gäste kamen, die Hindus waren, sprach sie es. So war es immer gewesen, von Anfang an. Sie hatte noch nie darüber nachgedacht, warum eigentlich. »Guten Appetit!«, sagte Kiran, »Ich glaube, das ist ein neues Rezept.«

»Ein Süßkartoffel-Curry«, erklärte Yashi. »Ich hoffe, es schmeckt euch.«

»Es ist so köstlich«, sagte Gini, nachdem sie den ersten Happen probiert hatte. Die Männer stimmten zu.

Yashi fragte: »Was ist eigentlich ›Wintertee‹?«

Damar lachte kurz auf. »Wintertee ist eine Spezialität. Eine geniale Idee!«

Kiran erklärte: »Wir experimentieren mit den Pflückzeiten. Und hoffen, dass wir so einen neuen Tee mit interessantem Geschmack entwickeln.«

Damar übernahm wieder: »Der Markt nennt diese Tees ›Frost‹. Wir werden im Januar oder Februar pflücken lassen, sehr früh am Morgen, zwischen fünf und sechs Uhr. Also dann, wenn es frostig kalt ist, nur etwas über null Grad. Die oberen Teeblätter sind noch gefroren und werden direkt weiterverarbeitet.«

Yashi sah ihn fragend an: »Ist das nicht furchtbar für die Pflückerinnen?«

»Na ja«, feixte Damar, »keine Ahnung.«

Kiran sah Yashi streng an. Oder lag ein Flehen in seinem Blick? Sollten seine Augen sagen: »Mach mir jetzt bitte keinen Ärger«? Laut sagte er: »Furchtbar für die Pflückerinnen wäre, wenn es ›O'Clock-Teas‹ nicht mehr gäbe. Denn dann hätten wir keine Arbeit mehr für sie. Wir *müssen* neue Sorten entwickeln. Um mithalten zu können.«

Damar nickte ernst: »Das ist eine sehr gute Sicht, Kiran. Wir geben vielen Menschen Arbeit.« Und dann ergänzte er eifrig: »Wir haben hier oben ja keinen First-Flush, keinen Second-Flush wie in Assam oder Darjeeling. Aber bald werden wir einen Winter-Flush haben! Durch eine gezielte Auswahl der Blätter und eine besonders schonende Verarbeitung. So einen Wintertee herzustellen ist also besonders aufwändig. Natürlich wird er daher einen stolzen Preis verlangen können.«

»›O'Clock‹ könnte die neue Sorte ja gleich noch ein bisschen teurer machen und die Pflückerinnen besser bezahlen. Der Winter könnte fair werden. Fair bezahlt. Weil ja auch die Pflückerinnen ihren Preis haben. Was meinen Sie, Damar?« Sie lächelte ihn freundlich an.

»Sehen Sie. So eine neue Sorte ist immer ein Risiko. Die Gewinnspanne noch gar nicht absehbar. Ich weiß nicht, ob fairer Handel unser Weg ist. Zumindest nicht bei diesem Produkt. Darf ich noch etwas von dem Curry haben, bitte? Es schmeckt wirklich ausgezeichnet.«

Er reichte Yashi seinen Teller und sie füllte ihn großzügig.

»Danke sehr. Sagen Sie, Yashi. Wie geht es Ihnen? Wir wollen ja nicht den ganzen Abend lang über Tee reden. Was macht die Welt des Rechts?«

»Wir sprechen ja eigentlich schon darüber.« Er sah sie verdutzt an. Yashi wiederholte: »Über das Recht, die Rechte der Teepflückerinnen.« Sie versuchte, ihm ein wirklich schönes Lächeln zu schenken. »Der faire Handel trägt zur Verbesserung der Lebens- und Arbeitsbedingungen der Kulis bei. Und ich muss seltener eingreifen.«

»Das klingt sehr politisch. Und irritiert mich daher offen gestanden etwas.« Er rutschte unruhig auf seinem Stuhl hin und her.

»Diese Dinge anzusprechen ist genauso politisch, wie sie zu verschweigen. Ich habe jeden Tag mit denen zu tun, die nicht automatisch ihr Recht bekommen.«

Damar nickte: »Ja, das verstehe ich sehr gut. Wirklich. Wer so oft Unrecht sieht, wie Sie es tun, wird ja schnell einseitig. Ich kann mir gut vorstellen, dass man dann irgendwann überall Verbesserungsbedarf sieht. Auch da, wo eigentlich alles recht gut läuft. Wie ich es von ›O'Clock‹ wohl sagen darf.« Er sah aus, als sei er sehr zufrieden mit sich und der Welt.

»Gini«, sagte Kiran. »Wie geht es denn den Kindern? Ich habe gehört, es gibt schöne Neuigkeiten?«

Gini lächelte: »Ja! Wir werden Großeltern. Im Mai. Unser Arjun macht uns damit sehr glücklich.«

Kiran und Yashi sagten fast gleichzeitig: »Ach, wie wunderbar!«

Damar strahlte: »Ja, wir sind stolz auf unseren Jungen. Auch wenn ich mir noch nicht wirklich vorstellen kann, ein Großvater zu sein.« Er streichelte Ginis Arm. »Und meine Gini sieht ja nun wirklich nicht aus wie eine Oma!«

Sie bedankte sich bei ihm mit einem Lächeln.

Damar fragte: »Und eure beiden? Die sind doch, soviel ich weiß, noch nicht mal verheiratet. Habt ihr denn schon mal eure Fühler ausgestreckt?« Er grinste und sah Kiran aufmunternd an.

Yashi zuckte kurz zusammen. Der Themenwechsel war nicht gerade angenehm für Kiran und sie. Aber Kiran blieb ruhig und antwortete ganz souverän: »Jason ist gerade Teilhaber einer Kanzlei in Los Angeles geworden. Auch das macht uns sehr froh.«

Damar und Gini zeigten sich beeindruckt. »Herzlichen Glückwunsch!«, sagte Damar.

»Ja«, fuhr Kiran fort, »auch wir können uns wirklich keinen besseren Sohn vorstellen. Und jetzt, wo er diesen für ihn wichtigen Schritt getan hat, wird er sicher auch bereit sein, bald den nächsten zu tun.«

Damar nickte zustimmend und meinte: »Wir sollen unsere Kinder leiten. Vor allem mit unserem Vorbild leiten.«

»Und wir sollen sie aber auch ihren eigenen Weg finden lassen, nicht wahr?«, sagte Kiran.

Damar räusperte sich: »Das Karma einer Familie ist kein Spaß. Und der karmische Einfluss von uns Vätern ist nicht zu unterschätzen. Ich meine«, er sah in die Runde, »wir hier können uns alle freuen.«

»Und jetzt kommt der Höhepunkt des Abends. Yashi hat Ginis Lieblingskuchen gebacken!« Kiran verstand es wirklich, sie durch diesen Abend zu dirigieren. Yashi beschloss, weiter mitzuspielen. Vielleicht als leicht verstimmte, zweite Geige. Sie servierte den Kuchen und erntete auch für den Nachtisch viel Lob. »Gini, ich habe gleich noch einen zweiten Kuchen für Sie gebacken. Als kleines Geschenk. Weil wir uns so lange nicht gesehen haben und weil ich mich erinnerte, dass Sie ihn so gern mochten.«

Gini neigte etwas verlegen den Kopf. »Wie lieb von Ihnen. Sie sind so eine beeindruckende Frau, Yashi. Ich bewundere Sie für Ihre Familie und für Ihre Arbeit und überhaupt, Ihre ganze Art.«

Kiran strahlte. Alle hatten ein Lachen auf dem Gesicht. Es war ein netter Abend. Yashi sah von einem zum anderen. *Wäre ich ein Teekessel, ich würde jetzt laut pfeifen. Eine schöne Vorstellung. Ich würde überkochen.* Sie wusste, sie sahen es ihr nicht an. Sie ahnten nicht, dass einzelne Sätze sie getroffen hatten. Worte, die in ihrem Innern brodelten. *›Karma ist kein Spaß!‹ Nein, wirklich nicht. Jede Tat hat Folgen. Karma kennt keine Gnade. ›Kein Verfallsdatum‹, wie man auch sagt. ›Wir können uns keinen besseren Sohn vorstellen.‹ Wirklich? Wir haben den Kontakt zu Jason verloren. Aber zum Glück gibt es ja den ›väterlichen karmischen Einfluss‹. Da bin ich aber mal gespannt. Was für ein Unsinn ist das? Ach ja. ›Wer viel Unrecht sieht, wird schnell einseitig.‹ Und sieht dann überall schmerzende, hungrige Körper und unterbezahlte Arbeit, wo andere nur schöne Teepflanzen sehen und gute Geschäfte. Schlimm, dieser Beruf der Anwältin.*

Das Gespräch lief weiter, an ihr vorbei, und langsam beruhigte sie sich wieder. Es ging ihre Gäste ja auch wirklich nichts an, was für eine Beziehung sie zu ihren Kindern hatten. Sie fragte sich, was wohl passieren würde, wenn Damar und Kiran von ihrem Ausflug in die Pflückerei erführen. Sie würden sie wohl einfach für irre halten. *Ich habe Kiran belogen. Und es war ganz leicht. ›Ich bin hingefallen. Mit meiner Sandale an einer Stufe hängen geblieben. Wie ungeschickt von mir. Dayita sagte, ich solle den Fuß ein, zwei Tage schonen, kühlen und nicht belasten.‹*

Sie waren alle satt und zufrieden. Gini und Damar verabschiedeten sich, bedankten sich für den schönen Abend. Für das leckere Essen und den Kuchen und sprachen zum Schluss noch eine Gegeneinladung aus.

»Komm her«, sagte Kiran, als sie alleine waren, und sie hielten sich umarmt. »Danke. Für das Essen und dafür, dass alles so harmonisch war.«

»Gern geschehen.« Sie raffte sich auf: »Es ist wichtig für mich, dass ich sage, was ich denke.«

»Ja, das weiß ich. Und heute Abend hast du sicher öfter genickt und gelächelt, als du wolltest.« Er nahm ihr Gesicht in seine Hände und strich mit seinen Daumen sanft über ihre Wangenknochen. Sie sahen sich in die Augen.

Yashi meinte: »Es ist auch okay, dem Streit mal aus dem Weg zu gehen. Auch weil ich ja weiß, dass du Damar, wenn nötig, die Stirn bietest.«

»Wie wäre es mit irgendeiner Serie?« Kiran grinste verschmitzt und sie musste lachen.

»Na gut. Gucken wir eine Serie.«

Als Kiran dann irgendwann über »väterlichen karmischen Einfluss« witzelte, war ihr Gleichgewicht fast wiederhergestellt.

Aber in der Nacht schrak Yashi aus dem Schlaf. Sie war nass geschwitzt. Ihr war übel. Auch Kiran wachte auf. »Was ist los? Yashi

Anne! Geht es dir nicht gut?« Er nahm sie in die Arme und verteilte leichte Küsse auf ihre Wangen.

»Ich habe geträumt. Da war diese Alte! Sie hat mich beschimpft. Ich habe sie nicht verstanden. Nur, dass sie irgendetwas von einem Kind sagte, pilla-Du. Von einem Sohn, ko-Du-ko. Sie schrie mich an. Sie hat mich mit ihrem Stock geschlagen. Sie hat mich getroffen. Und sie hörte nicht auf zu schreien. Wer ist sie?«

»Nur ein böser Traum«, murmelte Kiran beruhigend und wiegte sie leicht.

»Nein, Kiran! Ich habe sie wirklich gesehen. Sie ist mir jetzt schon zweimal begegnet.«

»Liebling, es war ein Traum. So ein schöner Abend und dann so eine unruhige Nacht. Ist dir vielleicht dein neues Rezept nicht bekommen? Oder die Serie?«

»Jetzt hör mir doch mal zu!«, beharrte Yashi. Sie löste sich aus seiner Umarmung. »Es gibt diese Frau wirklich. Hier bei uns im Bergdorf.«

»Und sie hat dich mit einem Stock geschlagen?«

»Nein«, sagte Yashi ungeduldig, »*das* habe ich geträumt. Aber die Alte gibt es. Und beschimpft hat sie mich wirklich. Ein junger Mann in einem Rollstuhl war bei ihr.« Kirans Gesichtsausdruck veränderte sich. »Du weißt, wen ich meine!«, stellte Yashi fest.

»Ich war doch nicht in deinem Traum!«, versuchte er zu scherzen.

Er leugnet es doch tatsächlich! »Du weißt, wen ich meine«, wiederholte sie noch einmal lauter. »Ich habe das Erkennen in deinem Gesicht gesehen. Ich habe es genau gesehen. Ich irre mich nicht. Bitte, Kiran, lüg mich nicht an. Mich nicht.«

Kiran nickte, nahm sie wieder in den Arm und sie ließ es zu. »Ich kümmere mich darum«, flüsterte er. »Versprochen.«

17

Yashi hatte den Zug nach Bangalore genommen und war acht Stunden lang unterwegs gewesen. Sie hatte den Expresszug gewählt und sich eine Fahrt in der ersten Klasse mit Klimaanlage gegönnt. Am Abend würden sie Namyas fünfzigsten Geburtstag feiern. Anders als vorher manchmal angedeutet, war sie doch im Lande. Sie hatte einen kleinen Kreis in ein Restaurant eingeladen und Yashi freute sich auf die Party. Der Zug wurde langsamer, der Bahnhof kam näher und sie versuchte, aus dem Fenster zu sehen und Namya zu entdecken. Schwierig war das nicht, weil sie hüpfte und winkte. *Dich stört ja nie, wenn du auffällst oder was andere von dir denken.* Yashi schmunzelte.

Die beiden Freundinnen umarmten sich und hielten sich fest. Yashi hatte ihre kleine Reisetasche zwischen ihre Füße geklemmt und stand etwas wackelig, aber Namya wollte sie noch nicht loslassen. Um sie herum raste das Leben. Der Zug schnaubte. Die Menschen rannten, drängelten, stolperten, riefen, schleppten, schimpften, schwitzten. Yashi hörte Teeverkäufer, Trillerpfeifen, Kinder, Mütter. Namya löste sich. »Happy birthday, meine liebe Namya. Ein besonders schönes nächstes Lebensjahr wünsche ich dir. Gott segne dich.«

»Danke! Wie schön, dass du gekommen bist. Und über Nacht

bleibst. Es ist so warm! Komm! Wir fahren direkt zur Location. Wir werden nur 14 Leute sein, aber die Liebsten sind alle dabei. Los! Wir nehmen eine Rikscha.«

Die Fahrt durch die volle Stadt beanspruchte alle ihre Sinne. Banken, Schönheitssalons, Supermärkte, Cafés und Restaurants, Kirchen, Krankenhäuser, Parks. »Guck!«, machte Namya sie aufmerksam, »Der große ›Shivoam Shiva Tempel‹.« Die Autos hupten. Die Motorräder hupten. Die Rikschas hupten. Mittendrin lief eine Kuh. Alles flog an ihnen vorbei. Kinder. Blinde. Pfützen. Plakate. Polizei. Eine Frau in einem Sari auf einem Fahrrad. Ein ausgemergelter Guru. Am Straßenrand brannte Müll. Menschen bettelten. Verkauften Orangen, Armbänder, gegrillte Maiskolben, Datteln. Eine Kapelle für Ganesch wurde von Frauen mit Blumen geschmückt. Der Rikschafahrer suchte sich seinen Weg, und als sie am ›Whitefield‹ ankamen, war Yashi, als atme sie erst jetzt wieder normal. *Wie friedlich es bei uns in den Bergen ist. Und selbst Mettupalayam ist im Vergleich unaufgeregter. Und doch gibt es dort solche Oasen nicht.* Ihr blieb wieder die Luft weg. Diesmal, weil so schön war, was sie sah.

Stimmen, Raunen, Besteck klapperte, Bob Dylan sang, Gerüche und Blicke flogen durch die Luft. Was für einen unvergleichlichen Ort Namya ausgesucht hatte. Sie saßen draußen, an Holztischen, unter buntbeleuchteten Schirmen. Lampions hingen von der Decke. Am Grill wurde eifrig gearbeitet. Es roch fantastisch. Ein Pool und die schön beleuchtete Bar verliehen dem Ort eine besondere Atmosphäre. Das ›Whitefield‹ war wirklich eine Oase. Eine Insel mitten in der Stadt. Wenn sie an den Coffee-Shop dachte, in dem sie vielleicht feiern würde, wurde ihr klar, dass Welten zwischen ihnen beiden lagen. Namya wurde begrüßt und zu ihrem Tisch geführt. Ein Kellner brachte ihnen zwei Gläser Champagner. Sie nahmen Platz. »Auf ein glückliches Jahr!«, prostete Yashi ihrer Freundin zu.

»Auf ein glückliches Jahr!«, wiederholte die. Sie strich sich die Haare aus dem Gesicht.

Immer wieder diese kleine, überspannte Geste. Was ist denn mit dir?

»Ich hoffe auf ein paar schöne Überraschungen.«

»Beruflich oder privat? Liebe? Partei? Fälle? Oder doch ein Job im Ausland?«

»Ausland, vielleicht. Liebe, gerne. Demokratie wäre schön.« Namya seufzte. »Yashi, du bist die Freundin, die wenig über ihre Karriere nachdenkt, die aber trotzdem erfolgreich ist und der ihre Lebensberufung immer superwichtig war. Hilf mir. Wie wissen wir noch mal, wo unser Platz ist?« Und wieder strich sie sich die Haare aus dem Gesicht.

Yashi sah sie ruhig an. »Ich meine, der Platz, an den du gerufen bist, ist der Ort, an dem deine größte Passion und die größte Not der Welt zusammentreffen.«

»Ich muss neu darüber nachdenken. Wirklich. Sonst verliere ich mich. Früher war es mir klarer.«

Yashi überreichte ihr drei kleine Päckchen, in grünes Seidenpapier gewickelt und mit einer goldenen Kordel zusammengehalten. »Drei Geschenke? So viel?«

»Es ist dein Fünfzigster!«

Sie packte zuerst das größte der drei Päckchen aus. Sie hatten sich schon so viele Bücher geschenkt. Diesmal hatte Yashi »The Gift of Anger – Wut ist ein Geschenk« von Arun Gandhi ausgesucht. Namya war begeistert: »Ja, da hat er recht. Wut ist wirklich ein Geschenk. Der Tag, an dem ich nicht mehr zornig werde, ist der Tag, an dem ich tot bin.« Sie streichelte über den Buchumschlag. »Ein schönes Bild. Der Mahatma mit seinem Enkel. Ich danke dir! Sein Erbe muss uns heilig sein. Es ist eine Art Vermächtnis. An Arun. Und er gibt es weiter an uns.«

»Wie geht es dir?«, fragte Yashi, »Die Schießerei, das Massaker in Thoothukudi, ihr seid doch involviert?« Sie stockte, wusste nicht, wie sie weiterreden sollte.

Namya sah sie ruhig an. »Yashi, es ist grauenhaft. Zwölf Tote! Von der Polizei erschossen. Zivilisten, die friedlich demonstriert haben. Okay, trotz eines Versammlungsverbotes. Aber ehrlich …« Sie knallte das Champagnerglas auf den Tisch und fragte: »Was passiert in diesem Land?«

»War jemand von euch vor Ort?«

»Ja, mein Kollege Mohan. Er ist seit Monaten dort im Süden. Er arbeitet an einer Sammelklage. Hatte ich das erzählt?« Yashi verneinte und Namya erzählte mehr: »Diese Kupfermine schadet nicht nur der Gesundheit, sie ist lebensgefährlich. Mohan hatte auch schon mehrmals gesagt, er befürchte, die Situation könne irgendwann eskalieren. Er kommt heute Abend auch zu meiner Party. Dann kann er mehr erzählen.« Namya trank weiter Champagner. »Was hast du mir noch mitgebracht?« Sie roch an dem zweiten Päckchen. »Es duftet. Wie dein Lieblingstee. Aber es ist schwerer. Ah, Seife. Zitrone, Limette, Bergamotte. Danke schön!«

»Gerne.«

Unvermittelt sagte Namya: »Unsere Regierung will ›Wirtschaft um jeden Preis‹. Menschen sind zweitrangig. Die Umwelt ist drittrangig. Es ist wirklich zum Verzweifeln.« Sie beugte sich vor und nahm Yashis Hände in ihre. »Aber das dürfen wir nicht. Wir müssen durchhalten. Auch für die vielen anderen mit, die noch viel schlechter dran sind als wir.« Dann nahm sie ihr Glas und sagte: »Auf das, was wir in den ersten fünfzig Jahren erreicht haben.« Yashi stieß mit ihr an und Namya verstärkte noch mal, was sie gesagt hatte: »Es ist ja nicht so, als hätten wir gar nichts erreicht.« Sie trank und fragte: »Und das dritte Geschenk?« Sie tastete. »Leicht. Flach. So groß wie eine Postkarte.« Sie machte es auf und sah es an. Ihr stiegen Tränen in die Augen. »Das ist wirklich schön, Yashi. Wir beide. Ich kenne dieses alte Foto. Unsere Gesichter, Nase an Nase. Wie alt waren wir da?«

»Zehn.«

»Wir beide als Zehnjährige, schwarzweiß, auf Holz gedruckt. Schöne Dickköpfe, die wir sein können. Danke!« Sie stand auf und Yashi machte es ihr nach und ließ sich umarmen. »Seit fünfundvierzig Jahren kennen wir uns jetzt.« Sie lehnten sich zurück in ihre Sessel und Namya fragte frech: »Kriege ich denn keinen Tee? Das wäre doch das erste Mal.« Sie guckte irritiert und belustigt.

Yashi griff in ihre Handtasche und holte eine hübsche Blechdose heraus. »Doch. Natürlich! Aber das ist kein Geburtstagsgeschenk, sondern ein Mitbringsel.« Sie lachten beide.

»Ah! Blairlomond mit Jasmin. Du bist die Beste.« Sie hatte den Kopf schräg gelegt und beobachtete sie. Yashi merkte es jetzt. »Sind wir uns eigentlich ähnlicher geworden, was meinst du?« Aber bevor Yashi antworten konnte, kamen die ersten Gäste.

Yashi kannte niemanden. Nur einen Kongressabgeordneten erkannte sie aus dem Fernsehen.

»Hi, ich bin Mohan.« Namyas Kollege nahm den Platz neben ihr ein und Yashi freute sich darüber. Es wurde gratuliert, gelacht, erzählt. Eine erste Runde Cocktails wurde serviert. Mit viel Limette und ein wenig Gin. Nanda Luke würde das alles schlicht »dekadent« nennen. Der Gedanke brachte sie kurz zum Lachen. Nanda Luke hatte die schöne, selbstbewusste Namya immer sehr gemocht, aber heute trennten die beiden wohl Welten.

Als alle da waren, strich sich Namya die Haare aus dem Gesicht, legte die Hände vor der Brust zusammen und verneigte sich kurz, hieß alle willkommen und kündigte an: »Gleich wird das Essen serviert. Ich habe es ausgesucht. Nicht, dass jemand auf die Idee kommt, hier Bier und Burger zu bestellen. Die sollen auch lecker sein, aber nicht heute Abend. Ich habe indische und arabische Köstlichkeiten ausgewählt. Meine Freundin Yashi wird später eine kleine Rede halten. Aber jetzt genießt erst mal das Essen und den Abend. Schön, dass ihr da seid. Ihr seid meine Liebsten. Ohne euch machte mein Leben keinen Spaß. Ohne euch«, ihr versagte kurz die Stimme, »ohne euch würde ich es nicht schaffen, das Leben zu lieben. Ohne euch würde ich mich vielleicht längst nicht einmischen in – unsere verrückte Welt. Ich danke euch.« Alle prosteten ihr zu.

Und dann kam das Essen. Nach und nach: Chicken-Tikka, Tandoori Paneer mit Brokkoli, Garnelen mit Zitronengras, Reis und frisches Naan. »Ich werde eine Rede halten? Das ist nicht dein Ernst, oder?«, fragte Yashi.

Namya sah sie belustigt an und sagte schlicht: »Bitte!«

»Ich bin nicht so wie du. Wir sind uns nämlich nicht ähnlicher geworden. Ich rede immer noch nicht gerne öffentlich«, sagte Yashi entgeistert.

Namya legte ihre Hand auf Yashis Arm. »Du hältst Plädoyers! Du verteidigst. Du erhebst Anklage. Du hast eine Stimme. Einen Mann und zwei erwachsene Kinder. Ich bitte dich doch nur um ein paar Worte.«

Ich fasse es nicht. Hätte sie mich nicht wenigstens eher darauf vorbereiten können? Namya wurde abgelenkt und wandte sich ihrer anderen Nachbarin zu. Und Mohan fragte: »Sie kennen Namya schon lange?«

»Seit unserem fünften Lebensjahr. Wir sind miteinander aufgewachsen, zusammen zur Schule gegangen und waren zusammen zum Studium in England. Namya ist länger dortgeblieben als ich und anschließend hierher nach Bangalore gezogen. Sie hat Karriere gemacht. Ich habe geheiratet und lebe seitdem in einem kleinen Dorf in den Nilgiris. Meine Kanzlei, mein Büro, ist in Mettupalayam, aber ich bin nicht täglich dort. Und Sie? Sind Sie der Kollege, der gerade in Thoothukudi war? Verzeihen Sie, dass ich so direkt danach frage.«

»Ach, fragen Sie ruhig. Ich denke eh die ganze Zeit über nichts anderes nach. Der Protest um diese Kupfermine schwelt seit Monaten. Jetzt ist das Feuer ausgebrochen. Es gab ein Versammlungsverbot. Das wussten auch alle. Aber die Leute haben einfach nicht hingenommen, dass ihre Rechte erstickt werden. Sie wollen gehört werden. Sie fordern, dass die Kupferschmelzfabrik geschlossen wird, denn sie glauben nicht mehr daran, dass es sonst wirklich besser werden kann. Sehr viele Leute dort haben Probleme mit den

Atemwegen. Keuchhusten, Asthma, sogar Lungenkrebs. Aber es treten auch Hautkrankheiten auf. Und Herzbeschwerden. Die meisten Frauen beklagen einen unregelmäßigen Zyklus, schmerzhafte Blutungen. Das Wasser dort können sie nicht trinken. Ich habe das zuerst für eine Art Aberglauben gehalten, aber ich trinke es auch nicht. Ehrlich, man schmeckt, wie verunreinigt es ist.«

»Und jetzt?«

»Das Werk, um das es geht, gehört zu einer der größten Bergbaugesellschaften. Sie können es sich nicht leisten, nicht zu reagieren. Sonst springt das Feuer über und es kommt zu Streiks und das Ganze weitet sich aus zu einem Flächenbrand. Das weiß auch die Regierung. Nach diesem Massaker wird sie nicht mit ein paar Versprechen davonkommen.«

Ein Kellner servierte den nächsten Gang: Lammkoteletts mit Minzsauce und roten Linsen. »Es ist so lecker«, sagte Mohan begeistert und prostete Namya zu.

»Als Nächstes kommt dann nur noch der Nachtisch. Bananen-Walnuss-Kuchen«, kündigte Namya an. Sie war schon etwas betrunken. Rauchte Beedis. Hob oft ihr Glas und machte Trinksprüche. Sie neigte sich zu Yashi: »Davor könntest du sprechen.«

»Du meinst das wirklich ernst?«

»Aber selbstverständlich.«

Jemand rief etwas über den Tisch. Mohan bemerkte, dass sie sich unwohl fühlte, und schlug vor: »Sagen Sie doch einfach, was typisch für Namya ist. Etwas zu ihrem Lebensmotto. Oder vielleicht, was sie beide verbindet. Und dann verraten Sie uns noch etwas, das wir alle hier nicht von ihr wissen. Hm? Sie machen das schon.«

Und da schlug Namya auch schon mit dem Löffel an ihr Weinglas und sagte mit feierlicher Stimme: »Ich bin so froh, dass meine älteste Freundin, also die seit längster Zeit meine Freundin ist, Doktor Yashi Anne Bhandari heute hier ist. Ich bitte um eure Aufmerksamkeit.« Alle sahen sie erwartungsvoll an.

Wie war das noch? Etwas Typisches. Ihr Motto. Yashi begann zu sprechen: »Schon in der Schule konnte Namya alle nerven. Alle fordern. Wenn sie sich etwas in den Kopf gesetzt hatte, ließ sie nicht locker. Namya, die sich nicht verbiegen lässt, wie ihr Name sagt. Sie hat sich schon mit ganz Großen angelegt, die Liste ihrer brisanten Fälle ist lang. Viele profitieren von ihrer Dickköpfigkeit. Uns, die wir mit ihr leben, stresst und nervt sie natürlich manchmal.« Alle lachten. »Um ehrlich zu sein, mich macht sie mit ihrer Art manchmal rasend.« *Jetzt ist es raus.* »Ich habe Namya vor vielen Jahren mal gefragt: ›Wie schaffst du es, immer wieder anzuecken, Zorn auf dich zu ziehen? Wie hältst du die feindseligen Reaktionen aus? Woher kommt diese Furchtlosigkeit?‹ Und sie hat damals geantwortet ...« Yashi legte eine kurze Pause ein und merkte befriedigt, dass sie die Neugier der Gäste geweckt hatte. »Namya antwortete auf meine Frage damals: ›Wenn man nicht von allen geliebt werden will, geht's eigentlich.‹«

Wieder mussten alle kurz lachen. Und nickten, als wollten sie sagen: »Ja, das passt zu unserem Geburtstagskind.« *Ich muss noch etwas Freundliches sagen. Ja, etwas Verbindendes.* Sie hob den Finger. »Aber, wie ihr alle wisst, ist das nicht alles.« Alle hörten aufmerksam zu. *Eine aufregende Erfahrung.* »Vielleicht das Schönste an unserer Schulzeit war, dass wir miteinander die Literatur entdeckten. Eins der ersten Gedichte, das wir beide auswendig gelernt haben, freiwillig, ist von Maya Angelou, die wir sehr verehrten. Damals haben wir diese Worte für uns selber gebraucht. Und so ist es geblieben. Bis heute. Immer mal wieder brauchen wir sie. Aber wir hören sie auch für die anderen. Für unsere Mandantinnen. Klienten. Die vielen, die hoffen, dass wir ihnen zu ihrem Recht verhelfen. Die Armen. Die so genannten Unberührbaren. Hören wir es heute auch für unser Land. Für Indien. Für die größte Demokratie, die zurzeit so geschwächt ist. Ich zitiere, nicht ganz wörtlich.«

Und dann trug Yashi das Gedicht vor. Mit jeder Zeile wurde sie sicherer und glaubte mehr und mehr, was sie sagte:

»›Und immer wieder werde ich aufstehen.‹ Von Maya Angelou.

›Ihr schreibt mich vielleicht in Vergessenheit in eurer Geschichte.
Mit euren bitteren, verdrehten Lügen.
Vielleicht tretet ihr mich in den Dreck.
Aber wie Staub werde ich mich trotzdem erheben.
Regt meine Verschmitztheit euch auf?
Weil ihr selbst so trübselig lebt?
Weil ich lebe, als wüsste ich von einer Ölquelle,
die direkt in mein Wohnzimmer führt?
Wie Monde aufsteigen und Sonnen.
Mit derselben Gewissheit wie die Gezeiten.
Wie Hoffnungen, die aufblühen.
So erhebe ich mich trotz allem.
Wollt ihr mich sehen, wie ich zerbreche?
Mit gebeugtem Kopf sehen, die Augen niedergeschlagen?
Mit herabfallenden Schultern und Tränen,
geschwächt vom Weinen meiner Seele?
Verärgert euch mein Selbstvertrauen?
Fühlt ihr euch angegriffen? Trifft es euch?
Weil ich lebe, als besäße ich eine Goldmine in meinem Vorgarten?
Eure Worte mögen mich angreifen und erschießen.
Eure Blicke mich schneiden.
Euer Hass mag mich töten.
Und ich werde trotzdem aufstehen.
Wie die Luft werde ich mich erheben.
Regt euch auf, dass ich sexy bin?
Seid ihr überrascht, weil ich tanze?
Als hätte ich Diamanten zwischen meinen Schenkeln?
Aus den Hütten der Schande.
Werde ich aufstehen.
Aus dem Schmerz der Vergangenheit.
Werde ich mich erheben.
Ich bin der dunkle Ozean, voller Schwung und Weite.
Eine Welle, eine Quelle, ich entbinde mit Ebbe und Flut.

Ich lasse die Nächte voller Terror und Angst hinter mir.
Ich stehe auf.
In den wunderbar klaren Sonnenaufgang hinein.
Ich erhebe mich.
Im Arm die Geschenke meiner Ahninnen.
Ich bin der Traum der Kolonien.
Ich bin die Hoffnung der Versklavten.
I rise.
Ich erhebe mich immer wieder.
Ich stehe auf.‹

Es war still am Tisch. Und auch an den Tischen um sie herum. Mohan war der Erste, der auf den Tisch klopfte. Und dann fielen die anderen mit ein. Es wurde ein Trommelwirbel. Namya sah zu ihr hoch, strahlte sie an, mit Tränen in den Augen. Yashi wandte sich ihr zu. »Der Tag, an dem du geboren wurdest, heute vor fünfzig Jahren, war der Tag, an dem Gott wusste, dass das Leben nicht ohne dich in dieser Welt sein soll. Diese Welt braucht dich. Ich brauche dich. Deinen Zorn. Deine Kraft. Und: Das ist ja wirklich etwas sehr Besonderes an dir: Du bist so ein freier Geist. Und gleichzeitig weißt du dich so verbunden. Ich bin sehr dankbar für dich. Wir alle hier. Danke.«

Alle klatschten. Yashi setzte sich vorsichtig hin. Achtete darauf, sich nicht hinfallen zu lassen. Nicht zu zeigen, was sie fühlte. Ihre Erleichterung. Dass sie heiße Flecken am Hals spürte. Und eine geheime, ungeahnte Freude. Namya umarmte sie. »Danke. Ich danke dir«, flüsterte sie.

»Ich danke dir auch«, gab Yashi flüsternd zurück.

Als sie am Abend in Namyas Gästezimmer in einem großen Bett lag, schüttelte sie immer wieder den Kopf. Sie konnte nicht schlafen. Namya hatte sie zu ihrem Glück gezwungen. Sie fühlte sich stark. *Ich erhebe mich immer wieder.* Sie hatte es zitiert und dabei gespürt, dass es stimmte. Sie würde weitermachen. »Sind wir uns eigentlich ähnlicher geworden?« Diese Frage von Namya war unbeantwortet geblieben. Und doch nicht. Namya lebte in einer der begehrten Metropolen mit hohen Lebenshaltungskosten, höchster Nachfrage nach bestem Personal und allerhöchsten Gehältern. Sie selber lebte in einem Bergdorf. Mit jedem Kilometer Entfernung von den großen Städten nahm auch das Einkommen ab. Namya besuchte große Kongresse, sie kleine Dörfer, deren Namen niemand kannte. Das ›Whitefield‹ war edel, ruhig, gefragt, teuer. Das ›Timepass‹ war staubig, hauptstraßig, imbissig, schnell, plastikstuhlig, preiswert. Das, was sie sich leisten konnte. Das, was sie mochte. Wo sie sich wohlfühlte. Sie hatte ihr drei Geschenke mitgebracht. Und eine Bahnfahrt bezahlt. Namya war nicht klar, dass so ein Besuch für Yashi ein Luxus war. Waren sie sich ähnlicher geworden? Namya war ungebunden wie damals als junge Studentin. Sie stand für sich. Ohne Eltern, ein Single. Sie selbst war verheiratet. Mutter. Auch ihre Eltern und ihr Schwiegervater lebten noch. Namya war keine Partnerin in ihrer Kanzlei, sondern hatte irgendwann die »Counsel Position« gewählt. Eine Spezialkraft, erfolgreich und frei. Sie selbst war einfach die Kollegin von Karuna und nahm die Fälle an, die auf sie zukamen. Namya war Parteimitglied, sie hatte ehrgeizige Ziele, Kontakte bis an die Spitze der Kongresspartei. Sie selbst plante nur selten. Namya hatte sie um eine Rede gebeten. Und sie hatte gesprochen. *Muss ich aus ihrem Schatten treten?* Sie hatte sich das immer wieder mal gefragt. Aber die alte Vertrautheit war so viel stärker. *Wir brauchen uns. Werden uns liebhalten. Nur ähnlicher sind wir uns eben nicht geworden. Und diese kleine Notiz an mich selber habe ich noch: ›Bloß nicht auffallen‹, scheint nicht mehr mein Motto zu sein.* Sie wälzte sich noch ein paarmal hin und her in dem großen Bett. Ihr letzter Gedanke war, dass Namya zu viel trank.

18

»Sie sind weg. Wie in Luft aufgelöst. Geflohen. Was weiß ich?!«, erzählte Yashi und warf ihre Autoschlüssel und die Handtasche auf ihren Schreibtisch.

»Bist du dir sicher?« Karuna sah sie ungläubig an.

»Ich bin heute Morgen mit dem Auto in dieses Industriegebiet gefahren«, gestand Yashi ihr.

»Bist du verrückt geworden? Das ist gefährlich. Du hast doch gemerkt, dass die keinen Spaß verstehen. Mensch, Yashi! Diese Schlagstöcke, hast du die schon vergessen? «

»Die Gegend ist doch belebt«, warf Yashi beruhigend ein und berichtete weiter: »Es gibt da eine Menge andere Spinnereien, Färbereien, Strickwaren-Fabriken und so weiter. Aber die ›WeSpinning Ltd.‹ gibt es nicht mehr. Nur noch ein Schild mit ihrem Namen über einer riesigen Halle, die offensichtlich Hals über Kopf leergeräumt wurde. Ich habe mich ein bisschen umgehört. Die Arbeiterinnen und Arbeiter wurden vor Kurzem alle plötzlich entlassen.«

Noch ungläubiger fragte Karuna: »Die haben es mit der Angst zu tun bekommen? Etwa unseretwegen? Wegen der Verbrennungen einer kleinen Garnspinnerin?«

Yashi erwiderte nüchtern: »Oder sie haben einfach keine Lust auf Stress, Anwaltskosten, Verhandlungen und Papierkrieg.«

»Jedenfalls fühle ich mich jetzt hier im Büro wieder sicherer«, merkte Karuna an.

Yashi verstand sie, fragte aber besorgt: »Und was ist mit Magil?«

Karuna zog die Schultern nach hinten und sagte: »Ich versuche es jetzt direkt noch mal.« Sie wählte die Festnetznummer, die oben auf Magils Formular stand. Auch Yashi hörte den Freiton. Karuna wartete. Als sie gerade auflegen wollte, meldete sich jemand. Eine alte Frauenstimme. »Ja?«

»Guten Tag. Wir würden gerne mit Magil sprechen.« Yashi und Karuna hielten beide den Atem an. Am anderen Ende war eine weinerliche Tirade, ein Sturm an Worten in Urdu, zu hören, eine Sprache, die weder Yashi noch Karuna verstanden. Karuna versuchte, die alte Frau zu unterbrechen: »Entschuldigung, sprechen Sie vielleicht etwas Englisch? Wir suchen Magil. Wir sind ihre Anwältinnen.«

»Magil dead. Poison«, sagte die Stimme und die Alte legte auf.

Sprachlos sahen die beiden sich an. »Sie ist tot«, wiederholte Karuna fassungslos. »Sie hat sich vergiftet.«

»Oder sie wurde vergiftet«, flüsterte Yashi. Verlust und Zorn taten so weh, als habe ihr jemand ein Brandeisen aufs Herz gedrückt. »Diese junge Frau. Sie hatte ein Funkeln in den Augen. Sie war stark.« Die beiden setzten sich an ihre Schreibtische.

»Und jetzt?«, fragte Karuna.

Yashi zwang sich, ruhig zu sprechen, kontrollierte ihre Stimme: »So ein Dreck! Klägerin und angeklagte Firma sind beide nicht mehr da. Ja, was jetzt? Der Staatsanwalt wird enttäuscht sein. Die Spinnerei macht anderswo weiter. Nebenan in T-Shirt-City, in Tirupur. Oder gleich in Bangladesch oder China. Die Konsumentinnen in Europa freuen sich weiter über Mode-Schnäppchen. Und für Magil können wir beide nichts mehr tun.« Sie rieb sich die Augen, öffnete ihr Notebook und gab im Netz drei Suchbegriffe ein: »Gift«, »Textil«, »Aktuell«. Sie fasste laut zusammen, was sie gefunden hatte: »In Tirupur hat die Regierung dafür gesorgt, dass im Krankenhaus eine Giftstation eingerichtet wurde. Es gibt hier pro Tag bis zu sieben Selbstmordversuche. Ich fasse es nicht. Die Zahl ist noch mal gestiegen.« Karuna starrte an die Decke. Yashi berichtete weiter, was sie las: »Die meisten trinken Pflanzengifte. Die gibt es in ausreichender Menge und leicht zugänglich.« Bei der Vorstellung lief das kalte Kribbeln ihren Rücken hinauf. *Magil. Wie konnten wir es so weit kommen lassen? Wir, deine Anwältinnen, deine Schwestern, wir alle?*

Es klopfte an der Tür. Eine junge Frau guckte durch die Fensterscheibe und winkte ihnen. Yashi öffnete ihr. »Hi. Ich bin Kirthi. Kirthi Jayakumar. Journalistin. Darf ich vielleicht reinkommen?« Sie trug Jeans, Chucks, einen hellblauen Salwar und einen Rucksack.

Karuna war immer noch wie gelähmt und reagierte gar nicht. Yashi bat sie rein und fragte: »Können wir Ihnen irgendwie helfen?«

»Ich dachte, ich könnte Ihnen vielleicht helfen. Oder wir uns gegenseitig«, erwiderte die junge Frau mit einem offenen Blick.

Karuna wurde kurz aufmerksam und sah sie an. Yashi fragte nach: »Gerne. Hilfe könnten wir immer gebrauchen. Was genau haben Sie sich denn vorgestellt? Was bringt Sie zu uns?«

»Wie alt sind Sie?«, fragte Karuna.

»Ich werde bald dreißig«, antwortete die Journalistin bereitwillig.

Karuna drehte sich wieder weg. Als sei die Antwort falsch gewesen. Yashi sah die junge Frau neugierig an. »Möchten Sie etwas trinken? Wasser? Cola? Tee?«

»Tee wäre großartig.«

»Einen Moment, bitte.«

Von der kleinen Küchennische aus sah Yashi, dass Karuna weiter in ihrem Sessel lag und keine Anstalten machte, sich mit ihrem Gast zu unterhalten. Die Journalistin schien es nicht zu stören. Sie tippte in ihr Telefon. »Schwarztee aus den Bergen. Mit Bergamotte«, sagte Yashi und goss ihnen beiden eine Tasse ein.

»Vielen Dank.«

»Uns macht gerade ein aktueller Fall zu schaffen. Aber da Sie nun hier sind – was führt Sie denn zu uns?« Ein tiefer Seufzer von Karuna ließ sie beide innehalten. »Verzeihen Sie«, sagte Yashi und erklärte doch noch etwas ausführlicher: »Wir haben gerade vom Tod einer Klientin erfahren.«

»Einer Textilarbeiterin?«, fragte die Journalistin.

Und mit der Frage hatte sie sofort Yashis volle Aufmerksamkeit. Auch Karuna stand jetzt auf, setzte sich zu ihnen und goss sich Tee ein. »Was wissen Sie darüber?«, fragte Yashi. Und Kirthi erzählte. Von ihrer Recherche. Von Hunderten Interviews, die sie mit Textilarbeiterinnen geführt hatte. Von einer Reise in die Baumwollfelder. Von Besuchen in Strickwaren- und Konfektions-Fabriken. Wie sie ein paar Wochen in einer Farbdruckerei gearbeitet hatte. Berichtete von Sandstrahlern. Stoffdruckereien. Färbereien. Akkordarbeit an Strickmaschinen. Schikane. Schlafmangel. Beschimpfungen. Von Arbeiterinnen, die gefangen gehalten wurden. Die in Baracken übernachteten auf feuchten Matratzen und oft sexuell missbraucht wurden. Deren Eltern oder Schwiegereltern einmal im Monat das Geld abholten. Von Hautauschlag, Atemnot, Verletzungen. Von den vielen Näherinnen, die sich vergifteten.

Karuna und Yashi hörten zu. »Arbeiten Sie für die ›Times of India‹, den ›Hindu‹ oder für den ›Indian Express‹? Oder für eine andere Zeitung?«, fragte Karuna.

Ich wünschte wirklich, du wärst etwas freundlicher.

Und dann erzählte Kirthi von ihrem Blog. Von Theaterstücken. Von der Red-Elephant-Stiftung. Vom ›Orange Flower Award‹ für Video-Blogging. Vom Zen-Kritzeln. Sie dachte wohl, die beiden Anwältinnen würden kennen, was sie so selbstverständlich erwähnte, und sagte abschließend: »Ich könnte Ihnen ein paar Fragen stellen. Und Ihnen anbieten, etwas Pressearbeit für Sie zu machen.«

»Wie haben Sie uns denn überhaupt gefunden?«, wollte Yashi wissen.

»Ich bin Ihnen gefolgt.« Sie sah Yashi offen an. »Sie haben heute Morgen genau da geschnüffelt, wo ich auch etwas witterte. Ich habe Ihr Auto gesehen. Sorry, aber Sie konnten keine reiche Managerin sein. Ich dachte, wir sollten uns vielleicht kennenlernen. Ein paar Klicks, und ich wusste, hier arbeiten zwei Anwältinnen. Profis für aussichtslose Fälle.«

Karuna stand auf und sah Yashi eindringlich an: »Kann ich dich bitte kurz sprechen?« Etwas irritiert ließ sich Yashi mit ins Besprechungszimmer ziehen. »Yashi, wir kennen diese junge Lady gar nicht. Sie benutzt in zehn Minuten hundert Wörter und Namen, die ich noch nie gehört habe.«

Yashi schmunzelte. Und sah sie dann ernst an: »Was haben wir für Alternativen? Warum sollen wir es nicht probieren? Sie wird uns irgendwie helfen, die Ungerechtigkeit an die Öffentlichkeit zu bringen. Was kann denn schon passieren? Oder sollen wir Magil der Polizei überlassen? Die sich ja sicher total ins Zeug legen wird, um den Tod einer der vielen Toten aufzuklären.«

»Sie ist erst dreißig.«

»Karuna, bitte! Sei nicht so versnobt. Sie ist jünger als wir. Na und? Sie kann Dinge, von denen wir keine Ahnung haben. Wir haben keine Klägerin mehr und keine Angeklagten, aber sie erinnert uns daran, was wir haben: die Öffentlichkeit!«

Karuna schüttelte sich: »Bloggen. Theater. Kritzeln. Rote Elefanten. Die spinnt doch!«

»Sie erinnert mich an Berry.«

Karuna sah Yashi überrascht an: »Ach. Das kann sein. Ich habe ja keine Tochter. Vielleicht bin ich deshalb nicht so offen für dieses neue Zeug.«

Yashi umarmte sie kurz und machte einen Vorschlag: »Ich weiß nicht, ob das stimmt. Aber ich würde gerne noch ein bisschen mit ihr reden. Und gucken, ob wir vielleicht wirklich etwas zusammen aushecken können. Du musst ja nicht dabei sein.«

»Einverstanden.«

Yashi und Kirthi fanden sich schnell in einem engagierten Gespräch wieder. Yashi erzählte von Magil und von anderen Fällen, die irgendeine Verbindung zur Textilindustrie hatten. Davon, wie sie vor einigen Jahren das Sumangali-System entlarvt und einen Textilriesen vor Gericht gebracht hatte.

Kirthi war beeindruckt. »Sie sind ja wirklich so was wie eine Textil-Heldin!« Sie stellte Fragen, machte sich Notizen, surfte zwischendurch, um nach der Erwähnung der Fälle in den Medien zu forschen. Vom förmlichen ›Frau Doktor Bhandari‹ waren sie schnell zum Du gekommen. Kirthi hielt ihre Bewunderung nicht zurück: »Wow. Du hast ja echt schon gegen alle gekämpft. Auch gegen ganz Große.«

Yashi erläuterte: »Sumangali! Die Textilfirmen täuschen den Mädchen vor, dass sie ihre Mitgift verdienen können. Dabei steigt ihre Marge mit jeder, die bei ihnen als ›Lehrling‹ unterschreibt. Sie sind wie Sklavinnen, wirklich wie Leibeigene. Die Firmen behandeln ihre Spindeln und Webstühle besser als diese jungen Frauen.« Aus den Augenwinkeln sah Yashi, dass Karuna telefonierte. Sie wirkte müde.

Kirthi war energisch: »Schöne Globalisierung. Überall tragen die Menschen die gleichen Marken. Du kennst sicher diese Grundwahrheit: ›Passiert es einmal, ist es eine Geschichte. Passiert es tausendmal, ist es Statistik.‹ So geht es den Textilarbeiterinnen. Sie sind nur noch Zahlen. Aber diese Magil hatte ein Gesicht, eine Familie, Träume. Ich würde gerne über sie schreiben.«

Yashi stimmte zu. »Ja, tu das. Ich finde gut, was du machst. Und du stellst gute Fragen, sehr pointiert.«

»Ich habe eigentlich auch Jura studiert.«

Yashi fragte nach: »Erzählst du mir, wie du da gelandet bist, wo du jetzt bist?«

»Ich habe das Tagebuch der Anne Frank gelesen. Kennst du das? Ein Buch von einem jüdischen, deutschen Mädchen.«

Yashi nickte: »Ja, es hat mich als Teenager echt umgehauen.«

»Ich habe ein Theaterstück daraus gemacht. Es heißt ›Frankly

Speaking‹, ›Frank und Frei‹, und fängt da an, wo das Tagebuch von Anne Frank endet. Ich erzähle in diesem Stück von acht jungen Frauen aus verschiedenen Krisengebieten dieser Welt und streue immer wieder Zitate aus dem Tagebuch ein.«

»Du bist eigentlich eine Künstlerin?«

Kirthi erklärte: »Weißt du, dieser Horror, diese Masse an Rechtsbrüchen, das war immer so beängstigend für mich. Dass die Politik und die Religion und die Macht oft so, ja, schändlich handeln. Seit ich mich äußere, blogge, erlebe ich, dass meine Angst eigentlich meine Begabung ist. Aus dem Horror werden Geschichten. Und viele lesen sie.«

»Ich wünsche dir wirklich viel Glück. Viel Erfolg. Reichweite. Und wir bleiben in Kontakt.«

»Du findest mich ja im Netz. Danke. Für deine Zeit und für alle Informationen.«

Sie waren wieder zu zweit. »Na? Was hältst du jetzt von dieser Kritzel-Blogger-Lady?«, fragte Karuna mit einem schiefen Lachen.

Yashi fasste ihr Gespräch kurz zusammen und meinte: »Magil wird durch diesen Blog an die Öffentlichkeit kommen. So kann ihr Tod vielleicht etwas bewirken.«

»Aufmerksamkeit«, sagte Karuna.

Yashi nickte. »Genau.«

»Ich habe auch noch in der Redaktion von der Times und vom Hindu angerufen.« Yashi sah sie überrascht an. »Ich dachte, es kann doch nicht schaden, wenn auch die offizielle Presse berichten würde. Sie haben sich meine Nummer notiert. Zumindest das.«

»Ich muss den Staatsanwalt informieren.«

Karuna nickte und stand auf. »Ich gehe heute eher. Ich brauche eine Pause.«

»Ja. Ruh dich aus. Ich gehe auch gleich.« Aber Yashi las erst noch im Netz über die Red-Elephant-Stiftung. Junge Aktivistinnen, die Geschichten erzählten und dafür die sozialen Medien ebenso nutzten wie die Künste. Film, Theater, Poesie, Tanz, Fotografie. Sie las von ›Tech-for-Good‹ und entdeckte auch das Zen-Kritzeln, Femcyclopaedia und Readomania. *Was es alles gibt! Verrückt! Und ich bekomme das alles nicht mit. Ich muss hier unbedingt öfter raus. Ich muss wieder mehr lesen. Ins Theater. Auf diese Blogs. Ich will da irgendwie mitmachen. Mich einmischen. Vernetzen.*

Kirthi Jayakumar war wirklich eine ausgesprochen beeindruckende Person. Aktiv in Chennai und weit darüber hinaus, bis zu den Freiwilligkeitsdiensten der UN. *Respekt! Du hast ja echt Mut. Und Energie. Und neue Ideen.*

Bevor sie aufbrach, überflog sie kurz ihre Mails. Eine Adresse, die sie nicht kannte, hatte an ihre private Mailadresse geschrieben. »Liebe Frau Doktor Bhandari. Heute teile ich Ihnen die frohe Botschaft mit, dass meine Zwillinge und ich wohlauf sind. Die Geburt war der schlimmste und schönste Tag in meinem Leben. Nach einer langen Nacht kam Adesh am 20. Mai um zehn Uhr zur Welt und sein Bruder Adil eine Viertelstunde später. Die ersten Wochen waren sehr anstrengend und ich bin froh, dass meine Mutter bei mir ist. Wir bitten Sie um Verständnis, dass wir sie gerne bei uns behalten möchten. Mit freundlichen Grüßen. Auch von meiner Mutter (Manjula). Ihre Mareena.«

Yashi schrieb kurz zurück: »Herzlichen Glückwunsch zur Geburt Ihrer Zwillinge! Gesegnet sei ihr Weg in dieser Welt. Liebe Grüße an Sie, Ihre Mutter und Ihre Lieben. Ihre Yashi Bhandari.«

Sie würde mit Kiran besprechen, wie es jetzt weitergehen sollte. Würden sie Ersatz für Manjula brauchen? Auf Manjula warten? Würde Manjula überhaupt wiederkommen wollen? Sie wusste es nicht. Und es war auch zurzeit nicht so wichtig. Schön, dass es ihrer Tochter und den Kindern gutging.

Sie sehnte sich nach einer Dusche. Nach einem Abend auf dem Sofa. Vielleicht mit »Agent Raghav«. Als sie im Auto saß und über den Tag nachdachte, fühlte sie die Trauer um Magil, großen Zorn,

Hilflosigkeit, aber auch Zusammenhalt, Inspiration, insgesamt ein großes Durcheinander. Sie dachte an ›WeSpinning Ltd.‹, an Kirthi. Und merkte jetzt, dass sie sich außerdem über Karuna ärgerte. Die »nicht offen für dieses neue Zeug« war, weil sie keine eigenen Kinder hatte. In ihren Ohren klang das wie eine blöde Ausrede. Sie musste ihr sagen, dass sie sich etwas mehr Neugier von ihr wünschte. Kirthi dagegen hatte irgendwie ein Gefühl von Zukunft in ihr ausgelöst.

19

Im Sommer

Yashi und Kiran hatten sich an ihrem Hochzeitstag in einem kleinen Restaurant in Coonoor getroffen. Es war berühmt für seine Samosas. Der Koch im »Southern Spice« bereitete die dreieckigen Teigtaschen mit Gemüse zu, mit Hackfleisch oder Fisch, und bot ein Menü aus sieben Varianten an. Dazu servierte er verschiedene Chutneys mit Mango, Chilis, Honig, Nüssen, Datteln, Birnen oder Paprika. Wie jedes Jahr gönnten sie sich etwas Besonderes, bestellten zweimal das Menü und stießen mit einem Mango-Lassi an. »Auf die Treue!«, sagte Kiran und strahlte sie an.

»Auf die nächsten sechsundzwanzig Jahre!«, antwortete Yashi.

In dem Lokal hing ein großer Fernsehbildschirm über der Theke. Und auch Yashi und Kiran konnten ihre Blicke nicht ganz von den Nachrichten abwenden. Kerala, der Nachbarstaat von Tamil Nadu, erlebte gerade heftige Überschwemmungen und Erdrutsche. Die Bilder zeigten Menschen, die auf den Dächern ihrer Häuser saßen und mit Schlauchbooten und selbstgebauten Floßen durch die

Straßen fuhren. Freiwillige, die Reis und frisches Trinkwasser verteilten. Premierminister Modi, der zu Besuch kam und Hilfe in Millionenhöhe versprach. Papst Franziskus, der für die Opfer betete und zur Solidarität aufrief. Der Nachrichtensprecher zitierte einige Umweltorganisationen mit dem Satz: »Der Klimawandel ist teuer für Indien.«

Das Essen wurde serviert. Sie reichten sich die Hände und schwiegen kurz. *Ich wünsche mir in meinem stummen Gebet, dass wir uns liebhalten, uns guttun und der Welt guttun.* Kiran sagte: »Lass es dir schmecken!«

»Ja. Versuchen wir es. Trotz der schlimmen Nachrichten.«

»Ich meine, früher gab es hier keinen Fernseher, oder? Man ist wirklich nirgendwo mehr sicher. Überall und ständig erreichen uns die neuesten Neuigkeiten.«

Yashi zuckte nur mit den Schultern. Kiran erzählte von ›O'Clock‹ und Yashi hörte interessiert zu: »Der Monsun hat uns hier ja nicht schlimm erwischt. Aber wenn es nicht bald aufhört zu regnen, wird auch die Qualität unserer Ernte schnell sinken. Für das neue Jahr haben wir ja den Winter-Flush geplant. Auf den zähle ich. Und wir haben Glück mit unserem weißen Tee. Er schmeckt ein bisschen rauchig, blumig. Ich glaube, du könntest ihn mögen. Die Ernte war richtig gut und er ist gerade sehr gefragt.«

»Warum? Was kann er?«, wollte Yashi wissen.

»Er wird schonender verarbeitet. Anders fermentiert. Man könnte sagen, dass die guten Inhaltsstoffe des Tees deshalb konzentrierter vorkommen. Antioxidantien, die das Immunsystem stärken zum Beispiel. Fluorid. Kalium. Und dreimal so viele Catechine.«

»Und warum heißt er so? Er ist doch gar nicht weiß.«

»Da merkt man, mein Schatz, dass du noch nie Tee gepflückt hast.«

Yashi verschluckte sich fast an ihrer Teigtasche, fing sich aber wieder.

»Alles okay?«, fragte Kiran und sie nickte, sodass er weitererzählte:

»Also, nur der Rohstoff wirkt weiß. Die Knospen, aus denen der weiße Tee hergestellt wird, haben so einen Flaum.«

Ich habe nie wieder mit ihm über meine Fragen gesprochen. Aber sie werden sich stellen. Das weiß ich. Kiran nahm ein paar Bissen und erzählte Yashi dann, was ihm Sorgen machte: »Der Juli-Tee ist der andere Höhepunkt des Jahres. Wenn es allerdings noch mehr regnet, wachsen die Büsche zu schnell. Sie verholzen, der Tee schmeckt dann bitter. Und es würde sicher vier, fünf Jahre dauern, bis sie sich davon erholt haben.«

»Hoffen wir, dass der Regen aufhört. Ich wünsche es dir. Und Kerala.« Sie sah noch einmal zum Bildschirm, sah dann wieder ihn an, streichelte kurz seine Hand und meinte: »Ohne eine gesunde Erde gibt es eben überhaupt nichts Gesundes. Trotzdem habe ich gerade heute einen Flug gebucht! Nicht gerade das Beste, wenn man über das Klima nachdenkt. Na, wenigstens ist es nur eine Kurzstrecke. Coimbatore, Chennai.«

»Ob die Stärke des Monsuns wirklich mit dem Klimawandel zusammenhängt, ist ja gar nicht bewiesen.« Yashi sah ihn überrascht an. Kiran erklärte: »Die Durchschnittswerte sind gleich geblieben. Der Monsun ist nach wie vor ein verlässlicher Genosse.«

»Kiran! Das mag ja sein. Aber der Regen bleibt mal aus und kommt dann wieder als Sturzbach. Auch wenn die Durchschnittsmenge gleich bleibt, der Monsun hat sich definitiv verändert. Er ist insgesamt schwächer geworden und während der Monsunzeit ist er dann extremer. Und das hängt auf jeden Fall damit zusammen, dass die Erde wärmer geworden ist. Sie ist wütend und wehrt sich.«

»Warum musst *du* immer so furchtbar wütend sein?«

»Das liegt wohl an meiner Arbeit«, gab sie zu und lachte: »Warum musst du denn auch immer so furchtbar unwütend sein?«

Er lachte ebenfalls und meinte: »Tja. Teeblätter tun einem nichts.«

»Ist das so?«, fragte sie.

Er sah sie aufheiternd an: »Was machst du denn überhaupt in Chennai?«

Yashi wollte eigentlich sagen: »Aber, Kiran. Du siehst doch auch die Toten. Die Opfer, die dieser Monsun gefordert hat. Warum hältst du es nicht mal aus, wenn es nicht gut ist?« Doch sie lenkte ein: »Okay. Streiten wir nicht weiter. Weil heute unser Hochzeitstag ist.« Sie raffte sich auf. »Ich besuche Kirthi Jayakumar. Eine junge Bloggerin. Um sie kennenzulernen. Weil wir vielleicht mit ihr zusammenarbeiten. Weil ich von ihr etwas über die Beteiligung der Öffentlichkeit lernen will. Mal sehen, was daraus wird. Ich fahre früher nach Coimbatore und besuche auch noch meine Eltern. Die kommen ja nicht zu meinem Geburtstag, wollen mich aber gerne sehen. Es passt alles ganz gut.«

»Ach, wie schön.« Kiran winkte den Kellner heran und scherzte mit ihm.

Später in ihrem Bett war nicht klar, wie sich der Abend entwickeln würde. Miteinander zu schlafen fühlte sich heute wie eine Pflicht an, wie etwas, das irgendwie zum Hochzeitstag dazugehörte. Und dieses Empfinden tat ihnen beiden leid. Aber sie fanden keinen Weg zueinander. Die Leichtigkeit, die sie bräuchten, die sie sich beide wünschten, war nicht abrufbar. Und dann klopfte es plötzlich an der Tür. Kurz darauf klingelte es, und der Ton klang so spät am Abend sehr schrill. Erschrocken sahen sie sich an. Kiran stand auf, zog sich Lungi und Unterhemd an und flüsterte: »Ich schaue nach. Bleib du im Bett.«

Yashi hörte eine klagende Frauenstimme. Neugierig stand sie auch auf, blieb in der Schlafzimmertür stehen und versuchte zu erkennen, was da vor sich ging. Sie verstand nicht, was die Frau sagte. Nur, dass sie aufgebracht war. Kiran kam ins Schlafzimmer gelaufen, sein Gesicht verkrampft vor Zorn, griff hektisch nach seinem Geldbeutel und lief zurück. Yashi legte sich wieder ins Bett und wartete angespannt. Irgendwann hörte sie, dass die Haustür sich schloss. Kiran stand im Türrahmen und sagte betreten: »Bitte, Yashi Anne, könnten wir uns einfach in den Arm nehmen und festhalten? Bitte.«

20

Yashi hörte Kiran laut telefonieren, als sie nach Hause kam. Sie blieb im Eingang stehen und wagte kaum, Luft zu holen. »Du kannst deiner Verantwortung nicht aus dem Weg gehen. Du hast es versprochen. Was du getan hast, kann nicht ungeschehen gemacht werden, aber du solltest es wenigstens ausgleichen. So wie verabredet. Deine Mutter ist neulich beschimpft worden. Du weißt, da ist bei mir Schluss. Und jetzt stand sie spätabends auch noch vor unsrer Tür! Mein Gott, Jason!«

Sie hatte Kiran selten so laut sprechen hören. Er hatte sich meistens im Griff. Blieb höflich, auch wenn er sich ärgerte. Lächelte, auch wenn er stinksauer war. Er knallte sein Telefon auf den Esstisch.

»Wer war das? Mit wem hast du gesprochen?«, fragte sie.

»Mit einem Kunden.«

»Ach, Kiran, bitte.« *Warum lügt er mich an?*

»Ich will jetzt nicht darüber sprechen.« Damit verschwand er im Schlafzimmer, um einen Moment später in Laufkleidung wiederaufzutauchen. »Bis gleich.« Weg war er.

Sie setzte sich aufs Sofa und steckte sich die Ohrhörer ihres Telefons in die Ohren. »Guardian« von Alanis Morisette. Sie sang mit:

»I'll be your keeper for life as your guardian.«

Ich werde dein Schutzengel sein. Die Kriegerin, die sich um dich sorgt. Dein erstes Kindermädchen. Dein Engel auf Abruf. Auf Nachfrage da. – Was für ein schönes Bild. Es gibt einen Engel, eine Botin, einen Hüter des Lebens, eine Helferin, die unsere Lieben beschützt. Meinen Sohn. Meinen Mann. Mich, Doktor Bhandari, und mich, Yashilein. Uns alle.

Sie stopfte das Telefon in die Sari-Falte an ihrem Bauch, ging singend in die Küche und presste ein paar Orangen aus. *Es gehört doch im Tiefsten zu unserem Wesen, die zu beschützen, die wir lieben.* Was hat Kiran mit Jason besprochen? Was hat ihn so aufgebracht? Was verheimlichte er ihr?

Ihr Telefon gongte. Eine Nachricht von Namya. »Wir haben eine britische Journalistin in eine Leihmutter-Klinik eingeschmuggelt. Sehr spannend! Alles Liebe, Deine Na.«

Sie feixte. Die Idee, sich einen Betrieb von innen anzusehen, würde also vielleicht doch noch mehr bewirken als nur einen verletzten Fuß. Eine gute Nachricht. Wenn Namya es anpackte, würde es sicher klappen. Besser als bei ihr. Sie schrieb zurück: »Wow! Freue mich. Halt mich unbedingt auf dem Laufenden. In Liebe, Yashi.«

Sie lehnte sich zurück und schloss die Augen. »Frozen« von Madonna. *Du bist erstarrt, gefroren, wenn dein Herz nicht offen ist.*

Sie trank ihren Orangensaft und fühlte sich sehr müde. Nicht nur körperlich, es saß tiefer. Sie bräuchte Zeit draußen in der Natur, Stille, vielleicht ein Feuer. Sie müsste mal wieder richtig gründlich lachen, tanzen, singen. Morgen früh würde sie eine Gruppe von Adivasi vertreten. Agenten eines privaten Wärmekraftwerkes hatten sie genötigt, ihr Land herzugeben. Sie waren einfach enteignet worden. Yashi wusste das Recht auf ihrer Seite. Schon seit 1989 gab es das »Gesetz gegen Gräueltaten an registrierten Kasten und Stämmen«, zum Schutz der Rechte der Adivasi und Dalits. Jetzt brauchte sie Schlaf. Sie würde gerne auf Kiran warten. Aber die Aussicht, in ihrem Bett liegen zu können, die Beine ausstrecken zu dürfen, war zu verlockend. Ein Lied noch, dann würde sie ins Bad gehen und schnell schlafen. »Just Give Me a Reason« von P!nk. *Wir sind noch nicht zerbrochen, wir sind nur angeschlagen. Wir können noch einmal lernen, uns wieder zu lieben.* Sie sehnte sich nach Kiran. Nach ihrem Mann. Sie wollte geliebt werden. Ihre zimtbraune Haut wünschte sich, von seinen Fingern berührt zu werden. Ihr müder Nacken wollte geknetet werden. Und ihre vollen Brüste auch. Sie sehnte sich nach seinem Atem an ihrem Ohr. Nach der alten Vertrautheit. Einer Zeit ohne Lügen. Nach seinen Lippen, wie sie sagten: »Ich will dich.«

»Verzeih mir, bitte. Es tut mir leid«, flüsterte Kiran. Sie räkelte sich. Sie musste auf dem Sofa eingenickt sein. Wie spät war es? Sie drehte ihr Gesicht zu seinem. »Was ist es, Liebling? Erzähl es mir.«

»Jason. Er hat etwas sehr Dummes getan. Etwas Schlimmes.« Sie sahen sich tief in die Augen.

»Wir sind alle mehr als das, was wir tun. Und sei es noch so schrecklich«, sagte Yashi leise, aber entschieden. »Du hast ja recht«, murmelte er.

»Dann sprich mit ihm.« Sie lächelte ihn an. »Aber vorher sprichst du bitte mit mir.«

»Jetzt sofort?«, fragte Kiran zerknirscht.

»Ja. Ich koche Tee.« Sie sprang auf und bereitete einen starken, grünen Matcha-Tee mit heißer Mandelmilch zu.

Und dann saßen sie am Küchentisch und Kiran erzählte: »Du erinnerst dich an die Nacht damals, als wir so heftig diskutiert haben? Du weißt ja, Jason war enttäuscht, weil wir seine Idee, sich in diese Kanzlei einzukaufen, nicht unterstützen wollten. Wir haben zu viel Amrut getrunken. Und irgendwann ist es eskaliert. Er war so überrascht, als er hörte, was ich verdiene. Er hatte immer gedacht, wir wären wohlhabender. Und als er begriff, dass wir ihn wirklich nicht unterstützen können, ist er abgehauen. Wütend und betrunken, wie er war, hat er sich trotzdem in seinen Mietwagen gesetzt.

Ist die Dorfstraße entlanggebrettert. Und hat einen jungen Mann erwischt.«

»Der seitdem im Rollstuhl sitzt?«, fragte Yashi schockiert.

»Ja, genau«, bestätigte Kiran ihre Vermutung. »Ich habe Jason versprochen, dass ich mich darum kümmere. Er wollte damals schnell wieder zurück in die USA. Ich habe Raja und seine Mutter gesucht. Die Krankenhauskosten übernommen. Und mit Jason verabredet, dass er dem Mann eine monatliche Rente zahlt.« Kiran rieb sich die Schläfen. »Yashi Anne, die beiden Jungen sind im gleichen Alter. Aber Rajas Vater ist nicht da und seine Mutter verkauft Tee an Kulis.«

»Du hast gedacht, er schämt sich für dich. Weil du nicht reich bist«, sagte Yashi behutsam. »Das muss wehgetan haben.«

»Wir haben unsere Kinder doch geliebt. Wir haben wunderbare Zeiten als Familie erlebt. Wir haben beiden die allerbeste Ausbildung bezahlt. Wie unsere Eltern für uns auch schon. Sie haben beide im Ausland studiert. Und jetzt schämt er sich? Weil, wofür denn? Weil mein Jahresbonus nicht so hoch ist? Wir nicht reisen? Tennis spielen? Urlaub machen? Immer noch in diesem Bungalow wohnen? Kein eigenes Haus besitzen? Du ein altes Auto fährst? Was haben wir falsch gemacht, dass Geld ihm so wichtig geworden ist?«

Yashi sah ihn liebevoll an. »Nein, Kiran. Er schämt sich nicht für uns. Er schämt sich für das, was er getan hat. Damit kann er nicht umgehen.«

Kiran sah sie überrascht an. »Ja«, sagte er. Und nickte langsam: »Ja, das stimmt wahrscheinlich. So habe ich es noch gar nicht gesehen.«

»Wir müssen uns etwas ganz Anderes fragen. Was haben wir falsch gemacht, dass sein schlechtes Gewissen stärker ist als die Gewissheit, immer nach Hause kommen zu dürfen? Trotz allem?«

Kiran schluckte. »Das ist noch nicht alles.«

Yashis Augen wurden größer. »Was noch?«

»Als du erzähltest, dass seine Mutter dich beschimpft hat, war ich schon beunruhigt. Und jetzt stand sie mitten in der Nacht vor unserem Haus. Ich musste erfahren, dass Jason seine Zahlungen eingestellt hat. Schon vor ein paar Monaten.«

»Was?«, fragte Yashi. »Aber warum denn?«

»Vielleicht, weil er zuerst an seine eigenen Wünsche denkt? Weil er gerade jeden Dollar braucht?«

Sie schwiegen. Reichten sich die Hände über den Tisch. Entschlossen sagte Kiran: »Er kann sich nicht wegstehlen. Raja hat seine Unterstützung verdient. Und ich bin irgendwie nicht bereit, einfach so für ihn einzuspringen.«

Yashi sagte leise: »Kiran, er hat sich strafbar gemacht. Wir sprechen hier von Fahrerflucht mit Personenschaden. Das ist fahrlässige Körperverletzung und unterlassene Hilfeleistung. In Verbindung mit Alkohol. Wenn das strafrechtlich verfolgt würde, könnte das eine Freiheitsstrafe für ihn bedeuten. Mindestens aber eine hohe Geldstrafe.«

»Deshalb hat er Angst, nach Indien zurückzukommen.«

»Es sind solche Fälle, es sind die Rajas und ihre Mütter, die ich vor Gericht vertrete. Vielleicht musste mein Sohn denken, dass *ich* nicht auf seiner Seite stehe?«

21

Yashi war stolz auf ihre Klientin. Sie hatte sich mehr als tapfer gehalten. Jilpa hatte mit einem Mikrokredit ein Teehaus eröffnet. Ihr Geschäft war gut angelaufen. Aber dann hatte der Monsun die Ernten beschädigt und im Dorf hatten alle weniger Geld für Tee ausgeben können. Sie war mit der Rückzahlung in Verzug geraten. Ein Vertreter der Kreditorganisation hatte sie besucht und belästigt. Sie an die Wand gepresst, ihren Sari zerrissen. Sie hatte sich gewehrt, er hatte sie auf den Boden geworfen und war an einen Topf mit heißem Öl gestoßen. Sie hatte schlimme Verbrennungen erlitten. Ein Nachbar hatte sie schreien hören und ihr geholfen. So war sie wahrscheinlich einer Vergewaltigung entkommen. Der Vertreter war angezeigt und verurteilt worden. Die Kreditorganisation hatte den Vorfall mit klaren Worten bedauert, sich entschuldigt, die Krankenhauskosten übernommen und würde auch eine Entschädigung zahlen. Jilpa hatte sich nicht verängstigen lassen und mit Yashis Hilfe für ihr Recht gekämpft.

Jetzt war sie gerade auf der Toilette und Yashi wartete auf sie. Die öffentlichen WCs im Gerichtsgebäude waren sehr beliebt bei ihren Klientinnen.

Richterin Indira Gopal sah sie und kam auf sie zu. »Ich höre, es ist alles gut gegangen heute?«

Sie freute sich, die Richterin zu sehen, und über ihre Worte. »Ja, meine Klientin kann stolz auf sich sein.«

»Glückwunsch. Sind Sie eigentlich im Mail-Verteiler der Rechte-Jobbörse?«

»Ich glaube nicht. Aber ich suche ja auch keinen Job.«

»Dürfte ich Ihnen trotzdem eine Stellenanzeige weiterleiten? Ich habe da von einem Job gelesen, bei dem ich an Sie denken musste.«

»Vielen Dank, Richterin Gopal. Aber ich bin wirklich zufrieden mit dem, was ich tue.«

»Ich schicke Ihnen die Mail trotzdem. Versprechen Sie mir, dass Sie sie wenigstens lesen.«

»Versprochen.« Sie reichten sich die Hand und verabschiedeten sich.

Yashi sah auf die Uhr. Bis zur nächsten Verhandlung blieb noch etwas Zeit. Vielleicht hatte sie Glück und Raja Burad hätte kurz Zeit für sie. Sie klopfte an seine Bürotür. Der Staatsanwalt öffnete ihr. »Doktor Bhandari!«

»Herr Staatsanwalt!«

»Was kann ich für Sie tun?« Er bat sie herein, räumte ein paar Aktenordner von den Sesseln und sie nahmen Platz. »Ihre Mandantin ist tot. ›WeSpinning Ltd.‹ ist verschwunden. Was haben Sie vor?«

Yashi nahm ihren Mut zusammen: »Es klingt vielleicht ein bisschen verrückt. Aber ich habe eine junge Bloggerin kennengelernt. Kirthi Jayakumar aus Chennai. Sie wird auf unser Thema aufmerksam machen.«

»Warum kommen Sie damit zu mir? Ich sehe nicht, dass hier irgendetwas rechtlich Relevantes geschieht.« Er sah sie fragend an. Seine Brille war verschmiert.

»Ich wollte es Ihnen einfach erzählen. Ihnen sagen, dass ich nicht aufgebe.«

Raja Burad lachte verwundert und überraschte dann seinerseits Yashi, weil er in die Hände klatschte. Begeistert und ausgiebig. »Respekt! Ich gratuliere Ihnen. Ich applaudiere Ihnen!«

Yashi stand auf. »Danke! Ich habe jetzt noch eine Verhandlung. Und ich halte Sie auf dem Laufenden.«

»Wenn Ihr Vorhaben gelingt, werde ich ja sowieso davon hören. Viel Glück!«

22

Yashi hatte die Mail erst am nächsten Tag gelesen. Im vollen Wartezimmer von Kemias Praxis. Ihr gegenüber saßen zwei andere Frauen, die beide einen Hidschab trugen. Eine junge, die in ein Buch vertieft war, und eine ältere, vielleicht ihre Mutter oder Schwiegermutter, die immer wieder einnickte. Rechts und links von ihr saßen zwei, die so hochschwanger waren, dass Yashi befürchtete, die Geburt könne gleich losgehen. Am Fenster stand eine Frau in ihrem Alter, die einen Turban trug. Yashi vermutete, dass sie zurzeit keine Haare hatte. Sie selber kam zum regelmäßigen Check-up, ohne Beschwerden.

Sie hatte den letzten Termin am Abend bekommen, war jetzt aber etwas zu früh hier, weil es sich nicht gelohnt hatte, noch mal durch die ganze Stadt ins Büro zu fahren. *Du weißt nie, wann ein wichtiger Tag im Leben ist. Gestern fühlte sich noch alles normal an und heute schon ist plötzlich alles anders.*

Sie suchte ja wirklich keinen Job. Aber neugierig war sie gewesen. Bei was für einer Stellenausschreibung die renommierte Richterin wohl an sie hatte denken müssen? Ohne Erwartung hatte sie die Mail geöffnet. Wie nebenbei. Aber was sie dann gelesen hatte, hatte sie so sehr überrascht, dass sie jetzt gar nicht wusste, wohin mit sich.

Es war eine Ausschreibung der UNO in New York. Gesucht wurde eine Menschenrechtsreferentin. Oder ein Referent. Yashi hatte alles gelesen. Drei Seiten. Über Verantwortungsbereiche. Aufgaben. Fachwissen. Kommunikationsverhalten. Teamarbeit. Ausbildung. Berufserfahrung. Das Bewerbungsverfahren. Und auch die letzte Bemerkung: »Die UNO hat sich verpflichtet, ein Gleichgewicht der Geschlechter unter ihren Mitarbeitenden zu erreichen. Frauen werden ausdrücklich ermutigt, sich zu bewerben.« *Aber doch nicht ich?!*

Bei dem Gedanken daran wurde ihr schon wieder warm. Sie glühte. Ihr Kopf war heiß. *Bekomme ich jetzt vielleicht auch noch Fieber? Aber nein. Die Hitze kommt von innen.* Als wäre ein Funke angepustet worden und würde jetzt allmählich zu einer Flamme. *Ich muss das Ganze noch mal lesen. Irgendwo im Text steht bestimmt, warum ich gar nicht infrage komme.*

Klar war, dass allerhöchste Maßstäbe angelegt wurden. Nicht nur, was die Kompetenzen anging, sondern auch die Integrität. Persönliche Überzeugungen, Werte und Auftreten.

Sie bewunderte die Richterin und schätzte ihre Meinung. Aber das hier konnte doch eigentlich nur ein Irrtum sein. Allein die kleine private Notiz in der Mail zeigte ihr, dass die Richterin sehr genau wusste, was sie tat. »Liebe Frau Doktor Bhandari, ich würde mich sehr freuen, wenn Indien durch eine Anwältin und Person wie Sie die UNO an dieser Stelle unterstützen würde.«

Wie viele Personen mochten sich auf so eine Stelle bewerben? Viele. Sehr viele. Es wäre also wahrscheinlich ganz ungefährlich, es einfach zu versuchen. Sie würde irgendwann im Verfahren sowieso ausscheiden. Aber sollte man sich nicht nur dann bewerben, wenn man es auch ernst meinte? Und würde nicht schon die Entscheidung, sich zu bewerben, ihr ganzes Leben in Unruhe bringen? Kirans Leben. Karunas Leben. Und könnte sie sich denn wirklich vorstellen, in so eine andere Stadt am anderen Ende der Welt zu ziehen? In eine Kultur, die ihr fremd war? Ohne Kiran? Könnte das eine Aufgabe für sie sein? Würde sie dort mehr helfen können als hier?

Menschenrechtsreferentin. Warum war diese Ausschreibung bei ihr gelandet? »Ich suche gar keinen neuen Job«, hatte sie gesagt. Stimmte das denn nicht? Oder hatte sie nur nicht gewusst, dass sie suchte? Und würde sie es bei der UNO finden? Oder war das hier nur der Beginn einer neuen Lebensphase? Die Midlife-Crisis? Wechseljahre, die sich noch mehr Wechsel wünschten? Ein Zeichen dafür, dass sie etwas ändern musste? Ein paar Wochen vor ihrem fünfzigsten Geburtstag? Der Frust und die Müdigkeit der letzten Monate und Jahre? Sie hielt inne und zwang sich, ruhig zu atmen. *Meine Seele weiß den Weg. Noch nicht. Aber sie wird ihn wissen.*

Yashi dachte an ihr kleines Häuschen. Ihren Garten. Könnte sie das Land der süßen Mangos verlassen, um in Amerika zu leben? Sie war doch eine Freundin der Berge geworden. Könnte sie in der Stadt leben? Aber es wäre ja nur für drei Jahre. Verlängern müsste sie ja nicht. Sie sollte mit jemandem sprechen. Aber mit wem? Sie durfte jetzt nicht unnötig für Aufregung sorgen. Karuna würde sich sofort im Stich gelassen fühlen und ihr vorhalten, sie sei also doch unzufrieden in der Kanzlei. Dayita würde sich für sie freuen. Kaum jemand konnte so gut gönnen wie sie. Und obwohl sie selber ungefähr drei Meter von dem Ort entfernt wohnte, wo sie schon als Kind gelebt hatte, würde sie ihr wahrscheinlich Mut machen. Wenn Kiran dafür wäre. Das wäre ihre Bedingung. Kiran! Mit ihm müsste sie natürlich sprechen. Aber nicht zuerst. Irgendwie hoffte sie, dass Kiran bejahen würde, was sie selber wollte. Namya? Sie zögerte. Namya würde sich direkt selbst bewerben. Oder? Der nächste Gedanke ließ ein kaltes Kribbeln ihren Rücken herauflaufen: Oder hatte sich Namya bereits beworben? Sie hatte doch immer mal wieder davon gesprochen, vielleicht ins Ausland, nach Amerika, zu gehen. Und ihre Adresse stand ganz sicher im Mailverteiler der juristischen Jobbörse. Yashi schob den Gedanken zur Seite. Irgendwann musste sie mit ihr reden. Aber jetzt nicht. Vielleicht mit ihrer Amma? Nicht vorzustellen, wie schwer es ihr fiele, sie gehen zu lassen. Mit ihrem Vater? Aber sie würde ja ohne ihren Ehemann gehen. Und das wäre wahrscheinlich

»unnatürlich« und damit war das Nein klar. Mit Berry? Oh nein! Yashi zuckte innerlich zusammen. Nein. Sie konnte nicht genau dann nach Amerika gehen, wenn ihre Tochter zurück nach Indien kam. Unmöglich. Ach, wie gut. Damit war die Entscheidung klar. Sie würde bleiben. Es ging gar nicht anders. Das klang vernünftig. *Ich lösche die Mail und vergesse das Ganze.* Erleichtert lehnte sie ihren Kopf an die Wand und schloss die Augen. *Ich bin so müde.*

»Frau Doktor Bhandari, bitte! Frau Doktor Bhandari?«, rief die junge Assistentin sie auf. Sie war allein im Wartezimmer. Hatte nicht bemerkt, wie es sich geleert hatte. Dass die anderen Patientinnen schon alle aufgerufen worden waren. Yashi folgte ihr ins Behandlungszimmer.

»Hallo, Frau Doktor«, sagte Yashi.

»Hallo, Frau Doktor«, erwiderte Kemia und gab ihr einen Kuss auf die linke und dann auf die rechte Wange. »Wie geht es dir? Hast du irgendwelche Beschwerden? Schmerzen? Symptome?«

»Ich fühle mich gut, danke. Nichts Auffälliges.«

»Du siehst etwas müde aus. Und wirkst auch etwas angespannt. Diese eine Falte da, die senkrechte auf der Stirn, die ist tiefer als sonst.«

Yashi erzählte sofort, was sie beschäftigte. War so froh, es loszuwerden. »Ich bin so durcheinander. Gestern war noch alles normal. Ich war im Büro und bei Gericht. Und dann habe ich kurz mit einer Richterin geredet, die mir daraufhin eine Mail mit einer Stellenanzeige weitergeleitet hat. Und jetzt frage ich mich, ob mein Leben noch mal in eine ganz andere Richtung geht.« Sie zog ihre Hose aus und legte sich auf Kemias Behandlungsstuhl. Mit angewinkelten, gespreizten Beinen sprach sie weiter. Kemia tastete und hörte weiter zu. Die Hand auf ihrem Bauch war kühl. Yashi erzählte kurz. Von der Ausschreibung. Von den Konsequenzen, die so eine Bewerbung hätte. Von Karuna und Kiran. Ihren Eltern. Von Berry. Von der Angst, gar nicht geeignet zu sein. Dass ihre größte Sorge zurzeit ja nicht ihrer Familie galt, sondern vielmehr der Demokratie. Und die UNO sie schon als kleines Mädchen begeistert hatte. Sie stand vom Stuhl auf, zog sich die Hose wieder an, ihren Kamiz aus, hob die Arme und ließ Kemia ihre Brust abtasten. »Du schläfst gut?«

»Ja. Ich bin abends so müde, dass ich schnell einschlafe, und nach sechs Stunden werde ich wach und fühle mich okay.«

»Ab und zu hast du noch eine Blutung?«

»Nur noch ganz unregelmäßig.«

»Die hormonelle Umstellung. Ich würde gerne beim nächsten Mal ein großes Blutbild machen. Sagen wir, du lässt dir einen Termin geben – etwa in drei, vier Monaten.«

»Aber da kann ich nicht. Da bin ich ja vielleicht nicht mehr hier.«

Kemia strahlte sie an. »Ist das denn so?«

Yashi starrte sie an. »Das mit dem Termin war ein Trick?«

»Ich wollte hören, wie du reagierst. Yashi! Hör dir mal selber zu! Diese Anzeige hat dich in ihren Bann gezogen. Du musst dem ja nicht nachgeben, aber tu nicht so, als würde es dich nicht mehr locken, als es dich schreckt. Hm?«

»Okay. Ja. Und jetzt?«

»Sprich mit Kiran. Sprich mit dir selbst. Besser umgekehrt – erst mal mit dir selbst. Versuch rauszufinden, ob du wirklich bereit wärst für so eine Herausforderung. Nimm dir Zeit zum Beten. Arbeite innen so gründlich wie außen. Du weißt doch, wie wir solche Fragen angehen.«

»Ja. Danke.« Sie sahen sich offen an.

»Ich habe ja selber ein paar Jahre in Frankreich gelebt. Eine Erfahrung, die ich nicht missen möchte. Aber ich habe auch einen Preis gezahlt. In Marseille hatte ich Heimweh, in Indien fühlte ich mich danach nie wieder ganz zu Hause. Zieh dich doch mal wieder an.«

Yashi sah überrascht auf ihren nackten Oberkörper und lachte. »Ach, Kemia. Danke.«

»Warte! Ich habe noch etwas für dich!« Sie stellte sich vor Yashi hin und berührte sanft die Falte auf ihrer Stirn. Dann tat sie etwas

Öl auf ihren Finger und umkreiste die Stelle. »Santalum, Sandelholz und Citrus.« Und verneigte sich vor ihr, die Hände mit den Handflächen aneinander vor ihrer Brust. Yashi tat es ihr gleich.

»Hast du noch Zeit? Oder musst du schnell nach Hause?«, fragte Kemia dann.

»Ich kann bleiben. Wollen wir auf dem Weg nach Ooty etwas essen?«

»Au ja. Fahr schon mal vor. Ich muss hier noch kurz aufräumen und abschließen. Wir könnten in ›Amma's Kitchen‹ essen. Die haben ein günstiges, leckeres Chicken Biryani.«

»So machen wir's. Bis gleich!«

Das Biryani war wirklich besonders lecker. »Die Küchenchefin hat einen Trick. Das Hühnchen wird erst in Chili-Öl kross gebraten. Köstlich«, schwärmte Kemia. Die Atmosphäre in ›Amma's Kitchen‹ war gesellig. Aber Kemia lag offenbar etwas auf der Seele, und nachdem sie ein paar Happen gegessen hatte, platzte es aus ihr heraus: »Ich überlege, einen Kollegen zu verklagen.«

»Ups. Was ist denn passiert?«

»Du weißt doch, dass ich regelmäßig beim ›Medical Camp‹ mitmache. Wir gehen mit einem Team in ein Dorf, bleiben einen Tag lang und behandeln alle, denen irgendwas wehtut. Niedrige Kasten. Viele Dalits.«

»Großartig! Dass es das gibt. Und dass du das machst.«

Kemia erzählte von einer Patientin, die gerne schwanger werden wollte. Sie hatte bereits einen vierjährigen Sohn. Sie war ganz verzweifelt. »Ich habe sie untersucht. Man hatte ihr eine Kupferspirale eingesetzt. Ohne ihr Wissen. Ich habe sie vorsichtig gefragt, ob sie denn nicht wisse, dass sie verhütet. Sie war total geschockt. Fing an zu schreien. Ließ sich kaum beruhigen.« Kemia hatte sich vorsichtig umgehört, welcher Arzt die Frau behandelt hatte. »Und dann hörte ich von einer der alten Frauen, dass es Geld dafür gebe, wenn Frauen sich die Eileiter abschnüren oder eine Spirale einsetzen lassen.

Es sind wohl oft die Mütter oder Schwiegermütter, manchmal im Auftrag der Ehemänner, die mit den jungen Frauen zum Arzt gehen. Und die verhüten dann ohne ihr Wissen. Ohne ihr Einverständnis. ›Ist besser so‹, sagte diese Alte mir. Ist das zu fassen?«

Yashi nickte: »Neulich hat doch jemand aus dem Gesundheitsministerium gesagt, die indischen Frauen seien ›unverantwortliche Brüterinnen‹. Das Bevölkerungswachstum soll begrenzt werden.«

»Ja. So ist es. Und die Behörden schicken ihre Schergen aus, die sich vor allem an arme Frauen in den ländlichen Regionen wenden. Was könnte ich tun?«

»Dich an die Presse wenden. Es öffentlich machen.«

Sie aßen schweigend ihr Biryani auf. Irgendwann trafen sich ihre Blicke. »Danke«, sagten beide gleichzeitig.

23

»Du verlässt mich?«, fragte Kiran. Er wurde sofort laut. Yashi fragte sich, wie sie ihn von dieser Idee abbringen konnte, und erklärte ihm geduldig, dass sie nur überlege, ob die UNO eine Option sei. »Ich habe doch noch gar nichts entschieden. Ich überlege nur, ob ich mich bewerbe. Vielleicht.«

»Du willst weggehen?«, fragte Kiran, aufs Äußerste gereizt.

Yashi versuchte, ruhig zu bleiben. »Ich weiß doch gar nicht, ob ich überhaupt eine Chance hätte.« Er starrte sie an. Verständnislos und zornig. Yashi berührte seinen Arm, aber er schüttelte sie weg. Sie suchte seinen Blick: »Es wären doch nur drei Jahre.«

»Und wie sieht das aus? Als ob wir uns scheiden lassen wollten? Als wäre unsere Ehe ein Witz?«

»Quatsch. Und das ist auch egal. Es geht doch nicht darum, wie es ›aussieht‹.«

»Du willst mich wirklich für einen Job verlassen?« Kiran lief im Zimmer auf und ab und schrie: »Das kann doch nicht dein Ernst sein!«

»Nein!« Auch Yashi wurde jetzt lauter und widersprach. »Einander zu verlassen ist doch etwas vollkommen Anderes.«

»Aber New York ist – was, wie weit? 8 000 Meilen weit weg? 24 Flugstunden? Du verlässt mich also nicht, aber du ziehst ans andere Ende der Welt.«

»Wir würden uns besuchen.«

»Ja, das ist toll. Ich besuche dich nach einem Jahr, du mich dann nach zwei und dann bist du ja auch schon fast wieder da. Das kannst du doch nicht ernst meinen.«

»Es wäre wirklich nur für kurze Zeit«, versuchte sie es noch einmal.

Aber Kiran brüllte sie an: »Warum verlassen mich immer alle? Alle Frauen verlassen mich.«

Yashi merkte, dass es keinen Zweck hatte. Er übertrieb maßlos. Sein altes Trauma hatte ihn im Griff. Sie versuchte, ihn abzulenken: »Ich gehe morgen zum Friseur.«

Kiran hielt kurz inne und sagte dann bitter: »Was stört es mich, dass ein paar Haare weg sind, wenn bald die ganze Frau verschwindet?«

Yashi entschied, ihm Zeit zu geben. Sie würden später weiterreden. »Ich werde fünfzig. Wenn ich es jetzt nicht versuche, dann nie«, sagte sie noch. Und der Satz war neu gewesen.

»Du willst es wirklich!«

»Ich weiß es nicht.« Sie standen sich schweigend gegenüber, bis Yashi sagte: »Ich gehe ins Bett. Wir können ja morgen weiterreden.«

In der Nacht konnte sie nicht schlafen. *Warum habe ich nicht erst mit mir selbst gesprochen? Wie Kemia es mir geraten hat? Warum konnte ich es nicht für mich behalten? Habe ich jetzt alles kaputt gemacht?* Sie stand auf und setzte sich auf die Veranda. Der Himmel war voller Sterne. Wie lauter strahlend gute Zeichen. Das beruhigte sie irgendwie. Sie stand wieder auf und sah sich genauer an, was für Dokumente sie eigentlich für ihre Bewerbungsunterlagen brauchte. Als das erledigt war, wollte sie eigentlich wieder ins Bett gehen. Aber dann kam ihr noch die Frage, ob ihr Reisepass gültig war. Und ob sie die aktuellste Skype-Version auf ihrem Notebook hatte, falls man jemals ein Bewerbungsgespräch mit ihr führen wollte. Sie überprüfte alles und schrieb dann noch eine kurze Mail an Richterin Gopal. Mit einem Dankeschön für die Weiterleitung der Ausschreibung. Und einer Bitte um ein Zeugnis oder Empfehlungsschreiben. Mittlerweile war sie wirklich müde und hoffte, schlafen zu können. Aber sie schrieb dann auch noch eine weitere Mail an Zina. Mit der Frage, ob sie eventuell eine Weile bei ihr wohnen könne. Alles nur für den Fall.

24

Yashi saß im ›Timepass‹ auf dem Platz, der mittlerweile ihr Stammplatz geworden war. Karuna war bei Gericht gewesen und sie alleine im Büro. Innerhalb von einer Stunde hatte sie alle Bewerbungsunterlagen zusammengesucht, ihren Lebenslauf, Zeugnisse, ein Foto. Dann hatte sie eine Mail formuliert und wieder und wieder ihr kleines Anschreiben durchgelesen. Als hinge davon alles ab. Und dann hatte sie eine weitere Stunde vor der Mail gesessen, ihr Notebook angestarrt und sie doch nicht abgeschickt.

Jetzt war sie mit Sheila, der Besitzerin und Bäckerin vom ›Timepass‹, verabredet, um über ihre Geburtstagsfeier zu sprechen. Sie nahm einen Schluck Kaffee. *Ach, wie gerne ich jetzt rauchen würde. Ja, ein, zwei Beedis. Eine verrückte Vorstellung.* Ihr Telefon klingelte. Aber sie wollte noch mit niemandem sprechen. Niemand schien geeignet. Das Gespräch mit Kiran war grauenhaft gewesen. Sie konnte doch nicht ihre Wünsche verfolgen und die von Kiran übergehen?! Zu ihrer Überraschung war es Nanda Luke, der anrief. An ihn hatte sie lange nicht gedacht. Sie gab einem inneren Wink nach. »Hi!«

»Yashilein. Wie schön, dass ich dich erreiche. Ich höre, du hast bald Geburtstag und ich bin eingeladen, mitzufeiern?«

»Wo bist du?«

»Ja, ich freue mich ja auch, deine Stimme zu hören.«

»Ach, Nanda! Ja, schön, dass du anrufst. Und ich würde mich wirklich sehr freuen, wenn du zu meiner kleinen Feier kämst.«

»Ich bin gerade noch in Delhi. Aber an deinem Tag werde ich bei dir in deinem Coffee-Shop sein. Und dann fahr ich weiter nach Vellore. Es sind sieben Stunden mit dem Zug. Das müsste ich an dem Tag doch noch schaffen, oder?

»Ganz sicher. Schön, dass du dabei bist.«

»Wie geht es dir, Yashilein? Wir haben uns so lange nicht gesehen. Und auch lange nicht gesprochen.«

Yashi zögerte. Sie hatte noch nicht darüber nachgedacht, was sie eigentlich verdienen würde bei diesem UNO-Job. Das wäre gleich sicher Nandas erste Frage. Er würde den Privilegien-Check machen. Sie würde von dem Gehalt ja in New York leben können müssen. Also war es wohl gut.

»Yashilein?«

Und wieder gab sie einem inneren Impuls nach und erzählte: »Ehrlich gesagt, bin ich gerade etwas durcheinander. Ich habe vor ein paar Tagen ein Stellenangebot der UNO in New York gelesen und frage mich, ob ich mich vielleicht bewerben sollte.«

»Ja, warum denn nicht?«

»Warum nicht? Weil New York weit weg ist. Weil ich eine Kollegin habe, die ich nicht alleine lassen will. Was erst recht für Kiran gilt. Der hier einen Job hat. Weil unsere Eltern alt sind. Weil Berry ausgerechnet jetzt zurück nach Indien kommt. Und überhaupt. Weil ich wahrscheinlich gar nicht die Richtige für diesen Job wäre.«

»Du hast Angst?«

»Was?«

»Du hast Angst.« Diesmal war es keine Frage, sondern eine schlichte Feststellung.

»Ich bin nicht wie du. Ich habe einen festen Wohnsitz und Verpflichtungen.«

Nanda schwieg.

»Ach, tut mir leid. Das war nicht so gemeint«, entschuldigte Yashi sich.

Aber Nanda sagte: »Du hast ja recht. Du bist nicht wie ich.« Seine Stimme war weich. »Du bist toll. Du bist so unfassbar engagiert. Sie können sich echt glücklich schätzen, wenn sie dich kriegen. Du bist wunderbar. Aber du hast Angst. Du denkst immer so klein von dir.«

Yashi schluckte. Sie sagte nur seinen Namen: »Nanda.«

»Ja, Yashilein. Du bist meine Schwester. Ich bewundere dich mein ganzes Leben lang. Bald feiern wir deinen Geburtstag. Und vorher bewirbst du dich noch bei der UNO. Das ist doch geil! Ich bin stolz auf dich.«

»Ich habe aber wirklich Angst.«

»Sag ich doch. Hab halt Angst. Und tu es trotzdem.«

Sheila kam auf ihren Tisch zu. »Nanda? Ich sitze gerade im ›Timepass‹ und muss jetzt Kuchen für meine Feier aussuchen.«

»Ich besuch dich dann in New York.«

Sie musste lachen. Es war aufregend. Ihr Leben änderte sich.

Gemeinsam mit Sheila suchte sie Kuchen aus. Schokoladen-Cookies. Apfelballen. Klassische Sirupkugeln. Mandeltörtchen. Erdnussriegel. Sheila sagte: »Ich habe noch einen Tipp. ›Sandesh‹! Mein persönlicher Favorit. Ein Rezept meiner Großmutter. Kleine Cremetörtchen. Mit Frischkäse, Vanille, Kardamom und Safran, mit Pistazien bestreut. Sie schmelzen im Mund. Ich bringe Ihnen eins zum Probieren!«

Yashi musste nicht überredet werden. Sheila versprach, einen Tisch für zehn Personen zu reservieren und zu schmücken. Und Yashi wusste, dass sie genau den richtigen Ort für ihre kleine Feier ausgewählt hatte.

Als sie gerade ihre Sachen packen wollte, sah sie auf ihrem Smartphone, dass sie eine Mail von Richterin Gopal bekommen hatte. Yashi erschrak kurz. Sie fragte Sheila nach dem Passwort des

WLANs. Dann las sie: »Ich dachte an Sie, weil Sie absolut zuverlässig sind. Sehr erfahren. Sich in jeden neuen Fall reinfuchsen. Auch wenn Themen Ihnen fremd sind. Weil Sie immer auf der Seite der Menschen und des Rechtes stehen. Und das fast lautlos. Im Anhang finden Sie meine Empfehlung. Viel Glück! Ihre Indira.«

Beinahe hätte sie ihre Bewerbungsmail ohne dieses Schreiben der Richterin verschickt. Wie gut, dass sie noch gewartet hatte! Aber jetzt hatte sie alle Unterlagen zusammen. Sie las die Mail noch einmal durch. Sie würde sich bewerben. Wenigstens diesen Schritt wollte sie gehen. Und dann abwarten, was passierte. Was konnte schon falsch daran sein? Es war ja erst mal nur eine Bewerbung. Sie drückte auf »Senden«. *Geschafft! Ich habe es gewagt!*

Und dann hatte sie sich daran erinnert, dass sie zum Friseur gehen wollte. Im »Green Trends« hatte man sie herzlich begrüßt und gleich vor einen Spiegel gesetzt. Sie sah sich selbst in die Augen. Die Friseurin begutachtete ihre Haarspitzen. »Und? Was machen wir?«

»Ich hätte sie gerne kurz. Nicht ganz kurz. Aber kürzer.«

»Einen Bob?«

»Nein, noch kürzer. Bubikopf heißt das, glaube ich.«

»Lust auf Veränderung?«

Yashi nickte nur. Ihr Kopf tat weh. Ja, sie hatte Angst. Kiran zu verletzen. Berry zu enttäuschen. Angst, ihre Eltern könnten genau dann sterben, wenn sie weit weg war. Kiran und sie könnten sich entfremden und er würde ihr nie verzeihen, dass sie ihn »verlassen« hatte. Angst, Namya könnte sich beworben haben, und damit wäre ja klar, wer von ihnen beiden die Stelle bekäme. Und Angst, sie könnte an dieser Aufgabe scheitern. Einfach Angst, eine falsche Entscheidung zu treffen. »Hab halt Angst und tu es trotzdem.« Der Satz ihres Bruders hämmerte gegen ihre Schläfen. Sie freute sich auf eine Kopfmassage. Und ja, auf eine äußerliche Veränderung. Mindestens.

25

Die Samstage im Juli waren verregnet. Aber dieser trübe Tag am Ende einer furchtbaren Woche war immerhin ein freier Tag. Yashi hatte ihr Notebook und ihre Bibel eingepackt, Kiran einen Zettel geschrieben (»Ich brauche Zeit zum Nachdenken! Bin mittags zurück.«), und war nach Coonoor gefahren. Sie wusste, dass die katholische Kirche St. Sebastian immer offen stand. Und hier kannte man sie nicht. Sie schlüpfte in das Gebäude, blieb kurz stehen, um den hohen, besonderen Raum auf sich wirken zu lassen, und suchte sich einen Platz in der Bank vor einem Seitenaltar. »Sprich mit dir selbst.« Und: »Nimm dir Zeit zum Beten.« Jetzt endlich wollte sie ernst nehmen, was Kemia ihr geraten hatte.

Yashi schloss die Augen und dachte an die Legende, die ihre Familie so oft erzählte. Wie Kurt Waldheim, der vierte UNO-Generalsekretär, Indien besucht hatte. Damals war die UNO zwanzig Jahre alt gewesen. Die Idee, dass so ein Staatenbund den Weltfrieden sichern könnte, war nach dem zweiten Weltkrieg, nach Faschismus und den unfassbaren Schrecken des Holocaust so dringend und einleuchtend erschienen. Und so verheißungsvoll. Die Nationen, die die Charta unterzeichneten, waren hoch motiviert. New York war als Sitz ausgewählt worden. Es entstanden die Generalversammlung, der Sicherheitsrat, die Friedenstruppen, der Internationale Gerichtshof. Und die humanitären Unterorganisationen, die sich besonders den Kindern widmeten, den Flüchtlingen, Wirtschaftsfragen, der Gesundheit oder der Kultur. Sonst hätten die Nilgiris zum Beispiel keine Eisenbahn mehr.

Yashi musste schmunzeln bei dem Gedanken daran, was der kleine Satz »Die UNO macht, dass alle mitspielen dürfen« ihrer Familie bedeutete. Ihre Eltern waren damals als Delegierte der christlichen Minderheit zu dem Empfang des Generalsekretärs eingeladen worden. Spätestens seit dieser Begegnung waren sie überzeugt gewesen von der Idee der Vereinten Nationen. Ihr Vater hatte vorher schon oft von Boutros Boutros Ghali erzählt. Weil er sich ihm, dem Ägypter, Politiker und Diplomaten, der koptischer Christ war, religiös sehr verbunden fühlte. Vielleicht liebte ihr Vater es heimlich, zu einer Minderheit zu gehören? Und ihr Vater hatte jahrelang ein Buch von Dag Hammarskjöld neben seinem Bett liegen und immer mal wieder daraus zitiert. *Das könnte ich mir eigentlich mal ausleihen.*

Sie dachte an den Tag, als sie zum ersten Mal das Regierungsgebäude in Delhi gesehen hatte. Die Reise war ein Geschenk ihrer Eltern zu ihrem guten Abschlusszeugnis gewesen. Sie hatte den beeindruckenden Rundbau bestaunt und ihr Vater hatte gesagt: »Das ist unser Parlament. Unsere Regierung. Es gehört uns.«

Sie sah zu dem Altarbild. Der heilige Sebastian wurde von Pfeilen durchbohrt. Der Glaube betäubte und beendete die Schmerzen nicht. Er nahm ihr auch die Fragen nicht ab. Sie musste selbst entscheiden. Aber sie war nicht allein. Sie saß in dieser Kirche, diesem alten, umbeteten Raum, und eine Atmosphäre von Vertrauen umgab sie. *Gut, dass ich hierhergekommen bin. Ich höre auf meine innere Stimme. Und in der Stille, die sich darin findet, höre ich vielleicht Gott reden.*

Würde sie gerne für die UNO arbeiten? Sie öffnete ihr Notebook, suchte, las, surfte weiter, behielt einzelne Sätze, versuchte, sich ein Bild zu machen. Die anfängliche Entschlossenheit und Einmütigkeit der großen Institution hatten erheblich unter dem Kalten Krieg gelitten. Durch ihr Vetorecht konnten einige Nationen den Sicherheitsrat blockieren. Und auch heute verzweifelte die Welt ja manchmal an der Beschlussunfähigkeit der UNO. Wenn zum Beispiel keine Resolution für Syrien verabschiedet werden konnte. Den Koreakrieg hatte die UNO nicht verhindern können. Oder die Teilung Deutschlands. Srebrenica. Den Irakkrieg. Den Völkermord in Ruanda. Und der Nahostkonflikt war auch nie anhaltend gelöst worden. Der Einfluss, das Image und die Glaubwürdigkeit der UNO hatten in den letzten Jahrzehnten sehr gelitten. Andererseits, das wurde Yashi beim Lesen auch klar: Ohne die UNO hätten diese Konflikte wahrscheinlich alle noch länger gedauert. Ohne die UNO wäre die Zahl der Opfer von Kriegen, Hungersnöten, Naturkatastrophen und Vertreibungen noch höher. Ja, es brauchte unbedingt eine Welt-Anwältin für die großen Anliegen: Klimawandel, Hunger, Seuchen wie Ebola, Kriege und Konflikte. Aber dazu müssten die einzelnen Mitglieder die UNO wieder ernst nehmen, sie reformieren, weiterentwickeln und auf eigene Macht und Kontrolle verzichten.

Ihr Telefon gongte. Sie erschrak, weil sie vergessen hatte, es lautlos zu stellen. Sie sah sich um und stellte erleichtert fest, dass sie alleine in der Kirche war und wohl niemanden gestört hatte. Zina schrieb: »Benvenuta! Du bist immer super herzlich willkommen in meiner Wohnung! Verrückt! Was ist denn wohl bei dir los?« Ein rotes Herz. Und ein Z.

Yashi schmunzelte. *Die gute, treue Zina.*

Sie machte das Telefon ganz aus. Wollte beten. Zu beten holte sie in den Moment. Gebete verbanden Vergangenes und die Zukunft. Und Gebete fragten doch immer: »Wer weiß?« Denn sie hatten Hoffnung. Eröffneten neue Möglichkeiten. Sie wurde still. Legte ihre rechte Hand auf ihren Oberkörper, nahe beim Herzen und atmete bewusst aus und ein. Vor ihrem inneren Auge sah sie, wie ein Fenster sich in ihr öffnete. Und Licht hineinließ. Ihre Lider flatterten, aber sie hielt die Augen geschlossen. Das Licht war überall.

Jemand tippte vorsichtig auf ihre Schulter. Sie erschrak trotzdem. »Geht es Ihnen gut? Kann ich irgendetwas für Sie tun?«, fragte ein alter Mann in einem braunen Habit mit weißer Kordel. Er reichte ihr einen dampfenden Becher, der nach Minze duftete. »Kräutertee.« Er lächelte schüchtern.

Sie bedankte sich und nippte an der heißen Flüssigkeit. »Das ist gut. Danke«, sagte sie und erzählte kurz: »Ich habe nur etwas Ruhe gesucht. Ich muss eine Entscheidung treffen.« Der Mönch sah sie aufmerksam an und nahm auch ihr Notebook, ihr Telefon und ihre Handtasche wahr. Sie hatte sich mit ihren Sachen in der Bank ausgebreitet. Yashi gestand ihm: »Es ist kompliziert. Und ich habe etwas Angst.«

Er nickte. »Ja. Wenn wir an der Grenze zum Unbekannten stehen, ist Angst eine ganz normale Reaktion.« Er deutete eine kleine Verneigung an. »Lassen Sie den Becher einfach hier stehen, wenn Sie gehen.«

Yashi sah ihm nach. *Hätte er nicht etwas wie »Fürchte dich nicht« sagen müssen?* Sie schüttelte den Kopf. Aber vielleicht hatte er recht und Angst war einfach eine ganz natürliche Reaktion. Und das zu akzeptieren ein erster Schritt, um nicht von ihr gefesselt zu werden. Der Gedanke gefiel ihr. Sie trank den Tee und surfte weiter.

Sie las Zitate von einzelnen UN-Generalsekretären. »Die Vereinten Nationen wurden nicht geschaffen, um den Menschen den Himmel zu bringen, sondern um die Menschlichkeit vor der Hölle zu bewahren«, hatte Dag Hammarskjöld gesagt. Der Norweger, der bei einem Flugzeugabsturz ums Leben gekommen war. Sithu U Thant, der dritte Generalsekretär, hatte sehr grundsätzlich gesagt: »Jeder Mensch, egal, welcher Herkunft, hat Respekt verdient. Das gilt für Einzelne wie für das Verhältnis der Nationen.« Kofi Annan fand präzise Worte und sie sah ihn dabei vor sich: »Nicht umsonst haben unsere Gründer die UN-Charta mit den Worten begonnen: ›Wir, die Völker.‹ Sie wussten, dass die Staaten dafür da sind, den Völkern zu dienen – nicht umgekehrt.« Es war noch nicht lange her, dass er gestorben war. *Dass ich jemanden, den ich gar nicht persönlich kannte, so vermissen kann?!* Yashi nickte. Was konnte getan werden, um den Funken dieser Idee weiter anzufeuern? Der aktuelle Generalsekretär, António Guterres, sagte: »Wir wollen, dass unsere Kinder eine Welt bewohnen, die bestimmt ist von den Werten der UN-Charta: Friede, Gerechtigkeit, Respekt, Menschenrechte, Toleranz und Solidarität.« Wollte sie einen Menschen mit so einer Haltung nicht gerne zum Chef haben? Sie musste kurz lachen. Und fand dann ein aktuelles, kritisches Zitat von ihm: »Damit die Weltorganisation handlungsfähiger wird, muss die Finanzierung des UNO-Systems dringend gründlich reformiert werden.«

Geld. Immer wieder scheitert so viel Gutes am Geld. Sie fand eine Seite, auf der Ban Ki Moon ganz persönlich erzählte: »Eine meiner frühesten Erinnerungen aus meiner Kindheit ist, dass ich eine schlammige Straße entlanglaufe. Es regnet. Das Dorf hinter mir stand in Flammen. Schulunterricht fand unter einem Baum statt. Und dann kamen die Vereinten Nationen. Und gaben mir etwas zu essen, mir und meiner Familie und meinem Dorf.«

Yashi atmete ein paarmal bewusst aus und ein. Sie hätte Lust, noch mal neue Wege zu suchen. Sie hätte Lust, mitzuspielen.

26

Yashi schleppte sich durch eine weitere Woche. Karuna hatte ein paarmal gefragt, was denn eigentlich los sei mit ihr. Kiran war ihr aus dem Weg gegangen. Er verließ früh das Haus und kam spät wieder. Wenn sie nicht bald miteinander redeten, würde sie ihre Geburtstagsfeier ausfallen lassen.

Sie war zu Hause und fühlte sich nicht wohl in ihren eigenen Räumen. Naan zu backen würde ihr vielleicht helfen. Der Duft von frischem Brot hatte doch immer eine heilsame, behagliche Wirkung. Sie steckte ihr Telefon in die Tasche ihres Salwars, steckte sich die Ohrhörer ein und suchte die Zutaten zusammen: Mehl, Milch, Hefe, Salz, Zucker, Öl, Joghurt, ein Ei. »Each Heart is a Pilgrim.« Enya. Sie sang laut mit. *Jedes Herz pilgert. – Es hört mich ja niemand. Du magst weit reisen. Denn es pilgert sich lange, bis wir herausfinden, wer wir sind.*

Das Lied wurde vom Klingelton ihres Handys unterbrochen. Berry? Wie spät war es? Sie musste kurz rechnen. Es war zehn Uhr am Morgen in New York. Vielleicht, vielleicht werde ich bald noch häufiger rechnen, wie spät es gerade anderswo ist. »Berry, Liebling!«

»Hi, Amma.«

»Weinst du? Was ist denn passiert?«

»Ach, es ist eigentlich nichts. Nichts Großes. Ich fühl mich auch ganz albern. Aber einer meiner Mitbewohner hat meine Teekanne zerstört. Meine! Weißt du?«

»Wie kann das denn sein? Ich meine, sie ist aus Blech, oder?«

»Aus Blech und versilbert und seit zehn Jahren meine. Er hat sie mit Kaffee vergiftet.«

»Oh. Oh. Ja, das kann Tee nur schlecht vergessen. Er ist da sehr empfindlich.«

»Machst du dich lustig über mich? Du weißt nicht, wie sie sind, die Amis. Sie haben überhaupt keine Ahnung von Tee. Sie trinken ihn meistens kalt, mit Eiswürfeln und viel zu viel Zucker.«

Yashi hätte fast gesagt: »Ich werde es ja bald vielleicht selbst herausfinden.« Aber sie hielt den Satz zurück. »Berry, Liebling. Ich bitte deinen Vater, dir eine neue Kanne zu schicken.«

»Ja danke. Ach, ich wollte kurz deine Stimme hören. Bei dir alles okay?«

»Ja, ich backe gerade Naan für Kiran und mich.«

»Ah, wie schön. Lecker. Liebe Grüße!«

»Ich wünsche dir einen guten Tag, Berry, Liebling.«

»Und ich dir eine gute Nacht!«

Yashis Herz schlug schneller. Berry hatte Heimweh. Sie verrührte die Zutaten mit einem Holzlöffel, knetete dann einen luftigen Teig, legte ihn in eine Schüssel und stellte ihn in den warmen Ofen. Er brauchte eine Stunde, um aufzugehen. Sie hatte Zeit. *Kiran, ich werde heute auf dich warten, egal, wie spät du nach Hause kommst. Ich halte das nicht mehr aus.* Sie nahm ein Glas Erdnussbutter aus dem Kühlschrank und löffelte. »All of Me« von John Legend. Sie lehnte sich an den Küchenschrank, schloss die Augen, genoss die Ruhe, die Entspannung. Überlegte im Stillen, wie sie Kiran begrüßen sollte, damit sie einen guten Einstieg fänden. Wie sie es schaffen könnte, bei sich zu bleiben und gleichzeitig ihn nicht zu verpassen. »Grace«, »Gnade«, von U2. Sie sang wieder mit.

Ihr Telefon gongte und zeigte eine Nachricht von Dayita: »Unsere Eltern haben gerade dein Geburtstagsgeschenk bei mir vorbeigebracht. Ich verrate dir, dass es ein teurer Kaschmirschal in einer unmöglichen Farbe ist. Vielleicht kannst du ja trotzdem so tun, als würdest du dich freuen.« Smiley. Und es folgte direkt eine zweite Nachricht: »Unser Vater fährt immer noch Auto. Ich finde aber, auch die kurzen Strecken sind zu viel für ihn. Die Straßen sind so unübersichtlich. Kannst du ihm das auch noch mal sagen, bitte? Danke! Liebe Grüße, D.«

Sie würde ihre Schwester gleich morgen anrufen und ihr alles erzählen. Dayita musste eingeweiht sein.

Sie setzte sich an den Küchentisch, stoppte die Musik, öffnete ihr Notebook, surfte, ließ sich treiben. »Grey's Anatomy«? »Agent Raghav«? Nein, jetzt nicht. Sie brauchte mehr als nur Unterhaltung, eine andere Sorte Futter für ihre Seele. Und blieb auf der Seite der TED-Talks hängen. Sie suchte weiter mit dem Stichwort »UNO« und startete einen Vortrag. Die Niederländerin Sigrid Kaag gewann schnell ihre Aufmerksamkeit. Sie war Untergeneralsekretärin der UNO im Libanon. Leiterin der Mission zur Vernichtung syrischer Chemiewaffen. Elf Minuten und dreißig Sekunden lang warb die Politikerin für die Bedeutung der UNO für das Bestehen einer sicheren Welt. Sie umriss die siebzig Jahre Geschichte. Und sprach immer wieder von dem großen Wir, »We, the people«: »Ja, die Vereinten Nationen mögen uns vorkommen wie ein riesiger Apparat. Sicher gibt es viel Verbesserungsbedarf. Aber das Unerwartbare werden wir nur gemeinsam schaffen.« Und dann erzählte sie von ihrer unmöglichen Aufgabe, die Chemiewaffen in Syrien zu vernichten. Wie allein sie sich gefühlt hatte. Und verriet, was ihr Schlüssel war: »Put your heart into it – setz dein ganzes Herz ein.« Dieser Satz erreichte Yashi, als säße Sigrid Kaag ihr gegenüber am Küchentisch und habe sie direkt angesprochen.

Sie surfte weiter und landete auf der Website von TED-Talk Indien. Ach, der süße Bollywood-Star Shah Rukh Khan. Der berühmteste Schauspieler Indiens und Aktivist war der Gastgeber der indischen Vortragsveranstaltung. Yashi war fasziniert. Wie viele Frauen sich unter den Referentinnen fanden!

Sie hörte zuerst Dr. Raminder Dhillon zu. Einer fast achtzigjährigen Ärztin, die für die UNO im Sudan gearbeitet hatte. So eloquent, so elegant und so berührend. Der Leitgedanke ihres Vortrags hieß: »Wie wir ein Leben führen, das anderen dient.« Sie klickte weiter. Eine Jasmeen Patheja erzählte von »Blank Noise«, einer Initiative gegen alltägliche, sexuelle Belästigung. Die zwanzigjährige Gurmehar Kaur, eine junge Studentin, sprach über die Macht und das Risiko, die eigene Stimme zu erheben. Eindringlich mahnte sie: »Wir alle haben die Wahl, Worte zu nutzen, die Hass schüren und Vorurteile, oder Worte, die liebevoll sind und Frieden stiften.« Ein Schwenk der Kamera zeigte viele Köpfe, die zustimmend nickten. Shah Rukh Khan fragte sie zum Abschied noch: »Was ist Indien für dich?« Und die Studentin antwortete lachend: »Indien, die Essenz? Das sind die Menschen. Fang an, die Menschen zu lieben, und du wirst das Land lieben.« Der Applaus war brausend. Yashi war berührt. So jung und so engagiert. *Wie schüchtern ich in ihrem Alter noch war. Und so viel unentschlossener.*

Der Teig für das Naan-Brot war aufgegangen. Sie verteilte etwas Mehl auf der Arbeitsfläche, knetete den Teig gründlich durch und formte dünne Brotfladen. In die Pfanne gab sie Korianderblätter, Knoblauchscheiben und groben roten Pfeffer und backte die einzelnen Brote goldbraun. Sie deckte den Tisch. Wollte, dass alles schön war.

Wie immer am Abend checkte sie ihre Mails, bevor sie das Notebook dann bis morgen weglegen würde. Sie musste sich setzen. »Sehr geehrte Frau Doktor Bhandari, vielen Dank für Ihre Bewerbung und Ihr Interesse an einer Tätigkeit bei den Vereinten Nationen. Ihre Bewerbung hat uns sehr gut gefallen und wir würden Sie gerne persönlich kennenlernen. Aus diesem Grund laden wir Sie zu einem

Vorstellungsgespräch via Skype ein. Am kommenden Dienstag um 18 Uhr Ihrer Zeit. Herr Lucas Martin und ich werden das Gespräch mit Ihnen führen … Mit freundlichen Grüßen, Doktor Laetitia Walker.«

Sie atmete tief durch. *Ich bin weiter.* Sie jubelte innerlich. *Es geht weiter. Ich bin tatsächlich weiter. Meine Bewerbung hat ihnen gefallen.*

»Es duftet ja so gut«, sagte Kiran, als er ins Haus kam. Sie sahen sich an, gingen aufeinander zu, umarmten sich und hielten sich fest.

»Lass uns heute reden, bis wir eine Lösung haben, ja?«, flüsterte Yashi.

Er sah sie direkt an. »Ich weiß, Lösung bedeutet Loslassen«, erwiderte er und küsste sie vorsichtig. Sie kam ihm entgegen. Schmiegte sich an ihn. »Gibt es etwa frisches Naan?«

27

Ihr war, als habe sie ihn noch nie so genau angesehen. Die hohe Stirn. Die drei tiefen und die vielen kleinen Falten. Die Haare, die allmählich grau, sogar weiß wurden. Die buschigen, drahtigen Augenbrauen, die denselben Weg nahmen. Wie sein Adamsapfel sich hob und senkte. Das Weiß in seinen Augen. Und das Braun, wie getupft und marmoriert. Der Blick so vertraut. Das trotzige Kinn. Die Bartstoppeln. Das Grübchen. Sein voller Mund. Die dichten Wimpern, die ihn manchmal aussehen ließen, als schminke er sich. Seine gepflegten Hände. Die kleine Narbe am Daumen. Die einzelnen Haare auf den Fingern. Und wie sie ihren nackten Körper entlangstreiften. Eine Brustwarze berührten in feinem Kreisen. Sie liebkosten.

»Zimtbraun«, flüsterte er. Sie mochten beide, wie sie sich berührten. Staunten immer noch über sich selbst. Wie einfühlsam, ja, verständnisvoll sie aufeinander reagierten. Wie sie tatsächlich miteinander verschmolzen, ineinandergedreht, beseelt, außer Atem. Und sie mochten Versöhnungssex. So hatten sie es immer genannt. Denn das hatten sie über die vielen Jahre gelernt: Es war nicht wirklich schlimm, zu streiten. Solange der Respekt nicht verlorenging.

Manchmal ging es nicht anders. Wenn sie sich nur wieder vertragen konnten. Auch wenn es ein paar Tage dauerte. »Und du willst wirklich auf diesen Sex verzichten?«, flüsterte er jetzt in ihr Ohr und langte dann mit seiner Zunge in ihre Ohrmuschel.

»Das kitzelt«, seufzte sie und sagte: »Schwer. Es wird schwer, darauf zu verzichten.« Sie sahen sich lange schweigend an.

»Bist du dir sicher, dass du das willst?«

»Nein. Sicher bin ich mir nicht. Aber es reicht, um weiterzugehen.«

»Wo würdest du wohnen?«

»Zuerst mal bei Zina, hoffe ich.«

»Was reizt dich an dieser Aufgabe? Erklär es mir bitte noch mal. Bitte!«

»Die UNO selbst. Die Erfahrung, mit Menschen aus der ganzen Welt zusammenzuarbeiten. An einem Ort zu sein, wo die Weltgemeinschaft sich eine Meinung bildet. Das Gefühl, zu etwas Größerem zu gehören. ›Mitspielen zu dürfen‹, weißt du? Meinen kleinen Beitrag zu leisten. Wirkungsvoll. Zu helfen.«

»Du könntest deine Lebensberufung leben? Ist es das? Wäre es ein Ort, wo deine Passion und die Not der Welt zusammentreffen?«

»Ich hoffe es. Die Menschenrechte sind in Not. Und die Demokratie ist in Not. Die UNO stand immer für beides.«

»Wenn du aufstehst, werde ich gerade zu Bett gehen.«

»Wir werden schon unsere Zeiten finden.«

»Besuchen wir uns?«

»Die UNO zahlt nach zwei Jahren einen ersten Heimflug. Du könntest vorher kommen. Zu Weihnachten. Oder Ostern.«

»Du würdest mehr Geld verdienen als ich.«

»Und mehr ausgeben. Außerdem nur vorübergehend.« Sie lachten. Und küssten sich wieder und wieder. Hielten sich fest. Lagen da, Haut an Haut. Es war warm und feucht, wohlig und gut.

»Wir könnten Manjula bitten, für diese Zeit zurückzukommen«, schlug Yashi vor.

»Ach, das bisschen Haushalt für eine Person, das schaffe ich auch alleine. Ich habe aber eine schlechte Nachricht für dich.« Kiran sah zerknirscht aus, doch seine Augen funkelten.

»Was ist es?« Sie kraulte seine Brust.

»Ich habe ein schönes Geburtstagsgeschenk für dich.«

»Und? Bekomme ich es etwa nicht, falls ich gehe?«

»Du kannst es nicht mitnehmen.«

»Warum nicht?«

»Es gehört hierher.«

»Ich gehöre auch hierher. Ich komme doch zurück. Mensch, Kiran! Ich weiß noch nicht mal, ob es überhaupt klappt! Und ob ich es dann wirklich durchziehen würde.« Kurz brauste sie auf. Sie lagen jetzt nebeneinander und schauten an die Decke.

»Ja. Ja, ich weiß«, seufzte er. »Aber ich muss mich doch darauf einstellen.« Er drehte sich wieder zu ihr: »Noch eine Frage.« Er sah besorgt aus.

»Frag!«, forderte Yashi ihn auf.

»Es ist nicht so was wie ›Jetzt bin ich mal dran‹, oder?«

Und Yashi war froh, dass sie aus vollem Herzen sagte konnte: »Nein, gar nicht.«

Er sah sie beruhigt an und brummte dann: »Es gibt keine Mangobäume in New York, ist dir das klar?«

»Na, dann gibt es ja zwei Gründe, zurückzukommen.«

»Und ich bin der andere«, stellte er fest. Sie nickte. »Okay. Dann ist es gut.«

28

Es war 17 Uhr. In einer Stunde war sie zum Interview verabredet. Sie hatte hin und her überlegt, an welchem Ort sie das Bewerbungsgespräch am liebsten führen wollte und hatte sich am Ende für ihren Küchentisch entschieden. Zu Hause fühlte sie sich wohl und würde nicht gestört werden. Sie hatte Kiran gebeten, erst später nach Hause zu kommen. »Ich würde doch so gerne deine Antworten hören«, hatte der kurz geschmollt, aber ihrem Wunsch dann schnell entsprochen. »Ich verstehe ja. Ich würde das auch alleine und unbeobachtet machen wollen. Aber erzähl mir nachher alles!«

Es war wieder gut zwischen ihnen. Zu Yashis Erstaunen hatte Kiran in den letzten Tagen viel über den Tod seiner Mutter gesprochen. Ihr war noch mal neu klargeworden, wie tief sein Vertrauen erschüttert worden war, als sie starb. Wie allein er sich gefühlt hatte. Verlassen. Ein großer Bruder mit drei jüngeren Geschwistern, selbst erst zwölf Jahre alt. »Du kannst jederzeit alleine dastehen. Von einem Tag auf den anderen.« Sie hatten ein bisschen getrauert. Dem Abschied nachgespürt. Oder vorgefühlt. Das hatte sie einander wieder nähergebracht.

Jetzt massierte Yashi sich ihre Stirn, wollte diese Gedanken loswerden, setzte sich aufrecht hin, öffnete ihr Notebook und steckte sich ihre Ohrhörer in die Ohren. Sie war bereit.

Die beiden, die sie interviewten, Doktor Laetitia Walker und Lucas Martin, taten alles, um ihr die Nervosität zu nehmen. Nach ein bisschen Smalltalk war die Einstiegsfrage zwar überraschend: »Wie definieren Sie Erfolg?«, aber Yashi antwortete ganz spontan: »Kein Erfolg ist nur, wenn man es nicht wenigstens versucht hat.«

»Dann war also auch Ihre Bewerbung bei der UNO schon ein Erfolg?«, fragte Laetitia nach.

»Ja, so fühlt es sich tatsächlich an.«

Auch Lucas hakte noch einmal nach: »Erfolg hat also nichts mit Geld zu tun? Mit Leistung?«

»Ehrlich gesagt, sorge ich mich nicht, ob ich erfolgreich bin. Ich denke einfach nicht viel darüber nach.« Mit Nachdruck ergänzte sie: »Ich wünsche mir aber sehr wohl, dass meine Arbeit von Bedeutung ist.«

Lucas nickte und sagte: »Noch mal anders gefragt: Wie sorgen Sie denn dafür, dass Ihre Arbeit bedeutsam ist?«

»Ich setze mein ganzes Herz ein, bis in die Details.«

Beide machten sich kurz Notizen und Lucas stellte die nächste Frage: »Was sind Ihre positivsten Eigenschaften?«

Mit dieser Frage hatte Yashi gerechnet und mit Kiran vorher darüber gesprochen. Sie antwortete: »Ich bin zuverlässig. Hartnäckig. Gut organisiert. Habe Einfühlungsvermögen und Rückgrat. Und mein Mann meint, ich sei eine positive Erscheinung.«

Lucas nickte. Irgendwie sah er aus, als wolle er sagen: »Da stimme ich Ihrem Mann zu.«

»Sind Sie selbst auch dieser Meinung?«, wollte Laetitia wissen.

»Meistens ja.«

»Und wann nicht?« Sie ließ nicht locker.

»Morgens nach dem Aufstehen oft nicht und abends nach einem langen Tag dann erneut nicht. Zwischendurch geht es aber.«

Die beiden schmunzelten. »Kommen wir zu einem anderen

Thema«, kündigte Lucas an. Und sie sprachen über Teamarbeit und Kollegialität. Über Leitung und die Fähigkeit, Kompromisse zu finden. »Wie definieren Sie Leitung für sich?«, wollte Laetitia wissen.

Yashi überlegte kurz.

»Antworten Sie ruhig intuitiv«, forderte Lucas sie auf.

»Wenn ich leite, weiß ich mich verantwortlich. Für eine Idee, einen Prozess, für die Beteiligten an diesem Prozess. Und für ihre Möglichkeiten, ihr Potenzial.«

»Danke«, sagte Lucas und fuhr fort: »Schildern Sie mir ein Beispiel für eine Situation, in der Sie selber einer anderen Person mit Vorurteilen begegnet sind. Und antworten Sie bitte wieder spontan.«

Yashi dachte an eine junge Goldschmiedin, deren Mischehe sie vor Gericht verteidigt hatte. »Ich ertappte mich mal dabei, dass ich wohl eine bestimmte Vorstellung von der Ehe mit einem muslimischen Mann habe.«

»Ah!«, sagte Lucas.

Er ist ja vielleicht selbst Muslim! So ein Dreck. Warum war ich bloß so ehrlich? Jetzt wird er mich vielleicht ablehnen. Yashi versuchte sich auf Laetitia zu konzentrieren, die als Nächstes fragte: »Aber Sie arbeiten doch häufig mit Menschen zusammen, die nicht den gleichen Hintergrund haben wie Sie, Bildungshintergrund, Religion und so weiter.«

»Ja. Sehr, sehr oft. Die allermeisten meiner Mandanten, Klientinnen sind Hindus. Viele sind Adivasi. Sogenannte Unberührbare. Oft Kulis. Oft Analphabetinnen.« Sie unterhielten sich eine Weile über die Situation der Minderheiten in Indien und die Bedeutung der Kasten im Alltag. »Sie müssen wissen, dass das Kastensystem zwar nicht legal ist, aber trotzdem den Alltag bestimmt.« Beide machten sich wieder Notizen und beließen es dabei. Yashi entspannte sich wieder etwas.

»Was für Erfahrungen haben Sie damit, öffentlich zu sprechen?«, fragte Lucas.

»Ich muss sehr regelmäßig vor Gericht sprechen. Fälle vortragen und Zusammenhänge erläutern. Klientinnen verteidigen.« *Mein Gesicht wird ja gar nicht heiß.*

Seine nächste Frage kam schnell: »Wann mussten Sie zuletzt eine wichtige Deadline einhalten?«

»Ständig. Das Gericht setzt einen Termin fest. Die Staatsanwaltschaft, die Anklage. Ich arbeite oft unter Zeitdruck. Eigentlich immer.«

»Beschreiben Sie, wie es war, als Sie einer Aufgabe nicht gerecht geworden sind. Als Sie also selber den Eindruck hatten, versagt zu haben.« Lucas fragte das und sah sie dabei aufmerksam an.

Yashi spürte kaltes Kribbeln ihren Rücken hochziehen. Sie entschloss sich, weiter ehrlich zu bleiben. Erzählte ihnen von Padma. Umriss kurz die Situation und sagte dann: »Ich hätte näher an ihr dranbleiben müssen. Ihr stärker signalisieren, dass ich für sie da bin.«

»Wie wichtig ist Technologie in Ihrer Arbeit?«, wollte Laetitia wissen. Sie sprachen eine Weile über PCs, Smartphones, GPS-Geräte und darüber, welche Software, Apps und soziale Medien sie nutzte. Der nächste Schwenk kam wieder schnell: »Tamil ist Ihre Muttersprache. Sie sprechen darüber hinaus also nur Englisch und Hindi?«, fragte Lucas.

Yashi bejahte das. Ihr schwirrte inzwischen der Kopf.

Laetitia lächelte: »Erzählen Sie uns bitte, wie Sie in letzter Zeit eine neue Idee umgesetzt haben. Vielleicht eine eher ungewöhnliche Idee. Vielleicht sogar gegen Widerstände aus Ihrem Team.«

»Als mir alle anderen Mittel erschöpft zu sein schienen und die ›offizielle‹ Presse kein Interesse zeigte, habe ich entschieden, eine Bloggerin einzubeziehen. Um Aufmerksamkeit für einen Fall zu schaffen. Meine Kollegin war zunächst dagegen.«

Lucas hakte nach: »Ist das also auch ein Beispiel dafür, wie Sie mit Konflikten in Ihrem Team umgehen? Wie sind Sie mit ihrem Widerstand umgegangen?«

»Wir haben uns geeinigt, dass sie den klassischen Weg wählen würde, Polizei, Presse, und ich den neuen ausprobieren sollte. Das ist sicher ein Beispiel für meine Art, mit Unterschieden umzugehen.«

»Sie haben gesagt, dass Sie entschlossen sind. Sind Sie also verbissen?«, fragte Lucas.

»Ja, wenn es sein muss, kann ich auch verbissen sein.«

»Wie schätzen Sie Ihre emotionale Intelligenz ein? Ist sie überdurchschnittlich oder unterdurchschnittlich oder normal vorhanden?«

»Ich schätze, ich bewege mich da vielleicht im oberen Drittel.«

»Wie würden Sie reagieren, wenn jemand sagt, Sie seien emotional? Oder von Ihnen fordert ›Sei doch nicht so emotional!‹?«

»Ich meine, das ist einer der dümmsten Sätze, die man sagen kann.« *Das war ehrlich. Aber war das schlau?* Sie ergänzte: »Natürlich sehe ich Tatsachen, Beweise, Fakten. Und versuche, objektiv zu sein. Aber Gefühle sind für mich sehr wichtig. Nicht nur privat, sondern auch beruflich.«

Sie gingen beide nicht näher auf das Gesagte ein, machten sich wieder kurz ihre Notizen und Laetitia wollte von ihr wissen: »Was war der stolzeste Moment in Ihrer Karriere?«

»Es sind eher die kleinen Momente. Neulich hat eine Klientin sich wirklich tapfer geschlagen vor Gericht. Eine Frau, die mit Hilfe eines Mikrokredits ein Teehaus eröffnet hatte. Und Gewalt erleben musste. Da war ich stolz. Ich war stolz *auf sie*.« Yashi konnte nicht einschätzen, ob den beiden gefiel, was sie sagte. Sie machten das ausgesprochen gut. Weder durch Gesten noch durch Mimik oder ungewollte Kommentare offenbarten sie sich.

Lucas wollte wieder mal mehr wissen. »Stolz im Kleinen, okay. Aber gibt es noch etwas anderes?«

Will er beeindruckt werden? Kann ich das?

Er forderte sie auf: »Geben Sie ruhig mal ein bisschen an. Erzählen Sie uns also von einem Ihrer Erfolge.«

Sein Nachdruck löste etwas in Yashi und sie hätte nicht sagen können, ob sie sich provoziert fühlte oder ermutigt. *Unterschätzt du mich etwa? Das wird lustig.* Es war ein Schubs, der ihr half, selbstbewusst zu erzählen. Und sie musste nicht lange überlegen. »Vielleicht haben Sie schon mal vom Sumangali-Schema gehört. Dass es in Indien endlich bekannt ist, ist meiner Kanzlei zu verdanken. Wir haben vor Gericht belegen können, dass es nicht um Einzelfälle geht, sondern um ein System. Ein Regime, könnten wir auch sagen.«

»Können Sie für unwissende Amerikaner kurz genauer erklären, worum es dabei geht?«, unterbrach Laetitia sie.

Yashi fühlte sich wie vor Gericht, jetzt ganz in ihrem Element: »Sumangali ist das tamilische Wort für Braut. Mädchen im heiratsfähigen Alter, also ab 14 Jahren, werden in Textilbetrieben angestellt. Sie arbeiten für ihre Mitgift. Man nennt sie ›Lehrlinge‹. Mittelsmänner, Schlepper, rekrutieren die Mädchen in den Dörfern, aus armen Familien. Die allermeisten sind Adivasi, gehören also zu den sogenannten Unberührbaren oder den untersten Kasten. Das Geld geht an die Eltern, die Zwischenhändler und natürlich an die Betriebe. Die Mädchen selber bekommen nichts. Ihre Wehrlosigkeit wird ganz gezielt ausgenutzt. Sie vertrauen blind. Sind es gewohnt, zu gehorchen. Nicht nur, dass die Arbeitsverhältnisse wie in vielen Spinnereien, Nähereien, Färbereien furchtbar sind, hier geht es um eine moderne Form der Sklaverei. Sumangali verstößt gegen Artikel vier der Allgemeinen Erklärung der Menschenrechte. Wir konnten es als eine besonders extreme Form der Ausbeutung entlarven. Es herrschen unmenschliche Verhältnisse, Gier, ein kalter Wille zur Ausbeutung. Ehrlich, diese Mädchen können froh sein, wenn sie überhaupt überleben. Die Presse, die Justiz und Menschenrechtsorganisationen haben damals unter meiner Anleitung zusammengearbeitet und einen großen Spinnereibesitzer vor Gericht gebracht. In seinem Betrieb waren neunzig Prozent der Arbeiterinnen solche ›Lehrlinge‹, also Sklavinnen. Seither ist dieses organisierte System der Ausbeutung in unserer Garn- und Stoffindustrie überhaupt erst Thema. Natürlich ist es noch längst nicht überwunden, aber entlarvt. Es war nur ein Teilsieg, aber immerhin. Stolz bin ich, weil Sumangali auch nach indischem Gesetz illegal ist. Aber viele

Spinnereibesitzer gehören zu den geachtetsten Familien, haben gute Kontakte in die Politik und schaffen es normalerweise, die Gesetze zu umgehen oder die Polizei zu bestechen. Es gibt sogar Minister, die Spinnereien besitzen. Und Textilbosse, die Hotels besitzen, sodass sie mitbekommen, wenn Beobachter, Journalistinnen oder Fernsehteams aus dem Ausland auftauchen. Damit sie kurzfristig Verbesserungen vortäuschen können. Nun. Das alles war diesmal nicht der Fall. Und ja, wenn Sie so fragen, es war ungemein befriedigend, diese Urteilsverkündung mitzuerleben. Es war ein tolles Gefühl, in den lokalen und überregionalen Zeitungen erwähnt und entweder beschimpft oder gefeiert zu werden.« Yashi atmete tief durch. Es war auch wirklich schön, jetzt davon zu erzählen.

Laetitia und Lucas gaben ihren höflichen Gesichtsausdruck für einen ganz kurzen Moment auf und strahlten sie an.

Laetitia wollte wissen: »Wie halten Sie durch? Es gibt ja sicher Rückschläge oder nur Teilerfolge, wie Sie selber ja sagen. Oder gibt es auch Fortschritte?« Die Frage klang so, als wolle sie es wirklich wissen. Sie selbst.

»Stimmt. Es gibt alles. Rückschläge. Textilarbeiterinnen, die sich das Leben nehmen. Firmen, die weiterziehen. Nach Bangladesch. Und wenn es dort brennt, kommen sie wieder zurück oder ziehen noch mal weiter. Hoffnung machen mir zum Beispiel ›Fairtrade International‹ und die Pilotprojekte, die es in Indien gibt. Ein Siegel, eine Garantie dafür, dass die Angestellten einen angemessenen Mindestlohn bekommen. Für Sicherheit und gesunde Arbeitsbedingungen. Und für eine Arbeitervertretung, eine gewerkschaftliche Organisation. Weil es hier bei uns im Land die ganze Produktionskette, alle Arbeitsschritte gibt. Von der Baumwolle übers Garn bis zum Stoff und zur Schneiderei.«

Noch ein paar Fragen folgten: »Werden Sie eigentlich schnell zornig?« Lucas, mit seinen großen Augen.

Du reizt mich irgendwie. »Ich kann in Rage geraten. Zorn ist ja schließlich eine ganz natürliche, gesunde Reaktion. Auf Ungerechtigkeit zum Beispiel oder auf Erniedrigung. Aber im Allgemeinen bin ich eine ruhige Person. Ich koche eher innerlich.«

Er legte nach: »Beschreiben Sie uns doch bitte noch eine Situation, in der Sie etwas Dummes getan haben. Beruflich.«

Und Yashi erzählte ihnen von dem Tag, als sie eine Teeplantage als Teepflückerin besucht hatte.

»Finden andere Sie vertrauenswürdig?«, fragte Lucas seine letzte Frage.

»Ja«, antwortete Yashi ganz knapp. Als sein Blick sie aufforderte, mehr zu sagen, legte sie nach: »Andere wissen, wofür ich stehe. Ich gebe nicht vor, jemand anders zu sein. Sie wissen, was ich kann, was ich nicht kann. Und dass ich halte, was ich verspreche.«

Lucas bedankte sich. Laetitias letzte Frage lautete: »Wie treffen Sie Entscheidungen? Haben Sie Übung darin? Methoden, die Ihnen helfen?«

»Ich spreche mit mir selbst. Spreche mit denen, die ich liebe. Die mich kennen und lieben. Nehme mir Zeit für Meditation. Ich bete. So mache ich das.«

Laetitia erklärte, dass *sie* jetzt eine Entscheidung zu treffen hätten. Beide bedankten sich für das Gespräch. Yashi tat das Gleiche. Sie kündigten an, dass Yashi in jedem Fall von ihnen hören würde. Wünschten ihr alles Gute. Und dann verabschiedeten sie sich voneinander. Yashi war nass geschwitzt. *Laetitia Walker und Lucas Martin. Euch beide werde ich wohl so bald nicht vergessen.* Sie guckte auf den Bildschirm. Das war es also. Das Bewerbungsgespräch. Sie schloss die Augen und knetete sich den Nacken.

»Wie ist es gelaufen?«, fragte Kiran, als er zur Tür hereinkam.

Yashi strahlte ihn an. »Es war gut. Es hat sogar Spaß gemacht. Ich war ehrlich.«

»Oh. Warum das denn?«, fragte Kiran.

29

Kiran hatte ihr mit einem seiner Unterhemden die Augen verbunden und führte sie vorsichtig auf die Veranda. Sie hatte sich schnell ein weites Shirt übergezogen und war gespannt, was er ihr wohl zeigen wollte. Er dirigierte sie und ließ sie Platz nehmen. Aber es war nicht ihr Sessel. Sie schaukelte. Und er saß neben ihr. Er nahm ihr das Hemd ab. »Wow!«, rief Yashi verzückt. Sie sah sich um, streichelte das Holz, schaukelte etwas mehr. »Ich habe mir immer so eine Bank gewünscht. Danke!« Sie küsste ihn.

Und er sah ihr tief in die Augen. »Herzlichen Glückwunsch, Yashi Anne. Zu deinem fünfzigsten Geburtstag.« Sein Blick verschwamm. »Und zur Zusage. Ich gratuliere dir. Wirklich.«

»Danke.« Sie küssten sich wieder. »Kiran. Sie wollen mich wirklich.« Sie konnte es immer noch nicht richtig glauben.

»Wie oft werden wir uns jetzt noch küssen können?«, fragte er.

»Sie wollen mich. Ist das nicht unglaublich?«, sagte sie noch einmal.

»*Ich* will dich«, brummte er. Er nahm ihren Kopf in seine Hände und küsste ihr ganzes Gesicht. Die Stirn, die Wangenknochen, die Nase, das Kinn, blieb an ihrem Mund hängen und wanderte weiter.

Den Hals entlang weiter nach unten. Seine Hände wanderten mit. Sie liebte seine Berührungen auf ihrer Haut. Und tiefer. Da, wo er noch gar nicht war. Wo er gar nicht hinkommen konnte. Seine Bartstoppeln kratzten und es erregte sie nur noch mehr. Sie lehnte sich an den Rücken der neuen Bank, Kiran ging halb vor ihr in die Knie. Sie bewegten sich mit der Schaukel. Alles offenbarte nur noch mehr Sehnsucht, die wie ein Kloß in ihrer Kehle saß. Ein Rausch, der fast schmerzhaft war. Wie verzweifelt. Und ihr Glück fand. Sie zusammen auf die Bank fallen ließ. Außer Atem. Ineinander verknotet. Bis Kiran sich neben sie setzte und sein verschwitztes T-Shirt auszog. »Yashi Anne. Ich liebe dich.«

Sie nahm ihm das Shirt ab. »Das nehme ich mit. Das riecht nach dir«, sagte Yashi mit einem Seufzer und legte ihren Kopf an seine Schulter.

Sie frühstückten. Butter-Naan vom Vortag, das sie auf den Toaster legten. Rühreier, scharfes Süßkartoffel-Curry, eine frische Mango. Tranken Tee. Und schaukelten. »Wirst du das alles nicht furchtbar vermissen?«, fragte Kiran ganz schlicht.

Du kannst ja so unfassbar süß sein. Yashi trank ihren Tee. »Dich werde ich jeden Tag vermissen. Versprochen. Und diesen Blick. Den Garten. Unser Naan, Curry, süße reife Mangos. Unser Bett. Die Küche. Oh, und unsere Sprache. Die Gottesdienste. Ja, ich werde sicher eine ganze Menge vermissen. Kemia. Namya. Dayita. Und die, die ich sowieso und schon so lange dauernd vermisse. Jason und Berry.«

Die Person, die ging, hatte es leichter als die, die blieb, sagte man. Seit sie die Nachricht bekommen hatte, dass sich die UNO tatsächlich für sie entschieden hatte, war Kiran fast anhänglich gewesen. Sie rechnete es ihm hoch an, dass er sich mitfreuen konnte. Vielen wäre das sicher schwergefallen. Aber Kiran schien jetzt sogar stolz auf sie zu sein. Sie hatte Ehrfurcht in seiner Stimme gehört, als er ihr gestand, er hätte nicht wirklich damit gerechnet, dass sie diese so begehrte Stelle bekommen würde. Er hatte beinahe umgehend damit begonnen, die Tage zu zählen. Hatte ganz praktisch seine Hilfe angeboten, nach Flügen gesucht und lange mit Zina telefoniert. Seit er sich einmal an den Gedanken gewöhnt hatte, war er die größte Hilfe.

Sie verabschiedeten sich. Heute nur für ein paar Stunden. Kiran ging ins Büro. Yashi würde etwas aufräumen und telefonieren. Sie wollte mit Karuna sprechen, bevor sie am Nachmittag öffentlich sagen würde, dass sie nach New York ginge. Und am Nachmittag würden sie dann feiern.

Und dann saßen sie beide in Yashis Tata, fuhren vom Berg runter und hörten dabei laut Radio. Kiran und Yashi sangen aus voller Kehle mit. »I Want to Know What Love Is« von Mariah Carey. »Un-break my Heart« von Toni Braxton. Und Kim Cornes' »Betty Davis Eyes«.

»Dürfen heute eigentlich nur Frauen singen?«, fragte Kiran lachend. Er war gut gelaunt. Und Yashi war ihm sehr dankbar dafür.

»Klar! Weil ich Geburtstag habe. Nein, warte!«, lachte sie. Diana Ross sang im Duo mit Lionel Richie »Endless love«. Sie sangen laut mit: »Ich will meine ganze Liebe mit dir teilen.« Lachend erreichten sie das ›Timepass‹ und parkten. Bevor sie ausstiegen, sagte Kiran: »›I want to know what love is.‹ Wir haben es doch herausfinden dürfen, oder?«

»Kiran! Du bist mein bester Freund. Mein Liebhaber. Der wichtigste Mensch in meinem Leben. Niemand bringt mich auf die Palme wie du. Und ja, ich habe mit dir herausgefunden, was Liebe ist.«

Sie küssten sich und Kiran hielt sie fest, Stirn an Stirn, ihre Blicke tief. *Du lässt mich gehen. Aber solange ich noch da bin, willst du mich halten. Das ist schön.*

Sie waren etwas zu früh da. So konnte Yashi sich gebührend über ihren schön gedeckten Geburtstagskaffeetisch freuen. Dahlien in allen Rottönen, buschige kleine Ballen und große Blüten, Servietten und bunte Kaffeetassen.

Namya kam als Erste. Sie überreichte Yashi einen Blumenstrauß aus lilafarbenen Orchideen und umarmte sie überschwänglich. »Liebste Freundin. Segen für dein neues Lebensjahr. Danke für dich.«

Yashi strahlte sie an. »Wie schön, dass du da bist.« Täuschte sie sich, oder war Namya beschwipst? Sie wurde abgelenkt, als Zina ankam, winkte und mehrmals laut hupte. »Du bist echt angereist! Den langen Weg.«

»Si, Bella! Naturalmente! Zu deinem Fünfzigsten! Das lass ich mir doch nicht nehmen. Hey! Außerdem gibt es hier ja immer was zu tun. Ich reise weiter nach Bangalore.« Sie lachte ihr typisches helles Lachen und überreichte Yashi ein Geschenk mit Kleiderbügel. Dayita und John brachten Berry mit, die am Morgen in Coimbatore gelandet war, und ihre Tochter drängelte sich zu ihr. »Amma. Liebe Amma. Happy birthday.«

Dann küsste Dayita sie auf beide Wangen. »Schwesterherz! Alle Segnungen des Himmels und der Erde mögen dich beschenken.«

John umarmte sie herzlich, wurde aber von Nanda Luke zur Seite gebeten. Er winkte mit einer Flasche Sekt und hob Yashi ungestüm hoch. »Herzlichen Glückwunsch zum Geburtstag, mein Yashilein!« Sanft setzte er sie wieder ab.

»Nanda Luke! Ich freue mich so, dich zu sehen.« Etwas lauter, hörbar für alle sagte sie: »Jetzt kann die Feier losgehen.«

»Ach, das hast du doch bei allen gesagt!«, feixte Nanda Luke.

Yashi fragte sich, wer noch fehlte. Kemia. Sie hatte angekündigt, erst später zu kommen, weil sie alleine in der Praxis war. Und Karuna. Die würde nach ihrem Telefonat am Morgen vielleicht gar nicht kommen. Weil der Gedanke, drei Jahre ohne ihre Kollegin arbeiten zu müssen, noch zu frisch war. Sie war schockiert von den Neuigkeiten gewesen, hatte ihr zwar gratuliert, aber darum gebeten, ihr ein wenig Zeit zu lassen.

Alle nahmen Platz. Sheila servierte Kaffee, Tee, Limos und Kuchen und pries dabei ihre Sandesh-Törtchen an. »Die müssen Sie probieren!«

Yashi dankte ihr. Sie legte ihre Hände vor der Brust zusammen, verneigte sich leicht und sagte an alle gewandt: »Ihr Lieben. Fünfzig Jahre. Das ist ein halbes Jahrhundert. Und ich lebe. Mit euch. Und mit Vertrauen, Hoffnung und Liebe, diesen drei heiligen Geschenken. Wir empfangen sie in unserer Seele und packen sie aus mit unserem Leben. Ich danke euch, dass ihr da seid. Und ich danke Gott für die fünfzig Jahre. Genießt die kleinen Süßigkeiten, den guten Kaffee. Und trinkt dann später bitte unbedingt wieder Tee.«

Es wurde gelacht und applaudiert und kleine Kommentare flogen durch die Luft. »Happy birthday«, »Die Liebe ist die Größte!« und: »Wir danken auch für dich!«

Bevor Yashi sich setzte, sagte sie noch: »Später muss ich euch noch von einer Überraschung erzählen. Aber jetzt wird es erst mal lecker.« Sie sank auf ihren Platz.

Kiran küsste sie auf die Wange. »Ich liebe dich.« Und dann wurde geschmaust und erzählt. Die Törtchen wurden besonders gelobt und Sheila musste noch eine weitere Platte davon bringen. Namya und Nanda Luke leerten gemeinsam die Sektflasche. *Flirten die etwa miteinander? Ach du Schreck, was für eine Vorstellung! Eine Ehe arrangieren mit den beiden würden wir wohl niemals.*

Kemia kam, umarmte sie, gratulierte und überreichte ihr ein Buch mit dem Titel »Alchemilla«, eingepackt mit einer goldenen Schleife. Zinas Lachen war immer wieder zu hören. Sie erzählte gerade laut genug für alle von dem ekeligsten Smoothie »ever«, den sie gerade in der angesagtesten Saftbar getrunken hatte. »Karotte, Ingwer, Apfel, Chili. Knallorange und nur furchtbar. Disgustoso!«

Berry war still, beobachtete alles und schien dabei ganz zufrieden zu sein. Wie immer am liebsten in ihrer eigenen Welt. Dayita und Kemia unterhielten sich leise miteinander. Ja, die beiden passten gut zusammen.

Kiran flüsterte: »Komm, wir gehen zurück auf unsere Schaukel«, und grinste sie an.

»Später, mein Schatz«, sagte Yashi und lachte zurück.

Mit Blick auf seine immer noch volle Tasse Kaffee meinte er: »Kaffee trinken wir aber wirklich nur alle fünfzig Jahre ein Mal, hm?«

Dayita klopfte mit einem Löffel an ihre Tasse und stand auf. »Liebe Yashi. Wir gratulieren dir. Und danken dir für die Einladung. Statt einer Rede haben wir dir alle ein, zwei Sätze mitgebracht. Warum? Weil das zu dir passt. Weil es demokratischer ist, als wenn nur eine Person spricht. Weil du daran glaubst, dass alle etwas zu sagen haben. Und daran, dass das große Ganze wirklich mehr ist als die Summe seiner Teile. Also, bitte!«

Namya sprang auf: »Ich möchte anfangen. Ich habe viel von dir gelernt. Aber das Wichtigste ist: ›Der Platz, an den du gerufen bist, ist der Ort, an dem deine größte Passion und die größte Not der Welt zusammentreffen.‹ Danke.«

Zina stand auf, warf ihr einen Luftkuss zu und sagte: »Yashi! Bella, Bellissima, du bist so eine Schönheit, alles, Gesicht, Körper und dein Herz«, und nahm wieder Platz.

Nanda Luke, der neben ihr saß, machte weiter: »Ich sage nur: ›Hab halt Angst und tu es trotzdem.‹ Ich bin stolz auf dich.«

Dayita sagte in aller Ruhe: »Es gibt einen Bibelvers, der uns beide verbindet. ›Wenn wir hoffen, was wir noch nicht sehen können, hilft uns widerständige Geduld.‹ Es ist nicht immer leicht. Aber schon darauf hinzuleben macht es irgendwie besser.«

John sagte: »Du hast mir gezeigt, dass unsere Familie weit größer ist als das, was wir unsere Angehörigen nennen. Danke.«

Berry stand nur zögerlich auf und sagte dann leiser als die anderen: »Ich habe gelernt, dass die Natur heilsam ist. Viele Pflanzen, Früchte, Kräuter, Gewürze, unsere Neembäume. Ich hatte immer ein Gespür dafür. Woher auch immer. Aber dass ich diesem Gespür auch traue, verdanke ich dir.« Sie hob den Blick und sah Yashi an. »Weil du mir so viel Vertrauen in das Leben geschenkt hast.«

Kemia erhob sich und sagte: »Daran kann ich gut anschließen. Yashi, es ist wichtig, dass wir uns trauen. Unserem inneren Funken. Er ist überall. In unserem Talent. In unserer Schönheit. In der Liebe. Der Funke ist in allen von uns. Du bedeutest mir viel.«

Kiran stand als Letzter auf: »Yashi Anne, du bist mein Glück. Kämpferisch und zärtlich. Mein Gewissen. Mein Gegenüber. Mein Parlament. Und es ist eine Ehre, der zu sein, der dich küssen darf.« Was er dann auch tat. Ausführlich. Sodass sie alle johlten.

Sheila, die die nächste Runde Getränke servierte, sagte: »Danke, dass Sie hier feiern. Am Anfang habe ich mich gefragt: Wer ist die ernste Frau? Die guckt fast immer nur in ihr Handy, in ihren Computer oder in die Zeitung. Dann habe ich gelernt, sie ist eine gute Frau. Sie guckt auch mir in die Augen. Sie sieht viel. Danke.«

Yashi wollte ihr gerade danken, da sah sie, dass Karuna inzwischen doch gekommen war und aus einiger Entfernung zuhörte. Yashi winkte sie herbei. »Karuna! Komm doch zu uns.«

Sie kam mit hoch erhobenem Kopf. »Ich will die gemütliche Feier nicht stören. Für euch ist es sicher toll, dass unsere Yashi weggeht. Ihr seid mächtig stolz auf sie. Aber für mich ist es eine Katastrophe. Für mich bist du eine einzige Enttäuschung. Du kannst von mir aus für immer wegbleiben.«

»Wohin gehst du weg? Wann denn?«, fragte Berry mit piepsiger Stimme.

Karuna lachte schrill: »Ach, ihr wisst es noch gar nicht?! Na, dann mal los, Doktor Bhandari.« Sie drehte sich um, eilte zurück zu ihrem Auto und wirbelte Staub auf, als sie losfuhr. Einige sahen ihr nach, die meisten aber sahen Yashi an.

»Wohin gehst du weg?«, fragte Berry noch einmal.

Yashi sah in die Runde. Ihr wurde klar, dass alle außer Berry und Namya schon Bescheid wussten. Aus dem einen oder anderen Grund. Einige wussten zwar noch nicht, dass die UNO zugesagt hatte, kannten aber ihre Überlegungen. Kemia, Nanda Luke, Dayita und damit auch John. Sie schloss kurz die Augen. Und dann stand sie auf und erzählte. Dass sie sich auf die Stelle einer Referentin für Menschenrechte bei der UNO in New York beworben hatte. Und vor wenigen Tagen die Zusage gekommen war. »Ich habe mir das nicht leichtgemacht. Wir haben es uns nicht leichtgemacht«, sagte sie mit Blick zu Kiran. »Und jetzt freue ich mich riesig. Sie wollen mich. Und ich will auch.«

Was auch immer Yashi erwartet hatte, mit dem Durcheinander, das jetzt folgte, hatte sie nicht gerechnet. Wieder wollten alle sie umarmen. Ihr gratulieren. Mit ihr sprechen. Berry sagte, sie müsse einen Moment alleine sein, und setzte sich an einen Nachbartisch. Namya guckte ihre Freundin an wie eine Fremde. »Warum weiß ich nichts davon? Ich meine, es ist großartig. Ich gratuliere dir. Aber du hast nichts gesagt.«

»Es ging alles ziemlich schnell. Und ich musste zuerst herausfinden, was ich selber eigentlich will«, gestand Yashi etwas kleinlaut und sagte dann trotziger: »Außerdem redest du selbst auch seit Längerem davon, vielleicht ins Ausland zu gehen. Und hast nie mehr gesagt.«

»Ja, da hast du recht. Und es ist ja okay. Ich gratuliere dir. Ich hoffe nur, wir sind noch im Gespräch.«

»Du bist hier. Und ich wusste, du würdest heute hier sein, hm?«

»Ja, es ist schön, dabei zu sein.« Sie umarmten sich.

Kemia und Dayita beglückwünschten sie und sahen sie stolz und glücklich an. Nanda Luke sagte: »High five!« Und sie schlug lachend in seine Hand ein.

Yashi merkte, dass alle, die sie in irgendeiner Weise eingeweiht hatte, sich sehr mitfreuten. Und alle, die von nichts gewusst hatten, zurückhaltend waren. Kiran deutete mit dem Kopf in Richtung von Berry. »Geh mal zu ihr.«

Yashi sah, dass ihre Tochter geweint hatte. »Es ist nur, weil ich doch jetzt gerade zurückkomme. Und ich war überrumpelt. Aber es ist in Ordnung, Amma. Jede von uns darf mal nach Amerika.« Sie schniefte. »Und außerdem ist Dayita da. Und wir haben eh mehr miteinander zu tun.«

Ah, ich verstehe. Nein, ich verstehe nicht. Ich sehe nur, du bist aufgewühlt. Und ich muss nicht mein Kind um Erlaubnis fragen.

»Berry, Liebling. Wir fahren gleich nach Hause und dann können wir in Ruhe reden, ja?« Sie streichelte über ihre Haare.

»Nein, ich fahre direkt nach Coimbatore zurück. Morgen habe *ich* nämlich ein Bewerbungsgespräch. Nur eine Formalität. Der Arbeitsvertrag ist ja schon unterschrieben.«

»Okay. Das ist auch gut. Sehr gut.« Sie ging zurück an den Kaffeetisch. *Ich habe es echt unterschätzt. Die Energie dieser Entscheidung. Was sie für andere bedeutet.*

Zina kam auf sie zu, umfasste ihre Schultern und lachte: »Hey! Ich hab leicht reden. Dein Glück ist mein Glück. Ich bin in New York. Und freu mich riesig. Und gratuliere dir. Tanti auguri!« Ein Kuss links, ein Kuss rechts auf die Wange. »Du duftest übrigens sehr gut, so natürlich«, sagte sie noch.

Yashis Blick begegnete dem von Kiran. Sie wollte nach Hause.

Am Vormittag hatten sie noch überlegt, wie viele Gäste sie wohl am Abend haben würden. Aber alle waren nach Hause gefahren oder weitergereist. Namya war mit Nanda Luke abgezogen. Berry mit Dayita und John zurückgefahren. Zina übernachtete im Hotel. Karuna ging nicht an ihr Telefon. Die Geschenke waren ausgepackt, die Grußkarten gelesen. Sie waren zu zweit und saßen auf der neuen Schaukelbank. Kiran hatte seinen Arm um Yashis Schulter gelegt. »Ich habe wieder etwas über Beteiligung gelernt«, sagte Yashi. »Alle, die beteiligt waren, konnten die Entscheidung bejahen. Obwohl sie auch nicht alle froh sind, wenn ich weg bin.« Sie schmunzelte. »Nicht wahr?« Kiran gab nur einen tiefen Seufzer von sich.

»Alle, die nicht beteiligt waren, nichts wussten von meinen Gedanken, meinen Zweifeln, die hatten Mühe. Aber ich weiß nicht, wie ich es hätte anders machen sollen.«

»Du kannst sie im Nachhinein noch beteiligen.«

»Karuna? Mal sehen. Berry? Die hat ja jetzt Dayita.«

»Sie beruhigen sich schon wieder.« Kiran rückte noch etwas näher. »Ich habe auch wirklich etwas gelernt.« Yashi sah ihn aufmerksam an. Sein Profil. Wie er nachdenklich in den Garten sah. »Ich habe es in den letzten Wochen gelernt. Was wir loslassen, gewinnen wir zurück.«

Sie rückten noch etwas näher zusammen und schaukelten.

30

Der Unabhängigkeitstag feierte die Befreiung. Yashi dachte über ihre Heimat nach, mit Stolz und mit Sorge. Die britische Kolonialherrschaft war am 15. August 1947 offiziell beendet worden. Aber bis heute waren ihre Spuren unübersehbar. Es waren nicht nur manche Gebäude, Linksverkehr und Schuluniformen. 200 Jahre Kolonialherrschaft bedeuteten Kontrolle über alle Lebensbereiche. Über Kultur, Wissenschaften, Geld und Geist. Indien war ausgeraubt, Großbritanniens Aufstieg dadurch finanziert worden. Aber Indien war die »souveräne, sozialistische, säkulare und demokratische Republik Indien« geworden, wie es heute in der Verfassung hieß. Die bevölkerungsreichste Demokratie der Welt. Atommacht. Wirtschaftsmacht. Es gab riesige Herausforderungen. Armut. Korruption. Den Einfluss der radikalen Hindutvas. Alltägliche Schikane. 1947 waren aus der Spaltung in Hindus und Muslime zwei Staaten entstanden: Indien und Pakistan. Und bei jeder Auseinandersetzung gab es solche, die die Atmosphäre anheizten mit Hetze, Gerüchten, Lügen und Gewalttaten. Diese Entwicklungen überschatteten den Feiertag.

Für Yashi war es der Tag der Abreise. Sie würde mit Air India und Lufthansa von Coimbatore nach Chennai fliegen, weiter nach Frankfurt und nach einer Reise von fast zwanzig Stunden dann endlich in New York landen. Die UNO hatte ihr Geld zur Verfügung gestellt. Tagegeld, um die erste Zeit zu überbrücken. Einen weiteren Betrag, um die Verschiffung eigener Habseligkeiten zu bezahlen. Sie selber plante anders. Sie würde zunächst bei Zina wohnen und sich dann vielleicht ein möbliertes Zimmer suchen oder eine kleine Wohnung.

Gestern war Kiran vom Laufen zurückgekommen und hatte gerufen: »Yashi Anne, ich glaube, Gott meint es heute besonders gut mit dir.« Neugierig hatte sie das Packen unterbrochen. »Die Kurinji blüht. Komm, wir gucken im Landesinneren, da sieht man noch mehr.« Sie hatten schnell den Picknickkorb gepackt, Mangos, Idlis und Chutney, eine Thermoskanne mit Tee, zwei Becher und eine Decke zusammengesucht und waren losgefahren. Es war umwerfend gewesen. »Sie macht das doch wirklich nur alle zwölf Jahre«, hatte Yashi gesagt. Wieder konnte sie beim Anblick der blauen Berge nur staunen. »Vor 24 Jahren habe ich es zum ersten Mal erlebt.«

»Ich auch«, sagte Kiran.

»Damals war alles so neu. So viel passierte zum ersten Mal.« Die Erinnerung ließ sie schmunzeln. Nach ihrem kleinen, spontanen Picknick waren sie ein bisschen spazieren gegangen, aber dann hatte Yashi weiterpacken müssen. Sie hatte versucht, das Blau der Blume mit der Kamera ihres Telefons festzuhalten, aber schnell gemerkt, dass das echte Erlebnis durch nichts zu übertreffen war.

Ein Koffer und zwei Taschen waren gepackt. Sie hatte sich beharrlich gesagt, dass sie zwar für eine längere Zeit packte, aber ja nicht für immer. Ihre Bibel kam mit. Nur ein Gedichtband. Sie wählte den von Maya Angelou. »Das Ministerium des äußersten Glücks« kam in die Handtasche. Ein Sari. Mehrere Baumwolltuniken. Ihre einzige Wolljacke. Ihre Jeans. Der Kaschmirschal, den ihre Eltern ihr gerade geschenkt hatten. Sandalen, Samtschuhe, bequeme Ballerinas, Turnschuhe. Stiefel würde sie dort kaufen müssen. Ein Shirt von Kiran. Das Foto von Kiran mit Rahmen. Ein dünner, blauer Quilt, den ihre Mutter vor vielen Jahren für sie genäht hatte. Zwei Packungen ihres Lieblingstees. Eine große Tüte Masala-Curry. *Wie lange wird das wohl reichen?* Schmuck, Kosmetika. Ihr Herz hatte geflattert wie ein kleiner Vogel. Ein Singvogel auf der Fensterbank. Der sich umsah und gleich wegfliegen würde. Ein besonderer Unabhängigkeitstag war das. Einer, an dem sie sich die ganze Zeit lang alleine und verbunden, frei und unter Druck fühlte. Das alles gleichzeitig.

Kiran fuhr sie nach Coimbatore. Er fragte sie mehrmals, ob sie ihren Pass bei sich habe. Und sie zeigte ihn. Sah sich das Visum an, das mit UN-Hilfe sehr zügig dort gelandet war. Ein Diplomatenvisum. Sie verabredeten zum wiederholten Mal, dass sie täglich telefonieren und sonntags immer ausführlich skypen würden. Über einen Besuch wollten sie sprechen, wenn Yashi sich etwas eingelebt hatte und Kiran wusste, wie die nächste Ernte wurde. Sie verabschiedete sich von ihren Eltern. Ihr Vater schenkte ihr sein Buch von Dag Hammarskjöld. »Oh! Danke! Woher wusstest du, dass ich mir das heimlich gewünscht habe?«

Es gab Segnungen, beste Wünsche, Versprechen, aneinander zu denken, und ein paar Ermahnungen: »Pass auf dich auf!« Und: »Papa, lass das Auto stehen. Geh zu Fuß oder lass dich fahren.« Und: »Vergiss deine Heimat nicht.«

Sie umarmten sich zu dritt und ließen sich los. Dayita und Berry kamen mit zum Flughafen. Sie versuchten, den Abschied hinauszuzögern. Aber dann ging doch alles schnell. Sie kamen an ihrem Terminal an. Yashi gab ihr Gepäck auf. Bekam ihre Bordkarte. Sie tranken einen letzten Tee zusammen. Umarmten sich. Sagten sich lauter liebe Worte. Es war ihnen allen schwer ums Herz.

Berry sagte: »Amma, bleib bitte nicht so lange dort wie ich.«

Kiran überreichte ihr ein kleines Geschenk. »Erst auspacken, wenn du da bist«, bat er sie.

Und dann ging sie nach einem letzten Blick alleine weiter. Durch die Pass- und die Sicherheitskontrolle. Und nahm Platz an ihrem Gate. Sie hatte noch über eine Stunde Zeit. Auf den Bildschirmen wurden Reden und Feiern zum Feiertag gezeigt. *Kein Land ist unabhängig*, dachte sie und guckte zu, wie ihr Flugzeug vorbereitet wurde. *Alles hängt in dieser Welt mit allem zusammen. Alles Lokale mit allem Globalen. Wir alle brauchen die anderen. Und auch wenn die Kolonialmacht weg ist, wenn wir sie verjagen konnten – bleiben wir doch angewiesen. Ständig erledigen andere irgendetwas für uns. Tanken zum Beispiel das Flugzeug voll. Oder fliegen es. Wenn überhaupt, dann gibt es nur so etwas wie eine wechselseitige Unabhängigkeit.*

Sie versuchte zu lesen, konnte sich aber nicht konzentrieren. Sie schickte eine Nachricht an Karuna, erwartete aber nicht, dass sie reagieren würde. Seit ihrem Geburtstag herrschte Schweigen, sie brauchte wohl einfach noch etwas Zeit. Kiran rief sie kurz aus dem Auto an. Sie spazierte den Gang entlang. Guckte sich die Souvenirs an: bunte Elefanten, Räucherstäbchen, Seidentücher. Und dann wurde ihr Flug aufgerufen.

Diese erste Kurzstrecke war sie schon oft geflogen. In einer guten Stunde würde sie schon wieder landen. Aufregend wurde es später. Zehn Stunden bis Frankfurt und noch einmal fast neun bis New York. Sie hatte dreimal einen Fensterplatz gebucht. »How You Get so Fly?«, sang Beyoncés Mann Jay Z. Sie schloss die Augen und beschloss, den Unabhängigkeitstag doch noch ein bisschen zu feiern. Ihre Freiheit. So wunderbar es auch war, vermisst zu werden. So überwältigend die Angst war, die die Liebe mit sich brachte. Und so schön es war, von Zina erwartet zu werden und die ersten Schritte in der neuen Welt nicht alleine gehen zu müssen. Sie fühlte sich behaglich frei. *In mir ist Platz für Treue und für viel Neues.*

31

New York

»Scusi. Meine Wohnung ist vor allem ein mega Flur«, hatte Zina angekündigt. Was irgendwie stimmte und dann doch wieder nicht. Als Yashi durch die Tür trat, sah sie tatsächlich nur einen langen Flur. Türen waren nicht zu entdecken. Denn wenn die Wohnung nur ein Flur war, war dieser Flur nur eine einzige Kleiderstange. Alles hing voller Stoffe und Gewänder, Tuniken, Röcke, Blusen, Westen, Hosen, Wäsche, Kordeln, Bänder. Seide, Baumwolle, Leinen. Knallrot, Orange, Türkis, Grasgrün, Königsblau, Gold. Knallig wie Zina selbst. Yashi stellte ihr Gepäck ab, denn sie wusste nicht, wohin. »Benvenuta! Willkommen in meinem crazy Leben.« Zina lachte ihr typisches helles Lachen. Und zeigte Yashi rechts vom Eingang eine Tür, die zum Bad führte. »Wir müssen das Bad teilen. Ich hoffe, das ist okay?«

Yashi nickte: »Ja, natürlich. Ich habe mir mein Leben lang das Bad mit irgendjemandem geteilt.«

Zina zog sie mit sich. Irgendwo im bunten Chaos öffnete sie

rechts eine weitere Tür. »Das ist dein Zimmer.« Yashi trat ein. Links stand eine nackte Kleiderstange, an der nur ein paar Holzbügel hingen. Ein Bett vor dem Fenster. Daneben ein breiter Sessel. Rechts ein kleiner Schreibtisch. Die Möbel waren alle weiß wie die Bettwäsche und die Wände, ein krasser Gegensatz zum pompösen Flur. »Okay?«

»Weit mehr als okay. Es ist toll. Ich bin so dankbar, dass ich hier erst mal unterkommen kann. Dass du überhaupt Platz für mich hast. Danke.«

»Komm, weiter.« Am Ende des Flurs öffnete sich die Tür zum eigentlichen Wohnraum. Hier war sehr viel Platz. Und auch dieser Raum war ganz weiß. Die großen Fenster ragten bis zum Boden, der Blick war fantastisch. Zina stellte sich neben sie, legte ihren Arm auf Yashis Schulter und zeigte so, dass Yashis Blick ihrem Finger folgen konnte: »Das da ist die Williamsburg Bridge. Und da im Norden siehst du das Empire State Building.«

Zwei Sessel luden ein, den Blick zu genießen. Die eine großzügige Zimmerhälfte beherbergte eine schmale Küchenzeile und einen Tisch mit vier Stühlen. In der anderen stand nur ein riesiges Bett. Mit einem weißen Baldachin und seitlichen, leichten Vorhängen.

»Du hast es wirklich schön«, sagte Yashi bewundernd.

»Da unten! Guck! Das ist einer meiner Lieblingsläden. Delizioso! Ein vegetarisches Restaurant. Mit dem super passenden Namen ›The Butcher's Daughter, Metzgers Tochter‹.« Sie lachte ihr helles Lachen. »Du bist ja bestimmt müde, aber wollen wir noch 'nen Happen essen?«

Yashi ging kurz ins Bad und zog sich noch um. Und dann aßen sie. Quinoa-Salat mit Butternusskürbis, Avocado und Tomaten mit einem Thymian-Dressing. Zina trank Weißwein, Yashi Wassermelone-Honig-Limo.

»Ich werde wohl viel Neues kennenlernen«, sagte Yashi.

»Du hast ja 'ne ganze Woche Zeit zum Einleben. Und wenn du magst, zeig ich dir ein bisschen was.«

»Mir wäre lieb, du würdest mir den Weg zu meinem neuen

Arbeitsplatz zeigen. Und mir vielleicht einen Tipp geben, wie ich eine Wohnung finde. Wie ich am besten suchen soll.«

»Natürlich. Si! Das dachte ich mir schon. Machen wir beides. Morgen kaufen wir dir erst mal 'ne Metro-Karte. Und am Samstag, das steht schon fest, da lad ich dich in die Met ein. Da wird grade ›Nabucco‹ gespielt und ich habe zwei Karten. Und mach dir wegen der Wohnung echt keine Sorgen. Ich brauch das Zimmer eigentlich gar nicht.«

»Du sollst dich nicht so viel um mich kümmern. Du musst doch auch arbeiten. Und ich will ja lernen, mich alleine zurechtzufinden.«

Zina strahlte sie an: »Ich habe mich doch so auf dich gefreut. Das will ich jetzt doch ein bisschen genießen, dass du da bist, hm?«

Und dann endete der erste Tag damit, dass Kiran sich per Skype meldete, als sie sich gerade beide im Bad die Zähne putzten. Und sie mussten mit Mündern voller Schaum laut lachen.

32

Als sie aufwachte, wusste Yashi erst nicht, wo sie überhaupt war. Es war kalt im Zimmer und sie rutschte tiefer in ihr Bett. Der Blick aus dem Fenster zeigte ihr einen graublauen Himmel mit Wolken, die schnell weiterzogen. Es musste windig sein. Sie hörte von irgendwoher laute Musik. Fremde Töne und durchdringende Stimmen. Sie steckte sich ihre Ohrhörer in die Ohren und wählte »Get On Your Feet« von Gloria Estefan aus. Ihr Kopf lag auf dem weichen Kissen, das nach Sommer und Baumwolle roch. Dann schickte sie Segnungen in Richtung ihrer Lieben, außerdem eine kurze Nachricht in die Familiengruppe und eine längere an Kiran. Ein kleiner Schreck: Sie hatte Kirans Geschenk ganz vergessen. Zina hatte sie so sehr in Beschlag genommen. Das kleine Päckchen war noch in ihrer Handtasche. Es war ein vierfaches Armband: ein schmaler, goldener Reif, ein blaues Band, das einen goldenen Ring hielt, ein goldenes Band mit einer kleinen blauen Stoffblume und eine blau-golden geflochtene Seidenkordel. Einfach wunderschön. Ein Kurinji-Armband. *Ach, Kiran.* Sie legte es um ihren linken Arm, machte ein Foto und schickte ihm das Bild.

Im Bad stellte sie sich ans Fenster und betete:

»Danke für die Nacht.
Danke für den Schlaf.
Für jeden Traum voller Hoffnung.
Danke für den neuen Tag.
Danke für die Kraft.
Für jeden möglichen Moment der Liebe.
Ich berge mich in deinem Gedächtnis.
Im Namen der Güte. Amen.« Und dann flüsterte sie noch: »Und hilf mir, nicht zu viel falsch zu machen.« Danach fühlte sie sich bereit, Zina und dem Tag und allem Neuen zu begegnen.

Zina servierte Yashi zum Frühstück frischgepressten Orangensaft, Croissants, Nougatcreme und Erdbeeren. Yashi würdigte alles und schloss für einen Moment die Augen.

Zina war voller Elan: »La sorpresa! Überraschung! Ich hab echt noch zwei Plätze für die UNO-Tour ergattert. Heut Nachmittag um vier. Dann kannst du schon mal reinschnuppern. Na, ist das nicht toll?« Sie strahlte Yashi an und die ließ sich überzeugen. *Vielleicht ist das ja ein guter Einstieg. Ich lasse mich mitreißen, ein bisschen treiben und inspirieren.*

Und so brachen sie auf. Zina zeigte ihrem Gast zuerst ihren Kiez, »Little Italy«. Ihre drei liebsten Cafés. Einen Secondhandladen, den Kiosk und das »Mimi Cheng«, wo es die besten Dumplings gab. »Komm! Avanti! Hier gehen wir kurz rein.« Sie betraten den NYC-Frischemarkt. »Hier gibt's echt alles, und von allem nur das Feinste: jedes Gemüse, jedes Obst, auch Mangos! Käse, Brot, Törtchen, Häagen-Dazs-Eis, Marmelade, Honig, Hummus, Sushi, Wein und Bier.« Zina zeigte auf ein Regal: »Und Tee gibt es natürlich! Alle Sorten. Grünen und schwarzen. Mit Aroma. Kräuter. English Breakfast. Hibiskus. Roiboos. Organic und bio.« Sie standen vor der riesigen Auswahl und Zina folgte Yashis suchendem Blick. »Ah! Naturalmente! Du suchst nach O'Clock-Teas.«

Yashi nickte. Sie sah Lipton. Twinings. Bigelow. Pukka. Ladurée. Upton. Waitrose. Finjaan. Und dann entdeckte sie ihn. In der zweiten Reihe von unten: »Da! O'Clock-Teas. Tatsächlich!« Spontan umarmte sie Zina. »Wenigstens eine Sorte. Mit Bergamotte-Aroma. Das muss ich Kiran erzählen.«

»Fantastico! Dann kannst du hier ja immer Tee kaufen.«

»In diesem Laden ist aber alles ganz schön teuer«, bemerkte Yashi.

»Normal«, meinte Zina nur.

Sie verließen den Supermarkt und liefen weiter bis zu einem schmalen Haus mit einem Schaufenster mit übergroßen Garnrollen. Im Hintergrund waren Anziehpuppen zu sehen, Stoffbahnen, Nadelkissen, Scheren, Maßbänder und mehrere Personen an Nähmaschinen. »Prego! Hier sitzen meine Leute von ›Urban Goods‹. Ganz oben ist mein Studio. Das zeige ich dir ein andermal.«

Sie kauften ein Monatsticket für die Metro und stiegen in der Spring Street in die U-Bahn. Draußen war es heiß und sonnig, in den U-Bahn-Schächten stickig und in der Bahn dann eiskalt. Die Klimaanlage lief auf Hochtouren. An der 33. Straße stiegen sie wieder aus, gingen bis zum Empire State Buildung und fuhren zu der Aussichtsplattform hinauf. In die 86. Etage. »Hey! Das ist einfach der Wolkenkratzer schlechthin. Das musst du mal erlebt haben.«

Anschließend machten sie eine kleine Pause im »Maialino« und aßen beide ein Sandwich mit Hühnchen und Chili-Tapenade und ein großes Stück New York Cheesecake. Als Zina wieder zahlte, sagte Yashi: »Lass mich bitte auch mal zahlen. Du musst das nicht. Ich habe noch keine Kreditkarte, aber ich habe doch Bargeld.«

»Es macht mir doch Spaß. Bitte.« Weil Yashi nicht überzeugt wirkte, sagte sie noch: »Du hast ja bald dein eigenes Konto, hm?«

»Eine Mahlzeit hier kostet so viel, wie ich sonst in einer Woche für Lebensmittel ausgebe«, stellte Yashi kopfschüttelnd fest.

»Aber du verdienst hier ja auch viel mehr.«

Sie stiegen wieder in die U-Bahn und fuhren von der 33. Straße aus weiter bis zum Grand-Central-Bahnhof. »Hey! Das ist der Bahnhof mit den meisten Gleisen und Bahnsteigen der Welt.« Sie schien selbst beeindruckt.

Von dort aus gingen sie zu Fuß weiter in Richtung der Vereinten Nationen.

»Ist das jetzt mein täglicher Weg?«, fragte Yashi etwas atemlos.

»Si. Ja. Spring Street, Grand Central, dann die 42. Straße runter bis zur Plaza am Fluss.«

Yashi bemerkte, dass viele, die ihr entgegenkamen, blaue Bänder mit Namensschildern trugen. »Lauter neue Kolleginnen und Kollegen«, freute sie sich.

Aber sie sah auch einen Obdachlosen, der auf einer Pappe schlief. Eine alte Frau, die einen Einkaufswagen mit Schlafsack und Plastiktüten vor sich herschob. Und viele, die mit Kopfhörern im Ohr eilig durch die Straßen liefen und telefonierten, diskutierten, sogar wütend schrien, ohne Rücksicht auf ihre Umgebung. Sehr viele guckten in ihre Smartphones. Die meisten liefen aneinander vorbei. Einige joggten, in enger Sportkleidung. Wieder andere waren sehr übergewichtig und schoben sich vorwärts. Sie sah alle Hautfarben, alle Haarfarben, Kinder, Alte, viele in ihrem Alter, oft im Anzug oder Kostüm, stark Geschminkte, Verbrauchte, Nonnen, Männer mit Turban, mit Kippa, Frauen mit Kopftuch, Dragqueens, Rastafaris, Straßenkünstler.

Als sie schließlich auf die UN-Plaza zulief und die vielen bunten Nationalfahnen sah, musste sie stehen bleiben. »Wow. Das ist wirklich stark. Und wunderschön.«

Später bei der Führung erfuhren sie, dass hier die 193 Fahnen aller Mitgliedsländer wehten. Alphabetisch geordnet, von Afghanistan bis Zimbabwe. Immer mit genau dem gleichen Abstand zum nächsten Fahnenmast, als Zeichen der Gleichberechtigung. Yashi blieb wieder stehen. Zina sagte fröhlich: »Prego! Das Hauptquartier der Vereinten Nationen. Willkommen!«

Yashi nickte: »Gelände, auf dem Geschichte gemacht wird.« Während sie sich noch staunend umsah, holte Zina ihre Tickets.

»Ob ich jeden Morgen durch diese Sicherheitskontrolle muss?«, fragte Yashi, die kaum glauben konnte, dass sie und ihre Handtasche fast so gründlich wie am Flughafen untersucht wurden.

»Nein. Guck mal da drüben. Da ist der Eingang für UNO-Personal und diplomatische Gäste.«

Aber dann hatten sie es schließlich geschafft und standen auf dem großen Platz vor dem Eingang. »Das ist ja echt mal ein cooles Kunstwerk«, rief Zina. Yashi ließ sich vor der verknoteten Waffe fotografieren.

Und dann betraten sie die Lobby. Zina, lachend, gut gelaunt und neugierig, machte dauernd Fotos von Yashi, die alles leiser und ehrfürchtiger wahrnahm. In der Lobby hingen Gemälde von allen Generalsekretären. Yashi schritt die Galerie entlang. Dag Hammarskjöld. Sithu U Thant. Kurt Waldheim. Javier Péréz de Cuéllar. Boutros Boutros Ghali. Vor dem Bild von Kofi Annan blieb sie etwas länger stehen. Ban Ki Moon. Und António Guterres, ihr neuer Chef. *Es wird irgendwie mal Zeit für eine Frau. Was meinst du, liebe UNO?*

Eine Gruppe aus zwanzig Leuten sammelte sich für die nächste Führung. Sie schnappte ein paar Kommentare auf: »Wir haben unsere Karten schon vor fünf Wochen gekauft«, und: »Diese Touren sind ja sehr beliebt«. *Wie hat Zina das denn bloß so schnell geschafft?*

Sie folgten einer sympathischen Mitarbeiterin durch die Gänge. Und erfuhren, dass sie sich gerade offiziell nicht mehr in Amerika, sondern auf internationalem Gebiet befanden. Dass John Rockefeller das Grundstück hier am Fluss gespendet hatte. Und dass das Sekretariatsgebäude neununddreißig Stockwerke hoch war. Sie bewunderten Gemälde, die die Allgemeine Erklärung der Menschenrechte darstellten.

Ihre Führerin klang auf einmal feierlich. »Ja, die ›Allgemeine Erklärung der Menschenrechte‹ ist zwar nicht rechtlich verbindlich, aber sie hat doch eine enorme politisch-moralische Wirkung und Verpflichtungskraft entfaltet.« Sie ließ ihnen Zeit zum Lesen.

»Alle Menschen sind frei und gleich an Würde und Rechten geboren.« Yashi dachte an Näherinnen, Weber und Teepflückerinnen. Das

Bild zeigte ein kleines Kind, das auf einer Friedenstaube flog. »Jeder Mensch hat das Recht auf Arbeit, auf freie Berufswahl, auf gerechte und befriedigende Arbeitsbedingungen.« Die großen Sätze waren in klobigen Buchstaben gedruckt und wirkten dadurch gewichtig.

Sie wurden weitergebeten. Eine große bunte Grafik malte ihnen die Entwicklungsziele vor Augen. Leidenschaftlich fuhr die Mitarbeiterin fort: »Die Weltgemeinschaft hat sich selbst ein großes Versprechen gegeben. Sie hat sich auf 17 Ziele geeinigt. Diese zu erreichen ist eine bedeutende Aufgabe der Vereinten Nationen. Sie umfassen das Ende extremer Armut und Ungleichheit und des Klimawandels. Es ist die vielleicht schönste und wichtigste To-do-Liste aller Zeiten.«

Sie guckten kurz in den Raum, in dem der Sicherheitsrat tagte und der Wirtschafts- und Sozialrat. Sie gingen an Schautafeln vorbei, Monitoren, lasen viele Zitate, die sich der großen Aufgabe der Friedenssicherung widmeten. Ihre Führerin machte sie auf einige aktuelle Anliegen aufmerksam: »In diesem Monat begehen wir noch den Internationalen Tag der Verschwundenen und den Internationalen Tag gegen Atomtests. Und heute ist der Internationale Tag zur Erinnerung an den Sklavenhandel und dessen Abschaffung.«

Yashi dachte an das Sumangali-System. Den Worten und Gedenktagen mussten noch viele Taten folgen.

Unter einem Zitat von Ban Ki Moon – »Die Welt ist überbewaffnet und der Friede ist unterfinanziert« – tickte eine Uhr. Sie zeigte in roten Leuchtziffern, wie viele Dollar an diesem Tag bereits für Waffen ausgegeben worden waren. Es war eine Milliardenzahl.

Und dann standen sie im Raum der Generalversammlung. »Das Herz der UNO«, sagte die Mitarbeiterin.

Yashi flüsterte Zina zu: »Es ist bemerkenswert. Ich habe diesen Ort oft gesehen. Ihn mit meinem Notebook zu mir nach Mettupalayam oder in die Nilgiris geholt. Und jetzt bin ich hier.«

Ihre Führerin zeigte, wo Nato, EU, die Weltbank, UNICEF und andere ihre Plätze hatten, und erklärte: »Jedes Jahr im Juni gibt es eine Sitzung der Generalversammlung, die Vollversammlung aller Mitgliedsstaaten. Sie wählt dann jeweils für ein Jahr einen neuen Vorsitzenden oder eine Vorsitzende. Zurzeit ist das Maria Fernanda Espinosa, die erste lateinamerikanische Frau, die dieses Amt innehat. In derselben Sitzung wird dann außerdem die Sitzordnung neu festgelegt. Der Generalsekretär lost ein Land aus, das für ein Sitzungsjahr, beginnend ab September, am ersten Tisch ganz vorne sitzt. Alle anderen folgen von dort aus in alphabetischer Reihenfolge. Gerade wurde Mali gezogen. Es folgen also Malta auf Platz zwei, die Republik Marshallinseln, dann Mauretanien, Mauritius, Mexiko und so weiter. So sitzt jede Nation mal am Ende und mal auf Platz eins.«

Ihre Führerin wies auf das Logo hin: den Olivenzweig. Und sagte dann etwas, das die Zweifel gegenüber der Bedeutung dieser Institution entwaffnen mochte: »Dieser Raum zeigt, dass die UNO eine moralische Größe ist. Dass die Welt eine Meinung hat. Zu Klimawandel. Entwicklungszielen. Menschenrechten. Die UNO erlässt ja keine Gesetze. Leider, sagen manche. Aber sie schafft Übereinkommen. Ein Beispiel ist das Verbot von Landminen. Die Konvention wurde von 135 Staaten unterzeichnet. Seit dem Beschluss sind über 14 Millionen Minen in 20 Ländern vernichtet worden. Und wir hoffen, dass sich noch mehr Länder anschließen.«

Und dann war die angekündigte Stunde auch schon vorbei. Es gab Gelegenheit, Rückfragen zu stellen und Fotos zu machen. Yashi und Zina verabschiedeten und bedankten sich bei der Mitarbeiterin und überlegten dann in der Eingangslobby, was sie als Nächstes erleben wollten.

»Das war doch toll. Super! Jetzt leb ich schon so lange in New York, aber bei der UNO war ich noch nie. Gibt‘s noch irgendwas, das du ganz unbedingt sehen willst?«, fragte Zina.

»Gibt es denn etwas, was du mir unbedingt zeigen willst?«, fragte Yashi lachend zurück.

»Hey, wir laufen eine Weile am Fluss entlang, nehmen dann ein

Taxi zurück Richtung Manhattan und gehen anschließend essen im Balthazar?«

»Könnten wir auch selber kochen? Oder etwas Indisches essen?«

»Ach, natürlich! Scusi! Okay, warte … dann gehen wir ins ›Mint Masala‹. Ja, das ist eine gute Idee. Scusi noch mal, verzeih, die Idee hätte ich selber haben sollen. Der Einstieg sollte doch sanft sein.« Sie machten sich auf den Weg.

»Gehst du immer essen? Du kochst doch sicher auch mal selber, oder?«, wollte Yashi wissen.

Zina sah sie erstaunt an: »Kochen? No. Warum sollte ich? Die ganze Stadt kocht doch. An jeder Ecke gibt's Essen.«

»Also für mich fühlt sich das irgendwie falsch an. Es ist doch unfassbar teuer, ständig essen zu gehen. Und außerdem – vermisst du es nicht? Etwas selber zuzubereiten, zu würzen? Zu sehen, wie aus einem flüssigen Teig Dosa wird? Oder unsere wunderbaren Chappatis? Wie ein Curry schmort und eine Masala genau die richtige Stärke bekommt?«

»Ehrlich gesagt: nein. Ich vermiss' nichts.«

»Ich würde dann aber gerne zahlen.«

Zina sah sie von der Seite an und streichelte kurz ihren Arm. »D'accordo! Einverstanden. Du zahlst immer, wenn wir indisch essen gehen.«

»Wahrscheinlich wirst du das jetzt nie wieder vorschlagen«, lachte Yashi.

»Ist das nicht 'ne Frage der Demokratie?« Zina strahlte sie an und meinte: »Wir haben ja noch 192 andere Nationen, die auch alle lecker kochen.«

Yashis Telefon klingelte. »Das ist Kiran.« Zina winkte nur, nahm etwas Abstand und ging in Sichtweite weiter. »Kiran, bei dir muss es Nacht sein? Ist etwas passiert?«

»Yashi Anne. Ja, es ist drei Uhr früh. Ich wollte dich einfach sprechen. Es ist so gut, deine Stimme zu hören. Wie geht es dir?«

33

Am Ende der ersten Woche kam sich Yashi vor wie eine Luxustouristin. Zina gab viel Geld aus. Und gab sich unglaublich viel Mühe. Sie kochte Earl-Grey-Tee. Überraschte sie schon zum Frühstück mit lauter Kleinigkeiten wie Roggenbrot, Naan oder Bagels und kaufte süße Mangos. Sie wollte ihr alles leicht machen, ihr die schönen Seiten der Stadt zeigen. *Sie ist Kiran noch viel ähnlicher, als ich dachte.* Ihre Begeisterung war ansteckend und ihr Sinn fürs Geschmackvolle manchmal fast rührend. Irgendwann hatte sie auch bemerkt, dass Zina morgens früh joggen ging. Sie hatte in weißen Shorts und Sweatshirt im Flur gestanden und von ihrem Lauf am Fluss entlang erzählt. Wirklich wie Kiran. Nur an die Opernmusik gewöhnte Yashi sich nicht, hatte sich aber bisher nicht getraut, laut ihre eigene Musik zu hören. Obwohl sie nicht nur einen Haustürschlüssel und Zugang zum WLAN, sondern auch zum Safe und zum Soundsystem hatte.

Sie gingen über die Brooklyn-Bridge. »Warte mal. Nicht so schnell«, rief Yashi, als Zina einfach immer weiterlief. Sie lehnten sich an das Geländer und guckten über den Fluss. »Echt schön! Verbindungen sind wichtig«, sagte Yashi nachdenklich.

Zina sah sie von der Seite an: »Was meinst du?«

»Wir nutzen sie so selbstverständlich. Und erst, wenn sie mal gesperrt werden oder sogar einstürzen oder in die Luft gejagt werden oder sonst was passiert, merken wir, wie wichtig sie für uns waren.«

»Hey, du hast keine Brücken abgebrochen. Wenn es das ist, was du meinst«, protestierte Zina leise.

Yashi sah sie an. »Ich habe mein vertrautes Leben zurückgelassen. Meine Kollegin Karuna spricht nicht mehr mit mir. Ich bin gespannt, was aus meinen alten Verbindungen wohl wird. Was es bedeutet, dass ich weg bin. Wen ich wohl vermisse. Wer sich bei mir meldet. Wer mir Freiheit lässt.«

Zina berührte sie am Arm: »Ach, Bella. Jede schöne Erinnerung ist doch so 'ne Art Brücke, die verbindet uns mit allen, die wir lieb haben, oder? Komm, gehen wir weiter.«

Yashi lernte immer besser, das U-Bahn-System zu verstehen. Und winkte nach drei Tagen zum ersten Mal selbstständig ein Taxi heran. Sie besuchten den Battery-Park. »Einer der ältesten Parks der Stadt. Weißt du, hier sind die ersten Siedler angekommen.« Zina nahm sie mit zu ihrem Spa und sie genossen eine Gesichtsmassage und Maniküre.

Am Freitag fuhren sie mit dem Boot nach Liberty Island. Wieder gab es gründliche Sicherheitskontrollen. Von der Anlegestelle aus liefen sie zur Freiheitsstatue. »Unser bestes Wahrzeichen! Die offizielle Tür nach New York.«

Sie entschieden sich, die Aussichtsplattform im Sockel zu besuchen. Die 215 Stufen brachten Yashi aus der Puste, aber der Blick belohnte sie. Sie verzichteten darauf, auch noch in Ellis Island anzuhalten. »Ich bin ja etwas länger hier. Wir müssen nicht alles in die ersten Tage packen.«

Anschließend aßen sie in einem Restaurant am Kai. Mit Blick auf die Freiheitsstatue, den Hafen und den Hudson River. Yashi staunte, guckte, schüttelte immer wieder den Kopf, fühlte sich fremd, dann wieder frei, fragte, schwieg, staunte weiter. Und aß zum ersten Mal in ihrem Leben Hummer und Krabbencocktail, weil Zina die Spezialitäten des Hauses bestellt hatte. *Das hier ist nicht meine Welt, nicht mein Leben, nicht mein Stil. Aber ich lasse es mal zu, ich lasse es laufen. Es ist ja nur für eine Weile.*

Am späten Abend kamen sie in ihre Wohnung zurück, setzten sich in die beiden Sessel am großen Fenster und guckten auf die Skyline. »Ist unser Leben nicht schön?«, fragte Zina und sah Yashi zufrieden an.

Glücklich sieht sie aus. »Musst du denn eigentlich nicht arbeiten?«, fragte Yashi zurück.

»Ach, weißt du, ich habe das gut geplant. Und ich bin ja frei. Meine eigene Chefin. Meine beste Angestellte und Kreativ-Chefin und Designerin und manchmal auch noch die Einkäuferin. Ich manage mich. Nur 'ne Schneiderin bin ich nicht. Und natürlich kein Model.«

»Warum eigentlich nicht?«

»Hey! Ich bin fast fünfzig und ja echt viel zu fett«, sagte Zina.

Yashi war überrascht, wie scharf sie plötzlich klang. »Du bist schlank und wunderhübsch«, versuchte sie zu widersprechen.

»Ach, lass das, Yashi.« Und Yashi fragte nicht weiter. »Morgen muss ich aber wirklich mal allein los. Zu ›Urban Goods‹ und zu einer speziellen Kundin. Aber am Abend gehen wir ja zusammen in die Met.«

Yashi spazierte direkt nach dem Frühstück zum Sara-Roosevelt-Park und setzte sich eine Weile in die Sonne. Nachdem sie die ganze Zeit mit Zina unterwegs gewesen war, genoss sie die Zeit für sich. Sie schwieg, atmete aufmerksam aus und ein und tat eine ganze Stunde lang nichts, außer in die Bäume zu gucken. Vor einer knappen Woche erst war sie gelandet und hatte schon so viel gesehen. Ein kleiner Junge kickte einen Ball vor ihre Füße. Sie kickte ihn zurück und sah seinem Spiel zu. Seine Mutter war eine Weiße, der Vater schwarz, er selbst die Mischung. *So reime ich es mir zusammen. Eigentlich sehe ich nur drei Menschen, die irgendwie zusammengehören.*

Die sich selber vielleicht vor allem als amerikanisch erleben. Ist die alte Lady dort drüben Japanerin? Oder Chinesin, Koreanerin? Und was denken die anderen, die mich sehen? Dass ich Inderin bin? Aus Pakistan oder Sri Lanka? Zu Besuch, erst seit einer Woche im Land oder hier geboren? Wir sehen es nicht.

Yashi schrieb ein paar Stichworte, Assoziationen in ihr Tagebuch. *Hier bin ich also. Zweite Heimat? Der Mensch hat ja nur ein Herz.* Sie schloss die Augen und genoss die Sonne auf ihrer Haut. Irgendwann steckte sie sich die Ohrhörer ihres Telefons in die Ohren, überließ dem Zufall, was gespielt würde, und hörte als Erstes »Book of My Life«, eins ihrer Lieblingslieder von Sting: *Die Worte, die meine Lebensgeschichte erzählen. Gebrochene und gehaltene Versprechen. Böse Worte, die ich besser nicht gesagt hätte. Ein Kapitel der Geheimnisse. Eins über Abschiede. Eins der Liebe, in dem die Tinte nie trocknet. Ein Kapitel über Väter. Über Kämpfe, Niederlagen und Streit. Geschichten von überraschendem Glück. Und ein Kapitel über Gott, das ich nicht verstehe. Und das Ende bleibt ein Geheimnis. – Wer wäre ich ohne Musik? Ohne diese Lieder.* Patti Smith sang: »These are the words.« – *Erbarmen. Hoffnung. Bescheidenheit. Menschlichkeit. Liebe. Mitgefühl. Zusammengehörigkeit. Diese Worte wollen jeden Tag gelebt werden.*

Sie schickte eine Nachricht in die Familiengruppe: »Verrückte Stadt. Verrückte Schwägerin. Schönes Zimmer. Jetlag überwunden. Alles gut soweit.« Und dann noch eine Mail an ihre Schwester: »Liebe Dayita. Ich bin wirklich gut gelandet. Mein Zimmer ist schön hell, gemütlich, sehr gepflegt. Die ganze Wohnung ein Traum. Ich erlebe eine unglaubliche erste Woche. Aber das war nur ein Anfang. Mir schwirrt der Kopf. Zina gibt sich sehr viel Mühe. Sie hat viele Ideen. Und ist irgendwie immer gut gelaunt. Ich habe auch schon ein paar Mails von meiner Vorgesetzten bekommen und freue mich, dass die Arbeit jetzt bald losgeht. Ich hoffe, es geht dir gut?! Grüß unsere Eltern bitte von mir. In Liebe, deine Yashi.«

Sie hatte gehofft, Karuna hätte sich gemeldet, aber die schwieg weiterhin. Dafür hatte Kirthi ihr geschrieben: »So viel Liebe und

Dank kamen von dir zu mir. Danke für deinen Besuch. Danke, dass du selber so erstaunlich bist. Alles Gute für New York! Kirthi.«

Was für eine schöne Nachricht. Als sie gerade überlegte, ob sie noch bleiben oder nach Hause gehen sollte, gongte ihr Telefon gleich zweimal. Jason schrieb: »Welcome to the States, in der freien Welt, Mum.« Und Kiran: »Ich gehe gleich schlafen. Mein Bett ist leer. Unser kleiner Bungalow kommt mir riesig vor.«

Sie schrieb zurück: »Skypen?« Und dann rannte sie nach Hause und sprach eine ganze Stunde lang mit Kiran. Und schlief anschließend ein. *Ich hatte kaum Zeit, an zu Hause zu denken. Wie konnte das passieren, wie kann das sein?*

Dass Zina wieder da war, hörte sie, weil eine laute Sopranistin die ganze Wohnung füllte. Als sie genauer hinhörte, merkte sie überrascht, dass Zina mitsang. Ganz anders als die Opernsängerin, aber textsicher. »Was hören wir da?«, fragte sie.

Zina stellte die Musik leiser. »Ciao, Yashi! Das ist Maria Callas. Eine Arie. Von Puccini. Aus der Oper ›Tosca‹. Sie singt: ›Vissi d'arte, vissi d'amore. – Ich habe für die Kunst gelebt. Und für die Liebe.‹ Schön, oder?«

»Ein bisschen ungewohnt.«

Zina ging nicht weiter darauf ein, sondern fragte: »Wie geht's? Wie war der Tag?«

»Ich habe alleine im Park gesessen. Das war sehr erholsam. Und lange mit Kiran geskypt.«

»Cool! Und du hast wieder nach Hause zurückgefunden. Großartig!« Zina stellte zwei Sandwiches, zwei Gläser Obstsalat und ein Schüsselchen mit Milchreis auf den Tisch und kochte dann Tee. »Komm, wir haben noch Zeit. Wir essen 'ne Kleinigkeit, bevor es losgeht. Kokosmilchreis. Mega lecker.«

Yashi nahm Platz. Und wie immer vor dem Essen schwieg sie für einen Moment.

»Du kannst auch beten, wenn du willst.«

»Das tue ich ja.«

»Ich mein, du kannst auch laut beten. Stört mich nicht. Ich mag das sogar.«

»Okay. Das merke ich mir. Wie war dein Tag?«

»Bene. Sehr gut. Ich hab ein paar meiner Ideen gezeigt. Und alle waren ganz angetan. Dann war ich noch bei einer Kundin. Die ist aus Japan. Mega schmal, mega klein und mega wohlhabend. Die passt in amerikanische Mädchenkleider, aber sie kauft lieber Einzelstücke von mir. Die ist etwas exzentrisch. Aber du hast ja mit Mode nicht so viel am Hut, hm?«

Yashi sah sie aufmerksam an. »Ich habe sogar sehr viel mit Mode zu tun. Das weißt du doch!« Und sie erzählte kurz von Textilfirmen, Näherinnen und einer Lieferkette, die von der Baumwolle bis zum Kleid oft sehr unfair handelte.

»Seit diese Fabrik in Bangladesch gebrannt hat, habe ich mich natürlich auch mehr für das Thema interessiert«, sagte Zina eifrig und ergänzte noch beflissen: »Seitdem wird Mode aus Bangladesch ja von vielen so richtig boykottiert.«

»Tja. Das öffentliche Interesse für das Thema ist natürlich sehr begrüßenswert. Aber ich muss auch sagen, dass es fast überall, in beinahe jedem Land, Fabriken gibt, die gut sind. Also sicher, hell, mit moderner Technik und zuverlässigem Lohn. Und die zu unterstützen ist immer besser, als einfach ein ganzes Land zu boykottieren.«

Zina hakte nach: »Wann ist die Mode denn nun wirklich fair?«

»Generell ist sie fair, wenn die Rechte der Menschen, die sie anfertigen, geachtet werden. Wenn sie von ihrer Arbeit leben können. Und davon nicht krank werden.«

»Und was heißt das genau? Also, wann wärst du denn zufrieden? Also nicht als Kundin jetzt, sondern als Anwältin?«

Yashi holte tief Luft und zählte auf: »Erstens muss die Arbeit freiwillig gemacht werden, nicht unter Zwang. Du musst jederzeit gehen dürfen. Klingt selbstverständlich, ist es aber nicht. Zweitens darf es keine Kinderarbeit geben. Dann muss der Lohn angemessen sein. Ein Mindestlohn. Von dem Geld müssen mehr als die

Grundbedürfnisse befriedigt werden können. Außerdem darf es keine Nachteile geben wegen deiner Religion, Hautfarbe, politischer Gesinnung, Behinderung. Auch nicht wegen deines Geschlechts oder deiner sexuellen Orientierung. Der Arbeitsplatz muss sicher sein. Dazu gehören Notausgänge. Keine Gifte. Ventilatoren und Frischluft. Ausreichend Trinkwasser. Und keine sexuelle Belästigung. Und keine körperlichen Strafen wie Schläge oder so. Dann sollte es noch die Möglichkeit geben, sich zu organisieren, etwa gewerkschaftlich, um Verantwortung zu übernehmen, beteiligt zu werden, gemeinsam Interessen vertreten zu können. Und die Arbeitszeit muss fair sein. Es sollte einen freien Tag in der Woche geben. Und Urlaub. Und Überstunden müssen freiwillig sein. Wünschenswert wäre auch noch, dass das Arbeitsverhältnis verbindlich, verlässlich ist und nicht wie bei einem Kuli jeden Tag aufs Neue von der Laune eines Unternehmens abhängt. Darüber hinaus müssten noch Umweltaspekte berücksichtigt werden. Abwasser sollte nicht direkt in den Fluss geleitet, Bio-Baumwolle ohne Kunstdünger und Pflanzenschutzmittel angebaut werden. So was. Tja, die ganze Lieferkette zu überprüfen ist eine riesige Aufgabe.«

»Wow. Das ist echt super viel. Ist das denn überhaupt möglich?«

»Es ist nicht einfach, aber ja, es ist möglich.«

Zina sah Yashi konzentriert in die Augen. »Padma hat ja inzwischen sieben Kolleginnen.«

Yashi nickte. »Das ist gut. Ein Erfolg.«

»Si! Es ist doch wohl ein Beispiel dafür, dass es möglich ist, oder? Vielleicht gucken sich andere was bei uns ab. Win-Win. Hab ich immer gesagt.«

»Ja, das ist alles sehr lobenswert«, meinte Yashi. »Es ist gut, aber es ist leider nicht genug. Und ich werde erst zufrieden sein, wenn es gar keine solcher Labels mehr braucht, weil der faire Handel normal geworden ist. Wir brauchen bessere Gesetze. Vereinbarungen. Standards, an die sich alle halten müssen. Und das Recht, sie zu überprüfen.«

Zina legte ihre Hand auf Yashis Unterarm. »Ja, ja. Das habe ich ja alles kapiert. Pass auf! Jede von uns macht ihren Job. Fair Trade kann ja richtig schick sein, also angesagt, hip. Ich lass in Indien weben und nähen und du gehst ab übermorgen brav zur UNO.« Sie lachte ihr typisches helles Lachen. »Und beide machen wir die Welt ein bisschen schöner. Okay?«

Sie räumte die Reste ihres kleinen Essens auf ein Tablett. Yashi trank ihren Tee aus und sagte: »Vielleicht sollte ich noch sagen – denn das wäre dann meinerseits fair – dass nicht alle Textilunternehmen, die kein offizielles Siegel haben oder ein Zertifikat, deshalb direkt unfair sein müssen.«

Zina hörte schon nicht mehr richtig zu, suchte ihr Telefon, fand es und sagte bestimmt: »Okay. Themenwechsel. Zur Einstimmung hören wir eine Canzona von Verdi. ›La donna é mobile. Die Frau ist launenhaft.‹ Gut zuhören! Prego! Das ist Pavarotti!« Zina setzte sich in den Sessel und machte die Musik so laut, dass Yashi nur den Kopf schütteln konnte.

Wie süß sie aussieht, wenn sie die Augen schließt und Musik hört.

Nach der Arie blieb es einen Moment lang still. Dann rappelte Zina sich auf und sagte: »Cool, hm? Später gibt's mehr. Na, wie fahren wir? Hast du 'nen Vorschlag, wie wir von hier aus zur Met kommen? Zum Lincoln Centre?«

Yashi suchte in ihrem Telefon und antwortete: »Wir nehmen die Linie D bis zur Grand Street, steigen dort um und fahren bis zum Columbus Circle.«

»Tja. Die Strecke ist teilweise gesperrt. Das kannst du ja nicht wissen, aber ich verrat es dir. Wir brauchen 'ne Alternative.«

»Wir gehen zur Spring Street und steigen in die Linie C. Ebenfalls bis zum Columbus Circle.«

»Wie weit müssten wir laufen?«

»Vielleicht jeweils eine Viertelstunde. Ah! Warte! Wir laufen zur Canal und nehmen die Eins bis zur Station ›Lincoln Centre‹. Ja?«

»Sehr, sehr gut! Benissimo.« Zina strahlte sie an. »Du bist echt super schnell.« Sie ging in den Flur. »Mal sehen, was ich überhaupt anziehe. Hast du die Seidentunika mit, die ich dir mal geschenkt hab? Darin würde ich dich heute Abend gern sehen.«

Ich mache es Zina zuliebe. Verkleide mich ein bisschen. Die grünblaue Seidentunika mit goldenen Rosen und goldenen Knöpfen auf dem Rücken. Yashi sah sich im Spiegel an. Sie passte perfekt. Ihre Haut wirkte frisch. Wie damals, als Zina ihr die Tunika geschenkt hatte, half sie ihr auch diesmal und machte die Knöpfe auf dem Rücken zu. »Bella! Sehr, sehr schön«, lachte sie zufrieden. Sie selber hatte sich für ein wallendes, gelbes Kleid mit tiefem Ausschnitt entschieden. Dazu trug sie eine kurze Jeansjacke und blaue Sneaker.

Sie liefen zur U-Bahn. Sie war voll, Yashi musste lernen, im Stehen Halt zu finden. »Wir haben noch keine Wohnungssuche gestartet«, erinnerte Yashi sie.

»Ach ja. Weißt du, ich hab noch ‘nen Immo-Account bei NY-Casas. Von meiner Suche damals. Ich lasse die Anfrage einfach über meinen laufen, okay? Dann sparen wir Geld.«

Ich weiß manchmal gar nicht, wie mir geschieht. Sie nimmt mich in Beschlag. Sie ist liebenswürdig und großzügig. Ich sollte viel dankbarer sein. Aber gut, dass ich am Montag anfange zu arbeiten. Dann gehe ich meine eigenen Wege. »Okay«, sagte Yashi nur und fragte: »Worum geht es in dieser Oper?«

»Ah! Si! Es geht um Nabucco.« Yashi sah sie fragend an. »Das ist sozusagen die kurze Form von Nabucodnosor, Italienisch für Nebukadnezar. Den kennst du doch.«

»Der König aus der Bibel?«

»Ja, genau. Es geht um seinen irren Größenwahn. Um die babylonische Gefangenschaft. Um die Sehnsucht vom Volk nach Freiheit. Nabucco ist mega arrogant, so geltungssüchtig, mega überheblich und dreht durch. Aber dann, also seine Hinwendung zu Gott – die heilt ihn irgendwie. Könnte auch die Einsicht sein, dass er selber nicht Gott ist. So.«

»Okay. Ich bin gespannt.«

»Es ist ‘ne Oper von Verdi, die ich wirklich sehr, sehr liebe. Und ich bin mir sicher, du wirst die auch mögen.«

Yashi beließ es dabei. *Ich kann ja nicht immer nur Serien gucken.* Sie ließ sich mitreißen, beobachtete aufmerksam und staunte wieder viel.

In der Met flüsterte Zina ihr immer wieder einzelne Textzeilen ins Ohr. Yashi spürte ihre Wimpern auf ihrer Wange. In der Pause fragte Yashi: »Woher kannst du denn eigentlich so gut Italienisch? Oder kennst du die Opern einfach auswendig?«

»Ich war doch nach der Schule für zwei Jahre in Mailand. Im Mekka, im Jerusalem, im Rom, nein, warte«, sie kicherte, »für das Thomaschristentum gedacht, im Chennai der Mode.« Sie grinste und erzählte weiter: »Nicht im eklig kalten England wie du. Ich wusste ja, dass ich was mit Mode und Design machen will. Deshalb bella Italia! Und in Mailand habe ich die Oper entdeckt. Hab immer für Karten für die Scala gespart.«

Sie kicherte wieder und Yashi musste mitlachen. Zina war einfach so fröhlich und frei und so begeistert. Yashi musste zugeben, dass ›Nabucco‹ sie gepackt hatte. Und als der Gefangenenchor dann das berühmteste Lied der ganzen Oper sang, bekam sie tatsächlich eine Gänsehaut, so schön war die Musik.

Zina beobachtete sie. »Dieses Lied ist einfach nur einmalig. Und hier in New York mega beliebt. Weißt du, als die Met nach dem scheiß elften September wieder eröffnet hat, die nächste Saison, da war es das Erste, was hier gesungen wurde. Für die Opfer der Anschläge. ›Va, pensiero, sull’ali dorate.‹ – Schwebt hin, Gedanken, auf goldenen Flügeln.«

Beschwingt kamen sie nach Hause.

Als sie am Sonntagmorgen wach wurde, merkte Yashi, dass der Jetlag endgültig vorbei war. Sie schrieb an Kiran: »Ich bin neben dir wach geworden. Nur, dass du nicht hier warst.«

Zina war joggen. Yashi ging zum asiatischen Supermarkt und kaufte Süßkartoffeln, Ingwer, Knoblauch, Zwiebeln, Chilis und Thunfischsteaks. Sie wollte nicht wieder essen gehen, sondern endlich einmal selbst kochen. *Ob ich hier auch mal einen Gottesdienst besuchen werde?* Sie schrieb kurze Mails und Nachrichten an Dayita, Namya, Kemia und Berry.

Nach dem Mittagessen fragte Zina sie, ob sie Lust hätte, mit ihr zum Yoga zu gehen. Yashi zögerte. »Ich habe das noch nie gemacht.«

»Ach! Du bist Inderin und deshalb sicher ein Naturtalent.«

»Im Thomaschristentum wird ja viel meditiert. Aber Yoga ist neu für mich.«

»Guck's dir doch einfach an. Hey, danach gehen wir in den Central Park, der ist ganz in der Nähe. Wir essen was in der Gegend, und am Abend – ach, warte ab.«

»Was ist am Abend?«

»Das wird dein Gottesdienst, Yashi! Glaub es mir.«

»Was meinst du damit?«

»Hey! Vertrau mir einfach, hm?« Sie lachte und sah sie aufmunternd an. Und Yashi entschied sich, zu vertrauen.

Sie beschlossen, zu Fuß zu laufen, denn die Sonne schien, es war warm, ein leichter Wind wehte und der Weg würde sie fast eine Stunde lang den Broadway entlangführen. Viele saßen draußen vor den Cafés und Restaurants und genossen das Sommerwetter. Plötzlich gab es vor ihnen Gerangel und sie mussten stehen bleiben. Ein junger Mann wurde verhaftet. Er beschimpfte den schwarzen Polizisten. »Du Niggerarsch! Pack mich nicht an mit deinen Affenhänden!«

Zina zog Yashi weiter und versuchte sie abzulenken. »Der Yogalehrer ist ein feiner Kerl. Du wirst ihn mögen. Er sieht witzig aus mit seinen Rastazöpfen. Und mit diesen weiten Hosen. Einmal hat er echt zu mir gesagt, Yoga hätte ihn zu 'nem besseren Menschen gemacht. Und ich hab's ihm geglaubt. Seine Eltern hielten Yoga erst für 'ne Religion, hat er erzählt. Weißt du, was er ihnen geantwortet hat? ›Alles kann zur Religion werden. Aber Yoga ist keine für mich.‹

So einfach. Semplice!«

Yashi war in Gedanken noch bei dem Schwarzen, der beleidigt worden war, versuchte gleichzeitig, Zina zuzuhören und ihren Überlegungen zum Yoga zu folgen, und stolperte kurz, als sie das Yoga-Studio schon erreicht hatten und Zina an einer schmalen Tür klingelte. Sie stiegen eine steile Treppe hoch und standen in einem großen Raum mit alten Holzdielen, tiefen Fenstern und indischen Tüchern an einer Wand. Und dann betrat Chris Temple auch schon den Raum und für eine Stunde gab es nicht viel nachzudenken, sondern es ging nur darum, zu atmen, den eigenen Körper aufzuspüren, den Geist zu beruhigen und sich zu bewegen.

Yashi setzte sich auf eine Matte an den Rand und versuchte, alles mitzumachen. Manchmal musste sie sich bei anderen abgucken, was genau gemeint war. Manche Bewegungen flossen wie selbstverständlich, um andere musste sie sich richtig mühen, wieder andere wollten ihr gar nicht gelingen. Sie konnte das Gleichgewicht erst nicht halten, als sie auf dem rechten Bein stand und den linken Arm nach oben streckte. Aber im dritten Anlauf gelang es ihr dann doch. Als sie eine Kerze machte, war ihr Bauch irgendwie im Weg, und sie musste über sich selber lachen. *Was, wenn Kiran mich so sehen würde?* Als sie sich als Kriegerin aufstellte, fühlte sie sich plötzlich stark und wäre gerne noch eine Weile in der Haltung geblieben. Und als sie als Kobra auf dem Boden lag, merkte sie, dass es ihrem Nacken guttat, sich zu strecken.

»Na, wie war's?«, fragte Zina im Anschluss.

»Okay. Es hat mir gutgetan. Wir könnten das wiederholen.«

»Wenn du übst, wird es immer, immer leichter. Und jetzt besuchen wir den schönsten Park von allen.«

Yashi liebte den Central Park sofort. Die Springbrunnen, Teiche, Seerosen und kleinen Wasserfälle. Das viele Grün. Die uralten Bäume. Die Leichtigkeit, die Sonntage im Freien ausstrahlen. Sie jubelte, als sie die Skulptur »Alice im Wunderland« entdeckte. Es war Kindern ausdrücklich erlaubt, auf dieser Statue herumzuklettern, was auch gerne genutzt wurde. »Guck doch. Der verrückte Hutmacher. Der Hase! Sie sind alle da.«

Sie fanden eine Bank für sich und genossen es einfach, draußen zu sein. Yashi dachte an ihren Garten zu Hause. Zina atmete, als wäre sie eingeschlafen. Yashi sah sie von der Seite an. Ihre Schwägerin konnte ja so unglaublich entspannt sein! Da räkelte sie sich und öffnete blinzelnd die Augen. »Bevor gleich unser Gottesdienst losgeht, essen wir noch eine Kleinigkeit. Wir gehen ins ›Writing Room‹. Das Essen dort ist A wie Amerikanisch.« Yashi sah sie irritiert an und Zina erklärte ihr: »A wie Afghanistan habe ich auf die Schnelle nicht finden können.«

»Du willst nicht wirklich 192-mal mit mir essen gehen, oder?«

Zina lachte laut: »Noch viel mehr! Du bist doch über tausend Tage lang hier.«

Wieder konnte Yashi es kaum fassen. »Ich bin das einfach nicht gewohnt, Zina. Du bist so anders. Irgendwie unersättlich. Du hast so viel Energie, so viele Ideen. Du bist so eine lebensfrohe Person. So ein Genussmensch. Danke für alles.«

»No! Ich danke dir. Das war 'ne wunderbare Woche auch für mich. Wirklich.« Sie wurde leiser. »Es war so mega schlimm für mich damals, als wir uns wegen Padma gestritten haben. Ich bin so froh, dass ich bei deinem Geburtstag war. Und alles wieder gut ist. Und du jetzt hier bist.«

Sie aßen den »Salon Cheeseburger« und eine große Portion Pommes frites. Bis Zina auf die Uhr schaute und sie drängte, zurück in den Park zu gehen.

Es war viel voller als tagsüber. Hunderte kamen aus allen Richtungen. Weiße Papierlaternen leuchteten. Kerzen wurden verteilt. Lange, dünne, weiße Kerzen mit runden Deckeln zum Schutz vor dem tropfenden Wachs. Schilder mit dem Wort »Frieden« in vielen Sprachen wurden hochgehalten. Yashi freute sich, als sie ein Plakat mit dem Wort அமைதி, »Amaiti«, sah. Zina legte kurz den Arm um sie.

Eine Frau in einer Ordenstracht begann zu singen: »Let peace come into our hearts.« Viele stimmten mit ein. Das Lied wurde in mehreren Sprachen gesungen und immer wieder wiederholt. Vielstimmig. »Lasse Frieden in unsere Herzen. Laissez la paix dans notre coeurs. Deja que la paz en nuestros corazones.« Zina sang, Yashi summte mit. Dann betete die Nonne.

»Sie ist 'ne Schwester der Catholic Worker«, flüsterte Zina.

»Lasse Frieden in unsere Herzen.
Nicht nur, dass Konflikte ausbleiben,
sondern die Fülle des Friedens.
Lasse Frieden in unsere Herzen.
Der sich zeigt in unserem Miteinander,
in Mitgefühl und Sorge und Gerechtigkeit.
Der unseren Kindern Sicherheit schenkt
und die Schwachen schützt.
Dass wir die Welt heller machen.«

Als sie abends in ihrem Bett lag, war Yashi glücklich, in New York zu sein. Sie war dankbar für Zinas Elan und Ideen. Das Lichtergebet war bezaubernd gewesen. Ein besonderer Abschluss einer aufregenden Woche. Und genau die passende Einstimmung auf das, was ab morgen passieren würde.

34

Die Fotografin war jung und trug Jeans. Sie gab viele Anweisungen. Gruppenfotos waren herausfordernd. »Sie, in der ersten Reihe in der Mitte, bitte rücken Sie etwas nach links. Sie da, hinten rechts, gucken Sie nach vorne. Und jetzt alle lächeln, bitte.« Die Kamera klickte. Ein Blitzlicht wurde mal ausgelöst, mal nicht. Die Fotografin begutachtete die Fotos, guckte konzentriert auf den kleinen Bildschirm und war nicht zufrieden. »Sie da! Kommen Sie her! Sehen Sie sich das an!«, rief sie wütend. Und Yashi merkte, dass sie gemeint war. Sie sah sich die Vorschau in der Kamera an. Wie war das denn möglich? Sie war auf keinem einzigen Bild zu sehen. Nirgends. Sie hatte sich weggeduckt. Umgedreht. Nach unten gesehen. Hinter einer anderen Person versteckt. Sie war nicht sichtbar. Niemand würde später wissen, dass sie dabei gewesen war.

Yashi schreckte hoch. Ein Albtraum! Ihr Herz schlug heftig. Der erste Tag. Sie sah aus dem Fenster und flüsterte Richtung Himmel: »Meine Kraft kommt von dir«, sprang aus dem Bett und kurz unter die Dusche. Dann, zurück in ihrem Zimmer, nackt, nur in ein Badetuch gehüllt, wiederholte sie ihr Ritual mit etwas mehr Ruhe. Sie stellte sich vor das Fenster und verneigte sich vor dem Himmel:

»Meine Kraft kommt von dir.
Meine Freude kommt von dir.
Meine Aufgabe kommt von dir.
Ich bin nicht alleine.
Namaste und Amen.«

Sie entschied sich für alltägliche, indische Kleidung: Kamiz und Salwar, eine dunkelblaue, schmalgeschnittene Hose und eine blaugemusterte Tunika. Und legte ihr neues Armband an. *Kiran, ich glaub ja, dass du es immer spürst, wenn ich an dich denke.*

Zina umarmte sie. »Bella! Gut siehst du aus. Ja, das Blau steht dir wirklich sehr gut.«

Sie frühstückten beinahe ohne Worte. Zina verstand wohl, dass Yashi bei sich sein und sich konzentrieren wollte. In der Wohnungstür umarmte sie sie noch einmal zum Abschied und wünschte ihr einen fulminanten ersten Tag. »Denk an gestern. An was Schönes. La pace, Frieden für dein Herz.«

Yashi fand selbstbewusst ihren Weg. Die U-Bahn war voll. Alle Nationen und Hautfarben waren unterwegs zur Arbeit. Der Traum ließ sie nicht los. Sie fragte sich, was seine Botschaft war. *Ich habe meinen Job gemacht. Aber immer viel dafür getan, möglichst unsichtbar zu bleiben. ›Fast lautlos‹, hatte Richterin Gopal das genannt. Sichtbar zu werden ist riskant. Will ich auf dem Foto zu sehen sein? Will ich, dass alle wissen, dass ich da war?* Ein junger Latino mit Gitarre sang ein sentimentales Lied und holte sie aus ihren Gedanken.

Laetitia hatte ihr geschrieben, sie solle sich am Diplomateneingang melden, sie würde dann dort abgeholt. Ein Sicherheitsbeamter, der keine Miene verzog, tätigte einen Anruf, und ein paar Minuten später wurde sie von einer jungen Frau begrüßt. »Hi. Frau Doktor Bhandari? Ich bin Thelma. Ich darf Sie herzlich begrüßen.« Sie folgte ihr und landete in einem Nebengebäude, auf einem langen Flur vor einer verschlossenen Tür. Bevor sie anklopfte, fragte Thelma sie: »Haben Sie alles dabei? Arbeitserlaubnis? Die Sozialversicherungsnummer? Ihre Postadresse?«

Yashi nickte und griff nach ihrer Handtasche.

Ein junger Mitarbeiter begrüßte sie freundlich und gab ihr einen Überblick über einige organisatorische Fragen. Die vielen Informationen kamen schnell. Krankenversicherung. Urlaubsanspruch. UN-Feiertage: Karfreitag, Thanksgiving, Weihnachten, Eid al Adha, Eid al Fitr, Memorial Day, der vierte Juli. Dazu ein paar zusätzliche für alle, die es jeweils anging: Orthodoxe Weihnacht. Tag des Vesak, Buddhas Geburtstag. Yom Kippur.

Und dann konnte sie ein Konto eröffnen. Eine Kreditkarte beantragen. Ihr unfassbar gutes Gehalt würde hierher überwiesen werden. Sie wunderte sich, wie viel es ihr bedeutete.

Thelma hatte auf sie gewartet und begleitete sie in ein anderes Gebäude, wo sie ihre Zugangskarte mit ihrem Namen und blauem Band bekam. »Jetzt können Sie sich frei bewegen und kommen überallhin, wo Sie hinmüssen«, erklärte Thelma ihr. »Ich bringe Sie dann als Nächstes ins Sekretariat zu Ihrem Team.«

»Vielen Dank für alles. Wer sind Sie denn überhaupt, wenn ich fragen darf?«

»Ich bin Thelma. Nur Praktikantin. Ich komme aus dem Libanon.«

»Und? Wie ist es hier?«

»Ich lerne den ganzen Tag.«

Bevor sie mehr erzählen konnte, kam ihnen auf dem nächsten Gang eine Frau entgegen. Schon von Weitem war ihre Energie spürbar. Doktor Laetitia Walker kam mit ausgebreiteten Armen auf sie zugerauscht. »Doktor Bhandari! Sie sind da!«

Yashi freute sich über ihre Herzlichkeit. Diese Frau sah wirklich aus wie eine Figur aus einer Serie von Shonda Rhimes. Beeindruckend. Bildschön, tiefschwarz, rund, engagiert, auf hohen Absätzen. Wow.

»Kommen Sie mit!« Laetitia berührte sie am Arm und führte sie mit sich in einen Konferenzraum. Etwa zwanzig Leute waren anwesend und erhoben sich, als Laetitia, ihre Chefin, eintrat. Sie sagte: »Nehmen Sie doch bitte wieder Platz.« Nur Yashi blieb vorne neben Laetitia stehen und hörte ihr aufmerksam zu. »Okay. Das hier ist Doktor Yashi Anne Bhandari. Sie ist unsere Neue. Leiterin der Abteilung zwei, der Menschenrechte-Teams von Lucas Martin, Amy Blum und Eliene Díaz und deren Mitarbeitenden. Schön, dass Sie alle da sind, um sie zu begrüßen. Wir freuen uns, dass wir eine Person gewinnen konnten, die aus einem südasiatischen Mitgliedsland kommt. Eine Fachfrau für Arbeitsrecht. Doktor Bhandari, Sie werden uns ja mit der Zeit kennenlernen. Mit einigen werden Sie eher aus der Ferne zu tun haben, mit anderen sehr eng zusammenarbeiten. Wir hier haben alle mit Menschenrechtsfragen zu tun. Mit unterschiedlichen Schwerpunkten. Einem bestimmten Land, einer Region, einem Thema. Wir identifizieren Menschenrechtsverletzungen. Sammeln Informationen und Fakten. Besuchen Menschen, die unter diesen Verletzungen leiden vor Ort und lernen auch die kennen, die sie ausüben. Wir gehen in Gefängnisse, besuchen Flüchtlingscamps, nehmen an Gerichtsverhandlungen teil, an Wahlen und Demonstrationen. Wir beobachten, vermitteln, schlichten. Wir verhandeln auch immer mal wieder mit lokalen Behörden, als Anwältinnen und Anwälte der Opfer. Wir arbeiten eng zusammen mit anderen internationalen Organisationen, dem Internationalen Strafgerichtshof zum Beispiel und vielen NGOs. Deren Sprecher und Vertreterinnen berichten an uns und wir sind für sie wichtige Kontaktpersonen innerhalb des UNO-Systems. Soweit. Heute kümmert sich Thelma um Sie. Lucas Martin zeigt Ihnen später Ihren Schreibtisch. Und jetzt haben Sie das Wort. Bitte, erzählen Sie uns doch etwas über sich. Wo Sie herkommen. Was Sie mit den Vereinten Nationen verbinden. Damit wir einen ersten Eindruck bekommen. Bitte!«

Yashi wandte sich der Gruppe zu. Sah in die Gesichter. Lucas Martin sah sie herausfordernd an, mit vorgestrecktem Kinn. Als wolle er sagen: »Los! Zeig, was du kannst!«

Yashi verneigte sich kurz. Einige erwiderten die Geste intuitiv. Die

Worte, die sie fand, waren klar. Nicht wie ein Stein, der geworfen wird und trifft. Eher wie Wasser, das fließt. Nicht sprudelt, aber seinen Weg findet, klar und durchlässig. »Ich freue mich, hier zu sein. Ich komme aus Indien. Mein Land ist, wie Sie ja alle wissen, ein Gründungsmitglied der Vereinten Nationen. Ich finde, Indien ist wunderschön und inspirierend. Es gibt ein Vielerlei an Traditionen, ethnisch, sprachlich, religiös. Ja, wir sind die größte Demokratie der Welt. Der größte Baumwollhersteller. Und der zweitgrößte Textilfabrikant. Nach China. Wir sind auch die vegetarische Nummer eins, das Land, in dem die meisten Menschen kein Fleisch essen.«

Einige lächelten.

»Niemand weiß genau, wie viele Sprachen in unserem Land gesprochen werden. 22 sind offiziell, insgesamt gibt es mehr als 100. Unsere große Seele, Mahatma Gandhi, hat uns das Vertrauen in Gewaltlosigkeit und Freiheit vererbt. Unsere Verfassung ist auf Toleranz und Vielfalt gebaut. Und Indien ist extrem. Modern, innovativ und reich. Mit Atomenergie, Marssonde und IT-Industrie. Und gleichzeitig: eins der korruptesten Länder der Welt.«

Einige Gesichter guckten wacher.

»Mein Land ist zerrissen. Einige wenige sind wohlhabend, zwei Drittel der Menschen leben in Armut, ein Drittel sogar in extremer Armut. Das Kastensystem bestimmt noch immer das soziale Leben. Die Hälfte der Bevölkerung lebt ohne Toiletten. Über anderthalb Millionen Kinder können nicht zur Schule gehen. In meinem Land wird alle 15 Minuten eine Frau vergewaltigt. Häuser werden zurzeit von Flüssen geschluckt. Einen Tag lang in Mumbai zu atmen ist für Ihre Lunge so, wie einhundert Zigaretten zu rauchen. Indien, das ist Delhi. Und die schöne Stadt Bangalore mit ihren schicken Restaurants. Meine Arbeit hat mich aber immer eher in die Slums geführt, in die Dörfer. Meine Klientinnen arbeiten oft an Webstühlen, an einer Spindel. Sie wohnen in kleinen Hütten, mit Blätterdach und Feuerstelle. Indien, das ist unser Präsident. Er ist wichtig und ich gucke mir genau an, was er tut. Aber für mich gehören zu Indien die

Väter, die Lehrerinnen, Kulis, Näherinnen. Ja, wer Indien kennenlernen möchte, sollte auch mit einem Sikh sprechen, einer Muslima oder einer Christin, mit einer Oppositionspolitikerin, einem Journalisten oder einem Kind. Nun. Das ist mein Hintergrund.«

Sie atmete tief durch. »Und jetzt bin ich hier. Bei den Vereinten Nationen. Ach, die große UNO. Eine Institution. Dieses Gebäude und die Fahnen draußen. Büros. Die Erklärungen, die Konventionen, die Entwicklungsziele. Die Generalversammlung. Ja, der Generalsekretär. Aber weit mehr.« Und Yashi geriet ins Schwärmen und sprach jetzt leidenschaftlich: »Die UNO ist für mich eine Landmine, die entschärft wurde. Entwicklungsziele, die erreicht werden. Ein Brunnen. Eine neue Straße, bessere Infrastruktur. Menschen, die erleben, dass ihre Not der Welt doch nicht egal ist, sondern zählt. Weil sie hier auf einem Schreibtisch landet. Weil sich jemand kümmert. Weil aus Angst ein Anliegen wird. Und dann ein Antrag. Und am Ende eine Verabredung oder eine Mission. Und weil das so ist, freue ich mich so sehr, hier zu sein. Und auf die Zusammenarbeit. Danke.« Sie verneigte sich wieder und wurde freundlich angelächelt. *Ich fühle mich gut. Ich habe etwas aus meinem Herzen gezeigt und fühle mich gut.*

Lucas Martin strahlte sie an.

Laetitia nickte anerkennend und verließ den Raum. Einige folgten ihr, andere kamen zu Yashi, um sie zu begrüßen und sich kurz vorzustellen. »Hallo, Yashi. Ich bin Amy Blum. Ich sitze an dem Schreibtisch neben dir. Bis die Büros fertig renoviert sind.« Sie zwinkerte ihr zu: »A gutn tog.« Yashi sah sie aufmerksam an. Amy war kleiner als sie, mollig und wirkte sehr agil. Sie trug einen hellen Hosenanzug. *Sehr schick.* Ihre dunklen Locken wippten bei jeder Bewegung. »Ich bin auch Menschenrechtsreferentin und leite das Team mit dem Schwerpunkt religiöse Minderheiten. Ich selber bin Jüdin. Es ist für mich immer einfacher, das direkt zu sagen. Und wenn wir uns direkt duzen, ist es auch einfacher. Also ›Amy‹ statt ›Misses Blum‹ wäre nett.«

Yashi nickte: »Ja! Sehr gerne! Schön, dich kennenzulernen, Amy.« *Mit der könnte ich mich vielleicht gut verstehen.*

»Hi. Ich bin Stella. Amerikanerin. Und Ihre Bürokoordinatorin. Ich organisiere Ihre Team-Meetings, bereite die Sitzungen und Konferenzen für Sie vor und bin die erste Ansprechpartnerin, bevor Sie behelligt werden.«

»Schön, Sie kennenzulernen, Stella. Danke. Ich werde Sie sehr brauchen.« *Zehn Jahre älter als ich und wahrscheinlich so gut organisiert, wie sie perfekt geschminkt ist.*

»Ich bin Cathy. Ihre Sekretärin. Ich buche Ihre Reisen. Organisiere Visa. Manage Ihren Kalender. Ich maile, drucke, kopiere, verteile, telefoniere. Wenn Sie irgendetwas brauchen, Doktor Bhandari, oder eine Frage haben, gerade jetzt am Anfang, zögern Sie nicht, mich anzusprechen.«

»Vielen, vielen Dank, Cathy.«

»Willkommen! Ich bin Yuki. Seit zehn Jahren hier, ursprünglich aus Japan, wo ich auch irgendwann gerne wieder leben würde. Ich leite das Kommunikationsteam der Abteilung. Wenn Sie Unterstützung brauchen bei der Zusammenarbeit mit der Presse oder bei einer Kampagne, melden Sie sich gerne. Ich bin froh über alles, was sich lohnt, veröffentlicht zu werden.«

»Danke, Yuki. Vielen Dank schon jetzt.«

»Ja, ich bin also Lucas Martin.« Sie erkannte ihn wieder. Beim Skypen hatte sie nicht sehen können, wie groß und breit er war. Seine lockigen Haare, sein kurzer Bart und sein zerknuddeltes Jackett ließen ihn wild aussehen. Er stellte sich weiter vor: »Teamleitung Demokratieförderung. Wir kennen uns ja schon ein bisschen. Schön, Sie live zu sehen. Yashi! Also Yashi wie Ja? Wie Jasmin. Jaspis. Oder eher wie Jazz? Oder vielleicht wie Yasir? Yāsir Arafāt? Ja, das gefällt mir.«

»Yashi wie Yashi. Ganz vollständig eigentlich Yashi Anne.«

»Ich werde Sie trotzdem Yāsir nennen. Passt irgendwie zu Ihnen. Bis gleich. Wir trinken noch einen Kaffee. Ach, übrigens: geschmeidige Rede.« Er winkte und war weg. Yashi sah ihm kopfschüttelnd nach.

»Oi, Yashi. Ich bin die eben erwähnte Eliene. Und Feministin.«

»Hallo, Eliene. Schön, Sie kennenzulernen.«

»Sagen wir Du, okay?«

»Okay. Sehr gerne!« Eliene war so groß wie sie. Sie hätte nicht sagen können, woher sie kam. Ihre Augen wirkten indianisch, ihre Haut war so dunkel wie ihre, ihre Haare gelockt wie bei einer Schwarzen. Sie trug sie ganz kurz und hell blondiert. Ihr schwarzes Wollkleid saß eng und zeigte ihre Kurven. Die breite Lücke zwischen ihren Schneidezähnen verlieh ihr einen frechen Ausdruck. *Ich bin gespannt, sie kennenzulernen.*

»Ich bin Bela. Gehöre zum Team von Yuki. Texter. Sie aus Japan, ich aus Ungarn. Aus der Hauptstadt. Aus Budapest. Der Älteste hier. Bald wohl im ganzen Haus.« Er lachte kurz auf.

»Hallo, Bela«, erwiderte Yashi. »Dann haben Sie ja auch die meiste Erfahrung.«

»Ich habe Erfahrung, ja. Aber die Karriereleiter und ich verstehen sich nicht so gut.« Wieder lachte er. »Na, denn. Passen Sie gut auf sich auf.«

Yashi sah ihn genauer an. Er war der Einzige, der ein weißes Hemd, ein Jackett und eine Krawatte trug. Seiner Haut war anzusehen, dass er viel geraucht hatte. »Wenn wir Zeit finden, würde ich gerne ein paar Geschichten von Ihnen hören.«

»Ach, lassen Sie mal. Na, denn.« Er winkte und holte sich eine Tasse Kaffee am runden Tisch.

»Guten Tag, Doktor Bhandari. Ich bin Pavani Nadar. Ich bin auch Inderin. Aus Tamil Nadu. Ich arbeite eigentlich bei UN-Women. Ganz hier in der Nähe, in der 42. Straße. Mir haben Sie also nichts zu sagen.« Sie grinste. »Ich arbeite oft mit Eliene zusammen. Und bin zurzeit wegen Malala regelmäßig hier.« Sie war die erste Person, die Yashi nicht die Hand reichte, sondern nur eine kurze Verbeugung andeutete.

»Guten Tag, Pavani. Schön, Sie kennenzulernen«, sagte Yashi, förmlicher als sie es eigentlich wollte.

»Sie sehen sich irgendwie ähnlich«, meinte Stella und sah sie beide von oben bis unten an.

Pavani verdrehte die Augen. »Jaja. Für viele Amis sehen wir alle gleich aus. Alle Asiatinnen, alle Schwarzen, alle Muslime. Eben alle, die nicht so sind wie sie selber.« Sie wandte sich wieder Yashi zu: »Wo wohnen Sie denn?«

»In Manhattan. Bei einer Verwandten. Meiner Schwägerin.«

»Sie sind verheiratet?«, fragte sie überrascht. »Ist Ihr Mann dann auch hier?«

»Nein. Ja. Also ja, ich bin verheiratet. Und nein, mein Mann lebt weiter in Indien. Meine Schwägerin hat mich erst einmal aufgenommen.«

»Ja, so machen wir das. Da sind wir dann doch alle irgendwie gleich. Wir kommen zunächst bei Verwandten unter. Besonders wir Frauen. Erster Anhalt ist immer die Familie.« Spitz fügte sie noch hinzu: »Praktikantinnen machen das übrigens auch so.«

Thelma wippte ungeduldig auf ihren Fußspitzen auf und ab. »Doktor Bhandari? Wir sollten uns um Ihren Computer kümmern.«

Aber Pavani ließ sich nicht ablenken. »Seit wann sind Sie denn hier?«

»Seit einer Woche.«

»Wow. Da haben Sie ja schon wieder Glück gehabt. Die meisten hier landen am Sonntag und fangen direkt am Montag an. Wegen des Visums geht das meist ja gar nicht anders.«

Yashi zuckte mit den Schultern. »Tja, dann habe ich wohl wirklich Glück gehabt. Ich hatte noch etwas Zeit, um New York ein bisschen kennenzulernen.«

Pavani taxierte sie aufmerksam: »Okay. Bis gleich.«

Die Hausführung war abgekürzt worden, nachdem Yashi Thelma gestanden hatte, vor wenigen Tagen eine offizielle Führung mitgemacht zu haben. Ihr neues Notebook wurde auf ihren Schreibtisch gestellt, wo auch schon ein Tischrechner stand. Stella kam zu ihnen und erklärte: »Ich muss mich zunächst bei Ihnen entschuldigen. Wir sind erst vor einer Woche in diese Räume gezogen. Es wird gerade renoviert auf der Etage. Eigentlich haben Sie ja Anspruch auf ein eigenes Büro. Ich hoffe, es ist in Ordnung für Sie, hier zu arbeiten. Sonst gibt es Raumteiler und Flex-Büros. Das Schöne an diesem Großraumbüro ist, dass es wirklich groß ist. Und wir haben einen runden Tisch für Besprechungen. Okay?«

Yashi bedankte sich: »Es ist mehr als okay. Ich hatte befürchtet, ich müsste irgendwo alleine sitzen. So ist es mir sogar viel lieber.«

»Wir bleiben einfach im Gespräch.«

»Ja. Sowieso. Danke für alles.« Sie sah sich das Büro näher an. Etwa zwanzig Leute saßen hier zusammen. Mit einigen Gesichtern verband sie schon Namen. Sie würde versuchen, ein Team aus ihnen zu machen.

Lucas Martin winkte sie zu sich, zum großen Tisch, und hielt ihr eine Tüte mit M&Ms unter die Nase. »Bedienen Sie sich!«

»Was ist das genau?«

»Also hier habe ich die Sorte ›Choco‹. Das sind Schokolinsen mit Zuckerhülle.« Yashi probierte eine.

Er grinste in die Runde: »Am besten gefallen hat mir Ihre Antwort auf meine Frage nach Gefühlen. Wissen Sie noch?« Er sah sie direkt an. »Ich fragte: Wie würden Sie reagieren, wenn jemand sagt: ›Sei doch nicht so emotional!‹ Ha!« Die Erinnerung brachte ihn wirklich zum Lachen. »Sie sind mir eine.«

»Was hat sie denn gesagt?«, fragte Eliene.

»Sie hat so was gesagt wie: ›Das ist einer der dümmsten Sätze, die man sagen kann.‹ Gefühle seien schließlich kein Problem, sondern nötig, oder so ähnlich.«

Eliene grinste. Sie kaute Kaugummi und wirkte entspannter als alle anderen. Yashi setzte sich und fragte Lucas: »Was ist noch mal Ihr Schwerpunkt? Wie beschreiben Sie selbst Ihre Arbeit?«

»Mein Schwerpunkt? Demokratieförderung und politische Teilhabe. Also, Laetitia hat entschieden, dass Sie und mein Team besonders eng zusammenarbeiten sollen. Unsere letzte Evaluation hat ergeben, dass wir einen neuen Fokus brauchen. Ich meine, ich bin gespannt.«

Eliene erzählte: »Ich bin seit über zwanzig Jahren hier. Geboren übrigens in São Paulo. Seit meinem zehnten Lebensjahr hier in den USA. Du wirst bald viel Kritisches über die UNO hören. Viel Frust und Zynismus. Das ist immer so. Aber ich sage dir: Auch wenn vieles davon berechtigt ist, nirgendwo sonst gibt es diese Möglichkeiten, diese Meinungsbildung, diesen Austausch, diese Diskussionen. Eine Welt ohne UNO und Weltsicherheitsrat sähe krass viel schlimmer aus.« Sie grinste, rollte ihren Kaugummi, pustete eine Blase und ließ sie dann platzen. »Meine Mamãe hat immer gesagt: ›Chega-te aos bons serás um deles.‹ Halte dich an die Guten und du wirst eine von ihnen sein.«

»Und was ist dein Thema?«

»Alles mit Gender«, sagte Eliene knapp und ergänzte noch: »Ich leite dein drittes, das Gender-Team. Schön, dass noch eine Frau im Team ist.«

»Die Welt kann so einfach sein, wenn man Feministin ist«, kommentierte Bela spöttisch.

Eliene zeigte ihm den Mittelfinger. Yashi hielt erschrocken die Luft an. Aber niemand schien zu stören, was hier vor sich ging. Pavani Nadar meinte: »Ja, Doktor Bhandari, vielleicht haben Sie den Job ja bekommen, weil Sie eine Frau sind. Oder haben Sie irgendwelche Beziehungen? Oder tatsächlich einfach nur Glück?«

Yashi sah sie irritiert an. Pavani Nadar sprach weiter und niemand unterbrach sie: »Na, die Strukturen hier sind ja echt veraltet. Zuallererst im Sicherheitsrat. Warum sind alleine die USA, Russland, China, Großbritannien und Frankreich Vetomächte? Haben Sie sich das schon gefragt? Ich bin seit Langem dafür, dass Indien einen Platz als ständiges Mitglied bekommt. Brasilien auch, Deutschland und

Südafrika. Auf der anderen Ebene allerdings muss man doch erst mal etwas dafür tun, um hier mitmischen zu dürfen. So läuft es. Und ich finde, das ist auch richtig so. Aber nun. Vielleicht sollte ich mich freuen, dass die Quote endlich auch mal Indien berücksichtigt hat. Auch wenn ich nicht weiß, warum ausgerechnet Sie von ihr berücksichtigt wurden.«

Yashi guckte in die Runde. Erwartete, dass jemand Pavani widersprechen oder ihr in irgendeiner Form beistehen würde. Eliene hatte mit einem Bleistift gespielt, den sie sich jetzt in ihre Locken schob, sodass Pavani irritiert wegsah. *Die ist ja witzig.* Eliene meinte: »Es gibt immer Leute, die neidisch sind. Aber hey, die Arbeit hier ist sowieso schon aufreibend. Wir sollten uns echt nicht gegenseitig das Leben schwer machen.«

Und dann war es Lucas, der doch noch etwas mehr sagte: »Also, ich war am Auswahlverfahren beteiligt, Miss Nadar. Ich meine, glauben Sie mir, es ging um die Qualifikation und Erfahrung von Doktor Bhandari. Dass sie aus Indien kommt und eine Frau ist, hat sicher nicht geschadet. Doch genau diese Mischung hat uns eben gefallen.« Er grinste sie an: »Aber gut, dass Sie so offen sind. Dann kann sie direkt besser einordnen, warum einige sie nicht ganz so herzlich empfangen.«

Amy hatte nur zugehört. Sie hielt einen großen Kaffeebecher in beiden Händen, trank kleine Schlucke und beobachtete die Runde über den Rand. Jetzt schaltete sie sich ein: »Lass sie alle reden. Es gibt ja eigentlich bei jeder Neubesetzung böses Blut.« Damit stand sie auf. »Ihr Lieben, ich muss an die Arbeit. Die Rohingya und Myanmar rauben mir die letzten Nerven.« Sie wandte sich zum Gehen und fragte noch: »Bist du eigentlich selber irgendwie religiös?«

Yashi sah sie wach an: »Ich bin Christin. In der Familie meines Vaters sind alle Thomaschristen.«

»Dann gehörst du da, wo du herkommst, zur Minderheit. Und hier jetzt zur Mehrheit, was das Christentum so allgemein angeht. Das wird sicher eine interessante Erfahrung für dich. Alles Gute!

Wollen wir morgen Mittag zusammen essen gehen?«

»Sehr gerne.« Sie gingen alle zurück an die Arbeit.

Laetitia steckte den Kopf zur Tür rein und rief: »Noch mal willkommen an Bord!«

»Danke!«, rief sie zurück. Aber Laetitia war schon wieder weg. Gemeinsam mit Thelma erledigte sie eine Menge Formalien. Bekam eine Mailadresse. Mehrere Passwörter. Und immer wieder stand jemand neben ihrem Schreibtisch. Sie hörte Namen, Themen, aktuelle Anliegen. Es war zu viel, um sich alles zu merken.

Der alte Bela kam noch mal zu ihr. »Ich bin Ungar, wie gesagt. Lebe seit dreißig Jahren in den USA. Amerika und mein Land. Ach ja, die autoritäre Welle. Wenn Sie so lange dabei sind wie ich, fragen Sie sich manchmal, was das alles eigentlich soll. Aber, na denn. Was Sie vorhin über Ihr Land erzählt haben, hört sich auch nicht gerade nach unserem Traum von der Moderne an. Na denn.« Weg war er.

»Der Alte scheint dich zu mögen«, grinste Eliene sie an. »Mich hasst er. Er glaubt, wenn er eine Frau wäre, hätte er hier Karriere machen können. Aber das ist mir egal. Ich nenne ihn nur ›Na denn‹.« Sie winkte: »Mach mal gleich Feierabend.« In schwarzem Kleid und pinkfarbenen Turnschuhen tänzelte sie weiter und winkte Yashi dabei im Gehen zu.

Sie sah in ihren neuen Kalender. Ein wöchentliches Meeting mit Laetitia. Ein tägliches Meeting mit Stella, die alles koordinierte. Die anderen Termine sagten ihr nichts. Sie wusste nur, sie würde Diplomaten treffen, Regierungsabgeordnete, Leute, die Geld gaben. Und sie würde sehr viel nachfragen müssen. Und Stella wiederum würde sie sorgfältig vorbereiten müssen. Reisen waren aber wohl für die erste Zeit erst mal nicht geplant. Amy, Lucas und Eliene waren ihr alle drei sehr offen begegnet. Auf die Zusammenarbeit freute sie sich. Wenn ihr auch die Vorstellung, ihre Chefin sein zu müssen, schwerfiel. *Es wird schon. Komm erst mal an.*

Als sie vom Diplomatenausgang Richtung U-Bahn lief, sah sie Zina winkend näher kommen. »Ciao! Ich hab echt ein B wie birmanisches Restaurant in Brooklyn ausfindig gemacht. Das ›Together‹. Soll großartig sein. Hast du Lust? Wir feiern deinen ersten Tag. Du erzählst mir bei ‘nem leckeren Essen, wie`s war.«

Yashi sehnte sich eigentlich nach Ruhe. Nach ihrem Bett und ihrem Tagebuch. Nach einem Gespräch mit Kiran. Aber sie hatte den ganzen Tag lang nichts gegessen. Und Zinas Angebot klang verlockend. Wer konnte ihr etwas ausschlagen? Außerdem war ihr auch ein bisschen nach Feiern zumute. Sie hatte es irgendwie geschafft. Und das scharf gewürzte Tofu war sehr lecker. Und der Reis schmeckte fast wie zu Hause.

Bevor sie einschlief, verschickte sie eine kurze Nachricht an die Familiengruppe und kleine Extra-Botschaften an Dayita, Kemia und Namya. An Kiran ein rotes Herz. *Ich wurde willkommen geheißen. Ich habe mich gezeigt und fühle mich gut.*

35

Auf ihrem Schreibtisch lag mal wieder ein hoher Stapel Akten. Wie an jedem Morgen, seit sie hier war. »Guten Morgen, Yāsir. Sie sollten das da durcharbeiten. Sich einlesen. Ruggie war UN-Sonderbotschafter für Menschenrechte und Unternehmen. Das hier sind seine Berichte. Über die menschenrechtliche Verantwortung von Unternehmen. Ich will am Nachmittag mit Ihnen darüber sprechen. Okay?«

»Ja, ich kenne Ruggies Idee von ›Schutz, Achtung und Abhilfe‹. Okay. Ja, dann reden wir später.«

»Gut.« Weg war er.

Yashi kannte viel von dem, was sie las. Das war erleichternd und ermüdend zugleich. Alle Beteiligten wussten längst, dass weltweit Millionen Menschen unter unwürdigen Bedingungen und für Hungerlöhne arbeiteten. Dass die meisten Regierungen trotzdem Geschäfte machten und Handelsabkommen unterzeichneten, ohne auf die Menschenrechtsprobleme Einfluss zu nehmen. *Es ist zum Verrücktwerden. Wann werden die Unternehmen ihrer Sorgfaltspflicht nachkommen?* Sie blätterte weiter, überflog die Seiten. Verließen sich die meisten einfach auf die Partnerfirmen vor Ort? Waren sie wirklich nicht misstrauischer? Vorsichtiger? Oder fehlte ihnen einfach die Erfahrung, Geschäftsbeziehungen zu überprüfen, um Menschenrechtsverletzungen zu verhindern? Und damit kam sie zu Ruggie und seiner Wiedergutmachungsfrage.

John Ruggie forderte von Unternehmen, die Menschenrechte zu achten. Von Staaten forderte er, ihre Bewohner zu beschützen vor den Unternehmen, die das nicht taten. Und drittens forderte er eine Möglichkeit, sich zu wehren, wenn beides nicht zutraf. Viele Beteiligte hatten positiv auf Ruggies Analysen und Berichte reagiert. Immerhin. Die Internationale Handelskammer, der Internationale Arbeitgeberverband und viele Menschenrechtsorganisationen. Allerdings brauchte es nun konkrete Ideen, wirkungsvolle Maßnahmen.

Ihr Kopf dröhnte. Sie ging zur Küche. Kaffeemaschine, Wasserkocher, Kühlschrank, Aspirin. Sie musste eine Teekanne kaufen. Teetassen. Und Tee. Hier arbeiteten offensichtlich nur Leute, die Kaffee tranken. Und eine Person, die sie sich als japanisch und äußerst bescheiden vorstellte, ihrem Tee-Ensemble nach zu urteilen. Yuki vielleicht. Sie entschied sich, einfach Wasser zu trinken. Ging zurück zu ihrem Schreibtisch und las weiter. Kämpfte sich durch die Akten und Protokolle. Vieles war belanglos in ihren Augen, viel zu allgemein. Vieles war richtig, aber es fehlten verbindliche Schritte. 2011 waren dem Menschenrechtsrat die UN-Leitprinzipien zu Wirtschaft und Menschenrechten vorgelegt worden. Der einzige Grundlagentext, auf den man sich bisher zu dem Thema hatte einigen können. Aber immerhin. Einunddreißig Prinzipien. Aber es gab bisher keine Handhabe, um Unternehmen zu kontrollieren. Die gute Absicht und die Praxis hatten sich bisher kaum kennengelernt. Die Frage blieb: Könnten Konzerne gezwungen werden, Menschenrechte besser zu achten?

Da fiel ihr Blick beim Querlesen auf einen Namen, der sie elektrisierte: ›WeSpinning Ltd.‹. Aufgeregt suchte sie nach weiteren Hinweisen, konnte aber keine finden. Nur, dass das Textil-Unternehmen in Delhi saß. Oder irgendwann dort gesessen hatte. Als sie googelte, fand sie nichts. Keine Homepage, keinen Eintrag, die Links, die Webseiten funktionierten nicht. Wütend schlug sie mit der Hand auf den Tisch, sodass sich einige Köpfe hoben und fragend in ihre Richtung sahen. Sie machte eine kurz wegwerfende Handbewegung und alle wandten sich wieder ihrer Arbeit zu. *Die können doch nicht einfach verschwunden sein?!*

John Ruggie war es gelungen, viele private und staatliche Akteure zu beteiligen. Der Konsens war da. Die Leitprinzipien waren sogar offiziell verabschiedet worden. Aber Verabschieden klang wie »Ciao, Leb wohl, Auf-nimmer-Wiedersehen«. Yashi seufzte laut. Sie war kaum zwei Tage hier und da war er schon, der UNO-Frust. *Es wird so viel Papier produziert, aber es dauert und dauert, bis es Konsequenzen gibt.* Einen Ansatzpunkt sah sie: Ruggie hatte kritisiert, dass die meisten Unternehmen keine Systeme kannten, formal, institutionalisiert, um Menschenrechtsverletzungen überwachen zu können. Hier musste weitergedacht werden. Sie machte sich eine Notiz für das Gespräch mit Lucas.

»Na? Mittagessen, meine Liebe?«, fragte Amy herzlich.

»Puh«, seufzte Yashi nur. »Lucas will, dass ich das hier bis heute Nachmittag gelesen habe. Ich glaube, ich kann mir keine Pause leisten.«

Amy sah sie ruhig an. »Ich sage dir mal was. Erstens: Du bist die Chefin. Lucas ist nur einer deiner Teamleiter. Du bist *seine* Vorgesetzte, nicht umgekehrt. Zweitens kannst du es dir nicht leisten, keine Pause zu machen. Denn dann bist du hier schneller wieder weg, als du gekommen bist. Drittens ist das ›Mona‹ direkt um die Ecke und das Sushi köstlich. Komm! Eine halbe Stunde nur und wir sind zurück. Hm?«

Eliene rief Yashi zu: »Viertens ist er ein Macho. Und fünftens würde ich dann gerne morgen mit dir zu Mittag essen. Einverstanden?«

Yashi lachte sie beide an. »Ja. Gerne.«

Amy erklärte ihr im Rausgehen: »So machen wir das hier. Damit wir nicht verrückt werden, verabreden wir uns miteinander. Und haben uns geschworen, alle Neuen direkt mit hineinzunehmen.«

Sie liefen tatsächlich nur drei Minuten bis zum Restaurant. Yashi staunte. Wenn Zina das sehen könnte! Das ganze Alphabet war da. Burger, Frühlingsrollen, Pasta, Guacamole, Hering, Fleischklößchen, Enchiladas, Mais-Eintopf, Moussaka, Ramen, Linsensuppe, Falafel, Flammkuchen, Hühnchen, gegrillt und in verschiedenen Saucen, Salate, Gemüse aus dem Wok und Reis. Amy nahm Sushi und Yashi folgte einfach ihrer Empfehlung, offen für eine neue Geschmackserfahrung. »Ohne Meeresfrüchte, sozusagen Sushi koscher«, lachte Amy.

Und dann unterhielten sie sich. Amy machte es ihr leicht. Zuerst sprachen sie kurz über ihre Familien. Amy war verheiratet mit Aaron und Mutter der fünfjährigen Zaria. Sie hatte fünf Jahre lang bei der UNESCO gearbeitet und während dieser Zeit in Paris gelebt. Als ihre Tochter geboren wurde, waren sie zurück in die USA gekommen. »Meine Freundin Audrey Azoulay ist jetzt die Generaldirektorin.« Sie zögerte und erzählte dann weiter: »Ich wäre gerne dageblieben. Aber Aaron konnte sich nicht vorstellen, ein Kind im Ausland aufzuziehen. Ich konnte mir nicht vorstellen, ein Kind überhaupt irgendwo großzuziehen.« Sie wurde rot. »Aaron kümmert sich um die Kleine. Sie ist ein tolles Mädchen.« Sie lachte: »Meine Mutter und meine Schwiegermutter, sie sind beide so typische Mamas, werden mich eines Tages gemeinsam umbringen. Bis dahin arbeite ich viel und versuche, mindestens am Sabbat zu Hause zu sein. Als Jüdin bei der UN zu arbeiten ist nicht immer leicht. Kein anderes Land wird so oft verurteilt wie unsere kleine Demokratie im Nahen Osten. Und du?«

Yashi erzählte von Kiran und den Nilgiris, den blauen Bergen. Und von der Kurinji, die nur alle zwölf Jahre blühte. »Meine Kinder sind schon erwachsen. Berenike ist Pharmazeutin. Sie lebt erst seit Kurzem wieder in Indien. Und forscht. Jason ist Anwalt wie ich.

Er lebt hier. An der Westküste. Ich vermisse sie beide.« Ein kaltes Kribbeln zog ihren Rücken hoch. Sie hatte sich nicht bei Jason gemeldet. Laut sagte sie: »Aber seit ich hier bin, hatte ich nicht viel Zeit, darüber nachzudenken«, und fragte: »Und deine Arbeit hier?«

»Ich lebe 24 Stunden am Tag mit Artikel 29 von UN-Pakt 2: ›In Staaten mit ethnischen, religiösen oder sprachlichen Minderheiten darf Angehörigen solcher Minderheiten nicht das Recht vorenthalten werden, gemeinsam mit anderen Angehörigen ihrer Gruppe ihr eigenes kulturelles Leben zu pflegen, ihre eigene Religion zu bekennen und auszuüben oder sich ihrer eigenen Sprache zu bedienen.‹« Yashi nickte bei jedem Wort und Amy erzählte weiter: »Soweit, alles so richtig. Nächste Woche reise ich zum Beispiel nach Myanmar und Bangladesch, um mir ein Bild zu machen von der Lage der Rohingya. Und die Situation der neuen Minderheiten muss ganz bald auf die Tagesordnung. Arbeitsmigrantinnen. Flüchtlinge.« Sie trank ihre Cola light.

Yashi meinte: »Das war lecker. Dieses Sushi. Und ich bin froh, dass wir diese kleine Pause gemacht haben. Danke.«

»Gerne. Und gerne wieder.«

Zurück an ihrem Schreibtisch, brachte Lucas ihr einen Becher Kaffee. »Schwarz?«

»Wenn das Tee wäre, ja.«

Er grinste. »Und jetzt?« Er stand etwas hilflos vor ihrem Schreibtisch.

Yashi guckte zu ihm hoch. »Jetzt trinken *Sie* diesen Kaffee. Und ich trinke Wasser. Und lese weiter.«

»Aber um vier treffen wir uns.«

»Bis gleich.«

Amy zeigte ihren hochgestreckten Daumen und zwinkerte ihr zu. Yashi schmunzelte. In den nächsten Artikeln ging es um Beispiele aus der internationalen Textilindustrie. Hier fühlte sie sich zu Hause. Ja, so war es. Und wieder wussten es alle: Der Schutz der

Menschenrechte war ganz besonders in dieser Branche oft nicht gesichert. Von der Baumwollproduktion bis zu den Textilfabriken. Es war gefährlich. Mindestens gesundheitsgefährdend, wenn nicht sogar lebensgefährlich. Yashi las eine aktuelle Studie, nach der Kinder in Bangladesch eingesetzt wurden, um Stoffe mit den nackten Händen zu färben. Die Chemikalien waren hochgiftig. Erwachsene waren für diese Arbeit nicht zu finden. Für die Kundinnen war kaum zu sehen, wem sie trauen konnten. Ein hoher Preis zum Beispiel garantierte noch keine guten Arbeitsbedingungen. Selbst exquisitere Marken produzierten zum Teil in China und preiswerte zum Teil in Schweden. Sie las und las. Wieso musste sie das alles lesen? Sie drängte die Frage zur Seite.

Yashi fand eine dicke Mappe mit gesammeltem Material von Konferenzen und Podien. Die Titel klangen anregend: »Entwicklungsziele, Mode und die Rolle der Vereinten Nationen« oder »Menschenrechte, Mode und die UN«. Die Gästelisten waren beeindruckend. Ein Name tauchte immer wieder auf und weckte ihre Neugier: Simone Cipriani. Sie machte sich noch eine Notiz: »Lucas nach diesem Modeschöpfer fragen. Oder Zina?«

Im Büro hatte sie den Gongton ihres Telefons abgestellt, aber es leuchtete auf, als eine neue Nachricht kam. Kirthi Jayakumar schrieb: »Guck mal auf unsere Homepage und in meinen Blog. Frank und freie Grüße aus Chennai.« Yashi rief die Seite auf und strahlte. Eine Zeichnung zeigte eine junge Frau mit Mundschutz. »Was wurde aus Magil?«, war die Überschrift. *Na also!*

Sie würde das später lesen. Jetzt vertiefte sie sich wieder in ihre Unterlagen. Die beiden Entwicklungsziele Nachhaltigkeit und Geschlechtergleichstellung wurden mit Mode verbunden. »Wie Mode ein Instrument werden kann, um Frauen zu stärken.« Das interessierte sie. Achtzig Prozent der Beschäftigten in der Textilindustrie waren Frauen. Eine andere Idee war, das Thema Wirtschaft und Mode mit dem Entwicklungsziel Klimaschutz zu verbinden. Die Textilindustrie war die zweitgrößte Verbraucherin von Wasser weltweit. Die Herstellung eines T-Shirts etwa benötigte 2 700 Liter. So viel, wie ein einziger Mensch in zweieinhalb Jahren trank. Die Textilindustrie produzierte mehr Treibhausgasemissionen als alle internationalen Flüge und Seefahrten zusammen. Der Einsatz von Pestiziden war ein weiteres Thema. Und die Verschmutzung von Wasser. Die Verseuchung von Wasser, das traf es wohl eher. Eine Studie belegte, dass in der Umgebung einer Lederfabrik die Krebsrate innerhalb kürzester Zeit um 40 Prozent gestiegen war. Und was den Müll anging: 21 Milliarden Tonnen Kleidung landeten jährlich auf einer Deponie.

Yashi massierte sich die Schläfen. Ja, der Textilindustrie, der Mode, sollte aus sehr vielen Gründen wirklich noch mehr Aufmerksamkeit gewidmet werden. In Indien hatte sie eine lokale Perspektive eingenommen, jetzt musste sie die ganze Welt ansehen. *Vielleicht kann ich hier ja doch helfen.*

Sie hatte den letzten Ordner mit den aktuellsten Protokollen erreicht. Yashi stutzte. Eine wichtige UN-Arbeitsgruppe, international besetzt, zeitlich unbegrenzt, hatte Ivan Jurkovič, den ständigen Vertreter des Heiligen Stuhls bei den Vereinten Nationen, gebeten, die Beratungen zu moderieren. Was sie las, gefiel Yashi. Es ging nicht nur um Gesetze, sondern um eine Haltung, ein Umdenken, einen kulturellen Wandel. Die Leiterin der Arbeitsgruppe, Maria Espinosa, zeigte sich optimistisch und sprach von einem neuen Ton bei der UNO. »Ich kann den Willen erkennen, ein Ja: Wir brauchen Profit, wir müssen Geschäfte machen, aber nicht um jeden Preis. Wir brauchen eine andere Ethik.«

Yashi würde die Ecuadorianerin gerne kennenlernen. Ihr Land stand an der Spitze des Kampfes um internationale Standards und rechtsverbindliche Papiere. *Woher kenne ich denn bloß diesen Namen?* Yashi wurde schnell fündig. *Ach ja!* Maria Espinosa war seit einigen Wochen die Vorsitzende der Generalversammlung.

Yashi sah auf die Uhr. Machte sich ein paar Notizen. Dachte an Webstühle und Teeblätter. Und an die UN-Charta. Unabhängig von Gesetzen konnten die Bürgerinnen, die Konsumenten selbst ihre Kaufkraft nutzen, um fairen Handel zu unterstützen. Sie konnten belohnen oder boykottieren. Sie konnten Druck ausüben. Viel Macht lag in den Portemonnaies von »Wir, die Bevölkerung«.

Ihr Telefon leuchtete wieder. Diesmal schrieb Namya: »Na? Finden größte Passion und größte Not schon gut zusammen? Ich wünsche dir alles, was du brauchst, liebste Yashi. Überlege, einiges zu ändern. Trinke zu viel. N.«

Yashi hatte lange nicht mehr daran gedacht, aber ihr fiel jetzt plötzlich wieder ein, wie sie damals mit Namya zum Studium nach England gegangen war. Wie ihre Eltern sie zum Flughafen gebracht hatten. Wie ihre Mutter dann irgendwann ihre Hand losließ und Namya sie ergriff. Sie schrieb zurück: »Alles gut soweit. Selbstzweifel und Höhenflüge inklusive. Einiges ändern? Wir müssen mal telefonieren. Trink den leckeren Tee, den ich dir geschenkt habe. In Liebe, Yashi.« Sie wollte sich auch noch bei Jason melden, aber es war bereits kurz nach vier Uhr.

Lucas überraschte sie mit einem großen Pappbecher. »Bitte schön! Tee für Yāsir Arafāt. Gehen wir an den runden Tisch?« Er bot ihr wieder M&Ms an. »Nehmen Sie! Das sind Erdnüsse in Schokolade!«

Und dann redeten sie. Tauschten Zahlen aus, reichten Papiere über den Tisch, erzählten sich Beispiele. »Ich fasse also mal zusammen: Es gibt zurzeit keine Möglichkeit, Unternehmen auf internationaler Ebene gerichtlich zur Rechenschaft zu ziehen.«

»Ja, es gibt nichts Formales. Es müsste gelingen, dass Menschenrechtsverletzungen automatisch überwacht werden, gemeldet, gemessen.«

»Können wir nicht ein Unternehmen finden, das sich bereit erklärt, so eine Kontrolle zum festen Bestandteil seiner Abläufe zu machen? Ein großes. Eins, das jeder kennt. Wäre doch super fürs Image.« Yashi guckte in ihr Notebook, suchte, surfte und sagte: »Macys. Oder Nike. Gap. Alle amerikanisch.«

»Also Inditex wäre spanisch.«

»Nie gehört. Aber halt: Ja, Sie haben recht. Je nachdem, welcher Statistik man glaubt, ist das die Nummer zwei direkt hinter Nike.«

»Sie kennen aber die Modekette ›Zara‹, oder? Die gehört zu Inditex.« Er unterbrach sich. »Ach, witzig. Also, ich lese gerade, dass der Gründer seine Erfolgsgeschichte vor mehr als fünfzig Jahren mit Bademänteln angefangen hat.«

»Bademantel. So was ist gut. Das können sich alle sofort vorstellen. Das Thema darf nicht so riesig, unüberschaubar, so kompliziert rüberkommen. Unsere Aktionen sind bisher oft nicht populär genug. Ich meine, die Fachleute sollen natürlich arbeiten. Aber wir müssen viel konkreter werden. Die Menschen, die Bademäntel anziehen, die sind eigentlich die Mächtigsten in diesem System.«

»Ja, das stimmt. Ich meine, alle müssen Schuhe tragen. Shirts. Hosen. Kleider. Viele wollen oder können dafür nicht viel Geld ausgeben. Aber ...«

Yashi fiel ihm ins Wort und beendete den Satz für ihn: »Aber sie wollen auch niemandem schaden!«

»Ganz genau.«

»Meinen Sie, ich könnte Maria Espinosa treffen?«

»Also, sie sitzt in Genf. Sie könnten hinfliegen. Oder mit ihr skypen, mailen, telefonieren. Oder sie treffen, wenn sie hier im Haus ist, was ja neuerdings öfter der Fall ist. Fragen Sie Stella. Sie kann das alles organisieren.«

»Ich überlege es mir«, meinte Yashi, machte sich eine kleine Notiz und fragte: »Wer ist eigentlich Simone Cipriani?«

»Sie haben ihn nicht gegoogelt?«

»Ich hatte schon genug zu lesen.«

»Ach ja. Also ja, den müssen Sie mal kennenlernen. Simone Cipriani zeigt der Welt, wie Mode schön, teuer, beliebt und dabei nachhaltig hergestellt sein kann. Er ist der Erfinder und Manager der UN-Initiative ›Ethische Mode‹. Er schafft mit Mode gute, faire Arbeitsplätze. Arbeitet mit illustren Größen wie Vivienne Westwood zusammen, die den hier im Haus legendären Satz geprägt hat: ›Wir könnten doch mit Mode die Welt retten.‹« Er grinste. »Im Ernst: Ich meine, der Typ ist gut. Die Initiative verbindet Süden und Norden. Sie ist wirtschaftlich effizient. Was man hier längst nicht von allen Ideen sagen kann.« Er seufzte. »Er berücksichtigt alle Stufen der Wertschöpfungskette. Zum Beispiel werden junge afrikanische Modedesigner beteiligt. Und die Prominenz liebt ihn. Hergestellt wird die Mode zum Beispiel in den Slums von Nairobi. Er ist öfter hier im Haus. Also, ich werde dafür sorgen, dass Sie sich mal treffen.«

»Das ist eine gute Richtung. Wir müssen unbedingt populärer werden. Solche Enthusiasten einbeziehen. Künstlerinnen. Designer. Bloggerinnen. TED-Talks. YouTube. Um normale Menschen zu erreichen.« Mit einem Blick auf die Uhr beschlossen sie, am nächsten Tag weiterzumachen. Nur eine kurze Mail an Kirthi würde sie noch schreiben. Um sich bei ihr zu bedanken für ihren Glauben an die Öffentlichkeit. Und für ihre Zeichnung und den Blogbeitrag über Magil.

36

An diesem Samstagmorgen rief Yashi zuallererst bei Karuna an. Am späten Nachmittag war sie meistens gut zu erreichen. »Ja, bitte?«, sagte Karuna. Ihre Stimme zu hören erschreckte Yashi beinahe.

»Hallo, Karuna, Hier ist Yashi.«

Am anderen Ende blieb es still.

»Ich rufe aus New York an.«

»Ach«, sagte Karuna nur.

»Karuna. Wir haben so lange Zeit zusammengearbeitet. Wir können doch jetzt nicht aufhören, miteinander zu sprechen. Du kannst nicht einfach vergessen, was wir alles gemeinsam erlebt haben.«

»Es sind 23 Jahre gewesen. 23 Jahre, Yashi. Mir scheint, *du* hast das vergessen.« Und damit legte sie auf.

Sie dachte zurück an ihre gemeinsame Fahrt nach Masinagudi. Wie Karuna sie gefragt hatte: »Meinst du, du bleibst?« Und sie hatte selbstverständlich versprochen: ›Falls das jemals passiert, wirst du die Erste sein, die es erfährt.‹ Aber so war es nicht gekommen. Das Versprechen war leichtfertig gewesen. Sie musste mit den Folgen ihres Verhaltens leben.

Zina war zurück vom Laufen und die Wohnung wurde mit lauter Opernmusik gefüllt. Yashi rief Kiran an. »Yashi Anne. Guten, Morgen. Schön, dich zu hören. Was ist das für ein Gejaule im Hintergrund?«

»Du Banause! Das ist die Musik, die deine Schwester gerne hört.«

»Ist alles soweit in Ordnung bei dir? Du klingst müde.«

»Ich habe gerade mit Karuna telefoniert. Sie will nicht mit mir sprechen.«

»Das tut mir sehr leid. Vielleicht schreibst du ihr noch mal. Und erklärst ihr in aller Ruhe, wie das alles für dich war.«

»Ja, vielleicht mache ich das. Danke. Das ist eine gute Idee. Aber was, wenn es so bleibt? Wie geht es dann beruflich weiter mit mir? Wenn die Zeit hier um ist. Ich kann, ich will nicht alleine arbeiten.«

»Das musst du heute doch noch nicht wissen. Es wird sich eine Lösung finden. Konzentrier dich erst mal auf die Leute, mit denen du jetzt zusammenarbeitest. Wer ist denn nach der ersten Woche die netteste Person?«

»Sie sind alle in Ordnung. Amy und Eliene nehmen mich ein bisschen an die Hand. Eine amerikanische Jüdin und eine freche Brasilianerin. Laetitia hat mich gestern Abend noch freundlich verabschiedet. Aber der Satz, den sie am häufigsten sagt, ist: ›Das dauert alles viel zu lange.‹ Und ›Weitermachen‹ sagt sie auch ziemlich oft. Mit Lucas hatte ich am meisten zu tun. Er ist nett.«

»Wie sieht er aus?«

»Groß und breit. Zwei Köpfe größer als ich. Er ist Ami. Sieht aber irgendwie spanisch aus. Na, die allermeisten hier kommen ja ursprünglich von woanders her. Wuschelhaare. Dreitagebart. Er nennt mich ›Yāsir Arafāt‹.«

»Warum das denn?«

Yashi seufzte. »Ich habe echt keine Ahnung. Aber er macht das sehr konsequent. Und du?«

»Es hat aufgehört zu regnen. Und die neue Frost-Sorte hat uns zu einem neuen Design inspiriert. Schöne Schachteln und Teedosen in Creme und Silber. Das gefällt mir. Wir haben ganz schön viel investiert. Ich hatte dir gerade ein paar Entwürfe geschickt. Was machst du heute noch?«

»Wir gehen shoppen. Ich brauche eine Teekanne. Und meine ersten Stiefeletten. Es wird bald herbstlich.«

»Grüß meine Schwester von mir. Sag ihr danke, dass sie sich kümmert. Und – Yashi Anne? Ich liebe dich.«

»Ich dich auch.«

Yashi blieb im Flur stehen und lauschte. Wie sooft sang Zina laut mit.

Yashi wollte Zina nicht unterbrechen, so gefühlvoll, fast dramatisch, klang sie, und sagte dann aber doch irgendwann: »Guten Morgen.«

»Hey! Buongiorno! Guten Morgen.« Zina sah sie fröhlich an und machte die Musik leiser. »Gibt`s was Besseres als mit dieser schönen Musik aufzuwachen? ›Cielo e mar.‹ Himmel und Meer. Von Ponchielli. Hör mal: ›Wird mein Engel vom Himmel kommen? Oder aus dem Meer? Ich warte hier. Komm, liebe Freundin, komm zum Kuss des Lebens.‹«

Zina hatte den Tisch gedeckt. Brombeeren. Rührei. Brötchen. Und ein grünes Getränk. »Ich habe uns 'nen Smoothie mitgebracht. Aus Spinat, Wirsing, Kiwi, Apfel, Avocado und Kokoswasser.«

»Spannend.«

»Kannst ruhig laut beten«, sagte Zina.

»Wenn ich diesen grünen Trunk sehe, mach ich das auch mal besser!«, meinte Yashi und sie mussten beide lachen. Dann sagte Yashi:

»Gott, du Liebe. Wir danken dir.
Für unser Leben und die Pause.
Für unser Frühstück. Dass wir satt werden.
Für unsere Arbeit und das Wochenende.
Für unsere Lieben. Dass wir nicht alleine sind. Amen.«

»Amen. Guten Appetit.«

»Zina, sagt dir der Name Simone Cipriani etwas?«

Zina nickte eifrig. »Si! Ja, unbedingt. Wow, das ist mal ein Mann, der sich gut kleidet. So elegant, ohne zu übertreiben. Er ist ein Alternativer. Bedient 'ne Nische. Aber nicht mit diesem Öko-Wolle-Bast-Zeug. Du findest ihn in den mega angesagten Läden. Da, wo Menschen einkaufen, die Tesla fahren, wenn du verstehst, was ich meine. Ich sag ja immer, dass wir mit Fair Trade richtig Geld machen können.«

Yashi legte den Kopf schräg. »Wenn er zu uns kommt, lade ich dich ein.«

»Wow! Das wäre echt cool.«

»Und? Du hast doch sicher schon einen Plan für heute.« Yashi grinste.

»Wir könnten uns 'ne Stunde Yoga gönnen. Und wenn wir das C. für Chinesisch zunächst überspringen, könnten wir heute mal ›D. wie dänisch‹ Häagen-Dazs Eis essen.«

»Das ist aber nicht dänisch.«

»Was?«

»Es hört sich nur so an. Also, es soll sich dänisch anhören. Oder irgendwie europäisch, skandinavisch. Aber es ist eine amerikanische Marke. Hier in New York erfunden. Und um es noch schlimmer zu machen, gehört es inzwischen zu Nestlé.«

»Oha! Autsch! Können wir trotzdem Eis essen?«, fragte Zina gespielt geknickt. »Ich find sicher 'nen Laden, der das Eis selber macht. Und später gehen wir ins ›Ñaño‹. Das ist ecuadorianisch. Auf dem Weg dorthin lägen Madame Tussauds Wachsfiguren-Museum oder das MoMA. Einfach, was dich mehr interessiert.«

»Ich brauche eine Teekanne und Stiefeletten.«

»Das ist überhaupt kein Problem.«

»Ich hoffe, du hast recht. Die Schuhe sollten nämlich am besten vegan sein, bio, öko, auf jeden Fall nachhaltig produziert, also fair.« Yashi lachte Zina an.

Die sagte nur »Okay« und sah dabei echt betroffen aus: »Und schick auch? Dürfen die Schuhe auch schön sein? Oder ist das nicht so wichtig?« Sie lachten beide. Zina meinte: »Ich kenne 'nen Laden. ›Bhoomki‹ in Brooklyn. Ich glaub, der ist deine Lösung. Aber Yashi, ich muss sagen: Hey! Du tust mir ja echt mega leid. Kannst du echt nicht einfach Eis essen oder Schuhe kaufen und Spaß dabei haben? Das ist doch nur anstrengend.«

Bevor Yashi darauf antworten konnte, gongte ihr Telefon und lenkte sie beide ab. Es war eine Nachricht von Berry. »Amma! Es gibt eine Überraschung. Du wirst Großmutter.« Yashi las ein zweites Mal. Und dann noch mal. Sie sah Zina an. »Lies das bitte selbst.« Sie hielt ihr das Telefon hin.

»Wow«, sagte Zina nur. Und stotterte weiter: »Ich wusste nicht, dass Berry … Von wem ist es denn? Also, ich mein eigentlich: Wie schön. Ein Bambino! Das ist doch erst mal ne gute Nachricht. Herzlichen Glückwunsch.«

Und wieder lachten sie beide. Aber diesmal mischte sich Verunsicherung in ihr Gekicher. Yashi schüttelte den Kopf: »Ich glaube das nicht. Das passt nicht zu Berry.«

»Weil sie nicht verheiratet ist oder was?«

»Nein. Weil sie viel zu – sie hat gar keinen Freund. Sie ist mit sich beschäftigt. Sie plant für sich. Und andere sind nicht eingeplant. Sie will doch forschen.«

»Vielleicht war`s eben ungeplant.«

»Das kann ich mir auch nicht vorstellen. Sie ist Pharmazeutin.«

»Zeig mir die Nachricht noch mal.« Zina las. Und meinte dann: »Na, du hast ja noch ein Kind. Hier steht nix davon, dass Berry schwanger ist.«

Yashi nickte. *Natürlich! Jason. Jason wird Vater. Ja, so wird es sein. Ich habe gar nicht gewusst, dass er – ach, ich weiß ja sowieso überhaupt gar nichts.* »Und was schreibe ich jetzt zurück?«

»Gratulier ihr, dass sie Tante wird. Und dann warten wir, ob Jason sich meldet.«

37

Im Herbst

Nach den ersten Wochen mit unfassbar viel Papier und jeder Menge neuen Gesichtern, Sitzungen, täglichen und wöchentlichen Meetings, Teamtreffen, Namenlernen, Mails und Meinungsaustauch hatten Lucas und Yashi ein außerordentliches Gespräch mit Laetitia. Sie hatte um einen Bericht außerhalb der Reihe gebeten und sie trafen sich in ihrem Büro. Yashi stellte ein Tablett ab und schenkte ihnen Tee ein. »Earl Grey aus den Nilgiris«, erklärte sie.

Laetitia nickte nur kurz und forderte sie auf, mit der Arbeit zu beginnen, nahm aber einen Schluck aus ihrer Tasse. Sie diskutierten über eine Stunde lang vor allem über die Konferenzen, die regelmäßig im Zusammenhang mit ihrem Thema stattfanden. Yashi hörte zu. Sie erkannte Themen und Namen wieder. Laetitia betonte die Bedeutung von Fachgruppen, Lucas bezweifelte deren Nachhaltigkeit. »Also, ich meine, wir sind immer hochkarätig besetzt. Mit Fachleuten, die die Herausforderungen aus nächster Nähe kennen. Ich meine nur, dass irgendwie etwas fehlt. Was Entscheidendes.«

Sie waren sich schnell einig, dass es dringend mehr öffentliche Aufmerksamkeit für das Thema »Fairer Konsum« brauchte. Ihre Chefin sah zwar immer mal wieder auf die Uhr, hörte ihnen aber aufmerksam zu. Irgendwann sagte sie: »Yashi? Lucas hat mehr geredet als Sie. Aber er hat auch Sätze gesagt, die ich so nicht von ihm kenne. Ich gehe davon aus, dass Sie sich wiederfinden in dem, was er mir hier präsentiert hat.«

Sie nickte.

»Zögern Sie?«

»Nur eine kleine Ergänzung.«

»Na dann, bitte!«

»Es ist noch sehr unausgereift, aber ich würde es trotzdem gerne schon mal erwähnen: Ich meine, wir müssten viel, viel populärer werden. Mithilfe von Kunst, Kultur, Mode, Musik. Und viel mehr die sozialen Medien einbeziehen. Noch mal anders als bisher.«

»Was steckt dahinter?«

»Nun, Menschenrechte und Demokratie sind das Herz der UNO. Es sind absolute, unaufgebbare Kernprinzipien. Wem sage ich das?! Aber die normalen Menschen spielen hier keine Rolle. Verzeihung, wenn ich das so etwas vereinfacht sage. Es gibt keinen Kontakt. Keine echte Beteiligung.«

»Moment. An dieser Stelle spätestens sollten wir jetzt Yuki Watanabe dazuholen.« Laetitia nickte Lucas zu, der aufstand, um Yuki in ihre Runde zu bitten. Eine Minute später waren beide bei ihnen. Laetitia forderte sie auf: »Yuki, sagen Sie uns etwas zu Facebook, bitte.«

Die Japanerin lächelte höflich und erklärte: »Ich kultiviere hier unser Facebook-Amt. Die Follower, Kolleginnen weltweit, Interessierte, Leute, die lesen und liken, sind der Chor der Unterstützung, der für uns singt. Ich kann Sie nur ermutigen, sich mit Ihren Anliegen hier zu zeigen und zu vernetzen.«

Laetitia nickte ihnen allen aufmunternd zu. »Also! Lassen Sie sich nur nicht bremsen. Weiter! An die Arbeit.« Auf dem Weg zurück an ihre Schreibtische stupste Lucas sie in die Seite. »Also, ich meine, das lief doch ganz gut für uns«, grinste er. Yashi wollte ihm glauben, aber ihr fehlte der Vergleich.

Und nun brachte Stella schon wieder einen Stapel Akten zu ihrem Schreibtisch. Sie zuckte mit den Schultern. »Es tut mir sehr leid. So ist es wohl am Anfang. Sie müssen sich einarbeiten. Aber Sie machen das gut. Nur weiter so!«

Yashi bedankte sich, aber beim Anblick der Stapel von Papier verging ihr die Lust. Sie musste so viel lesen, sich auf Sitzungen vorbereiten, Fachausschüsse, Einzelbegegnungen. Sich Gesichter merken und Namen, in Themen hineindenken, Gesetzestexte verinnerlichen. Es war so ermüdend. Reisen hatte sie bisher nicht müssen und war froh darüber. Die Alltagsroutine reichte ihr völlig. Sie ging zur Toilette, nur, um hinter einer verschlossenen Tür für sich zu sein. Sie saß einfach da. Und dann hörte sie, wie neben ihr in der Kabine jemand weinte. Sie glaubte erst, sie habe sich geirrt, aber auch auf der anderen Seite hörte sie eine Frau leise schluchzen. *Was ist denn hier los? Hier sitzen Kolleginnen, die zum Weinen aufs Klo gehen?* Sie atmete aus und ein. *Ja, es kann dich wohl verrückt machen, dieses Gefühl, immer erreichbar sein zu müssen. Weil du selber müde bist, aber irgendjemand irgendwo gerade erst aufsteht, gerade ein Problem hat, gerade in Gefahr ist, gerade deine Entscheidung braucht.*

24 Stunden lang kamen hier Mails an. Irgendwo auf der Welt war ja immer jemand wach. Und irgendwo passierte immer irgendetwas Unerwartetes, kündigte sich die nächste Krise an. Yashi versuchte, sich zu beruhigen. Fuhr sich mit den Fingern durch die Haare. Massierte ihre Schläfen. Putzte sich sie Nase. Betätigte die Klospülung. Wusch sich die Hände. Legte etwas Lippgloss auf. Und ging wieder zurück in ihren Büroraum.

Am runden Tisch saßen einige aus dem Team und tranken Kaffee. Bela hatte die Stimme erhoben: »Kennen Sie den? Guterres fragt in die Runde: ›Was ist Ihre Meinung zu dem Mangel an Nahrung in der restlichen Welt?‹ Der Afrikaner fragt: ›Was ist Nahrung?‹ Der Europäer fragt: ›Was ist Mangel?‹ Der Amerikaner fragt: ›Was ist die restliche Welt?‹ Der Araber fragt: ›Was ist eine Meinung?‹« Er lachte über seinen eigenen Witz.

Einige schmunzelten. Yashi setzte sich. Pavani Nadar war mal wieder zu Gast. Ihr kritischer Blick traf Yashi. »Und wie geht es Ihnen?«

»Danke. Ganz gut. Und Ihnen?«

»Wenn Malala wieder zu Hause ist, werde ich kurz traurig sein und dann eine Woche Urlaub machen.«

Laetitia trat an den Tisch und bat um Aufmerksamkeit. »In zwei Wochen ist es also endlich so weit. Kurz nach der Vollversammlung. Malala Yousafzai besucht uns. Sie ist offizieller Gast von UN-Women. Aber sie wird auch hier im Haus sprechen und einige Meetings haben. Miss Nadar ist für die Kommunikation zwischen unseren beiden Häusern zuständig. Ich möchte kein Konkurrenzverhalten sehen. Machen Sie Termine. Besorgen Sie sich O-Töne. Hören Sie zu. Stellen Sie Fragen. Nutzen Sie die Situation für Ihr eigenes Thema. So! Weitermachen. Die Welt schläft nicht.«

Die Gruppe löste sich langsam auf. Bela brummte: »Ich bin dreimal so alt wie dieses Mädchen.«

Eliene zog die Brauen hoch und verschränkte die Arme. »Ja, das wissen wir alle. Und ehrlich gesagt, man sieht es ja auch. Wir wissen, du findest es überaus schade, dass du kein Mädchen bist. Und die Taliban dir leider nicht verboten haben, die Schule zu besuchen. Und auf dem Schulweg nicht auf dich geschossen wurde. Und du nicht schwer verletzt wurdest. Denn dann wärst du ja jetzt auch Friedensbotschafterin. Und hättest vielleicht auch was zu sagen.«

Laetitia kam auf sie zu und berührte sie am Arm: »Eliene. Bitte. Kriegen Sie sich in den Griff!« Mit ihrem Zeigefinger winkte sie Bela zu sich heran. »Und Sie kommen mit.« Bela folgte ihr widerwillig.

»Ich gehe ins ›Ya‹«, sagte Eliene und schnappte sich ihre Handtasche. Amy und Yashi folgten ihr spontan. Auf dem Gang begegneten sie Yuki und konnten sie überzeugen, auch noch mitzukommen.

Das ›Ya‹, entdeckte Yashi, war ein weiteres Restaurant ganz in der Nähe. Sie bestellten vier Mal das Gemüse-Medley-Curry, mit Cheddar-Käse und einem Spiegelei in der Pfanne überbacken.

»Na denn, na denn, na denn«, sagte Eliene laut und tippte sich mit ihrem Zeigefinger gegen die Stirn: »Immer dieses Rumgeheule. Wie kann man denn den Besuch von einer Malala persönlich nehmen und meckern: ›Ich bin aber dreimal so alt wie sie‹? Ich verstehe ihn nicht. Und er nervt mich. Wir sind uns ja auch längst nicht immer alle einig. Quote, Kopftuch, Prostitution, Abtreibung und so weiter. Ja, wir sind oft unterschiedlicher Meinung. Aber bei Bela ist es grundsätzlich. Er versteht nicht, warum die *Ab*wesenheit von Frauen ein Problem ist. Cara de pau. So ein Holzkopf.« Sie nahm zwei Essstäbchen, schob sie in ihre blondierten Locken und alle lachten.

»Essen und Pause wollen in Frieden genossen werden.« Yuki hatte leise, aber bestimmt gesprochen.

Sie sahen die Japanerin alle etwas perplex an und stimmten ihr jeweils auf ihre Art zu.

Eliene grinste: »Na denn. Na denn. Na denn. Will ich mir von dem Kerl mal nicht den Appetit verderben lassen.«

Yashi sagte: »Ich freue mich immer, wenn wir in der Mittagspause essen gehen.«

Amy legte ihr Handflächen aneinander. »Gesegnet sei Gott, König des Universums, der die ganze Welt in Güte ernährt.«

Sie nickten sich alle zu und genossen ihr Essen. Und sprachen über Laetitia, die nie mitkam in die Pause. Die unermüdlich arbeitete, morgens die Erste war und abends die Letzte.

»Also ich muss abends auch mal abschalten«, meinte Eliene.

»Ich schlafe sogar beim Sherlock-Gucken ein, so müde bin ich«, gab Amy zu.

Und sie erzählten sich von ihren aktuellen Lieblingsserien: »The Good Wife« und »Orange is the New Black«. Und gaben zu, dass sie alle immer noch gerne »Sex and the City« guckten.

Yashi schüttelte den Kopf: »Wenn ich Zeit habe, gucke ich gerne mal rein. Aber ich gehe abends oft essen. Meistens mit Zina. Dann schreibe ich noch Mails. Beruflich. Und skype privat oder schreibe wenigstens ein paar kurze Nachrichten.«

Yuki bestellte ohne zu fragen Litschi-Lassi für alle und forderte Eliene auf, noch etwas Schönes zu erzählen: »Komm, Eliene. Du darfst sogar in der Pause über die Arbeit sprechen. Weil es uns alle ermutigt. ›He-for-She‹ läuft super. Zumindest aus Sicht der Öffentlichkeitsabteilung kann ich das wohl so sagen.«

Eliene gab es zu: »Ja. Es gibt nämlich nicht nur die ›Na-denn-Belas‹, sondern auch die ›He-for-She‹-Männer. Ich bin manchmal echt geflasht von der Unterstützung.«

Yuki zählte auf: »Justin Trudeau hat ein schönes Statement abgegeben. John Legend hat gesagt: ›Alle Männer sollten Feministen sein.' Matt Damon ist dabei. Prinz Harry unterstützt uns. Und Iggy Pop.«

Eliene grinste: »Und 007, James Bond, beziehungsweise Daniel Craig, unterstützt uns auch. Coole Typen alle.« Sie lachten, tranken ihren Lassi aus und gingen zurück.

Im Büro wandte sich Pavani Nadar noch einmal an Yashi: »Aus welchem Teil von Indien kommen Sie eigentlich?«

»Aus den Nilgiris.«

»Ach, Tamil Nadu. Wie ich. Und wie hießen Sie mit Mädchennamen, wenn ich fragen darf?«

»Eapen. Warum wollen Sie das wissen?«

»Ach, ich interessiere mich eben für Menschen. Sind Sie gebürtig aus den Bergen?«

»Nein. Ursprünglich komme ich aus Coimbatore. Das gehört auch zu Tamil Nadu, liegt im Westen, an der Grenze zu Kerala.«

»Ja, ich weiß, wo das ist.«

»Da bin ich geboren und aufgewachsen. Studiert habe ich dann in Chennai und im schönen Leeds in England. Und Sie?«

Pavani guckte plötzlich auf ihr Telefon. »Entschuldigen Sie mich. Ich muss jetzt gehen.«

Yashi sah ihr verwirrt hinterher. Aber sie wurde abgelenkt, weil ihr Telefon leuchtete. Eine neue Nachricht in der Familiengruppe: »Wir bekommen ein Kind. Cheryl und ich. Einen kleinen Bhandari. Anfang März ist es so weit. Freut euch mit uns. Jason.«

Sie freute sich wirklich. Darüber, dass Jason schrieb. Es mit allen teilte. Dass sie Großmutter wurde. Dass die Nachricht leicht und glücklich klang.

Lucas setzte sich auf ihre Schreibtischkante: »Also wann gehen wir beide eigentlich mal zusammen essen, Yāsir Arafāt?«

»An dem Tag, an dem Sie mich bei meinem richtigen Namen nennen, werde ich vielleicht darüber nachdenken.«

Er zog eine schelmische, zerknirschte Grimasse und beobachtete, wie sie ihre Sachen ordnete. Er legte den Kopf schrägt, meinte: »Sie sind gut!«, und sprang auf. »Adios, Yāsir. Bis morgen!«

Yashi sah ihm lachend nach.

Sie fuhr müde und zufrieden nach Hause. In der U-Bahn fror sie, und als sie umstieg und eine Weile auf dem Bahnsteig warten musste, begann sie zu schwitzen. Sie freute sich auf eine Dusche. Ob heiß oder kalt, würde sie gleich spontan entscheiden. Als sie die Wohnungstür aufschloss, schnupperte sie und ihre Nase wollte wissen, was da so lecker roch.

Zina stand in der Küche. »Hey! Prego und Voila! F. wie Französisch. Ich habe gekauft, was besonders köstlich aussah und was ich irgendwie typisch fand. Es gibt von allem etwas: frisches Baguette, Gänseleberpastete, Camembert mit Feigensenf, eine Wild-Terrine, die mega köstlich duftet, Zuckererbsen und zum Nachtisch Créme brûlée. Meine Mikrowelle und der Herd waren mega lange nicht im Einsatz, aber ich glaube, es wird lecker.«

»Ich springe nur kurz unter die Dusche. Gib mir zehn Minuten.« Als sie sich abtrocknete und eincremte, dachte sie an Kiran.

Sie vermisste es, mit ihm zu sprechen. In echt. Von ihm angesehen und berührt zu werden. Während sie sich anzog, hörte sie »I Saved the World Today«. Kiran, seine Hände, seine Augen, seine Lippen, waren so präsent. Sie hatte heute nicht die Welt gerettet. Sie hatte versucht, ihren kleinen Beitrag zu leisten und sang laut und trotzig mit: »Hey, hey. Heute habe ich die Welt gerettet«. Es war ein fernes Ziel, die Welt etwas schöner zu machen. Eine Hoffnung. Es war ein Traum. Jetzt gerade fühlte er sich manchmal wie ein Albtraum an. Ein Albtraum aus Papierstapeln. Repeat. »Heute habe ich die Welt gerettet.« *Träume machen uns doch besser, oder?* Sie sang weiter mit. Zina war wohl so mit Kochen beschäftigt, dass sie heute sogar auf ihre Oper verzichtet hatte.

Das Abendessen war köstlich. Aber einfache Idlis, nur mit Salsa und Gemüse, wären auch mal wieder wunderbar. Zina gab zu, dass es gemütlich war, einmal zu Hause zu essen. Sie waren beide müde und gingen früh schlafen.

Zum Ausklingen des Tages flüsterte Yashi:
»Wir leben mit dem Himmel.
Mit den Sternen. Mit dem Mond.
Die Flut kommt so regelmäßig wie die Ebbe.
Die Sonne geht jeden Morgen wieder auf.
Es gibt ein Gleichmaß und für alles eine Zeit.
Wir atmen. Aus und ein.«

38

Eine Woche lang befand sich New York im Ausnahmezustand. Gesandte aus 193 Mitgliedsstaaten reisten an, und die Sicherheitsmaßnahmen wurden ausgedehnt. Ganze U-Bahn-Stationen waren gesperrt. 800 zusätzliche Agenten und unterstützendes Personal waren auf dem Gelände der Vereinten Nationen und in der Stadt unterwegs, teilweise schwer bewaffnet. Yashi kam sich vor wie in einem riesigen, modernen Gefängnis.

Jedes Jahr im September gab es diese Woche mit lauter formellen und informellen Sitzungen. Für Yashi war es das erste Mal, dass sie so nah dabei war. Nicht als Teilnehmerin der offiziellen Sitzungen. Nicht bei den Debatten und Anhörungen. Aber Amy hatte angekündigt, es würde auch für sie viele Begegnungen geben. Nebenbei. Diplomatie auf dem Flur, Austausch von kleinen Vertrauensbeweisen. Yashi eilte gerade durch die Eingangstür, als eine ältere Dame ihr zuwinkte und mit einem Zigarillo wedelte. »Junge Frau! Lust, eine mit mir zu rauchen?« Sie streckte ihr ein verbeultes silbernes Zigarettenetui entgegen.

Yashi lachte und blieb stehen. »Danke. Aber ich rauche nicht.« Die Ältere verzog den Mund zu einem Flunsch. Dann lachte auch sie und ihre vielen Falten in ihrem sonnigen Gesicht schienen zu tanzen: »Egal. Erzählen Sie mir doch, wie es hier so läuft. Ich bin übrigens Melinda.« Ihr Händedruck war fest.

Auch Yashi stellte sich vor: »Yashi. Schön, Sie kennenzulernen.«

Melinda legte den Kopf schräg, grinste sie an, paffte weiter und erklärte mit dem Zigarillo zwischen den Lippen: »Ich bin eine der Übersetzerinnen. Seit fast zwanzig Jahren mach ich den Job. Portugiesisch, Spanisch, Deutsch. Englisch natürlich. Vielfältig einsetzbar.« Sie lachte wieder. »Es interessiert mich, wie es der guten alten UNO so geht. Hm?« Neugierig sah sie Yashi an.

Die überlegte. Sie wollte nicht von Schreibtischarbeit und Papierstapeln erzählen. Sie nicht langweilen mit einem Lobgesang auf die Arbeit in einem internationalen Team. Sie auf keinen Fall mit ihrem Frust anstecken. Also schloss sie die Augen und sagte: »Es wird bald eine großartige Kampagne geben. Für faire Mode. Richtig gut. Hier in unserem Turm ausgedacht, aber doch bedeutend für die kleine Textilarbeiterin im fernen Indien. Die Öffentlichkeitsabteilung gibt alles. Und ich persönlich auch.« Sie freute sich, dass Melinda sie anstrahlte.

»Das klingt ja echt vielversprechend. Da wünsche ich viel Glück!« Sie drückte den Rest ihres Zigarillos in dem Etui aus. »Nicht mal Ascheneimer gibt es hier noch.« Sie grinste wieder. »Bleiben Sie fröhlich, Yashi!« Sie drehte sich um und ging auf hohen Absätzen ins Hauptgebäude.

Yashi sah ihr nach. »Danke, Melinda.« Sie blieb noch einen Moment stehen und sah sich den Trubel um sie herum an. Kommen und Gehen. In diesem Jahr inspirierte der hundertste Geburtstag von Nelson Mandela die Veranstaltung. Die Erinnerung daran, dass die Generalversammlung eine der aktivsten Verbündeten von Mandela außerhalb Südafrikas gewesen war, tat allen gut. Der Gedanke an die rauchende Melinda ließ sie den ganzen Tag lang immer wieder schmunzeln.

Jetzt atmete die Stadt allmählich wieder normal. Die meisten Gäste waren abgereist. Und heute war schon wieder ein großer Tag. Draußen regnete es und der Novemberwind holte die Blätter von den Bäumen. Im Gebäude waren alle aufgeregt. Die Sicherheitsleute waren besonders angespannt. Und dann betrat sie das Gebäude: Malala Yousafzai. Umgeben von einem Gefolge von Frauen, von denen die meisten bei UN-Women arbeiteten, begleitet von viel Presse.

In der Eingangshalle war eine kleine Bühne aufgebaut worden. Eine Band spielte zur Begrüßung den Song »One Woman«. Fünf Frauen, die kaum unterschiedlicher hätten aussehen können, was ihre Größe und ihre Hautfarbe anging, dazu jeweils in ihrer traditionellen Kleidung, sangen gemeinsam. Yashi liebte das Lied sofort. Flöte, Gitarre, Schlagzeug, starke Solo-Stimmen. Ein Protestsong. Eine Hymne zum Einstimmen, zum Tanzen. Sie ging in Gedanken mit. Nach Kigali, Hanoi, Natal, Ramallah, Tanger, Lahore, La Paz, Kampala … Ein Lied, das Frauen in der ganzen Welt besuchte. Die Halle war voll. Die Vereinten Nationen hörten zu, wie die Sängerinnen und Musikerinnen ihre Länder miteinander verbanden. Ruanda, Vietnam, Südafrika. Das Westjordanland, Marokko und Pakistan, wo ihr Gast herkam. Bolivien, Uganda, Mexiko und Indien. *Wie gut es tut, erwähnt zu werden. Ich wusste gar nicht, dass ich so bin. Vielleicht wächst die Heimatliebe in der Fremde?* Einige sangen jetzt laut mit: »We shall shine – gemeinsam werden wir glänzen.«

Die Direktorin von UN-Women betrat die Bühne. Phumzile Mlambo-Ngcuka begrüßte Malala und alle anderen Gäste. »Als die Taliban den Mädchen in Pakistan verboten, die Schule zu besuchen, als sie ihnen verboten, Musik zu hören und zu tanzen, als sie verboten, unverschleiert in die Öffentlichkeit zu gehen, gab es Widerstand. Und der Widerstand bekam eine Stimme. Ein Mädchen hat widersprochen. Eine damals Elfjährige. Sie hat ihre Angst geäußert. Ihre Rechte eingeklagt. 400 Schulen wurden zerstört. Sie hat ihren ungebrochenen Willen, zu lernen, laut bekundet. Malala hat sich ein Pseudonym zugelegt und zunächst als Gul Makai im Radio gesprochen. Viele Tausend haben ihr zugehört. Auch in Südafrika waren es damals die Schülerinnen und Schüler, die sich der Diskriminierung der Mächtigen nicht mehr gebeugt haben. Die Kinder von Soweto haben auch in meiner Heimat mit ihrem Protest große Veränderungen angestoßen. Die Kinder dieser Welt, die leben, lernen und diese Welt mitgestalten wollen, sind eine Macht. Oder, wie es der Kinofilm über unseren Gast sagt: ›Ein Kind, ein Lehrer, ein Buch und ein Stift können die Welt verändern.‹ Malala Yousafzai konnte ihren wahren Namen nicht lange geheimhalten. Das hat sie in große Gefahr gebracht. Als sie 15 Jahre alt war, wurde ihr Schulbus mit Gewalt angehalten. Man schoss auf ihr Gesicht. Gezielt. Die Angreifer hatten nach ihr persönlich gefragt. Sie war schwer verletzt. Aber sie hat überlebt. Ja, wie Sie alle gleich sehen werden, ist sie sehr lebendig. Trotziger denn je zuvor. Sie ist die jüngste Friedensnobelpreisträgerin. Eine bedeutende Botschafterin. Ein Vorbild an Mut und Sturheit. Wir sind stolz darauf, sie heute hier begrüßen zu dürfen.«

Es wurde applaudiert. Die Band spielte ein Lied von Beyoncé. »If I were a boy. Wenn ich ein Junge wäre.« Die Ballade brachte ein anderes Tempo mit sich, gemächlich und nachdenklich und in der großen Eingangshalle war die Stimmung auf einmal fast andächtig. Als würden sich alle ausmalen, wie es wäre, ein Junge oder kein Junge zu sein. Und dann kam Malala nach vorne. *Sie ist klein. Und dabei so präsent.*

In einem klassischen roten Sari, einen Schal über ihrem Kopf, stand sie da. »Ich bin nicht das Mädchen, das von den Taliban angeschossen wurde. Nicht nur. Ich bin ein Mensch. Eine Frau. Eine Botschafterin. Eine sture Person. Die sich eine gute Ausbildung für alle Kinder wünscht. Gleiche Rechte für Frauen. Und Frieden für jede Ecke dieser Welt. Es ist mein Traum, in das Land meiner Geburt zurückzukehren und seinen Menschen zu dienen. Es wäre besser, Terrorismus durch Bildung zu beseitigen statt durch Krieg.«

Yashi hörte fasziniert zu. Und ihre Gedanken wanderten zu ihrer eigenen Arbeit. *Sie haben es geschafft, die Frauen von UN-Women. Sie haben eine Person gefunden, die ihr Anliegen wirksam vertritt. Ein Gesicht. Sie ist eine Ikone. Ein Vorbild. Wir sollten vielleicht auch so jemanden finden.*

Phumzile Mlambo-Ngcuka kündigte an, dass es Gelegenheit gäbe, einige Fragen zu stellen. Fast alle Presseleute meldeten sich. Einige bekamen die Chance, zu sprechen. Phumzile wählte konsequent Frauen aus. Bela würde kochen, falls er es bemerkte. Yashi entdeckte Pavani in der Menge, Eliene und Amy, die aus Myanmar zurück war. Und sie meldete sich. Phumzile zeigte auf sie. »Bitte! Stellen Sie Ihre Frage.« Yashi war kurz überrascht, dass sie tatsächlich aufgerufen worden war, fing sich aber schnell. »Erzählen Sie uns, wie es angefangen hat? Was oder wer Sie inspiriert hat?«

Und Malala erzählte: »Als ich elf Jahre alt war, habe ich das ›Tagebuch der Anne Frank‹ gelesen. Ein junges Mädchen, das Träume hatte wie ich. Anne schrieb ihre Gedanken und Gefühle auf. In einer Zeit, in der auch in ihrer Heimat die Bücher brannten. Das hat mich inspiriert zu meinem Blog-Tagebuch. Ich habe damals den Namen ›Gul Makai‹ für mich gewählt. Er bedeutet Kornblume. Gul Makai ist eine Figur aus einem Märchen. Die Geschichte hat ein Happy End.« Sie lachte und steckte eine Haarsträhne hinter ihr Ohr. »Das Vorbild von Anne Frank hat mir gezeigt, dass die Worte eines Mädchens viel bewirken können. Was ein Kind schreibt, kann vielen anderen Hoffnung geben. Mein erster Text damals hieß: ›Ich habe Angst.‹ Das war die Wahrheit. Aber ich hatte auch Mut. Ich hatte auch ein Ziel. Anne hat mir gezeigt, was es bedeutet, Worte zu finden. So hat es angefangen. Ich danke Ihnen für Ihre Frage.« Sie verneigte sich kurz und ging dann noch einmal ans Mikrofon. »Erlauben Sie mir noch, Anne Frank selbst zu zitieren. Es passt so gut. Ich hoffe, ich gebe ihre Worte angemessen wieder. Anne fragte: ›Warum müssen Menschen Hunger leiden, wenn anderswo überflüssige Nahrung wegfault? Warum sind die Menschen so verrückt? Ich glaube nicht, dass der Krieg nur von den Großen, von den Regierenden und Kapitalisten, gemacht wird. Nein, der kleine Mann ist ebenso dafür. Sonst hätten sich die Völker doch schon längst erhoben.‹ So schrieb es Anne Frank 1944. Die Völker *haben* sich erhoben. Am Ende des Krieges, der Anne Frank das Leben kostete, haben die Nationen sich vereint. ›Wir, die Völker‹, wollen Frieden, sagen wir heute. Ich danke Ihnen.«

Yashi war beeindruckt. Auch Kirthi war vom Tagebuch der Anne Frank ermutigt worden. Und auch sie selber hatte es ja als Schülerin gelesen und mit Namya gemeinsam darüber diskutiert. Vielleicht musste sie das Buch noch einmal lesen.

Sie war so sehr in Gedanken, dass sie nicht gemerkt hatte, wie Phumzile sich neben sie gestellt hatte. »Guten Tag. Ich bin Phumzile Mlambo-Ngcuka.« Sie reichte ihr die Hand und fragte weiter: »Darf ich fragen, wer Sie sind?«

»Ich bin Yashi Anne Bhandari. Anwältin aus Indien.«

»Sie arbeiten nicht hier?«

»Doch, ja. Das auch. Zurzeit, ja. In der Abteilung für Menschenrechte.«

»Eine D-Stelle, nehme ich an?« Yashi nickte nur. Phumzile sah sie offen an: »Es gibt ein sehr schönes Café in der Springtree-Street, das Café Mandelaplatz. Eine junge Südafrikanerin führt es. An jedem ersten Montag im Monat trifft sich dort ein kleiner Kreis von Frauen. Ich würde mich freuen, wenn Sie mal dazukämen. Immer ab 20 Uhr.« Sie gab ihr die Hand und verabschiedete sich. Ein fester Händedruck. Eine schöne Einladung. Yashi jubelte innerlich.

Pavani kam auf sie zu. Yashi kam es vor, als hielte sie die Nase höher als sonst. »Na, Sie Glückskind? Was wollte denn meine Chefin von Ihnen, wenn ich fragen darf?«

»Sie hat mich nur über dieses Treffen informiert. Montags im Café.«

»Ach. Wie schön. Und eine Frage sind Sie auch losgeworden. Sie planen Ihre Karriere ja sehr geradlinig.«

»Ich weiß nicht, was Sie eigentlich meinen. Aber vielleicht können wir ja montags mal darüber sprechen. Ich muss weiter. Viel Freude noch mit Ihrem Gast!« Yashi winkte und versuchte, so zu gehen, dass man ihr nicht anmerkte, wie schnell sie wegwollte.

An ihrem Schreibtisch malte sie eine blaue Blume auf ein weißes Blatt. Und schrieb darunter: »Kornblume. Gul Makai. Kurinji. Das Tagebuch der Anne Frank kaufen und lesen.« Und: »Die Völker erheben sich.« Und dann schrieb sie noch: »Es ist mein Traum, in das Land meiner Geburt zurückzukehren und seinen Menschen zu dienen.«

Yashi umarmte Amy, die an ihren Schreibtisch neben Yashis zurückgekehrt war. »Willkommen zurück!«

»Danke! Dieses Buch, dieses Tagebuch. Kennst du das auch?«

»Ja, ich habe es als junges Mädchen gelesen.«

»Ich auch. Anne Frank war ja Jüdin.«

Eliene hatte ihre Füße auf den Schreibtisch gelegt und rief ihnen zu: »Meint ihr, ich sollte das auch mal lesen?«

Yashi nickte und meinte: »Ich jedenfalls habe mir gerade vorgenommen, es unbedingt noch mal zu lesen.«

»Dann bestelle ich es für uns«, bot Amy an.

Aber Yashi widersprach ihr: »Ach, bitte, nicht. Ich werde es für uns kaufen. In einem echten Buchladen.«

Die beiden Kolleginnen sahen Yashi an, als wäre sie ein bisschen verrückt. »Wenn du dir die Umstände machen willst«, meinte Eliene, schob sich sehr langsam einen Streifen Kaugummi in den Mund und erzählte kauend: »Ich habe auch noch was Neues für uns. Eine großartige App. Sie heißt ›Head Space‹. Sehr hilfreich, um zur Ruhe zu kommen.«

Yashi schrieb »Head Space« über die blaue Blume.

»Und ich bin zurück«, sagte Amy. »Einfach nach Hause zurückreisen zu können – was für ein Privileg, ihr Lieben! Mittlerweile sind 900 000 Rohingya aus Myanmar nach Bangladesch geflohen. Die

Lage ist katastrophal. Wirklich echt dramatisch. Die Camps werden zu Slums. Der Monsun hat das Gebiet ins Rutschen gebracht. Hilfsorganisationen sind vor Ort, aber es fehlt an allem. Bangladesch ist ja selber arm. Und eine Rückkehr? Daran ist zurzeit nicht zu denken. Auch wenn Myanmar jetzt offiziell bereit ist, Flüchtlinge ins Land zurückzulassen – ganze Dörfer sind niedergebrannt worden.«

»Fast eine Million Menschen. Was für eine Zahl«, sagte Eliene.

Amy nickte: »Von insgesamt 68 Millionen Flüchtlingen, Binnenvertriebenen und Asylsuchenden weltweit insgesamt. Die Zahl ist so hoch wie nie zuvor.«

»Die Zahlen sind so groß, dass sich niemand mehr vorstellen kann, dass es Millionen Gesichter sind. Geschichten. Familien. Liebesbeziehungen und Träume«, sagte Yashi.

»Und nossa irmã, unsere Schwester Aung San Suu Kyi, die Präsidentin?«, fragte Eliene. Sie ließ eine Kaugummiblase platzen.

»Tja«, seufzte Amy. »Viele sind enttäuscht. Verständlicherweise. Gerade erst wurde ihr die ›Freedom-of-Edinburgh‹-Auszeichnung aberkannt. Wegen ihres Schweigens zur Situation der Rohingya. Aber sie handelt ganz sicher mit Kalkül. Die Macht der Armee ist nicht zu unterschätzen. Suu Kyi hat zwar die Wahlen gewonnen, aber die Militärs regieren ja weiterhin mit. Das wird so schnell vergessen. Sie arbeitet auf eine Verfassungsänderung hin, will die Militärs entmachten und Myanmar zu einer echten Demokratie machen. Und fürchtet, die Unterstützung vieler Buddhisten zu verlieren, wenn sie sich auf die Seite der muslimischen Minderheit stellt. Das ist Politik. Aber von hier aus betrachtet – hat sie moralisch versagt. Sie ist nicht mehr die überzeugende, mutige Friedensfrau.«

»Wenn die Vorbilder gehen, sind die Bilder dran«, meinte Yashi, und als sie merkte, dass ihre beiden Teamleiterinnen sie interessiert ansahen, führte sie den Gedanken aus: »So wichtig Menschen wie Anne Frank, Suu Kyi oder Malala sind, am Ende nehmen sie uns nicht die Arbeit ab. Wenn es gutgeht, unterstützen sie das Gute. Und irgendwie brauchen wir sie auch. Wir brauchen die Ikonen wirklich. Aber: ›Wir, die Bevölkerung‹, wir sind es doch eigentlich, auf die es ankommt.«

In dem Moment kam Bela bei ihnen vorbei und meinte feixend: »Hey, Leute. Es wird eine Sitcom über uns geben. Bald schon. Stellt euch das vor! Eine Sitcom über die UNO! Guckt euch den Trailer an. Ich habe schon so gelacht. Eine ›Jaz Rizkalla‹ aus Kanada ist die Hauptperson. Glaubt mir, die veralbern das Ganze hier. Es wird köstlich. Ein Megafuck.«

Und das ganze Großraumbüro guckte den Trailer. Alleine, zu zweit, zu dritt. Hinter den Bildschirmen wurde gelacht. Blauhelme, Missionen, Gelder, Projekte waren kurz vergessen. Sich ein paar Minuten lang mit Witz unterhalten zu lassen war wohltuend. Als gezeigt wurde, wie die Hauptperson Jaz nicht ins Gebäude kommt, weil ihr Ausweis zwar ein weißes D zeigt, aber kein weißes P, gelbes N, grünes O oder rotes D, lachten alle lauthals. Das System aus Rollen, Posten, Rängen und Zugängen wurde ganz schön vorgeführt.

39

»Also, wer ist unsere Malala?«, fragte Yashi.

Lucas reichte ihr die Hand. »Guten Morgen, Yāsir Arafāt. Schön, Sie so wach zu sehen.« Er zuckte mit den Schultern. »Wir haben keine.«

»Es gibt doch ganz sicher ein Gesicht, das unser Anliegen transportieren kann. Eine bekannte Person, die für unsere Themen einsteht. Wir müssen sie nur finden.«

»Oder erfinden.«

»Wie meinen Sie das?«

»Wir schaffen uns eine. So, wie Malalas Vater seine Tochter zu einer Ikone gemacht hat.« Yashi sah ihn zweifelnd an. Lucas warb weiter für seinen Vorschlag: »Also ich meine, solche Vorbilder werden gemacht. Sie kommen nicht wirklich von der Basis, aus dem Volk, von unten nach oben. Sie werden aufgespürt.«

»Das klingt aber nicht demokratisch. Haben Sie vergessen, wo wir sind?«

»Also, Sie sind ja so unglaublich süß und naiv«, seufzte Lucas. »Genau hier kennen wir uns mit diesem Prinzip aus. Hier glaubt man ja zum Beispiel auch an Sie.«

»An mich? Was wollen Sie denn nun wieder damit sagen?«

»Ja. Sie passen ins Muster. Sie könnten hier wirklich Karriere machen.«

Yashi schüttelte den Kopf. »Ich würde jetzt lieber eine echte, überzeugende Person für eine Kampagne suchen.«

Lucas schloss die Augen und stützte seinen Kopf auf die Hände. Als er aufsah, meinte er: »Okay. Also einverstanden. Nennen Sie mir mal ein paar Beispiele. Damit ich mir das Ganze besser vorstellen kann.«

Yashi erzählte ihm, wen sie bei ihrer Recherche gefunden hatte, und er hörte ihr aufmerksam zu. Sie nannte Namen von Schauspielerinnen, Musikerinnen und Sportlerinnen, zeigte immer mal wieder ein Foto. »Xenia Tchoumitcheva wäre vielleicht auch geeignet.«

»Ich bitte Sie. Ich meine, den Namen kann ja niemand aussprechen.«

»Sie hat ihn für die sozialen Medien schon selbst auf Xenia Tchoumi verkürzt.« Yashi zeigt ihm ein Foto des Models.

Er zog die Brauen hoch und pfiff anerkennend. »Der Name ist Mist. Aber das Gesicht ist gut.«

»Lucas«, mahnte Yashi ihn mit gespielter Strenge.

Und er fragte: »Was kann sie?«

»Sie ist Model.«

»Ist sie denn – also, ist sie mehr als nur schön?

»Sie meinen, ob sie intelligent genug ist?«

Er druckste herum.

Yashi verdrehte die Augen, schüttelte wieder den Kopf und erklärte ihm ruhig: »Sie hat Wirtschaftswissenschaften studiert. Spricht fünf Sprachen fließend. Nämlich Russisch, Italienisch, Englisch, Deutsch und Französisch. Spanisch immerhin so, dass sie sich unterhalten kann. So viel dazu.«

»Okay, weiter. Wodurch ist sie bisher aufgefallen? Hat sie sich politisch geäußert?«

»Sie hat sogar schon bei den Vereinten Nationen in Genf gesprochen. Am Internationalen Frauentag. Ihr Thema war: ›Die Macht digitaler Frauen‹. Sie ist da sehr aktiv. Eine Meinungsmacherin. Sie mischt sich ein mit Instagram, Facebook, Twitter. Sie zeigt ihre Videos auf Snapchat und ihrem YouTube-Kanal. Und hat acht Millionen Anhängerinnen.« Yashi sah ihren Kollegen kritisch an: »Okay. Sie sind nicht begeistert. Müssen Sie ja auch nicht sein. Was stört Sie denn?«

»Sie ist Russin.«

Yashi sackte in sich zusammen, richtete sich dann wieder auf und sah ihn offen an. »Das ist jetzt nicht Ihr Ernst, oder? Sie arbeiten hier bei der UNO und spielen weiter ›Sexist im Kalten Krieg‹?«

Lucas wirkte wie erwischt. »Hier, nehmen Sie ein paar M&Ms. Das hier ist eine besondere Sorte. Mit Mandeln. Die gibt's nicht immer.« Yashi nahm eine Handvoll. Lucas fragte kleinlaut: »Also. Haben Sie nicht noch eine andere Person? Ich meine ja nur … Bitte.«

Yashi lenkte ein und erzählte weiter. Von einer brasilianischen Fotografin. Einer Schriftstellerin aus Palästina. Und von Falu, einer indischen Sängerin.

»Indisch? Das gefällt mir.« Lucas grinste sie an.

Yashi suchte nach einem Foto von ihr und Lucas nickte es ab. Dann suchte sie auf iTunes und spielte ihm einen ihrer Songs vor. »Rise and breathe again.«

Lucas hörte zu, nickte wieder und murmelte: »Mit dem Lied ist sie gerade in den Kinos. Das gehört zum Soundtrack von ›Basmati Blues.‹« Lucas lachte. »Liebe im Reisfeld. Das klingt aber kitschig, Yāsir Arafāt. Ich meine, Sie haben einen merkwürdigen Geschmack.«

»Könnten Sie bitte endlich aufhören, mich so zu nennen?« Yashi war energisch und erschrak selber ein bisschen bei ihrer lauten Stimme. »Ich meine, was habe ich mit Yāsir Arafāt zu tun?«

Statt ihr eine Erklärung zu geben, fragte Lucas: »Gehen wir dann zusammen ins Kino und gucken uns den Film an?«

Yashi überlegte kurz. »Wenn Amy und Eliene auch mitgehen.«

»Okay. Machen wir also einen Team-Ausflug. Nächste Woche«,

willigte Lucas ein. »Ich meine, wir könnten uns diese Falu ja mal anhören.«

»Okay.« Er brachte sie tatsächlich oft zum Schmunzeln. »Ich habe noch einen weiteren Vorschlag.«

»Reicht das nicht allmählich? Okay, eine noch, lassen Sie hören, *Yashi Anne.*« Er betonte ihren Namen, sodass sie lachen musste.

»Mahajana. Ein indisches Model.« Sie zeigte ihm ein Foto.

»Die erinnert mich an dieses Titelgesicht vom ›National Geographic‹. Diese Afghanin mit den grünen Augen, wissen Sie noch?«

Yashi nickte: »Nur noch hübscher, oder?«

Lucas gab ihr recht. »Sie könnte die Schwester von Jesse Williams sein. Okay. Sie ist also Inderin, das gefällt mir. Wirklich.« Er grinste sie frech an.

»Sie sind ja so charmant.«

»Was kann sie?«

»Sie hat neulich in Delhi einen beeindruckenden Vortrag über die Schönheit der Demokratie gehalten. Es war die Abschlussrede an ihrer Hochschule. Und hat sofort 100 000 Klicks auf YouTube bekommen. Ich habe ein gutes Gefühl bei ihr.«

Lucas sah auf die Uhr: »Wir reden am Montag weiter. Und was machen Sie am Wochenende?«

»Ich gehe einkaufen. Bei Rizzoli kaufe ich Bücher. Bei Bhoomki gucke ich nach wärmeren Klamotten für den Winter. Ich gehe auf jeden Fall zum Yoga. Bei uns wird nicht so oft gekocht. Daher gehe ich also, warten Sie – G. wie Griechisch, nein, das ist ja lange her. J. wie Japanisch hatten wir, K. wie Koreanisch auch schon. L. wie Libanesisch.« Sie genoss seinen irritierten Gesichtsausdruck. »M. wie Mexikanisch. Was könnte also kommen? N. wie Norwegisch? Niederländisch? Namibisch? Nepalesisch?«

»Sie gehen alphabetisch essen?«

Yashi lachte. »Ja. Ich weiß, es klingt verrückt. Es ist ein Spleen meiner Schwägerin.«

Er lachte. »Das ist Amerika! Na dann, viel Spaß. Bis Montag!«

Sie verabschiedeten sich voneinander. Yashi kochte sich noch eine Tasse Tee. Sie hatte ihr Telefon auf ihrem Schreibtisch liegen gelassen und als sie aus der Küche zurück kam, sah sie, wie Pavani mit dem Finger auf den Bildschirm tippte und sich das Foto ansah. Als Yashi näher kam, erschrak sie nicht einmal, sondern fragte leutselig: »Ist das der Herr Doktor Bhandari?«

»Was machen Sie denn da?«

»Ich sagte doch schon: Ich interessiere mich für Menschen. So bin ich nun mal.«

Yashi nahm ihr Telefon an sich. »Das hier ist mein Schreibtisch.«

»Sorry, sorry.« Sie winkte ab und verließ das Büro.

Was will diese Frau denn bloß von mir?

Yashi schrieb eine Mail an Mahajana, ohne auf das Okay von Lucas zu warten. Sie wollte die Kampagne vorantreiben, wusste, sie brauchte ein Gesicht, und entschied, ihrer Intuition zu trauen. Als die Mail verschickt war, nickte sie zufrieden.

Dann schickte sie eine Nachricht an Zina: »Was sagt dein Immo-Account? Gibt es vielleicht endlich Neuigkeiten zu meiner Suche?« Eine weitere an Dayita, Namya und Kemia: »Ihr fehlt mir. Ich habe Heimweh. Aber ich habe auch eine Einladung zu einem Abend mit Phumzile Mlambo-Ngcuka. Von ihr selbst höchstpersönlich. Ich werde für Euch alle mit hingehen. Wann auch immer ich Zeit dazu finde ... In Liebe, Yashi.« Und eine an Berry: »Liebling. Ich hoffe, es geht dir weiterhin so gut in unserer Heimat. Alle Kräfte von Neem, Losbäumen und Kardamom mögen dich stärken. In Liebe, Amma.« Und dann schrieb sie auch noch an Jason. Und war aufgeregt, weil es so ungewohnt war. Weil es so viel zu reden gab. Sie wollte ihm wenigstens ein Lebenszeichen schicken. »Liebe Grüße aus dem Osten dieses großen Landes. Ich wünschte, wir würden uns wiedersehen. Zu Weihnachten vielleicht? In Liebe, Amma.«

40

Yashi hatte am frühen Morgen ein Meeting mit Brian Anderson von Greenpeace gehabt und machte sich jetzt ein paar Notizen. Die Umweltorganisation würde die Kampagne unterstützen. Brian hatte schlicht gesagt: »Die herkömmliche Textilindustrie ist ja nicht nur im Sozialbereich erschütternd, sondern auch eine der größten Umweltverschmutzerinnen. Insbesondere, was Wasser angeht. Wir sind dabei.« Yashi hatte sich bedankt und ihm erzählt, was für Aktionen sie planten. Er hatte seine Anerkennung gezeigt und sich besonders für die beteiligten Secondhand-Initiativen interessiert. Wie nebenbei hatte sie erfahren, dass »Greenpeace Indien« wie vielen Non-Profit-Organisationen die staatliche Zulassung entzogen worden war. Ein Arbeitsverbot, das zum Schweigen bringen sollte. Es war merkwürdig gewesen, so eine Nachricht so weit weg von zu Hause zu hören. *Es gibt einen Satz, der dazu passt. Irgendwann habe ich ihn gehört. Ein Zitat. Aber von wem?* Sie blätterte durch ihr Notizbuch und fand ihn: »Es ist mein Traum, in das Land meiner Geburt zurückzukehren und seinen Menschen zu dienen.« Das hatte Malala gesagt.

Eliene kam zu ihr und fragte: »Yashi, kann ich dich heute mal dienstlich sprechen? Gehen wir zusammen essen, bitte?« Sie klang amtlich. Das kalte Kribbeln lief Yashi über den Rücken. Und es blieb bis zum Mittag, auch wenn Eliene beteuert hatte: »Nichts, was wir nicht besprechen könnten.«

Yashi ahnte, dass irgendetwas nicht stimmte, und fragte sich den ganzen Vormittag über, was los war. *Habe ich etwas falsch gemacht? Eine wichtige Aufgabe übersehen? Eine Mail falsch beantwortet? Einen Anhang vergessen? Jemanden beleidigt oder sogar verletzt? Mich politisch unkorrekt geäußert? Habe ich etwa die Gender-Schwestern gekränkt?*

Endlich saßen sie im »Mona«. Yashi aß indische Linsensuppe und ein Avocado-Sandwich. Eliene Pasta mit Basilikum-Pesto. Yashi sagte: »Ach, ich liebe Avocados, obwohl ich weiß, dass es eine Sünde ist, die zu essen. Ich tu‘s trotzdem.«

»Ja«, lachte Eliene. »Es ist echt anstrengend, immer so viel über diese Welt zu wissen.« Sie legte Löffel und Gabel zur Seite und kam auf ihr Anliegen zu sprechen: »Pavani, die Kollegin von UN-Women hat mich gestern besucht.« Yashi nickte nur. »Sie will mich für eine Initiative gewinnen. Für eine Zusammenarbeit von UN-Women, und unserer Abteilung. Sie will etwas zur Situation von Teepflückerinnen in eurer Heimat machen. Ich habe ihr gesagt, dass das auch in deinen Bereich fallen würde. Arbeitsrecht. Aber davon wollte sie nichts wissen. Sie ist richtig energisch geworden, ja, fast hysterisch. Ich weiß nicht, was ich davon halten soll. Mal ehrlich: Hast du ihr irgendwas getan?«

Yashi spürte heiße Wut in sich aufsteigen. Sie schüttelte den Kopf: »Nein. Sie fragt viel. Ist ein bisschen aufdringlich. Lucas meinte schon mal, sie sei neidisch. Aber sonst? Ich habe keine Ahnung, was sie gegen mich hat oder gegen eine Zusammenarbeit mit mir.«

Eliene rollte eine Gabel Spaghetti auf und sprach mit halbvollem Mund weiter: »Nun, sie hat es jedenfalls eilig. Und ich würde eigentlich gerne mitmachen. Teepflückerinnen – das gibt echt gutes Bildmaterial. Ist das okay für dich? Du bist die Chefin.«

»Ja. Es ist okay. Mach es!« Yashi löffelte schweigend ihre Suppe.

»Obrigada. Danke.« Eliene strich sich mit der Hand über die blondierten kurzen Locken und sah Yashi aufmerksam an.

»Was hat sie denn vor? Mit den Teepflückerinnen?«

»Siehst du! Es interessiert dich doch.«

»Ja, es interessiert mich. Klar. Ich hatte viel mit dem Thema zu tun. Zu Hause.«

Eliene schob ihren Teller weg, wühlte in ihrer Handtasche und war froh, als sie ihre Kaugummis gefunden hatte. Während sie einen Streifen aus der Packung zog und sich in den Mund stopfte, erzählte sie weiter: »Du kennst ja die Frage: Können Konzerne oder Geschäftsleute gezwungen werden, Menschenrechte besser zu achten? Man könnte sagen, dass Pavani ein Exempel statuieren möchte.« Das kalte Kribbeln zog Yashis Rücken hoch. »Was ist los?«, fragte Eliene.

»Irgendwie kommt mir diese Person ständig zu nah. Und ganz ehrlich: Sie nervt mich«, sagte Yashi.

»Ich halte dich auf dem Laufenden«, versprach Eliene. »Magst du auch noch einen frischen O-Saft? Ich hol uns einen.«

Yashi bedankte sich und nutzte den Moment alleine, um Kiran eine Nachricht zu schreiben: »Kennst du zufällig eine Pavani Nadar?«

Kiran schrieb sofort zurück: »Nein. Der Name sagt mir gar nichts. Wer ist das?«

»Eine Kollegin. Melde mich später.«

Eliene stellte die zwei Becher mit Saft auf den Tisch. »Ich bekomme heute noch Besuch aus Kenia. Von zwei Designerinnen, die unser ›Charity-Armband‹ entworfen haben. Auch eine schöne Aktion. Wir haben Nicole Kidman gewinnen können, es zu tragen. Und Martina Navratilova. Und Gisele Bündchen.«

»Herzlichen Glückwunsch! Genau an so einer Idee arbeiten wir auch gerade. Geht es um fairen Schmuck?«

»Er ist fair hergestellt, von Designerinnen in Kenia. Das Label heißt ›Soko‹. Es geht um die Beendigung von Gewalt gegen Frauen.

UN-Women nennt die Kampagne ›Orange the World‹. Das Armband wird als Symbol der Unterstützung getragen. Ist doch cool, oder? Schmuck für einen guten Zweck.«

Als sie zurück ins Büro kamen, kam ihnen Laetitia entgegen, begleitet von zwei Afrikanerinnen in bunten Kente-Kleidern.

41

Sie hatten entschieden, nicht das Kino in nächster Nähe zu besuchen, sondern das ›Cinema 1,2,3‹ in Manhattan. »Die Sessel sind die bequemsten der ganzen Stadt«, hatte Lucas behauptet. Amys Mann Aaron würde auch mitkommen. Ebenso Zina. Amy, Eliene, Lucas und Yashi waren gemeinsam losgezogen. Als sie beim Verlassen des Hauses Thelma getroffen hatten, hatte die sich schnell überzeugen lassen, sich ihnen anzuschließen, denn es war ihr letzter Abend in New York. Ihr Praktikum war zu Ende. Morgen würde sie zurück in den Libanon fliegen. Zu siebt hatten sie dann Karten und Popcorn gekauft und warteten jetzt nebeneinander im Dunkeln darauf, dass der Film anlief. »Es ist eine Mischung aus Musical und Romanze«, sagte Yashi und beugte sich vor, sodass alle in der Reihe sie hören konnten. »Linda ist eine hochbegabte, amerikanische Wissenschaftlerin, der es gelingt, eine besondere Reissorte zu entwickeln. Genetisch verändert.«

Lucas sagte: »Und weil Yashi den Film ausgesucht hat, sind Lindas Motive natürlich edel: Sie hofft damit, den Hunger in der Welt beenden zu können. Ihr Chef schickt sie also nach Indien. Sie soll den lokalen Farmern den Wunderreis anpreisen. Nach dem Motto:

›Jeder Reisesser ist ein Kunde.‹ Und unsere Linda ist überzeugt, etwas wirklich Gutes zu tun.«

Die Lichter gingen ganz aus und der Vorhang öffnete sich. Yashi lehnte sich zurück. Linda war sympathisch. Die Bilder aus Indien erwischten sie. Sie meinte, spüren, riechen zu können, was der Film erzählte. Rajit gefiel ihr gut. Ein junger Farmer, der ebenfalls Biologie studiert hat und Linda bekämpft, weil er nicht will, dass sein Dorf in die Fänge eines ausländischen Konzerns gerät. Alle anderen Inder wurden als arme Bauern dargestellt. So holzschnittartig, dass Yashi es kaum aushielt, ruhig im Sessel zu sitzen. Die Geschichte nahm eine Wende. Linda muss entdecken, dass ihr künstlicher Wunderreis die Lebensgrundlage der Farmer bedroht, und versucht, alles wieder rückgängig zu machen und den Konzern zu stoppen. Diesmal unterstützt Rajit sie, und die beiden verlieben sich. So wichtig die Hintergründe der Geschichte waren, Yashi hätte den Film am liebsten nicht zu Ende gesehen.

Jetzt saßen sie zu siebt zusammen im »Clarke's«. Alle hatten sich gewünscht, nicht sofort nach Hause zu gehen. Es war so schön, einmal nicht im Büro, zwischen Sitzungszimmern, Kopierern, Mails und Papierstapeln, zusammen zu sein. Die meisten bestellten das Sandwich des Tages, aßen und diskutierten. Yashi war zunächst sprachlos. Sie fühlte sich beleidigt. *Ich will nach Hause. Ich werde keinen Tag länger in diesem Land bleiben, das so über meine Heimat denkt.*

Lucas, der ihr anmerkte, dass etwas nicht stimmte, forderte sie sofort heraus: »Na? Ist das also die Sorte populärer Kunst, die Sie sich vorstellen?«

Sie prustete los: »Was für Klischees! Erbärmlich! Wir sind alle arm, essen Reis, tragen bunte Saris und sprechen schlechtes, lustiges Englisch. Wenn wir nicht gerade tanzen und dabei schief singen. Und die weiße Wissenschaftlerin kommt, um uns zu helfen. Ach ja, wer wäre Indien nur ohne weiße, westliche Großkonzerne!«

Eliene kaute wütend auf ihrem Kaugummi: »Die Frauen kamen

ja auch mal wieder schlecht weg. Linda ist zwar eine hochkarätige Wissenschaftlerin, die in ihrem Superlabor Gen-Reis züchtet, aber ansonsten komplett naiv, wie vor die Wand gelaufen, ahnungslos und natürlich verliebt. Ich fasse es nicht.«

Und auch Amy war empört: »Rassistisch. Sexistisch. Und so schlecht, dass es fast schon wieder unterhaltsam war. Aber wir sitzen hier.« Sie lachte und freute sich offensichtlich über die Runde.

Lucas sagte schmunzelnd: »Also, ich meine, es ist doch nur ein Film.«

Aber das brachte Yashi erst richtig in Rage: »*Nur ein Film?* Ja, vielleicht. Und nur ein Regisseur. Einer, der die Arroganz Amerikas offenbart. Und das soll ich witzig finden? Der Regisseur war sicher noch nie selber in Indien. Und meint aber, er kann uns etwas über Indien erzählen?« Sie sah Lucas herausfordernd an.

Amy unterstützte sie: »Ein Film, in dem das Judentum so veralbert oder verschandelt worden wäre, hätte mich auch aufgebracht.«

Zina lenkte ein: »Hey, immerhin ging`s ja auch um zwei Menschen, die sich zusammengetan haben. L'amore! Über die mega Unterschiede hinweg. Und dann, wie so kleine Helden gegen ein skrupelloses Unternehmen kämpfen.«

Yashi sah sie überrascht an und liebte sie für diese Sicht. Eine warme Welle erreichte sie kurz. Aber dann gewann wieder die kalte Wut und sie musste doch widersprechen: »Das Thema ist nun aber viel zu ernst, um es in so eine kitschige Romanze zu kleiden. Ich musste natürlich die ganze Zeit über an Monsanto und seine genetisch veränderte Baumwolle denken.« Sie schlug die flache Hand auf den Tisch. »Und dann diese bollywoodartigen Tanzeinlagen! Es wirkt so nachgemacht und einfach nur kümmerlich.«

Lucas grinste nur. Ganz offensichtlich war er von Zina beeindruckt, die heute einen pinkfarbenen Wollpulli in Übergröße trug, große, goldene Kreolen und hautenge Jeans. Sie guckte ihn unter ihren langen Wimpern neugierig an, flirtete jedoch nicht.

Aaron meinte: »Wahrscheinlich hatte der Film aber doch tatsächlich eine gute Absicht. Er wollte sagen, dass ausländische Großkonzerne endlich aufhören sollen, Farmern in Entwicklungsländern die Lebensgrundlage wegzunehmen.«

Thelma, die bisher still gewesen war, sagte leise: »Gute Absichten und schlechte Umsetzung. Das kennen wir hier ja selber nur zu gut.«

Alle sahen sie überrascht an. Erschrocken hielt sie sich die Hand vor den Mund. Aber Eliene ermutigte sie: »Möchtest du die Chance nutzen und uns noch ein Feedback geben?«

Thelma schwieg, gab sich dann aber einen Ruck. Und erzählte ihnen von drei Monaten, in denen sie Empfangsdame und Bürokraft gewesen war, jeden Tag für mindestens drei Stunden am Kopierer und für noch mal drei Stunden an der Kaffeemaschine gestanden hatte. »In meiner Heimat sind die Blauhelme die, die uns Hoffnung geben. Und Achtung. Ich war so stolz, als ich die Zusage zum Praktikum bekam. Jetzt denke ich nur noch an ein großes Hochhaus voller Leute, die sich selber wichtig nehmen. Und an ihren Karrieren basteln, ihren Lebensstandard erhalten wollen und deshalb enorm unter Druck stehen.« Sie schluckte. »Und dann diese ganzen verschiedenen Karten, Pässe, Zulassungen und natürlich Zulassungsbeschränkungen, die ausgestellt werden. Das kommt mir alles nur noch verrückt vor. Ein System, das sich selbst erhält. Mal ehrlich: Braucht die Welt das?« Sie alle sahen sie aufmerksam an. Lucas wirkte betroffen.

»Sie sollten einen ehrlichen Bericht schreiben«, meinte Amy.

Und Eliene drückte ihre Hand: »Jetzt gehen Sie zurück. Und schaffen da was Neues. Basierend auf dem, was Sie jetzt wissen, denken und fühlen, hm? Was haben Sie denn vor?«

»Ich werde Psychologie studieren. Um mit Traumatisierten zu arbeiten.« Sie lächelte. »Und in Beirut ist es wärmer als hier.«

Alle wünschten ihr Glück. Eliene versprach, in Kontakt zu bleiben. Lucas meinte abschließend: »Bald beginnt der hektische Dezember. Und ich meine, auch wenn wir hier heute wohl nicht das Kampagnengesicht entdecken konnten, war dieser Abend für unser Team doch ganz schön. Sie machen das gut, Chefin. Danke.«

Draußen war es sehr kalt. Yashi hakte sich bei Zina unter, als sie zusammen zur U-Bahn liefen. »Na, was denkst du?«, fragte sie.

»Ich werde nicht so schnell wütend wie du. Ich hab mich nicht angegriffen gefühlt. Obwohl ich Inderin bin. Ich hab mich einfach drauf eingelassen. Ich bin eben auch Amerikanerin. Es war nett. Und romantisch. Italienerin bin ich ja auch irgendwie. Un poco.«

Yashi blieb stehen. »Hast du denn nicht auch manchmal Heimweh?«

Zina sah hoch zum Himmel und dann Yashi in die Augen. »Ehrlich gesagt, no. Nein. Ich hab jetzt schon länger gar kein Heimweh mehr gehabt.« Sie gingen weiter. »Und diese junge Frau? Kannst du die verstehen? Stellst du auch so das ganze System in Frage?«, wollte Zina wissen.

Sie saßen in ihren Sesseln und guckten auf die Lichter der Stadt, als Yashi immer noch von ihren Fragen erzählte, die sich im Laufe der ersten wenigen Monate angesammelt hatten. Zina hörte geduldig zu. Abschließend meinte Yashi: »Wenn ich mich mit Thelma vergleiche, merke ich natürlich, dass ich viel mehr Einfluss habe. Meine Ausbeute sind nicht nur Kopien und Kaffee. Aber …« Sie hielt mitten im Satz inne.

Zina meinte: »Also ich hab das jetzt so verstanden: Du stellst nicht die große Idee der Vereinten Nationen in Frage. Überhaupt nicht. Aber das System ist manchmal zweifelhaft für dich.« Yashi nickte, und Zina sprach weiter: »Weil uns die Zeit wegläuft. Weil die Probleme so dringend sind. Weil es also viel mehr Willen bräuchte zur Zusammenarbeit.«

Wieder nickte Yashi und meinte: »Du fasst das sehr gut zusammen.«

Zina fuhr fort: »Außerdem gibt`s auch in der UNO das Recht der Stärkeren. Also die, die mehr Geld geben oder sich unabhängiger fühlen, machen die Ansagen. Die Stimmen sind nicht fair verteilt. Aber ein Weltparlament müsste die Interessen ja gerechter vertreten.«

Yashi nickte wieder und hätte fast gelacht, so wohltuend war es, das alles aus dem Mund einer hübschen Modedesignerin zu hören. Zina sagte noch: »Und dann kommt noch dazu, dass die normalen Bürgerinnen eigentlich kaum 'ne Chance haben, mitzumachen. Sich Gehör zu verschaffen. Anliegen und Ideen einzubringen. Und deshalb wieder interessieren sich viele gar nicht für das, was die UNO tut.«

»Ja, genau.«

»Und das letzte und größte Problem ist die Struktur. Also wie das Ganze aufgebaut ist – das ist einfach überholt. Die Machtverteilung ist out und funktioniert so nicht. Weshalb du Zweifel hast, ob die UNO, so, wie sie jetzt ist, überhaupt effektiv sein kann bei all den aktuellen Herausforderungen. Richtig?«

Yashi nickte wieder und schmunzelte dabei. »Ja. Und alle wissen das auch. Es braucht eine gründliche Reform. Aber die zu planen und durchzusetzen ist eine riesige Aufgabe. Und trotz allem überzeugen mich ja einzelne Aktionen. Und ich glaube immer noch, dass die Institution etwas schafft, was wir nicht alleine können.«

»Ich habe ja immer was anderes gesagt – nur die einzelne Person kann wirklich was ändern.«

Yashi schüttelte den Kopf: »Das ist gut. Und wichtig. Aber es reicht nicht. Wir brauchen Verabredungen.«

Zina gähnte. »Scusi. Ich bin müde. Und hab morgen ein kleines Defilee. Danke, dass ich mitkommen konnte. Dass du mir Bescheid gesagt hast.«

»Ja, ich fand es schön, dass du dabei warst. Und jetzt schlafen wir.«

»Ach«, sagte Zina noch, »du hast mich ja nach meinem Immo-Account gefragt. Es gibt leider nichts Neues. Niente.«

In ihrem Bett telefonierte sie leise mit Kiran, der gerade die erste Tasse Tee seines Tages trank. Sie beschloss, ihm nichts von dem Kinofilm zu erzählen, um sich nicht wieder aufzuregen. Die Fragen an das System behielt sie heute für sich. Und auch Pavani Nadar erwähnte sie nicht. Sondern flüsterte nur zärtliche Worte von Vermissen und Sehnsucht. Aus Zinas Zimmer hörte sie wie fast jeden Abend die Arie »Casta Diva«, gesungen von Maria Callas. Das Gebet der Priesterin Norma an die keusche Göttin, das auch für Yashi inzwischen ein Gutenachtlied geworden war.

42

Der Winter machte Yashi zu schaffen. Der Regen und der kalte Wind, der die sieben Grad, die das Thermometer noch messen konnte, zu gefühlten sieben Grad unter null machte. Sie hatte sich gefütterte Stiefel und eine wasserfeste, winddichte Jacke gekauft, fror aber immer schon bei dem Gedanken, das Haus verlassen zu müssen. Sie fühlte sich plump in ihrer neuen Kleidung und sehnte sich nach Sandalen und leichten Baumwollkleidern. Sie mochte, dass es überall Kerzen, Lichterketten und Sternenschmuck gab. Amerika gab sich viel Mühe, die Dunkelheit des Winters zu verschönern. Aber sie fand keine Pause, um die neuen Erfahrungen zu verarbeiten, und hatte keinen Ort, um die vertrauten Hoffnungen, die sie mit Advent verband, zu feiern.

Jason hatte geschrieben: »Weihnachten? Das wäre schön. Cheryl und ich hatten immer schon mal vor, für ein paar Tage New York zu besuchen.«

Er wusste wohl nicht, was er mit dieser kleinen Nachricht auslösen würde. Einen Schneesturm an Gefühlen. Zina war sofort begeistert gewesen: »Hey! Das ist super! Sie übernachten im ›Nolitan‹. Das ist echt geschmackvoll, aber nicht zu teuer. Nur drei Minuten von uns weg, trotzdem sind sie für sich. Wir gehen essen. Oder kochen meinetwegen auch. Schreib ihm das. Avanti! Ja, sie sollen kommen. Das wird cool!«

Seit Yashi von Jasons Besuch wusste, war sie angespannt. Nicht nur Jason hatte sich angekündigt, sondern auch das Model Mahajana hatte positiv auf Yashis Mail reagiert. Sie hatte ein paar Fragen, stellte ein paar Bedingungen, aber Yashi war zuversichtlich, dass die Zusammenarbeit gelingen würde. Sie hatte sich durchgesetzt und plante, sie zum Gesicht ihrer Kampagne zu machen. Laetitia hatte sie unterstützt und die Gelder bewilligt, um das junge Model für ein paar Tage nach New York einzuladen. Mahajana war bereit und würde sie bald schon besuchen.

»Gucken wir sie uns also an«, hatte Lucas widerwillig nachgegeben. »Sie wissen ja, ich glaube an Sie.« Man musste ihm zugestehen, dass er ein guter Verlierer war.

Von Kiran kamen kurze, nervöse Nachrichten. Er erwartete die Ernte der Frost-Teeblätter in wenigen Wochen und den Start seiner neuen Produktserie.

Yashi war müde und angestrengt. Ihre Nase lief, ihr Hals kratzte, ihr Kopf tat weh. Aber dann erlebte sie zum ersten Mal in ihrem Leben, dass es schneite. Die dicken Flocken vor ihrem Fenster waren eine Überraschung am frühen Morgen. Sie wickelte sich ihre Wolldecke um, klopfte an Zinas Zimmertür und schlüpfte leise hinein. »Zina, guck doch nur«, flüsterte sie.

Sie hörte Zina hinter ihrem Vorhang in ihren Kissen und Decken wühlen. Dann streckte sie ihren Kopf durch den Vorhang. »Was ist? Was ist denn passiert?«

»Es schneit.«

Zina hängte sich auch eine Wolldecke um und kam aus ihrem Bett gekrochen. Abgeschminkt und ohne die aufgeklebten Wimpern sah sie anders aus. *Sie ist ja viel verletzlicher, als ich dachte.*

Und dann standen sie beide vor dem großen Fenster. Yashi staunte über das Weiß und Zina freute sich über Yashis Verwunderung.

»Nevischia, es schneit«, flüsterte sie.

Es waren nur einzelne Flocken, vermischt mit Regen. Der Schnee blieb nicht liegen. Er war keine Kurinji, die alles verzauberte. Aber er konnte so sein, das ahnte sie.

Yashi stieg wie jeden Morgen an der Grand Central Station aus. Der ganze Bahnhof war kalt, nass und rutschig. Alle gingen noch schneller als sonst, um irgendwohin zu kommen, wo es wärmer und trockener war. Im Vorbeigehen warf sie einen Blick auf die Überschriften der Zeitungen und erschrak. Auf der Titelseite des »Indian Express« stand in großen Buchstaben: »Nilgiri: Tea Garden Workers to Continue Strike«. In den Teeplantagen Nilgiris wurde gestreikt?! Sie kaufte die Zeitung, lief weiter, sah dabei in die Zeitung und in ihr Telefon, um mehr Informationen zu bekommen. An der Lexington wäre sie fast bei Rot auf die Straße gelaufen.

»Achtung«, sagte eine Person neben ihr, »nicht ausrutschen.« Yashi erkannte Pavani Nadar. Sie nickte in Richtung der Zeitung in Yashis Händen. »Zu Hause herrscht Unruhe, hm?« Sie sah sie mit durchdringendem Blick an. Yashi sah nach vorne und beeilte sich, weiterzukommen. Aber Pavani ließ sich nicht abwimmeln. Sie lief neben ihr her bis zum Eingang, durch den kurzen Sicherheitscheck, wartete mit ihr auf den Fahrstuhl und ging mit ihr den Gang entlang bis zum Großraumbüro.

Stella hob den Kopf, als die beiden den Raum betraten. »Guten Morgen.« Yashi stellte ihre Tasche ab, nahm ihr Telefon mit sich und verließ das Büro direkt wieder. Auf dem Gang, in einer Ecke an die Wand gelehnt, rief sie Kiran an. »Ich habe es gerade in der Zeitung gelesen.«

»Wie schön, dass du dich meldest, Yashi Anne. Danke.« Er klang konzentriert. Und erzählte ihr, dass es bereits seit zwei Wochen Gerüchte von einem geplanten Streik gegeben hatte. Die Plantagenbesitzer und Geschäftsführer der Bergregion hatten viel miteinander telefoniert. Auch mit einem Gewerkschaftler und einem Anwalt, die ihnen ihre Forderungen vorgelegt hatten, war schon gesprochen worden. Seit fünf Tagen war jetzt auch bei ›O'Clock-Teas‹ niemand mehr erschienen, um Teeblätter zu pflücken. »Damar und ich sind uns nicht ganz einig, wie wir vorgehen sollen. Er will sich nicht erpressen lassen.«

»Und du? Was denkst du? Kannst du die Position der Streikenden denn nicht nachvollziehen?«

»Also ich weiß nicht. Ich habe mich gefragt, was du sagen würdest. Du bist ja mein Gewissen. Ich habe an die Fragen gedacht, die du mir mal gestellt hast. Ob ein Kamerateam die O'Clock besuchen dürfte. Weißt du noch? Ich habe damals ziemlich grob reagiert. Aber jetzt, wo du nicht hier bist…«

Yashi spürte den Kloß im Hals. Sie sagte leise: »Kiran. Ich wünschte wirklich, ich könnte jetzt bei dir sein.«

Auch er sprach sehr gedämpft: »Ich habe Angst, Yashi Anne. Dass wir schließen müssen. Alle entlassen müssen. Dass wir unsere Frost-Kampagne einstampfen können. Und das ganze Geld umsonst investiert haben. Teedosen, Schachteln liegen im Lager. Wir haben Anzeigen geschaltet. Aber wir werden nicht liefern können. Und schlimmer: Ich habe Angst, dass ich meine Arbeit verlieren könnte. Mein Einkommen. Die Krankenversicherung. Dass wir aus unserem Haus ausziehen müssen.« Er seufzte tief. Yashi hätte ihn jetzt gerne umarmt.

Wo stehst du, Yashi? Sie wusste, dass Kiran kein kaltblütiger Unternehmer war, und musste gleichzeitig immer wieder an den Tag denken, an dem sie selber heimlich Tee gepflückt hatte. Sie sah in Richtung ihres Büroraums. Die Tür stand offen.

Eliene und Pavani schlugen schwungvoll in die Hand der anderen ein. High five! *Haben wir hier etwa etwas damit zu tun? Das Kribbeln, das ihren Rücken hochzog, war sehr unangenehm.*

Laut sagte sie: »Also: Du kennst meine Haltung zum fairen Handel. Aber was kann ich jetzt für dich tun?«

»Danke, dass du angerufen hast. Heute Abend beginnen die offiziellen Verhandlungen. Vielleicht finden wir eine Lösung. Ich melde mich wieder.«

Yashi drückte ihr Telefon an ihr Herz und ging mit hocherhobenem Kopf und geradem Rücken zurück an ihren Schreibtisch.

Um zehn Uhr hatte Laetitia alle am runden Tisch versammelt. »Ich habe nicht viel Zeit. Aber ich will es nicht versäumen, Eliene zu einem gelungenen Schlag gegen die Kaffee- und Tee-Mafia zu gratulieren. Details kann sie Ihnen selbst erzählen.« Sie sah Lucas streng an. »Auch die Abteilung ›Arbeitsrecht‹ hätte hier durchaus punkten können.« Sie wandte sich wieder Eliene und Pavani zu. »Glückwunsch an die Gender-Abteilung. Und an UN-Women. Danke für Ihre Entschlossenheit.« An alle gerichtet, sagte sie wie immer: »Weitermachen.«

Sie verließ die Runde. Schnell und auf hohen Stiefeln. Das Zusammentreffen löste sich nur langsam wieder auf. Eliene sagte quer über den Tisch: »Tut mir leid, Yashi. Aber du wolltest die Idee nicht für dich haben.«

Yashi sah sie offen an und sagte: »Das stimmt. Wir arbeiten an eigenen Ideen.« Lucas grinste sie an und streckte einen Daumen hoch. *Außerdem wollte mich Pavani ja auch gar nicht dabeihaben.*

Pavani sah sie abschätzig an und sagte gedehnt: »Sie wollten die Idee nicht, denn Sie hätten leicht in Interessenskonflikte geraten können, nehme ich an.«

Es wurde still und alle um den Tisch sahen die beiden aufmerksam an. *Drei Dinge darfst du niemals opfern: deine Familie, dein Herz und deine Würde.* Yashi holte tief Luft. Sie überlegte, zu sagen, dass ihr Interesse allein den Menschen und dem Recht gehörte. Sah ihre Chance, eine kleine, flammende Rede auf die hehre Unabhängigkeit der Anwältin zu halten. Aber dann entschied sie sich anders. Sie sah Pavani direkt an, während sie sprach. »Wir alle geraten doch immer mal wieder in Konflikte. Selbst verschuldet oder nicht. Wir arbeiten bei der Organisation, die für globale Hilfe für alle Menschen steht.

Das ist das Ideal. Das Erbe. Wir stehen für Nachhaltigkeit. Und wir fliegen, um unsere Arbeit zu tun. Verursachen CO2. Wir stehen für Frieden. Und es ist schwer für uns, Freundschaften zu schließen, oder? Gute Eltern zu sein. Oder gute Kinder. Nachbarinnen. Schwestern. Wir stehen für faire Verteilung. Und diese Organisation bietet uns ein Gehalt. Viel Geld. Und wir fühlen uns wichtig, weil wir hier arbeiten. Und ehrlich, ich habe mich noch nie so ›hip‹ gefühlt wie an dem Tag, als ich in New York gelandet bin. Wir arbeiten viel. Es ist spannend, sehr komplex. Wir haben die Chance, viel zu lernen. Wir stehen für Gleichwürdigkeit. Und auch hier gibt es Neid. Abhängigkeiten. Angst. Verliebtheiten. Wir wissen so viel über Arbeitsrecht und haben trotzdem alle ein Smartphone. Ich habe hier bisher nur sehr, sehr wenige Fairphones gesehen. Ehrlich, ich liebe mein Handy. Ich weiß, dass ein Kilo Avocados etwa sieben- mal so viel Wasser braucht wie Tomaten. Trotzdem esse ich sie und will nicht auf sie verzichten. Und so weiter. Und so weiter. Und ich bin verheiratet. Mit einem Mann, der kein Menschenrechtsanwalt ist, sondern Betriebswirt und, ja, Geschäftsführer einer Teeplantage. Das ist kein Geheimnis. Ja, ich habe Interessenkonflikte. Und trotzdem versuche ich, meinen Job gut zu machen.« Sie nickte in die Runde und packte ihre Sachen zusammen, ihr Telefon, ihre Teetasse, ihr Notizbuch, und ging langsam zu ihrem Schreibtisch.

Bela ging ebenfalls, rempelte dabei Pavani an und brummte: »Ich dachte immer, in der 42. Straße versteht man sich auf Frauensolidarität. Na denn.«

Alle anderen gingen schweigend auseinander. Laetitia stand am Tisch der Büromanagerin und sah in ihre Richtung. Yashi versuchte sich zu konzentrieren und guckte auf ihren Bildschirm. Es war still. *Familie, Herz und Würde.* Sie atmete. Aus und ein. Guckte wieder auf ihren Bildschirm, ohne zu sehen, was dort stand. Irgendwann kam Stella zu ihrem Schreibtisch und überbrachte ihr eine Nachricht. »Laetitia bittet Sie in ihr Büro. Sofort. Und Sie sollen Ihre Jacke mitbringen.«

Laetitia stand direkt auf, als Yashi zu ihr kam, und zog ihren Wollmantel an. »Begleiten Sie mich in die Mittagspause, bitte!«

Yashi nickte nur und folgte ihr. *Sie fragt nicht, sie ordnet an. Und ich folge? Ohne zu fragen?*

»Gehen wir ein paar Schritte.« Sie liefen eine ganze Weile die 47. Straße entlang und dann nach rechts in die Park Avenue. Zu ihrer Überraschung ging ihre Vorgesetzte nicht in eins der vielen Restaurants, sondern in eine kleine Kirche. »Mindfulness at lunchtime. Achtsamkeit in der Mittagszeit«, kündigte ein Plakat an.

»Doktor Walker, schön, Sie zu sehen«, sagte der Priester, der in der Tür stand.

»Schön Sie zu sehen, Bruder Thomas. Das hier ist Doktor Bhandari. Eine Kollegin.«

»Herzlich willkommen, Doktor Bhandari.«

»Danke sehr.«

In der Kirche waren Tische gedeckt. Mit weißen Decken, Kerzen und Tannengrün. Laetitia suchte einen Platz und holte eine Brotdose aus ihrer Handtasche. »Wasser, Kaffee und Tee gibt es umsonst. Und Obst auch. Das Essen bringen alle selber mit. Ich habe vegetarische Pasteten dabei. Meine Haushälterin hat sie gemacht. Wie immer viel zu viele. Bedienen Sie sich doch, bitte.«

Eine junge Nonne brachte zwei Metallbecher und goss ihnen Wasser ein. »Ich komme regelmäßig hierher, in die Bartholomäuskirche. St. Bart's. Nehme an der angeleiteten Sitz-Meditation teil. Oder, wenn ich etwas mehr Zeit habe, auch an einer Geh-Meditation. Ich esse schweigend. Meistens. Übe, da zu sein. Verstehen Sie?«

Yashi nickte.

Laetitia redete weiter: »Präsenz ist die Grundlage für unseren inneren Frieden. Und damit auch für unsere Arbeit. Aufmerksamkeit für unseren Körper. Für unsere Gefühle. Unseren Geist.«

Yashi nickte wieder.

Laetitia fragte: »Was war da heute los?«

Yashi nahm sich eine zweite Pastete. »Die sind lecker«, sagte sie.

Beide Frauen lächelten kurz.

Die junge Nonne brachte ihnen zwei Mandarinen und zwei Äpfel. »Möchten Sie Kaffee oder Tee?«

»Tee, bitte«, sagten beide.

Die Nonne goss Tee in ihre Becher. Laetitia nahm sich Milch und Zucker. »Also?«, hakte sie nach.

Yashi zuckte mit den Schultern. »Sie waren unzufrieden mit Lucas. Ich stehe hinter ihm. Ich hatte entschieden, dass wir uns nicht in die Teepflückerinnen-Kampagne reinhängen. Wenn es Ihnen wichtig war, dass Lucas und sein Team beim Tee mitmachen, hätten Sie es doch von vorneherein sagen können.«

»Darum geht es mir doch gar nicht. Mir geht es um Sie. Sie haben eine kleine Rede gehalten.«

»Sie haben zugehört?«

»Ich war ja noch im Raum. Vorne an Stellas Computer. Und im Gericht haben Sie wohl gelernt, vernehmbar zu sprechen.« Sie schmunzelte. »Sie haben sich mit Ihrer Rede schon wieder verletzbar gemacht. So wird das aber nichts.«

»Was wird nichts?«

Laetitia rührte ihren Tee um und trank ein paar Schlucke. Yashi schälte eine Mandarine. Laetitia sprach bedacht weiter: »Sie sind unangepasst. Sichtbar. Und sichtbar ist verletzbar. Verletzbarkeit aber ist Schwäche.«

»Was, wenn ich glaube, dass Sichtbarkeit in Wirklichkeit Stärke ist?«

Laetitia faltete ihre Hände und stützte ihr Kinn darauf. Sie sah Yashi nachdenklich an. »Und da ist niemand, der Sie verletzt?«

»Da fällt mir spontan nur Pavani Nadar ein. Ihr Verhalten irritiert mich. Manchmal denke ich, sie führt einen persönlichen Rachefeldzug gegen mich. Warum auch immer.«

»Im Büro nennt man sie ›die Zwillinge‹. Sogar siamesische Zwillinge. Wussten Sie das?«

»Ja, ich habe so was schon gehört. Aber das ist doch rassistisch.

Und Sie kennen das doch auch: alle Schwarzen. Alle Frauen mit Kopftüchern. Alle Menschen mit schmalen Augen. Alle Männer mit Bart. Hungrige, dunkle Kinder. Ein Gefühl für Originalität entwickeln Weiße leichter bei Weißen. Sie erkennen sonst schwer Gesichter. Sie sehen keine Unterschiede. Sie sehen nicht Emily und Liam, Grace und Mason. Sie sehen Mengen. Wie Heuschrecken. Frösche. Plagen eben.« Sie lachte ein spöttisches Lachen.

»Sie sind zorniger, als ich dachte. Ich selber versuche, meine Gefühle nicht zu offenbaren. Und glauben Sie mir, ich bin gut damit gefahren.« Laetitia trank ihren Becher leer, packte ihre Sachen zusammen und stand auf. »Danke für Ihre Zeit. Gehen wir zurück?«

»Danke ebenso. Und danke, dass Sie mir diesen besonderen Ort gezeigt haben. Das war überraschend.«

»Überraschend?«, fragte Laetitia zurück.

Yashi wusste, dass sie ihren Kommentar jetzt auch erklären musste. »Na ja. Es ist bekannt, dass Sie rund um die Uhr arbeiten. Und es scheint Ihnen dabei ja gutzugehen.«

»Ich träume auch von dem Tag, an dem die erste Nachricht morgens heißt, dass wir Frieden auf Erden haben. Solange das nicht passiert ist, frage ich nicht so viel danach, wie gut es *mir* geht. Ich wünschte auch, wir hätten andere Zeiten.«

Sie gingen schweigend zurück. Laetitia zog den Kopf in ihren Mantelkragen, Yashi in ihren Wollschal. »Werden Sie irgendwann nach Tansania zurückgehen?«, fragte Yashi.

»Wer weiß? Aber ich denke, dass *Sie* auf jeden Fall nach Indien zurückgehen werden.« Als sie im Aufzug den Knopf ihrer Etage drückte, sagte sie noch: »Schade. Ich schätze Sie nämlich. Schon jetzt, nach nur einem Vierteljahr.«

Yashi ging wieder zurück an ihren Tisch. Sie fühlte sich beobachtet und allein. Wie eine Fremde. Und umzingelt, gemustert. Aber schwach? Nein, schwach fühlte sie sich nicht.

»Apropos Interessenkonflikt: Also die Schokolade in meinen

M&Ms ist auch nicht fair gehandelt. Aber ich meine, sie kann trotzdem helfen. Möchten Sie?« Lucas hielt ihr die offene Tüte hin.

Sie schüttelte lachend den Kopf, nahm sich aber ein paar. »Danke!«

Es war zu spät, um Kiran noch mal anzurufen. Sie würde es morgen versuchen. Was, wenn er seinen Job verlieren würde? Wenn sie aus ihrem Bungalow ausziehen müssten? Was, wenn sie in drei Jahren nach Indien zurückkäme und dort nicht mehr mit Karuna zusammenarbeiten könnte? Warum schwankte denn plötzlich alles?

Sie beschloss, etwas Nüchternes zu tun und einen Zeitplan für Mahajanas Besuch auszuarbeiten. Ihre Vorfreude auf die Kampagne wurde dabei wieder größer, und auch Lucas schien sich ja allmählich auf ihre Ideen einzulassen. Yuki als Leiterin des Öffentlichkeitsteams war jedenfalls begeistert und hatte ihre volle Unterstützung zugesagt.

Als sie dann am Abend Flüge und Hotelzimmer und die Fotografin mit ihrem Team und eine Visagistin gebucht hatte, Termine vereinbart, viel telefoniert, Mails geschrieben und Mahajana über alles informiert hatte, wurden alle von einer Nachricht des Generalsekretärs gestoppt. Den Vereinten Nationen ging tatsächlich das Bargeld aus. Es fehlten immer noch über einhundert Millionen Dollar des Jahresetats, weil einige Mitgliedsländer ihre Beiträge nicht gezahlt hatten. Allen voran die USA, die 22 Prozent des Haushaltes zu übernehmen hatten. Alle wurden aufgerufen, Kosten zu senken. Yashi fand die Vorstellung, dass eine Institution wie die UNO Konkurs anmelden müsste, völlig absurd und dachte nur: ›Das geht doch nicht! Das ist unmöglich!‹ Aber ganz nüchtern betrachtet, wusste sie: Diese Pleite offenbarte die aktuellen Machtkämpfe hier im Land und die fehlende Akzeptanz der Vereinten Nationen über die USA hinaus.

Trotzdem konnte sie nicht fassen, was sie las. Was ihre konkrete Arbeit anging, ließ sie sich erst nicht beunruhigen. Die Summe, die sie gerade beantragt hatte, war so klein, dass sie kaum auffiel. Aber dann kam Laetitia an den runden Tisch und verkündete, dass laufende Kampagnen sparen müssten und alle neuen fürs Erste ganz gestoppt würden. Im neuen Jahr würde man weitersehen.

Lucas setzte sich auf ihre Schreibtischkante: »Nehmen Sie es nicht persönlich, Yāsir Arafāt«, sagte er.

»Sie wollten mich doch nicht mehr so nennen!«

»Ach ja, wir wollten so viel«, sagte er nur. Er ging und winkte zum Abschied. »Mir reicht's für dieses Jahr, ich kann nicht mehr. Ich bin ab morgen krank. Feliz Navidad!«

»Ja, frohe Weihnachten!« Yashi sah ihm nach. Sie verstand ihn nur zu gut. Weniger Geld, aber immer mehr Arbeit – wie sollte das denn auf Dauer gehen?

Sie schrieb eine kurze Mail an Stella mit der Bitte, ihr nach dem Weihnachtsfest ein paar Urlaubstage in den Kalender zu schreiben. Krankmelden würde sie sich nicht, aber sie brauchte eine Pause. Die gute Stella würde sich kümmern. Dann schrieb sie an Zina: »Was für ein Dreckstag! Bin um neun zu Hause. Bringe Dumplings mit.« Und an Kiran: »Ich hoffe, ihr habt gut verhandeln können. Wenn du aufwachst, melde dich. Ich bleibe auf jeden Fall so lange wach.« An Namya, Dayita und Kemia schrieb sie: »Ich brauche Kraft. Perspektive. Freude. In Liebe, Yashi. P.S.: Sichtbarkeit ist doch keine Schwäche, oder?«

Kemia schrieb sofort zurück: »Setz dich mal wieder alleine in eine Kirche, liebe Freundin. Und vertraue dem ewigen Timing.«

Als sie um halb neun endlich das Gebäude verließ, kam Zina ihr entgegen. Das hatte sie jetzt schon eine ganze Weile lang nicht mehr gemacht. »Hey! La sorpresa! Überraschung! Ich bin hier!«

Sie trug eine Daunenjacke mit einem riesigen Pelzkragen und eine weiße Bommelmütze. Schon ihr Anblick verbesserte Yashis Stimmung sofort. »So einen Kragen könntest du zu Hause aber nicht tragen!«

»Bei uns in der Wohnung?«

»In Indien!« Yashi streichelte kurz über den Pelz.

»Der ist nicht echt«, protestierte Zina, »das ist Kunstpelz. Und wär ja in Indien außerdem viel zu warm.«

»Ach, wo du es sagst: Es ist so bitterkalt. Was machst du hier überhaupt?«

»Hey! Ich war in der Gegend. Ich habe heut doch tatsächlich 'nen Kunden im Konsulat von Singapur getroffen. Komm, wir holen uns Dumplings.«

»Ja, gerne. Du hast immer so viel Energie.« Sie hakte sich bei Zina unter und sie gingen mit großen Schritten zum Bahnhof.

Zu Hause genossen sie die Dumplings. Zuerst erzählte Zina von einem erfolgreichen Tag und ihrem neuen Kunden, der offenbar Geschmack und Geld hatte. Dann erzählte Yashi vom Streik in den Nilgiris und ihrem Gespräch mit Kiran am Morgen. »Kennst du eigentlich eine Pavani Nadar?«

»Nein. No. Nie gehört. Wer ist das?«

»Ich dachte, sie könnte vielleicht eine enttäuschte Ex-Freundin von Kiran sein. Eine Mitschülerin. Oder eine Arrangierte, mit der es nicht geklappt hat.«

Zina lachte laut. »No! Niemals! So eine Person gibt es nicht. Glaub mir, das wüsste ich. Kiran hat, bis eure Ehe arrangiert wurde, immer nur und ständig Tee gekocht.« Sie lachte.

»Aus irgendeinem Grund mag sie mich nicht.«

»Vielleicht ist sie ja neidisch. Weil du klug bist. Und schön. Und weich. Und einfühlsam. Gebildet. Herzlich. Und leidenschaftlich. Ausstrahlung hast ...«

»Ja, genug. Hör auf!«, lachte Yashi. Ihr Telefon leuchtete auf. Kiran rief an und Yashi sagte ihm direkt: »Ich bin in ein paar Minuten in meinem Zimmer. Dann können wir skypen. Bis gleich.«

Sie wünschten sich eine gute Nacht.

Yashi sprach über eine Stunde lang mit Kiran. »Ich weiß ja, du hast es mir oft gesagt. Wir haben uns immer damit beruhigt, dass wir den Leuten schließlich Arbeit geben. Viel zu lange ging das so. Aber wir haben nicht genug über die Arbeitsbedingungen nachgedacht. Ha! Wem sage ich das? Du hast das ja wirklich immer wieder gesagt. Nicht immer laut, aber ich weiß ja, was du denkst.«

Yashi merkte, dass sie ungeduldig wurde. »Wirklich, Kiran. Wenn ihr bestimmte Standards nicht erfüllt, müsst ihr nachbessern. Es liegt in deiner Macht und ist auch deine Verantwortung. Das kann dich doch nicht wirklich überraschen!? Und ich würde mich gerne darauf verlassen können, dass dir das auch wichtig ist. Ehrlich gesagt: Ich *habe* mich immer auf dich verlassen.«

»Einsicht hin oder her. Jetzt wird man uns zwingen. Und wir werden wohl das meiste akzeptieren.«

»Und der neue Frost-Tee?«

An dieser Stelle konnte Kiran nur sagen, dass er hoffte, man würde ihnen noch etwas mehr Zeit geben. Andernfalls würden sie die Kosten irgendwie abschreiben müssen. Er klang heute nicht mehr so verzweifelt, nur sehr müde. Seine Stimme wurde heller: »Und du, Yashi Anne? Du wirst bald Jason treffen. Nach über fünf Jahren. Das ist doch unglaublich.« Er selbst würde bei seinen Brüdern feiern. Namya und Nanda Luke wären auch dabei. Beim Einschlafen dachte Yashi daran, wie sie sich vor einem Jahr auf den Besuch von Berry in Indien gefreut hatte. Wie die Erwartung sie in Weihnachtsstimmung versetzt hatte. Wenn ein Kind zu Besuch kam, wurde die Welt heller, hatte sie damals gedacht. Diesmal war sie sich da nicht so sicher.

43

An ihrem letzten Arbeitstag des Jahres ging sie am frühen Abend alleine in die Bartholomäuskirche. Sie setzte sich in eine Bank und wartete. Ein »Rosenkranzgebet« war auf einem Plakat angekündigt worden. »Vertrau dem ewigen Timing«, hatte Kemia gesagt. Dayitas Botschaft war: »Lass Platz für Überraschung!« Und Namya hatte ganz typisch geschrieben: »Vernünftig ist wie tot. Nur vorher. P.S.: Ziehe wohl bald um.«

Sie packte ihr Telefon in ihre Handtasche. *Zeit für mich alleine. Wie lange ist das her? Zeit, um mich selbst von den Stimmen der anderen zu entfernen. Zeit, um meine eigene Stimme zu hören.*

Die Ordensleute begannen zu singen. Es klang wunderbar. Die Akustik der Kirche trug die Töne durch den Raum und verband sie zu einem heiligen Klang. Nur allmählich erreichten sie auch die Worte.

»Heilige Maria, bitte für uns.«

Sie kannte den Gesang nicht, konnte nur zuhören. Auch die Idee, zu Maria zu beten, war ihr fremd. Aber sie blieb. In Südindien wurde Mariamma, Mutter Mari, sehr verehrt. Sie wurde auch »Perlenmutter« oder »Regenmutter« genannt. Eine mütterliche Gottheit.

Sie kannte Bilder, die sie als Brahmanin darstellten. Sie wurde vor allem von niedrigen Kasten und Frauen verehrt, die meisten Hindu-Priester schenkten ihr keine Beachtung. Aber sie wollte jetzt nicht sortieren und bewerten. Sie atmete tief aus und ein und die schönen Worte und Klänge erreichten sie. Sie dachte bei Maria an Weihnachten. An die Heilige Nacht. An Gott, so oft selbst wie die Nacht.

»Heilige Mutter Gottes. Mutter Christi. Mutter der Kirche. Mutter der göttlichen Gnade.« Der Gesang war einfach, aber wunderbar. »Du reine Mutter. Du liebenswürdige Mutter. Du wunderbare Mutter. Du Mutter des guten Rates. Du Mutter des Erlösers. Du Mutter der Barmherzigkeit. Du weise Jungfrau. Du mächtige Jungfrau. Du gütige Jungfrau.«

Die schönen Namen klangen für Yashi jetzt wie lauter Liebeserklärungen. Und sie nahmen kein Ende: »Du Spiegel der göttlichen Heiligkeit. Du Sitz der Weisheit. Du Ursache unserer Freude. Du Wohnung, ganz Gott geweiht.«

Es wurde ja immer schöner: »Du geheimnisvolle Rose. Du Turm aus Elfenbein. Du goldenes Haus. Du Heil der Kranken. Du Trösterin der Betrübten. Du Hilfe der Christen.«

Es musste mehr als wunderbar sein, eine solche Mutter zu haben. »Du Königin der Engel. Du Königin der Patriarchen.« Das würde Eliene gefallen.

»Du Königin der Propheten. Du Königin der Apostel. Du Königin der Märtyrer. Du Königin aller Heiligen.«

Yashi atmete ruhig aus und ein. »Du Königin der Familien. Du Königin des Friedens.«

Sie sang innerlich weiter. Und die Worte wurden ihr vertrauensvolles Gebet an Gott: »Du Königin der Familien. Du Königin des Friedens. Amen.«

Sie ging nicht sofort zurück, sondern besuchte noch einen kleinen Laden, in dem es lauter schöne Dinge gab, die eigentlich niemand brauchte. Für Zina fand sie ein Nadelkissen im Vintage-Stil. Es war sehr teuer, aber sie kaufte es. *Sie soll etwas wirklich Besonderes bekommen.* Mittlerweile konnte sie sich gar nicht mehr vorstellen, woanders zu wohnen als bei ihr. Aber nachfragen müsste sie trotzdem noch mal. War es denn wirklich so schwer, eine Wohnung in New York zu finden? Lucas würde sie eine große Tüte M&Ms schenken, die Weihnachtssorte mit Minze und dunkler Schokolade. Für Amy und Eliene, Namya und Kemia, Berry und Dayita würde sie im UN-Shop einkaufen. Es gab dort bezaubernde Postkarten, Bildbände und Kinderbücher, Romane und Reportagen zu allen UN-Themen. Ja, sie würde sämtliche Weihnachtsgeschenke für ihre Familie dort einkaufen und direkt im Shop verpacken und verschicken. Seit sie denken konnte, waren ihre Weihnachtspakete immer pünktlich angekommen. In diesem Jahr hatte sie es zum allerersten Mal einfach nicht geschafft. Sie spürte den Kloß im Hals. »Es sind nur Weihnachtsgeschenke, Yashilein«, ermahnte sie sich selbst. Aber was blieb, war trotzdem das blöde Gefühl, etwas nicht geschafft zu haben, das ihr eigentlich wichtig war.

44

Als sich Yashi und Zina an Heiligabend auf dem Flur trafen, um das Haus zu verlassen, mussten sie beide prustend lachen, weil sie mal wieder so unterschiedlich aussahen. Ihre Verabredung, sich nicht in Schale zu werfen, sich nicht richtig schick zu machen, aber »elegante«, wie Zina das nannte, hatten sie jeweils auf ihre eigene Weise ausgelegt. Zina hatte ein rotes Kleid an, ging auf hohen Stiefeletten, hatte sehr roten Lippenstift aufgetragen und trug Ohrringe mit schwarzer Feder. Yashi trug einen hellblauen Mohair-Pullover über einem dunkelblauen Baumwollhemd und Jeans. Sie umarmten sich kurz, sahen sich gegenseitig an und sagten gleichzeitig: »Du siehst toll aus.« Lachend eilten sie los zum ›Nolitan‹. Die Eingangshalle des Hotels wirkte sehr gemütlich mit breiten Ledersofas, Regalen voller Bücher und Designerlampen, die ein warmes Licht verbreiteten. Sie hatten sich hier verabredet und waren ein paar Minuten zu früh da. »Gleich geht eine Fahrstuhltür auf und mein Kind steht vor mir«, sagte Yashi. »Kennst du dieses Kribbeln, das den Rücken hochläuft, wenn du ahnst, dass etwas Besonderes geschieht?«

Zina drückte ihre Hand. Und da waren sie: Jason und Cheryl. »Amma! Zina Aunty!«

»Jason!« Yashi umarmte ihren Sohn und wollte ihn nicht loslassen. Dann rückte sie etwas von ihm ab und sah ihn sich genauer an. »Es ist so schön, dich zu sehen.«

»Ja, wirklich.« Er drehte sich um und zog Cheryl zu sich heran. »So. Da wären wir also. Meine Mutter, Yashi Anne Bhandari, Amma. Meine Tante Zina Bhandari. Aunty. Meine Freundin Cheryl James. Und der kleine Ungeborene.« Er legte seine Hand kurz auf ihren Bauch. Sie umarmten sich alle, vorsichtig, jeweils mit zwei Küssen, links und rechts auf die Wangen. Auch Yashi streichelte flüchtig über Cheryls Bauch. Zina sagte mit ihrem ansteckenden Lachen: »Benvenuto! Wie schön! Gehen wir! ›Merry Christmas‹ wünschen wir uns morgen. Zu Hause erwartet uns ein leckeres Essen.« Sie hakte sich bei Cheryl unter und zog sie mit sich, sodass Jason und Yashi ebenfalls gemeinsam gingen. Cheryl trug ähnliche Stiefel wie Zina.

»Erstaunlich, dass die beiden in diesen hohen Schuhen laufen können«, meinte Yashi.

»Du siehst toll aus mit den kurzen Haaren und in Jeans. Irgendwie jünger«, erwiderte Jason.

Cheryl sah gleichzeitig gemütlich und elegant aus. Ihre welligen blonden Haare wirkten natürlich, ihr Schmuck alt und edel. Sie war mollig und ihr Bauch ließ sie noch runder wirken. *Sie könnte aus einem alten, nordischen Märchen stammen.* Yashi wollte fragen: »Ist sie Amerikanerin?«, verschob die Frage aber lieber auf später. »Wie geht es dir?«, schien ihr erst mal angemessener.

»Gut. Es geht mir gut. Cheryl ist wunderbar. Wir freuen uns auf unser Baby. Beruflich läuft auch alles prima. Und du? Wie gefällt dir New York? Was war bisher am schönsten?«

»Am schönsten? Lass mich kurz überlegen: die Freiheitsstatue zu sehen. Eine Oper in der Met zu erleben. Ein Moment für mich allein im Sara-Roosevelt-Park und neulich erst wieder in der Bartholomäuskirche. Der erste Schnee. Dumplings zu essen. Und Käse mit Feigensenf. Abends als Gutenachtlied ›Casta Diva‹ zu hören. Meine Kolleginnen Amy, Eliene und Lucas. Zina. Die Stimme deines Vaters zu hören. Zu merken, dass er mich vermisst.« Die Worte standen da. Aber unhörbar und laut schwang »Wie er auch dich vermisst« wie ein Echo mit.

Sie waren vor ihrer Wohnung angekommen. »Wie lange bist du jetzt hier? Fünf Monate? Und du hast keine eigene Wohnung, Amma? Du lebst wie eine Praktikantin?«, fragte Jason und es klang missbilligend.

Aber Zina sagte fröhlich: »Passender Wohnraum ist echt schwer zu finden in New York. Und ich hab doch Platz! Wo ist denn bitte das Problem?«

In der Wohnung tischten Yashi und Zina ihre Schätze auf, die sie am Vormittag eingekauft hatten: Manchego-Käse, Feigensenf, Oliven, Baguette, Weintrauben, Wasser und Limos. Zina tat Süßkartoffelpüree und Zuckererbsen in die Mikrowelle. Holte Weißwein aus dem Kühlschrank und goss allen ihre gewünschten Getränke ein. Yashi legte Truthahnfilets in die Pfanne und würzte sie mit Sesamsoße. Sie goss Ricotta-Ravioli ab und schwenkte sie in salziger Salbeibutter. Eine große Schachtel Macarons, Mangos und Himbeeren warteten als Nachtisch. Kerzen wurden angezündet. Und dann saßen sie um den Tisch herum und Yashi betete:

»Du, Schöpfer des Lebens.
Fürst des Friedens.
Du Königin der Familien.
Segne uns. Amen.«

Zina sah sie kurz verwundert an und Yashi schenkte ihr ein funkelndes Lächeln. Sie genossen das Essen. Es wurde viel gelobt: »Lecker!« Und: »Ja, wirklich!« Jason erzählte vom Flug. Vom schönen Wetter in Los Angeles. Vom Zeitunterschied von drei Stunden. Cheryl berichtete, wie sie ihr Haus umgeräumt hatten, damit ihr Baby ein eigenes Zimmer haben konnte. Davon, dass sie jetzt allmählich einige Dinge vorerst zum letzten Mal machten. »Nach New York fliegen zum Beispiel«, lachte Cheryl.

»Oder ins Kino gehen«, ergänzte Jason und erzählte weiter: »Wir waren letzte Woche in ›Basmati Blues.‹ Ich sage euch: den müsste ihr sehen. Er ist ein Muss für alle Inder. Der Film war wirklich so lustig. Ich habe damals, als ich herkam, ja auch als Erstes einen Sprachkurs gemacht. Um diesen mega peinlichen Akzent loszuwerden. Du machst es ganz gut, Amma. Wirklich! Du sowieso, Zina. Man merkt, dass du oft hier bist. Und in Italien warst.«

»Ja«, meinte Cheryl ehrfürchtig, »Sie klingen wirklich sehr kosmopolitisch.«

Zina und Yashi warfen sich Blicke zu. Cheryl bat um einen Nachschlag: »Diese Sesamsoße ist köstlich. In dem Film wird ja so lustig gezeigt, wie furchtbar scharf indisches Essen ist. Und diese Linda war so ahnungslos, dass sie sich fast den Mund verbrannt hätte. Ich habe ja Angst, nach Indien zu reisen. Es muss da doch sehr anstrengend sein. Und so anders als hier.«

»Wie habt ihr zwei Süßen euch denn nun kennengelernt?«, fragte Zina, um der Kinokritik ein Ende zu machen. Yashi war ihr sehr dankbar und auch Jason und Cheryl nahmen den Themenwechsel gerne an.

»Bei unserer ersten Begegnung saß ich im Rollstuhl«, erzählte Cheryl kichernd.

Yashi sah Jason erschrocken an. Allein das Wort »Rollstuhl« bewirkte, dass ganz plötzlich noch zwei weitere Personen mit am Tisch saßen: eine alte Frau, die drohend ihren Stock hob, und ein junger Mann, der nicht mehr laufen konnte. Cheryl und Zina bemerkten von alldem nichts. Aber Yashi wusste, Jason hatte sofort erfasst, dass sie Bescheid wusste. Er wich ihrem Blick aus. Cheryl plapperte weiter: »Ich hatte einen Reitunfall. Fünf Jahre ist das jetzt her. Rechtes Schienbein und Wadenbein waren gebrochen. Ich bin eigentlich eine sehr gute Reiterin. Aber ein Hund hatte meinen Arwak erschreckt. Dieser Köter war sehr aggressiv und hat mehrfach nach ihm geschnappt. Na, jedenfalls wurde ich abgeworfen. Es war schlimm. Aber Jason hat meine Interessen vor Gericht vertreten.«

Sie nahm seine Hand. »Und mir zu einem recht happigen Schmerzensgeld verholfen.« Sie strahlte.

Jason war schweigsam. Wie würde er seiner Freundin wohl erklären, dass er nicht nach Indien reiste? Dass es außer scharfem Essen noch ganz andere Gründe gab, die eigene Heimat zu meiden? Wieder trafen sich ihre Blicke mit seinen. Zina spürte wohl, dass gerade mehr passierte, als dass Cheryl sie an ihrem Kennenlernen teilhaben ließ. Und wieder sprang sie ein: »Das ist ja 'ne schöne Geschichte. Anwalt und Mandantin. Und das alles in Los Angeles?«

»Ja, in Hidden Hills. Es ist klein, aber man kann sich dort eben noch sicher fühlen. Mit dem Highway 101 sind wir nur eine halbe Stunde von der City entfernt. Meine Familie lebt dort. Und wir beide jetzt auch schon seit zwei Jahren. Bald wir drei.« Sie langte nach einem Macaron, steckte es sich ganz in den Mund und meinte kauend: »Hm. Himbeer, meine Lieblingssorte.« Dann erzählte sie weiter: »Zuerst war meine Familie eigentlich hier, an der Ostküste. Niederländische Auswanderer, irgendwann mal. Es finden sich hier ja noch viele Namen, die an unsere Herkunft erinnern. Amsterdam, Yonkers, Harlem, Bergen.«

Jason klinkte sich wieder ein: »Ich habe das von Cheryls Großvater gelernt. Brooklyn ist ja zum Beispiel nach Breukelen benannt.«

Das Gespräch plätscherte dahin. Yashi und Zina stellten Fragen, die anderen beiden antworteten, wollten aber ihrerseits nicht viel wissen. Sie erfuhren, dass Cheryls Vater ein Kosmetikunternehmen führte, das ihre Mutter geerbt hatte. Sie selber war Chemielaborantin und arbeitete auch dort. Ihr älterer Bruder als Außendienstler ebenfalls. Ihre Mutter war Familienfrau. »Meine Ma war immer für uns Kinder da. Und so wollen wir es auch machen.« Sie legte Jasons Hand auf ihren runden Bauch und strahlte wieder.

Yashi hatte eigentlich warten wollen, bis Jason nach seiner Familie fragte. Als das aber nicht passierte, erzählte sie: »Deine Schwester feiert Weihnachten mit Dayita, John und deinen Großeltern.« Cheryl erklärte sie: »Dayita ist meine Schwester, John ist ihr Mann.« Sie sah

Jason direkt an. »Dein Vater feiert mit seinen beiden Brüdern und deren Familien in seinem Elternhaus. Namya und Nanda Luke sind wohl auch dabei. Eine lustige Mischung.«

Zina schlug vor: »Wollen wir skypen? Die anderen kurz anrufen? Wie spät ist es? Ach, ne. In Indien schlafen sie alle noch.«

»Und wir schlafen jetzt auch gleich«, meinte Jason.

Yashi wurde nervös. Sie wollte nicht, dass er schon ging. »Was habt ihr vor in den nächsten Tagen? Können wir uns vielleicht noch mal sehen?«

»Wie wär's, wenn wir uns morgen Mittag treffen?«, schlug Zina vor. Und Yashi merkte, dass sie mal wieder gut vorbereitet war. »Vielleicht in einer schönen Rooftop-Bar? So eine mit Heizstrahlern und Decken?«

»Wir sind mittags in einem Steakhaus in Williamsburg verabredet.«

»Bravo! Perfekt. Dann treffen wir uns vorher. Ich überleg mal kurz. Um elf im ›Westlight‹. Auf der obersten Etage vom Vale Hotel. Mit einem echt coolen Blick auf die Skyline von Manhattan. Wir trinken 'nen Pajarito, die perfekte Mischung aus Kokosnuss, Limette und Zimt. Megaweihnachtlich.«

Alle waren einverstanden. *Wie macht sie das immer? Sie muss vorher über diese Dinge nachdenken. Sie plant. Sie plant richtig gut. Sie spielt es vorher durch. So muss es sein.*

Zina pries ihren Gästen weitere mögliche Highlights an: »Also wir beide essen am frühen Abend im Balthazar. Wir haben zwar nur für zwei Personen reserviert, aber ich bin da Stammgast. Wenn ihr Lust habt, hey, sagt einfach Bescheid, und ich kümmer mich drum. Und dann besuchen wir 'nen Weihnachtsgottesdienst, also den besten, nämlich die Mitternachtsmesse in St. Patricks. Das ist immer so wunderbar. Spätestens da könnten wir uns dann ja wiedersehen. Und wer weiß? Anschließend anstoßen? Uns ein Taxi teilen, das uns wieder hierher zurückfährt? Ihr könnt es euch ja Mal durch den Kopf gehen lassen.«

Es gab keine verbindlichen Zusagen, aber der Abschied war so herzlich, dass Yashi sich beruhigte. Mindestens einen Pajarito würden sie wohl noch zusammen trinken.

Als sie zu zweit waren, streifte sich Zina die Stiefeletten von den Füßen, zog dicke rote Wollsocken an und machte es sich in ihrem Sessel bequem. »Zeit für Musik! Das bekannteste italienische Weihnachtslied. ›Tu scendi dalle stelle. Du stiegst von den Sternen hinab.‹ Es ist so wunderbar.« Yashi musste zugeben, dass sie die Musik inzwischen mochte. Zina schloss die Augen und sang mit: »O bambino mio divino.« Yashi hörte fasziniert zu. Zina erklärte ihr: »Das war gesungen von den drei besten Tenören! Plácido Domingo, Luciano Pavarotti und José Carreras.«

Yashi setzte sich neben sie. »Und jetzt hören wir noch ein Weihnachtslied, das ich sehr mag.« Es dauerte einen Moment, bis sie es in ihrem Telefon gefunden hatte. Aber dann hörten sie Annie Lennox »Universal Child« singen. *Kind aller Menschen.* Und auch sie sang ein bisschen mit. »Und wenn ich in deine unschuldigen Augen sehe. Wenn ich dort die Schatten sehe, die du aushalten wirst. Die Spuren von Tränen in deinem Gesicht. Dann sehe ich, wie du verletzt wirst. Ich sehe Schmerz. Ich sehe Menschlichkeit, ja, das Menschsein überhaupt.«

»Das ist wunderschön«, flüsterte Zina. Und schlug dann vor: »Wie wär`s jetzt mit der Bescherung! Ich will nicht länger warten. In Mailand wurden die Geschenke erst am sechsten Januar ausgepackt. Schrecklich! Was meinst du? Und dann skypen wir.« Yashi war sofort einverstanden, lief in ihr Zimmer, kam mit zwei Päckchen zurück und reichte sie Zina. Die stand auf und holte ebenfalls zwei Geschenke hinter dem Vorhang zu ihrem Bett hervor und reichte Yashi einen Umschlag: »Prego! Du fängst an!«

»Soll ich raten?«

»Du kommst eh nicht drauf.«

»Es ist ein Gutschein.«

»Richtig.«

»Für einen Yogakurs.«

»Falsch. Aber stimmt: Das wär auch eine gute Idee gewesen.«

»Dann für ein Essen in einem besonders tollen Restaurant.«

»Du könntest ja echt nicht falscher liegen.«

Yashi öffnete den Umschlag und lachte. »Ein Kochkurs! Sieben Abende im Home Cooking New York. Danke! Eine lustige Idee. Jetzt du!«

»Oh! Das ist aber sehr schwer. Ist das etwa ein Buch? Aber ich lese doch nie.« Sie packte es aus und war begeistert: »Wow. Wunderschön. Italienische Opern seit 1945.« Sie begann sofort zu blättern. »Was für Bilder! Grazie! Danke! Das hätte ich mir selber nie gekauft.« Sie warf ihr einen Luftkuss zu. »Weiter. Avanti!«

»Was könnte das sein? Eine Flasche. Chili-Öl? Sesam-Sauce? Gin?« Yashi packte es aus: »Parfüm!« Sie lachte. »Und es heißt tatsächlich UNO?«

»›Uno Roccobarocco‹. Cool, oder? Mir ist nämlich aufgefallen, dass du gar keins hast. Ich mein aber doch, jede Frau braucht 'nen Duft. Also das hier hat in der Kopfnote Bergamotte!« Zina strahlte. »Dazu Mandarine und Pfirsich. In der Herznote Hyazinthe, Orange, Jasmin. Als Basisnote Sandelholz. Vanille. Eichenmoos. Ein bisschen holzig.« Sie lachten beide.

»Danke für das Kompliment.« Yashi sprühte einen Spritzer auf ihr Handgelenk. »Hm. Gut! Holzig ist gut! Und die Bergamotte sowieso. Tausend Dank. Du bist aufmerksam und sehr großzügig.«

Zina befühlte ihr zweites Geschenk. »Hm. Klein und weich.« Sie schloss die Augen, während sie es auspackte, und tastete weiter. Dann guckte sie. »Ein Nadelkissen! Und was für eins! Wo hast du das denn gefunden? Das ist ja süß. Seide und hellblaue Rosen. Wirklich, ganz, ganz fein.«

»Frohe Weihnachten! Und danke für alles«, sagte Yashi. »Aber jetzt müssen wir telefonieren. Mein Vater und Kiran sind auf jeden Fall schon wach.«

Und dann skypten sie. Es gab ein großes Gejohle. Kirans Vater saß in der Mitte des Sofas und guckte direkt in Kirans Telefon. Er war umringt von einer Menge bunter Pakete und seinen Kindern, Enkel- und Urenkelkindern, die es kaum abwarten konnten, sie endlich auszupacken. Der Allerjüngste, Sam, saß auf seinen Knien. »Ihr seid ja alle schon wach!«, sagte Yashi überrascht.

Und Zina rief fröhlich: »Ciao, liebe Lieblingsfamilie!«

Die meisten winkten. »Zina Aunty!«, krähte Sam.

Kiran erklärte: »Die Aufregung ist groß und ihr zwei zögert die Bescherung hinaus.«

»Frohe Weihnachten!«, wünschten Yashi und Zina.

»Frohe Weihnachten«, wünschten die Bhandaris.

Namya nahm das Telefon. »Hi, Süße. Merry Christmas, liebste Yashi.«

»Merry Christmas, liebste Namya.«

»Du wunderst dich doch sicher, dass ich hier bin.«

»Ich war überrascht. Ich habe mich gefreut. Möchtest du mir mehr dazu sagen?«

»Dein Bruder und ich …«

»Nicht ernsthaft!« Yashi kicherte. »Ihr seid ein Paar?«

»Yashi. Es ist unglaublich. Ich bin fünfzig Jahre alt. Wir haben beide echt genug ausprobiert. Mehr als genug, um ehrlich zu sein. Und dann finden wir am Ende die große Liebe in unserer Kindheit.«

Yashi schüttelte den Kopf und musste weiterkichern. »Ich freue mich. Wirklich. Sehr!«, und grinste: »Er ist jünger als du.«

»Ja, früher vielleicht. Als wir 15 waren und er ein elfjähriger Bengel. Aber heute? Er ist viel vernünftiger als ich. Wusstest du, dass er ein Buch schreibt?« Sie lachte und hielt das Telefon so, dass Yashi das Wohnzimmer sehen konnte. »Und wir ziehen wirklich nach Ooty. Ach, es gibt so viel zu erzählen. Aber ich muss jetzt aufhören. Die Geschenke sind wichtiger. Kiran ruft, er würde sich morgen bei dir melden. Ich rufe auch mal wieder an. Merry Christmas.«

Zina sah sie neugierig an und Yashi erklärte: »Meine Freundin

Namya und mein kleiner Bruder sind tatsächlich ein Paar geworden. Verrückt.« Nachdenklich sagte sie: »Diese Idee von einer Ehe, die arrangiert wird, die habe ich immer akzeptiert. Aber mein Sohn lebt mit seiner amerikanischen Freundin zusammen. Und für meine älteste Freundin ist wohl nie überhaupt jemand auf die Suche gegangen. Aber die Liebe findet die Menschen.«

Zina sah sie aufmerksam an. Ihre langen, dichten Wimpern blinzelten und sie sagte leise: »Ein megaschöner Gedanke.« Sie zögerte, als wolle sie noch etwas sagen, und auch Yashi überlegte, ob sie Zina mehr fragen sollte. Aber da entdeckte sie den Schnee. »Guck doch! Es schneit! Aber diesmal so richtig!«

Sie stellten sich ans Fenster und sahen die Flocken tanzen. Zina, die gerade noch so melancholisch gewirkt hatte, klatschte in die Hände und lachte: »Avanti! Wir gehen raus. Mütze, Schal, Handschuhe, Jacke, Stiefel an und los!« Und so machten sie es.

Sie gingen eingehakt durch die Straßen. Alles war mit einer dicken, weißen Schneeschicht bedeckt. Jeder Schritt knirschte. Und der Schnee dämpfte alle Geräusche. Alles wirkte anders. Zina meinte: »Wie ein Brautkleid. Die ganze Stadt in weiße Seide gehüllt, und alles sieht auf einmal festlich aus und irgendwie so innocente, so unschuldig.« Yashi war fasziniert. Sie liefen bis zur Williamsburg Bridge, lehnten sich an das Geländer und sahen über den Hudson. »Und wie war's jetzt, Jason zu sehen?«, fragte Zina vorsichtig. Yashi antwortete nicht. »Yashi?«

»Hast du ein Taschentuch für mich?« Sie putzte sich die Nase und erzählte Zina von dem Unfall. Von Jasons Fahrerflucht. Von der alten Frau, die sie beschimpft hatte und mitten in der Nacht vor ihrer Tür stand. Von ihrem Sohn, der im Rollstuhl saß. »Weißt du noch? Du hast immer vermutet, dass noch etwas anderes passiert sein muss als nur ein Streit mit Kiran.« Zina nickte. »Fahrlässige Körperverletzung, unterlassene Hilfeleistung, Alkohol am Steuer. Nicht wenig, was er da tragen muss«, seufzte Yashi.

»Jason spricht ja scheiße verächtlich über unsere Heimat. Als *wir* diesen Basmati-Film gesehen haben, ist mir das ja nicht so aufgefallen, wie Indien schlechtgemacht wird. Aber heute Abend echt umso mehr.«

»Ich denke, er spricht so, weil er Heimweh hat, aber keins haben darf. Weil er nicht so einfach zurückkann.«

»Ja, das könnte echt so sein. Er muss sich das Heimweh ausreden. Und er will irgendwie seine Cheryl gar nicht erst auf die Idee bringen. Oder auf den Geschmack. Den scharfen.« Sie lachten kurz auf, aber es klang bitter. Zina fragte nach: »Meinst du denn, diese Teeverkäuferin hat überhaupt Anzeige erstattet? Das ist doch echt nicht wahrscheinlich, oder? Dass die ihm wirklich gefährlich werden kann. Ich glaube irgendwie, dass seine Angst etwas übertrieben ist.«

»Ich bin mir sogar ziemlich sicher, dass der Vorfall nicht aktenkundig ist. Ich glaube, er schämt sich. Und vielleicht fürchtet er, dass *ich* ihn zu einer Selbstanzeige überreden würde. Zwei Gründe für ihn, nicht mit mir zu reden. Und so kann ich ihm nicht helfen. Oder?« Zina hob die Schultern und sah sie fragend an. »Ich glaube, Cheryl weiß nichts von dem Unfall«, teilte Yashi ihre Vermutung.

»Ja. Si! Jetzt, wo du es mir erzählt hast, denke ich das auch. Sie hätte sonst anders über ihren Rollstuhl gesprochen.«

»Ganz genau. Unser Strafrecht kennt ja außerdem die Verjährung. Das weiß er auch. Ich meine, er ist selber Anwalt! Vielleicht sitzt er es einfach aus«, seufzte Yashi.

»Komm, es wird kalt.« Sie beschlossen zurückzulaufen. »Ich muss noch den anderen Teil meiner Familie anrufen. Okay?«

»Ja, klar.« Sie liefen schweigend und mit schnellen Schritten, damit ihnen warm wurde. Auch das zweite Skype-Gespräch war kurz. Alle waren in Festtagsstimmung und beschäftigt mit ihren Weihnachtstraditionen. Yashi hatte Berrys Nummer gewählt. Sie war aufgekratzt, wünschte frohe Weihnachten und reichte ihr Telefon schnell an Dayita weiter. »Frohe Weihnachten, weitentfernte Yashi«, sagte sie und: »Wir vermissen dich. Aber es geht uns gut. John kocht Masala. Unsere Mutter schmückt den Baum. Unser Vater ist in der

Kirche. Deine Tochter würde wohl am liebsten im Labor feiern, aber ich habe sie überzeugen können, ein bisschen bei uns zu sein. Und du?«

»Wir haben Schnee. Guck mal!« Sie ging mit dem Telefon zum Fenster. »Wir haben mit Jason und seiner Cheryl gegessen. Es war nett.«

»Nett?«

»Wir sehen sie morgen noch mal. Für heute war es okay. Feiert schön!«

»Frohe Weihnachten. Grüß auch Zina von uns allen.«

Yashi legte ihr Telefon zur Seite. »Lass uns dein Weihnachtslied noch mal hören, bitte. Von den Sternen und dem göttlichen Bambino.«

45

›Was steht heute alles an?‹, war Yashis erster Gedanke, als sie am Morgen aus dem Schlaf schreckte. Dann fiel ihr ein, dass Weihnachten war und sie Urlaub hatte. In den letzten Monaten war sie immer mit unerledigter Arbeit zu Bett gegangen und mit dem Druck aufgewacht, weitere Arbeit erledigen zu müssen. Sie hatte ständig To-do-Listen vor Augen. »Weitermachen!« Laetitias Lieblingswort war ein Appell, der sie durch den Tag jagte. Aber es war natürlich nicht nur ihre Chefin. Sie selbst wollte die Chance nutzen, die ihr dieser Job bot. Sie wollte hier möglichst viel erreichen. Möglichst viel helfen. Den Textilarbeiterinnen wie der toten Magil galt ihr Versprechen, ihr Bestes zu geben. Aber sie wünschte sich auch Anerkennung. *Dass Lucas mich lobt. Oder noch besser: Laetitia. Dass Amy und Eliene applaudieren. Und Pavani den Mund hält.* Sie wollte nicht aus falschen Motiven arbeiten, musste sich aber eingestehen, dass ihr Anerkennung noch nie so wichtig gewesen war wie in den letzten Wochen. Sie wollte es schaffen.

Sie ließ sich zurück in ihr Bett fallen und dachte an Kiran. Sie rief ihn an und diesmal sorgte er dafür, dass er in Ruhe mit ihr sprechen konnte. Yashi erzählte ihm von Jason und Cheryl. »Es war ein netter Abend. Wir haben lecker gegessen. Cheryl ist freundlich, höflich, hübsch. Und Jason war auch freundlich. Ach, Kiran!« Sie seufzte: »An der Oberfläche sah alles schön aus. Eine Familie, die Weihnachten feiert. Aber sie haben nicht mal eine kleine Aufmerksamkeit mitgebracht. Und von sich erzählt, aber nicht nach meiner Arbeit gefragt. Nicht eine einzige Frage! Auch an Zina nicht. Und sie haben auch nicht nach unserer Familie gefragt. Ich musste es ihnen nahezu aufdrängen.« Wieder seufzte sie. »Wir treffen sie gleich noch mal. Mal sehen. Ich fühle mich etwas hilflos.«

»Ich liebe dich, Yashi Anne. Es tut mir einfach gut, zu wissen, dass du ihn gesehen hast.«

»Ja, das war auch wirklich schön.«

»Dann freu dich doch darüber.« Sie versprach es. Kiran meinte: »Ohne dich ist Weihnachten irgendwie langweilig. Niemand freut sich so wie du über Geschenke. Ich glaube, nicht mal die Kinder.«

»Dein Geschenk! Warte! Ich habe es hier irgendwo.« Sie fand das weitgereiste Päckchen neben ihrem Bett und packte es eilig aus. Drei runde Teedosen, versilbertes Blech, verziert mit einem zart ausgestanzten Teeblatt und cremefarbenem Deckel. »Sind die aber schön. Edel! Erst jetzt sehe ich, was auf den Bildern gar nicht richtig rüberkam.«

»Der Tee ist deine Lieblingssorte, Lady Grey. Den Frost-Tee, für den die neuen Dosen eigentlich gedacht sind, gibt es ja noch nicht. Die Blätter werden frühestens in einem Monat gepflückt. Je nachdem, wie das Wetter sich entwickelt. Wo bist du eigentlich gerade?«

»Ich liege in meinem Bett.«

»Oh, Yashi Anne. Da wäre ich jetzt aber auch gerne.«

»Ja, das wäre wirklich schön.«

»Weißt du noch? Der Morgen des ersten Weihnachtstages im letzten Jahr?«, flüsterte er.

»Ich glaube, eine Stelle zwischen meinen Beinen erinnert sich.«

Kiran lachte. »Frohe Weihnachten, Yashi Anne!«

Sie trafen sich wie verabredet auf dem Dach des Vale Hotels. Genossen den Blick und die Cocktails. Wieder war es nett. Wieder nicht mehr als das. Sie verabschiedeten sich, und Yashi ließ es geschehen. Sie wusste nicht, was sie mehr hätte tun können, hätte tun wollen. Wie hatte Kiran gesagt? »Was wir loslassen, gewinnen wir zurück.« *Vielleicht muss ich das auch lernen.*

Es gelang ihr, den Tag zu genießen. Den Spaziergang durch Williamsburg, die Pause im Park. Sie dachte kaum an ihre Arbeit. Nur ab und zu tauchten Lucas und Mahajana vor ihren Augen auf, eine UNO, die pleite war, und eine Kampagne, die sie so gerne verwirklicht hätte. Es war wirklich sehr frustrierend, so gestoppt worden zu sein.

Sie liebte das Essen im Balthazar. »Hey! Ich hab echt schon vor Wochen reserviert und das Menu ausgesucht«, gestand Zina, »ich wollte so megagerne mit dir hierhin.«

»Ich bin fünfzig Jahre ohne diesen Gaumenzauber ausgekommen. Und jetzt erlebe ich innerhalb weniger Monate so viele magische Momente. Haben wir irgendetwas zweimal gegessen, seit ich hier bin?«

»Vielleicht Feigensenf, Baguette und Mangos.« Sie lachten.

»Manchmal sehne ich mich danach, Reis mit den Fingern zu essen. Dazu ein einfaches Masala. Aber es war köstlich.«

»Ja, echt. Es sind ja so minikleine Portionen, aber man wird davon satt.«

Nach dem Essen tat ihnen der Spaziergang durch die Kälte gut. Sie verzichteten ganz auf die U-Bahn und liefen den Broadway und die Madison Ave entlang bis zur St.-Patrick's-Kathedrale. Buntgeschmückte Weihnachtsbäume, Girlanden aus Sternen und Blumen, große, glitzernde Swarovksi-Engel und Krippen tauchten die ganze Stadt in eine besondere Atmosphäre. Obwohl es noch zweieinhalb Stunden dauerte, bis die Messe begann, war die Kirche schon fast voll. Das Gebäude war umringt von schwerbewaffneter Polizei.

Yashi und Zina stellten sich beim Sicherheitscheck an, ließen ihre Handtaschen kontrollieren und fanden noch einen Platz vorne im Seitenschiff.

Der Altarraum war ein Meer aus roten Weihnachtssternen. An den Säulen hingen riesige grüne Kränze mit roten Schleifen. Yashi hielt nach Jason und Cheryl Ausschau. Aber vielleicht hatten sie keinen Platz mehr bekommen oder hatten es gar nicht erst versucht. Sie staunte mal wieder. Sogar Weihnachten gab es als amerikanische XXL-Version. Kerzen, Krippenfiguren, der Chor, die Sopranistin, die Orgel und die Menge von 2000 Menschen, die hier heute Nacht gemeinsam feierten. Der Kardinal predigte über Freude und zitierte Papst Franziskus: »Weihnachten ist Freude. Religiöse Freude, eine innere Freude des Lichts und des Friedens.«

»Joy«, மகிழ. In ihrer Muttersprache war »Magizh« nicht nur Freude, sondern auch ein Baum mit duftenden Blüten. Er hieß Magizham, seine Blüten Magizahmboo. Der Baum war ein Immergrün. Sie überlegte, einen davon in ihren Garten zu pflanzen, wenn sie wieder zu Hause war. Zu Hause. Sie sah zu Zina, die mit geschlossenen Augen in der Bank saß und lächelte. Freude war Zinas Wesen. Freude war das, was ihr zurzeit fehlte. *Wie konnte das passieren? Ausdauer kann nicht leben ohne Freude. Widerstandskraft wurde von Freude angefeuert. Noch nie vorher in meinem Leben habe ich so wenig Energie gehabt. Noch nie mich so urlaubsreif gefühlt. Ich habe das Wort bisher gar nicht gekannt. Aber ich bin so furchtbar müde.*

»Weihnachten ist Freude, Licht und Frieden.« Sie versuchte, den Gedanken aufzunehmen. Aber es fühlte sich an, als sei ihr Magizham-Baum verwelkt.

46

Als sich Yashi an diesem zweiten Januar früh am Morgen anzog, ließ sie sich Zeit. Weihnachten hatte einen merkwürdigen Abstand zu ihrer Arbeit geschaffen. Jeder Mensch sollte regelmäßig solche Zeiten erleben, wo er nicht mit Problemen konfrontiert wird. So hatte sie es in den letzten Jahren auch zu Hause immer erlebt. Sie tuschte sich neuerdings die Wimpern und nickte sich selbst im Spiegel aufmunternd zu. Draußen tobte ein Schneesturm. Sie zog warme Sachen an. Lange Strümpfe, Jeans, ein Shirt, eine Tunika, einen Pullover, dann den Schal, Handschuhe, Mütze, die Steppjacke. Sie hatte sich daran gewöhnt, mehrere Schichten Wolle übereinanderzutragen, mit jedem Kleidungsstück stellte sie sich vor, dass sie beschützt war. Wolle und Daunen schützten sie vor der Kälte. Liebe und Segnungen schützten ihre Seele. Jedes Gebet ihrer Eltern. Jeder sehnliche Gedanke von Kiran. Jede Nachricht ihrer Freundinnen. Jede Stunde, in der sie wusste, dass sinnvoll war, was sie tat. Jedes Lachen von Zina und jedes Lächeln einer Fremden gleich in der U-Bahn. Jeder Wunsch für ein frohes neues Jahr, von denen sie heute viele hören würde.

Das Großraumbüro füllte sich schnell. Einige tranken den ersten Kaffee am runden Tisch. Geschichten über Weihachten und Silvester wurden ausgetauscht. Amy umarmte sie. »Happy new year, meine Liebe. A guter nayer yor.«

Eliene winkte ihr zu. Sie hatte eine Strähne ihrer blondierten Locken pink gefärbt. Sie sah so noch frecher aus.

Laetitia verschaffte sich Gehör: »Ich wünsche uns allen ein gutes neues Jahr. Die Herausforderungen sind riesig. Aber, und ich zitiere Shashi Tharoor, die UN ist UN-ersetzlich. Also machen wir weiter!«

Auch Pavani Nadar war da und Yashi wünschte ihr ein gutes neues Jahr. »Es hat gut begonnen für mich«, erzählte Pavani, »ich hatte ein paar schöne freie Tage in Mountain Creek. Berge mögen Sie doch auch, oder?«

Yashi sah sie herausfordernd an: »Recherchieren Sie eigentlich über mich, oder was?«

»Da nehmen Sie sich mal nicht zu wichtig. Ich weiß nur gerne, woran ich bin. Und zähle nur eins und eins zusammen.«

Stella hatte mit Amy geschwatzt und hörte ihnen jetzt zu. »Happy new year. Und Sie sehen doch beinahe aus wie Zwillinge.«

Pavani sagte aggressiv: »So ein Quatsch.«

Stella wich zurück vor ihrer Schroffheit. »Ups«, sagte sie, »die Stimmung ist schlecht in Siam.«

Jetzt reagierte auch Yashi: »Stella. Bitte! Es nervt langsam wirklich.«

Stella lächelte ihr zu. »Entschuldigung.«

»Angenommen. Sie sind doch sonst so dezent, Stella. Ich wünsche Ihnen ein frohes neues Jahr.«

Laetitia kam auf sie zu und berührte sie am Arm: »Yashi. Kommen Sie um zwölf bitte in mein Büro.«

Yashi setzte sich an ihren Schreibtisch. In ihrem Mailpostfach waren so viele neue Nachrichten, dass sie heute nur damit beschäftigt sein würde, alles zu lesen und zu beantworten. Sie steckte sich die Ohrhörer ihres Telefons in die Ohren und überließ dem Zufall, was sie hören würde. Oleta Adams sang »Window of Hope«. *Durch dieses Hoffnungsfenster fällt Licht auf jedes Problem. Du kannst es lösen. Halt nur Ausschau nach dem Licht.*

Ob Laetitia ihr doch noch erlauben würde, die Kampagne mit Mahajana umzusetzen? Wo war eigentlich Lucas? Und was hatte Pavani ihr mit ihrer Bemerkung über die Berge sagen wollen?

»Dream« von Lenny Kravitz.

Amy beugte sich zu ihr. Yashi nahm den Ohrhörer aus dem linken Ohr. »Darf ich auch mal hören, was du da immer hörst?« Sie reichte ihr den freien Ohrhörer, sodass sie gemeinsam hörten. *Ihr könnt mir meine Freiheit nehmen, aber mein Geist bleibt unabhängig. Ihr könnt mir die Vision nehmen, das bedeutet aber nicht, dass ich nicht sehe. Ihr könnt mir nicht stehlen, was Gott mir geschenkt hat.* Das Lied war zu Ende, Yashi wählte die Pausentaste.

Amy grinste sie an und schüttelte den Kopf. »Ich habe viele, wirklich sehr viele Anti-Rassismus-Trainings hinter mir. Trotzdem dachte ich, dass du so was wie indische Volkslieder, tamilische Kirchenlieder oder Bollywood-Soundtracks hören würdest. Mit Lenny Kravitz hatte ich nicht gerechnet.«

Yashi musste lachen und zeigte ihr ihre aktuelle Playliste. Amy las sie leise vor: »Annie Lennox, Beyoncé, Pink, Enya, John Legend, Christina Aguilera, Robbie Williams, Gloria Estefan, Lenny Kravitz, U2, Patti Smith.« Amy nickte: »Die kenne ich alle. Und die mag ich alle.«

Yashi meinte: »Und ich dachte, du hörst nur Klezmer und jiddische Folklore.«

»Nicht wirklich, oder?«

»Nein.« Sie lachten beide. Und Yashi atmete wieder ruhig. Was Laetitia wohl diesmal von ihr wollte?

In ihrem Büro kam Laetitia direkt zur Sache: »Ich muss Sie bitten, nach Genf zu reisen. Offen gesagt, wird das ja auch allmählich mal

Zeit. Es geht um eine Konferenz zur Vorbereitung des Demokratie-Gipfels. Stella wird Sie briefen. Lucas Martin ist immer noch krankgeschrieben. Sie springen für ihn ein.«

»Was ist mit ihm?«

»Eine sehr private Frage«, sagte Laetitia nur.

Yashi fragte weiter: »Okay. Wann denn?«

»In zwei Wochen. Ich schicke Ihnen den Terminplan und alle Kontakte. Cathy kümmert sich darum, dass alles gebucht ist. Hoffen wir, dass der Schnee nachlässt. Zurzeit ist der Flughafen ja gesperrt. Wie gesagt, Stella gibt Ihnen alle Unterlagen und einen Überblick. Ein gutes neues Jahr wünsche ich Ihnen auch ganz persönlich.«

»Danke. Das wünsche ich Ihnen auch.«

Stella kam zu ihrem Schreibtisch. »Verzeihung noch mal wegen meiner Bemerkung. Ich wollte Sie wirklich nicht ärgern. Also Miss Nadar vielleicht schon, ein bisschen. Aber Sie nicht.«

Yashi nickte: »Ja. Schon gut. Sie ist wirklich eine merkwürdige Person.«

»Hier sind die Unterlagen für Genf. Ich wünsche Ihnen ein gutes neues Jahr.«

»Ich danke Ihnen ganz herzlich. Danke für alles.«

Stella blieb und sagte: »Wir müssen noch über den Büroraum sprechen. Die Büros im Nachbarflur sind jetzt endlich renoviert. Sie könnten also in ein eigenes ziehen.«

»Und das Team?«, fragte Yashi.

»Es gibt Raumteiler und Flex-Büros. So ist es üblich. Laetitia würde es wohl gerne sehen. Ihr sind diese Symbole wichtig. Aber ich dachte …« Sie sprach nicht weiter.

»Ja?«, ermutigte Yashi sie. »Sagen Sie, was Sie denken, Stella.«

»Ich dachte, dass dieser Raum zu Ihnen passt. Zu uns. Zu dem, was aus uns geworden ist in den letzten Monaten. Ich glaube nicht, dass die anderen dagegen wären, wenn wir hierblieben.«

»Ja. Danke für diese Einschätzung. Ich mag es, dass wir uns sehen.

Ich habe den Besprechungstisch gern in der Nähe. Wenn es nach mir geht, bleiben wir.«

Stella strahlte sie an. »Das hatte ich gehofft. Ich informiere dann alle.«

»Danke.« Sie sah Stella an. »Und danke für das, was Sie über unser Team gesagt haben.«

Yashi vertiefte sich in ihre Genf-Unterlagen. Stella hatte alles mit ihrer üblichen Sorgfalt zusammengestellt. Das Thema der Konferenz hieß: »Voice for the Voiceless. Eine Stimme für die ohne Stimme.« Der Stapel von Akten und Protokollen nahm ihr die Lust, aber die Aussicht zu reisen, reizte sie. *Meine erste Reise!*

47

Am ersten Montag des Jahres war es endlich so weit, dass sie Zeit fand, um Phumzile Mlambo-Ngcukas Einladung zu folgen. Sie würde mindestens eine halbe Stunde brauchen, um dort hinzukommen, denn das Café Mandelaplatz lag auf der anderen Seite des East Rivers. Sie würde zu Fuß zur Grand Central gehen wie jeden Abend, in Borough Hall umsteigen, bis zur Court Street fahren und von dort aus wieder laufen. *Ich finde mich doch schon echt gut zurecht.* Sie wollte unbedingt pünktlich sein und brach rechtzeitig auf. Schon in der Bahn sah sie Eliene und Pavani, tat aber so, als gucke sie konzentriert in ihr Telefon. Sie schrieb an Kemia, Namya, Berry und Dayita: »Café Mandelaplatz, ich komme.«

Phumzile hatte einen wirklich besonders schönen Ort für ihr Treffen ausgewählt. Der Holzboden, Tische und Stühle in Hellgrau waren ein schöner Kontrast zu den pinkfarbenen und zitronengelben Kissen. Drei auffällige Bilder, Nahaufnahmen eines Leoparden, eines Zebras und einer Antilope, brachten afrikanisches Flair in den Laden. Eine große, bronzene Menora und ein pinkfarbener Granatapfel in den beiden Schaufenstern setzten einen ganz besonderen Akzent.

Die Theke war gefüllt mit Bagels, Muffins, Törtchen, Pralinen und Macarons.

Phumzile saß am Kopf eines langen Tisches. »Willkommen! Kommen Sie zu uns«, rief sie herzlich und bat Yashi, auf dem Stuhl direkt rechts neben ihr Platz zu nehmen. Jetzt kamen zügig hintereinander die anderen Frauen, auch Eliene und Pavani, sodass nach wenigen Minuten alle 16 Stühle am Tisch besetzt waren.

Pavani setzte sich neben Yashi, weil es der letzte freie Platz war. Sie nickten sich nur kurz zu.

Phumzile sagte: »Ich empfehle Ihnen wie jeden Montag, das Tagesgericht zu wählen. Dazu gibt es wie immer frische Blattsalate mit dem berühmten Himbeer-Dressing. Und natürlich reichlich hausgemachte Ingwerlimonade. Den Nachtisch spendiere heute ich, als Geschenk zum neuen Jahr. Mit der Küche habe ich mich vorhin schon auf ein Pfirsichkompott mit Anissahne geeinigt. Wie ich höre, ist dieses Dessert seit dem Eröffnungsabend der Renner. Ah, die Chefin selbst bedient uns.«

Phumzile stand auf und umarmte sie. Yashi sah sich die junge Frau interessiert an. Sie war ein sehr hübscher Mix aus schwarz und weiß. Ein Strahlen lag auf ihrem Gesicht, als sie Phumzile begrüßte. »Wie schön, Sie zu sehen. Ein frohes neues Jahr wünsche ich Ihnen. Willkommen! Ihnen allen.« Sie schenkte der ganzen Runde ein herzliches Lachen.

»Das wünsche ich Ihnen auch, liebe Ecco. Wie ich sehe, läuft es ja gut bei Ihnen. An einem Montagabend nach den Feiertagen so besucht zu sein ist ja wohl ein gutes Zeichen, hm?«

Ecco nickte fröhlich: »Schon seit Chanukka sind wir jeden Abend ausgebucht, also seit Anfang Dezember.«

»Und was hören Sie aus unserer Heimat?«, fragte Phumzile nach.

»Meine Großmutter sagte neulich: ›Sklaverei, Kolonie, Apartheid und jetzt Korruption.‹ Sie spricht manchmal über die letzten Jahre als ›verlorene Jahre‹. Weil in denen nicht nur die Wirtschaft, sondern auch die Politik und die Ethik, die Haltung so verkommen sind. Aber sie sagt mir auch jedes Mal, dass noch der beste Präsident nicht alleine ist, sondern ›We, the people‹ unseren Beitrag leisten. Sie meint damit: leisten können und müssen.«

Phumzile nickte: »Da hat Ihre Großmutter recht. Und das ist auch für dieses Land hier ein großer Trost und eine große Aufgabe. Wie schön, hier zu sein. Nehmen Sie doch die Bestellungen auf. Ich habe mich schon so auf Ihr Essen gefreut.«

Phumzile trug ein afrikanisches Kleid aus bedrucktem Baumwollstoff und ein passendes Kopftuch, das wie eine Krone wirkte. Sie sah beeindruckend aus. Sie war eigentlich Lehrerin und hatte in ihrem Leben so viele andere Rollen und Aufgaben übernommen: Ministerin, Vizepräsidentin des ANC und Südafrikas. Dass sie manchmal die »Frauen-Frau« genannt wurde, war eine Verneigung vor ihrem unermüdlichen Einsatz für die Rechte der Frauen.

Sie bestellten und dann begrüßte Phumzile sie alle offiziell, wünschte ihnen ein gutes Jahr, ein Jahr für Frauenrechte und Menschenrechte, und gab ihnen dann eine Aufgabe. »Warten wir noch, bis die Getränke serviert sind. Und dann nennen Sie doch bitte kurz Ihren Namen und teilen uns mit, welche Frau Sie neuerdings, gerade in den letzten Wochen, inspiriert oder ermutigt hat.« Sie drehte sich nach links, und Yashi atmete erleichtert auf. Sie würde erst zum Schluss sprechen müssen.

Die Runde wurde ein Spaziergang durch eine Galerie. Viele Großmütter wurden gelobt. Viele Namen hatten mit Weihnachtsgeschenken zu tun. Mit Büchern und Musik. Chimamanda Ngozi Adichie wurde mehrfach genannt, einige hatten während der Urlaubstage ihren Essay über Feminismus gelesen. Aretha Franklin wurde sehr vermisst.

»Habt Ihr gesehen, dass die U-Bahn-Stationen ›Franklin-Street‹ und ›Franklin-Ave‹ ihr ein kleines Denkmal gesetzt haben? Obwohl die beiden Straßen ursprünglich nach unserem Gründervater Benjamin Franklin benannt wurden, steht jetzt dort ihr Name. Was für eine Wandlung!« , sagte eine, und ihre Nachbarin ergänzte: »Und

›Respect‹ steht da. Ihr berühmtestes Lied. Es berührt mich jedes Mal, wenn ich dort vorbeikomme.«

Eliene meinte: »In beinahe jedem Nachruf wurde erwähnt, dass sie mit ihrem Gewicht gekämpft habe. Was auch immer das bedeuten soll. Es hat mich wirklich empört. Als seien die Lebensleistung und außerordentliche Begabung einer Frau nichts wert, wenn ihre Körpermaße nicht der Norm entsprechen. Das hat mich wirklich sehr aufgebracht. Echt, in fast jedem Nachruf war das so.« Sie tippte mit ihrem Zeigefinger mehrmals gegen ihre Stirn.

Michelle Obama, Oprah Winfrey und Shonda Rhimes wurden erwähnt, nicht nur wegen einer konkreten Rede, Sendung oder Serie, sondern wegen ihrer Haltung, die Selbstrespekt zeigte und damit anderen Würde vermittelte. Emma Watson kam manchmal selbst zu diesen Treffen und war heute immerhin namentlich anwesend. Eliene nannte Karol Conká, die Rapperin aus ihrer Heimat. »Mal abgesehen von ihrer Persönlichkeit, ihrer Musik, den großartigen Texten finde ich ihre pinkfarbenen Dreads einfach nur phänomenal.« Sie grinste in die Runde.

Pavani nannte eine Inderin. »Meghna Pant. Sie ist eine großartige Schriftstellerin. Sie steht für einen Feminismus, dem es um Gemeinsamkeiten geht. Von Frauen, Männern, Kindern und den LGBTQ, einfach allen Menschen. Als Bloggerin glaubt sie an die Macht des Internets. Also, wir begegnen zwar immer noch Zweifeln und Feindseligkeit, wenn wir uns öffentlich äußern, und viele denken immer noch, es sei besser, still zu sein. Aber es verändert sich etwas. Das hat mich sehr ermutigt.«

Yashi hörte ihr aufmerksam zu. Bisher hatte sie immer gedacht, was für eine Fehlbesetzung Pavani für UN-Women war. Jetzt aber stimmte sie ihr vollkommen zu. Ja, sie fand sich selber wieder in ihren Worten. Sie hätte es genauso formulieren können. Und jetzt war es an ihr, etwas zu sagen. Wen sollte sie nennen? Vandana Shiva? Maria Espinosa? Patti Smith, deren Lieder und Musik sie so oft hörte? Arundhati Roy? Nicht, nachdem Pavani schon eine indische

Schriftstellerin vorgestellt hatte. Kirthi Jayakumar? Anne Frank? Sie überlegte sogar für einen Moment, Namya zu nennen, die sich mit 50 Jahren verliebt und auf eine Beziehung eingelassen hatte. Ja, alle ihre Freundinnen hätten es verdient. Sie sagte: »Ich bin Yashi Anne Bhandari. Anwältin aus Indien. Zurzeit als Menschenrechtsreferentin hier bei den Vereinten Nationen. Es ist mein erster Montag in dieser Runde.«

Phumzile legte ihre Hand auf ihren Arm. »Ich freue mich sehr, dass Sie da sind. Bitte! Wer hat Sie neuerdings ermutigt?«

»Ich denke an eine Frau, die anders arbeitet als ich. Anders denkt. Ganz anders lebt. Um nur ein Beispiel zu nennen: Sie nennt faire Mode, ›dieses Wolle-Bast-Zeug‹.« Alle am Tisch schmunzelten. »Und ihr Musikgeschmack ist – ach, egal. Sie hört nur italienische Opern.« Wieder schmunzelten alle. »Aber ja, sie ist ein Vorbild für mich. Ihre Lebensfreude. Ihre kindliche Art, glücklich zu sein. Sie lacht viel, ich heule oft. Mich rühren ihre Großzügigkeit, ihre Euphorie. Ich könnte sagen, dass sie unfassbar ignorant ist, naiv, verschwenderisch. Und das stimmt auch alles. Ich fürchte, sie hat das Wort noch nie gehört, aber ihr ›ökologischer Fußadruck‹ muss so eine Art eleganter Riese-Goliath-Stiefel mit hohem Absatz sein.«

Die Frauen lachten, aber Yashi wurde ernst und etwas leiser: »Aber ihre Freude – also, ich hätte gerne etwas von dieser Freude. Die Portion, die nichts mit Geld zu tun hat. Oder Vergnügungssucht. Ich weiß, dass es sie gibt. Ich weiß es, weil ich sie selber schon mal hatte. Aber ich habe sie irgendwo unterwegs verloren. Danke.« Sie legte ihre Handflächen aneinander, verneigte sich kurz und sagte noch: »Ach: Sie heißt übrigens Zina.«

Wieder legte Phumzile ihre Hand auf Yashis Arm und sagte: »Ich danke Ihnen. Ihnen allen.« Sie sah von einer zur anderen. »Ich habe die Frage genau aus diesem Grund gestellt. Weil wir alle immer wieder mal die Freude verlieren. Oder die Hoffnung. Die Liebe zu unseren Idealen. Das Vertrauen in ihre Schönheit. Und dann ist es gut, wenn wir uns klarmachen, dass wir nicht alleine sind. Dass andere da sind. Vor uns waren und mit uns sind. Unsere Großmütter. Aretha. Chimamanda. Oprah. Shonda. Malala. Emma. Und Zina.«

In diesem Moment wurde das Essen serviert. Die Chefin kam und zwei andere folgten ihr und stellten je einen Teller vor jede Frau hin und drei Salatschüsseln in die Mitte. »Guten Appetit!«

»Danke, Ecco. Vielen Dank.« Sie aßen und unterhielten sich ein bisschen. Yashi würde Zina vorschwärmen von diesem Restaurant. S. wie Spanien hatten sie erlebt, aber S. wie Südafrika noch nicht. Sie lächelte bei dem Gedanken, wie Zina ihrem Leben immer wieder etwas Spielerisches verleihen konnte. Sie sah nach rechts zu Pavani und konnte nicht wegsehen von ihren rotlackierten Fingernägeln, die ganz abgekaut waren. War sie nervös? Ihre Blicke trafen sich. »Sie sind ja mal wieder ganz oben am Tisch gelandet. Wie machen Sie das nur immer?«

»Ich wollte nicht –«, sie stockte. »Ach, denken Sie doch, was Sie wollen. Ich kam hier an und Phumzile hat mir den Platz zugewiesen.«

»Sicher. Karma, stimmt's? Glauben Sie das? Dass unser Glück uns irgendwie von oben zugeteilt wird?«

»Sie verdrehen meine Worte. Warum machen Sie das?«

Aber statt zu antworten, drehte sich Pavani zu ihrer anderen Nachbarin und begann ein Gespräch mit ihr. Yashi aß noch etwas Salat und sah sich das schöne Café an. Hinter der Theke gab ein junger Mann der Chefin gerade einen Kuss. Er schien die Chefin sehr zu mögen, ja zu verehren. Vielleicht liebte er sie sogar. Irgendwie freute sich Yashi über die beiden.

Nachdem die Teller abgeräumt und Kaffee und Tee bestellt worden waren, ergriff Phumzile wieder das Wort. »Ich möchte Ihnen erzählen, wer mich ermutigt. Sie ist eine alte Dame. Vom Volk geliebt. Sie hat griechische Wurzeln. Auch wenn sie schon alt ist, kann sie unglaublich viel bewegen, wenn sie in guter Verfassung ist. Sie liebt die Freiheit. Sie liebt es, sich einzumischen. Sie hat ein Herz für Minderheiten und wirbt immer, immer wieder um Mehrheiten. Sie verehrt die freie Presse. Sie hat auch ganz sicher eine Menge Fehler. Manche meinen sogar, ihre Zeit sei abgelaufen. Aber ich denke, das stimmt nicht. Für mich ist sie immer noch die Beste.«

Sie trank einen Schluck Ingwerschorle, räusperte sich und sprach weiter: »Ich spreche von der Demokratie. Sie ermutigt mich. Diese alte Idee. Sie kommt aus der Mode? Wenn das gesagt wird, müssen wir hellhörig werden. Dann braucht sie uns nämlich besonders dringend. Wir müssen sie verteidigen. Wir haben ›MeToo‹ erlebt, ›Time's Up‹ und ›MeTwo‹. Viele mussten ihr Verhalten überdenken. In Saudi-Arabien dürfen Frauen jetzt Auto fahren. Deutschland hat eine Kanzlerin. Estland eine Präsidentin. Serbien eine Ministerpräsidentin. Neuseeland eine Premierministerin mit Stillkind. Ich glaube, zurzeit sind es 18 von 193 Ländern und damit etwa 2 Prozent von uns 7 Milliarden Menschen, die ein weibliches Staatsoberhaupt haben. Immer mehr gute Männer unterstützen unsere Anliegen. Und auch die Jüngeren, sogar sehr Jungen mischen sich ein: Nach dem Parkland-Schulmassaker zum Beispiel hat die 18-jährige Emma Gonzalez den Widerstand angeführt. Die 11-jährige Afroamerikanerin Naomi Wadler hielt eine Rede, die um die Welt ging. Übersehen und überhören wir nur nicht diese jungen Frauen, meine Lieben! Wir haben so hart gearbeitet. Ja, was haben wir viel gearbeitet. Und erleben: Manches geht plötzlich. Und anderes geht immer noch nicht. Und einiges geht wieder verloren. Die alte Dame braucht uns. Und wir brauchen sie.« Sie erhob ihr Glas. »Trinken wir auf ein gutes Jahr! Verlieren wir nicht den Mut.«

Sie stießen an. »Auf das Wohl der Demokratie!«, sagte eine junge Deutsche.

»Trinkspruch. Saúde! Die Demokratie lebe hoch«, sagte Eliene.

Die Gespräche am Tisch gingen weiter. Die Themen wechselten schnell. Und Yashi hatte Lust, noch lange hier zu sitzen und zuzuhören. Der Nachtisch wurde serviert. Pfirsichkompott mit Anissahne. Dic Runde diskutierte gerade über das Recht auf gleiche Bezahlung.

Sie redeten durcheinander. Über bedingungsloses Grundeinkommen. Mutterschutz und Elternzeit. Und auch über die Privilegien, die Eltern genossen, die bei der UNO arbeiteten. Die Kinderbetreuung, die eigenen Kindergärten und Schulen ganz in der Nähe. »Und der Fuhrpark, der am frühen Nachmittag voller Kinderwagen steht«, meinte eine junge Frau lachend. Und einige erzählten von ihren eigenen Kindern.

Yashi löffelte den Nachtisch aus. Der Duft von frischen Pfirsichen und Anis war intensiv. Sie lehnte sich zurück, atmete aus und ein. Sie dachte an den Aniskuchen, den Gini so gerne mochte. An Berry, die nur daran dachte, dass Anis Husten lösen konnte. Und an Kiran, der eine Teemischung kochte aus Anis, Kardamom, Fenchel und Süßholz. *Habe ich etwa Heimweh?* Am Tisch gab es eine kleine Kontroverse über Hillary Clinton. Bei Ellen Johnson-Sirleaf waren sich alle einig, dass sie großartig war. »Sie hat mein ganzes Bild von Afrika runderneuert«, gab eine Österreicherin zu.

Über Angela Merkel wurde dann wieder gestritten. Die einen meinten, die deutsche Kanzlerin strahle Ruhe aus, Anstand und Nüchternheit. Und viele nickten: »Respekt vor ihrer Lebensleistung.« Andere meinten, dass gerade ihre Gabe, die Herausforderungen pragmatisch zu verkleinern, sogar eine echte Gefahr bedeutete.

Die junge Deutsche meinte energisch: »In leiseren Zeiten mag das ja funktionieren. Aber in diesen dramatischen Zeiten führen diese bürokratischen Tugenden nur dazu, dass das Nötige ständig aufgeschoben wird. Es braucht jetzt größere Pläne und echte Leidenschaft. Meine ich.«

Eine grauhaarige Amerikanerin sagte: »Mag ja alles sein. Aber sie verdient unsere Hochachtung. Auch als Frau. Und ich persönlich schätze besonders das Unaufgeregte an ihr.«

Die Runde diskutierte weiter. Ein Wort gab das andere. Flüchtlinge, Europa, Syrien, die USA.

Phumzile neigte sich zu Yashi: »Was sind denn Ihre nächsten Pläne? Irgendwelche Kampagnen? Projekte? Reisen?«

»Ich reise nächste Woche nach Genf. Als Vertreterin meines Kollegen Lucas Martin. Zu einer Konferenz, die das Gipfeltreffen zu Demokratie und Menschenrechten vorbereitet. Sie haben sicher davon gehört: ›Voice for the Voiceless. Eine Stimme für die ohne Stimme.‹«

»Ja. Ein guter Titel. Ein großes Thema. Ich habe in den Achtzigern einige Zeit in Genf gelebt. Als ich Direktorin des YWCA war. Ich habe in dieser Stadt seitdem immer wieder mal erlebt, dass die Welt bewegt werden kann. Sorgen Sie dafür, dass Sie nicht nur als Ersatz für jemanden da sind. Reisen Sie selbst!« Sie winkte Richtung Theke. »Ecco, ich würde gerne zahlen.«

Sie verabschiedeten sich eine nach der anderen voneinander. Eliene umarmte sie. »Bis morgen! Cool, dass du heute dabei warst.« Pavani ging, ohne Tschüss zu sagen.

Auf dem Weg zur U-Bahn meinte sie, Lucas zu sehen, und rief laut: »Hey! Lucas!« Aber der Mann mit einem großen Hund an der Leine ging weiter, in die andere Richtung. Vielleicht war er es auch nicht gewesen. Er war krank, da spazierte man doch nicht durch die Kälte. Es sei denn, der Hund käme sonst nicht vor die Tür. Oder man war gar nicht richtig krank. Oder was auch immer.

In Zinas Zimmer war es schon dunkel. Es war spät geworden. Beim Einschlafen dachte sie an die Galerie von Frauen, die ihr dieser Abend gezeigt hatte. ›Reisen Sie selbst‹, hatte Phumzile gesagt. Sie hatte heute Abend den Platz eingenommen, den die Gastgeberin ihr gezeigt hatte. Und sie würde Lucas in Genf vertreten. *Aber im Leben gibt es keine festen Sitzplätze. Keine Namenskärtchen, keine Tischordnung, die festlegt, auf welchem Stuhl wir zu sitzen haben. Wir können aufstehen und dahin gehen, wo die Gespräche interessanter sind. Vielversprechender. Sogar das. Oder dahin, wo wir mehr gebraucht werden. Oder uns einfach wohler fühlen.*

48

»Zina!«, sagte Yashi am Morgen. »Ich habe dein Studio noch immer nicht gesehen. Ich kenne die Leute überhaupt nicht, mit denen du sonst Zeit verbringst.«

Zina zuckte mit den Schultern. »Nicht schlimm. In deiner ersten Woche haben wir`s nicht geschafft und danach war immer so viel zu tun. Du hast ja eigentlich immer nur gearbeitet.«

Daran dachte sie in der Bahn. Die ganze Woche über schneite es weiter, aber der Schnee blieb nicht mehr liegen. Es taute. Der Flughafen war wieder geöffnet. Yashi bereitete sich weiter auf die Konferenz in Genf vor.

In einer Mittagspause kam Eliene zu ihr: »Hey! Ich möchte dir gerne was zeigen. Lust auf einen kleinen Ausflug?« Sie zogen sich ihre warmen Jacken an. Eliene wickelte sich einen langen knallblauen Schal um. Der Schnee auf den Straßen war geräumt und geschmolzen, es war nass und ungemütlich. Eliene winkte ein Taxi heran.

»Wohin geht's denn?«, fragte Yashi.

»Überraschung«, antwortete Eliene nur und zwinkerte ihr zu. Eine Viertelstunde lang fuhren sie nah am East River entlang Richtung Süden. An der Brooklyn-Bridge bogen sie nach rechts ab in den

Financial District. Auf der Wall Street stiegen sie aus. Hier befanden sich die Börse, die Büros vieler Finanzunternehmen und eine Menge Kanzleien. *Was wollen wir denn hier?* Eliene ging zielstrebig weiter und blieb dann abrupt stehen. Yashi stellte sich neben sie und entdeckte, was Eliene ihr hatte zeigen wollen: eine Statue. Eine Figur, nicht mal anderthalb Meter hoch. Ein Mädchen aus Bronze, mit Zopf, seine Hände in die Hüften gestemmt, mit beiden Beinen auf dem Boden. »Sie sieht selbstbewusst aus«, sagte Yashi.

»Und irgendwie auch so, als mache es ihr Spaß, hier zu stehen, oder?« Eliene ließ eine Kaugummiblase platzen.

Yashi stimmte Eliene zu. »Ja, das stimmt wohl. Zuversichtlich sieht sie auch aus.«

»Ja. Ganz erstaunlich, oder?« Sie lachten beide.

Ich liebe ihre Zahnlücke. Und diese neue pinkfarbene Strähne!

Eliene erzählte: »Die Künstlerin nennt sie ›Fearless Girl, furchtloses Mädchen‹. Sie wurde hier am Internationalen Frauentag aufgestellt. Genau gegenüber vom Wall-Street-Bullen, Auge in Auge. Sie trotzt sozusagen dem aggressiven Finanzmarkt. Auf der Plakette steht: ›Lerne die Macht von Frauen kennen. SIE macht den Unterschied.‹« Eliene streichelte über den Kopf der Statue und legte ihr die Hand auf die Schulter. »Sie sollte eigentlich wieder weg von hier, aber die Leute lieben sie.« Eliene forderte Yashi auf, sich mit dem furchtlosen Mädchen zusammen fotografieren zu lassen. »Gib mir mal dein Handy!«

Yashi mochte die Idee und stellte sich neben die Statue. »Und jetzt denk an die Frauen, die du liebst. Alle, die dir spontan einfallen.« Eliene machte ein paar Bilder, lachte viel, winkte dann wieder ein Taxi heran und sie fuhren zurück.

»Danke für diesen kleinen Ausflug!«

»Wirklich gern geschehen. Obrigada. Danke ebenfalls. Fürs Mitkommen.«

Sie aßen noch eine Kleinigkeit im ›Mona‹ und so war es schon zwei Uhr, als Yashi wieder am Schreibtisch saß und ihr Telefon aufleuchtete, weil Kiran anrief. Yashi rechnete schnell, dass es zu Hause schon spät war, halb zwölf am Abend. Sie nahm ihr Telefon und ging auf den Flur. »Kiran. Ist irgendetwas passiert?«

Kiran sprach mit kalter Stimme und sie merkte, er musste sich anstrengen, nicht zu schreien. »Ob irgendetwas passiert ist, fragst du mich? Du wagst es noch!«

»Wovon redest du? Du bist ja ganz aufgeregt. Kiran!«

»Die Frost-Kampagne wurde gestoppt, das ist passiert. Weißt du eigentlich, wie viel Geld sie uns gekostet hat? Wie viele Überlegungen, Stunden, Monate?«

»Aber warum denn? Und wirfst du mir das etwa vor? Wieso das denn?«

»Kampagne gegen Kampagne. Unsere wurde verboten, die Fair-Kampagne hat gewonnen.«

»Was ist das denn für eine Kampagne?«

»Ich könnte aus der Haut fahren, weil du so naiv tust.«

»Aber was meinst du denn?«

»Ich habe zufällig mitbekommen, dass die UNO hinter allem steckt. Vielen Dank!«

»Und die UNO, das bin ich, oder was?«

»Wirklich, Yashi Anne! Hier wurde über Wochen Stimmung gemacht. Es gab Streiks. Die Leute erschienen nicht mehr zur Arbeit. Das war alles schlimm genug. Wir konnten uns irgendwie einigen. Haben uns einsichtig gezeigt. Ich habe sogar Damar überzeugen können. Wir haben stundenlang geredet. Mit Gewerkschaftlern und Anwälten. Wir haben uns auf ihre Forderungen eingelassen, höhere Löhne zu zahlen, mehr Pausen zu garantieren und für neue Trinkwasserzugänge zu sorgen. Du würdest sehr zufrieden sein. Und jetzt wurden wir gestoppt. Hörst du? Gestoppt! Wir haben sogar angeboten, für die Pflückung der Frost-Blätter einen Zuschlag zu zahlen. Aber es nutzt nichts. Sie haben uns auf dem Kieker. Zufällig, ganz zufällig, habe ich erfahren, dass die UNO da mit drinhängt. Mit irgendwelchen schlauen Gesetzen zum Arbeitsrecht. Das ist doch dein Bereich. Ganz dein Thema. Also noch mal: Tu nicht so naiv. Spiel mir nichts vor. Das ist nur noch beleidigend. Hast du geglaubt, ich würde das nicht mitbekommen? Oder wolltest du mir zeigen, dass du mehr Einfluss hast? Am längeren Hebel sitzt?«

Yashi versuchte, seinen Redefluss zu unterbrechen: »Kiran. Jetzt beruhige dich doch mal. Erstens habe wirklich keine Ahnung, wovon du redest. Und ich habe nichts damit zu tun.«

»Und das soll ich dir glauben?«

»Ach, glaub doch, was du willst. Aber jetzt mal ehrlich! Wo ist eigentlich das Problem? Du hast doch wohl anständig gearbeitet, oder? Jedenfalls habe ich mich immer darauf verlassen. All die Jahre.«

»Du mit deinen Idealen. Deinem Fair-Trade-Siegel. Deinen neunmalklugen Fragen, ob unsere Arbeiterinnen Mundschutz tragen. Und was du sonst noch alles wissen wolltest. Du hast doch überhaupt keine Ahnung von meiner Arbeit.«

»Kiran, wirklich.«

»Nein, jetzt rede ich. Ihr macht eure Gesetze, weit weg in Amerika. Ihr habt eure hehren Vorstellungen. Aber ihr vergesst dabei das normale Leben. Von normalen Menschen.«

»Kiran, bitte.«

»Was hast du getan, Yashi Anne? Oder wenn du es nicht selber warst: Wem hast du einen Tipp gegeben? Ich hätte nie gedacht, dass du mich so hintergehst. Habe ich denn nicht auch ein bisschen Loyalität verdient?«

»Also, jetzt halt mal die Luft an, Kiran! Du weißt, wofür ich stehe. Nicht erst, seit ich hier in Amerika bin. Sondern schon mein Leben lang. Ich bin Anwältin und vertrete Arbeiterinnen vor Gericht. Seit du mich kennst, ist das so. Auch wenn ich das Gefühl habe, *dich* plötzlich nicht mehr zu kennen! Du hast mich immer wieder ›dein Gewissen‹ genannt. Aber weißt du was? Du hast selber eins!«

Kiran sagte mit kalter Stimme: »Ich muss mich von dir nicht belehren lassen. Du hast keine Ahnung von Tee. Geschweige denn davon, wie man ein Unternehmen führt.«

»Kiran! Du brauchst einen Anwalt«, versuchte Yashi noch mal, ihn zum Zuhören zu bewegen, aber sie hatte keine Chance.

Kiran wetterte immer weiter: »Ach. Danke für den Tipp. Ja, ich brauche einen Anwalt. Denn ich werde kämpfen. Wobei die Frost-Ernte dieses Jahres auf jeden Fall verloren ist für uns. Verloren, verstehst du? Das Wetter lässt sich nämlich nicht aufhalten. Aber Karuna wird uns vertreten.«

»Du lässt dir von Karuna helfen?«

»Ja! Warum denn nicht? Sie ist die einzige Anwältin, die ich persönlich kenne. Ach nein, das stimmt so natürlich nicht. Ich kenne noch einen guten Anwalt. Der praktiziert aber wegen Fahrerflucht zurzeit nicht in Indien. Und dann kenne ich noch eine Anwältin. Die ist aber gerade auch nicht im Land. Und wäre auch überhaupt nicht geeignet, weil sie nämlich auf der gegnerischen Seite steht.« Und damit legte er auf.

Yashi mochte nicht glauben, was gerade passiert war. Sie verstand auch nicht ganz, was Kiran ihr erzählt hatte. Ihr wurde schwindelig. Sie lehnte sich ans Geländer und hatte abgekaute rote Fingernägel vor Augen. Zehn Krallen, die nach ihr griffen.

Sie schlich in die Küche und kochte eine Kanne besten Earl Grey, mit Zitrone und großzügig viel braunem Zucker. Dann nahm sie zwei Becher und ging zu Eliene. »Darf ich dich kurz unterbrechen, bitte?«

»Ja. Warte, einen Moment. Ja, jetzt. Was gibt's?«

Yashi stellte ihr einige Fragen zu ihrer Kampagne. Ließ sich Bilder zeigen von streikenden Teepflückerinnen. Eliene nannte ihr Zahlen, Orte und eine Menge Namen. Und erzählte, dass Pavani entschieden hatte, nicht Darjeeling, Assam oder eine andere große Tee-Region als Beispiel zu nehmen, sondern die Nilgiris im Süden Indiens. »Ich dachte, sie kennt sich da eben aus. Sie hat dort Kontakte. Und so ist es auch. Sie hat ein paar Aktivistinnen und Anwälte mit ins Boot geholt.« Eliene erklärte ihr, dass sie ja immer auf die Zusammenarbeit mit den lokalen Unternehmen bauten. »Wir unterstützen mit Argumenten. Wir machen Vorschläge. Und vor Ort wird dann verhandelt. Du kennst das ja alles selber.«

»Aber ihr habt den Streik angeregt?«, fragte Yashi nach.

»Das Ganze hat wohl durchaus eine Eigendynamik entwickelt.«

Auf einem Foto entdeckte Yashi tatsächlich den Eingang der »O'Clock-Teas Limited«. Ihr wurde schlecht. »Was ist damit?«

»Ich weiß es nicht genau. Pavani meinte, hier würde das Arbeitsrecht mit Füßen getreten. Warum fragst du das denn alles?«

Aber Yashi war noch nicht bereit, Fragen zu beantworten, sie wollte weitere Fragen stellen. Um wirklich sicher zu sein: »Was weißt du eigentlich über Pavani? Ist sie okay?«

Eliene sah sie überrascht an. »Ich weiß nur, dass sie Inderin ist. Zuerst war sie wohl Krankenschwester, wie ihre Mutter. Und dann hat sie doch noch studiert und ist Sozialarbeiterin geworden. Sie hat ein ausgeprägtes Unrechtsbewusstsein und kämpft für die Rechte von Frauen, Mädchen, Alleinerziehenden, Unberührbaren. Sie ist Single und gibt alles für ihre Arbeit. Ein bisschen übermotiviert, wenn du mich fragst. Aber ja doch, soweit okay.«

Yashi merkte, wie das kalte Kribbeln ihren Rücken hochzog. Da war eine dunkle Ahnung, aber zu dunkel, um etwas zu sehen. Sie bedankte sich bei Eliene für ihre Offenheit: »Danke. Ich weiß das sehr zu schätzen.«

Eliene merkte wohl, dass Yashi zu unruhig war, um bei ihr sitzen zu bleiben, und drängte sie nicht, mehr zu erzählen. Yashi schlich benommen an ihren Schreibtisch. *Was ist da passiert? Und was kann ich jetzt tun?*

Sie wählte Musik. Mavis Staples. »You are not alone.« *Du bist nicht alleine.* Der einfache Gedanke tat ihr gut. Sie checkte ihre Mails. Las alle neuen, beantwortete die meisten sofort. Cathy hatte ihr die Reisedaten geschickt. Sie würde am kommenden Mittwoch abends abfliegen. Mit Swiss Air. Nonstop. Und am Donnerstag um zwanzig nach neun in Genf landen.

Lucas hatte ihr geschrieben: »Ich bin krank. Keine Sorge, ich komme zurück. Und ich dachte außerdem, wenn Sie die Reise machen, motiviert Sie das. Sie waren ja am Jahresende sicher auch frustriert. Aber Dienstreisen sind geil. Sie treffen eine Menge interessanter Leute aus der ganzen Welt. NGOs, Entwicklungshilfe-Spezis, Gleichgesinnte. Es gibt tolle Hotels, Taxifahrten, Frühstücksbuffets und Alkohol. Damit ich davon nicht zu viel trinke, gönne ich mir eine Pause. Alles Gute! LM.«

Yashi beschloss, dass sie auch eine Pause brauchte. Sie würde den Rest des Tages freinehmen. Sie räumte ihren Schreibtisch auf und ging. Auf dem Weg zur U-Bahn wurde ihr klar, dass sie jetzt nicht alleine zu Hause sein wollte. Und essen mochte sie auch nichts. In ihrem Magen lag ein unverdauter Streit. Sie würde Zina im Studio besuchen. Und dann vielleicht mit ihr zum Yoga gehen.

Sie lief bis zu dem schmalen Haus mit den übergroßen Garnrollen im Schaufenster und klingelte. »Ja, bitte?«

»Ich bin‘s. Yashi.«

»Yashi! Wow! Wie schön! Komm hoch. Es gibt leider keinen Aufzug. Du musst laufen, bis es nicht mehr weitergeht.«

Und dann betrat Yashi zum ersten Mal Zinas Reich. Drei Anziehpuppen, eine nackte und zwei in einem Kimono begrüßten sie im Eingang. Auf einem langen Tisch lagen Stoffbahnen in allen Farben. Auf einem runden Tisch fanden sich Nadelkissen, Scheren, Maßbänder und eine Menge Skizzen. Unter dem breiten Dachfenster stand Zinas Nähmaschine. Der Blick ging über die Skyline in den Himmel. Der Raum war klein, lichtdurchflutet und strahlte Geschmack, Kreativität und gute Energie aus. »Bella! Was machst du denn hier? So plötzlich?«, fragte Zina und ging zu einem Tee-Tischchen. Sie füllte den Wasserkocher und den Milchaufschäumer. Mit einem Bambuslöffel füllte sie Matchapulver in eine kleine Schale, tauchte den Besen kurz ins Wasser, rührte etwas Wasser und dann die heiße Mandelmilch ein.

»Du kochst ja«, lachte Yashi.

»Ach, nur Tee!«, lachte sie zurück und füllte den Tee in zwei große Becher. Ihr helles Lachen war so wohltuend. »Na? Alles gut bei unseren Vereinten Nationen?«, fragte Zina vorsichtig.

Yashi schüttelte den Kopf, schluckte und reagierte mit einer Gegenfrage: »Magst du mir zeigen, an was du gerade so arbeitest?«

Zina sah sie aufmerksam an und klatschte dann in die Hände. »Si! Ja! Sehr gern sogar.« Sie reichte ihr einen Becher. »Hier ist dein Tee!« Und dann breitete sie ihre Kinderkollektion für »Urban Goods« aus. Cordhosen. Baumwollkleider. Strickpullis mit Aufnähern. Schlafanzüge. Mit großen bunten Punkten. Streifen. Kringeln. Weißem Kragen. Luftballons. Tigern. Schmetterlingen. Pinguinen. Ananas. Kirschen. Tannenbäumen. Sonnenblumen. Gestickt. Gedruckt. Aufgebügelt. Mit Goldfäden und Flicken.

»Wirklich entzückend!«, meinte Yashi. »Einfach hübsch. Sehr besonders. Die Kinder werden es mögen. Und die Eltern auch.« Zina strahlte und bedankte sich für die Komplimente. Dann verschwand sie hinter einer Tür und kam mit einem Arm voller Kleider zurück. Um sie zu zeigen, rollte sie einen Kleiderständer in die Mitte des Zimmers und hängte sie dort auf. Sie wirkte auf einmal fast schüchtern. »Das ist meine neue, eigene Kollektion. Die Stoffe sind alle aus Indien. Und ich habe sie weiterverarbeitet zu einer Art Indi-Ami-Style. Es sind Tuniken, die gut zu Jeans passen.« Sie zeigte ihr eine nach der anderen.

Yashi war begeistert. Sie hätte fast alle diese Oberteile am liebsten direkt angezogen. Eins gefiel ihr besonders gut und sie nahm es in die Hand, um es genauer anzugucken. Zina rollte den Spiegel zu ihr, damit sie sich sehen konnte. Yashi hielt sich die Tunika an. Sie war gerade so lang, dass sie über den Po fallen würde, aus blauer, grober Waschseide, mit weißen Fäden verwebt und einer pinkfarbenen Kordel in einem tiefen Dekolleté. Im Nacken sah sie ein Schildchen und gluckste: »›Zishiyana!‹ Das klingt ja wie –«

Zina senkte den Blick: »Si! Wie Zina und Yashi. Oder Yashi und

Zina. Ja. Scusi. Ich hätte dich vielleicht erst fragen sollen.« Sie sah Yashi jetzt direkt an. »Ich hatte die Idee, weil die Kleider ja irgendwie fair und schick sind. Also sie verstehen was von Style wie ich und von Gerechtigkeit wie du. Was meinst du? Sind die gut?«

»Ich finde sie toll! Ausgesprochen schön. Extravagant, aber ich kann mir auch vorstellen, eine anzuziehen. Was wird so eine Tunika kosten?«

»370 Dollar. Oder ist das zu teuer?«

»Das ist allerdings sehr teuer. Aber du könntest ja zwei Preise machen. 370 Dollar, wenn du sie hier verkaufst. Und 3 700 Rupien für den indischen Markt, das wären etwa 50 Dollar. Dann würden die, die es sich leisten können, die anderen mitfinanzieren.«

»Ja, hey, warum nicht? Ich sprech mal mit unserer Finanzexpertin. Und dir schenk ich natürlich eine.«

»Danke. Das musst du nicht. Aber die eine hier würde ich wirklich gerne haben.« Yashi umarmte Zina spontan: »Herzlichen Glückwunsch! Da ist dir wirklich etwas besonders Schönes gelungen.«

»Prego. Gerne. Hey! Möchtest du sie direkt anziehen und dann mit mir essen gehen?« Da legte sich die Schwere von vorhin wieder auf Yashis Gemüt und sie sagte: »Lass uns heute lieber zum Yoga gehen.«

Zina willigte gerne ein. »Ja, okay, das ist auch eine schöne Idee.«

Über der Tür des Yoga-Studios hing ein Spruch: »Ich habe 99 Probleme, aber ich gehe zum Yoga und werde sie für eine Stunde vergessen.« Yashi schmunzelte. Genau deshalb war sie hergekommen. Ihr Yoga-Lehrer grüßte sie herzlich: »Zina. Yashi. Willkommen. Links in der ersten Reihe sind noch zwei Matten frei.« Die beiden grüßten mit einer kleinen Namaste-Geste. »Chris. Danke, dass du Platz für uns hast«, meinte Yashi.

»Überhaupt kein Problem! Genießt es!«

Yashi fragte sich, inwieweit ihr das heute gelingen würde, und wunderte sich dann, wie gut sie sich doch auf die Stunde einlassen konnte. Indem sie atmete. Einfach mitmachte. Bei sich selber ankam. Katzenbuckel. Schulterstand. Herabschauender Hund. Brett. Kobra. Taube. Bogen. Kindeshaltung. Sphinx. Stuhlstellung. Kriegerin. Baum. Shavasana.

Entspannt lag sie auf dem Rücken. Nicht nur Muskeln und Gelenke, auch die Seele kann hart werden. *Wir müssen die Bänder der Seele dehnen. Hoffnung hält uns beweglich. Ohnmacht und Zynismus machen uns starr. Freude macht uns locker. Freude! Ich brauche wieder mehr davon.*

Zina sah Yashi besorgt an. »Du hast echt keine Lust, essen zu gehen, oder?«

Yashi schüttelte den Kopf: »Ich kann nicht. Ich habe wirklich keinen Appetit.«

»Wir kaufen auf dem Weg einfach ein paar Dumplings und nehmen die mit nach Hause. Vielleicht bekommst du noch Hunger, wenn wir da sind.« Aber diesmal musste Zina alles alleine aufessen. Yashi leistete ihr Gesellschaft, war müde und passiv und ließ sich laute Opernmusik gefallen. Es war zehn Uhr, als sie in ihr Bett ging, um alleine zu sein und sich zu sortieren.

In Indien würde Kiran jetzt gerade im Büro ankommen. Sie wusste nicht, ob sie ihn anrufen sollte. Ob sie sich trauen konnte. Und gab sich einen Ruck, wählte seine Nummer und erlebte zum allerersten Mal, seit sie in New York war, dass er nicht an sein Telefon ging. Sie konnte ihr Herz schlagen hören. Wie ein gefangener Vogel, der nervös mit den Flügeln schlug und nicht entkommen konnte. *Er geht tatsächlich nicht ans Telefon?!* Wen könnte sie jetzt anrufen? Namya! *Meine gute Namya.* Sie ging sofort an ihr Telefon. »Yashi. Überraschung. Guten Morgen. Nein, warte. Bei dir ist es spät. Was ist los?«

»Das ist schwer zu erklären. Es ist gerade nicht so einfach hier.«

»Okay. Erzähl mal.«

»Es tut mir leid, wenn ich dich störe.«

»Du störst nicht. Um was geht es denn? Deine Arbeit? Die Kolleginnen? Chefin? Oder ist es privat? Geht es um Kiran? Oder Jason?«

»Eigentlich alles. Könntest du mir nicht erst ein bisschen von dir erzählen? Bitte!«

Namya zögerte kurz, erzählte dann aber: »Na gut, ja. Also das Beste ist Nanda. Wir verstehen uns einfach. Verbringen viel Zeit miteinander. Er schreibt an seinem Buch über das Thomaschristentum. Ich arbeite weniger als früher. Ich trinke auch weniger. Und gebe viel weniger Geld aus.«

»Ich hätte nie, niemals gedacht, dass ihr einen gemeinsamen Lebensstil findet. Seid ihr in Bangalore?«

»Ich habe dir doch geschrieben, dass wir nach Ooty ziehen.«

»Ach, bei uns in der Nähe.« Sie schluckte. Fühlte sich so unendlich weit weg. Von den Bergen. Den Teepflanzen. Der Wärme. Von Kiran. Ihre Einheit war weg. Ihr Zuhause war unerreichbar. Niemand hatte behauptet, dass es leicht würde, aber das hier fühlte sich einfach nur falsch an. Sie schluckte. Und dann sagte Namya: »Komm doch nach Hause, Yashi.«

»Was?« Sie war sofort hellwach.

Namya wiederholte es: »Komm nach Hause. Und lass uns zusammenarbeiten.«

Aber Yashi war wie alarmiert und sagte: »Bitte nicht, Namya. Sag so was nicht. Bitte, tu das nicht. Ich kann nicht. Ich will nicht schon wieder alles durcheinanderbringen. Ich finde mich hier gerade zurecht.«

»Ist ja gut. Beruhige dich.«

Yashi schwieg, biss sich auf die Lippen.

Namya hakte nach: »Bist du denn glücklich? Du klingst nämlich gar nicht so.«

»Das ist doch gar nicht die Frage.«

»Nein?«

»Namya. Wer vor allem glücklich sein will, muss sich einen anderen Planeten als die Erde aussuchen.«

»Okay. Aber hast du Freude an deiner Arbeit? Bist du am richtigen Platz?«

»Namya. Versuch nicht, mich in deine Richtung zu ziehen. Ich habe mich hier beworben. Ich bin genommen worden. *Ich. Und nicht du.* Ich habe mir das nicht leicht gemacht. Und jetzt bin ich hier.«

»Ich will dir doch nur sagen, dass du ein Zuhause hast. Deine Nachrichten klingen oft so müde.«

»Ich bin auch oft müde. Ich will mich aber nicht dafür verteidigen müssen, dass ich hier bin.«

»Ich rede jetzt als Freundin, nicht als Kollegin. Du musst dich freuen. Sonst brennst du aus oder kippst um oder wirst unerträglich. Du wirst es nicht durchhalten.«

»Ja, ich weiß, was du meinst.«

»Ich habe wirklich viel verändert in den letzten Wochen. Geld ist mir nicht mehr so wichtig. Karriere. Einfluss.«

»Alles nur in ein paar Wochen?«

»In einem halben Jahr. Und ehrlich gesagt hat es ja vorher nun wirklich lange genug gedauert. Wie sagt man: ›Stell dir vor, du bist die Leiter immer weiter hochgeklettert und merkst dann plötzlich, dass sie die ganze Zeit an der falschen Wand lehnte.‹ So ungefähr.«

»Namya. Ich freue mich sehr, dass du glücklich bist. Und dass du von Bangalore ins viel, viel schönere Ooty gezogen bist. Irgendwann werde ich auch wieder in den blauen Bergen leben. Aber jetzt lebe ich in New York.«

»Okay. Ich weiß, es ist wichtig, was du dort tust. Entschuldige, aber ich musste dir das vorschlagen. Ich musste es wenigstens versuchen.«

»Ja. Das ist lieb von dir. Bis bald. Ich melde mich. Danke, dass ich dich anrufen konnte.

»Alles Liebe, meine liebste Yashi. Kopf hoch. Und dein Bruder ist ein Schatz.«

Yashi guckte auf ihr Telefon. Sie schloss die Augen. Sie wollte schlafen. Lange. Tief. Ohne zu träumen. Sie hatte nichts von Kiran erzählt. Nichts von Pavani. Nichts von einer Krise. Und was genau hatte Namya denn eigentlich vorgeschlagen? Sie war verwirrt. Aber sie hatte ihren Punkt deutlich gemacht: Sie war hier. Sie und nicht Namya. Und sie würde nach Genf fliegen, nicht nach Hause. Aber da kam ihr ein Gedanke: Sie könnte Kiran anbieten, nach Hause zu kommen. Nur vorübergehend. Bis die Krise bei ›O'Clock‹ gemeistert war. Sie würde ihm vorschlagen, seine Anwältin zu sein. Das würde ihm zeigen, dass sie auf seiner Seite stand. Morgen. Jetzt wollte sie nur noch schlafen. *Ihr sollt mich alle in Ruhe lassen. Ich will nur meine Ruhe.*

49

Yashi reiste also für drei Tage von New York nach Genf. Sie freute sich, dass sie schnell vorankam, weil sie mit ihrem Pass durch den Diplomatenausgang gehen durfte. Gemeinsam mit vielen älteren, weißen Herren. Und dachte dann, dass so ein Privileg überhaupt nicht zu ihr passte. Sie mochte ihr schönes Hotelzimmer. Wer brauchte so viele Handtücher und Badetücher? So viele Kissen im Bett? So viel Platz? Sie fühlte sich gleichzeitig verwöhnt und fremd.

Das Gelände der Vereinten Nationen zu betreten, den zweitwichtigsten Sitz der UNO, war dann erhebend. Der »Saal der Menschenrechte und der Allianz der Zivilisation« überwältigte sie. Die Deckenmalerei war ein riesiges Kunstwerk, ein buntes, wildes Relief, das die Kuppel wie ein Meer wirken ließ. Ein Ozean als Himmel.

Sie entschied sich zuerst, die Kunst als Zeichen zu nehmen: Unten wurde oben. Letzte werden Erste sein. Mächtige werden von den Thronen gestürzt. Erniedrigte erhöht. Aber von dieser Erfahrung fühlte sie sich so weit entfernt wie von dem Gemälde über ihr. Manchmal konnte sie es kaum fassen, dass sie immer wieder dieselben Sätze hören musste, die ewig selben Tatsachen, die bekannten Fakten. Ein Vortrag begann mit dem Satz: »Ob Smartphones, T-Shirts oder Schokolade – am Anfang der globalen Lieferketten unserer alltäglichen Konsumprodukte stehen oft gefährliche Arbeitsbedingungen, Umweltbelastungen, Landraub und andere Verletzungen der Menschenrechte.« Am liebsten hätte sie einfach laut gegähnt. Aus Protest. Sie fragte sich: War das der Rede wert? Wussten das nicht alle, die hier saßen, schon längst? Können wir jetzt bitte weitermachen? *Was für eine Verschwendung meiner Zeit!*

Eine nächste Sprecherin schien genauso ungeduldig zu sein wie sie und endete ihren Vortrag mit den Worten: »Die absolute Armut geht seit Jahren zurück. Das spornt uns an. Wir sind die erste Generation, die die Armut beenden kann. Und die letzte Generation, die den Klimawandel noch stoppen kann. Das macht uns zu etwas Besonderem.« Diesmal applaudierte sie gerne.

Und dann hörte sie einen ganzen Nachmittag lang die Berichte von Mitarbeitenden ganz verschiedener NGOs. Detailliert, belegt mit Zahlen, oft auch mit Fotos und kleinen Filmen. Aus den Zahlen wurden Geschichten. Ein ganzer Saal lauschte. Hörte von Massakern in Syrien. Von der Verfolgung der Rohingya in Myanmar. Von der Rekrutierung von Kindersoldaten im Kongo. Die Situation im Jemen galt vielen als die schlimmste Krise. Sie fragte sich, wie diese Leute ausgesucht wurden? Und ihre Nachbarin erklärte es ihr: »Ja, da haben Sie direkt ein Problem identifiziert. Um hier sprechen zu können, braucht man eine gewisse Größe. Sie müssen es sich ja zum Beispiel überhaupt leisten können, nach Genf zu reisen. Es gibt NGOs, deren Reiseetat solche Ausgaben gar nicht vorsieht oder zulässt.« Sie reichte ihr die Hand. »Ruta Vanags aus Lettland.«

»Yashi Bhandari aus Indien.«

Ruta erzählte weiter: »Und raten Sie mal, wer neulich die Akkreditierung einer christlichen NGO, die sich allgemein für die Rechte von religiösen Minderheiten einsetzt, abgelehnt hat? Zum Beispiel Indien – Sie wissen selber, wie es den religiösen Minderheiten bei Ihnen geht –, Pakistan, Sudan, Iran, die Türkei und China. Dieses

Gremium wird also bestimmte Informationen gar nicht erst zu hören bekommen, weil gar nicht eingeladen wird, was einigen hier unbequem werden könnte. Und das war jetzt nur ein Beispiel.«

Am Abend erzählte ein freundlicher Amerikaner davon, dass 700 Frauen aus Indien den längsten Schal der Welt gestrickt hatten. Sie hatten es damit ins Guinnessbuch der Rekorde geschafft und ihren Schal dem Weltfrieden gewidmet. Ein Zeichen! Es wurde begeistert applaudiert. Und Yashi wusste nicht, wohin mit sich. So sehr sie an die Macht von Zeichen glaubte, fühlte sie sich gerade nicht mehr ernst genommen. *Ach wie süß! Dass wir Inderinnen so gut stricken können. Sogar einen mega-super-langen Wollschal. Früher hätte ich mich über so eine Geschichte gefreut und allen begeistert davon erzählt.* Sie stellte sich vor, Namya wäre hier. Oder Kemia und Berry. Sie würden eine Nachricht von strickenden Inderinnen ganz sicher auch nicht witzig finden.

Müde ging sie auf ihr Zimmer. Noch nie, seit sie verheiratet war, hatte sie erlebt, länger als zwei Tage gar nicht mit Kiran zu sprechen. Und sie hätte sich nie vorstellen können, es auszuhalten. Es war nicht das, was sie wollte, es war überhaupt nicht schön, aber sie lebte. Es erinnerte sie an ihre Yogaübungen. An den Adler zum Beispiel. Du denkst, du musst umkippen, aber du bleibst stehen. Es ist natürlich kein Zustand für immer, aber es geht doch. Sie hatten sich ein paar wenige Nachrichten geschickt, und sie verstand sie als eine Art Waffenruhe. Was bedeutete, dass eine Versöhnung möglich war. Sie ging zu Bett. In New York war Nachmittag, in Chennai war es halb zwei Uhr nachts. Sie schrieb ihm, was er dann am Morgen lesen würde: »Liebe Grüße aus Genf. Soll ich nach Hause kommen?«

In ihrem Badezimmer cremte sie sich mit der edlen Bodylotion ein. Stieg auf die Waage und dachte, dass sie das zuletzt bei Kemia in der Praxis gemacht hatte. Kämmte sich die Haare und föhnte sie trocken. Sie stellte sich vor den Spiegel und sah sich genauer an. Ein Meter fünfundsiebzig. Nicht ganz achtzig Kilo schwer. Sie war groß für eine Inderin. Normal schwer für eine Fünfzigjährige. Etwas zu mollig, um einem von irgendwo diktieren Ideal zu entsprechen. Ein bisschen dünner als noch vor ein paar Monaten. Auch gelenkiger, aber das nahm wohl nur sie wahr. Was Kiran wohl sagen würde, wenn er sie das nächste Mal sähe? Sie kam noch etwas näher. Sie sah die Falten neben ihren Augen. Erste graue Haare an ihrem Scheitel. Sie zog den weißen Bademantel an, setzte sich auf ihr Bett und schlief dort sofort ein.

Der zweite Tag begann mit starkem Tee, Mangostücken, die sauer und innen gefroren waren, leckerem Rührei und Toast. Mittelmäßig gelaunt nahm sie wieder Platz unter dem großen Meereshimmel und versuchte, sich auf den Tag zu freuen. Offen zu sein. Kiran schrieb: »Fühle mich vom fairen Handel unfair behandelt. Kein witziges Wortspiel, mein Ernst. Du musst nicht herkommen. Aber danke für das Angebot.«

Und heute konnte der erste Redner sie tatsächlich direkt gewinnen. Ein Ire mit Glatze und rotem Vollbart und mit einem Akzent in seinem Englisch, den sie sofort mochte, erzählte von einem Demokratie-Experiment: »Irland. Bekannt für unsere Gastfreundlichkeit, unser Guinness, unsere Tin-Whistle-Musik. Die grüne idyllische Insel mit viel Gras, Moos und Hügeln. Wir haben ein radikales Experiment gewagt. Wir haben einen Verfassungskonvent ins Leben gerufen. Eine Bürgerversammlung. Sie bestand aus 100 Leuten. Ein Vorsitzender, 29 Personen aus den zwei Kammern unseres Parlaments und 66 Irinnen und Iren. Ausgewählt, Politik zu machen. Wie haben wir gewählt? Demokratisch? Ja! Per Los!«

Yashi dachte an das Dorf Masinagudi. Wo auch das Los entschieden hatte, welche zwölf Projekte sich das Preisgeld hatten teilen dürfen. Fasziniert hörte sie zu. »Per Los. Wie im antiken Athen. Ganz normale Leute, die die Bevölkerung repräsentierten. Junge und Alte. Farmer, Lehrer, Hausfrauen. Ein Lkw-Fahrer. Ein Postbote. Eine Ärztin. Und so weiter. Nach der Finanzkrise, für die ›die da oben‹ verantwortlich gemacht wurden, gab es den gemeinsamen

Willen, etwas wirklich Neues zu wagen. Nämlich, die Bürgerinnen und Bürger einzubinden und sie Änderungen der Verfassung diskutieren zu lassen. Es ging zum Beispiel um das Mindestwahlalter, das Wahlrecht für Bürger, die im Ausland leben, und um die gleichgeschlechtliche Eheschließung. Eine Gesetzesänderung, die durchaus das Potenzial hatte, unser Land zu spalten – was aber dank der Bürgerversammlung nicht passiert ist. Ja, es ist ein Beweis für den Erfolg unserer Idee, dass das Ergebnis des Referendums zur gleichgeschlechtlichen Ehe so breite Akzeptanz fand. Und auch international so viel positives Echo. Das Ganze wurde live im Internet übertragen. Die Beteiligten haben gelesen, Argumente ausgetauscht, Statistiken durchsucht, Fachleute angehört. Und: abgestimmt. Ihr Votum war zwar nicht rechtlich bindend für die Regierung, es ging aber natürlich ein starkes Signal von ihm aus. Die Regierung musste reagieren und zeigen, dass sie die Meinung der Bürgervertretung ernst nimmt, und wollte das auch. Einige der Voten wurden bereits in Referenden weiterverfolgt. Für mich ist hier ein revolutionärer Schritt gelungen. Beteiligung und Mitsprache. Die ›Profis‹ haben einen Teil ihrer Macht abgegeben an die Bürgerinnen und Bürger. Die Klimakrise, die Kriege, die Armut überfordern uns als einzelne Nationalstaaten. Wir sagen daher oft, dass wir die riesigen Herausforderungen unserer Zeit nur gemeinsam bewältigen können. Ich meine, ›gemeinsam‹ bedeutet, mit Beteiligung aller. Wir müssen unser politisches System reformieren. Nein, wir müssen es revolutionieren! Die Strukturreformen schleppen sich unerträglich langsam dahin. So wie in Irland im Kleinen brauchen wir als UNO im Großen wirklich neue Ideen. Einen Durchbruch! Für ein föderales Weltregieren. Wirklich neue Strukturen. Am Ende ein demokratisches Weltparlament. Danke.«

Yashi stand spontan auf und applaudierte. Ein paar andere taten es ihr gleich. Nur wenige, aber das störte sie nicht. Sie setzte sich wieder und der Mann neben ihr, ein Grieche, nickte ihr freundlich zu. »Darf ich mich vorstellen? Alexander Lagouvardos. Gestern Abend waren Sie ja so schnell verschwunden. Vielleicht kommen

Sie heute noch in die Bar. Ich möchte ungern einfach neben Ihnen gesessen haben, ohne zu erfahren, was Sie beschäftigt. Und warum Sie gerade so begeistert waren. Was meinen Sie?«

Und so war Yashi nach einem Nachmittag in verschiedenen Arbeitsgruppen noch in die Bar gegangen. In jeder Ecke diskutierten buntgemischte Gruppen. Ihr griechischer Nachbar winkte sie zu sich und sie fand sich in einer europäischen Runde wieder. »Darf ich euch Yashi Anne Bhandari vorstellen? Aus New York.«

»Aus Indien. New York ist nur vorübergehend.«

»Aus Indien. Eine Menschenrechtsanwältin.«

Die Herren nickten alle freundlich. »Mattia Rossi«, stellte sich der älteste von ihnen vor, der ihr gegenübersaß, und gab ihr einen Handkuss. Die anderen stellten sich ebenfalls vor, verzichteten aber auf den Kuss.

»Ragnar Berg aus Schweden. Schön, Sie kennenzulernen.«

»Paul d'Estienne aus Frankreich. Freut mich sehr.«

»Henry Edmonds. Ich mache es Ihnen nach und sage: aus Großbritannien. Zurzeit in New York. Sehr erfreut. Ich habe noch nie erlebt, dass jemand, der bei der UNO in New York arbeitet, das nicht voller Stolz zuerst sagt. Manche verschweigen sogar, wo sie sonst herkommen.«

Ein Kellner servierte Weißwein, Ginger Ale und Ouzo. Yashi bestellte eine Mangoschorle und erzählte dann: »Ich bin schon ein bisschen stolz darauf, bei der UNO zu arbeiten. Natürlich. Es ist eine große Ehre. Hm. Ich bin nicht stolz, eine Inderin zu sein. Vielleicht, weil ich gar nichts dafürkann? Oder weil die aktuelle Politik meines Landes mich zurzeit nicht mit Stolz erfüllt? Ich liebe meine Heimat aber. Sehr. Wenn ich mich vorstelle, passt Indien jedenfalls besser zu mir als New York.«

»Wie lange sind Sie schon da?«

»Erst seit einem halben Jahr.«

»Warten Sie ab. Am Ende wollen Sie nicht mehr von dort weg.«

Sie beließen es dabei. Der Kellner brachte ihre Mangoschorle. Yashi hörte zu. Es ging kurz um den Brexit. Um den nationalstaatlichen Duktus in Ungarn. Um die Türkei. Es gab einiges Kopfschütteln über die USA. Und noch mehr besorgtes Kopfschütteln über Protestparteien. Der Brite meinte: »Und wir dachten, die Leute seien politikverdrossen. Aber sie sind wütend. Oder sie haben Angst. Wollen die Politikerklasse maßregeln. Oder glauben, Flüchtlinge würden unsere sozialen Sicherungssysteme überstrapazieren. Der Populismus greift um sich. Und ja, Grundwerte werden zur Debatte gestellt. Lauthals.«

Ja, eigentlich ging es vor allem um Flüchtlinge. Yashi hatte nicht gewusst, wie gelähmt das starke Europa sich fühlte. Wie verblüfft. Und wie erschrocken es war. Zumindest einige Repräsentanten. Auf jeden Fall Mattia Rossi, der mit den Tränen kämpfte. »Menschen ertrinken im Mittelmeer«, den Satz hatte er jetzt mindestens viermal gesagt. Kopfschüttelnd. Und putzte sich wieder die Nase. »Es ist ein Albtraum. Unsere innersten Werte, unsere Überzeugungen, über Jahrzehnte gereift. Nach schlimmsten Krisen zurückerobert. Mein Vater war aktiv im Widerstand gegen Mussolini und Hitler. Ich könnte ihm heute nicht unter die Augen treten. Ich schäme mich. Unsere Menschlichkeit liegt auf dem Meeresboden. Als Leiche. Scham und Schande!«

Yashi sah von einem zum anderen und hörte ihrer Fassungslosigkeit zu. Ihr griechischer Nachbar sagte: »Ja, es ist beschämend. Und es ist kriminell, wenn Rettungsboote daran gehindert werden, Menschenleben zu retten.«

»Ich habe ein Ferienhaus in Sizilien, direkt am Meer. Aber wie könnte ich dort zurzeit noch Urlaub machen?«, fragte Mattia Rossi.

Und der Schwede sagte: »Bei uns kommen so viele Kinder ohne Eltern an. Das erschüttert mich besonders. Über 12 000 waren es im letzten Jahr.«

Mattia Rossi ergänzte: »Sie fliehen oder sterben da, wo sie leben. Eben nicht leben können. Nicht zur Schule gehen. Nicht zum Einkaufen. Nicht zum Klo. Weil alles zerbombt ist. Oder bedroht vom nächsten Angriff. Ohne Strom. Ohne Wasser.«

Sie schwiegen eine Weile. Yashi hatte nicht gewusst, wie betroffen sie waren. Alexander sah sie an: »Was denken Sie, wenn Sie uns zuhören?«

Yashi zögerte. Und sagte dann: »Das ist wirklich sehr schlimm. Kriminell. Und beschämend. Wie Sie sagen.«

»Und was denken Sie noch? Oder – was denken Sie wirklich?«

Yashi trank in kleinen Schlucken von ihrer Schorle. Als sie die Blicke der anderen auf sich spürte, die sie baten, sie möge doch reden, gab sie eine zweite Antwort. Langsam: »Ich denke, dass zu viel gestorben wird in dieser Welt. Und das ist wirklich schlimm und beschämend, ja. Und falls Sie eine Mauer um Europa bauen oder alle Schlepper verhaften und selbst, wenn der Krieg in Syrien endlich beendet wird, dann werden sie weiterhin sterben. Nur wieder weiter weg von Ihnen. Und ich fragte mich gerade, ob Sie sich dann immer noch schämen?«

Sie hielten alle kurz die Luft an.

Yashi hob die Hände, wie, um zu zeigen, dass sie keine Waffen bei sich trug. »Ich weiß. Je näher der Tod uns kommt, desto hilfloser fühlen wir uns. Und desto verantwortlicher. Wenn jemand in unseren Armen stirbt, wird es richtig persönlich. Und jetzt wird in Ihrer Nähe gestorben. Näher als sonst. Näher, als Sie es gewohnt sind. Und das ist schrecklich. Für uns alle. Aber es gibt auch Menschen, die nach Europa fliehen, die kommen gar nicht bis zu Ihrem Meer. Sie verdursten schon auf dem Weg in der Wüste. Weiter weg von Ihnen. Und das ist auch schlimm. Und wissen Sie, in meinem Land sterben immer noch jedes Jahr zwei Millionen Kinder. Das sind über 5 000 jeden Tag. Weil sie verhungern und weil es kein sauberes Wasser gibt. Sie kommen nie bis Schweden, auch nicht bis zum Meer, sie erreichen nicht mal ihr sechstes Lebensjahr. Verhungert wird weiter weg als ertrunken. Wo niemand ein Ferienidyll verliert. Ob Sie sich auch dafür schämen? Das habe ich mich gerade gefragt.

Verzeihen Sie. Ich meine natürlich nicht Sie persönlich. Und wenn, dann meine ich auch mich. Ich möchte glauben, dass wir alle jeweils tun, was wir können. Aber gestorben wurde sehr viel in den letzten Jahren und Jahrzehnten. Und es ist wichtig, dass wir das schlimm finden und beschämend. Und zwar egal, wer stirbt. Und egal, wer dabei zugucken muss. Und egal, wer nichts dagegen tut. Es ist immer eine Schande.«

Alexander seufzte tief: »Ja. Da haben Sie recht.« Mattia Rossi putzte sich wieder die Nase. Er meinte: »Die so genannte Flüchtlingskrise müsste ein Weckruf sein. Aber ich weiß nicht, ob wir ihn hören. Die großen, die reichen Länder müssten dringend einen neuen Blick lernen. Wir können nicht mehr für uns allein reich und glücklich sein. Wenn wir uns weigern, das zu sehen, kommt unsere Ignoranz wie ein Bumerang zu uns zurück.«

In der Nacht träumte Yashi, dass sie mit Mattia Rossi, Ragnar Berg und den anderen beiden im Meer schwamm und um Hilfe rief. Es war kalt und dunkel. Bis Zina kam und ihnen allen half, sich flach auf den Rücken zu legen, sodass sie das kunstvolle Relief aus der Kuppel im Saal der Menschenrechte ansahen und weitertrieben.

Als sie aufwachte, war sie nass geschwitzt. Kiran hatte geschrieben: »Ich weiß, du hast viel zu tun. Können wir irgendwann in Ruhe telefonieren?« Sie war erleichtert. Und gleichzeitig wütend auf ihn. Und auch enttäuscht. Irgendwann, wenn sie sich gegenübersaßen, würde sie ihm eine Menge Fragen stellen und diesmal keine Ruhe geben, bevor er sie nicht beantwortet hatte. Sie würde ihn nicht länger schonen. Schließlich war es doch so: Wenn er eher auf sie gehört hätte, gäbe es diesen ganzen Schlamassel jetzt gar nicht.

Kemias Nachricht war kurz: »Vergiss nicht zu atmen. Vergiss nicht zu beten. Und umarme dich immer mal wieder selbst.« Sie tat es, rieb mit ihren Händen über die Oberarme, massierte sich den Nacken und die Stirn und stellte sich dann in der Yogastellung der Kriegerin vor das Fenster.

»Meine Hoffnung kommt von dir.

Meine Aufgabe kommt von dir. Amen.«

Ruta Vanags und Alexander Lagouvardos begrüßten sie herzlich, als sie zwischen ihnen Platz nahm. Da begann auch schon die erste Sprecherin mit ihrem Vortrag. Sie war Niederländerin, eine Vertreterin von »Democracy without Borders«, »Demokratie ohne Grenzen«, und stellte ihnen zuerst eine Frage: »Was meinen Sie? Wenn die Staatengemeinschaft heute über die UN-Charta abstimmen würde, wie wäre wohl das Ergebnis? Oder wenn sie abstimmen müsste über die Allgemeine Erklärung der Menschenrechte. Was würde dabei herauskommen? Oder vielleicht nicht heute, sondern in unserem Jubiläumsjahr 2020, zu unserem 75. Geburtstag?«

Sie schwieg. Ließ ihnen Zeit, nachzudenken und die Frage still für sich zu beantworten.

»Ich habe eine gute Nachricht für Sie. Wir müssen nicht noch einmal abstimmen. Spüren Sie auch die Erleichterung?« Im Saal hörte man leises Lachen. »Aber ja, Sie ahnen es. Ich habe auch eine schlechte Nachricht für Sie. Denn es gibt wenig Grund zu lachen, wenn wir fürchten müssen, dass Menschenrechte und Demokratie nicht gewinnen. Wenn wir es nicht schaffen, Einigkeit in unserer Weltgemeinschaft zu erzielen.«

Sie trank einen großen Schluck Wasser. »Und ich habe noch eine dritte Nachricht. Ob die gut oder schlecht ist, müssen wir jeweils persönlich entscheiden. Wir sind diejenigen, die das Vertrauen in die Politik wieder stärken können. Wir, und ich meine insbesondere wir westlichen Demokratien, dürfen nicht länger so selbstgefällig sein. Wir dürfen die Bürgerinnen und Bürger nicht länger als unpolitische Konsumenten abkanzeln. Es ist an uns allen, so über Politik zu sprechen, dass wir vermitteln: Es geht um weit, weit mehr als um eine Stimme, die alle vier Jahre irgendwo abgegeben wird. Es geht um unsere Zukunft. Unsere Erde. Unsere Kinder. Wir sind diejenigen, die Beteiligung ermöglichen können. Wir sind die Reformerinnen und Reformer. Wir sind gerufen, uns nicht von Wirtschaftsinteressen leiten zu lassen, sondern von Menschheitsinteressen. Nicht von Nationalegoismen. Nicht von Hochrechnungen und Machtfragen. Wir sind die Anwälte, die Verteidigerinnen, Fürsprecher, die das nächste Experiment wagen können. Wir können den Weg ebnen für eine parlamentarische Versammlung bei den Vereinten Nationen. Für Weltbürger-Initiativen. Wir können für diese Ideen werben. Von Genf aus initiiert. Von New York aus. Von uns aus. Wir, die Völker. Wir, die Gewählten. Wir, die Beauftragten. Danke.«

Es gab Applaus. Sie bedankte sich und ergänzte: »Ich möchte es noch etwas persönlicher sagen. Seit Jahren gewinnen die Rechtspopulisten in ganz Europa, in fast allen Ländern, an Stimmen. Italien. Deutschland. Österreich. Frankreich. Großbritannien. Ungarn und Polen. Schweden. Und auch in meinem Land. Über Europa hinaus gibt es viele andere, die uns Sorgen machen. Ja, Angst machen können. Die USA, Russland. Sie wissen, was ich meine. Die Rüstungsausgaben sind absurd hoch. Der Einhaltung der Klimaabkommen und der Entwicklungsziele hecheln wir hinterher. Ich persönlich hoffe, dass der Schreck, der Schock über die letzten Entwicklungen gute Kräfte weckt. Ich kann es wirklich nur hoffen.« Es gab noch mal Applaus und eine kurze Pause.

Yashi schrieb in ihr Notizbuch »Democracy without Borders«. Und dann gingen sie alle auseinander in Arbeitsgruppen. Yashi beschloss, einen Spaziergang zu machen und Kiran anzurufen. Mattia Rossi winkte ihr vom Weitem zu und sie winkte zurück.

»Yashi Anne.«

Seine Stimme zu hören überwältigte sie kurz. »Kiran. Ich erreiche dich.«

»Ja. Ich bin im Büro. Wo bist du denn?«

»In Genf.«

»Wo? In Genf? Du meinst in Europa? In der Schweiz? Entschuldige, du hast es mir sicher erzählt. Aber ich stehe zurzeit sehr unter Druck.«

»Ich bin bei einer Konferenz. Wie geht es dir? Und wie geht es bei ›O'Clock-Teas‹?«

»Yashi Anne. Es tut mir leid. Es sortiert sich. Ich war so wütend. Und ich habe meine Enttäuschung an dir ausgelassen. Ich habe dich verdächtigt. Und ich weiß auch jetzt immer noch nicht genau, was ich denken soll. Aber ich liebe dich. Und ich wünschte, wir könnten das hier miteinander lösen.«

Sie freute sich über das, was er sagte. »Kiran. Was auch immer dich dazu gebracht hat, mich zu verdächtigen, etwas getan zu haben, das dir geschadet hat: Ich weiß von nichts.«

»Hier bei ›O'Clock-Teas‹ hat die UNO einfach noch *nie* eine Rolle gespielt. Und jetzt fällt der Name dauernd. Und bei ›UNO‹, da denke ich an dich. Keine Ahnung.«

»Wie gesagt: Ich habe ja nun wirklich kein Geheimnis daraus gemacht, dass ich eine Verfechterin des fairen Handels bin. Aber mit dem konkreten Streik habe ich nichts zu tun.« Yashi dachte an Pavani. Ihr war klar, dass sie irgendetwas mit dem zu tun hatte, was Kiran passiert war. Sie wusste nicht genau, wie, und hatte keine Ahnung, warum. Aber dass sie beteiligt war, meinte sie doch zu wissen.

»Damar hat einen guten Anwalt gefunden. Er unterstützt uns. Mit ›O'Clock‹ wird es auf jeden Fall irgendwie weitergehen.«

»Ich dachte, du hättest Karuna als Anwältin engagiert.«

»Sie wollte nicht.« Yashi wiederholte ihr Angebot, nach Hause zu kommen, aber Kiran meinte: »Das ist wirklich lieb von dir. Und es zeigt mir, dass du für mich da bist. Aber es ist nicht nötig. Wir könnten vielleicht nur etwas häufiger miteinander sprechen. Was meinst du?«

»Ja, das machen wir. Das machen wir.«

Sie verabschiedeten sich und Yashi setzte sich auf die Steine vor dem Hauptgebäude. Sie war erleichtert, dass Kiran und sie wieder miteinander sprachen. Unabhängig von dem, was er sagte, fragte sie sich, ob sie nicht von sich aus zurück in die Berge fahren sollte, um ihn zu unterstützen. Als Anwältin zuerst und als seine Frau, seine beste Freundin. Mattia Rossi kam auf sie zu. Sie mochte ihn und freute sich, dass er sich neben sie setzte. »Was ist los? Ist etwas passiert? Oder ist es, weil nichts passiert? Oder nur so wenig?«

Yashi zog leise die Nase hoch und sagte: »Ich frage mich, wo es hingeht. Oder wo ich hingehöre. Wo ich sein soll. In den Nilgiris, in Mettupalayam, in Indien? Bei den Vereinten Nationen in New York? Wem meine Aufmerksamkeit gehört, meine Zeit. Wo ich am besten helfen kann? Am meisten. Den Kindern, Frauen, Teepflückerinnen, Textilarbeiterinnen. Der Demokratie. Dem Arbeitsrecht. Meiner Familie. Ich weiß es gerade nicht.«

Mattia Rossi reichte ihr ein Taschentuch. Ein weißes, gebügeltes, sorgfältig gefaltetes Herrentaschentuch. Sie musste lachen. Und er sagte: »Alles hier braucht uns. Die Not ist so groß, dass es keinen falschen Platz gibt, um Gutes zu tun. Der Gedanke kann sehr ermüdend sein. Weil die Arbeit nie erledigt sein wird. Aber ich habe in den letzten Jahren entdeckt, dass der Gedanke auch sehr entlastend ist. Denn egal, wo wir anpacken, egal, wo wir helfen oder wem, egal, wo wir uns für mehr Gerechtigkeit einbringen, es ist immer richtig.«

Sie nickte. »Danke.«

Er zeigte auf sein Taschentuch, das jetzt Spuren schwarzer Wimperntusche trug. »Behalten Sie es. Mein Vater hat mir, solange er lebte, jeden Morgen ein frisches neben mein Bett gelegt. Und etwas Geld dazu. Mein Vater, der Widerstandskämpfer. Er hatte selber auch immer ein Taschentuch dabei. Ich glaube, er rechnete immer damit, eine weiße Fahne zu brauchen. Passen Sie gut auf sich auf!«

Yashi holte wieder ihr Notizbuch aus der Tasche und schrieb auf: ›Alles hier braucht uns.‹

Die Abschiedsrunden liefen an ihr vorbei. Sie schnappte Zahlen auf, wollte sich Einzelheiten merken, Namen, Gesichter und war dabei in Gedanken noch bei anderen Fragen. Bei Kiran. Karuna. Dachte an Magil. An Eliene und damit auch an Pavani. *Was kann ich tun? Was will ich unternehmen? Soll ich Pavani konfrontieren?*

Auf dem Rückweg traf sie am Flughafen in der Diplomatenreihe Ruta Vanags. Die fragte ganz offen: »Und? Was ist Ihr Eindruck?«

Yashi sagte genauso offen: »Meine Enttäuschung über die Vereinten Nationen ist leider nicht kleiner geworden. Ich habe aber vielleicht noch mal mehr verstanden, vor welchen unglaublichen Herausforderungen wir stehen.«

»Ja. Da sind Sie nicht alleine.«

»Danke. Alles Gute!«

Dann saß sie an ihrem Gate und wartete auf den Abflug. Sie versuchte, Ordnung und Ruhe in ihre Gedanken und Gefühle zu bringen. Atmete. Aus und ein. Sie hatte gemerkt, dass sie tatsächlich immer mit dem Ausatmen begann. Nicht immer gleich etwas haben wollte, sondern erst mal loslassen musste. Sie schickte Segnungen zu ihren Lieben. Und kam dann wieder zu sich.

»Mein Herz ist offen.
Ich lasse mich leiten.
Durch meine Gedanken.
Meine Intuition.
Meine Begegnungen.
Mein Herz ist offen.«

Sie blätterte durch ihr Tagebuch und las: »Kornblume. Gul Makai. Kurinji. Head Space. Das Tagebuch der Anne Frank. Die Völker erheben sich. Es ist mein Traum, in das Land meiner Geburt zurückzukehren und seinen Menschen zu dienen.« Und sie las die neuesten Notizen: »Irlands Experiment. Altes Europa. Democracy Without Borders. Alles hier braucht uns.«

Im Flugzeug schlief sie fast die gesamten zehn Stunden. Als sie landete, war es nach acht Uhr abends. In Genf wäre es jetzt vier Uhr früh. New York war noch hellwach. Heute hier zu landen fühlte sich anders an als noch vor ein paar Monaten. So anders. Sie war viel weniger aufgeregt. Fand ihren Weg zur U-Bahn und nach Manhattan alleine. Sie war auch viel weniger euphorisch.

Zina war nicht zu Hause. Yashi kuschelte sich in ihr Bett, las ihre Mails, beantwortete ein paar und schrieb dann noch private Nachrichten. »Berry, Liebling. Ich würde gerne einen Magizham in unserem Garten pflanzen. Er blüht vor Freude und ist immer grün. Kann er etwa noch mehr? In Liebe, Amma.« Und: »Nanda Luke. Du schreibst ein Buch und liebst meine beste Freundin. Was ist da los?« An die Familiengruppe schrieb sie: »Ich war tatsächlich mal kurz in Europa. In Genf. Spannend! Bin heil zurück und es geht mir gut. In Liebe, Yashi.« An Dayita schrieb sie noch: »Fühl dich umarmt. Ich hoffe sehr, du sorgst gut für dich. Hast du in letzter Zeit mal mit Kiran gesprochen? Rotes Herz.« Und zuletzt schrieb sie an Kiran: »Ich bin wieder gut in New York gelandet. Müde. Allein. Froh, morgen mit dir zu sprechen.«

Und dann versuchte sie zu schlafen. Wälzte sich hin und her. War doch nicht wirklich müde, aber fühlte sich abgekämpft. Sie hatte Bilder von ertrinkenden Flüchtlingen vor Augen. Abgekaute rote Fingernägel. Nanda Luke, der Namya küsste. Sie hoffte, irgendjemand würde ihr auf ihre Nachricht antworten, und guckte ständig auf ihr Telefon. Aber in Indien standen gerade erst alle auf. Sie würden jetzt gerade duschen, Tee kochen, Kleider für den Tag wählen. Kiran würde laufen gehen. Und sie musste doch eigentlich schlafen. Morgen früh wurde sie von Laetitia erwartet. Von »Misses Weitermachen!«. Und von ihren Mails. Ihrem Schreibtisch. Ihren Stella-Meetings. Sie musste einen Bericht über Genf schreiben. Und sie wollte unbedingt die Textilkampagne voranbringen.

Berry war die Erste, die ihr antwortete: »Alles an diesem Baum ist nützlich und heilsam: die Rinde, der Samen, die Blüten, die Früchte. Sie werden vor allem in der Zahnmedizin eingesetzt. Magizham, wir sagen auch Bakula, kühlt außerdem und wirkt fiebersenkend. Wann genau pflanzen wir den? Ich bin dabei! Liebe Grüße von Berry.«

Am liebsten würde ich den Baum schon morgen pflanzen. Aber das ging nicht. Sie konnte hier nicht weg. Sie hatte sich entschieden, sich zu bewerben. Und damit alle in Aufregung versetzt. Sie hatte Karuna verloren und Kiran allein gelassen. Sie durfte jetzt nicht gehen und wieder alle enttäuschen. Vielleicht war es ein Fehler gewesen, aber jetzt würde sie durchhalten. Ja, sie wollte jetzt auch bleiben. *Es tut weh. Es ist mir peinlich. Ich muss wissen, ob ich hier noch mehr bewegen kann. Und ich will diese Kampagne unbedingt!*

50

Lucas begrüßte sie am Morgen als Erster. Er sah gut aus, ausgeruht, und strahlte sie an. »Ein frohes neues Jahr. Auch wenn es fast schon einen Monat alt ist. Kann ich Sie vielleicht kurz sprechen, bitte?«

Yashi nahm ihre Teekanne mit und sie gingen gemeinsam in die Küche. »Ich koche uns einen guten, starken Tee«, sagte Yashi und sah ihn fragend an: »Wo waren Sie denn?«

Lucas rieb sich die Hände und fuhr sich über den Dreitagebart. Dann gab er sich einen Ruck: »Also. Ich bin trockener Alkoholiker. Das weiß hier kaum jemand. Laetitia weiß es. Und Sie als meine Vorgesetzte sollten es auch endlich wissen.« Er hielt beide Hände in den Hosentaschen, wippte mit seinen Füßen auf und ab und guckte vor sich auf den Boden. »Ich habe mich über die Jahre immer besser kennengelernt. Bei einer bestimmten Sorte Frust oder Stress wird es eng für mich. Man könnte sagen: Wenn ich zu sehr ernüchtert werde und mich einfach nur noch sehr, sehr gerne betrinken würde, um diese scheiß Nüchternheit zu vertreiben. Dann muss ich mich rausziehen. So ging es mir am Jahresende. Jetzt bin ich wieder okay.« Er hielt still und sah sie offen an. »Also, jetzt wissen Sie's.«

Das Wasser kochte. Yashi war froh, etwas zu tun zu haben und etwas Zeit zu gewinnen. Dann drehte sie sich zu ihm um. »Danke, dass Sie es mir erzählt haben. Kann ich irgendetwas tun oder besser machen als bisher, um Sie zu unterstützen?«

Er schüttelte den Kopf, nahm den Teebecher an, den Yashi ihm reichte, und pustete. »Nein. Ich meine, Sie sind perfekt. Es ging sogar eigentlich um Sie. Als unsere Kampagne kurzfristig abgesagt wurde, also, da haben Sie mir einfach nur leidgetan. Sie hatten sich so reingehängt und hätten es verdient gehabt. Ich glaube ja an Sie.«

»Das haben Sie schon mal gesagt. Was meinen Sie eigentlich damit?«

»Sie könnten hier wirklich Karriere machen. Ich meine, Sie passen ins Muster. So was wie Sie wird hier gesucht.«

›So was?‹ Müsste es nicht ›so jemand‹ heißen? Ihre nächste Frage schien ihn zu überraschen. »Warum haben Sie mich Yāsir Arafāt genannt?«

Er lachte kurz auf. Trank einen Schluck Tee. »Lecker!« Sie sah ihn abwartend an und er erzählte: »Ich habe ihn mal kennengelernt. Also eigentlich nur gesehen, kurz getroffen, in Bethlehem. Ich wusste nicht, was ich denken soll. Er war so anders als ich. Schon äußerlich, wissen Sie? Ich meine, er war so klein. Und überhaupt. Ich habe einen Terroristen gesehen. Einen Feind. Zuallererst Israels, aber auch Amerikas. Und gleichzeitig einen Friedensnobelpreisträger. Also einen geachteten Anführer. Einen Mann, dem ich glauben wollte, dass er dem Nahen Osten wirklich Ruhe wünschte. Also Frieden. Mehr als nur Waffenstillstand. Ich hatte damals den Impuls, ihm zu sagen, dass ich ihm Erfolg wünschte. Also ich hätte ihn am liebsten umarmt. Was absurd war, weil er umringt war von Sicherheitsleuten. Aber ich kam tatsächlich zu ihm durch. Gemeinsam mit einer Nonne übrigens. Vielleicht sagte die ihm, dass sie für ihn beten würde, ich weiß es nicht. Ich jedenfalls wünschte ihm Glück. Und keine Ahnung – das wünsche ich Ihnen auch. Es war genau der gleiche Impuls, das gleiche Gefühl. Also ich habe so was echt nicht oft, aber wenn ich es erlebe, also, dann nehme ich es eben ernst.«

»Danke.« Sie lachte. »Jetzt weiß ich, dass Sie mich nicht für eine Terroristin halten und mich auch nicht für den Friedensnobelpreis vorschlagen werden, sondern mir einfach Frieden und Erfolg wünschen. Das ist gut. Mich Yāsir Arafāt zu nennen war allerdings eine ziemlich merkwürdige Art, das auszudrücken.«

»Es war mehr zur Erinnerung für mich selbst«, gestand Lucas, »und wirklich nie böse gemeint.«

»Wie wäre es, Sie würden Yashi sagen?«

Er strahlte sie an und reichte ihr die Hand: »Lucas. Also ich trenne meine Arbeit und mein Privatleben eigentlich sehr streng. Aber das hier, ich meine, du und ich, das ist gut.« Sie tranken ihren Tee aus.

Yashi sah ihn offen an: »Ich wünsche dir auch Erfolg und Frieden.«

Er bedankte sich. »Danke. Auch für den Tee. Und überhaupt für alles. Ah! Und für die M&Ms zu Weihnachten. Die habe ich vorhin an meinem Platz gefunden.«

Zurück an ihrem Schreibtisch, schrieb Yashi als Erstes ihren Bericht über Genf. Er durfte nicht zu lang werden, sonst würde Laetitia ihn ihr zurückgeben, wie es am Anfang ein paarmal passiert war. Unwirsch hatte sie reagiert: »Wer soll das alles lesen? Meinen Sie, Sie sind die Einzige, die hier Berichte schreibt?« Also hatte sie gelernt, die Dinge zusammenzufassen. Sie konzentrierte sich auf das demokratische Experiment aus Irland und die Vision von »Demokratie ohne Grenzen«. Und verband ihre Erfahrungen mit einem ganz persönlichen Plädoyer für Reformen.

Sie trank einen großen Schluck Tee und schrieb: »Ohne die UNO würde die Welt im Chaos versinken. Vor allem ohne das herausragende Engagement der UNO vor Ort. Und genau deshalb muss sie sich jetzt dringend weiterentwickeln. Muss an Souveränität gewinnen. Dazu braucht es endlich einige moderate Schritte, wenn revolutionäre Sprünge auch noch besser wären.« Sie nickte mehrmals und ihre Finger flogen über die Tastatur: »María Fernanda Espinosa hat sich in ihrer Antrittsrede dafür ausgesprochen, Reformbemühungen zu unterstützen. Ebenso der Generalsekretär selbst. Die USA dagegen und auch einige andere Große bemühen sich nicht um dieses Thema. Aber genügend andere Nationen wünschen sich eine starke UNO. Auch viele internationale NGOs. Und viele Menschen.« Sie machte die Musik auf ihren Ohren lauter. Yael Naïm sang »New Soul«. Aber das Lied war zu langsam. Sie suchte in ihrer Playlist, wählte Marla Glens »Don't Try to Keep Me From Going On«. *Versuch nicht, mich aufzuhalten.* Sie tippte weiter: »Einige sehen im 75-jährigen Gedenkjahr eine große Chance, die Vereinten Nationen wieder zu stärken. Das Jubiläum könnte einen neuen Raum eröffnen, in dem sie sich miteinander verbünden, die Werte der UNO feiern und neue Ideen voranbringen. Wie eine zusätzliche Kammer, ein UN-Weltparlament.«

Sie nahm noch einen Schluck Tee. Überflog die Zeilen und beschloss, noch direkter zu werden: »Mir wurde in Genf wieder deutlich, dass dieses Engagement dringend nötig ist. Wir brauchen eine UNO, die als echt universelle Organisation einen nachhaltigen und weltweiten Wandel initiiert. Wir brauchen eine UNO, die menschenzentriert denkt. Multilateral arbeitet. Damit ›UN2020‹ ein Erfolg wird, brauchen wir die Beteiligung vieler Kräfte, lokal, national, regional und global. Und es braucht auch die UN-Mitarbeitenden selbst, die mitverantwortlich sind für die Zukunft ihrer Arbeitgeberin. Eine Arbeitgeberin, die uns nicht nur beschäftigt und bezahlt, sondern uns stolz machen will, für sie zu arbeiten.«

Sie lehnte sich zurück. Zufrieden mit den Worten, die sie gefunden hatte. Sie suchte nach einem Schlusssatz für ihren Bericht und kritzelte auf einem weißen Blatt Papier. Stichworte. Ideen-Schnipsel. Wie könnte die Demokratie selbst eine Stimme bekommen? Sie spürte die Energie, die die Frage nach ihrer Traum-UNO in ihr auslöste, und schrieb wild drauflos: »Das Vetorecht wird abgeschafft. Irgendwann. Eine weitere Kammer wird geschaffen, in der aber nicht Regierungen abstimmen. Sondern Menschen. Nicht die USA, sondern Amerikaner. Nicht Indien, sondern Inderinnen. Die sich nicht ihren Nationen verpflichtet fühlen oder einer Partei, sondern dem Gemeinwohl. Die nach dem eigenen Gewissen handeln und keine Sorgen haben müssen, dass ihre Regierung dafür verantwortlich gemacht wird und Stress mit anderen Regierungen bekommt. Die Anzahl der Sitze orientiert sich an der Bevölkerungsgröße. Und vielleicht auch an der Wirtschaftskraft, den Beitragszahlungen. China hätte dann mehr Stimmen als Paraguay zum Beispiel. Aber alle Staaten würden abstimmen; der universale Charakter der UNO bliebe erhalten. Vielleicht gäbe es ein Minimum an Stimmen und ein Maximum. Es würde Weltbürgerinitiativen geben. Ideen, die von engagierten Bürgerinnen und Bürgern eingebracht wurden. Nicht von überarbeiteten Diplomaten. Sondern von Einzelnen. Von NGOs, von Abgeordneten, von allen, die mochten. Die fünf Großen, die USA, Russland, China, Großbritannien und Frankreich, blieben ja weiterhin stark, weil sie eben stark waren. Deutschland, Japan, Brasilien und Indien blieben auch stark, weil sie stark waren. Und sei es durch ihre Wirtschaftsmacht. Eine Stärkung der UNO musste doch auch in ihrem Interesse sein. Sie wussten doch alle, dass es nicht immer nur um G20-Finanzthemen ging, sondern auch um Sicherheit, Terrorismus, Klima.«

Sie atmete ein paarmal tief aus und ein, hörte auf zu träumen und beendete ihren Bericht mit dem Satz: »Vielleicht ist zurzeit nichts schwieriger und gleichzeitig wichtiger, als die Hoffnung zu haben, dass diese Veränderungen eines Tages wahr werden. Auch für diese Hoffnung arbeitet die UNO.«

Den letzten Punkt setzte sie mit aller Kraft. *Und ich. Ich arbeite für diese UNO.*

Daumen hoch. Lucas gab ihr quer über den Raum ein Zeichen. Sie guckte fragend. Er kam zu ihr: »Also, wir haben Laetitias Go für unsere Kampagne.«

»Wow! Wirklich? High five!«

Lucas schlug schwungvoll in Yashis Hand ein. Sie strahlten beide. »Danke!«, jubelte Yashi innerlich. *Jetzt weiß ich wieder, warum ich hier bin. Warum ich morgens aufstehe.*

Yashi legte den Zeitplan für Mahajanas Besuch vor sich auf den Schreibtisch. Sie schickte ihr sofort eine Mail und hoffte, sie wäre so flexibel, dass sie bald nach New York reisen konnte. Nach ihrer Zusage würde sie dann die Flüge, ein Hotelzimmer und die Fotografin buchen.

Lucas meinte: »Wir sollten Yuki unbedingt frühzeitig miteinbeziehen.«

»Ja. Sie schreibt mir regelmäßige Nachrichten, die ihr Interesse zeigen. Und ihren Willen, zu helfen, wo sie kann. In ihrem Team soll es einen Spezialisten für Plakatwände und Außenwerbung geben.«

Lucas wusste sofort, wen sie meinte: »Ja! Der alte Will. Alle nennen ihn ›Bill Board‹.«

Yashi lachte.

Sie trafen sich zu einem weiteren Brainstorming und sammelten Ideen, die Lucas auf bunte Zettel schrieb und an eine große Flipchart heftete.

Mahajanas Zusage kam schnell und so konnte sich die Idee endlich weiterentwickeln. Yashi spürte neue Energie, fast Euphorie und Lucas ließ sich gerne von ihr mitreißen. »Ich frage mich, wo genau wir eigentlich die Fotos machen?«

»Die Fotografin hat die ›High Line‹ vorgeschlagen, die alte Trasse. Da gibt es viel Grün und gleichzeitig schöne Gebäude, ein bisschen Skyline, Liegestühle und Cafés.«

»Okay, ich meine, das klingt sehr gut. Und woher kommen die Klamotten? Also, was zieht sie an?«

Yashi hatte gewusst, dass diese Frage irgendwann kommen würde, und war gespannt, wie Lucas ihren Vorschlag aufnehmen würde. Eine Idee, die noch nicht sehr alt war, die ihr selbst aber sofort gefallen hatte. »Es gibt ein faires Label hier aus New York. Es heißt

›Zishiyana‹. Die Designerin ist Inderin. Und ich sage es gleich: Sie ist meine Schwägerin.«

»Ach! Die mit den engen Jeans und dem Riesenpulli und den schönen Ohrringen?«

Yashi sah ihn amüsiert an. »Ja. Genau die.«

»Gut! Also, einverstanden. Ich meine, du solltest Cathy bitten, sich um die rechtliche Seite zu kümmern. Wir machen einen Vertrag mit ihr. Cathy kann auch die finanzielle Seite mit ihr besprechen. Dann hast du nichts damit zu tun. Und alles läuft sauber.«

»Danke für den Tipp! Ich hatte natürlich zuerst an Simone Cipriani gedacht. Aber er tut ja schon so viel und ist wirklich sehr gefragt.«

»Ja, warum nicht was Unverbrauchtes mit reinnehmen?«

»Jemand, Lucas. Wenn, dann ›jemand Unverbrauchtes‹.« Sie schüttelte den Kopf. »Die Grafikdesignerin, die die Plakate macht, möchte übrigens auch dabei sein.«

»Lauter Frauen! Hab ich's gut.« Er lachte und zählte dann auf: »Also: Wir haben ein Model. Wir haben etwas, das sie anziehen kann. Eine Location und die Fotografin und ihr Team. Eine Kosmetikerin. Die Grafikerin. Und die Zitate. Es kann also wirklich losgehen!«

»Es ist so schön zu sehen, dass du wieder motivierst bist. Mir geht es genauso.« Lucas guckte in eine große M&Ms-Tüte, wählte eine einzelne rote Schokolinse aus, steckte sie sich langsam in den Mund und grinste: »Also wir haben es echt geschafft, Yashi Anne!«

51

Mahajana war wirklich wunderhübsch. Und überhaupt nicht eingebildet oder kompliziert, wie Lucas befürchtet hatte, im Gegenteil. Sie war schüchtern, aber wenn sie sprach, sehr direkt. Sie hatte Jeans an und ein Sweatshirt mit einer großen gelben Sonne, das Logo der indischen Rugby-Mannschaft. Ihre Haare waren sehr kurz geschnitten, fast wie rasiert, und dadurch kamen ihre grünen Augen und die hohen Wangenknochen noch besser zur Geltung. Sie hatten sie vom Flughafen abgeholt und zu ihrem Hotel begleitet. Yashi hatte das ›Nolitan‹ gewählt, weil sie es kannte und weil es in der Nähe des Shootings lag. Mahajana wirkte fast scheu, aber sobald sie über Indien sprach, über Armut und die Auswege, die sie sah, wurde sie leidenschaftlich: »Bildung und Wasser braucht unser Land. Gute Bildung und sauberes Wasser.«

Die Ergebnisse ihres Brainstormings zur Kampagne hingen noch an der Wand. Sie hatten sich inspirieren lassen von einem berühmten Zitat von Vivienne Westwood: »Kauft weniger. Wählt gewissenhafter. Seht zu, dass es hält.« Mahajana las die Sprüche und Zitate in aller Ruhe: »Rethink your clothes. Überdenkt eure Klamotten. Oder:

Überleg, was du anziehst. Schnelle Kleider gibt es nicht umsonst, jemand zahlt den Preis. Kauf weniger, denk mehr nach. Ethik und Ästhetik.« Ein Zitat von Gandhi: »Die vornehmsten Kleider haben keine Schönheit, wenn sie Hunger und Unglück bedeuten.« Und: »Mode kann fairschönern. Dich und die Welt fairschönern. Verlange nach Qualität, für Stoffe, Verarbeitung und Herstellung. Qualität: nicht nur für Kleider, sondern auch für die Person, die sie näht. Kleider-Qualität und Lebens-Qualität. Fairer Style ist schön. Nicht durchsichtig, aber transparent. Zeig, was dich anzieht. Klamotten zeigen Werte. Wir sind Models für eine neue Welt. Fair ist Avantgarde. Fair und Fashion sind keine Gegensätze. Deine Kleider erzählen, was dir wichtig ist. Menschen sind teuer, darum darf Mode nicht billig sein.« Mahajana nickte immer mal wieder, seufzte zustimmend und sagte dann: »Das gefällt mir alles echt gut.«

»Was ist der beste Spruch? Für dich?«

Sie sah wieder auf die Wand und entschied sich: »Ich mag den Satz ›Zeig, was dich anzieht‹. Das ist tiefsinnig. Aber noch besser gefällt mir ›Fairer Style ist schön.‹ Ich würde vielleicht sagen: ›Fair ist Style ist schön‹. Und der Hashtag des Gedenktages, der darf natürlich nicht fehlen. Hashtag ›insideout‹.«

Lucas und Yashi sahen sich an und nickten sich zu. »Fair ist Style ist schön.« Das war ihr Spruch.

Stella bat Yashi in Laetitias Büro. Sie zuckte mit den Schultern. »Sofort. Wie immer. Auch wenn ich Sie gerade wirklich ungern unterbreche.« Yashi rollte mit den Augen und Stella lachte. Sie ließ Mahajana und Lucas stehen und eilte zu Laetitia. *Was ist denn jetzt schon wieder los?*

Ihre Chefin wirkte genervt und kam direkt zur Sache: »Yashi, ich habe gerade zufällig gelesen, dass Sie einen Außentermin haben. Ein Fotoshooting, wenn ich es richtig verstanden habe. Finden Sie es wirklich angemessen, dass Sie dabei sind? Sind Sie dafür nicht etwas zu überqualifiziert und sollten das delegieren? Ehrlich gesagt: Ich kann manchmal nur den Kopf über Sie schütteln.«

Yashi sah sie direkt an: »Die Bilder sind so wichtig für die Kampagne, dass ich dabei sein will, wenn sie entstehen. Und ich möchte, dass Mahajana sich wohlfühlt. Auch das ist wichtig für die Kampagne. Wir haben doch etwas Großes mit ihr vor.«

»Sie wollen das also unbedingt?«

Yashi zögerte. Sie dachte an Laetitias Worte: »Sichtbarkeit bedeutet Schwäche.« Dann sagte sie trotzdem: »Ich brauche es, mal wieder etwas ganz Praktisches zu tun. Ich werde sonst verrückt. Tägliche Meetings mit Stella. Updates von Cathy. Wöchentliche Meetings mit Ihnen. Mit meinen Teams. Reden, Worte über Worte, Papier, Papier und nochmals Papier. Ich brauche etwas Konkretes. Bitte.«

»Na gut dann. Einverstanden.«

Yashi verließ das Büro mit Erleichterung und merkte an ihrem Herzschlag, wie aufgeregt sie gewesen war.

Sie fuhren mit dem Taxi zu Zinas Studio und trafen die anderen. Die Visagistin Ruth war schon da. Maxime, die Fotografin, und ihr Assistent Didi fanden gerade einen Parkplatz. Und dann kam auch noch Genna, die Grafikdesignerin. Mahajana war still. Sie schien sich unwohl zu fühlen, wenn alle sie anguckten. Dabei musste sie das doch gewohnt sein. Aber Zina war großartig. »Hey! Da seid ihr ja alle. Benvenuto, liebe UNO, in meinem kleinen Reich!« Sie bat sie nach oben, plapperte und lachte. Sie sprach Hindi mit Mahajana, führte sie sanft am Arm durch das Studio und zeigte ihr Stoffe und Kleider. »Bellissima! So eine schöne Frau«, sagte sie mehrmals.

Die Kindermode brachte Mahajana zum Schmunzeln und die Tuniken, die sie selber anziehen sollte, begeisterten sie. Ihre Augen strahlten und spätestens in diesem Moment verstanden wohl alle, warum ihr Gesicht tausendfach fotografiert wurde und sie ein gefragtes Model war.

Zina hatte eine Vorauswahl getroffen und gemeinsam entschieden sie sich für drei verschiedene Outfits. Mahajana würde eigene Jeans tragen. Und dazu eine Zishiyana-Tunika. Das UNO-Blau kam in jeder vor, einmal durchwoben von Goldfäden, einmal tiefer ausgeschnitten mit weißer Kordel im Dekolleté und in der dritten, farbenfrohen Version verbunden mit einem Königsblau und Grasgrün. Zina sagte: »Hey! Attenzione! Mahajana muss sich umziehen. Und ich muss die Kleider abstecken. Lucas und Didi, ihr zwei holt vielleicht Kaffee für alle? Im ›Integral‹, nur ein paar Meter von hier. Und bringt doch auch noch irgendwas Leckeres mit.«

Und so wurde es gemacht. Mahajana mochte die Tuniken an sich, als sie sich im Spiegel sah. »Du hast Indien und den Westen wirklich sehr gut miteinander vernäht«, sagte sie lächelnd.

Zina strahlte. »Grazie!« Sie steckte Nadeln in die Stoffe, sodass alles perfekt saß. »Ich brauch nicht lang. Mi spiccio. Vielleicht eine halbe Stunde, dann habe ich die drei geändert.« Und damit setzte sie sich an ihre Nähmaschine.

Maxime, Ruth und Genna sahen sich solange Zinas Kollektion an und waren sich schnell einig, dass auch sie solche Tuniken gerne tragen würden. Yashi freute sich über das, was sie hörte: »Perfekt zu Jeans.« Und: »Wirklich mal was anderes.« Und: »Besondere Stoffe, intensive Farben, gute Schnitte.« Sie sah zu Zina, die nicht aufhörte zu lächeln. *Ich freue mich für dich.* Und sie dachte plötzlich an Padma. Sie war ja beteiligt. *Für dich freue ich mich auch.*

Lucas und Didi brachten Kaffee, Croissants, Macarons und Donuts. Alle freuten sich. *Eine schöne Stimmung herrscht hier.* Ruth schminkte Mahajana. »Dezent«, bat sie, und alle waren sich einig, dass ihr Wunsch ganz richtig war. Ganz natürlich wollte und sollte sie aussehen. Lucas nickte anerkennend. Und dann ging es los.

In zwei Taxis fuhren sie zur alten Trasse. Wegen der Nähe zum Hudson River begannen sie an der 14. Straße. Die »High Line« in Verbindung mit dem Wasser war ein schöner Hintergrund für die Bilder. Sie hatten Glück mit dem Wetter. Es war bewölkt, aber die Sonne zeigte sich ab und zu. Ruth puderte. Genna gab Kommentare zum Bildausschnitt. Didi reichte Objektive, spannte Lichtsegel auf. Lucas verteilte Wasser und Cola. Zina zupfte die Tunika zurecht.

Alle taten, was sie sollten. Mahajana lächelte. Begann mit einer Namaste-Geste. Stützte die Hände in die Hüften. Blinzelte in die Sonne. Schob frech ihr Gesicht vor. Guckte in die Ferne. Über die Schulter zurück. Nach oben zum Himmel. Setzte sich auf die Kante eines Liegestuhls. Legte sich entspannt zurück. Wanderte die Trasse entlang. Ging in die Hocke. Strahlte sie an. Yashi war überzeugt, dass sie sehr gutes Bildmaterial haben würden. »Großartig!«, rief sie ein paar Mal. Und Lucas klatschte mehrmals, applaudierte allen Beteiligten. »Danke!«, flüsterte Yashi mit Blick zum Himmel. *Es ist ja so wohltuend, hier dabei zu sein. Draußen. Zusammen mit diesen engagierten Leuten.*

Das Budget für diese erste Phase war knapp, aber sie kamen klar. Die zweite Phase, in der weltweit in Metropolen plakatiert würde, würde teuer werden. Am »Fashion Revolution Day« sollte es so weit sein. Der 24. April war der Gedenktag für faire Mode. Seit dem Gebäudeeinsturz von Sabhar, dem schwersten Fabrikunfall in der Geschichte von Bangladesch, bei dem über tausend Menschen getötet und mehr als doppelt so viele verletzt wurden. Eine bittere Erinnerung. Als er das erste Mal gefeiert wurde, war der Hashtag #insideout die weltweite Nummer eins auf Twitter gewesen. *Ja. Diese Aktion tut einfach gut.*

Nach dem Shooting entschieden Yashi und Lucas, noch mit Mahajana essen zu gehen. Zina schloss sich ihnen an und so fanden sie sich bei ›The Butcher's Daughter‹ wieder. Von hier aus würde Mahajana nur noch die Straße überqueren müssen und wäre in ihrem Hotel. Yashi dachte daran zurück, wie sie an ihrem ersten Abend hier mit Zina gegessen hatte.

Sie waren alle hungrig. Zina bestellte eine Flasche Weißwein für alle. Mahajana und Lucas wählten den veganen Burger. Zina nahm Pasta mit Cashew-Pesto, Linsen und gerösteten Kartoffelschalen. Und Yashi entschied sich für Rührei mit Roter Bete, Rucola und Avocado auf braunem Reis. Sie redeten ein bisschen über ihre Erfahrungen mit fairer Kleidung, über Indien, über Vivienne Westwood. Mahajana wurde immer lockerer. »Ich habe eine Gemeinsamkeit mit Vivienne Westwood. Nicht nur so was wie, dass ich mich schon seit meiner Schulzeit für Mode interessiere. Sondern meine Mutter war wie ihre eine Weberin in einer Baumwollspinnerei. Und! Mein Vater stammt wie ihrer aus einer Schuhmacher-Familie. Na? Ist das was?«

Zina meinte: »Ich verehre sie echt sehr. Sie ist einfach die mega Rocklady der Mode. Ihr Stil! Sie hat einfach Klasse. Dieser exzentrische Mix! Wilder Westen, Piraterie, Hippietum, schottische Karos, historische Gewänder, seltene Gewebe und Muster – einfach mega einzigartig!«

Mahajana stimmte ihr zu: »Und sie ist ja nicht nur Modedesignerin. Sie war auch Kostümbildnerin am Theater. Dozentin an renommierten Hochschulen. Und selber Model. Sie sieht so unerhört gut und fabelhaft aus mit ihren fast 80 Jahren.«

»Ihr Mann ist 25 Jahre jünger als sie. Er war einer ihrer Studenten«, erzählte Zina.

Woraufhin Lucas sofort sagte: »Also das kann nicht gutgehen.«

Aber Zina parierte: »Hey! Die beiden sind seit 18 Jahren verheiratet.«

Yashi gab Lucas insgeheim recht. *25 Jahre älter. Die Frau muss ja selbstbewusst sein.* Zum ersten Mal seit vielen, vielen Stunden dachte sie wieder an Kiran. *Wie wird es wohl sein, wenn wir uns wiedersehen?*

Lucas fragte Mahajana: »Ihre Rede über die Schönheit der Demokratie. Sie wurde so viele tausend Mal auf YouTube angeguckt. Ich meine, was ist das für ein Gefühl? Also das war doch sicher nicht geplant. Nicht wie das, was wir hier planen.«

Zina gestand: »Sorry. Scusi. Ich kenne die Rede nicht. Worum geht`s denn?«

Mahajana erzählte: »Es war eine Erfahrung, die mein Leben verändert hat wie nichts anderes jemals vorher. Ich habe gesprochen, wurde angesehen, dann gab es Applaus. Im Nachgang auch etwas Widerspruch, ein bisschen Neid. Ich wurde zitiert, interviewt. Und war mit einem Mal sichtbar geworden. Nicht nur mein Gesicht, sondern meine Seele. Was mir heilig ist. Die Demokratie. Und meine Heimat.« Mahajana hob ihr Glas und sagte: »Auf Indien!« Sie stießen alle an. Mahajana trank noch einen großen Schluck und meinte dann ernster: »Ich vermisse einen gemäßigten Premier Singh, der Sikh war. Und einen weisen Präsidenten Abdul Kalam, der Muslim war. Und Sonia Gandhi, die Italienerin und Katholikin war. Dass sich die Stimmung innerhalb so weniger Jahre so verändern kann, wer hätte das gedacht?«

»Der allseits hochgeschätzte Abdul Kalam, ehrlich gesagt mein Lieblingspräsident, hat immer gesagt: ›Träume! Mach aus deinen Träumen Gedanken und dann Taten!‹«, sagte Yashi versonnen.

Lucas räusperte sich und fragte: »Also vielleicht ist es kein Zufall, dass wir gerade nicht in Delhi sitzen, sondern in New York. Ich meine, die Freiheit, unser Lebensstil hier, das passt doch einfach besser zu euch allen.«

Mahajana fragte lakonisch zurück: »Sind Sie denn zurzeit stolz auf Ihren Präsidenten? Sie? Tollste Demokratie der Welt?«

Lucas schwieg. Die drei Inderinnen warfen sich heimlich Blicke zu. »Also ich sehe ganz genau, dass ihr euch das Schmunzeln nicht verkneifen könnt. Und ich versteh es ja«, gab Lucas zu. Sie lachten alle. Lucas bat den Kellner, ihnen die Rechnung zu bringen. »Mit Bewirtungsbeleg, bitte!«

Yashi zahlte. Sie brachten Mahajana ins Hotel zurück, winkten ein Taxi für Lucas heran und Yashi und Zina gingen nach Hause.

»Für mich war das ein megabesonderer, großartiger Tag. Così speciale«, sagte Zina glücklich.

»Für mich auch. Meine Energie ist zurück. Danke für alles.« Sie umarmten sich kurz und fielen in ihre Betten.

Maxime, Didi und Genna hatten zügig und gut gearbeitet und so konnten am nächsten Nachmittag erste Ergebnisse vorgestellt werden. Sie hatten ein paar Entwürfe ausgedruckt und warfen Bilder an die Wand. Fotos mit Mahajana, in ihren schönen Kleidern, begleitet von dem Slogan »Fair ist Style ist schön« und dem Hashtag #insideout. Sie waren alle mehr als zufrieden.

Mahajana sagte: »Das ist richtig gut geworden. Es ist eine Ehre, dabei zu sein.«

Yashi war selig. »Es passt alles zusammen. Deine Ausstrahlung, der Style, die Jeans mit Tunika, der Spruch, der Hashtag, im Hintergrund die Stadt, vorne Grün. Perfekt!«

Yuki war begeistert, als sie die Bilder sah. Und sie ließ es Yashi auch wissen: »Ich gratuliere. Das ist fantastisch! Damit werde ich die sozialen Medien sehr gerne füttern. Und wir sollten mal über die Pressekonferenz im April sprechen. Das wird gut!«

Yashi bat Cathy, einige Entwürfe zu kopieren. »Im A4-Format und bunt, wenn's geht. Es tut mir leid, aber es eilt.«

»Ach, stressen Sie mich ruhig«, lachte die Sekretärin und ging zum Kopierer.

Laetitia rief das ganze Team zusammen. »Ich bin froh, dass es vorwärtsgeht mit einer weiteren Kampagne für den Fairen Handel. Ziel ist, auf die extremen Arbeitsbedingungen von Textilarbeiterinnen vor allem in den Ländern des Südens aufmerksam zu machen. Und, das ist ein anderer Fokus, die Kundinnen zu gewinnen, ihr Konsumverhalten beim Kauf von Kleidung zu überdenken. Danke an Yashi Bhandari, Lucas Martin und ihr Team. Bitte!«

Yashi verneigte sich kurz und sagte: »Fairer Handel ist Zusammenarbeit. Eine Partnerschaft auf Augenhöhe. Sie zielt auf Respekt, Dialog und Transparenz im internationalen Handel. Ich bin sehr froh, heute sagen zu können, dass diese Kampagne schon bei ihrer Entstehung diese Ideale umsetzen konnte. Die Zusammenarbeit unseres Teams und aller Beteiligten hat mir Hoffnung gemacht. Auf eine andere Art des Miteinanders. Ich danke insbesondere Mahajana. Sie ist die Stimme und das Gesicht unserer Kampagne. Bald wird ihr Gesicht weltweit auf unseren Plakaten zu sehen sein. Hier in New York. In Los Angeles. Chicago. San Francisco. Washington. In

Buenos Aires. Peking. Kapstadt. Tokio. Und Delhi. In Tel Aviv. In Moskau. In Hauptstädten und in Europa werden wir besonders viel plakatieren. In Brüssel und Genf. Rom. Mailand. Paris. Marseille. Lyon. London. Glasgow. Liverpool. In Berlin. Hamburg. München. Köln. Athen. Prag. Kiew. Budapest. Sarajevo. Kopenhagen. Helsinki. Stockholm. Amsterdam. Den Haag. Wien. Lissabon. Kairo. Belgrad. Vilnius. Barcelona. Madrid. Dublin. Luxemburg. Sehen Sie mal!«

Das Büro guckte sich die ersten Entwürfe an, die an die Wand geworfen wurden. Es gab zustimmendes Raunen, immer mal wieder bei einzelnen Bildern Applaus, begeisterte Anmerkungen wie: »Sehr schön!« Und: »Richtig gut!« Und: »Guckt doch mal, wie geil.«

Yashi sagte: »Am 24. April, am Fashion-Gedenktag, wird die Aktion starten. Danke. Das Wort hat jetzt Mahajana.«

Auch die verneigte sich kurz und sagte dann: »Hören wir zuerst etwas Musik.« Sie ließ »Let It Rock« von Chuck Berry über die Anlage laufen; selten gehörte Töne in diesen Räumen. Etwas veränderte sich für einen Moment. Fast alle wippten irgendwie mit. Bela spielte sogar kurz Luftgitarre. Mahajana ließ die Musik langsam ausfaden.

»Nicht nur, dass Vivienne Westwoods erste Boutique nach diesem Song benannt ›Let It Rock‹ hieß. Mir geht es um den Text. In dem Lied wird von Menschen erzählt, die an einem Bahngleis arbeiten. Und ein Zug kommt immer näher. Sie denken an den Feierabend. An die Bezahlung. Und der Zug rast auf sie zu.«

Sie machte eine Pause. »So erlebe ich unsere Welt oft. Wir arbeiten. Menschen erledigen ihren Alltag. Alle Welt macht so weiter. Dabei ist sie in großer Gefahr. Diese Kampagne möchte die Weichen neu stellen! In diesen Zeiten, die so furchterregend sind. Und so wunderschön. In denen wir große Angst haben. Und große Freiheiten genießen. Ich werde oft zitiert mit dem Satz: ›Ich glaube an die Schönheit der Demokratie.‹ Das ist wahr. Ich glaube an die Demokratie, weil sie schön ist. Meinungsfreiheit ist schön. Wählen zu können ist schön. Fairness ist schön. Augenhöhe ist schön.

Zusammenarbeit ist schön. Transparenz und Respekt sind schön. Models können schön sein. Ja, Menschen überhaupt: Wenn sie nicht gleichgültig sind, gierig, arrogant oder bösartig, bitter oder neidisch. Mode kann schön sein, wenn sie unter schönen Bedingungen entsteht. Fair ist Style ist schön. Was für eine schöne Kampagne! Vielen Dank, dass ich dabei sein darf. Und vielen Dank für die bedeutende Arbeit, die Sie hier bei den Vereinten Nationen leisten. Danke.«

Alle applaudierten, machten Fotos, umringten Mahajana und stellten ihr Fragen. Laetitia kam zu Yashi. »Sehr gut gemacht! Weiter so!«

»Danke.« Yashi war selig.

Sie baute den Beamer und die Boxen ab und beobachtete alles aus einiger Entfernung. Lucas sah sehr glücklich aus. Laetitia war schon wieder weg. Eliene lachte mit Mahajana. Sogar Bela schien gut gelaunt. Und Stella hatte sich ein Foto mit an den Platz genommen. Maxime und Genna verabschiedeten sich. Yashi bedankte sich und beide sagten gleichzeitig: »Gerne wieder.«

Amy kam zu ihr. »Das alles gefällt mir wirklich gut! Mazeltov. Ich gratuliere, meine Liebe!«

»Danke. Ich danke dir. Mir gefällt es auch.« Yashis Telefon leuchtete auf.

Namya schrieb: »Bei mir verändert sich gerade so viel. Können wir mal telefonieren? Mit Zeit?« Sie sah auf die Uhr. In Indien war Nacht. Doch Namya schlief wohl nicht. Aber sie hatte jetzt keine Ruhe, würde ihrer Freundin nicht gerecht werden und schrieb zurück: »Tut mir leid. Ich weiß gerade nicht, wo mir der Kopf steht. Melde mich, sobald es passt.« Namya reagierte sofort: »Okay. Verstehe. Bis bald dann.«

Yashi fühlte sich verpflichtet, sich bis zur Abreise um Mahajana zu kümmern, und sie verbrachten einen schönen Abend zu zweit im Keller des Restaurants »A Lovely Day«. Sie aßen scharf gewürzten

Thai-Reis mit Gemüse und mochten ihn beide sehr. *Ich bin genau doppelt so alt wie sie. Sie könnte meine Tochter sein.* Mahajana erzählte ein bisschen aus Indien: »Unser Oberster Gerichtshof hat ja neulich die Strafbarkeit gleichgeschlechtlicher Beziehungen für verfassungswidrig erklärt. Ein Antidiskriminierungsfortschritt! Auch allen, die sich gar nicht für das Thema engagiert haben, hat dieses Urteil viel Hoffnung gemacht. Denn es bedeutet ja: Unsere Justiz funktioniert noch. Sie sorgt für Freiheitsrechte. Bei uns fühlen sich Minderheiten jetzt sooft bedroht, eingeschüchtert und an den Rand gedrängt. Aber dieses Urteil hat uns gezeigt, dass der Gerichtshof unabhängig ist.«

Sie diskutierten ein bisschen. Tranken Mango-Lassi. Und Yashi bedankte sich. »Es hat Spaß gemacht, mit dir zusammenzuarbeiten. Du hast mir überhaupt keine Mühe gemacht. Danke, dass du dich so auf unsere Ideen eingelassen hast.«

Mahajana gab Yashi ganz formell die Hand. »Ich bedanke mich auch. Es ist wirklich schön, für eine größere Idee zu modeln.«

Yashi zahlte, sie schlenderten zum Hotel und verabschiedeten sich. »Ich komm allein zum Flughafen. Wirklich. Ich lebe in Delhi. Im Gegensatz dazu ist New York richtig niedlich.« Sie umarmten sich und gingen auseinander. Mahajana drehte sich noch einmal um und rief: »Yashi! Die Demokratie ist zurzeit ganz schön in Unordnung. Aber sie wird auch wieder Ordnung ins Chaos bringen. Sie kann das.«

Und Yashi hob beide Daumen hoch.

52

Am Valentinstag war die Stadt von roten Herzchen übersät. An jeder Ecke gab es rote Rosen zu kaufen. Der große Blumenhändler an der »Grand Station« hatte am Morgen drei zusätzliche Verkaufsstände aufgebaut und der ganze Bahnhof griff zu. Yashi drängte es weiter. Erst als sie auf der 42. Straße ankam und auf die Flaggen zulief, ging sie etwas langsamer. Da kam Pavani ihr entgegen. War sie etwa schon so früh im Hauptgebäude gewesen und jetzt zurück auf dem Weg in ihr Büro? »Guten Morgen«, rief sie bereits aus einiger Entfernung und Yashi fühlte sich gezwungen, sie nicht nur zu begrüßen, sondern stehen zu bleiben und wenigstens kurz mit ihr zu sprechen. »Ich habe Sie von Weitem gesehen, da hatten Sie mich noch gar nicht bemerkt. Ich bin schnell bei so was. Und überhaupt immer früh dran, wie Sie sehen. Ich wollte Ihnen noch zur Fashion-Kampagne gratulieren. Wir bei UN-Women haben aber entschieden, uns nicht dranzuhängen.«

Was redet diese Person denn bloß so viel? »Ah. Ja, danke. Nun. Das muss ja auch nicht sein.«

»Beim Tee dagegen hat sich die Zusammenarbeit ja sehr positiv ausgewirkt. Das haben Sie ja sicher mitbekommen.«

Yashi war kurz sprachlos. Im Film würde sie ihr jetzt an die Gurgel gehen, sie an die Hauswand hinter ihr drücken, sie anzischen und so etwas sagen wie: »Verpiss dich aus meinem Leben!« Aber sie standen auf der 42. Straße und sie war Yashi und so schwieg sie einfach.

Und Pavani sprach auch schon weiter, in dem für sie so typischen Plappertonfall: »Wie geht's denn Ihrem Mann? Wird er Sie denn mal besuchen? Vielleicht lernen wir hier ihn ja sogar kennen. Oder planen Sie einen Heimaturlaub?«

Yashi überlegte, was sie bloß tun könnte, um Pavani ihrerseits zu irritieren, und ihr kam die Idee, sie kurz zu berühren. Sie legte ihre rechte Hand auf ihre rechte Schulter und die Geste verfehlte nicht ihre Wirkung. Pavani stand da wie erstarrt und schwieg. Yashi sagte: »Ich wünsche Ihnen einen schönen Tag. Und alles Gute für Ihre Arbeit.« Und damit ging sie weiter. Nicht so, dass es aussah, als fliehe sie. Aber zügig.

Ihr Kopf pochte. Zu viele Gedanken auf einmal wollten ihre Aufmerksamkeit. Sie hatte keine Zeit, um zu recherchieren, was Pavani hinter ihrem Rücken tat. Und es war ihr auch egal. Oder war das falsch? Müsste sie sich mehr darum kümmern? Und warum unterstützte UN-Women ihre Kampagne nicht? Yashi selbst hatte die Zusammenarbeit nicht gesucht. War das falsch gewesen? Aber Laetitia hatte nichts davon gesagt. Sollte sie noch einmal persönlich mit Phumzile sprechen? Oder versuchen, Pavani zu gewinnen? Aber das schien ihr aussichtslos. Und sie hatte auch einfach keine Lust, mehr Zeit als nötig mit ihr zu verbringen.

Als sie an ihrem Schreibtisch ankam, stand schon Stella da mit einer Nachricht für sie. »Laetitia möchte Sie sprechen, sobald Sie da sind.«

»Wissen Sie diesmal zufällig, worum es geht?«

»Keine Ahnung.«

Na prima. Schon wieder Unsicherheit.

Stella blieb und sagte: »Ich könnte Ihnen allerdings den Tipp geben, dass Laetitia Jubiläen verabscheut. Die Lobgesänge und besonders die Abgesänge, die bei solchen Gelegenheiten laut werden.« Damit ging sie.

»Danke«, rief Yashi ihr nach, auch wenn sie mit der Information nicht viel anfangen konnte. Ihr Telefon leuchtete auf und erinnerte sie an einen Termin. Sie wollte in der Mittagspause endlich mit Namya telefonieren. Aber zuerst musste sie sich anhören, was Laetitia zu sagen hatte.

Wie immer kam die direkt zur Sache. »Vielen Dank für Ihren Bericht zur Konferenz in Genf. Ich habe ihn mit Interesse gelesen. Er ist diesmal auch nicht zu lang ausgefallen.«

»Freut mich.«

»Ich muss offen sagen, dass ich etwas irritiert bin, wie kritisch Sie die Vereinten Nationen darin beurteilen. Ihr Bericht zeigt doch erstaunlich wenig Loyalität.«

Yashi widersprach: »Aber im Gegenteil! Ich schreibe doch, wie wichtig die UNO ist.«

»Aber Sie meinen doch, die Vereinten Nationen müssten sich stark verändern.«

»Ich meine Reformen. Auch unser Generalsekretär sieht es so. Und die Vorsitzende unserer Generalversammlung.«

»Sie schreiben, dass es den Vereinten Nationen an Souveränität mangelt. Dass revolutionäre Sprünge nötig seien. Dass sich viele eine starke UNO wünschen würden, was nur bedeuten kann, dass Sie uns zurzeit als schwach erleben. Sie träumen von einem Weltparlament. Eine Utopie! Sie wollen ›UN2020‹ feiern. Das möchte ich auch. Sie wollen wieder stolz sein auf die Vereinten Nationen. Es klingt alles in allem so, als seien Sie zurzeit nicht besonders stolz auf das, was wir hier leisten.« Sie sah Yashi mit wachem Blick an, ohne jedes Lächeln, ohne jede Spur von Verstehen, und beide hielten die Stille eine ganze Weile lang aus. Dann sprach Laetitia weiter: »Sie sind seit sieben Monaten hier. Ich arbeite seit über 20 Jahren für die Vereinten Nationen. Zunächst in meiner Heimat Tansania, seit 17 Jahren hier in New York. Ich habe Ihnen schon vor zwei Monaten gesagt, dass ich vermute, Sie würden auf jeden Fall nach Indien zurückgehen. Damals habe ich es mit Bedauern gesagt. Nach Ihrem Bericht denke ich – nun.« Sie beendete den Satz nicht. Sondern hob neu an und sagte: »Vielleicht überdenken Sie Ihre Haltung zu diesem hohen Haus ja noch einmal. Sonst …« Wieder ließ sie den Satz offen und sah sie nur mit kühlem Blick an. Sie reichte ihr zwei Seiten Papier mit markierten Linien in Neongelb. Yashi erkannte ihren Bericht. »Ich habe die Sätze unterstrichen, die ich als unangemessen und wenig hilfreich empfinde. Überarbeiten Sie die. Danke. Das war‘s.« Yashi nahm die Papiere, nickte und ging. Laetitia rief ihr nach: »Ihre Sehnsucht nach einem Weltparlament wird sich nicht erfüllen.«

Wie im Kampf getroffen, ging Yashi zurück. Angeschossen. Verletzt. Erledigt. Ihre Energie war mit einem Schlag weg. Ja, wie ein Schlag ins Gesicht fühlte sich an, was sie soeben erlebt hatte. Das Gehen fiel ihr schwer. Auf dem Gang überlegte sie, ob sie jetzt direkt Namya anrufen sollte, fühlte sich aber zu angreifbar. Stattdessen ging sie zu Lucas. »Können wir reden?«

Er ließ sich sofort unterbrechen. »Na klar. In der Küche?«

»Lieber etwas weiter weg. Unten, in der Cafeteria.« Yashi erzählte ihm kurz, was passiert war. »Genf war wichtig für mich – augenöffnend. Horizonterweiternd. Alle diese großen Worte passen. Es hat mich ins Nachdenken gebracht, aufgewühlt, ermutigt. Und jetzt liest sie in meinem Bericht nur, dass ich die UNO verunglimpfe? Nicht stolz genug bin? Nicht loyal?«

Lucas hörte aufmerksam zu, fragte ein paarmal nach und riet ihr dann, das zu tun, was Laetitia sich wünschte. »Ich meine, überarbeite den Bericht doch einfach. Lass sie denken, dass du nachgibst. Also was du persönlich wirklich meinst, muss sie doch gar nicht wissen.« Er riss eine Tüte M&Ms auf und reichte sie ihr.

»Warum? Warum rätst du mir das?«, fragte Yashi. Sie beugte sich zu ihm und fragte nach: »Ehrlich? Ich soll so tun, als würde ich nachgeben? Warum kämpfst du nicht?«

»Also ich meine, sie kann deinen Job gefährden und dir das Leben schwer machen«, warnte Lucas sie.

»Ja, meinst du etwa, es gäbe nicht genug Arbeit auf dieser Welt? Pfff.« Sie kreuzte die Arme vor der Brust. Leiser sagte sie: »Ich verstehe Laetitia einfach nicht. Ich bin doch loyal.« Sie sprach wieder selbstbewusster: »Eben weil ich die UNO so wichtig finde, glaube ich, dass sie sich verändern muss.« Und dann wurde sie lauter: »Sonst ist sie irgendwann pleite. Oder unwichtig. Ein Spielball. Oder entscheidungsunfähig. 75 Jahre alt und nur noch altersstarrsinnig.«

Yashi weinte und Lucas wusste nicht, was er tun sollte. »Yashi. Beruhige dich, bitte. Ich meine, es ist doch nur ein Bericht.«

Sie winkte ab. »Okay. Ich denk drüber nach. Ich gehe kurz zur Toilette und wasche mir das Gesicht. Danke, Lucas.«

Verunsichert sah er ihr nach.

Yashi schleppte sich durch den Tag. *Wo ist die Energie aus Genf? Die Euphorie der Kampagne? Ist es wirklich nur ein Bericht? Kann ich das so sehen? Soll ich nachgeben? Was soll ich tun?* Sie schrieb Mails. Telefonierte. Las selbst Berichte. Der große Fashion-Gedenktag kam näher. Und sie vergaß wieder, Namya anzurufen.

Auch am nächsten Tag dachte sie nur daran, dass bald Wochenende war. Sie würde ihre Mails lesen, aber nicht mehr tun. Ihr wurde klar, dass sie für jede konkrete Mandantin auch am Samstag gearbeitet hätte. Und sogar am Sonntag. Für eine Padma. Für eine Magil. Aber nicht für Laetitia.

Da ermahnte sie sich selbst: »Jetzt werd mal wieder vernünftig und red keinen Unsinn, Yashi. Du arbeitest doch nicht für *sie.*« *Schade, dass Laetitia keine Weiße ist, keine Amerikanerin. Die könnte ich leichter ablehnen, vielleicht sogar hassen.* Aber Laetitia stammte aus Tansania. Aus einem »Land des Südens« wie sie selbst. Und sie hatte zwanzig Jahre Berufserfahrung bei der UNO. *Vielleicht muss ich von ihr lernen? Sollte mir mehr bei ihr abgucken?* Etwas in ihr sträubte sich. Sie hatte ihren Bericht wieder und wieder gelesen, aber war nicht bereit, ihn neu zu schreiben.

Sie entschied, eine Pause zu machen und ins ›Mona‹ zu gehen, kaufte sich Sushi und Tee und setzte sich in eine Ecke. Sie könnte Namya anrufen. Und diesmal tat sie es, ohne richtig zu überlegen, was sie eigentlich mit ihr besprechen würde.

»Hi, Süße. Yashilein. Wie schön, dass du dich meldest. Es gibt ja so viel zu erzählen. Aber sag erst mal: Wie geht's dir denn?«

Sie konnte sie nicht wieder darum bitten, von sich zu erzählen, diesmal war sie selber dran. »Ich weiß nicht, was ich tun soll. Meine Chefin. Einer meiner Teamleiter. Beide wollen etwas, das ich nicht will. Dabei lief eigentlich gerade alles so richtig, richtig gut.«

Namya brauchte nur einen kurzen Moment, um sich auf Yashi einzustellen. »Wie schön, dass du gerade jetzt anrufst. Ich stehe nämlich in meinem neuen Büro.« Yashi spürte das kalte Kribbeln ihren Rücken hochziehen. Sie wusste, gleich würde sie schreckliches Heimweh bekommen. Hier wegwollen. Sie wollte das nicht hören und wünschte, Namya würde nicht weiterreden, aber sie tat es doch: »Ich werde dir beschreiben, was ich sehe.«

»Nein, bitte nicht.«

Aber Namya schien sie gar nicht zu hören und erzählte: »Ich sehe einen sternklaren Himmel. Und ich kann die Teesträucher erahnen. So weit das Auge reicht. Es ist nach zehn, wir haben etwa 18 Grad. Mein Schreibtisch steht an einem großen Fenster in der ersten Etage mit Blick über die Plantagen. Und es duftet sehr intensiv nach Jasmin und Plumeria. Was hast du gerade vor Augen? Erzähl es mir.«

Yashi antwortete schwerfällig: »Ein leeres Plastiktablett auf dem Tisch vor mir. Hohe Häuser draußen. Blauer Himmel mit ein paar Wolken. Fünf Grad. Um mich herum Leute, die essen. Fast alle mit blauem Bändchen um den Hals. Alle Nationen. Teilweise in ihrer traditionellen Kleidung oder in westlicher. Ich habe Mittagspause und wollte auch noch eben Kiran anrufen.«

»Das klingt gut. Besser. Hast du dich wieder beruhigt?«

»Ja, ja. Was war das für eine Idee, von der du mir neulich erzählen wolltest?«

»Hast du denn nicht zugehört? Also wirklich, Yashi!«

»Tut mir leid. Es ist gerade so viel. Was ist das für eine Idee?«

»Dass wir zusammenarbeiten.«

»Wir beide? Als Anwältinnen?«

»Ja. Oder als Prostituierte. Ganz, wie du willst.«

»Was?« Und da musste sie laut lachen und prustete: »Du machst dich lustig über mich.«

»Wir könnten gemeinsam eine Kanzlei führen.«

In diesem Moment bekam sie einen weiteren Anruf. »Namya? Es ist Kiran. Er ruft an. Ich melde mich wieder.« Sie hörte gerade noch, dass Namya meinte, sie sei unmöglich.

»Kiran?«

»Yashi Anne.«

Neuerdings kehrte immer zuerst Schweigen ein, wenn sie telefonierten. Aber dann erzählte Kiran, dass bei »O'Clock« allmählich alles seinen Gang ging. Dass sie die Frost-Kampagne um ein Jahr verschoben hatten. Und zwei interessante neue Kunden in Europa gewinnen konnten. »Ich freue mich, dass ich dich erreiche. Wir sind auf dem besten Weg, irgendwann ein faires Label zu werden. Wir müssen es uns verdienen, aber wir schaffen das. Ehrlicherweise muss ich sagen, dass uns beide neue Kunden nur deshalb gewählt haben, weil sie genau danach suchten. Sonst wären sie vielleicht gar nicht auf uns aufmerksam geworden. Es scheint also tatsächlich gut weiterzugehen.« Auf Yashis Nachfrage hin erklärte er, was sich denn eigentlich konkret geändert hatte. »Die Bezahlung ist besser«, erzählte Kiran zuerst. »Gewinne anders zu verteilen ist heikel, wir müssen umdenken, umschichten, an manchen Stellen sparen, aber es geht. Es gibt außerdem mehr Pausen während der Arbeitszeit. Ein Betriebsrat ist gegründet worden und die ersten Treffen waren schon aufschlussreich. Der Vorsitzende ist ein wacher Kerl. Er fordert uns. Manchmal nervt er natürlich, aber er macht auch gute Vorschläge.

Außerdem gibt es drei neue Wasserstellen, wo Trinkwasser geholt werden kann. Du merkst, es hat sich eine ganze Menge verändert. Die neueste Idee ist, gemeinsam mit den anderen Plantagen hier den Bau einer Schule zu unterstützen.«

»Wow! Das ist erstaunlich viel. Ich freue mich.«

»Darüber, was unter Druck alles möglich ist?« Kiran lachte bitter.

Yashi sagte: »Kiran. Du bist hier nicht das Opfer. Ich freue mich für die Teepflückerinnen. Und für O'Clock. Und für dich.« Kiran schwieg. Yashi war es leid und beschloss, das Thema zu wechseln, und fragte: »Und das Haus, in das Namya gezogen ist? Hast du es schon gesehen?«

Kiran ließ sich auf die Ablenkung ein. »Ja. Sie haben es neu gebaut. Mit Leuten von hier. Es ist modern. Nicht sehr groß. Sehr gerade. Ohne jeden Schnörkel. Aus Waschbeton, mit großen Fenstern. Der Blick ist traumhaft. Es fällt ein bisschen aus dem Rahmen. Positiv gesagt, es ist jedenfalls kein Kolonialstil. Dir wird es sicher gefallen.«

»Und Namya und Nanda Luke? Was denkst du?«

»Soviel ich weiß, wollen die beiden tatsächlich heiraten. Aber sie werden bei dem Termin sicher Rücksicht auf dich nehmen. Vielleicht nächstes Jahr Weihnachten.«

»Kiran. Ich muss zurück ins Büro.«

»Ja, natürlich. Es war schön, dich zu hören. Bis Sonntag. Ich rufe dich an. Grüß Zina von mir.«

Yashi beeilte sich, an ihren Schreibtisch zu kommen, um dann dort nicht zu wissen, was sie tun sollte. Sie wollte den Bericht immer noch nicht neu schreiben. Sie wollte auch nicht über Namyas Idee nachdenken. Sie wollte sich mit Kiran freuen. Und mit den Teepflückerinnen. Sie wollte erleben, wie Namya heiratete. Aber vor allem wollte sie nicht, was Laetitia wollte.

»Hast du heute vielleicht Lust, mit mir in die Synagoge zu kommen?«, fragte Amy sie.

Yashi sah sie überrascht an. »Ja. Warum nicht? Gibt es etwas Besonderes?«

»Shabbat allein ist schon besonders. Er unterbricht den Alltag.« Amy grinste und sagte noch: »Vielleicht täte es dir gut, meine Liebe. Und ich könnte dir mal zeigen, wo ich zu Hause bin.«

»Ja. Gerne.«

»Wir können zu Fuß hingehen. Die Synagoge liegt direkt hinter der Bartholomäuskirche in der Lexington Avenue.«

Yashi war dankbar für die Unterbrechung, suchte schnell ihre Sachen zusammen und folgte Amy.

Das Gebäude war beeindruckend. Amy erklärte ihr: »Sie ist eine der ältesten Synagogen in den USA. Im neunzehnten Jahrhundert erbaut. 1872 war sie fertig, um genau zu sein. Sie ist die Synagoge, die länger als jede andere in Amerika ohne Unterbrechung genutzt wurde. Sie heißt einfach ›Zentrale Synagoge‹, und wir gehören dem Reform-Judentum an.« Aaron und Zaria kamen, umarmten Amy und begrüßten Yashi.

»Hi, Mum.« Zaria kuschelte sich an Amy und reichte Yashi die Hand: »Hi, du. Shabbat Shalom!« Sie tanzte und sang: »Willkommen. Bruĥim haba'im.«

Auch innen war die Synagoge sehr beeindruckend. »Sie ist ja riesig. Und so hoch!«, staunte Yashi. Mosaike aus Gold und Blau, bunte Fenster, große Leuchter verliehen dem Gebäude eine erhabene Atmosphäre. Yashi setzte sich neben Amy. Nach einigen Psalmen, die auch Yashi kannte, wurde der Sabbat mit einem Lied begrüßt. Wie eine Braut. Die Kantorin sang wie ein Engel. Alle sangen mit und guckten sich bei der letzten Strophe plötzlich um und sahen zur Eingangstür, als würde Braut Sabbat gleich tatsächlich erscheinen.

Ein junger Mann kam nach vorne. »Ich lese einen alten Text von Judah Halevi. Worte, die so treffend die Sehnsucht nach Jerusalem ausdrücken. Der Autor dieser Zeilen hat die meiste Zeit seines Lebens im Spanien des zwölften Jahrhunderts gelebt.« Er trug den Text sehr gekonnt vor und Yashi war fasziniert. »My heart is in the

East and I am in the West. Mein Herz ist im Osten, aber ich bin im Westen.«

Genauso ist es. Ich bin hier. Aber mein Herz ist es nicht. Mit was für schönen Worten doch Heimweh ausgedrückt werden kann.

Yashi freute sich über eine Tasse Tee im Anschluss an die Feier. Amy erzählte ihr frei heraus: »Jahrelang habe ich Gott gesucht. Es war mir wichtig, mich nicht festzulegen. Und bloß nicht festgelegt zu werden.« Sie schüttelte den Kopf und schnitt eine Grimasse. »Irgendwann, ich denke, es hängt irgendwie mit der Geburt von Zaria zusammen, habe ich gemerkt, dass es auch wichtig ist, anzuerkennen, wenn wir etwas gefunden haben. Auch wenn wir vielleicht nie das Stadium erreichen, wo wir sagen: ›Fertig! Gants. Abgeschlossen. Das ist jetzt und für immer, was ich glaube.‹ Wenn der Glaube lebendig ist, entwickelt er sich weiter und bleibt offen. Aber etwas zu finden hat doch seine eigene Schönheit.«

»Danke, dass du mir gezeigt hast, was du gefunden hast. Es ist wirklich schön.«

Amy fuhr sich mit einer Hand durch die dunklen Locken und erzählte kichernd weiter: »Seit ich als gläubige Jüdin lebe, stelle ich mir manchmal vor, ich sei ›Wonder Woman‹. Weißt du? Nicht, weil Gal Gadot eine israelische Schauspielerin ist. Sondern einfach, weil sie an das Gute glaubt. Ihre Überzeugung, etwas Heilsames für die Welt tun zu können, schützt sie mehr als ihr Zauberschild, ihr goldenes Lasso oder ihre Armbänder. Manche sagen ja auch, sie hätte etwas Messianisches. Ich denke einfach, wir kämpfen nicht für uns alleine.« Sie lachte und Yashi freute sich mit. Aber dann sah Amy Yashi sehr direkt an und meinte: »Du sahst heute sehr unglücklich aus. Gants troyerik. Immer mal wieder in den letzten Wochen. Aber heute ganz besonders.«

Yashi überlegte kurz und meinte dann: »Weißt du was? Ich würde nach dieser Einstimmung so gerne einfach weiter den Sabbat feiern. Lass uns darüber sprechen, aber am Montag, ja?«

Amy lächelte sie an. »Gerne!« Zaria kam auf sie zugelaufen und

Amy fing sie in ihren Armen auf. »Zaria ist so eine Art kleine Wonder Woman.« Sie küsste sie auf beide Wangen. Zu Yashi sagte sie: »Durch sie spüre ich die Anwesenheit Gottes.«

Yashi meinte: »Ich lasse dich jetzt mal bei deiner Familie. Danke noch mal. Es war eine besondere Erfahrung. Das Gedicht vom Heimweh hat mich sehr berührt.«

»Shabbat Shalom, ernste Frau«, sagte Zaria und winkte ihr.

Sie lief bis zur 51. Station, fuhr sieben Haltestellen bis zur Spring Street und lief zu Fuß weiter. Ein Obdachloser lag in einem Schlafsack auf einer Pappe. Sie ging langsamer. Er schnarchte laut. Sie ging weiter. Unterwegs schrieb sie Zina eine Nachricht: »Soll ich etwas zu essen mitbringen?« Aber Zina antwortete nicht. Und sie war auch nicht zu Hause. Yashi streifte durch die Wohnung. Genoss den Blick. Fand nichts im Kühlschrank. Auf dem Tisch lag die Post. Sie sah sie im Vorbeigehen flüchtig durch und blieb dann doch hängen. Eine Postkarte aus Hawaii für Zina. *Ich weiß fast nichts über Zinas Bekannte und Freundinnen.* Ein Brief von einer Steuerberatung. Und dann lag da noch ein großer Umschlag von NY-Casas. Sie dachte sofort an eine Wohnung für sich. *Das wird doch für mich sein. Eine eigene Wohnung, ein Zimmer für mich könnten doch vielleicht genau das Zeichen sein, das ich gerade brauche!* Ein kurzes, kaltes Kribbeln im Rücken, aber sie dachte nicht mehr lange nach und öffnete vorsichtig den Umschlag. Der Haftklebe-Verschluss würde sich ja wieder schließen lassen. Es war kein Angebot, sondern eine Abrechnung mit einer Auflistung aller Angebote, die der Immobilienmakler Zina in den letzten drei Monaten gemacht hatte. Yashi zählte schnell und kam auf insgesamt 14 Wohnungen. Und fand dafür keine Erklärung. *Warum hat sie mir denn nichts davon gesagt?* Sie packte alles zurück und verschloss den Umschlag wieder. Sie war verwirrt, müde und hungrig.

Im ›Sweetgreen‹ fand sie einen Platz an einem kleinen Tisch und bestellte wie schon häufiger die »Ernteschale«. Fast alles hier war

»local« und »organic«. Wie Zina immer sagte: Mit Fairness konnte inzwischen richtig Geld gemacht werden. Sie aß langsam und kaute nachdenklich. Warum war denn alles so kompliziert? Sie stellte sich vor, wie Namya über die grünen Berge schaute. Und Nanda Luke, der hinter ihr stand und denselben Blick genoss und ein Buch schrieb. Zina, die Euphorische, die ihr nicht sagte, dass es Wohnungsangebote gab. Laetitia, die so loyal war, dass sie langsam blind wurde. Pavani, der sie nicht traute. Und Stella, die immer alles so perfekt für sie organisierte. Phumzile und Ecco im Café Mandelaplatz. Gender-Eliene mit ihrer krassen Frisur. Lucas und seine M&Ms. Berry, die lieber mit Heilpflanzen zusammen war als mit Menschen. Dayita. Ihre alten Eltern. Manjula, ihre ehemalige Haushälterin. Magil, die Gift getrunken hatte. Die Näherin Padma. Amy, die etwas gefunden hatte, dass ihr Halt gab. Wonder Woman, die einen Zauberschild hatte. Die kleine Zaria, die sie »ernste Frau« nannte. Kemia, die ihr raten würde: »Vertrau dem ewigen Timing.« Die Bloggerin Kirthi, frank und frei. Mahajana, die so schön war, so witzig und so ernst. Karuna, die nicht mehr mit ihr sprach. Bela, der Luftgitarre spielte. Sheila aus dem ›Timepass‹ und ihre Törtchen. Mattia Rossi, der in Genf weinte. Jason, der bald Vater wurde. Raja im Rollstuhl. Cheryl auf einem Pferd. Kiran, der sie verdächtigt hatte, ihm zu schaden. Kiran, der sie vermisste. Sie sein Gewissen nannte. Kiran, wie er sie umarmte. Und mittendrin sie selbst. Yashi Anne. Doktor Bhandari, Anwältin und Menschenrechtsreferentin. Yashilein. Zwischen Laetitia, der sie sich nicht fügen wollte, und Namya, deren Idee zu schön und zu weit weg war.

53

Der neue Monat begann gleich am ersten Tag mit einer guten Nachricht. Jason schrieb an die Familiengruppe: »Unser Liebling David ist zur Welt gekommen. 1. März. 5 Uhr. 3150 Gramm. 53 Zentimeter. Die glücklichen Eltern Cheryl und Jason.«

Yashi schrieb zurück und gratulierte: »Was für eine Freude! Gott segne David. Er ist geliebt. Ihr habt einen sehr schönen Namen gewählt.« Auf dem Weg zu ihrem nächsten Meeting schrieb sie außerdem kurz an Kiran: »Wir sind Großeltern.«

Lucas war in Genf. Amy war auf einer Tagung in Rom. Auch Yuki war nicht zu sehen. Aber Eliene war da und winkte ihr, als sie ins Büro kam. »Ich habe gerade eine amüsante Nachricht erhalten. Sherlock Benedict Cumberbatch unterstützt ja ›He-for-She‹. Jetzt hat er öffentlich verkündet, dass er nicht will, dass seine Fans sich ›Cumberbitches‹ nennen. Ha! Sherlock-Schlampen. Er protestiert dagegen, dass Frauen sich Luder, Zicke, Biest nennen, weil das den Feminismus zurückwerfen würde, und hat ihnen vorgeschlagen, sich doch ›Cumberpeople‹ zu nennen. Die Fans haben sich jetzt für ›Cumbercollective‹ entschieden.« Sie lachte laut und Yashi freute sich mit.

Eliene seufzte: »Ach, wunderbar. Ich werde mir heute Abend eine Folge Sherlock gönnen.«

Yashi musste juristische Texte verfassen – eine Aufgabe, die ihr schon im Studium eher schwergefallen war. Das Online-Wörterbuch war ihr ständiger Begleiter auf der Suche nach passenden Worten und besonders nach Zwischentönen und Nuancen. Die Leitprinzipien zu Wirtschaft und Menschenrechten mussten Gesetz werden. Außerdem hatte sich Jeffrey Huffins, UN-Vertreter für die internationale Allianz CIVICUS, angekündigt.

Sie hatte die neueste Studie der Organisation gelesen und schon der sprechende Titel »Jenseits unserer zwei Minuten« hatte ihr signalisiert, wo das Problem lag. Fast 4 000 nichtstaatliche Organisationen, CSOs, hatten an der Befragung teilgenommen und CIVICUS forderte mehr Aufmerksamkeit für die zivilgesellschaftlichen Organisationen. Sie spürte, dass große Namen von Personen oder Organisationen, Titel, Alter und Hautfarbe sie nicht mehr aus der Ruhe brachten. *Ich bin doch angekommen. Ich werde präsent sein, aufmerksam, sicher auch etwas angespannt, aber nicht mehr nervös oder gar ängstlich.*

Für einen Moment fühlte sie sich doch wieder am richtigen Platz. Überzeugt, dass sie etwas dazu beitragen konnte, die Situation der CSOs zu verbessern. Sie würde sich gerne dafür einsetzen, dass die zivilgesellschaftlichen Organisationen nicht weiter mit leeren Versprechen abgespeist würden.

Als Laetitia den Raum betrat, merkten Yashi und Eliene beide sofort, dass etwas nicht stimmte. Yashi sah es an Laetitias Gesicht, Eliene an Yashis Erschrecken. Ihre Vorgesetzte hatte offensichtlich geweint und war gleichzeitig in Rage. Sie kam näher und fragte: »Haben Sie einen Tee für mich?«

Yashi und Eliene warfen einander einen irritierten Blick zu, sprangen aber beide sofort auf. Yashi ging in die Küche. Als sie nach ein paar Minuten wiederkam, saßen die beiden Frauen am runden

Tisch. Sie stellte das Tablett ab, gab jeder einen vollen Becher und bot Zitrone, Milch und Zucker an. Laetitia bedankte sich.

Sie warteten ab, ob ihre Chefin sprechen wollte. Yashi sah sie genauer an und dachte an ihre allererste Begegnung hier im Haus zurück. Sie erinnerte sich, dass sie damals beeindruckt war von Laetitias Energie. Dass sie an Shonda Rhimes gedacht hatte. Eine schwarze, starke Schönheit. Jetzt sah sie kleiner aus. *Was ist denn bloß los?*

Laetitia sagte stockend: »Meine alte Mentorin. Mumbi. Mumbi Otieno. Sie ist Kenianerin. Hat ihr Leben lang für die UNHCR gearbeitet. Wie oft ist sie zwischen ihrer Heimatstadt Nairobi, dem Flüchtlingscamp in Dadaab und New York hin- und hergereist! Eine wirklich faszinierende Frau. Brillant!«

Yashi fragte sich, was wohl mit ihr passiert war. *War sie gestorben? Würde Laetitia ihnen das erzählen?*

Laetitia bebte, als sie weitererzählte: »Sie lebt hier, in einer Seniorenresidenz etwas außerhalb der Stadt. Ich besuche sie regelmäßig. Sooft mein Zeitplan es eben zulässt.«

Eliene warf Yashi einen kurzen Blick zu, der fragte: »Unsere Chefin hat private Termine?« Laetitia putzte sich die Nase, nahm einen Schluck Tee und sah sie beide an. »Sie beide kennen das. Ihre Haut ist auch nicht weiß. Wenn auch nicht so dunkel wie meine, nicht so dunkel wie die von Mumbi.« Sie biss sich auf die Lippen und erzählte dann weiter: »Ich komme heute in ihr Zimmer. Sie liegt in ihrem Bett. Eingenässt. Ungewaschen. Ja, sie hat übel gerochen.« Laetitia sprach stockend weiter: »Sie kennen sie ja nicht. Sie war immer eine Lady. Hochgewachsen. Hielt sich gerade. Trug fast immer traditionelle Kleider, beste Kitenge-Stoffe. Immer Ohrringe und Lippenstift.« Plötzlich schlug sie mit flacher Hand auf den Tisch. »Ich habe erst gar nicht verstanden, was los war mit ihr. Sie wirkte so hilflos. Und dann merkte ich, dass sie Angst hatte. Aber ich konnte mir gar nicht vorstellen, warum. Also suchte ich Hilfe.« Sie haute noch mal auf den Tisch. »Und dann steht da so eine weiße, blondierte Göre vor mir und sagt, sie dürfe in diesem Zimmer nichts tun. So ein verschrecktes Mäuschen, das nur tut, was ihm gesagt wird. Ich frage nach der Leitung. Nach irgendeiner Person, die mehr zu sagen hat. Und dann kommt als Nächstes ein junger Kerl, grinst mich frech an und meint, es sei grad niemand da, der Neger waschen würde.« Sie stieß einen schrillen Schrei aus. »Ha! Ich habe ihn angefahren und gefragt: ›*Seit wann* ist denn schon niemand mehr da?‹ Und er grinst mich nur weiter an und meint: ›Seit 'ner Woche oder so.‹ Ich bin nur noch ausgeflippt.« Yashi goss Tee nach. Laetitia holte tief Luft und nahm einen Schluck aus ihrer Tasse. Etwas ruhiger erzählte sie weiter: »Wissen Sie. Ihr Name ›Mumbi‹ bedeutet Mutter. Sie hat Tausenden Kindern die Nase und den Popo geputzt. Sie hat Tausende Geburten erlebt. Und Menschen sind in ihren Armen gestorben. Sie war wirklich eine Mutter. Und da wird sie am Ende ihres Lebens nicht gewaschen?!« Und wieder schlug sie auf den Tisch. »Und wenn ich mich selber so reden höre, denke ich: Na, und auch wenn sie das alles nicht getan hätte, hätte sie ja trotzdem ein Recht darauf, versorgt zu werden.« Laetitia schüttelte den Kopf über sich selbst. »Als müssten Schwarze es sich immer erst verdienen, würdevoll behandelt zu werden.« Sie trank ihren Becher leer und Yashi schenkte Tee nach. »Danke. Es tat gut, das zu erzählen.«

»Und jetzt?«, fragte Eliene, die ganz offensichtlich berührt und wütend war.

»Ich war beim Leiter der Residenz. Ein freundlicher Mensch. Er wusste von nichts. Aber ich glaube, er war erschüttert. Er hat sofort eine Pflegerin gerufen und ihr gesagt, sie solle Mumbi waschen und anziehen. Ich habe ihn gebeten, die Polizei zu benachrichtigen. Und er hat sofort telefoniert. Sein ganzes Verhalten hat mich beruhigt.« Sie knüllte das Taschentuch in ihrer Hand zusammen. »Tja. Das ist der tägliche Rassismus in diesem schönen Land.« Sie stand auf. »Arbeiten wir weiter. Es gibt noch so viel zu tun.« Und damit ging sie. Auf hohen Absätzen. Den Kopf wieder höher, aber langsam.

Sie sahen ihrer Chefin einen Moment lang hinterher. »Dass ich das noch erlebe«, sagte Eliene verwundert, »dass unsere Chefin, Doktor Laetitia Walker, sich *so* zeigt! Wie heißt es doch? ›Jamais diga nunca.‹ Sag niemals nie.« Sie umarmte Yashi spontan. Und die sagte gedankenverloren: »So privat. ›Misses Weitermachen‹ so persönlich.«

Und dann folgte sie einem Impuls, sprang auf und lief Laetitia hinterher. »Hey!«, rief sie und erreichte ihre Vorgesetzte auf dem Flur. Laetitia drehte sich um und die beiden Frauen standen sich gegenüber. Yashi sagte: »Sehen Sie? Es ist gar keine Schwäche, wenn wir uns verletzbar zeigen.« Laetitia sah sie abwartend an und die Worte sprudelten aus Yashi heraus: »Sich so zu zeigen mag sich schrecklich anfühlen, aber es ist doch keine Schwäche!« Sie zeigte mit ihrem ausgestreckten Arm und Zeigefinger Richtung Großraumbüro. »Sie waren da drin gerade stark.« Laetitias Mundwinkel zuckten. Yashi sprach weiter: »Und es gab eine Verbindung zwischen uns. Weil wir kennen, was sie uns von sich gezeigt haben.«

Laetitia erwiderte: »Arbeiten wir weiter. Uns wird nichts geschenkt.«

»Ich bin gerade Großmutter geworden«, erzählte Yashi noch und lachte.

Aber Laetitia zog nur eine Augenbraue hoch und meinte leise: »Sie haben sicher noch zu tun.« Damit drehte sie sich um, ging in ihr Büro und schloss die Tür hinter sich.

Yashi stand auf dem Gang, unsicher, wohin mit sich. Eliene kam ihr mit ihrer Teekanne und drei Teebechern entgegen. »Alles okay?«, fragte sie.

Yashi nickte nur. »Ja, ja. Danke fürs Abräumen.« Und dann ging sie wieder zurück an ihren Schreibtisch. *Sag niemals nie. Und sag, was du denkst.*

Am frühen Nachmittag fragte Eliene, ob sie mit ins »Mona« käme, und Yashi merkte, dass sie Hunger hatte. Sie gingen schweigend. Als sie am UNICEF-Gebäude vorbeikamen, sagte Eliene: »Bis zu meinem zehnten Lebensjahr wusste ich gar nicht, was Rassismus ist. In meinem Kiez in São Paulo sahen ja alle aus wie ich. Dass ich ein Mädchen war, *das* war das Problem. Ich war ›fofo‹, niedlich, hübsch und süß. Die Jungen haben mich nicht mitspielen lassen. Aber was meine Hautfarbe angeht, war meine Kindheit nicht kompliziert. Was sich natürlich sofort änderte, als ich hier ankam. Von einem Tag auf den anderen war meine dunkle Haut ein Problem. Ha!«

»In Indien passiert die rassistische Einteilung durch die Kasten. Aber eine dunklere Hautfarbe wird auch verachtet. Ich hatte Glück, weil ich recht hell bin wie mein Vater. Aber ich kam aus einer christlichen Familie und gehörte deshalb oft nicht dazu. Im Studium in England wurde ich dann öfter blöd angemacht. Meistens in so einem Pidgin-Englisch. Ein Kommilitone hat mich immer ›Reisfresserin‹ genannt oder ›Leisflesselin‹. Und es gab tatsächlich Leute, die Angst hatten, ich würde sie mit Aids anstecken.«

»Na, hier im ›Mona‹ sind wir auf jeden Fall nicht allein mit diesen Erfahrungen.«

Sie setzten sich an einen Zweier-Tisch. Yashi kaufte sich Mie-Nudeln mit Pak Choi und Avocado-Würfeln, außerdem frischen O-Saft für beide, Eliene wählte gebackenen Thunfisch und Edamame.

»Laetitia hatte einen schwachen, starken Moment«, sagte Yashi und schüttelte den Kopf.

»Wahrscheinlich bereut sie es jetzt schon wieder«, meinte Eliene.

»Egal. Das muss uns ja nicht beeindrucken. Wir können anders sein«, winkte sie ab.

Eliene streifte die Edamame-Bohnen mit den Zähnen heraus, warf die Schoten weg. Sie schwiegen eine Weile. Vor dem Restaurant liefen drei Frauen mit Kinderwagen vorbei. Sie redeten laut miteinander, gestikulierten und gingen dabei zielstrebig weiter. Eliene und Yashi sahen ihnen hinterher.

Yashi erzählte versonnen: »Ich hatte ein Lieblingscafé in Mettupalayam. So heißt die Stadt, in der meine Kanzlei war. Es nennt sich ›Timepass‹. Dort habe ich sogar manchmal Kaffee getrunken.

Ich, die Teetrinkerin. Und da habe ich auch meinen fünfzigsten Geburtstag gefeiert.«

»Hast du Heimweh?«

Yashi war selbst überrascht. Sie hielt sich die Hand vor den Mund und nickte. Eliene schob ihr den Teller mit dem Muffin zu. Yashi nahm ein Stück.

Eliene drückte kurz ihre Hand und meinte: »Du steckst in einem berühmten Konflikt, den wir auch hier bei den Vereinten Nationen haben.«

Yashi sah sie neugierig an. »Wie meinst du das?«

Eliene schob sich einen Streifen Kaugummi in den Mund und fuhr fort: »Kurz gesagt geht es darum, was wichtiger ist, das Individuum oder die Gemeinschaft? Die einzelne Person oder die Sippe, die Gruppe? Die nordamerikanischen und europäischen Länder stellen den Schutz des Individuums in den Mittelpunkt, die Länder des Südens die Sicherung der Grundbedürfnisse. Amerika und Europa verteidigen eher die persönliche Freiheit, Asien und Afrika sind stärker am Kollektiv ausgerichtet. Es ist wirklich ein Konflikt! Denn wir können ja zum Beispiel nicht sagen ›Folter ist schlimmer als Hunger‹. Und ich glaube, das ist auch dein Konflikt.«

»Folter oder Hunger?« Yashi musste plötzlich kichern und lachen und konnte sich kaum beruhigen, sodass Eliene irgendwann mitlachte.

»Schön, dich fröhlich zu sehen. Und wenn mein kleiner Vortrag dazu beitragen konnte, gerne.«

Sie prosteten sich zu und Yashi fragte: »Aber was mache ich jetzt? Ich verstehe, dass die UNO sich nicht entscheiden *darf*. Dass sie das Sowohl-als-auch aushalten muss. Aber ich? Will ich eine Familien-Inderin im freien Amerika sein?«

»Oder eine freiheitsliebende Inderin im familiären Indien?«, beendete Eliene den Gedanken und meinte: »Das weißt nur du. So weit ist es mit deiner persönlichen Freiheit schon gekommen.« Sie lachten sich an.

Yashi meinte gedankenverloren: »Wenn es ein Zeichen gäbe. Irgendeinen Impuls von außen, der mir sagt, wo ich hingehöre.«

Aber Eliene schüttelte heftig den Kopf und meinte noch mal: »Du musst auf deine eigene, innere Stimme hören.«

Sie gingen zurück ins Büro. An ihrem Schreibtisch angekommen, sah Yashi auf ihr Telefon und merkte überrascht, dass sie eine Menge neuer Nachrichten und Anrufe verpasst hatte. Sie las eine nach der anderen.

Lucas schrieb aus Genf: »Bin sehr begeistert von Darya Safai, der iranischen Menschenrechtsaktivistin. Auch sonst alles gut. Gesetz schon formuliert? Gruß, Lucas.«

Kemia schrieb: »Heute in der Times of India: ›Arme Frauen werden zur Verhütung gezwungen.‹ Bin so glücklich! Liebe Grüße, Deine Kemia.« Zu der Nachricht gehörte ein Foto von der Times-Titelseite. Yashi dachte an die Dalit-Frau, der ohne ihr Wissen eine Spirale eingeführt worden war. Hatte ihre Freundin es also geschafft, die Presse auf das Problem aufmerksam zu machen? Sie schrieb zurück: »Ich gratuliere! Und bin sehr stolz auf dich! In Liebe, Yashi.«

Zina schrieb: »Hatte beim Immo-Account bei NY-Casas eine falsche Mailadresse hinterlegt. Scusi! Bis später!« Yashi antwortete: »Hatte mich schon gewundert. Kein Problem. Bis später!«

Kiran und Berry hatten beide geschrieben: »Ruf doch bitte mal an.« Und von ihnen hatte sie auch jeweils zwei Anrufe verpasst. Das war während der ganzen Zeit in New York noch nie vorgekommen. Sofort zog das kalte Kribbeln ihren Rücken hoch. Irgendetwas musste passiert sein. Irgendwas mit Dayita? Oder mit ihren Eltern?

Sie nahm ihr Telefon mit auf den Gang. Fünfzehn Uhr am Nachmittag hier bedeutete, dass es in Indien halb eins in der Nacht war. Sie rief Kiran an und er war sofort da. »Kiran. Was ist passiert?«

»Yashi Anne. Wo bist du gerade?«

»Im Büro.«

»Ist jemand bei dir?«

»Tausend Leute. Ja, Eliene ist zum Beispiel hier. Kiran, jetzt sag schon, was los ist.«

»Dein Vater hatte einen Autounfall.«

»Nein. Ach, nein. Bitte nicht. Er sollte doch nicht mehr fahren. Wie geht es ihm?«

»Yashi Anne. Er ist tot. Dein Vater ist tot. Es tut mir so leid.«

»Nein. Bitte nicht. Nicht jetzt.« Ihr lauter Klagelaut sorgte dafür, dass Eliene sofort bei ihr war. Auch Yuki und Cathy kamen zu ihr auf den Gang. Cathy holte ihr einen Stuhl. Yuki ein Glas Wasser. Eliene nahm ihr das Telefon aus der Hand: »Hallo? Ja, hier ist Eliene, eine Kollegin von Yashi.« Kiran ließ sie wissen, was geschehen war. »Wir kümmern uns um sie. Sie meldet sich dann sicher später noch mal bei Ihnen.«

»Ja, vielen Dank.«

Eliene fragte die anderen: »Wie heißt denn noch mal diese Verwandte, bei der Yashi wohnt?«

Cathy meinte: »Guck doch in ihrem Telefon nach. Bei den Favoriten. Oder bei den letzten Anrufen.«

Eliene fand sie. »Ja. Tudo bem. Zina Bhandari. Das ist sie.« Sie rief die Nummer an. Zina sagte: »Yashi?«

»Nein, hier ist Eliene, eine Kollegin von Yashi.«

»Wo ist Yashi? Was ist los?«

Und jetzt informierte Eliene Zina über das, was passiert war. »Könnten Sie vielleicht herkommen und sie abholen?«

»Si. Ja, natürlich. Ich muss kurz was organisieren. Dann mach ich mich auf den Weg. Kochen Sie ihr schon mal Tee, bitte.«

Eliene versprach es.

Yashi hätte später nicht sagen können, wie sie eigentlich nach Hause gekommen war. Zina hatte sie abgeholt, sich bei ihr untergehakt, im Taxi ihre Hand gehalten und sie bis in ihre Wohnung geleitet. Wie eine Wache, ein Cherub, der sie schützte. Sie hatten nicht viel geredet. Yashi wollte nicht auf ihr Zimmer gehen, nicht alleine sein.

Und dann war es merkwürdig, jemanden auf ihrem Platz sitzen zu sehen. Zina erklärte ihr: »Das ist Nilam. Die Opernsängerin, für die ich gerade arbeite. Ich musste das schnell entscheiden. Und ich dachte, wir machen mit der Anprobe gleich hier weiter. Dann bist du nicht allein.«

»Ja, danke. Ich verstehe.« Yashi setzte sich auf den zweiten Sessel.

Nilam reichte ihr die Hand. »Es tut mir sehr leid, was passiert ist.«

»Ja, danke.«

Zina ging in die Küche. »Ich koch Kräutertee. Magst du den?« Sie las vor, was auf der Packung stand: »Kamille, Melisse, Johanniskraut, Lavendel.«

Yashi nickte nur und begann wieder leise zu weinen: »Ich hatte mir heute ein Zeichen gewünscht. Etwas von außen. Das mir hilft, zu entscheiden, wo ich hingehöre.« Zina reichte ihr einen Becher mit Tee und streichelte ihr behutsam über den Kopf. Von der Stirn zum Hinterkopf, immer wieder. Yashi schloss die Augen und ließ es sich gefallen.

Nilam fragte: »Wie alt war dein Vater denn?«

»81. Die Straßen in Indien sind eine Katastrophe. Neulich erst habe ich gelesen, dass jeder zehnte Verkehrstote indisch ist. Ach ja, ich lese ja so unglaublich viele Zahlen. Und plötzlich wird aus einer Statistik das wahre Leben. Besser gesagt: Auf einmal wird in echt gestorben.« Sie trank einen Schluck Tee und schrak hoch: »Ich muss telefonieren.«

Zina strich weiter über ihren Kopf. »Hey, hey. In Indien schlafen die gerade alle.«

»Die schlafen jetzt bestimmt nicht. Meine Amma. Die ist doch wach.«

»Aber wenn doch, solltest du die jetzt echt nicht wecken. Es ist mitten in der Nacht. Warte einfach noch ein paar Stunden.«

»Ich muss einen Flug nach Hause buchen.«

»Ich hole dir dein Notebook.« Zina brachte Yashi ihre Tasche und setzte sich im Lotussitz neben sie auf den Boden.

Yashi suchte. »27 Stunden, mit nur einem Stopp in Mumbai. Etwas kürzer mit Qatar über Doha. Oder – 20 Stunden, mit Zwischenhalt in Mumbai und Bangalore. Der Preis macht keinen Unterschied. Ich weiß ja noch nicht, wann die Trauerfeier sein wird. Ich muss auch damit noch warten. Ach, ich kann gar nichts tun.« Sie lehnte sich zurück und schloss wieder die Augen. Nilam sang ein leises Lied. Es war wunderschön. Yashi verstand nur »Ruchma« und »Allah«.

Zina flüsterte ihr zu: »Sie singt das ›Have mercy.‹ Erbarme dich. Aus der Matthäuspassion von Bach.«

Als sie wach wurde, wusste sie im ersten Moment nicht, wo sie war. Sie streckte sich, sah den Teebecher neben sich auf dem Tisch und alles fiel ihr wieder ein. Zina hatte ihr eine Wolldecke über die Beine gelegt. Sie sah auf ihr Telefon. Neun Uhr abends, dann war es halb sieben am Morgen bei ihren Lieben. Sie hörte Nilam und Zina im Flur miteinander sprechen. Hin und wieder war das vertraute helle Lachen von Zina zu hören.

Sie fühlte den Schmerz körperlich. In der Nähe des Herzens. Als wäre in einer Kammer ein großer, kalter Stein abgeladen worden. Außerdem stand die Tür zu dieser Herzkammer offen, sodass ein schneidender Wind durch den Raum fegte. Scharf wie eine Scherbe. Sie legte ihre Hand auf ihre Brust, steckte sich die Ohrhörer in die Ohren und suchte nach passender Musik, nach Trauer oder Tröstung. Jan Philipps sang: »I will not let you comfortless.« *Ich werde dich nicht ohne Trost lassen.* Aber sie konnte sich nicht vorstellen, dass diese Schwere und diese Schärfe jemals wieder weggehen würden. Sie würden sich einnisten in dieser Kammer und durch nichts vertreiben lassen. Und sie würde ab jetzt eben mit diesem Herzen leben müssen.

Ihr Telefon leuchtete. Kiran rief an. »Yashi Anne. Wo bist du? Wie geht es dir?«

»Ich bin zu Hause. Bei Zina. In meinem Sessel. Zina ist auch da. Aber sie arbeitet gerade. Eine Kundin ist bei ihr. Ich fühle mich hier gut aufgehoben.«

»Ach, das klingt gut. Das freut mich. Hast du schon mit deiner Mutter gesprochen? Oder mit Dayita? Oder Berry?«

»Nein. Ich rufe sie jetzt gleich an. Und du?«

»Gestern ganz lange mit Berry. Ich überlege, ob ich Jason anrufe.«

»Oh ja. Tu das, bitte. Sie haben jetzt 18 Uhr in Los Angeles. Das passt.«

»Da ist er gerade selber Vater geworden und sein Großvater stirbt.«

»Ja.« Es gab eine kleine Pause. Dann sprach Yashi weiter: »Ich bin nur traurig. Sobald ich weiß, wann genau die Trauerfeier ist, buche ich einen Flug.«

»Wir werden uns sehen. Das ist schön.«

»Der Grund ist aber nicht schön.« Es war wieder still zwischen ihnen. »Verzeih, das war schroff«, sagte Yashi, »wir sehen uns bald. Und ich freue mich auch darüber.«

Als es an der Tür klingelte, erschrak sie. Das Geräusch war laut und ungewohnt. Einen Moment später brachte Zina einen Stapel Kartons ins Zimmer. »Ich hab Essen bestellt. Es gibt Rote Linsensuppe und Nan. Und Kokosmilchreis mit Mango-Mousse.«

»Du hast indisches Essen bestellt? Ich danke dir.«

Yashi sprach mit ihrer Mutter, die das Telefon bald weiterreichte an Dayita, der es dann von Berry aus der Hand genommen wurde. Alle drei Frauen hatten ihre jeweils eigene Art, mit ihrer Traurigkeit umzugehen. Ihre Amma war tapfer und ihr Gottvertrauen machte sie stark. Dayita organisierte alles, telefonierte mit dem Pfarrer, der Chorleiterin und dem Kirchenvorstand und fragte kurz: »Die Trauerfeier könnte am Freitag um zehn Uhr stattfinden. Wäre das okay für dich? Ich weiß, es ist früh.«

»Ja, das schaffe ich.«

Berry sagte nur: »Amma, wir sehen uns.«

Yashi wäre gerne bei ihnen gewesen. Die Nähe, die die drei auch sonst so alltäglich und selbstverständlich miteinander teilten, kam ihr jetzt noch kostbarer vor. *Jetzt dort sein. Mit ihnen erzählen. Erinnern. Weinen. Bald. Bald schon.* Sie suchte nach der schnellsten Verbindung, buchte einen einfachen Flug, auch wenn es teurer war. Sie musste sich einfach offenhalten, wann sie zurückfliegen wollte. Morgen, am späten Mittwochabend, würde sie in New York losfliegen und am Freitagmorgen nach zwei Zwischenstopps, in Abu Dhabi und Mumbai, in Coimbatore landen. Wenn Kiran sie am Flughafen abholte, würde sie es schaffen, pünktlich da zu sein.

Sie schrieb eine Mail an Laetitia und bat darum, für einige Tage nach Indien reisen zu dürfen. Die Antwort kam schnell. Ihre Chefin sprach Yashi ihr Beileid aus, gab ein Okay für die Reise, mit der Maßgabe, vier Tage sollten wohl ausreichen. *Nur vier Tage. Mit oder ohne Flug? Das ist so wenig. Viel zu wenig.* Sie legte intuitiv die Hand auf ihr Herz. Laetitia war einmal kurz durch ihre Trauerkammer gelatscht. Laetitias letzter Satz war: »Wir können ja morgen im Büro kurz darüber sprechen.« Yashi konnte sich nicht vorstellen, morgen zur Arbeit zu gehen. *Als sei nichts passiert?* Sie schrieb an ihr Team und verteilte ein paar Aufgaben. Das meiste würde warten müssen. *Ich bin weg und komme wieder, wann ich will. Zumindest in den nächsten Tagen werde ich eine Familien-Inderin im familiären Indien sein.* Egal, was die UNO machte. Egal, was Laetitia sagte. Es gab Zeiten, da war es wichtig, selbst die Chefin zu sein, Chefin des eigenen Lebens. Amy schrieb kurz zurück: »Shalom, meine Liebe! Alles, alles Gute für dich.«

Sie genoss die Suppe. Das warme Nan. Das vertraute Essen tat ihrer Seele gut. Zinas friedliche Art war wohltuend und auch Nilams Anwesenheit. Wie sie von Beirut erzählte, von ihrer Familie, ihrem großen Bruder, ihrer Musik, ihren Reisen. Sie war wunderschön. Ihre dunklen, großen Augen strahlten Wärme und Verständnis aus.

»Hast du Heimweh, wenn du hier in Amerika bist?«

Nilam ließ ihren freundlichen Blick einen Moment lang auf ihr ruhen, bevor sie antwortete. Sie zeigte auf ihr Herz, ließ ihre Hand dort liegen. »Ich stelle es mir so vor, als sei mein Herz ein Haus mit zwei Wohnungen. Zwei Welten leben dort. Sie sind durchaus gute Nachbarinnen. Sie tauschen sich aus. Aber sie leben getrennt voneinander, jeweils ihre eigenen Leben. Sie sind mit verschiedenen Möbeln eingerichtet. Es wird jeweils anderes Essen gekocht. Sie beeinflussen sich wenig. Ich bin hier eine andere als dort. Kleide mich anders, spreche anders. Aber ich habe nur ein Herz, nicht wahr?«

Nilams Herz hat zwei Hälften. In meinem gibt es eine dunkle Kammer. Yashi lächelte sie an. »Ich verstehe gut, was du sagst und wie du es beschreibst.«

Zina meinte: »Ihr beide seid echt Frauen mit einem mega riesigen schönen Herzen! Also, wir sind jetzt hier fertig. Wenn`s okay ist, würd ich Nilam eben zu ihrem Hotel bringen.«

»Dann gute Nacht und vielleicht auf Wiedersehen. Ich gehe schlafen. Es reicht für heute.«

»Dormi bene! Möchtest du vielleicht ein Schlafmittel haben?«

»Nein danke. Aber du könntest dein Gutenachtlied anmachen.

Zina strahlte sie an und erklärte Nilam: »Abends spät hören wir ›Casta Diva‹, die Arie der Priesterin.«

Nilam nickte: »Eine sehr gute Wahl. Gott behüte dich, Yashi.«

54

Im Flugzeug hatte Yashi sich gefreut, dass der Platz neben ihr frei blieb, hatte auf Essen verzichtet, aber schnell hintereinander zwei Gin Tonic getrunken und war dann sofort eingeschlafen. In Abu Dhabi hatte sie kurz mit Laetitia telefoniert und ihr erklärt, dass ihre Familie jetzt Vorrang habe. Laetitia war zunächst streng gewesen, aber ihre mangelnde Anteilnahme hatte bei Yashi nur mehr Sturheit bewirkt. Sie hatte das kühle Kopfschütteln nicht sehen können, aber in jedem Wort gespürt. »Ich kann an den Wochenenden arbeiten, um mein Fehlen auszugleichen«, bot sie an, aber da hatte Laetitia mit einem Mal gesagt: »Kümmern Sie sich. Halten Sie mich bitte auf dem Laufenden. Und vertun Sie nicht unnötig Zeit.«

Kemia schrieb: »Ich werde es leider nicht schaffen, zur Trauerfeier zu kommen, aber ich umarme dich und segne dich.«

Eliene hatte auf ihre Mail geantwortet: »Sag mir, wenn ich hier im Büro irgendetwas für dich übernehmen kann. Ich habe im Moment viel Energie. Gerade saß auch noch Pavani weinend neben mir. Was für Zeiten! Und im Jemen ist ein Schulbus bombardiert worden. Du weißt ja: ›Das Private ist politisch!‹ Wie du dich um dich selber kümmerst, ist auch ein Statement. Sei stark! Com muito amor, Eliene.«

Sie war wach, also streunte sie über den Flughafen. Da waren sie alle: Burberrys feine britische Mode, Hugo Boss, Hermès, Armani. Es gab viel, sehr viel Kosmetik. Parfüm, Schmuck, Rolex-Uhren. Alkohol und Tabak. McDonalds natürlich. Die Coca-Kolonisierung der Welt. »Relay« war der einzige Laden, der sie einigermaßen interessierte. Sie ging an den Auslegetischen und Regalen mit Zeitschriften, Zeitungen und Büchern vorbei. Wunderte sich über die Menge von Kochbüchern. Die meisten Zeitungen hatten das Blutbad im Jemen auf der Titelseite. Einige zitierten die UNICEF-Chefin. Viele zeigten das Bild von einem kleinen Jungen mit blauem Schulranzen, der sich den verletzten Kopf hielt. Wieder andere brachten Zahlen vom Roten Kreuz: Mindestens 50 Menschen waren umgekommen, die meisten von ihnen Kinder. Weitere 80 wurden verletzt. Sie überlegte kurz, Dayita eine Frauenzeitschrift mitzubringen, ließ es dann aber. Sie kaufte sich einen Milchkaffee und eine Zimtbrezel, suchte sich einen Platz mit Blick auf die Rollbahn, holte Arundhatis Buch aus ihrer Tasche, konnte sich aber nicht konzentrieren. *Wo ist mein Platz? Wo kann ich am meisten bewirken? Am besten helfen? Und dabei ich sein?*

Sie suchte nach ihrem Notizbuch und einem Stift und schrieb eine einfache Frage auf: »Was ist wichtig?« Sie sah Menschen an sich vorbeieilen. In Jeans, Burka, Anzug und Sportkleidung. Und sie schrieb: »Freiheit. Fairness. Geld? Besser: ein Auskommen. Lob von Laetitia? Von Magil? Titel? Anerkennung? Einfluss. Die Kampagne. Papas Beerdigung. Ich. Anwältin sein. Das Recht.«

Die letzte Ansage vor der Landung in Coimbatore bereitete sie darauf vor, dass es jetzt um neun Uhr früh schon 31 Grad warm war, die Luftfeuchtigkeit 75 Prozent betrug und die Windstärke so gering war, dass sie wohl nicht gemessen werden konnte. Als sie aus dem Flugzeug stieg und die Luft einatmete, war sie kurz überwältigt. Es fühlte sich so gut an. Es war warm. Es roch nach Sonne und Kampfer. Es war Heimat. Es war perfekt. *Wie konnte ich hier nur jemals weggehen?* Sie straffte die Schultern. *Mein Leben. Meine Entscheidungen. Meine Fehler. Meine Lektionen.*

Weil sie nur mit Handgepäck und einem Diplomatenvisum reiste, war sie schnell. Und genoss es diesmal. Als sie Kiran in der Menge entdeckte, war sie plötzlich ganz aufgeregt. Wie frisch verliebt, jung und unerfahren. Sie hatten sich seit Monaten nicht gesehen. Sie umarmten sich und hielten sich eine Weile lang einfach nur fest. »Meine starke, schöne Frau. Es tut so gut, dich zu sehen, zu halten, zu riechen«, flüsterte er ihr ins Ohr, küsste sie auf die Wange und sah sie dann richtig an.

»Ich werde vielleicht den ganzen Tag lang weinen«, sagte Yashi und musste dabei aber ein bisschen lachen. Kiran wischte ihr die Tränen weg, mit beiden Daumen strich er über ihre Wangen und hielt ihr Gesicht zärtlich in seinen Händen. »Du bist da«, sagte Yashi, »und du duftest nach Tee.« Sie küssten sich, vorsichtig und langsam. Dann nahm Kiran ihre Tasche und ging vor in Richtung Parkplatz.

»Fahren wir. Wieso muss der Gottesdienst nur so früh sein?«

»So ist das eben. Der Trauertag beginnt schon am Morgen, weil Abschied und Wiedersehen Zeit brauchen. Es wird viel geredet und fast noch mehr gegessen.«

Die Kirche war voll. Ein junger Mann spielte eine klassische Melodie auf der Orgel, meditativ und leise. Yashi und Kiran suchten sich ihren Platz in der zweiten Reihe. Es gab Umarmungen, Blicke, Hände wurden gedrückt. Und dann begann die Feier zum Abschied von Jonathan Eapen. Arzt und Missionar, Ehemann, Vater, Schwiegervater, Großvater, seit kurzem Urgroßvater, ein Bruder und Freund. Ein Vorbild. Eine moralische Autorität. Ein Dickkopf. Ein Thomaschrist geblieben, auch hier in der anglikanischen Gemeinde. Der Pfarrer wirkte selbst auch betroffen.

Sie sah sich immer mal wieder um. Wie zu Weihnachten in der St.-Patricks-Kathedrale, als sie auch Ausschau gehalten hatte nach Jason. Er war damals nicht gekommen und er kam auch heute nicht.

Er hat seinen Großvater angerufen, als er damals Kanzleimitglied geworden war. Hätte er nicht zu seiner Beerdigung kommen können? Sie war enttäuscht. Hielt Kirans Hand. Die Gemeinde sang. Yashi schaffte es nicht, mitzusingen. Die Stimme brach ihr weg. Sie hörte den klaren Sopran ihrer Mutter in der Reihe vor ihnen und bewunderte sie. Wie sooft. Der Pfarrer betete und Yashi versuchte, die Worte zu ihren zu machen:

»Wir beten, dass die guten Erinnerungen stark bleiben. Dass die Liebe, die wir erlebt haben,
uns und Jonathan hält.
Dass die Geschichten unseres gemeinsamen Lebens
uns im Vermissen beschützen.
Wir wissen uns gesegnet von seinem Leben.
Von seiner Liebe.
Wir wissen uns gesegnet durch unseren Teil,
den wir von seinem Leben weiterführen. Amen.«

Welchen Teil lebe ich weiter? Sein Gottvertrauen. Seine tiefe Überzeugung der Gleichwürdigkeit aller. Sein Engagement für Menschen. Seine Liebe zu unserer Familie. Rechts von sich spürte sie Kiran, links von sich Berry. Nähe. Wärme. Vertrautheit. Sie sah ihre Tochter an. »Hast du ein Taschentuch für mich?«, flüsterte die. Yashi gab ihr eins. Als sie ein kleines Mädchen war, hatte sie ihre Handtasche immer »Zaubertasche« genannt, weil sie Schätze in sich trug: Pflaster, Traubenzucker, Kaugummi, Streichhölzer, Stifte, Geld. Und immer Taschentücher. *Es ist gerade ein bisschen wie früher.*

Der Chor sang: »We will be fed on finest wheat and sweet honey from the rock.«

Wir werden satt. Es gibt feinsten Weizen und süßen Honig. Niemand wird mehr hungern. Unsere Namen sind in Gottes Hand geschrieben. – Das klingt so wunderbar. Diese biblischen Sätze. Diese üppigen Bilder. Immer schöner als die Wirklichkeit. So wunderschön, wie es noch nicht ist. So tröstlich. Yashis Augen wanderten. Sie guckte in die Reihen links von sich, weiter zum Seitenschiff und hätte fast laut gesagt: »Was will die denn hier?« Sie verschluckte sich. Kiran nahm ihre Hand. Yashi schielte noch einmal nach links. Da saß Pavani. Sie hatte eine Dupatta über dem Kopf und versteckte sich darunter, aber Yashi erkannte sie. Ihr Gesicht war verquollen, im Schoß knetete sie sich die Hände und ein Taschentuch. *Wo habe ich denn gerade noch gelesen, dass auch Pavani weint? Und was bedeutet es denn bloß, dass sie hier ist?*

Der Pfarrer erzählte aus Jonathans Leben. 81 Jahre im Dienst der Medizin, der Ärmsten der Armen und der Kirche. Er sprach Dorothy direkt an und auch sie, die Kinder und Enkelkinder. »Es gibt einen Ort für unsere Toten. Das Leben verlischt nicht einfach.« Er legte seine Hände vor der Brust zusammen und verneigte sich leicht: »Sie alle haben schon lange sein Erbe angenommen. Sie sind entweder selbst Medizinerinnen, wie auch Ihre Mutter. Oder engagiert für mehr Gerechtigkeit. Oder, und das hat unseren Jonathan in den letzten Wochen besonders gefreut, erforschen die Geschichte des Thomaschristentums.«

Alle sahen kurz zu Nanda Luke und schmunzelten. *Ich glaube, das ist das erste Mal, dass Nanda im Gottesdienst ein Kompliment bekommt.* Yashi freute sich sehr und Namya neben ihm strahlte über das ganze Gesicht. *Gut sieht sie aus. Und um Jahre jünger.*

Der Pfarrer begann mit den Vorbereitungen zum Abendmahl, der goldene Kelch und eine Oblate wurden zum Himmel gehoben, einige Kinder brachten Schalen mit Blumen und Kerzen nach vorne und dann gingen sie alle nacheinander zum Altar. Der Chor sang »Heilig, heilig, heilig!« auf Tamil. Yashis Blick verschwamm. Sie ließ sich die Oblate geben, sagte: »Amen«, und ging zurück zu ihrem Platz. Aber sie konnte die Oblate nicht in den Mund nehmen, nicht kauen, nicht schlucken. Sie hielt sie fest in ihrer Hand. Und drückte die Faust auf ihre Brust. Sie saß da und stellte sich vor, die Oblate finde einen Weg zu ihrem Herzen, bis in die dunkle Herzkammer. Stellte sich vor, sie sei ein kleines Kissen, auf das sie ihren

Kopf legen würde. Ein Kissen zum Schlafen. Sie sah Pavani, wie sie nach vorne ging. Sie musste zur Familie gehören. Aber das konnte nicht sein. War sie eine Bekannte aus dem Krankenhaus? Aus der Kirche? Die Gemeinde sang das Schlusslied und diesmal sang Yashi bei ein paar Zeilen mit. Die Deckenpropeller surrten über ihnen. Trotzdem war es sehr warm. Es fühlte sich so gut an. Sie sah auf ihre Schuhe, die staubig waren, obwohl sie erst wenige Meter gegangen war. Die Lilien dufteten stark. Und es roch auch ein bisschen nach Schweiß. Sie weinte. Natürlich dachten alle, sie würde wegen ihres Vaters weinen. Und das stimmte auch. Aber sie war außerdem so selig, hier zu sein. Der Segen wurde gesprochen und dann folgten alle dem Sarg. Indien kannte kaum Friedhöfe, nur ein paar muslimische oder christliche Begräbnisplätze. Im Hinduismus wurden die Leichen verbrannt. Nach einer kleinen Zeremonie am Grab gingen alle wieder zurück in die Kirche. Einige Frauen hatten Tische mit Essen und Getränken aufgebaut.

Yashi liebte es, von ihrer Schwester im Arm gehalten zu werden und sie dann ihrerseits zu halten. Berry zu sehen. Bekannte, Nachbarschaft, Verwandte zu begrüßen. Und die ganze Zeit Kiran über neben sich zu wissen. Sie sah sich um und diesmal begegnete sie Pavanis Blick. Sie guckten beide nicht weg. »Entschuldigt mich für einen Moment«, sagte Yashi.

Pavani stand da mit verschränkten Armen. Sie schien ihrerseits überhaupt nicht überrascht, Yashi zu sehen. Natürlich nicht. Sie musste es gewusst haben, ihre Familie war hier sehr bekannt, es war eine Eapen-Beerdigung. Nur sie, Yashi, war überrascht. Irritiert und vor den Kopf gestoßen traf es wohl besser. »Pavani. Was machen Sie hier?«

»Nennen Sie mich Miss Nadar.«

»Hören Sie doch auf. Ich sehe, dass Sie traurig sind.

»Wir sind ja auch bei einer Trauerfeier.«

»Was für eine Beziehung hatten Sie denn zu meinem Vater?«

»Sie haben Ihren Vater nicht gekannt. Nicht alles von ihm.« Yashi musterte sie. Pavani nahm den Schal von ihrem Kopf. Aber selbst hier, weit weg von Weißen, für die schnell alle Inderinnen gleich aussahen, konnte Yashi nicht entdecken, dass sie sich tatsächlich ähnlich sähen. Pavani hatte zwar die gleiche helle Haut wie sie, anders als Dayita und Nanda Luke, die so dunkel wie ihre Mutter waren, aber sie sah sich nicht wieder in ihren Gesichtszügen. »Wer sind Sie?«

»Ihre Halbschwester.«

Yashi sah sie mit offenem Mund an. »Halbschwester«, wiederholte sie nur.

»Meine Mutter war Krankenschwester an Ihrem schönen Krankenhaus.«

»Ist sie auch hier?«

»Kein Grund zur Aufregung. Sie ist tot. Und ich habe auch nicht vor, hier eine Szene zu machen und Ihre Mutter irgendwie bloßzustellen.«

»Halbschwester«, wiederholte Yashi noch einmal.

»Ja. Ich bin davon ausgegangen, dass Sie nichts von mir wissen. Aber ich wusste von Ihnen. Und Ihren Geschwistern. Solange ich denken kann. Als ich Sie sah, damals, an Ihrem ersten Tag in New York, habe ich es sofort gewusst. Geschwister gehen wohl oft ähnliche Wege.«

»Und Sie haben Ihre Wut an mir ausgelassen. Ist es nicht so?«

Pavani hob das Kinn. Ihr Gesicht zeigte ihren inneren Kampf. Sie war traurig und sie war wütend. Sie gab nur ein »Pfff!« von sich.

Aber Yashi ließ nicht locker. »Warum? Ich habe Ihnen doch nichts getan.«

Pavani sagte nüchtern: »Ich war immer die sogenannte uneheliche Tochter. Die nicht den großen Namen ›Eapen‹ trug. Nicht auf die gute Missionsschule ging. Nicht zum Studium. Nicht ins Ausland. Die nur Krankenschwester wurde. Die keinen Vater hatte.« Sie streckte die Schultern. »Aber ich bin meinen Weg gegangen. Aus eigener Kraft. Sie haben davon überhaupt keine Ahnung.«

Yashi rang ebenfalls mit sich. *Ich kann es nicht glauben. Ich will es nicht glauben.* Sie sah Pavani aufmerksam an und war bestürzt, empfand große Unruhe und auf einmal auch so etwas wie Mitleid. »Ich würde Sie wirklich gerne zur Nachfeier einladen.«

Pavani merkte auf und fragte spitz: »Ach ja?«

»Ich glaube aber, ich kann das nicht. Ich kann Sie an einem Tag wie heute unmöglich als Halbschwester vorstellen. Das wäre nicht fair. Meiner Mutter gegenüber. Und außerdem ist mein Mann da. Sie wissen ja von O'Clock und dem Streik.« Pavani zuckte müde mit den Schultern. Und Yashi meinte: »Aber ich denke schon, dass wir uns irgendwann kennenlernen sollten.« Pavani sah sie fragend an und begann zu zittern. Ihr Kinn bebte und ihre Schultern. *Sie will einfach dazugehören.* Yashi gab sich einen Ruck: »Denken Sie, Sie könnten mitkommen und einfach meine Kollegin sein? Die, sagen wir, gerade in der Stadt war und sich nach einem tamilischen Gottesdienst sehnte?« *Ich glaube, weiter entgegenkommen kann ich dir nicht. Ich muss über diese Neuigkeiten, diese Behauptung, erst in Ruhe nachdenken. Heute ist mir das alles zu viel.*

Wieder rang Pavani mit sich. »Ich weiß, dass Sie sich als großzügig empfinden. Und wahrscheinlich ist Ihr Angebot das auch. Aber er ist tot. Und damit ist für mich das Lügen vorbei. Es tut mir leid.« Und damit lief sie den Kirchengang entlang und verschwand.

»Wer war das denn?«, fragte Kiran, als sie zurückkam.

»Nicht so wichtig.« *Ach, wie schrecklich. Das ist ihr ganzes Dilemma. Sie war einfach ihr Leben lang schon ›nicht so wichtig‹. Nicht so wie seine anderen Kinder. Und ich bin nicht großzügig, ich bin feige. Oder vernünftig.* Ein Blick zu ihrer Mutter sagte ihr, warum sie so gehandelt hatte. An Kiran gewandt, sagte sie: »Ich erzähle es dir später. Jetzt muss ich erst einmal etwas essen. Sonst kippe ich um.«

Sie ließ sich eine große Portion Biryani geben. Ihr Vater hatte ein viertes Kind. Eine absurde Vorstellung. Das konnte doch gar nicht stimmen. Ihr Vater war tot. Sie konnte ihn nicht mehr danach fragen. Hatte sie eine zweite Schwester? Gehörte die blöde Pavani

Nadar vielleicht zur Familie? Sie wollte jetzt nicht darüber nachdenken.

Etwas zu essen tat ihr gut. So umgeben zu sein von ihrer Familie. Berry schlang die Arme um sie. »Mit wem soll ich denn jetzt Federball spielen?« Irgendwann löste sie sich aus der Umarmung: »Ich hole uns Tee.«

Viele kamen, um sie zu begrüßen. Der Pfarrer. Eine Nachbarin, die oft bei ihnen gewesen war, als Yashi klein war und ihre Eltern nicht zu Hause. Leute, die sie nicht kannte oder wiedererkannte, fragten, wie es ihr in New York gehe. In der großen Stadt. In der Weltstadt! Innerlich schüttelte Yashi den Kopf. Die größten Städte der Welt waren ja Tokio, Delhi, Shanghai, Mumbai, São Paulo. Unter den ersten fünf war Indien also gleich zweimal vertreten. New York war nur Nummer zehn. Ob das Höflichkeit war? Schüchternheit, Einfluss der Medien, Bewunderung für Amerika? Sie hörte sich selbst immer wieder die gleichen Antworten geben, die gleichen Sätze. »Ich war 26 Stunden unterwegs. Ja, die Stadt ist beeindruckend. Ja, sehr multikulturell. Ja, bei der UNO zu arbeiten fühlt sich besonders an. Ja, ohne die UNO sähe die Welt noch weit schlimmer aus.«

Die meisten, die mit ihr sprachen, kamen dann irgendwann auf ihren Vater zu sprechen. Und auch hier wiederholte sie immer wieder die gleichen Sätze: »Ja, meine Amma ist stark. Ja, die indischen Straßen sind gefährlich. Ja, die Trauerfeier hätte ihm gefallen. Ja, es ist schade, dass er seinen Urenkel nicht mehr kennengelernt hat.«

Dayita kam auf sie zu. »Na? Meinst du, wir können uns allmählich zurückziehen? Mir reicht es jedenfalls. Gönnen wir uns eine Pause.«

Am Abend traf sich die Familie in ihrem Elternhaus. An dem Platz, an dem ihr Vater immer gesessen hatte, stand ein großes Foto von ihm, so wollte es die Tradition. Es wurde gekocht. Sein Lieblingsessen, auch das war Tradition. Scharf angebratener Reis mit Tomaten, Chilis, Knoblauch und Auberginen. Zum Nachtisch gab es Mangos. Frisch und reif. *Zu Hause schmecken sie einfach am besten.* Sie erzählten Geschichten von früher und lachten sogar. Berry zog sich irgendwann als Erste zurück. Dorothy sagte: »Ich werde Berry vielleicht fragen, ob sie hier einziehen möchte. Das Haus ist zu groß für mich alleine.« Sie erntete zustimmendes Nicken.

Dayita sagte: »Das ist wirklich eine gute Idee, Amma!«

Dorothy erzählte: »Hindus nennen Frauen ja manchmal ›Ardhangini‹, halber Körper des Ehemannes. Wenn er stirbt, sterben sie eigentlich auch. Daher wurden sie früher oft gleich mitverbrannt. Oder sie haben sich bei der Einäscherung selber mit in die Flammen gestürzt. Weil ihr Leben sowieso vorbei war. Diesen Brauch gibt es gelegentlich noch heute.«

»Wahrscheinlich gab es dafür ökonomische Gründe«, meinte John.

Und Yashi stimmte ihm zu: »Ja, es ging sicher um Geld. Eine Witwe weniger, das war eine Person weniger, die mitisst, Kleidung braucht, ein Bett und Platz.«

Nanda Luke meinte: »Amma. Du warst nie nur die eine Hälfte unseres Vaters.«

Dorothy erzählte: »Auch unser alter Missionsdirektor nannte seine Frau immer ›meine bessere Hälfte‹.« Sie schüttelte den Kopf. »Nein, wir waren beide selbstständig und dabei aber ganz eng verbunden.« Sie schwiegen zusammen. Bis Dorothy aufstand und den Tisch abräumte. »Es tut gut, an solchen Tagen etwas zu tun zu haben. Auch, um müde zu werden und schlafen zu können.« Sie spülte und wollte keine Hilfe, hörte aber zu, was am Tisch erzählt wurde.

Nanda Luke zeigte ihnen einen Cover-Entwurf für sein Buch »Nasrani«. Namya reagierte entrüstet als Erste: »Das habe ja selbst ich noch nicht gesehen! Seit wann hast du das? Das sind schöne Farben. Was ist das für ein Symbol? Es kommt mir bekannt vor.«

»Natürlich kennst du das! Das ist ein Thomaskreuz. Oder auch ›Nasrani Menorah‹ genannt. Ein Kleeblattkreuz.« An den Enden zeigte das alte Symbol des Thomaschristentums eine dreiblättrige Verzierung. Eine weiße Taube saß auf der Spitze. Unten war ein Lotus. Nanda Luke erklärte: »Einige meinen, es gehe zurück auf die jüdische Menora, den siebenarmigen Leuchter. Andere sagen, das Kreuz ohne leidenden Jesus bedeute Hoffnung, Lebensfreude und Auferweckung.«

»In der Kirche meiner Kindheit gab es so ein Kreuz vorne im großen Glasfenster der Kirche. Was denkst du? Welche Deutung ist die richtige?«, wollte Kiran wissen.

»Beides könnte stimmen. Beides ist schön.« Nanda Luke grinste.

Dayita fragte: »Und ist denn der Apostel Thomas nun nach Indien gekommen? Wir haben es ja so gelernt. Stimmt es denn nun?«

»Tja. Meine Lieblingsfrage.« Er lachte. »Normalerweise sage ich nur: ›Woher soll ich das denn wissen?‹« Er sah Dayita direkt an: »Trauen wir einem römischen Juden des ersten Jahrhunderts so eine Reise zu? Wie wir diese Frage beantworten, hat auch immer damit zu tun, was wir uns selbst zutrauen, hm?« Er lachte sie alle an und erzählte begeistert weiter: »In Cochin gab es in dieser Zeit schon eine jüdische Gemeinde. Die Thomasakten wurden im frühen dritten Jahrhundert verfasst. Wie auch immer – die Geschichte ist bunt und turbulent. Es gab viele Einschüchterungsversuche, Trennungen, aber die Kirche ist bis heute lebendig und sehr aktiv.«

»Die Thomaschristen wurden doch auch ›Nasrani‹ genannt«, bemerkte Kiran.

»Ja, genau. Nasrani – wie die Heimatstadt von Jesus, Nazareth. Aber unsere Regierung nennt sie ›Syrische Christen‹. Was oft für Verwirrung sorgt. Weil es nicht um eine Herkunft oder Nähe zu Syrien geht, sondern um die Nähe zur syrisch-orthodoxen Kirche, zur Ostkirche.« Er räkelte sich. »Viele Thomaschristen sind damals irgendwann im Pfefferhandel reich geworden. Kerala war ja der Umschlagort zwischen Osten und Westen für Gewürze. Sie besaßen Land und Einfluss und einige Privilegien. Die Kirchen wurden gebaut wie Hindu-Tempel. Äußerlich manchmal kaum zu unterscheiden. Innen allerdings spiegeln sie ganz treu ostsyrische Architektur und Theologie wider. Und bis heute sind sie eine Minderheit, die ihre eigenen Symbole, Festtage und Überzeugungen nicht aufgibt.«

»Wie bist du denn überhaupt auf die Idee gekommen, ein Buch darüber zu schreiben? Ich hatte dich bisher nie für einen Schriftsteller gehalten«, fragte Yashi.

»Verrückt, hm?« Nanda Lukes gute Laune steckte die anderen an. »Aus Langeweile? Weil ich Heimweh hatte? Weil ich unseren Vater besser verstehen wollte? Von allem etwas. Ich lag am Strand. Auf den Pfingstsonntagsinseln vor der Ostküste von Australien und fragte mich, was als Nächstes kommen sollte. Da kam mir die Idee. Ich bin direkt am nächsten Tag weiter nach Brisbane gereist, habe mir ein kleines Zimmer mit schnellem WLAN gemietet und angefangen zu recherchieren. Ich habe im Hafen gejobbt und in jeder freien Minute geforscht. Es war großartig. Eine Exfreundin hat mir geholfen.« Er sah kurz entschuldigend zu Namya, für die diese Information offenbar nicht neu war. *Sie sind echt ein Paar! Verrückt.* »Diese Freundin, die jetzt in Melbourne lebt, hat mir geholfen, einen Verlag zu finden. Der wird es in Australien, Kanada und den USA veröffentlichen, wo viele Thomaschristen leben.«

»Und was ist mit Indien?«

»Das wird sich noch zeigen. Ich hätte große Lust, selber eine Lesereise durch Indien zu organisieren. Und die Bücher dabei auch selbst zu verkaufen. Mal sehen.«

Dorothy kam zu ihnen zurück. Sie nahm das gerahmte Foto in die Hand und ihr kamen noch mal die Tränen. »Ich bin so wütend auf ihn. So unglaublich wütend. Er konnte ja so stur sein. So eigensinnig. Wollte unbedingt Auto fahren. Und immer noch arbeiten. Und jetzt lässt er mich einfach allein. Der alte Dickkopf.« Dayita nahm ihre Mutter in den Arm.

Nanda Luke meinte: »Ja. Ein bornierter Starrkopf konnte er sein.«

»Die schöne Seite der Sturheit ist die Treue«, sagte Dayita.

Yashi schluckte. Sie dachte an Pavani. Es war ihrem Vater so schwergefallen, andere Positionen als die eigenen zu tolerieren. Er war so rechthaberisch. Wie er selber wohl mit seinem Fehler umgegangen war?

Dorothy sah in die Runde. »Er wusste ja, dass uns nichts vollkommen gelingt. Die Mission nicht. Die Heilung nicht. Die Erziehung auch nicht. Er hat auch manches Mal gemeint, er sei als Ehemann nicht perfekt. ›Flickwerk‹, hat er immer gesagt.« Sie ahmte seinen Tonfall nach: »›Pah. Alles ist Flickwerk!‹« Alle schmunzelten. Dorothy sprach weiter: »Und wenn ich an diesen Tag denke, meine ich: Ein schönes Flickwerk ist ihm geglückt. Oder?« Sie nickten alle. Da lächelte Dorothy verschmitzt: »Und? Was hätte er jetzt gesagt? Am Ende so eines Tages? Zum Abschluss so eines Abends? Im Kreis der Familie?« Da lachten sie wieder alle und sagten im Chor: »Wie schrieben noch unsere großen Zeitungen? Damals im Februar 1973?« Und sie erzählten sich wieder einmal, wie Kurt Waldheim Indien besucht hatte.

Die Fünfjährige ist mittlerweile fünfzig. Yashi sah in die Runde. Der wichtigste Satz der Geschichte wurde zitiert: »Die UNO macht, dass alle mitspielen dürfen.« Sie sprach ihn mit lauter Stimme mit.

Das Schlafsofa im Gästezimmer wurde nicht oft benutzt. Sobald Yashi und Kiran sich hingelegt hatten, rollten sie beide zur Mitte. Sie lagen sich gegenüber und sahen sich lange nur an. »Wie geht es dir, Yashi Anne?«

»Es ist viel. Plötzlich hier zu sein. Dich zu sehen. Dass mein Vater nicht mehr lebt. Das habe ich wohl noch überhaupt nicht richtig verstanden. Meine Amma. Alle wiederzusehen und Jason mal wieder zu vermissen. Namya und Nanda Luke als Paar zu sehen. Und zu Hause mein Schreibtisch und mein Mailpostfach. Leitprinzipien, die Gesetze werden müssen.«

»Zu Hause?«

»Das andere Zuhause«, erklärte Yashi. Und dann erzählte sie Kiran von Pavani. Dass es wohl noch ein viertes Kind gab. Eine andere Frau. Von Pavanis Racheaktion erzählte sie nichts.

»Dein Vater hatte ein Verhältnis mit einer anderen Frau? Und ein Kind mit ihr? Das kann ich mir nicht vorstellen.«

»Ein Verhältnis? Eine zweite Liebe? Keine Ahnung, was sie füreinander waren. Aber ich habe angeblich eine Halbschwester. Was für ein bescheuertes Wort!«

»Und jetzt? Ich meine, glaubst du das wirklich?«

Yashi sah ihn an. »Ich weiß es nicht. Irgendwie ist es auch gerade nicht so wichtig. Oder ich bin abgehärtet. Schließlich ist die Welt voller Skandale.« Sie gab ihm einen schnellen Kuss und meinte etwas verlegen: »Gucken wir doch erst mal, wer ich eigentlich für dich bin. Und welches Verhältnis wir beide zueinander haben.« Sie legte ihre Hände auf seinen Oberkörper. Kiran zog sie näher zu sich. »Bist du denn nicht zu traurig, um Sex zu haben?

»Keinen Sex zu haben ist traurig.«

»Und könntest du dich dann vielleicht ein bisschen nackt machen?«

»Ein bisschen nackt gibt es aber nicht«, flüsterte Yashi und zog ihr Shirt über den Kopf. Sein Blick auf ihre Brüste gefiel ihr. Er sah so sehnsüchtig und verletzlich aus in diesem Moment, dass Yashi nur noch näher zu ihm wollte. *Er will mich!* Seine Hände waren warm auf ihrer Haut. Seine Lippen küssten ihren Mund. Seine Zungenspitze fand ihre. Sie spielten miteinander. Er wanderte weiter. Küsste ihren Hals. Er blieb in der kleinen Kuhle zwischen Hals und Schulterbein. Lag jetzt beinahe ganz auf ihr. Seine Hände streichelten sie überall und sie sahen sich die ganze Zeit über in die Augen. Sein Daumen flirtete mit ihr. Sie stöhnte, lehnte sich ihm entgegen und zog seinen Mund zu ihrem. Seine Bewegungen waren schnell. Zu schnell für sie. Sie hielt ihn fest, drehte sich mit ihm um und genoss es, auf ihm zu sitzen und jetzt das Tempo vorzugeben. »Wie schön du bist!« Seine Fingerspitzen flirteten weiter und fanden Stellen, die auf ihn reagierten. Sie bewegte ihr Becken, erst langsam, dann immer schneller. Er griff nach dem Kissen neben sich und drückte es sich vor den Mund. Sie warf ihren Kopf in den Nacken, bebte und ließ sich dann außer Atem auf seine Brust fallen. Er legte die Arme um sie und hielt sie fest. »Das ist ja so gut«, sagte Kiran leise. Irgendwann lösten sie sich voneinander, legten sich beide auf die rechte Seite und Kiran legte von hinten den Arm um sie.

Yashi sagte: »Alles passiert gleichzeitig. David ist geboren, mein Vater gestorben.«

»Und wir haben uns nicht verloren.«

»Es ist so warm hier«, seufzte Yashi.

»Soll ich die Tür öffnen?«

»Nein, nein. Es ist so wunderbar, mal nicht zu frieren.«

Am Morgen suchte Yashi ihr Schlafshirt, zog es über und lächelte bei der Erinnerung daran, wie sie es gestern ausgezogen hatte. Dorothy saß im Wohnzimmer, vor sich eine Kanne, in ihren Händen eine große Tasse. Yashi setzte sich neben sie. »Na, mein Liebling. Hol dir auch eine Tasse.«

»Lass mich aus deiner trinken«, bat Yashi und nahm einen großen Schluck. »Lecker. Du trinkst ihn genau wie ich. Etwas Zitrone, etwas Zucker.«

»Unbedingt brauner Zucker.«

Yashi betrachtete ihre Mutter. Sie trug einen weißen, einfachen Sari mit nur ein paar wenigen gestickten Silberblumen auf dem Stoff verteilt. Sie sah gut aus. Ihre Haare waren schon seit Jahren weiß und kurz geschnitten, ein schöner Kontrast zu ihrer dunklen Haut. Sie war dünn, ihr Leben lang dünn gewesen. Ihr Gesicht zeigte viele Falten, vielleicht sogar besonders viele, und ließen ihr Gesicht so lebendig wirken. Sie trug ihren Ehering und weiße kleine Perlenohrringe. Yashi hatte nie anderen Schmuck an ihr gesehen. Sie dachte an Pavani und deren Mutter, die andere Frau. Und wusste in diesem Moment, dass sie ihrer Mutter nichts davon erzählen würde. Heute auf keinen Fall. Vielleicht auch nie.

»Wie geht es dir, Amma?«, fragte Yashi.

Dorothy lehnte sich zurück. »Dein Vater hat immer viel gearbeitet. Die Medizin, die Mission, das war sein Leben. Er war darin so unbeirrbar. Ich war diejenige, die von Zeit zu Zeit aus allem herausfiel. ›Herausfallen‹, ja, so fühlt es sich an. Und ich fiel dann auch praktisch aus. Oft, wenn jemand starb, zu jung starb. Wenn ein Kind starb. Er konnte mich dann stundenlang im Arm wiegen, mir liebe kleine Sätze sagen. Er war dann für mich da. Hat mich in allem vertreten. So lange, bis ich zurückkehrte. Bis ich mich wieder stark genug fühlte. Ich habe das immer in Nanda Luke gesehen. Er fiel auch manchmal in diese Art von Verzweiflung. Aber mit ihm scheint es jetzt besser zu sein. Und ich dachte gestern beim Einschlafen in diesem leeren, großen Bett: Wenn ich das nächste Mal in so eine Traurigkeit falle, dann wird er ja nicht da sein. Ich muss dann einen anderen Weg finden, um zurückzukehren.«

Yashi küsste ihre Mutter auf die Wange.

Und Dorothy sagte: »Ich weiß, dass ich diesen Weg finden kann. Denn dein Vater war ja längst nicht immer da. Er war so oft unterwegs. Auch jetzt, in seinem hohen Alter. Diese ›Medical Camps‹ lagen ihm sehr am Herzen. Die Unberührbaren, die sogenannten. Ich wäre gerne noch zu Jason geflogen. Aber er wollte nicht. Er sah seine Aufgabe hier. Weißt du, mein Liebling, wir hatten nicht alles Glück der Erde, aber wir hatten viel davon.« Dorothy sah ihre Tochter an: »Er wird sich finden, mein neuer Weg. Und so besonders lang wird er ja auch nicht mehr sein.«

»Amma, bitte«, protestierte Yashi. Aber sie wusste natürlich, dass ihre Mutter recht hatte.

»Und wie geht es dir?« fragte Dorothy und bat Yashi, sie etwas abzulenken und von sich zu erzählen.

»Ich weiß es nicht. Es ist so viel gleichzeitig. Appas Tod. Diese Unterbrechung. So ein Stopp. Und ich bin gerade Großmutter geworden. In New York wartet viel Arbeit. Es ist herausfordernd. Dass ich bei Zina wohnen kann, hilft mir sehr. Aber jetzt bin ich hier und will gerade nicht wieder weg.«

»Ist es gut für dich, dort zu sein? Du siehst müde aus. Dünner. Und härter.« Yashi hätte das als Kompliment hören können, wenn es nicht von ihrer Mutter gekommen wäre. »Hier«, sagte Dorothy und streichelte die Stelle zwischen Mundwinkel und Kinn, »hier ist eine Falte, die war beim Abschied längst nicht so tief. Und das ist gerade mal acht Monate her. Aber deine Augen sehen schön aus. Du tuschst dir jetzt die Wimpern, das gefällt mir.«

Yashi lehnte sich an ihre Schulter. »Ich weiß gerade nicht, wo mein Platz ist.«

»Yashi Anne, mein Liebling. Du warst ein Mädchen mit Träumen. Nicht diese Träume von einem Prinzen und einer großen Familie oder davon, ein Star zu sein, berühmt und reich. Du hast schon als Mädchen davon geträumt, dass diese Welt für alle ein bisschen schöner wird. Und ich dachte immer: Aus so einem kleinen Mädchen mit so einem großen Traum wird eines Tages eine erwachsene Frau mit einer enormen Hoffnung. Ich war mir bei dir immer sicher, dass deine Arbeit ein wunderbarer Beitrag sein wird.«

»Egal, was ich genau arbeite?«

»Ja. Und egal auch, wo du arbeitest.«

Als sie Kiran weckte und ihm eine Tasse Tee unter die Nase hielt, kam sein Arm unter der Decke hervor, und er suchte ihre Hand. Er strahlte sie an: »Du bist selbstbewusst«, sagte er.

»Ist doch nicht schlimm, oder?«, gab sie frech zurück.

»Ganz im Gegenteil. Es macht Spaß.« Er lachte sie an, setzte sich auf und strich ihr die Haare aus dem Gesicht. »Guten Morgen!«

Er gab ihr einen Kuss auf die Wange, nahm die Tasse und trank einen Schluck Tee. »Ah! Blairlomond.«

»Vivienne Westwoods Mann ist fünfundzwanzig Jahre jünger als sie«, sagte Yashi.

Kiran sah sie belustigt an. »Ach ja? Müsste ich die kennen? Zeig mir mal ein Foto von ihr.«

Yashi suchte in ihrem Telefon. Das erste Bild, das sie fand, zeigte die Designerin mit rot-orangefarbener Mähne und einer Bluse in der gleichen Farbe. Kiran grinste: »Der Mann muss aber auch selbstbewusst sein.«

Yashi neigte sich zu ihm und küsste ihn. »Genau richtig!« Sie reichte ihm ein großes Handtuch. »Das Bad ist frei. Gleich gibt es Frühstück.«

»Yashi Anne!«, sagte Kiran eindringlich.

Sie blieb stehen: »Ja?«

»Ihr Frauen …« Er sprach nicht weiter.

Yashi sah ihn neugierig an: »Was ist mit uns Frauen?«

»Ihr seid sehr eigenständig.«

»Frauen sind eigenständig? Alle? Das kannst du ja nicht meinen.«

»Die Frauen deiner Familie.«

Yashi setzte sich wieder zu ihm auf das Schlafsofa und fragte mit einem Schmunzeln: »Was möchtest du mir sagen, Kiran?« *Wird das wohl ein Vorwurf oder ein Kompliment? Ich habe echt keine Ahnung.*

Er erklärte ihr, dass er sich keine Sorgen um ihre Mutter mache, weil sie wirklich keine »Hälfte« war, sondern ganz für sich. Und sicher gut zurechtkäme. Dass es ihn manchmal irritierte, wie ungebunden Dayita wirkte, so ohne Kinder. Dass Berry allein durch ihr Leben ging und es sie nicht zu stören schien, im Gegenteil. »Und du …« Wieder sprach er nicht weiter.

Yashi sah ihn abwartend an. Als er nichts sagte, fragte sie: »Was ist mit mir? Bin ich die Schlimmste von allen? Oder wolltest du mir sagen, dass du mich liebst? Dass wir ein Team sind? Dass die Anwältin dich nervt? Du mich vermisst?« Sie lachten beide.

»Ich wollte nur sagen, dass ich merke, wenn du innerlich kämpfst. Und dass ich akzeptiere, dass du es erst mit dir alleine ausfechten willst.« Er nahm ihre Hand in seine. »Aber wenn du reden möchtest, bin ich da.«

Sie nickte ein paar Mal und sagte leise: »Danke. Das bedeutet mir viel.«

Kiran gab ihr einen schmatzenden Kuss auf die Wange, schnappte sich das Handtuch, band es sich um und ging ins Bad. Yashi sah hinter ihm her. Innerhalb kürzester Zeit hatte sie Liebeserklärungen bekommen, dann einen eher brüderlichen Kuss und saß jetzt alleine hier. *Er ist da. Er kennt mich gut. Und er lässt mich.* Sie presste die Lippen aufeinander. Als sie hörte, dass Dayita eingetroffen war, zog sie die Schultern nach hinten und ging zu ihrer Familie.

»Es gibt ja Idlis!«, rief Yashi begeistert, »Mit Kokosnuss-Chutney! Lecker! Ich freue mich so.«

Der Tisch war gedeckt. Sie nahmen alle Platz. Gestern hatten sie auf ihr Tischgebet verzichtet. Wegen der Hektik eines vollen Tages. Oder vielleicht, weil es sonst immer Jonathans Aufgabe gewesen war. Dorothy legte ihre Hände aneinander, verneigte sich kurz und sagte:

»Wir danken dir für alle Segnungen.
Du bist heilig, Schöpfer des Himmels und der Erde.
Heute und in Ewigkeit. Amen.«

Sie reichten einander die Hände rund um den Tisch. Alle füllten ihre Teller, schenkten Tee ein. Yashi erzählte: »Ich habe in New York schon so verrückte Dinge gegessen. Zina hatte eine lustige Idee. Sie ist überhaupt eine sehr witzige Person. Wir haben A. wie Amerikanisch gegessen, F. wie Französisch. G. wie Griechisch. L. wie Libanesisch. Und so weiter. Wirklich das ganze Alphabet durch.«

»Und was war das Verrückteste?«

»Wahrscheinlich das Weihnachtsessen. Es gab Trüffel-Croutons, karamellisierte Feigen, Pistazienpesto, einen geeisten Kaffeekeks. Aber Idlis gab es nie.«

»Du brauchst dafür nur Reis und Urdubohnen. Und du musst sie dämpfen.«

»Das weiß ich doch. Aber ich koche dort fast nie.« Sie sahen sie alle erstaunt an. Yashi zuckte mit den Schultern: »Es ist einfach anders dort. Ich habe zum Kochen keine Zeit. Alle gehen ständig essen. Alle in meinem Umfeld machen es so. Und ehrlich gesagt: Ich habe mich daran gewöhnt. Ich finde es verrückt und irgendwie genieße ich es aber auch.«

Nanda Luke schlug mit dem Löffel an seine Teetasse: »Wir würden euch alle gerne wiedersehen. Zu einem schönen Anlass. Namya und ich werden heiraten.« Er wurde von Jubel, Küssen und Umarmungen unterbrochen, die alle an die beiden verteilten. »Wie würde euch als Termin das Wochenende nach dem Weihnachtsfest in diesem Jahr gefallen?« Er sah seine Schwester an: »Yashi. Wir haben dabei vor allem an dich gedacht. Kannst du da Urlaub nehmen?«

Sie nickte. »Ich werde es möglich machen.« *Familien-Inderin. Mehr fällt mir dazu nicht ein. Ich lasse mir bestimmt nicht verbieten, zu dieser Hochzeit zu reisen.*

Berry sagte vorsichtig: »Es wäre vielleicht auch eine gute Gelegenheit, Jason einzuladen. Und Cheryl etwas von Indien zu zeigen. Der kleine David ist dann neun Monate alt. Das geht bestimmt. Ich frage ihn.«

Kiran drückte unter dem Tisch Yashis Hand.

»Kommt doch alle schon zum Weihnachtsfest«, sagte Dorothy. Die Aussicht regte sie alle dazu an, Pläne zu schmieden. Namya gab Nanda Luke einen Kuss. *Meine Freundin wird meine Schwägerin.* Yashi freute sich sehr, die beiden so glücklich zu sehen. *Was für eine Mischung!* Und ihr fiel auf, dass Namya sich gar nicht mehr ständig die Haare aus dem Gesicht strich. Ein gutes Zeichen.

Dorothy servierte ihre berühmten Kardamomplätzchen und sagte dann, sie würde noch mal zum Grab gehen. Sie beschlossen alle, sie zu begleiten. Dayita meinte: »Yashi, lass uns zu zweit mit meinem Auto fahren.« So hatten sie ein paar Minuten für sich, und als sie am Friedhof ankamen, blieben sie im Auto sitzen. »Geht es dir so gut, wie du aussiehst?«, fragte Yashi ihre Schwester.

»Na ja, Appas Tod kam ja so plötzlich. Auf meiner Station wird meistens langsamer gestorben. Wir brauchen wohl alle noch eine ganze Weile, um es zu begreifen. Andererseits war er ja nicht mehr der Jüngste. Und sonst? Berry ist sehr begabt und konzentriert.« Sie sah Yashi an. »Sie erinnert mich an mich selbst. Eine Einzelgängerin. Gerne für sich.«

»So war sie immer. Aber es sind nicht die anderen, die sie ausschließen, oder? Sie tut es selber.«

»Ja, genau. Sie ist beliebt, aber sie sucht keinen Anschluss. Doch bei Amma ist sie oft. Und bei uns auch immer mal wieder.«

»Eine schöne Vorstellung, dass Amma und Berry bald vielleicht zusammenwohnen.«

»Ja, wirklich. Aber jetzt sag: Wie geht es *dir*?«

Dieselbe Frage. Dieselbe Antwort? Ach, wie gerne ich jetzt rauchen würde. Ein, zwei Beedis. »Mir geht viel gleichzeitig durch den Kopf. Durchs Herz. Appas Tod natürlich. Meine Fernbeziehung zu euch allen. Die Geburt vom kleinen David. Die UNO, die mich oft an meine Grenzen bringt. Dann kommen Fragen auf, die meine Zukunft betreffen.«

»Du arbeitest viel.«

»Ja. Aber du auch. Wie Amma ihr Leben lang. Wie Berry auch. Und alle meine Kolleginnen. Ich glaube, das ist gar nicht so das Problem.«

»Amma vermisst dich. Du rufst selten an. Melde dich doch ein bisschen öfter, wenn es geht.«

Yashi wollte schon erklären, warum das nicht ging, aber sie versprach es einfach. Sie überlegte, ob sie Pavani erwähnen sollte. Und erzählte Dayita dann kurz, wie sich ihre Halbschwester bei der Trauerfeier zu erkennen gegeben hatte. Dayita sah sie schweigend an, als würde sie durch sie hindurchsehen. »Dayita. Was sagst du?« Aber ihre Schwester schwieg weiter. Und so redete Yashi: »Ich – ich kann es nicht glauben. Oder ich will es gar nicht glauben. Ist das nicht verrückt? Unser Vater soll ein Kind mit einer anderen Frau haben. Und wir noch eine Schwester!«

»Verrückt? Ja, *du* musst verrückt sein«, sagte Dayita. »Dass du so eine absurde Geschichte tatsächlich glaubst. Das passt doch überhaupt nicht. Du kennst doch unseren Vater. Tut mir leid, aber das kann einfach nicht sein.«

Yashi sah sie irritiert an und versuchte es noch mal: »Ja, er war immer sehr integer. Prinzipientreu. Aber er war eben auch nur ein Mensch. Wir können doch alle nicht dafür garantieren, dass wir nicht fehlen – oder …«

Dayita unterbrach sie: »Niemals! Diese Frau treibt ein falsches Spiel. Sie hat dir eine Lüge aufgetischt, als du besonders angreifbar warst. Bei Appas Trauerfeier. Wie geschmacklos ist das denn, bitte?! Vergiss es! Ich will davon jedenfalls nichts mehr hören. Und wag es ja nicht, das Amma zu erzählen.«

Yashi legte eine Hand auf Dayitas Arm. »Tut mir leid. Ich werde nicht mehr darüber reden. Mit Amma auf keinen Fall. Versprochen.« Sie fuhren schweigend nach Hause.

Namya schlug Yashi vor, sich für einen Moment in den Garten zu setzen. Die Bougainvillea blühte in Pink, Lila und Orange. »Wirst du meine Trauzeugin?«, fragte Namya unvermittelt.

Yashi umarmte sie. »Ja! Natürlich!«

»Nanda wünscht sich eine Riesenparty. Mit Familie und allen, die uns mögen und sich mit uns freuen. Mit ganz viel leckerem Essen. Und einem sehr festlichen Gottesdienst. Mit allem, was dazugehört, wenn es normal läuft. Als ob wir 25 wären statt doppelt so alt.«

»Und du? Was wünschst du dir?«

»Genau das Gleiche. Nur alles zwei, drei, sieben Nummern kleiner.«

Yashi schnipste mit den Fingern und sang: »›Goin' to the chapel‹ – Und wir werden heiraten.«

Namya sang weiter: »Und wir werden nie wieder einsam sein.« Sie lachten. Namya meinte leise: »Ich bin zu einsam in meinem Büro in Ooty.« Yashi sah sie abwartend an und Namya wiederholte die Bitte, die sie schon einmal Yashi gegenüber geäußert hatte: »Wenn du nach Hause kommst, tun wir uns zusammen. Dein Wiedereinstieg nach der UNO wäre sicher.«

Yashi fragte: »Wie kam es denn überhaupt dazu, dass du nach Ooty gezogen bist? Dich so verkleinert hast? Was ist passiert? Es lag doch sicher nicht nur an Nanda Luke, oder?«

Namya sah sie mit großen Augen an. »Mit Nanda hatte das erst mal gar nichts zu tun. Sondern mit dir, Yashilein!«

Yashi sah sie irritiert an: »Mit mir? Aber warum? Was habe ich denn getan?«

»Du hast mir an deinem Geburtstag eröffnet, dass du nach New York gehst. Bäm! Aus heiterem Himmel. Und egal, wie es seitdem weitergegangen ist, habe ich gespürt: Du weißt, was du willst. Du bist wirklich eine Anwältin. Die Ungerechtigkeit macht dir zu schaffen. Und du willst etwas ändern. Spuren hinterlassen. Helfen. Etwas bewirken. Aber ich hatte das verloren. Meinen Biss. Meine Überzeugungen. Meine innere Unabhängigkeit. Ich habe zu viel Geld verdient. Mich jedenfalls von den falschen Leuten bezahlen lassen. Projekte gemacht, nur, um Erfolg zu haben, obwohl ich sie teilweise richtig schlimm fand. Ich war mit Typen zusammen, die nicht gut für mich waren. Und viel zu viel getrunken habe ich auch.« Sie machte eine kleine Pause. Winkte Nanda zu, der durch den Garten spazierte. Und erzählte weiter. »Ich wusste, dass ich was ändern musste. Ich merkte: Hey, ich bin fünfzig. Es ist jetzt echt dringend. Ich kann nicht ewig weitermachen.« Sie berührte kurz Yashis Hand. »Du kennst mich ja. Es musste radikal sein. Keine halben Sachen. Ich wollte meine Freiheit zurück. Dann habe ich überlegt, wo ich gerne leben würde. Und dachte an dich, an die Berge. Und hab mich dort niedergelassen.« Sie blinzelte: »Ich habe ein paar Kunden mitgenommen. Gute Kunden. Und gehe meinen Weg.«

»Und wie kam Nanda Luke dazu?«

»Nach deiner Feier in diesem äußerst trashigen Straßencafé bin ich alleine ins Hotel gefahren und habe die Minibar leergetrunken.

Dann habe ich Nanda angerufen. Wir hatten uns so gut unterhalten in diesem ›Timepass‹. Er ist sofort zu mir gekommen und war total lieb. Aber null interessiert an – na ja, du weißt schon.« Sie lachte. »Das hat mich echt umgehauen. Er war so anders. Das hat mich angemacht. Und wirklich interessiert.« Sie legte den Kopf schräg und lächelte Yashi an: »Danke also in jedem Fall. Auch wenn wir nie Kolleginnen werden sollten.«

Yashi nickte nur.

Und Namya meinte vorsichtig: »Du kannst ja mal drüber nachdenken. Noch hast du ja über zwei Jahre UNO vor dir.«

»Und dann?«

»Dann würden wir tun, was wir am besten können. Anwältinnen sein. Gemeinsam. Recht einklagen. Arm gemachte Leute verteidigen. Und Frauen. Kinder. Unberührbare.«

»Und die Demokratie. Wenn es jemals zu so einer Zusammenarbeit käme.«

»Okay. Ja, die auch gerne.«

»Und die Erde. Die natürlichen Ressourcen. Falls wir zusammenfinden.«

»Ja, auch gerne die Erde. Ich verstehe, was du sagst: Wir würden genauer hingucken, wer eigentlich den Preis zahlt für das alles. Für das enorme Wirtschaftswachstum unseres Landes zum Beispiel.«

»Und vielleicht, also wenn daraus überhaupt etwas werden sollte, dann –«

»Ich hab's kapiert«, unterbrach Namya sie lachend. »Falls, wenn, sollte, würde. Okay. Was noch?«

Und dann geriet Yashi in Fahrt: »Wir würden nicht nur warten, bis uns jemand engagiert. Wir würden von uns aus aktiv. Wir hätten einen Blog, den wir regelmäßig füttern. Wir könnten Kampagnen initiieren. Mehrheiten gewinnen für gute Ideen. Leute, die Geld geben. Uns gut vernetzen. Wir könnten Konferenzen organisieren.«

»Ja! Das würde mir richtig Spaß machen. Ich habe damit Erfahrung. Meine Kanzlei hat mich da immer wieder eingebunden in den letzten Jahren. Ich bin aber nicht auf die Idee gekommen, so was selber zu machen.«

Yashi äußerte weitere Ideen: »Konferenzen sind also gebongt. So eine wie die, die jetzt gerade in Genf läuft: ›Eine Stimme für die ohne Stimme‹ oder ›Demokratie von unten‹. In Chennai. Oder Bangalore. Mit Kolleginnen, Aktivisten, Kreativen. Wir könnten Persönlichkeiten suchen, die uns ihre Stimme geben. Menschen wie Vandana Shiva. Colin Gonsalves. Die unseren Anliegen ein Gesicht verleihen. Wie Mahajana, ein indisches Model, mit dem ich auch gerade in New York zusammenarbeite. Aber eben hier. Wir könnten viel tun.« Sie holte Luft. »Falls wir uns zusammentun.«

Namya meinte erstaunt: »Wow.« Sie sahen sich an, warteten ab, was die andere sagen würde, und dann lachten sie beide. Yashi lachte erst in sich hinein, merkte, wie sich dann mit einem hellen Glucksen ihre Anspannung löste, ihre Schultern wippten und dann ihr ganzer Oberkörper. Es war, als würde sie singen. Ein unbeschwertes, trällerndes »Hahahahihihi«. Und Namya lachte mit. Dayita und Dorothy kamen aus dem Haus und sahen sie verwundert an. »Entschuldigung, Amma. Ich weiß, wir trauern.«

Aber die widersprach: »Wenn es Grund zum Lachen gibt, ist das doch gut.«

Sie wurden langsam wieder ruhiger. »Ich muss wirklich darüber nachdenken«, sagte Yashi.

»Und du hast schon darüber nachgedacht«, sagte Namya.

»Ja«, gab Yashi zu, »öfter in den letzten Wochen.« Sie lehnte sich zurück und hielt ihr Gesicht in die Sonne. *Ich habe sogar darüber nachgedacht, diese Idee schon viel früher zu verwirklichen. Aber das weiß niemand. Und ich weiß nicht, ob ich mich das traue.* Nanda Luke kam zu ihnen, holte sie zurück aus ihren Gedanken. Yashi schnipste wieder mit den Fingern und sang noch mal: »Goin' to the chapel.«

Yashi buchte ihren Rückflug. Sie würde am nächsten Tag um acht Uhr abends abfliegen, einmal in Mumbai umsteigen, am Montag um acht Uhr früh in New York landen und direkt vom Flughafen aus ins Büro fahren. Und so dann zeitgleich mit Lucas zurück sein. Sie wäre fünf Tage lang weg gewesen und hoffte, dass Laetitia akzeptieren würde, wie sie mit dem Todesfall in ihrer Familie umgegangen war. Yashi legte sich auf das Gästebett. Zina hatte ihr geschrieben: »Nilam hat wunderbar gesungen und sah großartig aus auf der Bühne. Ich schicke dir Grüße. Auch an alle deine Lieben. Und ›Segnungen‹, wie du sagen würdest. Namaste, Zina.«

Sie schrieb kurz zurück. Dann steckte sie sich die Ohrhörer in die Ohren, klickte auf eine alte Playlist und schloss die Augen. Robbie Williams. »Love My Life«. Sie sang leise mit: »Eines Tages wirst du sagen: Ich liebe mein Leben. Ich bin stark. Ich bin schön. Ich bin frei. Ich bin nicht meine Fehler. Und Gott weiß, dass ich einige gemacht habe. Ich liebe mein Leben. Ich bin wunderbar. Ich bin zauberhaft. Ich bin ich. Eines Tages.« Sie holte ihr Notizbuch aus der Tasche und schrieb: »Egal, was die anderen denken. Egal, ob es perfekt aussieht. Ich liebe mein Leben.«

Der Abschied fiel Yashi so schwer, dass sie kaum etwas sagen mochte. Sie umarmte alle fest und ließ sich von Kiran zum Flughafen bringen. Obwohl es viel zu besprechen gegeben hätte, schwiegen sie fast die ganze Fahrt über. Erst auf dem Weg zum Check-in-Schalter sagte Kiran: »Dein Bruder hat mir von Namyas Idee erzählt.«

»Ja. Ich wollte mit dir darüber sprechen. Aber ich schaffe es gerade nicht. Sonst sitze ich nämlich vielleicht gleich nicht in diesem Flugzeug. Und das geht einfach nicht.«

»Ich weiß.«

»Es ist, wie du sagst: Ich kämpfe innerlich. Mit mir selbst. Es tut mir leid.«

»Ich will dir nur sagen, dass ich mich darüber gefreut habe. Namya und du, das kann ich mir gut vorstellen. Auch, weil Karuna wohl wirklich nichts mehr mit uns zu tun haben möchte. Es könnte eine gute Lösung sein.«

»Ja. Ich mag die Idee. Sehr sogar. Aber ich habe das Gefühl, ich kann mir gerade nicht erlauben, ihr nachzugehen. Sonst schaffe ich das alles nicht.«

»Ja, das verstehe ich. Das hat ja auch noch Zeit. Noch zwei Jahre und vier Monate.«

»Genau. Danke. Dass du so geduldig bist. Das ist lieb von dir.«

»Ich liebe dich. Pass auf dich auf.«

»Ja, das tue ich. Und du auf dich.« Sie umarmten und küssten sich und dann ging Yashi allein weiter. Sie sah sich nicht um. Und hätte auch nichts sehen können, so tränenverschleiert waren ihre Augen.

In Mumbai telefonierte sie mit Kemia. Sie erzählte von einer angemessenen, feierlichen Beerdigung, einer schönen Zeit mit ihrer Familie, der Vertrautheit mit Kiran und dass die Zeit viel zu kurz war, um alles zu besprechen. »Bitte, Kemia, verurteile mich nicht, wenn ich dir jetzt eine blöde Frage stelle.«

»Also wirklich, Yashi. Auf keinen Fall! Aber du machst mich neugierig. Was ist los?«

»Ich habe sie so bisher nur mir selbst gestellt. Sei bitte vorsichtig.«

»Yashi. Ich bitte dich. Was für eine Frage ist das?«

»Wenn ich zurückkommen würde. Nach Hause. Bald schon vielleicht. Nach nicht mal einem Jahr. Und wieder als Anwältin in Indien arbeiten würde. In Ooty vielleicht. In einer gemeinsamen Kanzlei mit Namya. Und alles, was ich hier gelernt habe, mitbringe. Aber auf die Position hier verzichte, auf diese Chance, die Möglichkeiten und das Image. Den Einfluss. Und das Gehalt. Was würdest du dann sagen?

»Was ist deine größte Gabe als Anwältin? Deine Stärke?«

»Ich weiß nicht. Ich bin engagiert für meine Mandantin. Ich gucke mir die Details an.«

»Und?«

»Ich fühle mit ihr mit. Ich will, dass sie gewinnt. Dass es ihr besser geht.«

»So. Das ist gut. Und jetzt sei deine eigene Anwältin. Engagier dich für dich selbst. Fühl mit dir mit. Frag dich, was du brauchst, damit es dir besser geht. Damit *du* gewinnst.«

»Das ist schwer.«

»Versuch es. Du bist doch angeblich echt gut in deinem Job.«

»Danke.«

»Ich umarme dich.«

Auf ihrem zweiten Flug versuchte sie noch einmal, »Das Ministerium des äußersten Glücks« zu lesen. Sie schlug es auf und las das Zitat auf der ersten Seite. »Ich meine, es ist alles eine Frage des Herzens.« Sie schloss die Augen. So ein schlichter Satz. Ihre Gedanken flogen. Sie hatte wieder Sigrid Kaag beim TED-Talk vor Augen, wie sie sagte: »Setz dein ganzes Herz ein.« Sie hörte ihre Mutter sagen: »Drei Dinge darfst du niemals opfern: deine Familie, dein Herz und deine Würde.« Sie spürte die Trauer um ihren Vater. Ein kalter Wind wehte durch die Kammer. Dort, wo sie hinflog, würde es wenig Rücksicht geben. Sie würde sich verschließen müssen, um es auszuhalten. Sie dachte an Nilam, deren Herz aus zwei getrennten Räumen bestand, und wusste, dass sie sich nicht so zerteilen wollte. Nicht auf Dauer. Sie spürte die Angst vor dem, was kommen würde. Die Urteile und Meinungen. Das Scheitern. Den Kontrollverlust. Sie wünschte sich, ihr Herz würde sich befreien aus diesem Gefühl der Ohnmacht. Aus der Erstarrung. Vielleicht einfach, indem es tapfer weiterschlug. Sie klappte das Buch wieder zu und dämmerte weg in einen leichten Schlaf. *Ich muss meine eigene Anwältin sein.*

55

Stella begrüßte sie mit einer Umarmung. »Es tut mir sehr leid, das mit Ihrem Vater.«

»Danke.«

»Ich habe alle Termine verschoben oder Sie entschuldigt. Den aktuellen Wochenplan finden Sie in Ihrem Postfach. Sie sollen zu Laetitia kommen, sobald Sie im Haus sind.«

»Danke für alles. Ich weiß, das war nicht einfach.« Sie sah, dass auch Lucas und Amy zurück waren. Sie würde mit beiden sprechen müssen. Aber zuerst wollte ihre Chefin sie sehen. Mal wieder wusste sie nicht, was sie wohl erwartete.

»Noch mal mein Beileid,« sagte Laetitia zur Eröffnung.

»Danke.« Ihre Chefin verlor keine weitere Zeit, um Yashis Fernbleiben zu kommentieren, sondern sprach direkt weiter: »Also. Am 24. April ist es ja so weit. Eine ganze Reihe unserer Mitgliedsländer feiern den ›Fashion Revolution Day‹. Die Resonanz, das Interesse sind jetzt schon riesig. Sie haben da wohl wirklich einen guten Riecher gehabt. Glückwunsch! Respekt! Es wird Beteuerungen geben und Forderungen, Beschwichtigungen und Zorn. Wie immer bei solchen Gedenktagen. Wir planen eine große Pressekonferenz im Haus. Und Sie halten die Rede.«

Yashi brauchte einen Moment, um zu verstehen, worum es gerade überhaupt ging und was Laetitia von ihr wollte. Dann nickte sie: »Ja, natürlich. Das mache ich gerne. Gibt es irgendetwas, das ich beachten soll?«

Laetitia legte den Kopf schräg und sah sie nachdenklich an: »Eine typische Yashi-Bhandari-Rede wäre gut.«

»Okay. Wollen Sie sie vorher lesen?«

»Auf gar keinen Fall«, sagte sie spontan und recht vehement. Und ergänzte etwas ruhiger: »Also, besser nicht. Sie machen das schon. Danke. Das war's.«

»Danke, dass ich für ein paar Tage nach Hause konnte.«

»Ja, ja. Schon gut. Weitermachen.«

Stella lief neben ihr her zu ihrem Schreibtisch. »Es tut mir leid. Es ist alles etwas durcheinander. Sie haben jetzt gleich noch einen Termin. Mit Sashi Tharoor, der nur noch heute Vormittag im Haus ist.«

»Wer ist das noch mal? Wo habe ich den Namen schon gehört?«

Stella ließ nie durchblicken, ob sie Fragen jemals als unangemessen empfand oder innerlich den Kopf schüttelte, sie antwortete einfach: »Er hat fast dreißig Jahre lang für die Vereinten Nationen gearbeitet. War stellvertretender Generalsekretär von Kofi Annan. Kommt wie Sie aus Indien. Aus Kerala. War Diplomat. Bei der UNO-Flüchtlingskommission. In Genf, Singapur und hier. Anwalt. Politiker. Und Autor. Er hat gerade ein Buch geschrieben, das ziemlich viel Aufsehen erregt. Es heißt ›Inglorious empire‹.«

»Welche Partei? Wissen Sie das zufällig auch?«

Stella blätterte in ihren Unterlagen. »Kongresspartei. Abgeordneter. Opposition.«

»Aufregend!«

»Dieses ›Inglorious Empire‹ ist längst nicht sein erstes Buch. Er schreibt auch politische Artikel, Kurzgeschichten und Romane.«

»Ach ja, natürlich! ›Der große Roman Indiens‹. Das ist von ihm.«

»Das noch: Er ist Hindu. Und er war mal Kandidat für die Stelle des Generalsekretärs. Ban Ki Moon hat damals gewonnen. Das Veto der USA hat Tharoors Wahl gestoppt. Und: Er ist ein YouTube-Star.« Yashi sah sie verwundert an und Stella erklärte: »Ich habe ihn mir angeguckt. Er ist süß. Ich meine: eloquent, schlau und sehr gefällig.«

»Danke, Stella. Ich treffe ihn einfach? Oder gibt es ein Anliegen?«

»Ich glaube, er möchte Sie kennenlernen. Er ist höflich. Da er im Haus ist, will er sich gerne kurz vorstellen. «

»Okay. Wohin muss ich?«

»Empfangszimmer drei, dritte Etage. Es ist alles da, was Sie brauchen.«

»Danke, Stella.« Sie hielt kurz inne und ergänzte noch: »Ich habe das nicht oft genug gesagt. Sie haben mich mit Ihren Briefings immer so perfekt vorbereitet. Kurz und konzentriert. Mir alle Fragen beantwortet. Und in den Sitzungszimmern war immer alles so, wie ich es mir wünsche. Ich danke Ihnen.«

»Aber gerne. Und jetzt müssen Sie los.«

Er wollte sie kennenlernen. Sich vorstellen. Und ihr sein neues Buch schenken. Er überreichte es ihr gleich zur Begrüßung. Sie verneigten sich mit einer kleinen Geste voreinander, nahmen Platz und Yashi schenkte Tee ein.

»Es ist mir eine Ehre, Sie zu treffen. Wie schön, dass Sie noch rechtzeitig aus unserer Heimat zurückgekommen sind. Ihre Sekretärin sagte, dass es knapp werden könnte. Mein Beileid zum Versterben Ihres Vaters.«

»Mir ist es eine Ehre. Ich danke Ihnen. Für Ihre Worte. Und für Ihre Zeit. Und auch für das Buch.« Sie sah es sich näher an. »Inglorious Empire.« Auf dem Buchumschlag waren eine große Krone abgebildet und das Gemälde einer Kriegsszene mit Soldaten und Kanonen. Sie nickte.

»Gefällt Ihnen der Titel?«

»Ich muss natürlich spontan an ›Inglorious Basterds‹ denken. Das hat Witz.«

»Bastarde. Schien mir doch eine recht passende Assoziation zu den Briten zu sein«, lächelte er.

Sie las den Text auf der Rückseite: »Indiens Anteil an der Weltwirtschaft lag bei 27 Prozent, als die Briten eintrafen. 1947, nach zwei Jahrhunderten britischer Herrschaft, lag er unter 4 Prozent.« Sie sah ihn an. »Das klingt spannend.« Sie schlug das Buch auf und las noch den ersten Satz. Über den Rand des Buches sah sie ihn neugierig an. »Was bedeutet ›dieses Buch begann als Rede‹?«

»Ich hatte eine Rede bei der Oxford Union gehalten. Nichts Aufregendes eigentlich, dachte ich. Aber etwa einen Monat nach der Veranstaltung wurde ein Video der Rede gepostet. Ich habe den Link veröffentlicht. Um dann nur noch mit großem Erstaunen zu sehen, wie sie sich über die sozialen Medien verbreitete. Drei Millionen Klicks innerhalb kürzester Zeit. Es war unglaublich. Dabei hatte ich eigentlich nichts Neues gesagt. Nur, dass Großbritanniens Aufstieg zweihundert Jahre lang durch seine Plünderung Indiens finanziert worden war.«

»Sie haben Applaus und Widerspruch bekommen, nehme ich an?«

Er lachte: »Von beidem reichlich.« Er nahm einen Schluck Tee und hielt kurz inne. »Das ist der beste Tee, der mir jemals in diesem Haus serviert wurde.« Er strahlte sie an.

»Ein Earl Grey aus den Nilgiris.«

Er schmunzelte und sprach weiter und gefiel sich dabei offensichtlich: »Applaus. Sogar von Modi. Widerspruch von einigen Romantikern, die immer noch meinen, beim Imperialismus handele es sich um eine zivilisatorische Mission.«

»Und Sie beschreiben die knallharten Wirtschaftsinteressen und die Ausbeutung?«

»Genau. Ich habe gehört, dass Sie eine große Fashion-Kampagne verantworten. Sie werden ein paar interessante Aspekte zur indischen

Textilindustrie in meinem Buch finden. Unsere Textilien genossen Weltruf. Seide, Baumwolle, Wolle, Jute. Wurden über uralte Handelsrouten exportiert. Ach, was erzähle ich Ihnen? Ich wünsche Ihnen einfach viel Glück für die Kampagne. Und werde am 24. April an Sie denken.«

»Ich danke Ihnen sehr.«

»Und jetzt muss ich den Flieger nach Delhi erreichen.«

»Ich wünsche Ihnen auch alles Gute. Besonders für Ihre Arbeit als Abgeordneter. Es ist gut zu wissen, dass es eine Opposition gibt.« Sie verneigten sich wieder voreinander. Yashi gab Stella Bescheid, dass ihr Gast gehen würde, und er wurde abgeholt und hinausbegleitet.

Als sie wieder ins Büro kam, sagte Stella: »Jetzt stehen die Berichte von Amy und Lucas auf dem Programm.« Yashi ging zuerst in die Küche, um einen kurzen Moment lang allein zu sein. Sie ließ sich Zeit, eine neue Kanne Tee zu kochen. Zitronensaft aus einer Plastikpackung schmeckte wohl nicht viel anders als der Saft einer echten Frucht. Aber das Erlebnis war ein anderes. Die Finger rochen anders. Sie freute sich, dass Sashi Tharoor den Tee gelobt hatte. *Und wenn guter Tee das Einzige sein wird, das ich hier eingebracht habe.*

Amy umarmte sie zur Begrüßung: »Yashi, meine Liebe! Mayn kondolenses. Bist du okay?«

Yashi nickte: »Ja. Es war gut, dass ich da war. Die Trauerfeier zu erleben. Bei meiner Familie zu sein. Ich brauche sicher noch eine Weile. Aber ja, ich bin okay.«

Amy erzählte von ihrer Konferenz in Rom. »Ich habe über die Situation der Rohingya in Myanmar berichtet. Wir haben viel über die Jesiden gesprochen. Und viel über die Christen, zurzeit weltweit die größte Gruppe, die verfolgt wird. Klar ist, dass jede, wirklich jede Religion zum Opfer und zur Täterin werden kann. Unter den Toten sind katholische Priester, buddhistische Nonnen, Imame, Hindu-Priester, Sikhs. Neu für mich waren die Konflikte, die in Europa wegen der so genannten Flüchtlingskrise entstehen: Gewalt in Unterkünften zum Beispiel.« Sie strich sich eine Locke aus dem Gesicht. »Was mich selber natürlich besonders betroffen macht, ist die Beobachtung, dass der globale Antisemitismus wächst. In vielen Ländern, in der Mitte der Gesellschaft. Die Shoa wird geleugnet. Es gibt Nazi-Jargon. Aufmärsche. Unabhängig davon, wie viele Jüdinnen und Juden in einem Land leben. ›Antisemitismus ohne Juden‹, ein Phänomen.«

Yashi fragte: »Gab es auch positive Nachrichten?«

Amy nickte: »Ja, durchaus. Echt viele, schöne, kleine Geschichten. Dass in einem großen Kirchenchor in Surabaya Christen, Muslime und Hindus gemeinsam singen. Auch nach den Anschlägen auf ihre Gottesdienste. Dass die jüdische Gemeinde in Texas-City Muslimen den Schlüssel zu ihrer Synagoge gegeben hat, nachdem die Moschee durch ein Feuer zerstört worden war. Dass Muslime auf den Philippinen Christen zur Flucht vor Islamisten verholfen oder in Bulgarien eine orthodoxe Kirche wieder aufgebaut haben. Ja, zum Glück gibt es auch diese Beispiele.« Sie sah in ihre Notizen, trank Tee und meinte abschließend: »Ich habe nicht so viel Neues erfahren, aber es ist ja gut, sich regelmäßig zu beraten.«

»Warst du zufrieden mit dir? Mit deiner Präsentation?«

Amy zögerte kurz und sagte dann: »Ja. Ich war gut vorbereitet. Ich konnte aussagekräftige Bilder zeigen. Und Zahlen, die ebenso vielsagend sind. Ich hatte die Aufmerksamkeit und konnte die Rückfragen gut beantworten.« Sie lachte. »Ich habe allerdings in der Nacht vorher unruhig geschlafen. Am Morgen viel mehr Zeit als sonst im Bad verbracht. Und vorher schon viel zu lange überlegt, was ich bloß anziehen soll. Darauf könnte ich gut verzichten. Aber insgesamt war ich zufrieden mit mir, ja.«

Yashi lächelte sie an: »Ich kenne das. Viele hier.«

Ganz unvermittelt sagte Amy: »Ich habe zuletzt getrauert, als Kofi Annan gestorben ist. Als ich an dich und deinen Vater dachte, kam die Erinnerung daran zurück. Ganz massiv.« Yashi sah sie aufmerksam an. Überrascht, dass Amy plötzlich so ernst wurde. »Es war schwer für mich. Er war eine Lichtfigur für die Vereinten Nationen. Plötzlich gab es einen großen Fürsprecher weniger. In Zeiten, wo wir solche Persönlichkeiten doch so besonders dringend brauchen. Es war schmerzhaft. Und die Lücke bleibt.«

Eliene winkte sie zu sich: »Habt ihr einen Moment Zeit? Ich habe was ganz Schönes für euch.« Yashi und Amy vergewisserten sich gegenseitig, dass der offizielle Teil ihres Gesprächs beendet war, und gingen zu Elienes Schreibtisch. »Neue Musik. Hört mal! Der Song heißt ›The Future Is Female.‹ Die Zukunft ist weiblich. Von Madame Gandhi. Ich finde sie großartig.« Eliene sang mit: »›We have to value girls more than their looks, the biggest threat is a girl with a book.‹ – Wir müssen an Mädchen mehr wertschätzen als nur ihr Äußeres. Die größte Gefahr ist ein Mädchen mit Buch. Gut, hm?« Und damit reichte sie ihnen jeweils einen Ohrstöpsel und sie hörten Trommeln, elektronische Musik und eine Künstlerin, die ihre Stimme offenbar feierte.

Danach gaben Yashi und Amy ihre Ohrhörer zurück und die drei nahmen sich kurz in den Arm. Eliene strich Yashi über die Wange. »Tapfer bist du, Yashi.«

Als Nächstes stand der Bericht von Lucas an. Yashi war gespannt, was er in Genf erlebt hatte. Auch er fragte zuerst: »Hi. Wie geht es dir denn? Also, es tut mir leid, dass dein Vater gestorben ist.«

Yashi nickte wieder und bedankte sich: »Danke. Es war gut, dass ich zu Hause war. Für mich und für meine Familie. Und wie geht es dir? Wie war es in Genf?«

Lucas gab ihr einen kurzen Überblick und erzählte vor allem von Irwin Cotler. Seine Stimme klang sehr nachdenklich. »Also, er sprach sehr energisch. Über Völkermorde, die nicht verhindert wurden. Über Kriege. Und er hat von seinen Eltern erzählt. Von seinen Lehrern: Elie Wiesel und Vaclav Havel. ›Nie wieder!‹, hat er oft gesagt, sehr oft. Und er hat die Erinnerung eine heilige Pflicht genannt. Weil heute wieder Menschen diskriminiert und dämonisiert werden.« Lucas sah sie an. »Also, ich weiß, das wissen wir alles schon. Und ich meine, wir können es schon nicht mehr hören. Alle diese Sätze über Schweigen, über Gleichgültigkeit und Verantwortung.« Er holte eine Tüte M&Ms aus seiner Schreibtischschublade, riss sie auf und schüttete sich ein paar Schokolinsen direkt in den Mund.

Yashi wartete, dass er kaute und schluckte.

Dann erzählte er weiter: »Er hat auch noch von einem Raoul Wallenberg erzählt. Das war ein schwedischer Diplomat. Er hat über 100 000 Juden vor dem Tod gerettet.«

Er hielt inne. »Was mich so geflasht hat, ist: Ein Einzelner hat das geschafft! Ja, also gut, er kam aus einer Diplomatenfamilie. Mit Beziehungen und Geld. Aber ich meine, vor allem war er eine einzelne Person, die genug Mitgefühl hatte, um sich zu kümmern. Und genug Mut, um sich einzumischen. Also, die Menge hat ja nur zugeguckt oder weggeguckt. Tja.«

»Hat es dich ermutigt?«

»Ja und nein. Nein, weil wir echt nichts zu lernen scheinen. Ja, weil Einzelne eben doch so viel bewegen können …« Er nahm sich noch ein paar M&Ms. »Weißt du? Ich meine, meine Familie geht nicht mal wählen. Und falls doch mal, also na ja … Sie verstehen nicht, was ich hier tue. Wie ich bin. Was mich beschäftigt.«

»Und wer hat dich dann auf die Idee gebracht, hier zu arbeiten?«

»Also offiziell eine Klassenfahrt nach New York.«

»Und inoffiziell?«

»Ich geb dir die Kurzversion: Ich meine, ich wollte immer dazugehören. Andere begeistern. Der Klassensprecher sein oder der Mannschaftskapitän oder die Hauptrolle bekommen. Ich war aber ein Mitläufer. Also, ich hatte nicht genug eigene Meinung, um Meinungsführer zu sein. Ich hätte gerne Politik gemacht, aber dafür braucht man viel Geld. Ich fand Entwicklungshilfe spannend, aber ich lebe dann doch irgendwie lieber hier. Also hab ich Soziologie, Politik- und Rechtswissenschaften studiert. Und irgendwann hier mein erstes Praktikum gemacht. Und mir dann allmählich doch eine Meinung gebildet. Also ab und an auch Politik gemacht.« Er grinste.

Yashi grinste auch: »Na, herzlichen Glückwunsch! Das klingt doch nach einem guten Weg. Weiter so!«

Lucas grinste sie schief an. »Weiter so! Also, das sagt sonst immer Laetitia. Ich meine, du wirst jetzt aber nicht so wie sie, oder?«

Yashi hielt inne und sah ihn irritiert an. Dann sah sie ihm direkt in die Augen und sagte: »Ich meine, dass du weitergehen sollst. Deinen Weg.«

Er nickte nur.

Sie ging an ihren Schreibtisch und verbrachte den Rest des Tages damit, die Treffen mit Geldgebern vorzubereiten, die in den nächsten zwei Wochen stattfinden würden. Zina schrieb: »Benvenuta! Willkommen zurück. Wie wäre es mit einem gemeinsamen Abendessen? Es gibt ein neues türkisches Restaurant bei uns in der Nähe. Bis später!«

Sie antwortete: »Bin um acht Uhr da.«

Das ›Little Rascal‹, der ›Kleine Schelm‹, wirkte gemütlich mit dunklen Lederstühlen, weißen Tischtüchern und vielen Kerzen. Und als der Kellner ihnen zur Begrüßung einen Ouzo servierte, tranken sie gerne. Sie wählten Blätterteigrollen mit Schafskäse und zum Nachtisch Kaffee und Baklava. Yashi erzählte von zu Hause. Am meisten fasziniert war Zina von der Vorstellung, dass Berry bei Dorothy einziehen würde. »Nonna e nipote, Großmutter und Enkelin, das finde ich wirklich megaschön.«

Zina erzählte von Nilam, Konzerten und langen Arbeitstagen. Sie überraschte Yashi mit der Nachricht, dass Mahajana sich bei ihr gemeldet hatte. »Sie hat eine sehr großzügige Bestellung gemacht. Eine Bekannte von ihr will die Tuniken in einer Boutique verkaufen. In Kerala, wo viele Touristinnen shoppen.«

»Das ist ja großartig. Herzlichen Glückwunsch!«

Sie aßen eine Weile schweigend weiter. Dann fragte Zina: »Was machen wir eigentlich Ostersonntag? Pasqua, ich liebe dieses Fest!«

»Das ist ein paar Tage vor dem großen Fashion-Gedenktag. Ich glaube, ich kann da an nichts anderes denken.«

Zina sah sie irritiert an. »Ich bin ja nicht so religiös wie du. Aber ist das nicht genau der Sinn von Ostern? Dass wir mal an was anderes denken? Also an was ganz gründlich anderes sozusagen?«

Yashi sah sie liebevoll an. »Da hast du recht.«

»Lass uns diesmal in 'ne kleine Kirche gehen. In der Hoffnungskirche hier in Manhattan soll es am frühen Morgen immer ganz, ganz wunderbar sein.«

»Einverstanden«, lachte Yashi. »Ich wusste irgendwie, dass du schon eine Idee hattest.«

Sie versprachen dem Kellner wiederzukommen und schlenderten nach Hause.

Yashi schrieb eine Nachricht an die Familiengruppe, zu der neuerdings auch Namya gehörte. »Liebe Grüße aus New York. Bin gut gelandet. Denke liebevoll an euch alle. Yashi.« *Verrückt, dass das jetzt auch Namya liest. Ich muss mich ja immer noch daran gewöhnen. So erstaunlich. Dass die beiden sich gefunden haben.* Sie schickte ihrer Freundin eine Extra-Nachricht, mit der die anderen nicht so viel anfangen konnten: »Ich habe heute kurz Sashi Tharoor getroffen, deinen Parteigenossen. In Liebe, Yashi.« Und Kiran schrieb sie nur kurz: »Unfassbar, was in 24 Stunden alles geschehen kann. Ich bin müde. Traurig, glücklich, gespannt, das alles. Danke für deine Liebe. Yashi.«

56

Die Kampagne musste mit allen Beteiligten aus allen Zeitzonen abgestimmt werden und bestimmte im April jeden Tag. Es gab Besprechungen, Mails und Skype-Gespräche, kleine Absprachen auf dem Flur. Je näher der 24. kam, desto angespannter wurde Yashi. Manchmal war ihr schlecht vor Aufregung. Sie schlief unruhig, arbeitete auch samstags und hatte ständig Angst, etwas Wichtiges zu vergessen. Und allmählich geriet sie in Panik, weil sie noch keine Ahnung hatte, was sie bei ihrer Rede zum Fashion Day sagen würde. Eine »typische Bhandari-Rede« hatte sich Laetitia gewünscht. Aber was war damit gemeint? Sie wollte nicht zu viel darüber nachdenken, sondern sie einfach schreiben. Oder einfach halten. Oder am besten einfach schon hinter sich haben.

Auch Lucas war angespannt. Stella und Cathy unterstützten sie und machten Überstunden. Yashi war fasziniert, wie viele Ideen aus der ganzen Welt sich sammelten. Spontan rief sie ihr Team zusammen: »Kommt mal kurz an unseren Tisch, bitte!«, und sie kamen alle sofort. Yashi las ihnen die Liste der geplanten Aktionen vor: »Also! Es gibt Tauschbörsen. Flashmobs. Workshops. Viele Modenschauen. Podiumsdiskussionen. Filme. Gewinnspiele und

Verlosungen. Auf der Passeig de Gràcia, dem Prachtboulevard in Barcelona, werden Hunderte Frauen an Nähmaschinen sitzen. In Melbourne wird ein tausend Meter langer Laufsteg durch die Innenstadt führen. In London, hey, hey, werden Herzogin Catherine und Prinz William die Aktion unterstützen. In Luxemburg hat die NGO ›Fairtrade Lëtzebuerg‹ einen Kurs für Schulklassen entwickelt. In der Allen-Lambert-Galerie in Toronto gibt es auf sechs Stockwerken eine Ausstellung. Und die sozialen Netzwerke werden voller Selfies sein von Menschen, die ihre Kleidung auf links ziehen und das Label ›Made in …‹ zeigen. Auch die Hashtags #whomademyclothes und #Imadeyourclothes werden Gesichter zeigen. Allen voran Mahajana, unser Kampganen-Gesicht. Der Hashtag #insideout und das Motto ›Fair ist Style ist schön‹ werden weltweit gesehen werden. Models und Modedesignerinnen machen mit. Und außerdem Fundraiser, Cheerleader, Hochschulen, Secondhand-Boutiquen, NGOs, Zeitschriften, Fotografen, Fashionistas. Twitter, Facebook, Instagram und die lokale Presse.« Yashi hatte schnell gesprochen und sagte abschließend: »Die faire Mode wird Aufmerksamkeit bekommen. Unsere Abteilung lässt sich das Ganze viel Geld kosten. Und ohne euch alle ginge es nicht. Ich bin wirklich begeistert. Danke!«

Alle klatschten. Bevor Yashi es sagen musste, meinte Lucas: »Und jetzt machen wir weiter!«

Es war schon der zweite Sonntag im April, an dem sie alleine im Sara-Roosevelt-Park saß. Und obwohl es zurzeit oft regnete, hatte sie Glück und der Himmel zeigte heute nur ein paar wenige Wolken. Sie machte sich kleine Notizen und wurde immer wieder von anderen Fragen unterbrochen. Namya schrieb und fragte vorsichtig nach, ob sie schon neue Gedanken zu ihrer Zukunft hätte. Aber sie hatte jetzt einfach keine Zeit, ernsthaft darüber nachzudenken. *Warum drängelt sie mich überhaupt so? Was will sie denn? Traut sie mir eigentlich gar nicht zu, hier glücklich zu sein und erfolgreich?* Sie schüttelte den Kopf. *Traue ich es mir denn zu?* Fast hätte sie laut gelacht. Kiran schrieb ihr von seinen vorsichtigen, ersten Erfahrungen in fairen Netzwerken: Die Frauen auf einer kenianischen Kaffee-Großplantage konnten jetzt in Mutterschutz gehen, was sie sich bei anderen Arbeitgebern nicht mal zu wünschen getraut hätten. Und was für indische Teeplantagen bisher als undenkbar galt. Immer wieder sagte Kiran: »Ethik ist echt anstrengend.«

Sie schloss die Augen, genoss die Sonne auf ihrer Haut und versuchte, ruhig zu werden. Zu beten. Sich zu erlauben, sich leiten zu lassen. Auf ihre innere Stimme zu hören. Ihrer Intuition zu vertrauen. Und sie schrieb an ihrer Rede.

Eine Gruppe feiernder Teenager zog durch den Park und machte sich einen Spaß daraus, andere Anwesende zu provozieren. Ein junger Mann setzte sich neben sie und rückte nah an sie heran. Sie rückte etwas von ihm weg und sah ihn fragend an. »Na, Kokosnuss?«, sagte er und guckte auf den Bildschirm ihres Notebooks. »Kokosnuss?«, wiederholte Yashi nur verblüfft.

»Ja, guck dich doch an. Außen dunkel wie bei euch in Chapattiland. Und innen weiß. Weil du so sein willst wie wir. Mit deinem Computer und deiner Jeans.«

»Banane«, grölte einer der anderen. »Die ist eher 'ne Banane. Nicht so dunkel wie 'ne Kokosnuss. Und nicht so haarig.« Er brüllte vor Lachen.

»Aber älter, 'ne ganz reife Banane«, spöttelte einer.

Sie zogen weiter. Yashi sah hinter ihnen her. *Fiese, kleine Rassisten.* Sie hatte eigentlich noch bleiben wollen, sehnte sich jetzt aber nach der Sicherheit ihres eigenen Zimmers. Sie hatte ursprünglich überlegt, Namya anzurufen, aber so würde sie in Ruhe mit ihr skypen.

Namya schwärmte erst eine Weile von Nanda Luke und Yashi mochte es, ihr zuzuhören. »Er ist so ausgeglichen.«

»Dass es sich bei diesem Traummann um meinen Bruder handelt, ist zwar eine verrückte Vorstellung für mich, aber ich freue mich wirklich sehr.« Dann erzählte sie von ihrem neuen Haus. Von der guten Luft, dem Klima und der Ruhe in Ooty. »Wie gesagt: In der zweiten Etage gibt es noch ein freies Büro.« Yashi schwieg und Namya erzählte weiter: »Ich habe mal unverbindlich anfragen lassen, was es kosten würde, zum Beispiel einen Saal im Kongresszentrum in Chennai anzumieten. Mit Klimaanlage und Catering. Der Madras-Saal hat Platz für 500. Das wäre doch was.«

»Du hast was?« Yashi wusste nicht, ob sie verwirrt oder erfreut sein sollte, und fragte nach: »Du hast das so ernst genommen?«

Namya lachte: »Ja, natürlich. Du kennst mich doch. Ich finde die Idee super. Nanda auch. Lass uns das ausprobieren. Eine erste Konferenz im nächsten Jahr.«

»Wann?«

»In einem Jahr. Am Fashion Day.« Yashi war wie elektrisiert. »Zum Thema ›Eine Stimme für die ohne Stimme‹? Aber vielleicht finden wir noch einen anderen Titel. Wir wollen ja was Eigenes, Neues, keine Kopie. Und es soll nicht nur um den Handel gehen, sondern auch um Demokratie, um Beteiligung. Und das alles schön lokal. Schön indisch.«

Yashi hörte zu und wusste nicht, ob sie sich freuen sollte, fasziniert sein wollte oder überrumpelt und geschockt. Aber Namya ließ ihr keine Zeit. »Ich würde gerne versuchen, eine bekannte Persönlichkeit zu finden, die Zugkraft hat. Vandana Shiva wäre natürlich ein Knaller. Du hattest noch Colin Gonsalves genannt. Und es gibt noch zwei weitere Inderinnen, die schon den Alternativen Nobelpreis bekommen haben: Ruth Manorama. Und Ela Bhatt. Wobei die inzwischen Emerita und über achtzig ist. Ich frage sie aber alle vier an. Und gucke, was passiert. Und weil du dann ja wahrscheinlich noch nicht wieder zurück bist, lade ich außerdem dich als Referentin ein. ›Doktor Yashi Anne Bhandari, UN, New York.‹ Das klingt doch super.«

»Was meinst du denn damit? ›Wenn ich dann wahrscheinlich noch nicht wieder zurück bin‹? Wieso sollte ich denn zurück sein?«

»Ich dachte, ich hatte gehofft, meine Idee würde dich vielleicht locken.«

Da platzte es aus Yashi heraus: »Namya. Kannst du mich nicht einfach damit in Ruhe lassen? Ich habe hier keine Zeit, so viel über die Zukunft nachzudenken. Ich brauche meine Energie für meine Arbeit. Ich habe eine große Kampagne vor mir. Kannst du dir vielleicht mal kurz vorstellen, dass ich hier einen guten Job mache? Dass ich hier gebraucht werde?«

Namya sagte entschuldigend: »Yashilein. Tut mir leid. Ich weiß doch, dass du gut bist. Lass uns ein andermal darüber sprechen.«

»Ja. Das ist vielleicht besser. Ich bin gerade sehr angespannt.«

»Ich schicke dir eine Mail mit meinen Ideen. Und wir reden demnächst weiter.«

»Okay. Danke.«

Sie warf sich auf ihr Bett, steckte sich die Ohrhörer in die Ohren, klickte auf die »Ausdauer«-Playlist und hörte mal wieder Enyas Pilgerlied. *Ein Weg führt dich zu Edelsteinen, einer zum Gold und ein anderer führt dich nur dorthin, wo du tust, was du sollst. Und in deinem Herzen fragst du dich, welcher Weg wohl der richtige ist. – Das ganze Leben ist eine Pilgerreise. Ich bin müde, es richtig zu machen oder gut zu sein. Ich möchte frei sein.*

Am Ostersonntag schlichen sie sich vor sechs Uhr früh am Morgen aus dem Haus, kauften sich unterwegs Milchkaffee und Zimtwaffeln und gingen zu Fuß zur Hoffnungskirche. Es regnete leicht, aber der Wind war warm. Die Kirche war nicht besonders groß. Am Eingang hing ein Schild, das die Gemeinde vorstellte mit dem Satz: »Ein Zentrum der freien Religion seit 1833«. Der Raum wirkte mehr wie ein Club. Die Bänke und Wände waren weiß. Licht kam nur von den hohen Kerzen und Laternen, die von der Decke hingen. »Ich glaub, es ist mehr ein Konzert als ein Gottesdienst«, flüsterte Zina. Yashi mochte als Erstes die Mischung der Leute, die an der Feier beteiligt waren. Eine junge Frau, die indianisch aussah, saß auf einer

Cajón an einem kleinen Percussion-Set. Sie spielte Conga, Marimba und andere Trommeln, Klanghölzer und Rasseln. Am Klavier saß ein junger Mann, vielleicht arabisch. Ein älterer, der ihm sehr ähnlich sah und sein Vater sein mochte, spielte Oboe und Duduk. Sie schufen einen Klangteppich. Sakrale Weltmusik.

Eine Weiße mit ganz kurzen grauen Haaren in einem langen Gewand und einer priesterlichen Stola begrüßte sie alle.

»Es ist Zeit, aufzustehen.
Aus der Kälte des Winters.
Aus der tödlichen Nacht.
Es ist Zeit, aufzublühen.
Mit der Neugier des Morgens.
Mit der Macht des Frühlings.
Es ist Zeit, aufzuleben.
An diesem entschlossenen Tag.
Im Rhythmus der Schöpfung.
Im Licht der Liebe. Amen.«

Die ganze Zeit über war Musik zu hören. Es klang so melodisch, dass Yashi innerlich ganz ruhig und gleichzeitig wach wurde. Beim nächsten Lied, vierstimmig, wieder lateinisch, bekam Yashi eine Gänsehaut. »Caritas abundat.« *Die Liebe überflutet das All.*

Die Priesterin las die Ostererzählung aus der Bibel vor. Dann wurde die Musik dynamischer, schwungvoller, und eine junge Schwarze tanzte mit einem schwingenden, weißen Band durch den Altarraum und den Mittelgang der Kirche. Durch das große bunte Chorfenster fiel jetzt mehr Licht in die Kirche.

Beim »Halleluja« wurden sie alle eingeladen mitzusingen. Die Melodie war einfach. Yashi sah sich um. Die Kirche war voll und es war erhebend, den Gesang zu hören.

Die Priesterin sagte:

»Wir lobpreisen die Liebe.
Sie lebt in uns allen.
Unter den Kräften,

die das Menschenherz erfüllen,
ist sie die mächtigste.
Sie überwindet den Tod.
Sie leitet unser Leben.
Sie umfängt uns in Ewigkeit.«

Das nächste Osterlied hatte Yashi schon als Kind gesungen. Der alte Text vom heiligen Franziskus und die erhabene Choralmelodie erinnerten sie an das Vertrauen ihrer Eltern. Es folgte ein vierstimmiges »Amen« des Chores und die Priesterin sagte zum Abschied:

»Wenn du singst, feiert deine Seele.
Wenn du betest, findest du den richtigen Weg.
Vertrauen, Hoffnung und Liebe, diese drei,
sind immer mit dir.
Christus lebt, mit ihm auch wir. Amen.«

Der Klangteppich aus Trommeln, Duduk und Klavier begleitete sie bis nach draußen. Es war heller geworden und es regnete nicht mehr. Der Wind war stärker als am Morgen und wärmer. Zina und Yashi gingen schweigend, beieinander untergehakt, nach Hause.

»Danke!«, sagte Yashi, »Das hätte ich nicht verpassen wollen.«

»Si!« Zina lachte ihr helles Lachen und meinte: »Du arbeitest, ich besorge Frühstück. Und wenn du magst, kannst du mir später ja deine Mode-Rede vorlesen.«

57

Und dann war es endlich so weit. Sie schliefen kaum an diesem Welttag. UN-Web-TV berichtete, sie alle skypten, twitterten, empfingen Nachrichten und Fotos, mailten und chatteten. Rund um die Uhr, rund um die Welt. Abends um acht sahen sie sich die Liveübertragung der Pressekonferenz in Sydney an. Um neun Uhr die in Tokyo. Um Mitternacht die in Bangkok und eine halbe Stunde später die in Delhi. Der Auftakt war gelungen. Dann nahm Yashi sich ein Taxi nach Hause, um wenigstens ein paar Stunden zu schlafen. Sie verpasste Moskau und Nairobi nachts um drei, wurde kurz darauf wach, nahm wieder ein Taxi zum Büro, um dort gegen vier Uhr früh die Pressekonferenzen von Kairo, Johannesburg und die Nachrichten aus den vielen europäischen Städten mitzubekommen. In Barcelona war eine kleine Bühne der Vereinten Nationen direkt am Beginn des Passeig de Gràcia aufgebaut, und die Einkaufsmeile mit Hunderten Nähmaschinen wirkte sehr beeindruckend. Yuki war begeistert von den Bildern. »Es ist einfach fantastisch!«, rief sie mehrmals. Um sechs Uhr früh waren sie alle müde, aber die einmalige Aktion aus Dakar weckte sie. Die Gründerin der »Dakar Modewoche« brachte seit vielen Jahren afrikanische Mode, Design und junge Talente aus ganz Afrika zusammen. Sie zeigten an diesem Tag in Cap Vert ihre neueste Kollektion. So viele junge Kreative waren beteiligt. Dann ging es in São Paulo und Buenos Aires weiter, und schließlich auch endlich bei ihnen in New York, bevor es dann später noch Aktionen in Vancouver, Chicago und San Francisco gäbe.

Yashi trank noch eine Tasse starken Tee. Tuschte sich erneut die Wimpern und zog sich um für die eigene Pressekonferenz. Sie fragte Amy, wie sie aussähe. Hörte sie sagen: »Scheyn, scheyn, meine Liebe!«, und ging in den vollen Saal, in dem die Presse schon wartete. Stella lief mit einer Flasche Wasser neben ihr her.

Laetitia grüßte sie mit offenen Armen wie am ersten Tag und bewunderte ihr Outfit: »Passend, wirklich passend!«

Sie hatte natürlich eine von Zina maßgeschneiderte Tunika an. Eine, die der von Mahajana auf den größten Plakaten ähnelte. Blaue Waschseide, mit weißen Fäden verwebt, einer goldenen Kordel im Dekolleté. Dazu Jeans und Kirans Kurinji-Armband. Und blaue Stiefeletten, die sie sich von Zina geliehen hatte und von denen sie jetzt schon wusste, dass sie sie nie wieder tragen würde. Sie wusste, sie wurde beobachtet. Ihre Rede wurde mit Spannung erwartet. Und sie hatte keine Ahnung, ob sie den Erwartungen gerecht werden würde. Ob Laetitia einverstanden sein würde. Oder ob sie sich anschließend schämen würde. Und sie verachtete sich selbst dafür, dass es ihr wichtig war, was die anderen wohl dachten. Über ihr Äußeres. Und vor allem über ihr Innerstes. Und darüber, was davon sie preisgab.

Nach Laetitias kurzer Begrüßung und ersten Blitzlichtern trat Yashi ans Mikro, legte die Hände vor der Brust zusammen, verneigte sich kurz und begann ihre Rede: »Es gibt eine sehr alte Geschichte von einem Meister. Er galt als kluger Kopf, war ein phantastischer Erzähler, ein charmanter Weisheitslehrer und daher oft umringt von vielen Menschen. Alle mit ihren eigenen Themen. Denen wir hier täglich begegnen: Hunger, Krankheiten, Gewalt, Besatzungsmächte, Diskriminierung, Fremdenhass, Ungerechtigkeit. Unter ihnen war eine Unberührbare, eine der Allerärmsten, besonders verzweifelt. In meinem Land werden sie Dalits genannt. Gandhi nannte sie Gotteskinder. Und diese Allerärmste war fasziniert vom Kleid des Meisters. Ein Tallit, ein jüdischer Gebetsmantel, mit jeweils vier Zizijot, Bündel weißer, geknoteter Wollfäden am Saum. Die Ärmsten haben ja oft die größte Hoffnung. Und so dachte sie sich: ›Wenn ich vielleicht nur so eine Quaste berühren könnte, sein Kleid, ganz am Rand, dann würde ja vielleicht etwas von der Kraft dieses Heiligen zu mir kommen.‹ Und sie tat es. Und tatsächlich – in dieser Berührung spürte sie Kraft.

Interessanterweise spürte aber auch der weise Meister sie. Und er ging nicht einfach darüber hinweg. Obwohl er das in einer Menschenmenge ja mit Leichtigkeit hätte tun können. Sondern er wollte wissen, wer das war. Wer sein Kleid berührt hatte. Nein, er fragte nicht: ›Who made my clothes? Wer nähte mein Kleid?‹, er fragte: ›Wer berührte mein Kleid?‹ Und die anonyme Unberührbare, die Unbekannte, bisher nur Statistik, zeigte sich. Sie wurde sichtbar. Nein, sie sagte nicht: ›I made your clothes, ich nähte dein Kleid.‹ Sie sagte: ›Ich berührte dein Kleid.‹ Und es geschah das gleiche wie in unserer Kampagne: Sie bekam ein Gesicht. Tauchte auf aus der Menge. Aus einem Leben, das sie krankgemacht hatte. Sie gewann Stärke.«

Yashi hielt inne. »Es ist die gleiche Kraft. Unser Hashtag ›insideout‹ sagt: Wir zeigen nach außen, was in uns steckt. Unser Motto ›Fair ist Style ist schön‹ sagt: Wir gehen nicht einfach weiter. Wir zeigen Mitgefühl.« Yashi ließ ihre Blicke durch den Raum wandern. »Daher danke ich Ihnen, dass Sie heute hierhergekommen sind. Um mit uns eine Kampagne zu feiern. Um mit uns zu erleben: Wir kommen mit unserer Kraft in Berührung, wenn wir uns berühren lassen. In dieser Zeit, in der unsere Welt gefährlich gespalten ist. In der Einfluss und Geld gefährlich ungleich verteilt sind. In der die Menschen, die sich gerne schön kleiden, gefährlich gleichgültig sein können. Und gleichzeitig sehr viel Einfluss haben.«

Auf der großen Leinwand erschien das Plakat der Kampagne. Es war den Anwesenden nicht neu, lag in jeder Pressemappe, war in den Nachrichten zu sehen gewesen. Und doch wirkte es jetzt, in voller Größe, beeindruckend und es gab spontanen Applaus. Mahajanas schönes Gesicht, ihre strahlenden Augen, die blaue Tunika, der weiße Olivenzweig, das Symbol der Vereinten Nationen, das Hellblau des weiten Himmels.

»Sehr verehrte Damen und Herren. Kleider kommen uns nah. Abendkleid, Bademantel, Cord- und Caprihose, Dupatta, Frack, Hemd, Jeans, Jogginganzug, das kleine Schwarze, Krawatte und Kopftuch, Lungi, Mantel, Pyjama, Rollkragenpulli, Strümpfe, Tunika, Unterwäsche, Wickelkleid und Weste. Und Winterstiefel. Meine habe ich hier in New York gekauft. Ich habe mir überlegt, ich werde sie einer Obdachlosen geben, wenn ich wieder zurück nach Indien gehe. Weil ich sie dort wirklich nicht brauchen kann. Wie ich mich schon jetzt darauf freue, wieder mit nackten Füßen in Sandalen zu laufen.«

Das Publikum schmunzelte.

»Unsere Kleidung ist uns nah. Wir spüren sie auf der Haut. Sie sagt viel über uns. Farbe, Material, Schnitt und Stil. Sie ist ein Statement. Wenn hier einmal im Jahr der ›Staff Day‹, der Tag der Mitarbeitenden, gefeiert wird, zeigen sich alle in ihrer traditionellen Kleidung. Ich habe mir erzählen lassen, dass dann viele Tracht tragen, ihre traditionellen Stoffe zeigen oder in Uniform erscheinen. Das zeigt unsere Verschiedenheit, die Stärke der UNO und die Schönheit dieser Idee.« Sie trank einen Schluck Wasser.

»Kleider kommen uns nah. Aber wir lassen uns selten berühren von denen, die sie für uns anfertigen. Obwohl sie gar nicht weit weg, sondern unsere Nächsten sind.«

Sie hielt wieder inne und sagte dann abschließend, ruhig und mit Nachdruck: »Es gehört zu den bedeutendsten Aufgaben unserer Zeit, weiter eine weltumfassende Gemeinschaft zu schaffen, in der wir in gegenseitigem Respekt zusammenleben können. Eine Gemeinschaft der Vereinten Nationen. Eine Gemeinschaft der Beteiligung. Der Berührbaren. Diese Kampagne ist ein Beitrag dazu. Sie ist eine Kampagne des Mitgefühls. Nicht des Mitleids, was etwas anderes ist. Es ist eine Kampagne, die uns mit unserer Kraft in Berührung bringt. Weil wir uns berühren lassen. Ich danke Ihnen.«

Es wurde applaudiert. Ihr engstes Team kam zu ihr. Lucas, Amy und Eliene. Stella zeigte einen hocherhobenen Daumen und lächelte. Yuki strahlte, kündigte an, dass Yashi einige Fragen beantworten würde, und nahm auch schon die erste entgegen. Ein Journalist in der ersten Reihe wollte wissen: »Sie selbst haben ja schon vor Jahren das Sumangali-System entlarvt. Eine extreme Form der Ausbeutung. Man könnte Sie eine Rächerin der Textilbranche nennen. Aber dauert das nicht alles viel zu lange?«

Sie sah ihn direkt an und antwortete: »Ja.« Und schwieg. Alle lachten. Und sie sprach weiter: »Sie haben recht. Ja! Es dauert viel zu lange. Aber was heißt das? Wir tun, was wir können. Tun *Sie*, was *Sie* können. Schreiben Sie! Recherchieren Sie. Führen Sie Interviews. Bringen Sie Hintergründe. Setzen Sie sich auf den Hosenboden. Und wenn möglich, auf einen fair-geschneiderten Hosenboden.«

Es wurde wieder geschmunzelt. Das Thema war groß, die Stimmung war gut. Yuki rief einen weiteren Journalisten auf: »Was für erste Reaktionen hat die Kampagne heute ausgelöst?«

»Wir haben von Tokyo und Sydney angefangen über Dakar und Barcelona und bis hierher überaus überwältigend gutes Feedback bekommen. Alle Aktionen verliefen friedlich. In Ihren Pressemappen finden Sie einen Überblick über die Vielfalt der kreativen Ideen. Modenschauen in Innenstädten, Flashmobs in Einkaufszentren. Der Hashtag #insideout hat sich wie ein Lauffeuer verbreitet. Das Echo der Presse ist bisher überragend positiv. Auch, weil rüberkommt, dass die Welt an einem Strang ziehen kann.«

Eine junge Frau meldete sich und Yuki gab ihr die Chance: »Die Fotos von dem Gebäudeeinsturz in Bangladesch waren ja sehr berührend. Berühren war ja auch eins der wichtigsten Worte in Ihrer

Rede. Die, wenn ich das so sagen darf, wiederum sehr berührend für mich war. Können Sie sagen, was Sie persönlich an diesem Thema so interessiert?«

Yashi schluckte. Dann erzählte sie: »Ich komme aus einem der ältesten Textilländer überhaupt. Die Archäologie sagt, dass in der Indus-Kultur schon seit 4000 Jahren Baumwolle gewoben und gesponnen wird. Aber Sie fragen nach einer persönlichen Erfahrung. Und damit machen Sie etwas deutlich: Es sind oft kleine, persönliche Begegnungen, die dazu führen, dass wir etwas ändern in unserem Verhalten. Nun. Ich vergesse nie meinen allerersten Fall vor Gericht. In einer Textilfabrik war ein zwölfjähriger Junge gestorben. Nach einer 16-Stunden-Schicht in Ohnmacht gefallen. Geschwächt, dehydriert. Tödlich für ihn war letztlich, wie unwichtig er war. Übersehen, übergangen, liegengelassen. Das ist über 20 Jahre her. Und die Gerichte sind hart vorgegangen gegen Kinderarbeit, auch wenn es sie immer noch gibt.« Sie trank einen Schluck Wasser. »Ich denke auch oft an den ersten Fall, den ich verloren habe. Eine Gruppe junger Frauen hatte sich zusammengetan und eine Lederfabrik verklagt, in der sie arbeiteten. Die Zahl der Fehlgeburten hatte so auffallend stark zugenommen, dass sie einen Zusammenhang mit den Bedingungen in der Fabrik vermuteten. Wir konnten nachweisen, dass dort bei der Schuhherstellung giftige Gase eingeatmet werden. Bei der Verarbeitung von Leder, Gummi und vor allem synthetischer Materialien. Substanzen, die Sie ehrlich gesagt nicht an den Füßen tragen möchten, aber ganz sicher nicht jeden Tag über zwölf Stunden lang einatmen sollten. Wir konnten das Gericht damals nicht überzeugen. Die Lederfabrik kam ungeschoren davon.« Yashi atmete tief durch, gab Yuki aber ein Zeichen, dass sie noch weiterreden wollte. »Und ich denke sehr oft an einen Fall, der mich beschäftigte, kurz bevor ich hierherkam: Eine junge Frau kam in meine Kanzlei. Sie versteckte ihr Gesicht hinter einem Schal. Sie arbeitete in einer Spinnerei. Immer lag Baumwollstaub in der Luft. Eine Maschine löste Funken aus. Der Staub und dann ihr Mundschutz fingen Feuer.

Niemand half ihr. Es gab kein Wasser für sie. Seitdem zeichneten Brandnarben ihr Gesicht von der Nase bis zum Kinn. Ich denke, es sind solche Geschichten, die mich berührt haben.«

»Konnten Sie der Frau helfen?«, fragte die Journalistin nach.

»Ehe ich helfen konnte, war sie tot. Sie hat sich wahrscheinlich vergiftet. Was in meinem Land häufiger passiert, als Sie sich vielleicht vorstellen mögen.« Yashi holte tief Luft. »Ich wünschte, ich hätte Ihnen etwas anderes sagen können, aber das ist die Wahrheit: Kinderarbeit. Krankheiten. Fehlgeburten. Selbsttötung aus Verzweiflung. Und genau damit so etwas nicht immer wieder, immer weiter passiert, gibt es diesen Gedenktag. Den Fashion Revolution Day. Und unsere Kampagne.«

Jemand rief dazwischen: »Sie haben also das Gefühl, etwas wiedergutmachen zu müssen!« Es war nicht als Frage formuliert, sondern eine Feststellung.

»Ja. Sie nicht?«, fragte Yashi zurück und beließ es dabei.

Yuki ließ eine weitere Frage zu und ein älterer Herr erhob sich: »Und Sie meinen wirklich, dass wir als Konsumenten etwas tun können?«

»Alle, die nicht den ganzen Tag lang nackt rumlaufen wollen, ja.« Wieder wurde geschmunzelt. »Verzeihen Sie. Aber ja, wir haben einen großen Einfluss. ›People Have the Power‹, singt Patti Smith. Wir haben Einfluss. Wir mit unserem Konsum. Wir können fragen: ›Wer hat meine Kleidung gemacht?‹ und: ›Woher kommt dieses Paar Schuhe?‹ Wir können nerven, drängen, insistieren, boykottieren. Patti Smith singt: ›Wovon wir träumen, kann wahr werden, wenn wir uns zusammentun, wenn wir uns einig sind.‹ Das stimmt! Und wir können insgesamt weniger konsumieren.«

»Weniger konsumieren. Das klingt nicht nach Amerika«, hakte der ältere Herr nach.

Und Yashi sagte: »Ach! Denken Sie doch nicht so schlecht von sich. Auch in diesem Land macht sich die Ahnung breit, dass unser Wert nicht am Besitz hängt. Unser Glück nicht an materiellen

Dingen. An einem vollen Kleiderschrank. An immer mehr und ständig neu. Und wenn wir das begreifen, können wir uns freiwillig beschränken.«

Yuki sah Yashi an und flüsterte: »Reicht das? Ich meine, du hast genug Fragen beantwortet.«

Yashi nickte. Yuki bedankte sich bei allen, wies noch mal auf die Pressemappen und Kampagnen-Flyer hin und verabschiedete die Gäste. Der Raum leerte sich zügig. Laetitia kam auf sie zu: »Ja, das war eine wahre Bhandari-Rede. Vielen Dank. War die Geschichte von dem Meister etwa aus der Bibel?«

»Ja. Aus dem Neuen Testament. Lukas-Evangelium.«

»Sie haben Nerven.«

»Wieso? Das ist Weltliteratur.«

»Und wann werden Sie Ihre Winterstiefel verschenken?«

Yashi zögerte. »Ich weiß es noch nicht.«

Mit Stellas Hilfe fand Yashi einen Weg durch die Menge, zum Aufzug und zurück zu ihrem Platz. Sie streifte sich Zinas Stiefeletten von den Füßen und schlüpfte in ihre Turnschuhe. *Und nächstes Jahr bin ich an diesem Tag in Chennai? Als Referentin? Bei einer Konferenz?* Der Gedanke ließ sie tatsächlich kurz kichern. *Namya, ich war ungerecht zu dir. Ich muss mich entschuldigen. Ich freue mich auf unsere Zusammenarbeit. Jetzt schon.*

Einen Moment später war sie umringt von ihrem Team. Lucas, Amy, Eliene, Stella und Cathy. Auch Bela kam und gratulierte ihr. Yuki winkte. Pavani, die sie seit ihrem Gespräch bei der Trauerfeier nicht mehr gesehen hatte, stand etwas abseits. Alle redeten durcheinander. Yashi hörte: »Eine eigenwillige Rede war das«, »Du hast ganz toll ausgesehen«, »Du bist ja ganz schön schlagfertig«, und: »Unsere Yashi Arafāt Bhandari, Rächerin der Textilindustrie«. Sie erzählten und lachten.

»Lasst uns an den runden Tisch gehen. Yuki, sagst du Bescheid, wenn in Vancouver oder anderswo was Besonderes passiert, bitte?« Yashi sah zu Pavani: »Kommen Sie doch auch dazu.«

Eliene brachte Kaffee, Tee und Tassen, sie schenkten sich ein.

»Bin ich müde«, sagte Lucas und lachte: »Alle, die nicht immer nackt rumlaufen wollen.« Er hob die Hand und sagte zu Yashi: »High five!« Sie schlug ein.

Eliene meinte: »Diese Modenschau in Diamniado am Grünen Kap, die ist ja wirklich ganz toll. Ich wusste nicht, dass es so viele afrikanische Labels gibt. Die Frisuren allein! Schwarze können ihre Haare ja echt verrückt stylen. Wir Brasilianerinnen natürlich auch.« Sie lachte und fuhr sich mit der Hand durch ihre kurzen, blondierten Locken. »Aber was diese Adama Paris macht, ist echt beeindruckend. Hast du die Bilder gesehen? Die männlichen Models haben ihre Shirts ausgezogen und auf ihren Oberkörpern waren unsere Hashtags zu lesen.«

Pavani sagte nichts. *Immerhin ist sie geblieben. Und macht mal keinen blöden Kommentar. Vielleicht ist es einfach zu viel verlangt, dass sie mir etwas gönnt.*

Amy grinste: »Das war wohl die erste Rede hier, in der ein Tallit vorkam. A dank.« Sie verneigte sich kurz und strahlte über das ganze Gesicht.

Yuki rief begeistert: »Die Bilder aus der Galerie in Toronto sind auch sehr cool. Und aus Tel Aviv kamen gerade Fotos von arabischen und israelischen Modeleuten, die ihren eigenen Hashtag haben: ›Gemeinsam für Fairness und Frieden‹. Auch sehr, sehr schön. Wirklich fantastisch.«

Yashi ging zurück an ihren Schreibtisch. Las ihre vielen Mails. Antwortete. Meistens mit immer denselben Sätzen. Einmal formuliert, kopieren, einsetzen. Manchmal fand sie ein paar persönliche Worte. An Brian Anderson von Greenpeace zum Beispiel. An Mahajana natürlich, die in Delhi gefeiert hatte. Sie freute sich, dass Kirthi Jayakumar ihr schrieb: »Guck mal auf meinem Blog. Da findest du schöne Bilder und Texte zum heutigen Tag!« Sie leitete den Link an Yuki weiter. Am Marina-Strand in Chennai hatte es eine Parade gegeben. Die Selfies von jungen Leuten in bunten Fischerbooten waren echt besonders gelungen.

Yashi gähnte. Die letzte Aktion passierte in Kanada. Im Chinook-Einkaufszentrum in Calgary war im größten Kinosaal »Der Teufel trägt Prada« gezeigt worden, mit anschließender Podiumsdiskussion. Lokale Größen, der Bürgermeister, eine Designerin, ein Eishockeyspieler, ein Wirtschaftswissenschaftler der Universität und die Leiterin einer Modelagentur hatten erfrischend kontrovers diskutiert und waren von Publikum und Presse mit Applaus belohnt worden.

Danke! Danke! Danke! Was für ein großartiger Tag. Und es ist alles gutgegangen. Es ist so wunderbar. Sie entdeckte noch ein offenes Dokument auf ihrem Bildschirm. Es war der Bibeltext. Sie las ihn noch einmal. Und blieb beim letzten Satz hängen: »Tochter, deine Glaubenstreue hat dich gerettet. So gehe in Frieden.«

Was für eine riesige Erlaubnis! In Frieden zu gehen. Ähnlich wie Malala zu sagen: ›Es ist mein Traum, nach Indien zurückzukehren und seinen Menschen zu dienen.‹ Und ehrlich zu sagen: Das hier dient mir nicht.

Amy kam zu ihr, setzte sich auf ihre Schreibtischkante. Das machte sonst nur Lucas. »Darf ich dich was fragen?«

»Ja, klar.«

»Aber es ist etwas heikel.«

»Frag trotzdem. Ich muss ja nicht unbedingt antworten.« Yashi sah sie neugierig an.

»Als du davon gesprochen hast, dass du deine Stiefel hierlässt. Und dich schon wieder auf deine Sandalen freust.« Amy sprach leise und Yashi spürte nur mal wieder das kalte Kribbeln im Rücken. »Es hat sich so angehört, als würdest du noch vor dem nächsten Winter gehen.« Sie stockte. »Oder noch eher. Vielleicht schon bald.«

Yashi sah, dass Amy tatsächlich Tränen in den Augen hatte, und wich kurz ihrem Blick aus. Dann sagte sie: »Lass uns morgen zusammen essen gehen. Du hast eine richtige Antwort verdient. Aber dafür bin ich jetzt einfach zu müde. Wäre das okay?«

Amy nickte. »Bis morgen dann, meine Liebe. Gönn dir heute noch irgendwas Schönes.«

Yashi schickte einen Link von der Pressekonferenz an die Familiengruppe, an Kemia und auch an Karuna. Sie sah auf die Uhr. Wenn sie sich beeilte, konnte sie noch am Abendkurs im Yoga-Studio teilnehmen. Sie schrieb Zina eine Nachricht: »Alle loben deine Tuniken!« Dann dankte sie ihrem Team für den erfolgreichen Tag. »Danke für alle Unterstützung. Macht Feierabend. Morgen geht's weiter. Schlaft ruhig ein bisschen länger.«

Sie fuhr mit der Bahn nach Hause. »Ich weiß, es ist spät. Aber ich habe den ganzen Tag lang nichts gegessen. Ich kam einfach nicht dazu. Haben wir Reis im Haus?«

Zina konnte sich sofort für die Idee begeistern, noch zu essen: »Ich besorge uns was Leckeres!«

Zu Hause war Yashi zu müde, um zu berichten. Sie freute sich über ihr Essen, ein scharfes, vegetarisches Curry, saß in ihrem Sessel und hörte gerne zu, wie Zina erzählte: »Hey, bei uns war heut auch megaviel los. Das ganze Team von ›Urban Goods‹ hat natürlich mitgefeiert. Die hatten schon lange einen ›Tag der offenen Tür‹ angekündigt und heute haben sie dann Kindermode zum halben Preis verkauft.« Zina aß ein paar Löffel und meinte: »Die Chefin hat mir angeboten, ›Zishiyana‹ zu kaufen. Und mich fest bei ›Urban Goods‹ anzustellen. Uiuiui!«

»Unser Label? Verzeih! Ich meine: dein Label? Wie kommt sie denn auf die Idee?«

»Na, es würde ihr Angebot gut ergänzen. Und die glaubt wohl an den Erfolg.«

»Und? Wirst du es tun?«

»Was meinst du denn? Wenn du an meiner Stelle wärst. Würdest du das machen?«

Yashi sah sie nachdenklich an. »Es klingt gut. Es bestätigt dich auch. Ich gratuliere dir! Wenn jemand dir so ein Angebot macht und dich haben will – das ist doch eine tolle Erfahrung. Solange du dir dein Eigenes bewahren kannst. Deine innere Freiheit. Und die Kultur dieses Unternehmens ›Urban Goods‹ nicht anders oder nicht viel anders ist als deine eigenen Vorstellungen. Also, es wäre natürlich okay, wenn ein Kollege zum Beispiel den ganzen Tag lang M&Ms kaut. Aber es wäre nicht gut, wenn die Unternehmenskultur fördert, dass Geld und Positionen und Anerkennung dir plötzlich immer wichtiger werden. Und deine Chefin deshalb dann immer Unsicherheit in dir auslöst, wenn sie dich in ihr Büro zitiert. Und du Angst bekommst, zu versagen. Viel mehr als früher. Und wenn sie dir so was rät wie, bloß keine Schwäche zu zeigen. Und du merkst, dass du nicht ins Bild passt. Und dich entweder anpasst oder alleine fühlst. Und ständig unter Druck stehst. Und rechtfertigen musst, wenn du nicht alles delegierst, sondern auch mal selbst was erleben willst. Was Praktisches tun willst. Dann wäre das nicht gut. Dann wäre es wohl besser, zu gehen.«

»Hey. Du redest ja über dich«, stellte Zina fest. Yashi war ganz aufgeregt und hielt jetzt erschrocken die Luft an. Zina hatte Tränen in den Augen. »Du bist echt nicht glücklich hier«, stellte sie fest. »So ein mega erfolgreicher Tag. Aber du bist nicht glücklich?« Zina schüttelte Kopf, weinte und ließ es einfach geschehen.

Yashi berührte Zinas Hand, die auf der Armlehne lag: »Es tut mir leid. Du wolltest über Zishiyana sprechen. Und jetzt rede ich nur über mich und platze wieder mit meiner UNO dazwischen.«

Zina winkte ab: »Ach, das ist echt nicht so wichtig. Über mich können wir immer noch sprechen. Aber dass du hier nicht glücklich bist, das macht mich ganz fertig. Das ist echt so mega traurig.«

Yashi sah sie unsicher an. »Ich habe nur drei Stunden geschlafen. Vielleicht liegt es daran.«

Aber Zina schüttelte den Kopf. »No, no, Yashilein. Mit Schlaf hat das nix zu tun. Da musst du jetzt schon ehrlich sein.«

58

Am nächsten Morgen wachte sie früh auf und rief Kiran an. »Meine erfolgreiche Kampagnen-Frau«, begrüßte er sie, »ich gratuliere dir, Yashi Anne.«

»Danke.«

»Wie war's denn?«, wollte er wissen.

Und sie fing an zu weinen. »Ach, jetzt heule ich. Wahrscheinlich, weil der Stress vorbei ist. Die Anspannung. Weil ich so erleichtert bin. Es war wirklich großartig. Ein ganz einmaliges Erlebnis. Diese Verbundenheit. Einmal rund um die ganze Welt. Das ist schon überwältigend, wenn alle so zusammenhalten. So viele Ideen einbringen. Mitmachen. Wirklich. Aber jetzt reicht's. Ich werde vielleicht. Ich werde wohl …«

Aber Kiran unterbrach sie: »Ich bin stolz auf dich. Und du solltest auch stolz auf dich sein. Und dich vielleicht am Wochenende ein bisschen ausruhen? Etwas Schönes unternehmen? Mit Zina?«

Yashi hörte ihm kaum zu. Sie wollte nicht beruhigt werden. Sie wehrte sich innerlich. Aber dann fragte sie nur: »Und bei dir?«

»Es findet sich. Es dauert. Aber es läuft. Wir haben ein neues Mitglied im Betriebsrat. Raja. Der junge Mann, der im Rollstuhl sitzt.

Er hat gute Ideen. Und macht eine Ausbildung bei uns im Büro.«

»Das tust du für Jason, oder?«

»Vielleicht. Keine Ahnung. Aber ich weiß, dass es gut ist für ›O'Clock‹ und gut für Raja.«

»Ich muss jetzt aufstehen. Den großen Tag nacharbeiten.«

»Viel Glück weiterhin, Yashi Anne.«

Da Yashi keine Musik und kein einziges Geräusch von Zina hörte, ging sie ohne Frühstück aus dem Haus. Sie schrieb ihr nur: »Danke für den Abend gestern. Zishiyana ist super! Ich glaube an dich. Yashi.«

Auf ihrem Schreibtisch lagen weniger Stapel als sonst. Aber ihr Mailpostfach war schon wieder voll. Sie traf Stella, um die kommenden Termine zu besprechen. Begegnete auf dem Gang zufällig Laetitia, als sie eigentlich gerade zu Yuki wollte. »Ihre Rede hat viel Resonanz bekommen. Gut gemacht! Was kommt als Nächstes? Außer den üblichen Meetings?«

»Eine Menge Presseanfragen. Ein Treffen mit Vertretern der Textilarbeitervereinigung. Und dann Papier. Wichtiges Papier. Leitprinzipien, die Gesetze werden müssen.«

»Ja, das muss auch gemacht werden.«

»Hätten Sie heute spontan Zeit für mich? Vielleicht am Nachmittag?«

Laetitia sah sie aufmerksam an. »In Ordnung. Kommen Sie um drei. Und bringen Sie Ihre Teekanne mit.«

Zurück an ihrem Platz, schlug ihr Herz bis zum Hals. Sie versuchte, sich zu konzentrieren. *Was ist denn los? Was ist in mich gefahren? Werde ich heute etwa wirklich kündigen?* Sie blätterte durch ihr Tagebuch. Plötzlich fegte der kalte Wind der Traurigkeit durch ihr Herz. Sie wünschte sich, dass der Raum in ihrem Herzen wieder heller und wärmer würde. Dass der lichte Raum größer würde. Sie schaffte es nicht, die Tür fest zu verschließen. Sie stand einen Spalt weit offen. Wie eine Wunde, die noch nicht verheilt war. Sie schrieb eine Nachricht an die Familiengruppe: »Wünschte mir Zeit zum Trauern. Denke an euch. Das hilft. In Liebe, Yashi.«

Sie las ihre Mails. Presseanfragen, die Stella ihr weitergeleitet hatte. Alle hatten mit der Kampagne zu tun. Sie antwortete routiniert.

Und dann kam eine Mail von Staatsanwalt Raja Burad. Sie konnte kaum fassen, was sie las: »Sehr geehrte Frau Dr. Bhandari. Wir haben es geschafft. Dank Kirthi Jayakumars Engagement. Dank der Ausdauer einer meiner Mitarbeiter. Dank eines Inspektors bei der Polizei in Chennai. Dank einer Portion Glück und Hinweisen aus der Bevölkerung. Und vielleicht auch ein wenig wegen meines Spürsinns. Wir haben sie am Wickel. Ich werde die ›WeSpinning Ltd.‹ verklagen. Hochachtungsvolle Grüße.«

Yashi sagte laut: »Ja!« Sie ballte die Fäuste und warf sie in die Luft und wiederholte: »Ja! Ja! Ja!« *Wir haben sie am Wickel. Unfassbar! Danke! Danke! Danke!*

Amy schlug vor, mal nicht ins ›Mona‹, sondern ins ›Zaika‹ zu gehen. Ebenfalls in der Nähe, aber nicht so stark besucht von UN-Leuten. Als sie saßen und in die Karte sahen, sagte Yashi überrascht: »Die Küche ist ja indisch?«

»Ich dachte, das passt.«

Die beiden Frauen sahen sich offen an und Yashi fragte: »Du weißt es. Bist du enttäuscht?«

»Du wirst fehlen. Auch mir persönlich. Dem Team. Deine emotionale Art. Deine Tiefe. Auch deine unkomplizierte Art, das Team zu leiten.« Yashi nickte und Amy fragte ihrerseits: »Bist *du* denn enttäuscht?«

»Nicht von euch. Ganz bestimmt nicht von dir. Auch nicht von der UNO, nicht wirklich. Aber ja, doch. Wahrscheinlich bin ich enttäuscht von mir selber. Dass ich es nicht geschafft habe, hier glücklicher zu sein. Ich wollte so viel.«

»Du denkst, du bist gescheitert?«

»Ja. Ganz ehrlich, so fühlt es sich an. Mindestens wie ein Umweg. Vielleicht war der wichtig. Aber er hinterlässt auch Scherben. Hat viel Kraft gekostet. Es ist wirklich nicht schön. Keine angenehme Erfahrung. Es tut weh. Es verunsichert mich. Dann wieder schäme ich mich. Aber ich ahne, wenn ich das jetzt durchziehe, wird es irgendwann gut werden. Mir das so ehrlich einzugestehen war nicht einfach. Und wirklich: Ich finde großartig, was ihr leistet.«

»Die UNO braucht Menschen wie dich.«

»Indien braucht mich auch«, sagte Yashi, trotziger, als sie wollte. Sie schwiegen, versteckten sich für einen Moment hinter ihren Karten und wählten ihr Essen aus. Yashi sagte einlenkend: »Ich weiß ja. Und ich finde es krass, wenn zum Beispiel auf Fox News gesagt wird, die UNO sei zu nichts nütze. Das ist einfach nur furchtbar. Und es ist falsch. Die UNO ist so wichtig. Und ich könnte auch bleiben. Weitermachen. Und würde damit ganz sicher nichts Falsches tun. Aber besser für mich ist, wieder in Indien zu arbeiten. Es tut mir wirklich leid.«

Amy strich sich durch die dunklen Locken. »Ich akzeptiere das natürlich. Und ich habe gut reden. Mein Mann und mein Kind leben hier. ›Mazeltov‹, kann ich nur sagen. Und ich wünsche dir von Herzen, dass du glücklich wirst.«

»Es ist aber nicht zuerst das Heimweh, Amy. Oder jedenfalls nicht nur Heimweh nach meinem Mann und meiner Familie. Es ist das Ganze, die Philosophie, die Ordnung. Es gibt mir keine, ach, es entzieht mir Energie. Indien ist auch kompliziert, aber ich habe dort nie diese Müdigkeit und Freudlosigkeit an mir erlebt. Ich werde in das Land meiner Geburt zurückkehren und seinen Menschen dienen.«

Amy nickte wieder und sagte dann: »Danke für deine Offenheit. Komm, lass uns essen. Ich nehme eine Suppe.«

Yashi ging darauf ein: »Ja. Suppe ist gut. Die hier klingt lecker: Fenchel, Safran, geröstete Mandeln, Kokosmilch.«

»Und dazu warmes Naanbrot.« Sie bestellten. Amy lächelte jetzt: »Mit dir konnte ich immer so schön essen gehen. Ich werde unsere

Mittagspause im ›Mona‹ vermissen. Wenn du isst, dann bist du nämlich einfach hinreißend.« Yashi lachte. Und Amy sagte noch: »Und dein Glaube. Was du tust, gründet in deinem Glauben. Oder in der Überzeugung, dass es etwas gibt, das uns allen heilig ist. Das wird mir auch fehlen.«

»Ja. Es war gut, das mit dir teilen zu können.«

»Macht ist ein großes Thema. Zwiespältig. Wir müssen sie bezweifeln dürfen. Ich glaube, dass auch Gott uns braucht, uns alle braucht, um gute Macht zu haben. Gott braucht uns als Freundinnen.«

»Ja. Gute Macht. Das hast du schön gesagt.«

Ihr Essen wurde gebracht und sie löffelten ihre Suppe. »Es ist noch nicht offiziell«, gestand Yashi.

»Oh! Wer weiß es denn?«

»Du.« Sie machte eine Pause. Amy sah sie ungläubig an. »Meine Schwägerin Zina ahnt es. Meine Freundin Namya hofft es.«

»Und dein Mann?«

»Wird sich freuen. Und die Welt nicht mehr verstehen. Ich mute ihm echt was zu.«

»Und Laetitia?«

»Gleich um drei.«

»Oh! Oh! Na dann, viel Glück. Nochmals: Mazeltov.«

Yashi gab sich besonders viel Mühe beim Teekochen und überlegte, was genau sie gleich sagen würde. Sie fühlte sich unvorbereitet, gleichzeitig überfällig lange bereit für diesen Schritt.

Laetitia half ihr: »Setzen Sie sich. Danke für den Tee.« Yashi goss ihn ein. Und Laetitia fragte: »Na? Wollen Sie Ihre Winterstiefel abgeben?«

Yashi sah sie erstaunt an. »Woher wissen Sie es?«

»Ich bin seit über 20 Jahren hier. Ich habe ein Gespür dafür, wer bleibt. Wer nur reinschnuppert. Wer geeignet ist. Wer überfordert. Wer Karriere machen wird. Ich erkenne Burnout-Symptome und Suchtverhalten. Ehrgeiz. Ich spüre, wo Energie ist.«

»Und von mir wissen Sie, dass ich ungeeignet bin?«

»Nein. Da hätten Sie mich wirklich ganz falsch verstanden. Sie machen Ihre Aufgabe gut. Sie lernen schnell. Die Leute mögen Sie. Sie leiten gut. Sie sind sich treu. Sie könnten hier einen wertvollen Beitrag leisten, wenn Sie wollten. Aber Sie wollen eben nicht.«

Yashi gab ihr innerlich recht und fragte: »Hatten Sie selbst nie Zweifel? An Ihrem Job hier?«

»Nein. Nicht so grundsätzlich.«

»Und dass Sie so viel arbeiten? Und alles geben für die UNO?«

»Sie stellen große Fragen. Lassen Sie es mich so sagen: Für mich ist es jetzt wohl ein bisschen zu spät, um mein ganzes Leben umzukrempeln.«

Sie schwiegen einen Moment, bis es Yashi zu anstrengend wurde und sie weiterfragte: »Was muss ich tun?«

»Sie werden freigestellt. Ab sofort. Das ist ja wahrscheinlich auch das, was Sie sich selbst wünschen. Wir verabschieden uns voneinander und wünschen uns gegenseitig viel Glück.«

Yashi nickte. »Dann viel Glück. Und danke für die Chance.«

»Danke ebenfalls. Besonders für die Kampagne.«

»Was passiert jetzt? Wird die Stelle wieder ausgeschrieben?

»Wir suchen eine Interimslösung. Und dann klären wir es wahrscheinlich intern. Die Stelle wird nicht ausgeschrieben. Es gibt eine Kollegin. Gunda Berglund. Eine Schwedin. Sie könnte die Stelle bekommen. Die schwedische Außenministerin steht hinter der Besetzung, also wird es wohl eine schnelle Lösung geben.«

»Sie haben das schon geplant?«

»Sagen wir, ich habe beobachtet und mir Gedanken gemacht. Wir müssen weitermachen. Ich wünsche Ihnen alles Gute für Ihren Weg. Für das, was Sie jetzt vorhaben. Ich denke, Sie haben ja auch schon etwas geplant.«

Yashi nickte: »Ja, irgendwie schon. Danke. Alles Gute.« Sie nahm ihre Teekanne und verließ Laetitias Büro.

An ihrem Schreibtisch erledigte sie alle Formalitäten so, wie Laetitia es ihr gesagt hatte, um schon eine Stunde später eine Mail zu lesen, in der ihre Chefin die ganze Abteilung über die neueste Entwicklung informierte. *Es geht alles viel schneller als gedacht.*

Die Mail löste unterschiedliche Reaktionen aus. Zuerst wurde es ganz still im Büro und dann auf einmal sehr unruhig. Yashi sagte laut: »Treffen wir uns am runden Tisch, bitte.«

Als alle da waren, sagte Yashi: »Es tut mir leid. Laetitia ist mir zuvorgekommen.« Sie sah in lauter verständnisvolle Gesichter.

Bevor sie mehr sagen konnte, schimpfte Lucas los: »Also. Ich versteh das nicht. Jetzt? Nach dieser Kampagne? Diesem Erfolg? Und ich meine, jetzt mal abgesehen von der UNO. Wer einmal in New York war, will hier doch nicht wieder weg, oder?«

Amy verteidigte Yashi: »Ihre ganze Familie lebt in Indien. Es ist ihre Heimat.«

Aber Lucas konnte sich nicht beruhigen: »Weg aus Amerika, um in Indien zu leben? In Mettu-Dingdsda? Also, das begreife ich nicht.«

Eliene mischte sich ein: »Sie ist ein freier Mensch. Und es ist doch auch gut, eine UNO-Verbündete in Indien zu haben. Du hast ihr nichts zu sagen. Lass sie einfach in Ruhe.«

Yashi wandte sich Lucas zu: »Lucas. Du lebst gerne hier. Das ist wunderbar. Aber das gilt eben nicht für alle.«

Lucas erzählte: »Ich war ja in Indien. Und in Sri Lanka. Nepal. In diesen Ländern.«

»*Diesen Ländern?*«, wiederholte Yashi fragend.

»Ich meine ja nur. Also, du hast die Annehmlichkeiten hier erlebt. Die Vorteile. Die Freiheiten. Also, das alles.«

»Aber ich bin hier nicht zu Hause.«

»Ich verstehe es einfach nicht. Ich meine, Amerika ist groß, groß genug für alle unsere Wünsche.«

Eliene sagte warnend: »Jetzt bedräng sie nicht so, Lucas!«

Aber er war wütend und hakte noch mal nach: »Freiwillig weg aus Amerika. Ich werde das nie kapieren.«

»Ich habe das jetzt erlebt, mitgemacht. Aber ich kann das nicht auf Dauer. Ich bin hier nicht glücklich. Nicht so wie du offensichtlich.«

»Und in Indien wirst du aber glücklich?«, fragte er spöttisch.

Yashi spürte, wie ihr heiß wurde, sie sah ihn ruhig an und fragte dann sehr konzentriert: »Meinst du wirklich, wir alle wollen so leben? Dass alle Welt das braucht? Mal abgesehen davon, dass das ja gar nicht ginge, weil die Ressourcen nicht reichen würden. Für diesen Immer-größer-ist-immer-besser-Lebensstil.«

Sie standen sich gegenüber, verschränkten beide die Arme vor der Brust. Yashi sprach weiter: »Die Shops und Klamotten. Eure überdimensionalen Autos. Die 7-Tage-Woche und 24-Stunden-Tage. Euer ganzes Fastfood und das viele Essen. Die Smoothies und durstigen Avocados. Die topaktuellen Turnschuhe, die ihre Vorgänger so schnell ablösen. Die Netflix-Serien und Online-Dienste.«

Sie redete sich in Rage: »Manche hier wissen nicht einmal mehr, wie man eine Kartoffel schält. Einen Kuchen backt. Geschweige denn eine Masala kocht. Wie man ein echtes Buch in einem echten Laden kauft. Ein Gespräch führt, das etwas bedeutet, ein Gespräch mit einem echten Menschen, der dir gegenübersitzt, statt nur in ein Telefon zu glotzen. Oder wie echtes Geld sich anfühlt. Weil ihr alles mit einer Plastikkarte erledigt. Und nicht mehr merkt, dass ihr auf Kredit lebt. Mit eurer unglaublichen Verschwendung. Eurer empörenden Ausbeutung der Erde. Meinst du echt, alle wollen in einer Welt leben, in der man eine App braucht, um zu atmen? Weil wir alleine nicht mehr wissen, wie das geht? Oder uns von einem Armband sagen lassen, wie wir uns immer weiter selbst optimieren können? Weil die spannendste Zahl der Welt ja die ist, die uns sagt, wie viele Kalorien wir pro Tag verbraucht haben?«

Sie stoppte sich, holte tief Luft und sagte dann mit mehr Leichtigkeit: »Wirklich, Lucas. Ich schätze vieles hier. Und, *by the way*, dich persönlich sehr. Euren Optimismus. Eure freundliche Art. Selbst eure Prüderie ist irgendwie süß. Und natürlich die großartige

Idee, dass ein Mensch vom Tellerwäscher zum Millionär werden kann. Aber es werden nicht alle Millionäre. Und es gibt tatsächlich Menschen, die wollen gar keine Millionäre sein. Vor allem nicht auf Kosten anderer. Ihr müsstet der ganzen Welt Schmerzensgeld zahlen.«

Alle hielten jetzt den Atem an. Lucas sah ihr direkt in die Augen. Bestürzt und perplex. Dann fragte er: »Aber was ist denn Glück dann für dich? Persönlich?«

Yashi überlegte und antwortete: »Glück ist, wenn das, was ist, genug sein darf.«

59

Zina hatte sie mit einer Kanne Tee, zwei Flaschen Tonicwater und einer Flasche Gin zu Hause erwartet. Sie war still gewesen, stiller als sonst. Yashi hatte erzählt und sie hatte zugehört. Dabei hatten sie erst den Tee getrunken und dann einen ersten Gin Tonic. Sie waren ins Erzählen geraten und hatten die vergangenen Monate Revue passieren lassen. Irgendwann hatte Zina eine Idee gehabt: »Wie wäre es, du würdest dein Team zum Abschied zum Essen einladen?«

»In ein schönes Restaurant? Ich weiß gar nicht, welches ich am besten fand. Wir haben ja so oft, so unfassbar teuer und so lecker gegessen.«

»Wir könnten auch hier kochen. Wie viele sind es denn?«

Yashi überlegte: »Amy. Eliene. Lucas. Stella. Yuki. Vielleicht Bela. Cathy. Laetitia? Nein, ich glaube, sie würde das als unangemessen empfinden. Obwohl es ihr total guttun würde. Sie könnten alle noch jemanden mitbringen. Oder? Was meinst du? Ich weiß aber nur von Aaron, das ist Amys Mann.«

»Si, du kannst es ja anbieten. Wir sind also zehn, mindestens.« Die Idee verlieh ihr neue Energie. »Dann machen wir ein Buffet. Ich frage die Nachbarn, ob sie uns ein paar Stühle leihen.« Sie begeisterte sich mehr und mehr. Während sie einen zweiten Gin Tonic tranken, machten sie eine Liste. Sie schrieben auf, was sie einkaufen und kochen würden.

»Es muss Baguette geben. Mit Camembert und Feigensenf«, begann Yashi.

Zina wünschte sich etwas Indisches: »Hühnchen nach Tandoori-Art oder Tikka. Und du machst noch mal diese leckeren Thunfischsteaks mit der Sesam-Soja-Sauce. Und eine rote Linsensuppe. Und Hummus mit Avocados. Da wird sich die Amy besonders freuen.«

»Ja, das ist koscher und lecker. Außerdem backen wir Naan. Und kochen Reis.«

»Zum Nachtisch gibt es frische Mangos. Payasam. Macarons und Aniskuchen.«

»Und Gin Tonic.« Sie tranken beide ihren dritten. Und Yashi wusste, dass sie gut schlafen würde. »Es war ein krasser Tag«, sagte sie und wünschte Zina eine gute Nacht.

In ihrem Bett hörte sie ein Opernlied aus Zinas Zimmer. Laut und intensiv. Mehrere Stimmen sangen. Ein Duo oder sogar Trio? Es war jedenfalls nicht das gewohnte Schlaflied. *Ich werde diese Musik doch tatsächlich vermissen. Zina wird mir fehlen. Ihr Lachen. Ihre Fähigkeit, sich zu freuen. Unfassbar, wie sie sich heute Abend wieder mal hat begeistern können.* Yashi schlief mit dem Gedanken an sie ein.

Sie träumte unruhig. Von Karuna und Amy, die beide aussahen wie Wonder Woman und sie mit einem Schwert vor sich hertrieben bis zu einem Abgrund. Gleich würde sie nicht mehr wissen, wohin sie sich wenden sollte. Da tauchten Zina und Kiran auf. Aber sie konnten ihr nicht helfen, sondern winkten ihr nur mit riesigen, weißen Taschentüchern zum Abschied zu. Aus dem Off hörte sie die Stimme von Laetitia, die »Weitermachen!« schrie. Und dann schrie eine andere Stimme. Yashi wurde wach. Was sie hörte, war eine laute Männerstimme, die klagend sang. Es war nur ein Traum gewesen.

Das Schreien war Opernmusik. Hatte Zina diese ganze Nacht über diese Lieder gehört? Sie stand auf und schlich in die Küche. Zina kochte Tee und sang laut mit.

»Guten Morgen«, rief Yashi, hast du denn gar nicht geschlafen?«

Zina zuckte zusammen: »Doch, doch.« Sie sah müde aus und wirkte angestrengt, schüttelte sich und meinte: »Nessun dorma. Das Lied sagt: ›Niemand schlafe.‹ Aber ich habe geschlafen. Der Text ist wunderschön. ›Auch du, Prinzessin, in deinem kalten Zimmer siehst Du die Sterne, die beben vor Liebe und Hoffnung. Aber mein Geheimnis ist verschlossen in mir.‹ Puccinis letzte Oper. Möchtest du Tee?«

Yashi wurde erst im Laufe des Tages allmählich immer klarer, was sie in Gang gesetzt hatte. Jetzt wusste Zina Bescheid, bevor sie Kiran erzählt hatte, was sie entschieden hatte. *Es ist wie beim letzten Mal. Es ist mir wieder nicht gelungen, alle zu beteiligen, die ich doch hätte einbeziehen müssen.* Sie rief Kiran an, sobald sie die U-Bahn-Fahrt hinter sich hatte und zu Fuß weiterlief. »Ich habe eine Überraschung. Ich buche gleich einen Flug. Für nächste Woche.«

»Für mich? Soll ich dich besuchen? Ich dachte auch schon, im Mai ist es bestimmt schön in New York. Und hier ist es gerade sehr heiß.«

»Ich buche für mich.«

»Aber du warst doch gerade erst hier. Ist irgendetwas passiert? Was ist los, Yashi Anne?«

»Ich komme zurück.« Kiran schwieg. »Kiran?«, fragte Yashi nach. »Was bedeutet das?«

Ja, was bedeutete das alles? »Es bedeutet, dass ich nächste Woche in Coimbatore lande. Wahrscheinlich schon am Dienstag. Und dann, je nachdem. Ich könnte den Zug nach Ooty nehmen.« Kiran schwieg noch immer. »Kiran? Ich habe gekündigt. Ich komme nach Hause. Ich weiß, das ist jetzt etwas überraschend. Und ich wusste selber lange nicht, was eigentlich mit mir los war. Wenn ich zu

Hause bin, erkläre ich dir alles. Ich erzähle es dir in aller Ruhe. Es war so viel. Der Tod meines Vaters. Die Kampagne. Die Presse. So viel Aufmerksamkeit. Reisen und wenig schlafen. Es passte irgendwie nie …«

Er unterbrach sie: »Yashi Anne? Ich freue mich. Ich hole dich am Flughafen ab. Ich freue mich.«

Sie flüsterte: »Danke. Das ist gut zu wissen.«

»Dann ist dein innerer Kampf beendet?«

»Sagen wir: Ich habe ein Ergebnis. Aber es fühlt sich nicht wie ein Sieg an.«

»Noch nicht, hm?«

»Ich habe allen so viel zugemutet. Und dir besonders.«

»Du sagst doch immer, dass wir mehr sind als unsere Taten. Und du hast eine Menge neuer Erfahrungen gemacht.«

»Ja, das stimmt wirklich. Die kann mir niemand nehmen.«

»Du bist mutig, Yashi Anne. Du bist großartig. Du gehst deinen Weg. Und wir gehen immer noch zusammen. Es wird alles gut.«

»Ich freue mich auf zu Hause.«

»Zu Hause, ja«, sagte Kiran und fragte dann: »Und jetzt? Gehst du zur Arbeit?«

»Ja. Ich bin gerade auf dem Weg dorthin.« Sie lachte: »Ich muss meine Machtinsignien abgeben«, und erklärte weiter: »Ich muss alles sortieren. Noch ein wichtiges Dokument verschicken. Alles so hinterlassen, dass die Übergabe gut gelingen kann. Mich verabschieden. Für Sonntagabend lade ich mein Team ein. Alle, die wollen und so spontan können. Das war Zinas Idee.«

»Ich freue mich wirklich sehr.«

Vor ihrem inneren Auge tauchten Bilder aus dem Traum der letzten Nacht auf. Zina und Kiran, die ihr winkten. Zum Abschied. Einmal hatte sie Kiran zugemutet, dass sie wegging, jetzt traf es Zina. Anders, aber trotzdem. Warum musste sie es denen, die sie liebten, so schwermachen? Ging das Leben denn nur auf solchen Umwegen?

Kiran hatte sie an etwas erinnert, dass sie in den letzten Wochen aus dem Blick verloren hatte. *Menschen sind mehr als das, was sie tun. Es gibt mehr als dieses ›Was-du-gesät-hast-wirst-du-auch-ernten‹-Prinzip. Es gibt noch eine ganz andere Kraft. Gnade. Wie konnte ich sie nur vergessen? Diese Kraft! Die außerhalb aller Gesetze wirkt.*

Als sie ins Büro kam, fragte Cathy sie: »Soll ich einen Flug für Sie buchen?«

»Nein, Cathy. Danke. Ich fliege ja nicht beruflich.«

»Aber der Rückflug nach Beendigung des Arbeitsverhältnisses wird von der UNO bezahlt.«

»Auch schon nach zehn Monaten? Und wenn man selber gekündigt hat?«

»Ja. Und immerhin waren es zehn Monate. Ich habe schon ganz anderes erlebt. Drei Monate. Sogar zwei Wochen.« Cathy lachte.

Yashi fragte sie: »Wie lange fliegt man von hier nach Los Angeles?«

»Nonstop? Fünf Stunden vierzig.«

»Danke. Ich sage Ihnen gleich Bescheid.«

Sie schrieb eine Nachricht an Jason: »Lieber Jason. Für mich geht es wieder nach Indien. Ich könnte aber von Los Angeles aus zurückfliegen. Und bei euch vorbeikommen, um David zu sehen. Liebe Grüße, Amma.« Dann schickte sie eine Mail an Lucas. Als Betreff nannte sie: »Leitprinzipien, die Gesetze werden müssen, ein Entwurf«. Sie hängte ihren Text an und bat ihn, das Thema unbedingt weiterzuverfolgen.

Dann verließ sie das Bürogebäude, ging ins Hauptgebäude und fuhr mit dem Fahrstuhl in die oberste Etage zum Saal der Generalversammlung. Sie war alleine. Dieser Raum war das Herz. Wohl der einzige Ort in der ganzen Welt, wo ein Treffen aller Nationen möglich war. Um zu hören und gehört zu werden. Sie dachte an die Rede von Guterres bei der letzten Generalversammlung. »Unsere Zukunft beruht auf Solidarität«, hatte er gesagt.

Ich werde versuchen, solidarisch zu sein. Mit diesem Haus. Mit dieser Idee. Mit euch allen hier. Sie setzte sich in einen der Sessel und guckte nach vorne Richtung Rednerpult. Sie betete: »Lass mich nicht allein. Danke!«

Dann fuhr sie zurück nach unten in die Eingangshalle und ging ganz langsam an den Bildern mit den Gesichtern der Generalsekretäre vorbei. Vor dem von Guterres blieb sie stehen und flüsterte: »Alles, alles Gute!« Sie kam sich ein bisschen kitschig vor und hoffte, niemand hatte sie beobachtet. Der Gedanke half ihr, über sich selbst zu lachen.

An ihrem Schreibtisch erwartete sie ein junger Mann. »Doktor Bhandari? Ich bin Robin. Ich soll Ihre Sachen holen.«

Sie übergab ihm ihre Zulassungskarte. »Darf ich das Band vielleicht behalten? Als Erinnerung?«

Er wirkte unsicher. »Das ist meine erste Woche hier. Ich weiß es nicht.«

Sie gab ihm alles, die Karte mit Band und ihr Notebook, und unterschrieb an drei verschiedenen Stellen, dass sie alles ordnungsgemäß zurückgegeben hatte. Ihr Telefon leuchtete. Sie winkte Robin zu und er ging. Jason hatte geschrieben: »Danke! Aber das ist nicht nötig. Cheryl meint auch, deine Reise sei auch so schon beschwerlich genug. Liebe Grüße.«

Sie schüttelte den Kopf. *Beschwerlich? Die Mühe würde ich mir doch gerne machen.* Sie schüttelte noch mal den Kopf. Und tröstete sich mit dem Gedanken, dass die drei vielleicht am Ende des Jahres zu Namyas und Nanda Lukes Hochzeit kommen würden. Dann bat sie Cathy, den schnellsten Flug von New York nach Coimbatore zu buchen.

Sie ging von Schreibtisch zu Schreibtisch, um sich zu verabschieden, und lud zu einem frühen Abendessen am Sonntag ein. Sie hörte sich lauter ähnliche Sätze sagen: »Danke für dein Vertrauen«, »Alles Gute«, »Wir bleiben in Kontakt«, »Ich werde wieder als Anwältin arbeiten. In einer eigenen Kanzlei.«

Bela freute sich sehr über die Einladung, würde aber am Sonntagmorgen bereits nach Genf fliegen. Cathy sagte, sie müsse erst sehen, ob sie einen Babysitter organisieren könne. Alle anderen sagten zu. Yashi wunderte sich, wie sehr sie sich darüber freute. Sie dachte an Pavani, spürte einen Stich und entschied, auf dem Heimweg kurz bei UN-Women vorbeizuschauen. Vielleicht hatte sie Glück und sie war im Haus.

Ohne Aufsehen verließ sie irgendwann das Büro. Ging ein letztes Mal durch den Sicherheitsausgang und lief Richtung U-Bahn. Sie sah sich noch einmal um. Machte eine kleine Verneigung in Richtung der 193 Fahnen. Und ging am »Mona« vorbei Richtung Grand Station. Sie war froh, alleine zu sein.

In der 42. Straße blieb sie vor der Nummer 220 stehen, zögerte kurz, hineinzugehen, und gab sich dann einen Ruck. *Wer weiß, wann ich sie sonst wiedersehe?* Am Empfang wurde für sie telefoniert und dann ließ man sie durch eine kleine Schranke zu den Aufzügen gehen. »Siebte Etage«, hatte der junge Mann gesagt.

Oben angekommen, lief sie Pavani direkt in die Arme. Sie hatte ihrerseits auf den Aufzug gewartet. »Ich wollte mich nur verabschieden«, sagte Yashi schnell.

Pavani sah sie überrascht an.

Dann drängte sie sich an Yashi vorbei in den Aufzug. Yashi beschloss, einfach mit ihr zu fahren. Auf dem Weg nach unten erklärte sie: »Ich verlasse New York. Die UNO. Ich gehe zurück nach Indien.«

Pavani hörte zu. Nichts in ihrem Gesicht zeigte, was sie fühlte. Ob sie erleichtert war, ein schlechtes Gewissen hatte oder eine verpasste Chance bedauerte. »Sehen wir uns wieder?«, fragte Yashi, »Vielleicht irgendwann in Indien?«

»Vielleicht. Ich weiß es nicht. Aber alles Gute!« Sie reichte ihr die Hand und Yashi nahm sie und hielt sie einen Moment länger fest als üblich.

»Ich würde mich freuen. Wenn du magst, melde dich.« *Recherchieren kannst du ja.*

Unten angekommen war Pavani im nächsten Moment in der Menschenmenge verschwunden. *Was hatte ich denn erwartet? Dass wir uns umarmen? Versprechungen machen? Reue zeigen?* Sie lief weiter. Den vertrauten Weg zur Grand Station. An einem der Blumenstände in der großen Bahnhofshalle kaufte sie einen großen Strauß bunter Tulpen für Zina. *Bald werde ich wieder Grün sehen. Nicht nur Steine, gepflasterte Straßen und Hochhäuser.* Sogar auf matschige Fußwege und Staub freute sie sich.

60

Am Samstag schlief Yashi aus und wurde erst am Mittag von Zinas Musik geweckt. Sie tranken einen Matcha Latte, teilten sich ein Vanillecroissant bei »Jack's Wife Frida« und gingen dann einkaufen. Zina war voller Tatendrang: »Hey! Wir brauchen Gewürze. Ich will sie alle haben. Unbedingt. Assolutamente. Also alle wichtigen. Wenn ich mal indisch koche. Vielleicht mach ich das in Zukunft öfter. Wenn ich dich vermisse.«

Sie fanden einen gut sortierten Küchenladen und kauften Sternanis, Kumin, Bockshornklee, Gewürznelken, Lorbeer, Kurkuma und Tamarinde. Dann verbrachten sie über eine Stunde im NYC-Frischemarkt und standen am Ende vollbepackt an der Kasse. »Wir brauchen noch Gurken für den Gin Tonic«, sagte Zina und ging noch mal los. Am späten Nachmittag kamen sie müde nach Hause. Zina musste sofort weiter, um »Urban Goods« bei einer Kinder-Modenschau zu unterstützen. Yashi skypte kurz mit Kiran und Namya und setzte sich dann auf ihr Bett, um eine Folge »Agent Raghav« zu gucken. Nebenbei packte sie ihre Sachen. Sie entschied, den blauen Mohairpulli mitzunehmen, aber alle anderen warmen Sachen dazulassen. Mütze, Handschuhe, Stiefel, Socken, Wollstrümpfe, den

Schneeanzug. Am Ende waren ihr Koffer und eine Tasche gefüllt. Gewürze und Tee waren aufgebraucht. Ihr einziges neues Buch war »Das Tagebuch der Anne Frank«. Sie ließ es auf dem Tischchen liegen. »Das Ministerium des äußersten Glücks« packte sie wie auf dem Hinflug in ihre Handtasche. Sie war immer noch nicht dazu gekommen, es zu lesen. Sie war auch nicht einmal im MoMA gewesen. Und auch das Denkmal für die Opfer des elften Septembers hatte sie nur von Weitem gesehen. Sie hatte Maria Espinosa nicht getroffen und auch den Modeschöpfer Simone Cipriani nicht. Aber die Zukunft barg noch viele Gelegenheiten.

Am Sonntag kochten sie. Hörten dabei Zinas Opern und zwischendurch Lieder von Yashis Playliste. Verdi und Sting. »Let your soul be your pilot«. *Nimm deine Seele als Lotsin.* Puccini und David Bowie. »This is not America.« Bellini und U2. »Grace.« *Gnade. Ich will sie nie, nie wieder vergessen.* Sie spielte es gleich ein zweites Mal ab. *Gnade. Sie sagt mir, dass meine Fehler nicht der Scham dienen. Sondern einem guten Zweck.*

Sie stellten Teller bereit und Gläser, Servietten, Kerzen und Blumen. Gingen nacheinander ins Bad, zogen sich um und freuten sich auf die Gäste. »Danke, dass ich sie alle hierher einladen durfte.«

»Ich habe es doch vorgeschlagen. Und freu mich riesig!«

»Du siehst super aus«, sagte Yashi bewundernd.

Zina trug ein safrangelbes Kleid, Stiefeletten in der gleichen Farbe und eine lange schwarze Perlenkette. »Du aber auch! Bella! Bellissima«, erwiderte Zina das Kompliment. Yashi hatte sich für ein indisches Outfit entschieden. »Das hattest du an deinem ersten UNO-Tag an«, bemerkte Zina. »Ich hab damals auch gedacht, dass dieses Blau dir so megagut steht.« Es stimmte, und Yashi konnte sich über ihre Aufmerksamkeit nur wundern.

Lucas kam als Erster. »Also ich kapier's zwar immer noch nicht. Aber ich hab dir M&Ms mitgebracht. Mit Chili. Die könntest du doch mögen. Begrenzte Auflage.« Er umarmte sie kurz und freute sich offensichtlich sehr darüber, Zina wiederzusehen. Staunend ging er im Flur auf und ab und bewunderte die Stoffe und Kleider.

Amy und Aaron kamen. Zaria saß auf dem Arm ihres Vaters und versteckte ihr Gesicht in seinem Mantelkragen. »Sorry. Meine Schwiegermutter musste kurzfristig absagen. Also haben wir sie mitgebracht. Sie ist aber eigentlich müde. Und ich würde sie gleich einfach auf ein Bett legen, wenn ich darf.«

Zaria guckte sich vorsichtig um. »Hallo. Ich kenn dich.«

»Hallo, Zaria. Schön, dass du mitgekommen bist.«

Eliene brachte eine Flasche Weißwein mit und bewunderte den Blick aus dem Wohnzimmerfenster. »Zina, solltest du jemals ausziehen, sag mir bloß Bescheid.«

Yuki, Stella und ein Schwarzer stiegen gleichzeitig aus dem Fahrstuhl. »Danke für die Einladung. Das ist mein Mann Benson«, sagte Stella.

Yuki überreichte ihr japanischen Tee. Sie gingen alle durch die Wohnung, staunten, kommentierten, lachten und erzählten. Zina schenkte Wein und Wasser aus, und irgendwann schlug Yashi mit einer Gabel an ihr Glas: »Ich danke euch, dass ihr meiner spontanen Einladung alle gefolgt seid. Bela ist unterwegs nach Genf. Cathy ist bei ihren Kindern. Willkommen! Ich würde mich freuen, wenn wir einfach einen schönen Abend miteinander verbringen.« Sie sah Zina an, die neben ihr stand: »Danke, Zina, vielen Dank für deine Gastfreundschaft.« Sie wandte sich wieder an die Runde: »Wir haben gekocht. Das Essen steht hier in der Küche. Im Ofen, auf dem Herd und daneben. Ich wünsche einen guten Appetit.

»Willst du nicht beten?«, fragte Zina überrascht, »Du betest doch sonst immer vor dem Essen.«

Yashi schmunzelte, sah in die Runde, legte ihre Hände vor der Brust aneinander und schloss die Augen:

»Gott, du Liebe. Wir danken dir.

Für unser Leben und diesen Abend.

Für unser Essen. Dass wir satt werden.
Für unsere Arbeit und das Wochenende.
Für unsere Lieben. Dass wir nicht alleine sind.
Und. Ja. Danke für die Vereinten Nationen.
Amen.«

Yashi hörte, wie einige laut »Amen« sagten, und sie forderte alle auf: »Genießt das Essen!«

Sie aßen und tranken. Lobten die Mischung, den Geschmack, fragten nach Rezepten und Gewürzen. Saßen im großen Kreis um den Esstisch herum und erzählten. Zaria wurde auf Yashis Bett gelegt. Zinas Begeisterung und Unbedarftheit führten dazu, dass alle mitbekamen, wie Amy sie bat, ihr keinen Wein, sondern Saft einzuschenken. Amy sah in die Runde und sagte: »Wir bekommen noch ein Kind, ihr Lieben. Zaria bekommt einen Bruder.«

Alle stießen an. »Leḥaim!«

Amy meinte fröhlich: »Aber ich bleibe euch erhalten!«

Woraufhin Aaron ein bisschen von seinem Leben als Familienmann und Architekt erzählte. Und dass er Zaria neulich mit auf eine Baustelle hatte nehmen müssen. »Sie kennen doch sicher die Großbaustelle ›Hudson Yards‹. 17 neue Wolkenkratzer entstehen da. Der riesige Kran bewegt Betonträger, die über 70 Meter lang sind. Schon für einen Erwachsenen ist das unvorstellbar, ein Ungetüm. Aber für so eine Kleine?«

Als Zina Lucas Wein anbot, schüttelte er den Kopf und wählte stattdessen Wasser mit einer Limettenscheibe. Auch diesmal guckten alle neugierig. Er sah sie offen an: »Ich bin trockener Alkoholiker. Ich meine, heute Abend passt es irgendwie, das mal zu sagen. Jetzt wisst ihr es.«

Yashi bot an, Tee zu kochen. Und ihr fiel ein: »Ich habe meine Kanne in der Büroküche stehen lassen. Yuki, kümmerst du dich vielleicht darum? Nimm sie an dich oder koch dort Tee damit.«

Yuki strahlte sie an: »Sehr gerne. Ich werde sie in Ehren halten.«

Yashi servierte Blairlomond mit Jasmin.

Yuki erzählte: »Yashi ist in Japan übrigens ein Männername. Er bedeutet ›Ya‹, weit oder umfangreich, und ›Shi‹, Geschichte. Schön, oder?«

»In Tamil bedeutet ›Yashi‹ Ruhm, Lob, Glanz oder Glück. Und ›Anne‹ ist Gnade.«

»Ach, Yāsir Arafāt, also ich versteh dich nicht, aber ich werde dich sehr, sehr, sehr vermissen. Glück ist, wenn das, was ist, genug sein darf, hm?«

Aaron fragte: »Was werden Sie denn jetzt machen? Darf ich das fragen?«

»Ich werde als Anwältin arbeiten. Wie vorher. In einer neuen, eigenen Kanzlei. Vielleicht etwas überregionaler. Vernetzter. Und hoffentlich initiativer als vorher.« Sie sah in die Runde: »Ich halte euch auf dem Laufenden.«

Eliene freute sich über Gin Tonic und sagte: »Trinkspruch! Anstoßen, bitte! Ich trinke auf Yashi Anne. Auf alles, was wir gemeinsam erlebt haben. Und auf alles, was wir alle noch bewegen werden. Saúde!« Das Durcheinander aus Tassen, Wein- und Gin-Gläsern klang wunderbar in Yashis Ohren. Eliene sprach weiter: »Und ich zitiere Eleanor Roosevelt mit dem Satz: ›Eine Frau ist wie ein Teebeutel. Du weißt erst, wie stark sie ist, wenn sie in heißes Wasser kommt.‹ Auf uns alle!«

Benson räusperte sich: »Sie vergleichen eine Frau mit einem Teebeutel?« Er wandte sich an Yashi: »Ist das nicht der billigste Tee überhaupt? Meine Frau sagt, Sie seien eine Expertin, was Tee angeht.«

Yashi strahlte ihn an: »Nun ja. Gebrochener Tee ist billiger als ganzer Blatt-Tee. ›Fannings‹ ist ein Blattgrad, der fein ist. Die kleinste Sorte wird ›Dust‹ genannt und ist nur noch geeignet für Teebeutel. Aber Beuteltee ist nicht unbedingt von minderer Qualität. Auch wenn viele das denken.«

»Danke für die Aufklärung«, grinste er, »ich bleibe wohl trotzdem bei Kaffee.«

»Möchten Sie einen?«, bot Zina an und er freute sich sehr über das Angebot. Auch Lucas nahm eine Tasse. Yashi servierte den Nachtisch: »Ich empfehle alles. Ein paar Mangowürfel, dazu ein Macaron und ein kleines Stückchen Aniskuchen.«

Zina half ihr, kleine Tellerchen zu verteilen. »Hey! Also wow! Ihr müsst euch echt mal angucken«, sagte sie. »Alle Hautfarben. Verschiedene Religionen. Weltanschauungen. Wurzeln. Herkunftsländer. Muttersprachen. Lebenskonzepte. Euch glaub ich, dass ihr die Welt demokratisieren wollt. Ich find euch mega glaubwürdig. Und echt cool.«

Eliene sagte: »Trinkspruch! Auf die Vereinten Nationen in diesem Wohnzimmer! Saúde!« Sie stießen wieder an.

»Benson, was machen Sie denn beruflich?«, wollte Yashi wissen.

»Ich bin Posaunist bei den New Yorker Philharmonikern."

Zina staunte. »Hey! Das ist ja großartig! Seit wann denn?"

Benson freute sich über ihr Interesse und antwortete direkt in ihrem Sinn: »Ich wurde schon dirigiert von Lorin Maazel, Alan Gilbert und jetzt von Jaap van Zweden.«

»Dann waren Sie 2008 schon dabei.«

»Sie meinen in Pjöngjang? Ja. Das war wahrhaftig sehr besonders. Ein US-amerikanisches Orchester in Nordkorea. Auch Musik kann die Demokratie fördern.« Er lachte.

»Papa, wo bist du? Papa, wo bin ich hier?«, hörten sie Zaria auf dem Flur rufen.

Aaron sprang auf und kam mit der Kleinen auf dem Arm ins Wohnzimmer. Amy und Aaron verabschiedeten sich. »Lehitra'ot«, winkte die Kleine. »Leyla tov. Gute Nacht.«

Amy umarmte Yashi lange. »Shalom, meine Liebe. Schreib mir, bitte.« Yashi versprach es. Und dann gingen bald auch die anderen. Yashi umarmte sie alle und bedankte sich wieder und wieder.

Dann war es ruhig in der Wohnung. Sie räumten auf. Aßen ein paar Reste, und Zina bereitete ihnen noch einen Gin Tonic zu. »Ich nehme lieber einen Weißwein«, sagte Yashi. Sie stießen an.

»Grazie! Danke für den schönen Abend«, sagte Zina.

Und Yashi erwiderte: »Danke für alles, Zina. Wirklich. Du bist immer willkommen. Bei uns gibt es auch immer ein Zimmer für dich.«

Zina machte Musik an.

»Was ist das denn für eine Sprache? Verstehst du irgendwas?«

»No. Das ist Deutsch. Die Musik ist von Richard Strauss. Weißt du, mich erreicht die Musik, auch wenn ich nix vom Text verstehe. Dieses Terzett ist so berührend. Und ich weiß ja, worum es geht.«

»Worum denn? Du hast es neulich nachts schon mal gehört, oder? Ich erkenne es wieder.«

»Es geht um eine Liebesgeschichte. Eine Dreiecksbeziehung. Also, die Marschallin singt: ›Ich hab's mir gelobt, ihn lieb zu halten. So sehr, dass ich selbst seine Liebe zu einer anderen noch liebe.‹ Sie findet sich ab mit dem Megaverlust ihrer Liebe. Aber sie tut das mit innerer Größe. Das ist so mega traurig und so wunderschön.« Sie machte die Musik leiser und stellte sich mit ihrem Glas ans Fenster.

Yashi fragte: »Bist du froh, dass du jetzt wieder alleine bist? Deine Wohnung wieder für dich hast?«

»Hey. Nein. Ich mochte es wirklich sehr, dass du hier warst. Aber du kennst mich ja, ich lieb auch meine Freiheit.«

»Und wie ist das denn«, fragte Yashi vorsichtig weiter, »warst du jemals verliebt? Und warum wurde denn nichts arrangiert für dich?«

»Io? Ich? Ich bin echt seit über hundert Jahren in dieselbe Person verliebt. Mal mehr, mal weniger.«

Yashi wunderte sich. »Wirklich? Kenne ich ihn? Wie heißt er denn?«

Zina wartete einen Moment lang, dann erzählte sie: »Ich weiß noch, wie du zum ersten Mal bei uns zu Hause warst. Du kamst angereist mit deinen Eltern. Die haben dich bewacht. Sie suchten nach einem guten Mann für dich. Wollten alles richtig machen. Du hattest 'nen grünen Sari an. Einfach, aber echt raffiniert. Du sahst so wunderschön aus. Ich hab meinen Bruder beobachtet. Der hat ganz wohlwollend geguckt. Ich konnte sehen, wie er sich freut. Als hätte er sofort gewusst, was für ein Megaglück er mit dir hat. Ihr habt euch super unterhalten. Du hast an dem Nachmittag mehr Fragen gestellt als alle anderen Mädchen in einer ganzen Woche. Das hat ihm auch gefallen. Ich hab zugehört. Unser Vater hat dir das Teekochen gezeigt. Ich weiß, ich war unsichtbar. Ich war ja nur die Tochter, das Mädchen im Haus, die Kleine. Du bist noch dreimal wiedergekommen. Ich war immer mega aufgeregt. Hab meine Mutter gedrängelt, dass ich dabei sein durfte. Ich wollte dich sehen. Dich angucken. Einfach in deiner Nähe sein. Ich hab eine Kerze auf dem Hausaltar angezündet und gebetet, dass meine Eltern eine Ehe zwischen uns beiden arrangieren. Ich dachte, alle müssten doch sehen, wie gut wir zueinander passen.« Sie drehte sich um: »So ist es. Seit ich dich das erste Mal gesehen habe.« Die beiden sahen sich schweigend an. Zina fragte: »Und du hast das wirklich nie gemerkt?«

»Nein«, sagte Yashi und schüttelte nur den Kopf. Sie sah einen inneren Film. Zina, wie sie ihr die Tunika zuknöpfte. Die ihre Maße kannte. Zina, die sie so großzügig bei sich aufgenommen hatte. Die alles perfekt organisiert hatte. Karten für die UN-Besichtigung, für die Oper, das ganze Programm. Zina, die hier zufrieden im Sessel hockte und fragte: »Ist unser Leben nicht schön?« Zina, die zurzeit kein Heimweh hatte und keine Wohnungsangebote bekam. Zina, die ein Label gründete mit dem Namen Zishiyana. Zina, die so traurig aussah, weil sie, Yashi, hier nicht glücklich geworden war. Zinas Lieder von Passion, Geheimnissen und Dreiecksbeziehungen. Leise sagte Yashi: »Es tut mir leid.«

»No. Ehrlich, das muss es echt nicht. Gar nicht«, flüsterte Zina. »Ich hab diese Zeit mit dir mega genossen. Ich hab mich gefreut, dass ich dich einmal, nur für eine Weile, für mich hatte. Verzeih, das klingt echt egoistisch. Aber du hast mir damit echt eine große Freude gemacht. Auch wenn es jetzt nicht drei Jahre geworden sind.«

»Bist du deshalb nicht bei unserer Hochzeit gewesen?«

Zina nickte: »Si. Ich konnte damals einfach nicht mitfeiern.«

»Jetzt würde Kiran das verstehen.«

»Vielleicht. Aber er würde es niemals akzeptieren. Sag es ihm bitte nicht, Yashi. Bitte. Hier ist es okay, aber in Indien? In unserer Familie? No.«

Und Yashi versprach es: »Ich weiß, dass du recht hast.«

»Er muss es nicht wissen. Lassen wir`s einfach dabei.« Zina stand auf und die beiden umarmten sich. Für einen kleinen Moment war Zinas Mund an Yashis Ohr, an ihrer Wange und nah neben ihrem Mund, aber dann löste sie sich. »Wir gehen morgen noch mal in die Bagels-Bar um die Ecke zum Frühstück, ja? Und dann begleite ich dich zum Flughafen.«

So tapfer. »Danke, Zina. Ich hoffe, dass wir uns bald wiedersehen. Und noch ganz oft.«

»Gute letzte Nacht. Dormi bene!«

»Spielst du unser Einschlaflied?«

Zina sprang auf und rief: »Ah! Das hätt ich fast vergessen. Ich habe ja noch ein Geschenk für dich.«

»Du für mich?« *Ich hätte ihr etwas schenken müssen. Das muss ich unbedingt nachholen.*

Zina überreichte ihr ein kleines Päckchen. »Prego! Eine CD mit meinen Lieblingsliedern. Vielleicht schaffen`s ja ein paar in deine Playlisten.«

»Ich danke dir.« Sie umarmten sich noch einmal und dann ging Yashi in ihr Zimmer. Als sie im Bett lag, hörte sie aus Zinas Zimmer die Musik. Maria Callas sang das Gebet der Priesterin an die keusche Göttin.

Seit sie mich das erste Mal gesehen hat. Yashi schüttelte wieder und wieder den Kopf. *Hätte ich es nicht merken müssen? Und dann?* Sie streckte sich im Bett aus. Was allein heute, an diesem einen Tag, alles passiert war. Ihr letztes Vanillecroissant. Einkaufen. Packen. Kochen und Musikhören. Amy war schwanger. M&Ms von Lucas. Liebe von Zina. Abschiednehmen. Sie flüsterte ein Gebet Richtung Himmel:

»Danke für alles. Danke! Lass mich helfen. Egal, wo ich bin. Und lass mich bitte, bitte nie wieder die Gnade vergessen. Amen.«

Als sie ihren Wecker stellte, sah sie auf ihr Telefon und freute sich, dass sie eine Nachricht von Namya hatte. Schon vor Stunden abgeschickt. »Ruth Manorama hat tatsächlich zugesagt. Dein Model auch. Und Mohana Patil, eine junge Anwältin, die bei einer großen Gewerkschaft arbeitet. 24. April nächstes Jahr in Chennai. Du eröffnest! Namya.«

Yashi war kurz überwältigt. Es war Namya tatsächlich gelungen, ihre erste Konferenz hochkarätig zu besetzen. Inspiriert von ihren Ideen, hatte sie es einfach umgesetzt. *Vielleicht kann wirklich gelingen, was ich mir zusammengeträumt habe?* Sie schrieb zurück: »Du überraschst mich. Und ich überrasche dich. Bin schon fast auf dem Weg nach Hause. Übermorgen sehen wir uns in den Bergen.« An Kiran schrieb sie: »Gute Nacht und guten Morgen! Dich zu heiraten war auf jeden Fall richtig. Herz. Yashi Anne.«

Sie frühstückten im ›Baz Bagel‹. Sesambagel mit Frischkäse, Schnittlauch und Tête-de-Moine-Käse. Rührei. Brombeeren. Dann holten sie Yashis Sachen und Zina rief ein Taxi. »Hey! Du reist ja echt mit kleinem Gepäck.«

»Ach ja! Meine zweite Tasche mit den warmen Sachen steht noch in meinem Zimmer. Könntest du sie bitte zu einer der Obdachloseneinrichtungen bringen?«

»Klar. Ma certo. Mach ich gern.«

Am Flughafen umarmten sie sich noch einmal. Yashi sagte: »Ich gehe allein weiter. Fahr du direkt zurück. Danke. Danke. Danke! Bleib behütet.«

»Ciao! Grüß meinen Bruder von mir. Und die anderen.«

Sie winkten sich noch einmal zu und dann ging Yashi für sich alleine weiter. Sie checkte schnell ein und wartete dann am Terminal. Steckte sich die Ohrhörer in die Ohren, überließ wieder dem Zufall, was sie hören würde, und schloss die Augen. Gloria Estefan sang: »Get On Your Feet!« *Komm auf die Füße! Wir haben alle einiges durchgemacht. Aber versteh, wir schaffen es gemeinsam. Guck nach vorn. Da ist noch so viel Leben, das für dich bestimmt ist.*

Sie würde von John F. Kennedy zunächst zu Indira Gandhi fliegen. Schöne Namen. 14 Stunden dauerte der erste Flug. Nach fünf Stunden Aufenthalt in Delhi ging es weiter bis nach Coimbatore, wo sie abends spät landen würde. Dayita hatte geschrieben: »Das Gästesofa ist gemacht.« Die Aussicht, dortbleiben zu können und nicht gleich im Anschluss drei Stunden durch die Nacht bis nach Hause fahren zu müssen, war wohltuend. Und sie würde ihre Familie sehen. Im Flugzeug schlief sie schnell ein.

Als sie in Delhi landete, war es 19 Uhr. Aber in New York zeigten die Uhren halb zehn morgens. Und so fühlte sie sich auch. Nach neuem Morgen. Sie suchte eine Ladestation für ihr Telefon.

Kiran hatte zwei Nachrichten geschrieben: »Vergangenheit, Gegenwart und Zukunft. Gerne mit dir!« Die zweite informierte sie: »Ich fahre jetzt los. Dein Flug ist pünktlich. Ich freue mich sehr auf dich.«

Yashi antwortete: »Ich mich auch. Bis gleich. Yashi.«

Zina hatte geschrieben: »Blauer Himmel in New York. Nilam ist zu Gast und bleibt für ein paar Tage.«

Yashi schrieb zurück: »Hier ist es halb dunkel und die Klimaanlage läuft. Kein Gefühl für die Wirklichkeit. Grüß Nilam von mir.«

Auch Namya hatte noch einmal geschrieben: »Ich habe jetzt die(!) Idee, wie wir die erste Konferenz nennen. ›Mitspielen‹. Untertitel: ›Wie kann die Welt fair werden?‹ Freue mich so sehr auf dich! Namya.« *Mitspielen. Ja. Schon als Fünfjährige hatte sie diese Idee begeistert.*

Jetzt musste sie lachen. Und es blieb auf ihrem Gesicht. Sie schrieb zurück: »Mitspielen! Amen! Wir sehen uns morgen.«

Und dann landete sie. Der Pilot sagte, dass es in Coimbatore 28 Grad warm war und die Luftfeuchtigkeit 76 Prozent betrug. Als sie aus dem Flugzeug stieg, atmete sie tief durch. *Ich bin zu Hause!*

Es war spät. Dunkel. Es war warm. Sie sah auf ihre Füße. Nackte Füße in bequemen, flachen Ballerinas. Sie ging los, um ihr Gepäck abzuholen. *Ich liebe dieses Geräusch meiner Füße, wenn sie ihren eigenen Weg gehen.*

»Wo schließlich beginnen die Menschenrechte?
An den kleinen Plätzen. Nahe zu Hause.
So nah und so klein, dass sie auf keiner Landkarte
der Welt zu sehen sind.
Und doch sind dies die Plätze einzelner Personen.
Die Nachbarschaft, in der sie leben.
Die Schule oder die Universität, die sie besuchen.
Die Firma, der Bauernhof und das Büro, in dem sie arbeiten.
Das sind die Plätze,
wo jeder Mann, jede Frau und jedes Kind
gleiche Rechte suchen, gleiche Chancen
und gleiche Würde ohne Diskriminierung.
Solange diese Rechte dort keine Geltung haben,
sind sie auch anderswo nicht von Bedeutung.
Ohne Aktionen der Betroffenen, Bürgerinnen und Bürger,
diese Rechte in ihrem persönlichen Umfeld zu schützen,
werden wir vergeblich nach Fortschritten
in der weiteren Welt suchen.«

— Eleanor Roosevelt

Der Soundtrack

Alanis Morisette: Guardian
Amilcare Ponchielli & Tobia Gorrio: Cielo e mar
Ana Bacalhau: One Woman – A Song for UN Women
Annie Lennox: Universal Child
Beyoncé: If I were a Boy
Bruce Springsteen: Chimes of Freedom
Christina Aguilera: Beautiful
Chuck Berry: Let It Rock
David Bowie: This is not America
Enya: Pilgrim
Eurythmics: I Saved the World Today
Fadia El-Hage: Erbarme dich (The Arabian Passion)
Falu & Storm Large: Rise and breathe again
Giacomo Puccini: Vissi d'arte, vissi d'amore
Giuseppe Verdi: Nabucco, Zieht, Gedanken
Gloria Estefan: Get on Your Feet
Jan Phillips: I Will not Leave You Comfortless
Jay Z: Beach Chair
Johann Sebastian Bach: Wer nur den lieben Gott lässt walten
John Bell: We Will Be Fed with Finest Wheat

John Rutter: All Creatures of Our God and King
Lenny Kravitz: Dream
Luciano Pavarotti: Tu Scendi Dalle Stelle
Madame Gandhi: The Future is Female
Madonna: Frozen
Mercedes Sosa: Sólo le Pido a Dios
Oleta Adams: Window of Hope
Patti Smith: People Have the Power
Patti Smith: These Are the Words
Patti Smith: Because the Night
P!nk: Just Give Me a Reason
Rebekka Bakken: Welcome Home
Richard Strauss: Hab's mir gelobt, Ihn lieb zu haben
Rihanna: Diamonds
Robbie Williams: Love My Life
The Dixie Cups: Chapel of Love
U2: Grace
Vincenzo Bellini: Casta Diva
Whitney Houston: Greatest Love of All

Yashis Musik gibt es als Playlist »Die Teetrinkerin« bei Spotify.
Einfach diesen Code mit der Spotify-App scannen und loshören:

Danke!

Die Ereignisse dieses Romans sind frei erfunden. Einige Namen und Orte gibt es wirklich. Viele Fakten und Zahlen sind wahr. Die Kurinji blüht tatsächlich nur alle zwölf Jahre. Zuletzt im Jahr 2018. Das vegetarische Restaurant »Butcher's Daughter« gibt es. Auch das Sumangali-Prinzip, leider. Yashi lebt nur in der Fantasie. Inspiriert von wahren Menschen, den Engagierten dieser Welt. Ich habe viel Earl Grey Tee getrunken beim Schreiben, mit einem Stück braunem Zucker und etwas Zitrone.

Danke an die, die mein Erzählen begleitet und ermutigt haben. Meine Bande aus Sympathisant*innen, Freundinnen und Freunden, Schwestern, Zuhause, Familie, Gemeinde. Ihr seid die Namyas, Zinas, Dayitas, Amys, Nanda Lukes der Wirklichkeit.

Die Arenberger Dominikanerinnen, die mich drei Monate lang in ihrem Noviziat mitleben und in Ruhe schreiben ließen. Stellvertretend die Schwestern Annuntiata, Beatrix, Christa, Christina, Irmingard, Scholastika, Stephana und Ursula.

Anja Lerz, die als Lektorin eine Menge Impulse einbrachte. Ihrer Sorgfalt und ihrer Unverblümtheit verdanke ich viel.

Meine Agentur JoussenKarliczek für die besondere Gestaltung und das Cover.

Annette Brüggemann für ihr engagiertes Netzwerken.

Susanne und Thomas für die große Reise, die Liebe zu New York und überhaupt.

Andreas Bummel von »Democracy Without Borders« für ein mitreißendes Interview und viele Posts.

Catharina Nickel, die mir in New York auf der Williamsburg Bridge mit dem Fahrrad entgegenkam, mich ansprach und als Mitarbeiterin der UNO meine Fragen immer wieder so großzügig beantwortet hat.

Chris Temple für Yoga in New York.

Dorothea und Volker, die mich in den Korrekturphasen in ihrem Haus arbeiten und mitleben ließen.
Ebenso meine Schwiegereltern.

Eva Herrmann, die als Deutsche in New York eine wichtige Quelle war, mich an die richigen Orte führte und meine Nachfragen jederzeit geduldig beantwortet hat.

Helin Argav, die Mitarbeiterin, die mich durch die UNO führte und damals wie später Fragen beantwortet hat.

Jayapaul und Dhinakaren und Co., die mich schon so oft in Indien beherbergt haben.

Jule Linder für ihr Care-Paket für meine Schreibzeit.

Kaitlin, Thelma, Laury und Cheryl, Mitarbeiterinnen der UNO, die spontan zu Interviews bereit waren.

Kirthi Jayakumar aus Chennai für alle Inspiration.

Meine Gemeinschaft Kirubai fürs Ziehenlassen, Stellvertreten und immer wieder Willkommenheißen.

Liz Gilbert, besonders für den ermutigenden TED-Talk über das Schreiben eines nächsten Romans.

Meine Leser*innen. Ihr seid der Rückenwind.

Meine Eltern. Für die Liebe zu Geschichten, Büchern und Tee, zur Familie, zu Gott und unserer Erzählgemeinschaft.

Ben. Mit dem ich seit vielen Jahren fast täglich morgens eine Tasse Tee trinke. Mit Musik gesprochen: »Vissi d'arte, vissi d'amore.«

Auch als Hörbuch

gelesen von Christina Brudereck

10 Audio CDs, Spielzeit 12 Stunden 46 Minuten

ISBN 978-3-9818996-5-8

Mehr von Christina Brudereck

Café Mandelplatz

Ein jüdisches Café, Johannesburg, Südafrika, 1960.
Mima Mandelbaum ist Eigentümerin
und Seele dieses besonderen Ortes.
Sie serviert erfrischende Ingwerschorle, koscheren Wein,
Bagels und Menüs voller Fantasie.
Und sie hütet ein gefährliches Geheimnis.
Während um sie herum alle wegschauen, wird Mima immer tiefer in
den Widerstand gegen das Apartheidregime hineingezogen.